Von Karen Robards
ist als Heyne-Taschenbuch erschienen:

Im Zauber des Mondes · Band 28/144

KAREN ROBARDS

FEUER
DER SEHNSUCHT

Ihre Liebe ist wie eine
verbotene Frucht

Roman

Deutsche Erstausgabe

WILHELM HEYNE VERLAG
MÜNCHEN

HEYNE ROMANE FÜR »SIE«
Nr. 04/1

Titel der Originalausgabe
DESIRE IN THE SUN
Aus dem Amerikanischen übersetzt
von Uschi Gnade

2. Auflage

ISBN 3-453-04066-X

1

»Miß Remy – Delilah – ich denke Tag und Nacht an Sie!
Wie die Delilah aus alter Zeit sind Sie eine Zauberin, und
Sie haben mein Herz verzaubert! Ich . . .«

»Ich flehe Sie an, kein Wort mehr zu sagen, Mr. Calvert«, murmelte Lilah und versuchte, ihm ihre Hand zu
entreißen. Der betörte Mr. Calvert verschloß sich ihrem
Ziehen und umklammerte hartnäckig ihre Finger, als er
vor ihr auf ein Knie sank. Sie sah unwillig auf den braunen Lockenschopf herunter, der über ihre Hand gebeugt
war.

Michael Calvert war kaum mehr als ein Junge, vielleicht ein Jahr jünger als sie mit ihren einundzwanzig.
Sie liebte ihn genauso wenig wie Hercules, den verzoge-
nen Spaniel ihrer Großtante, der im Augenblick selig zusammengerollt neben ihrer Schaukel auf der Veranda lag
und seine kurzen roten Haare auf der zarten weißen
Seide ihres Empirekleides verteilte. Bisher war es jedoch
gleichermaßen unmöglich gewesen, Mr. Calvert von
ihrer Interesselosigkeit zu überzeugen, wie Hercules zu
entmutigen. Keiner von beiden schien geneigt, auf eine
höfliche Andeutung zu reagieren. Mr. Calvert machte
ihr schon seit ihrer Ankunft bei ihrer Großtante,
Amanda Barton, in Boxhill vor drei Monaten unverdros-
sen den Hof. Nichts, was sie gesagt oder getan hatte, um
ihm zu zeigen, daß es ihr an jeglichem Interesse man-
gelte, hatte ihn auch nur im geringsten beirren können.
Jetzt wollte er entschieden vorbringen, was er zu sagen
hatte. Falls er ihr Flehen gehört hatte, mißachtete er es.

Lilah seufzte und bemühte sich gar nicht erst, den Laut zu ersticken. Da sie im dunkelsten Winkel der Veranda saß und nicht gewillt war, eine Szene zu machen, blieb ihr wenig anderes übrig, als ihn ausreden zu lassen.

»Ich liebe Sie! Ich will, daß Sie meine Frau werden!«

Er hatte weit mehr gesagt, aber ein großer Teil davon war ihr entgangen. Jetzt zog er ihre Aufmerksamkeit wieder auf sich, indem er sein Gesicht an ihre Hand preßte und ihren Handrücken mit feuchten Küssen bedeckte. Lilah versuchte wieder, ihre Hand zurückzuziehen. Er hielt sie jedoch so fest, daß sie sich nicht losreißen konnte.

»Sie erweisen mir eine zu große Ehre, Mr. Calvert«, sagte sie durch zusammengebissene Zähne.

Unter den gegebenen Umständen konnte sie sich nur mit Mühe zwingen, sich an die damenhaften Formulierungen zu halten, die ihr Katy Allen eingebleut hatte, ihre geliebte frühere Gouvernante, die die undankbare Aufgabe gehabt hatte, sie im Auge zu behalten, während sie heranwuchs. Die Anstandsformen hatten auf der Insel Barbados, auf der sie geboren war, keine so große Rolle gespielt. Dort waren die Sitten weit freier als hier, in den besten Häusern im kolonialisierten Virginia, und das, obwohl man auf Barbados stolz darauf war, britischer als Großbritannien selbst zu sein.

In Boxhill wurde großer Wert auf die Anstandsformen gelegt. Zwar hatten sich die Kolonien vor mehr als einem Jahrzehnt offiziell von der britischen Vorherrschaft befreit und erfreuten sich inzwischen, im Jahre 1792, einer glühenden Leidenschaft gegenüber allem, was französisch war, doch diese Vorliebe ging nicht so weit, die französischen Vorstellungen davon zu übernehmen, was sich für unverheiratete junge Damen aus guter Familie schickte. In diesem einen Bereich orientierten sich die Kolonien so sehr wie eh und je an Großbritannien, und jedes Wort und jede Geste waren strikten Vorschriften unterworfen.

Wenn sie ihrer natürlichen Veranlagung nachgegeben und Mr. Calvert für seine Hingabe mit einem Tritt belohnt hätte, der ihn auf dem Hosenboden hätte landen lassen, hätten die alten Klatschbasen im Haus mit Sicherheit die Stirn gerunzelt. In diesem Kreis hielt ihre furchteinflößende Großtante unbestreitbar das Zepter in der Hand. Im Lauf ihres Aufenthaltes hatte sich bei Lilah ein angemessener Respekt vor Amanda Bartons bissiger Zunge herausgebildet. Wenn sie sich nicht durch grauenerregende Umstände dazu gezwungen sah, wollte sie jede weitere Schelte vermeiden. Es würde sich wohl machen lassen, die drei restlichen Wochen ihres Besuchs herumzubringen, ohne noch einmal gegen die unumstößlichen Dogmen zu verstoßen, deren Einhaltung Amanda im Benehmen junger Damen erwartete.

»Ihnen zuviel Ehre zu erweisen, wäre ein Ding der Unmöglichkeit«, stimmte Mr. Calvert an und preßte seine Lippen kühn auf ihr Handgelenk. »Als meiner Gemahlin gebührt Ihnen alle Ehre.«

Lilah sah auf den Jungen herab, der vor ihr kniete, und runzelte angewidert die Stirn. Die Gentlemen von Mathews County, die für sie in Frage kamen, fanden ihre blonde Schönheit, in Verbindung mit den Reichtümern der Zuckerrohrplantagen auf Barbados, anscheinend unwiderstehlich, aber das war schließlich nicht anders zu erwarten gewesen. Am Interesse der Männer hatte es ihr in ihrem ganzen Leben nicht gemangelt, und sie hatte nicht damit gerechnet, daß es in den Kolonien anders sein würde. Vier Jahre nach ihrer ersten Ballsaison konnte sie fast zwei Dutzend Heiratsanträge für sich verbuchen, die sie ausnahmslos ohne jedes Zögern zurückgewiesen hatte. Mr. Calverts Heiratsantrag war der dritte, den sie während ihres Aufenthalts in Boxhill bekommen hatte, und zwei weitere junge Herren warben glühend um sie, aber bislang war es ihr gelungen, sie davon abzuhalten, zur Sache zu kommen.

Sie seufzte wieder. Die Wahrheit war, daß ihr keiner von ihnen besser gefiel als alle anderen, und schon gar nicht gut genug für eine Heirat. Aber schließlich wurde sie auch nicht gerade jünger, und da sie sein einziges Kind war, ließ sich ihr Vater keine Gelegenheit entgehen, sie darauf hinzuweisen, es sei an der Zeit, sich zu verheiraten und Nachkommen hervorzubringen, die Heart's Ease erben würden. Es sah allmählich schon so aus, als bliebe ihr nichts Besseres übrig, als den Neffen ihrer Stiefmutter als Ehemann zu akzeptieren, Kevin Talbott, der um sie warb, seit sie siebzehn war, und seine Anträge in regelmäßigen Abständen wiederholte, während sie sie mit derselben Regelmäßigkeit zurückwies. Kevin war der Mann, den sich ihr Vater für sie wünschte, und trotz all seiner schlechten Eigenschaften war ihr Vater der klügste Mann, den sie kannte. Eine Ehe mit Kevin hätte zumindest den Vorteil gehabt, daß sie bis an ihr Lebensende in Heart's Ease bleiben konnte, und sie hing unbeirrt an diesem Ort, aber gleichzeitig hätte die Plantage in ihm für lange Jahre den Mann gefunden, der sie kompetent geleitet hätte. Als ihr Ehemann hätte Kevin bis zum Tode ihres Vaters seinen Posten als Aufseher behalten. Dann würden er und sie die Plantage erben, und das Leben würde dort weitergehen wie bisher. Ihrem Vater schien diese Vorstellung äußerst tröstlich zu sein. Lilah dagegen erschien der Gedanke ziemlich erschreckend.

Sie hatte so große Hoffnungen in diesen Besuch bei ihrer Großtante gesetzt – sich erträumt, sie würde an diesem neuen und (wie sie glaubte) aufregenden Ort einen Mann finden, der sie auf den ersten Blick in seinen Bann zog und in den sie sich verlieben konnte. Doch das waren, wie ihre Stiefmutter sie vor der Schiffsreise schon gewarnt hatte, nichts weiter als Träume, und die rauhe Wirklichkeit war dieser alberne Knabe, der zu ihren Füßen kniete. Als sie auf ihn heruntersah, sah Lilah plötzlich vor sich, wie er in ihrer Hochzeitsnacht mit ihr ins Bett stieg, und ein Schauer lief ihr über den Rücken. Dann doch weit lieber mit Kevin, der ihr trotz seiner rauhbeinigen Art wenigstens vertraut war. Ihr Vater hatte auch in diesem Punkt, wie üblich, recht. Die Liebe war nichts weiter als das dumme Geschwätz von Narren, und wenn sie ihren Verstand benutzte, würde sie aus wohlerwogenen Vernunftsgründen heiraten.

». . . sagen Sie, daß Sie die meine werden!«

Trotz ihrer mangelnden Aufmerksamkeit erklärte ihr Mr. Calvert weiterhin seine unsterbliche Liebe und küßte mit der Unterwürfigkeit eines Welpen ihre Hand. Sie mußte die spitze Bemerkung, die ihr auf der Zunge lag, unterdrücken, um höfliche Formulierungen zu verwenden, die für solche Situationen maßgeschneidert waren. Sie konnte ihm mit Sicherheit nicht sagen, daß er sie mit seiner schrillen Stimme und dem lockigen Haar an niemanden mehr erinnerte als an eine größere Ausgabe von Hercules! Zumindest nicht, solange er in einem Maß auf ihre Hand sabberte, das sich nur noch mit Mühe ertragen ließ.

»Seien Sie so gut, meine Hand loszulassen, Mr. Calvert. Ich kann Sie nicht heiraten.« Ihre Stimme war nur ein klein wenig gereizt. Am liebsten hätte sie ihm mit ihrer freien Hand eine Ohrfeige gegeben. Aber sie würde sich noch einen Moment lang zusammenreißen, und vielleicht fand Mr. Calvert seinen Verstand wieder, ehe sie sich zu einem derart schlechten Benehmen gezwungen sah. Es wäre ihr lieb gewesen, wenn Mr. Calverts Vorstellung von ihr unbeschadet aus diesem Zwischenfall hervorgegangen wäre, aber wenn seine Lippen noch höher auf ihrem Arm heraufkrochen ...

Mr. Calvert, der sich von einem Ansturm von Leidenschaft mitreißen ließ und anscheinend zudem von Taubheit befallen war, begann, Küsse auf ihre Fingerspitzen zu drücken. Nachdem sie noch einmal vergeblich versucht hatte, ihm ihre Hand zu entziehen, warf Lilah verzweifelte Blicke auf der finsteren Veranda um sich, weil sie sicher sein wollte, daß niemand dieses lächerliche Geschehen beobachtete.

Ihre Großtante hatte an diesem Nachmittag ihr zu Ehren ein Gartenfest veranstaltet. Bei Einbruch der Dunkelheit hatte sich die Gesellschaft zu dem Tanz, der einen solchen Empfang nach den herkömmlichen Sitten abschloß, ins Haus zurückgezogen. Musik und heitere Stimmen drangen durch die offenen Fenster auf die Veranda und über die samtig grünen Rasenflächen und die gepflegten Rosengärten. Paare schlenderten durch diese Gärten, aber sie waren nichts weiter als murmelnde Stimmen in der Ferne und zu weit weg, um Lilah peinlich zu sein. Außerdem waren die Paare zu sehr in ihre eigenen Angelegenheiten vertieft, um auch nur einen Gedanken daran zu vergeuden, was sich möglicherweise auf der Veranda abspielen mochte, die bis auf sie und Mr. Calvert menschenleer war.

Das Licht und die Musik, die durch die hohen Fenster drangen, ließen den Winkel der Veranda, in dem sie sich in die Enge getrieben fühlte, noch dunkler erscheinen. Es war Juli, und es war ein warmer Abend. Das Zirpen der Zikaden und der Duft des Geißblatts, das um die Veranda herum wuchs, vermengten sich mit der Musik und dem Gelächter, und alles zusammen bildete einen lachhaft romantischen Hintergrund für ihre üble Lage. Am frühen Abend hatte sie kaum einen Tanz ausgelassen. Als die Musik das letzte Mal ausgesetzt hatte, war ihre Haut doch ein wenig von Feuchtigkeit benetzt gewesen (eine Dame schwitzte niemals). Daher hatte sie Mr. Calverts Drängen nachgegeben, ins Freie zu gehen und sich auf die Schaukel zu setzen, um Luft zu schnappen. Jetzt saß sie immer noch auf der Schaukel, während er auf den gründlich gekehrten Dielen der Veranda, die sich über drei Seiten des Hauses erstreckte, vor ihr kniete und Küsse auf ihre Hand preßte und sie kurz davor stand, jeden Versuch aufzugeben, ihn auf höfliche Art abzuweisen. Es wurde zusehends deutlicher, daß er ihre Hand nicht loslassen würde, solange sie nicht drastisch gegen ihn vorging.

»O Lilah, wenn Sie nur einwilligen würden, mich zu heiraten, würden Sie mich zum glücklichsten Mann auf Erden machen!«

Mr. Calvert, den die Leidenschaft zu einer ungewöhnlichen Kühnheit hinriß, ging tatsächlich so weit, ihre Handfläche mit seiner Zunge zu berühren. Lilah war so schockiert, daß sie ihre Hand heftig zurückriß und ihn finster ansah. Hercules, der neben ihr lag und von dieser abrupten Bewegung aufgestört wurde, hob den Kopf. Seine zornig hervortretenden Augen sahen erst ihr und dann Mr. Calvert ins Gesicht. Dann blieb sein böser Blick auf Mr. Calvert ruhen, und er knurrte ihn leise an.

»Sei still, Hercules!« fauchte Lilah erbost und wandte dann ihre Aufmerksamkeit wieder Mr. Calvert zu. »Nein, ich werde Sie nicht heiraten, und jetzt lassen Sie meine Hand los!« zischte sie, denn ihre Geduld war endlich aufgebraucht. Mr. Calvert sah zu ihr auf. Seine braunen Augen, die denen von Hercules allzu sehr ähnelten, waren in ihrer Verzückung glasig, als er sie ansah.

»Diese Schüchternheit steht Ihnen nur zu gut. Es würde mir nicht gefallen, wenn meine Frau übermäßig dreist wäre«, sagte er zu ihrem Verdruß. Da er für ihren Gesichtsausdruck blind zu sein schien, hob er ihre Hand an seine Lippen und preßte noch einmal seine Zunge gegen ihre Handfläche. Damit lockte er sie zu sehr aus der Reserve. Ihre Wut flackerte auf, und Lilah hob ihren Fuß mit dem zierlichen Schuh, setzte ihn mitten auf Mr. Calverts hagere Brust und trat zu, so fest sie konnte, während sie gleichzeitig ihre Hand zurückzog. Das hatte nicht ganz die beabsichtigte Wirkung. Ja, Mr. Calvert gab ihre Hand frei und kippte nach hinten um – aber sie auch! Die Wucht ihres Trittes führte dazu, daß sich die Schaukel in Bewegung setzte. Ehe sie wußte, wie ihr geschah, fiel sie rückwärts über das Geländer der Veranda und war so sehr erschrocken, daß sie nur einen heiseren Schrei ausstieß, als sie auf einen der blühenden Geißblattsträucher prallte, von denen die Veranda umgeben war. Der unerwartete Aufprall entlockte ihr einen gar nicht damenhaften Fluch. Hercules, der gemeinsam mit ihr von der Schaukel gewirbelt worden war, landete mit einem entrüsteten Kläffen dicht neben ihr auf dem Boden.

»Lilah! Ach, du meine Güte!«

Mr. Calverts entsetzter Aufschrei klang fast so schrill wie das Kläffen von Hercules.

Lilah blieb mit ausgebreiteten Armen und Beinen in dem abgeknickten Strauch liegen und war so verblüfft, daß ihr die Worte fehlten. Spitze kleine Äste pieksten sie, aber sie merkte jetzt schon, daß ihre Würde mehr Abbruch erlitten hatte als alles, was ihrer Person zugestoßen sein konnte. Ihr Zorn, der ohnehin schon entflammt war, raubte ihr jede Selbstbeherrschung. Die gräßliche Gewißheit, wie lächerlich sie sich machen mußte, solange sie mit dem Gesicht nach unten und mit abgespreizten Gliedmaßen auf dem abgeknickten Strauch lag, während sich ihr Rock um ihre Beine geschlungen hatte, die entblößt waren, ließ sie bei dem Gedanken zusammenzucken, was sonst noch alles entblößt sein mochte, und diese Vorstellung trug keineswegs dazu bei, ihre Wut zu lindern.

Hercules kläffte empört, und das hieß, daß Mr. Calvert näherkam und zwangsläufig ein Zeuge ihrer mißlichen Lage sein würde. Lilah wand sich heftig, um sich aus dem Strauch zu befreien, doch die Zweige hatten sich in ihrem Kleid verfangen, und sie hing fest. Wenn sie versucht hätte, aufzustehen, hätte sie sich das Kleid zerrissen, und niemand konnte wissen, wie katastrophal die Folgen gewesen wären. Sie machte sich fieberhaft daran, einen Zweig zu entfernen, der sich in ihrem Mieder verhakt hatte.

»Seien Sie so gut, und lassen Sie mich Ihnen beistehen . . .«

Das Lachen, das er kaum verhehlen konnte, entstellte seine Stimme. Seine Belustigung, die deutlich zu hören war, fachte ihre Wut nur noch mehr an. Sie hatte ihr Hinterteil in die Luft gereckt, aber ihr Kopf baumelte dicht über dem Boden. Sie saß fest – erbarmungslos gefangen! – und ihre Beine mit den Strumpfhaltern und den weißen Baumwollstrümpfen, die seinem Blick freigegeben waren, strampelten wild durch die Luft. Sie konnte nichts weiter sehen als braune Erde, die von abgebrochenen Zweigen und Blüten übersät war – und ansonsten sah sie rot. Sie war so wütend, daß sie den kichernden Kerl am liebsten umgebracht hätte. Sie bog ihren Arm auf den Rücken und versuchte erfolglos, ihren Rocksaum zu finden und ihn auf ihre Waden zu ziehen. Zu ihrem Entsetzen spürte sie, daß seine Hand das tat, was ihr mißlungen war. Seine Knöchel streiften tatsächlich die Rückseite ihrer Oberschenkel!

»Lassen Sie die Finger von mir, Sie Lump! Wie können Sie es wagen, mich anzurühren! Wie können Sie es wagen, zu lachen! Das ist alles Ihre Schuld, Sie dämlicher Idiot, und ich gestatte mir, zu sagen, daß ich Sie noch nicht einmal heiraten würde, wenn . . .! Hören Sie auf zu lachen, Sie verdammter Kerl! Sie sollen aufhören zu lachen, haben Sie mich verstanden?«

Das zügellose männliche Gelächter, das entsprechend ihrer Tirade lauter wurde (oder auch, weil sie ein so albernes Bild abgab, als sie strampelnd versuchte, sich aus dem Busch zu befreien), brachte Lilah derart in Wut, daß sie nur noch Rache wollte und ihr alles übrige gleich war. Zum Klang des schallenden Gelächters gab sich Lilah einen Ruck und kam wie eine Kanonenkugel aus dem Busch geflogen und holte zu einem äußerst wenig damenhaften, aber nur zu sehr verdienten Hieb auf den Verursacher ihrer schmählichen Niederlage aus. Kurz bevor ihr Hieb landete, wenige Zentimeter vor seinem Ziel, wurde ihre Faust mit eisernem Griff umklammert. Zu ihrem Entsetzen stellte Lilah fest, daß der Gentleman, der die Dreistigkeit besessen hatte, ihr den Rock herunterzuziehen, und dessen Augen sie immer noch schmunzelnd ansahen, obwohl er sie im selben Moment davon abhielt, ihm die Nase zu brechen, keineswegs Mr. Calvert war. Statt dessen handelte es sich um einen vollkommen fremden Mann, der sie mit den grünsten Augen, die sie je gesehen hatte, auslachte.

2

»Oh!« sagte sie in ihrer Ratlosigkeit. Zur Krönung ihrer peinlichen Lage schlich sich ein glühendes Erröten bis an ihren Haaransatz.

Der Fremde sah grinsend auf sie herunter. Seine Zähne waren weiß und ein wenig ungleichmäßig, und darüber wuchs ein piratenhafter Schnurrbart auf seinem dunkelhäutigen Gesicht. Sein Haar, das im Nacken zusammengebunden war, war schwarz und dicht und leicht gewellt. Er war groß und breitschultrig und sah trotz dieses Grinsens, das sie außer sich brachte, atemberaubend gut aus. Er trug Reisekleidung über einem gestärkten weißen Hemd, einer elegant gebundenen Krawatte und einer schicken Reithose. Aus der Reitpeitsche, die er in der Hand hielt, die ihre Hand nicht umklammert hatte, schloß Lilah, daß er soeben erst eingetroffen war und auf dem Weg vom Stall zum Haus gewesen sein mußte, als er ihre Demütigung mitangesehen hatte.

»Sie da! Lassen Sie sofort die Dame los! Sie sollen Ihre Hand loslassen, habe ich gesagt!« Mr. Calvert, der wieder auf die Füße gekommen und die Treppe heruntergeeilt war, um Lilah zu helfen, war eindeutig verstimmt darüber, daß er nicht mehr gebraucht wurde. Er kam wütend um die Ecke und blieb abrupt stehen, ehe er sich wieder eifrig daran machte, Lilahs Beschützer zu spielen. Hercules, dem Mr. Calverts Eintreffen anscheinend neuen Mut eingeflößt hatte, kläffte erneut und sprang mit einem Satz auf die staubigen Stiefel des Fremden zu, hielt aber einen knappen Meter vor seinem Ziel in dem Angriff inne.

»Ach, sei doch endlich ruhig!« fauchte Lilah, die anscheinend Hercules meinte, mit ihrem Blick jedoch auch Mr. Calvert einbezog. Der Fremde grinste noch breiter. Er zog die klar gezeichneten schwarzen Augenbrauen hoch, als er den Jungen musterte, der auf ihn zukam, würdigte Mr. Calvert aber nur eines flüchtigen Blickes, ehe sich seine Augen Lilah wieder zuwandten.

»Ich gratuliere Ihnen zu Ihrem gesunden Menschenverstand, Ma'am. Den würde ich auch nicht nehmen.« Sein vertraulicher Tonfall ließ ein zögerndes Lächeln auf ihre Lippen treten.

»Wie kommen Sie dazu, Sie – Sie . . .!« stotterte Mr. Calvert, der die Hände, die an seinen Seiten hingen, zu Fäusten ballte. Er kam näher spaziert, blieb neben Lilahs rechter Schulter stehen und funkelte den Fremden dabei wütend an. »Wie kommen Sie dazu, sich zu einer privaten – einer äußerst privaten! – Angelegenheit zu äußern? Wer, zum Teufel, sind Sie überhaupt?«

Der Fremde neigte höflich den Kopf. »Jocelyn San Pietro, stets zu Ihren Diensten, Sir. Aber meine Freunde nennen mich Joss.« Bei seinen letzten Worten glitt sein Blick wieder über Lilahs Gesicht, und sie erkannte, daß er unverhohlen mit ihr flirtete. Trotz ihrer anhaltenden Verlegenheit fühlte sie sich von seinem empörenden Benehmen angezogen. Alle Männer, die sie bisher in ihrem ganzen Leben kennengelernt hatte, hatten sie äußerst ehrerbietig behandelt, als sei sie ein lockender Preis, den es zu gewinnen galt, eine goldfunkelnde Beute. Dieser Kerl mit seinem gutaussehenden Gesicht und seinem dreisten Grinsen ließ sich überhaupt nicht von ihr einschüchtern, und sie stellte fest, daß ihr das an ihm gefiel.

Trotzdem hielt er immer noch ihre Hand, und das ging über die Grenzen des Zulässigen hinaus. Sie zog unauffällig an ihrer Hand. Er warf einen flüchtigen Blick auf sie, in dem sich sein Bedauern ausdrückte, doch er ließ sie los.

»Guten Tag, Mr. San Pietro. Ich bin Lilah Remy, und das ist Michael Calvert.« Lilah sah Mr. Calvert gebieterisch an, und er deutete mürrisch eine Verbeugung an.

»Ich bin hocherfreut, Ihre Bekanntschaft zu machen, Miß Remy.« Die förmliche Formulierung nahm einen vollkommen neuen Aspekt an, als sie von einem vielsagenden Blick aus diesen kühnen grünen Augen begleitet wurde. Er ignorierte Mr. Calvert ganz und gar. Zu ihrem Erstaunen stellte Lilah fest, daß sie erfrischend nervös war. Gewöhnlich hatte sie sich vollkommen in der Hand, wenn sie sich mit einem Herrn unterhielt. Schließlich war sie, soweit sie zurückdenken konnte, ständig bewundert und umworben worden. Aber dieser Mann war etwas, was sich ihrer Kenntnis entzog. Bei dieser Feststellung spürte sie, wie sich ein Funke von Spannung in ihr entfachte.

»Was haben Sie auf Boxhill zu suchen? Sie können nicht zu dem Fest eingeladen sein«, sagte Mr. Calvert mit scharfer Stimme und zusammengekniffenen Augen, die von dem Mann zu Lilah wanderten. »Nur enge Freunde und Nachbarn sind geladen, und Sie habe ich in meinem Leben noch nicht gesehen.«

»Sind Sie der neue Besitzer von Boxhill?« erkundigte sich Mr. San Pietro mit einem blendend geheuchelten Ausdruck tiefen Erstaunens. Mr. Calvert schüttelte finster den Kopf. »Ach, dann bin ich wohl doch nicht vergebens gekommen. Ich bin lediglich gekommen, um Mr. George Barton aufzusuchen.«

»Vielleicht könnte ich Sie zu ihm führen? Er ist mein Onkel – oder genauer gesagt, seine Frau ist meine Großtante«, sagte Lilah.

»Ach, wirklich?« Mr. San Pietro lächelte charmant. »Vielleicht könnten Sie mich später zu ihm führen. Aber bis dahin lasse ich mir gerne Zeit.«

»Lilah, Sie wissen nicht das geringste über diesen Mann! Es geht nicht an, daß Sie sich mit ihm unterhalten! Er ist Ihnen noch nicht einmal geziemend vorgestellt worden! Er könnte ein x-beliebiger Kerl sein – ein Lump! Er könnte Mr. Barton sogar schaden wollen!«

Mr. Calverts erbostes Flüstern brachte Lilah dazu, ihn zornig anzusehen, aber Mr. San Pietro, der diese Worte zwangsläufig mitanhörte, hielt sie zurück. Das charmante Lächeln verschwand von seinem Gesicht, und plötzlich schien er von einer Aura von Macht und Einfluß umgeben, als er Mr. Calvert mit starrem Blick ansah.

»Hüten Sie sich, Bürschlein, oder Sie sitzen gleich wieder auf Ihrem Hinterteil.« In dem Blick, der auf Mr. Calverts Gesicht gerichtet war, lag eine kalte Warnung. Als sie von einem zum anderen sah, fiel Lilah plötzlich auf, wie unglaublich sich die beiden Männer voneinander unterschieden. Jocelyn San Pietro war mindestens einen Meter fünfundachtzig groß, wenn nicht gar größer. Mit seinen breiten Schultern und seinen kräftigen Muskeln war er fast das Eineinhalbfache des großen, aber gertenschlanken Mr. Calvert, und er sah aus wie ein Mann, der angesichts von Schwierigkeiten blendend zurechtkommt. Mr. Calvert dagegen sah ganz nach dem aus, was er war, der verhätschelte Sprößling einer prominenten Familie, der in seinem ganzen Leben noch keinen Tag mit den eigenen Händen gearbeitet hatte. Mr.

San Pietro mußte auf die Dreißig zugehen. Mr. Calvert zählte noch keine vollen zwanzig Jahre. Wären die beiden in irgendeiner Form aneinandergeraten, so hegte Lilah nicht den geringsten Zweifel daran, wer als Verlierer hervorgegangen wäre. Mr. Calvert, der anscheinend zu demselben Schluß gekommen war, schwieg, funkelte seinen Rivalen jedoch mit heftiger Ablehnung an.

Hercules kläffte wieder, und diesmal galt sein Bellen einem Paar, das aus dem Rosengarten kam. Das händchenhaltende Pärchen sah in ihre Richtung, und sie ließen einander sofort los und hielten einen diskreten Abstand voneinander, als sie um das Haus herum auf den Haupteingang zugingen. Lilah fiel wieder ein, in welcher Umgebung sie sich aufhielt und daß im Haus ein Fest stattfand. Es widerstrebte ihr zwar sehr, Mr. San Pietro mit der übrigen Gesellschaft teilen zu sollen, doch sie hatte wirklich keine andere Wahl, als ihn ins Haus zu führen. Amanda würde sich zweifellos bald auf die Suche nach ihr machen, wenn sie noch länger herumtrödelte. Und Amanda würde sie ausschelten ...

»Sei still, Hercules! Vielleicht sollten wir jetzt ins Haus gehen? Wenn Sie mit meinem Onkel reden wollen, Mr. San Pietro, hole ich ihn gern. Bis dahin stehen auf einem Tisch Erfrischungen bereit, und die Musiker sind auch recht gut.«

»Das klingt nur zu verlockend.« Er lächelte wieder und sah ihr ins Gesicht. Zu ihrem tiefsten Entsetzen nahm Lilah wahr, daß ihr Herz schneller schlug. »Ich muß gestehen, daß ich ein wenig gereizt war. Ich habe das Abendessen ausfallen lassen, um herzureiten.«

»Dagegen läßt sich mit Sicherheit Abhilfe schaffen!« Sie lächelte fröhlich und fühlte sich wie ein dummes, junges Mädchen, das sich betören läßt, aber sie entschloß sich, dieses Gefühl auszukosten.

»Sollen wir ins Haus gehen?« Er bot ihr mit diesem strahlenden Lächeln seinen Arm an, und seine Blicke sagten ihr, daß er sie ebenso interessant fand wie sie ihn. Aber natürlich war es nicht anders zu erwarten. Lilah war sich durchaus der Wirkung ihrer eigenen Schönheit bewußt und war sich nicht zu schade, sie ganz zu ihren Gunsten zu nutzen. Die Mehrheit aller männlichen Wesen im Alter von zehn bis neunzig Jahren, die ihre vollkommenen Gesichtszüge, die wie in Porzellan gemeißelt wirkten, und ihren zartgebauten Körper mit den anmutigen Rundungen zu Gesicht bekamen, vergafften sich auf den ersten Blick in sie. Aber jetzt fühlte sie sich zum allerersten Mal selbst von einem Gegenüber angezogen, und sie entdeckte, wie himmelhoch der Unterschied war.

»Ja, sicher.« Sie hing ihre Hand bei ihm ein und mißachtete vollständig, daß Mr. Calvert hörbar nach Luft schnappte. Als ihre Finger sich auf seinen Ärmel legten und sie die kräftigen Muskeln unter dem Stoff spürte, nahm sie bewußt ein Prickeln wahr und merkte, wie es sich von ihren Zehenspitzen bis zu ihrem Scheitel zog. Mit Erstaunen in den Augen sah sie zu ihm auf und stellte fest, daß er gebannt auf sie heruntersah.

»So können Sie nicht ins Haus gehen, Lilah! Ihr Haar hat sich gelöst, und es stecken kleine Zweige darin, und ihr Kleid hat einen langen Riß bekommen!«

Mr. Calverts Einwände brachten sie abrupt in die Wirklichkeit zurück.

Lilah, die ihr Mißgeschick schon fast vergessen hatte, blieb stehen und sah entsetzt an sich herunter. Nach allem, was sie sehen konnte, hatte Mr. Calvert die Sachlage noch beschönigt. Die schimmernde Seide ihres hübschen neuen Kleides war dutzendfach eingerissen, und an einer Seite sah ihr weißer Reifrock durch einen langen Riß heraus. Ihr Mieder hatte direkt unter dem tiefen Ausschnitt einen gezackten Riß, und man konnte Pfirsichhaut und ihr Unterkleid sehen. Entsetzt hob sie die Hände und mußte feststellen, daß der Knoten in ihrem Nacken bedrohlich schief saß und sich etliche Strähnen gelöst hatten. Sie zweifelte nicht daran, daß die kleinen Ringellöckchen, die Betsy, ihre Zofe, mühsam dazu gebracht hatte, weich um ihr Gesicht zu fließen, jetzt unansehnlich herabhingen.

Mit großem Unwillen wurde ihr bewußt, daß sie absolut abscheulich aussehen mußte, und das war etwas, was sie ganz entschieden nicht gewohnt war. Lilah Remy war immer perfekt herausgeputzt, ungeachtet des Anlasses, des Wetters und anderer Einflüsse. Das festigte ihren Ruf als eine herausragende Schönheit. Ihr Blick wandte sich Jocelyn San Pietro zu. Er sah sie an, und seine Lippen mochten zwar unter dem tollen Schnurrbart zusammengekniffen sein, doch sie hatte den Eindruck, daß er nur mühsam ein Lächeln zurückhielt.

»Ach, du meine Güte«, sagte sie und ließ ihre Arme sinken. Er beugte sich vor und zupfte einen Zweig aus ihrem Haar. Einen Moment lang hielt er ihn in seinen langen Fingern, die sehr kräftig wirkten, ehe er ihn behutsam in die Brusttasche des schwarzen Fracks steckte, bis nur noch die Blüte zu sehen war. Diese Geste bezauberte Lilah. Sie hörte, wie Mr. Calvert neben ihr die Zähne aufeinanderbiß.

»Ein kleiner Makel dient nur dazu, die vollkommene Schönheit hervorzuheben, die die Natur Ihnen verliehen hat, Miß Remy«, sagte Mr. San Pietro mit einer kleinen

Verbeugung und schmachtendem Blick. Lilah kicherte unwillkürlich, und daraufhin grinste er breit. Plötzlich spielten ihr zerrissenes Kleid und ihr wirres Haar keine so große Rolle mehr. Vielleicht konnte man ihr den Vorwurf der Eitelkeit machen, aber der Gedanke, er könne sie nicht von ihrer besten Seite sehen, war ihr verhaßt. Sein allzu blumiges Kompliment hatte sie wieder beruhigt, und dazu war es zweifellos gedacht gewesen.

»Ich fürchte, Sie sind ein Schmeichler, Mr. San Pietro.« Sie sagte es streng, doch ihre Augen lächelten ihn an. Er schüttelte den Kopf, griff wieder nach ihrer Hand und hing sie bei sich ein.

»Gibt es vielleicht einen Hintereingang?« schlug er vor. Lilah nickte und wies ihm den Weg zur Rückfront des Hauses. Mit der freien Hand hielt sie ihren Rock hoch, doch sie vermutete, daß es eine unsinnige Geste war, da das Kleid ohnehin zweifellos ruiniert war. Vielleicht konnte Betsy es aber auch noch so weit flicken, daß sie es an eine der Köchinnen weitergeben konnte? Mr. Calvert und Hercules bildeten den Abschluß der kleinen Prozession, und es war nicht der Hund, der knurrte.

»Ich muß mich in mein Zimmer schleichen und mein Bestes tun, um den Schaden zu beheben, nehme ich an.« Sie sagte die Worte leichthin, doch insgeheim war es ihr verhaßt, ihn wieder allein zu lassen, nachdem sie ihn gerade gefunden hatte. Zwischen ihnen war etwas ganz Besonderes entstanden, etwas, was so zart und zerbrechlich und doch so fühlbar war, daß es in der warmen Abendluft flimmernd Gestalt anzunehmen schien. Sie hatte Angst, wenn sie ihn aus den Augen ließ, könnte der Zauber vergehen – oder vielleicht verschwand gar der Mann. Was ihr zustieß, war fast wie ein Traum, und gewiß zu schön, um wahr zu sein . . .

»Ich hoffe, daß Sie anschließend wieder nach unten kommen? Es wäre doch ein Jammer, sich wegen einer zerzausten Frisur und eines zerrissenen Kleides zurückzuziehen.«

Sie sah zu ihm auf und stellte fest, daß seine Augen lachten und gleichzeitig doch ein Ernst in seinen Worten lag, der ihr sagte, er wolle wirklich unbedingt, daß sie wieder zurückkam. Sie lächelte ihn mit einem betörenden Lächeln an, das viel versprach. Sein Gesichtsausdruck änderte sich nicht, aber seine Pupillen weiteten sich.

»Ich werde wieder nach unten kommen. Die Musiker sollen um Mitternacht den Boulanger spielen, und das ist mein liebster Tanz auf Erden. Wegen einer Frisur, die aus der Form geraten ist, werde ich ihn gewiß nicht missen mögen.«

»Das nenne ich Temperament.« Er grinste sie an, und ihr Herz fing wieder an, absurd schnell zu schlagen. Was hatte dieser Mann bloß an sich . . .? »Sie sind eine junge Dame nach meinem Geschmack, Miß Remy. Auch ich habe eine klare Vorliebe für den Boulanger. Vielleicht würden Sie mir gestatten, Sie zu diesem Tanz zu bitten? Als Belohnung dafür – äh – daß ich Ihnen dabei geholfen habe, sich aus diesem Strauch zu befreien?«

»Ich muß schon sagen, Sir, daß kein Gentleman einen so unseligen Zwischenfall ein zweites Mal erwähnen würde.« Die Koketterie fiel ihr zu und war ihr so natürlich wie das Atmen, und Lilah zog jetzt alle Register bei diesem Mann, von dem sie sich angezogen fühlte wie noch von keinem anderen. Sie reckte ihr Kinn in die Luft und sah zu ihm auf, denn sie wußte aus jahrelanger Übung vor dem Spiegel ihrer Frisierkommode, daß ihre blauen Augen aus diesem Blickwinkel herrlich exotisch wirkten und ihr Hals zu einem langen, schmalen Schwanenhals wurde. Er mußte verzaubert sein – es sei denn, ihre strähnigen, zerzausten Haare verdarben die Wirkung. Bei diesem Gedanken hatte sich ihr Gesicht verfinstert, doch dann sah sie in seinen grünen Augen deutliche Bewunderung und war ihrer Sache wieder sicher. Wenn es je einen Mann gegeben hatte, der eine Frau interessiert musterte, dann tat er das jetzt.

»Miß Remy hat all ihre Tänze bereits vergeben«, warf Mr. Calvert eifersüchtig ein und stellte sich neben Lilah. Lilah hatte nur einen verdrießlichen Blick für ihn übrig. Warum konnte er nicht einfach fortgehen? Er war genauso schlimm wie die Stechmücken, die ständig in Schwärmen um das Haus herumflogen. Sie hätte ihm nur zu gern eine Ohrfeige gegeben.

»Ich war für den Boulanger tatsächlich schon vergeben, aber ich glaube, ich hatte ihn Mr. Forest versprochen, der seine Mutter eher nach Hause bringen mußte, weil sie sich unpäßlich fühlte.« Sie brachte die Lüge anmutig vor und lächelte Mr. San Pietro dabei strahlend an.

»Ich bin sicher, daß ich ihn noch gesehen habe . . .«

»Es wird mir eine Freude sein, den Boulanger mit Ihnen zu tanzen, Mr. San Pietro«, sagte Lilah entschieden und warf Mr. Calvert einen Blick zu, der ihn warnte, weitere Einwände zu erheben. Für Mr. Forest, diesen plumpen Mann mit den feuchten Händen, würde sie doch keinen Tanz mit Mr. San Pietro auslassen!

»Ich freue mich jetzt schon darauf«, sagte Mr. San Pietro förmlich, aber sie sah seine Augen im Dunkeln schimmern und vermutete, daß er belustigt war. Um Himmels willen, so unverhohlen zeigte sie ihre Vorlieben im allgemeinen nicht – aber schließlich brauchte sie im allgemeinen auch keine solchen Tölpel wie Mr. Calvert abzuwimmeln.

»Sie können es sicher kaum erwarten, sich den Gästen wieder anzuschließen, Mr. Calvert«, sagte sie mit allem Charme, den sie nur irgend aufbieten konnte. Sie hob ihren Rock etwas höher, als sie um das Haus bogen. Gewiß würde er diesen Wink verstehen und endlich begreifen, daß er ihr im Weg war.

»Ich werde Sie nicht mit ihm allein lassen«, murrte Mr. Calvert. Falls Mr. San Pietro die gemurmelte Antwort gehört hatte, ließ er es sich in keiner Form anmerken, doch Lilah hatte den starken Verdacht, daß er die Worte gehört hatte, denn er wirkte enorm belustigt.

Beulah, die rundliche schwarze Köchin, die schon zur Familie Barton gehört hatte, als Lilah geboren worden war, saß auf der Veranda vor der Küche auf einem Schaukelstuhl und fächerte sich mit ihrer Schürze behaglich Luft ins Gesicht, und vor ihr auf der Treppe saß Boot, George Bartons Kammerdiener. Die beiden waren in ein erhitztes Gespräch miteinander vertieft. Lilah hatte schon länger den Verdacht, daß Boot ein Auge auf Beulah geworfen hatte, obwohl beide alt genug waren, um längst viele Enkel zu haben. Beulah verstummte, als Lilah vor ihr stehenblieb. Sie sprang sofort auf, watschelte zu Lilah und legte einen Finger unter ihr Kinn.

»Was ist passiert?« Beulah beäugte Lilahs Begleiter unwillig. »Du hast überall Löcher in deinem hübschen Kleid.«

»Ich bin von der Veranda gefallen«, sagte Lilah und warf Mr. Calvert einen bissigen Blick zu, aus dem Beulah mühelos schließen konnte, wer der Übeltäter war. Mr. Calvert errötete und stammelte eine Erklärung, der niemand Beachtung schenkte. In dem Moment roch

Hercules gebratene Hühner und stürzte sich auf das Dienstmädchen, das das Tablett trug.

»Dieser Hund!« murrte Beulah und versuchte, ihn zu vertreiben, doch Lilah hatte eine bessere Idee.

»Komm her, Hercules!« rief sie und schnalzte mit den Fingern, ehe sie auf ihren Rock klatschte. Hercules, der glaubte, er bekäme ein Hühnerbein, kam angelaufen. Lilah hob ihn hoch, ignorierte, daß er ihre Backen ableckte, und warf Mr. Calvert das zappelnde Bündel zu, das entsetzt knurrte.

»Ich wäre Ihnen unendlich dankbar, wenn Sie ihn in den Stall bringen und dort einsperren könnten. Das arme kleine Hündchen wird sich noch wehtun, wenn es ständig jemandem vor den Füßen herumläuft.« Sie lächelte liebreizend bei diesen Worten und kostete Mr. Calverts entgeistertes Gesicht genüßlich aus. Einen Moment lang gaffte er sie an, aber da ein halbes Dutzend Augenpaare auf ihn gerichtet waren, schien ihm wenig anderes übrigzubleiben, als zu verschwinden.

Als er die Niederlage einsah und sich zurückzog, wandte sich Lilah triumphierend an Mr. San Pietro. »Wenn Sie wollen, wird Boot Sie in den Salon führen. Ich muß mich schnell umziehen.«

»Es wäre mir lieber, wenn ich auf Sie warten könnte. Wie Ihr junger Freund bereits betonte, sind nur enge Freunde und Nachbarn geladen, und ich fürchte, ich gehöre nicht dazu. Ich muß gestehen, daß ich ein wenig schüchtern bin. Vielleicht gibt es ein Zimmer, das heute abend leersteht und in dem ich auf Sie warten kann, ohne jemanden zu stören?«

Er war etwa so schüchtern wie ein Barracuda, vermutete Lilah, als sie ihn durch den Gang ins Haus führte, aber sie freute sich gleichzeitig darüber, daß er auf sie warten wollte, wenn sein Vorwand auch noch so unsinnig sein mochte. Sie forderte Boot auf, Mr. San Pietro in das Büro ihres Onkels zu führen und dafür zu sorgen, daß er etwas zu essen bekam. Währenddessen stieg sie die Treppenstufen hinauf und blieb auf der kleinen Veranda hinter dem Haus stehen. Jocelyn San Pietro kam hinter ihr die Treppe hinauf und blieb neben ihr stehen. Sie hoffte, daß sie nicht zu übel aussah, da das Licht jetzt auf ihr Gesicht fiel.

»Laß mich lieber etwas auf den Kratzer schmieren, Schätzchen, damit es keine Narbe gibt«, sagte Beulah, die Lilah ins Haus scheuchen wollte.

»Keine Sorge, der Kratzer ist kaum noch zu sehen. Es wird schon keine Narbe geben«, sagte Jocelyn San Pietro und ließ beiläufig einen Finger über die zarte Haut ihrer verletzten Wange gleiten. Lilah nahm diese Berührung in jeder Faser ihres Körpers wahr. Mit aufgerissenen Augen starrte sie in das schmale dunkle Gesicht, das so atemberaubend nah war. Das helle Licht, das ihre Mängel zeigte, brachte auch seine Mängel ans Tageslicht, doch das Erschreckende war, daß er in ihren Augen keine Mängel aufzuweisen hatte. Er hatte eine breite Stirn, hohe Backenknochen, ein prägnantes Kinn. Seine Nase war gerade und nicht zu lang. Sein Schnurrbart wuchs über vollen, schön geschnittenen Lippen. Seine Gesichtszüge waren rauh und männlich, intelligent und gebieterisch. Dazu kamen die außergewöhnlichen smaragdgrünen Augen und dieses schelmische Grinsen. Er sah wirklich gut aus, so gut, daß ihr die Knie weich wurden. Ihm mußte klar sein, welche Wirkung er auf sie hatte . . .

»Kind . . .«

»Schon gut, Beulah, Betsy wird sich gleich um mich

kümmern. Boot, Sie sorgen gut für Mr. San Pietro, haben Sie verstanden?« Dann blickte sie noch einmal zu ihm auf. »Es wird nicht lange dauern«, versprach sie ihm mit leiser Stimme. Ohne eine Antwort abzuwarten, hob sie ihre Röcke an und betrat das Haus.

3

»Betsy! Betsy!« rief Lilah schon aus, als sie durch die
Schlafzimmertür stürzte. Natürlich war Betsy nicht da.
Warum hätte sie auch dort sein sollen? Sie konnte nicht
damit rechnen, daß ihre Herrin innerhalb der nächsten
Stunden ins Bett gehen würde. Lilah klingelte ungeduldig nach ihr. Sie wollte so schnell wie möglich wieder
nach unten gehen. Jocelyn San Pietro war der attraktiv-
ste Mann, der ihr je begegnet war, und sie hatte nicht
vor, ihn länger als irgend nötig warten zu lassen. Die
Worte: »Zu schön, um wahr zu sein, zu schön, um wahr
zu sein . . .« gingen ihr immer wieder durch den Kopf.

»Was tun Sie so früh hier oben, Miß Lilah? Miß Lilah!
Was ist bloß passiert?« Betsy kam in ihr Zimmer gestürzt
und starrte ihre Herrin entgeistert an. Betsy war ein
schlankes Mädchen, das die Farbe von hellem Milchkaf-
fee hatte. Ihre prächtige dunkle Haarmähne, die sie in
Heart's Ease offen trug, die aber laut Amanda Bartons
Anweisungen unter einem Kopftuch verborgen werden
mußte wie die aller anderen Hausangestellten in Boxhill,
wies einen rötlichen Schimmer auf. Sie war sehr hübsch,
und sie war nicht nur Lilahs Zofe, sondern auch ihre
Freundin. Betsy war zwei Jahre älter, und sie war von
klein auf Lilahs Spielkameradin gewesen. Lilahs Vater
hatte Lilah das Mädchen zu ihrem achten Geburtstag offiziell überlassen, und von da an war Betsy ihre Zofe und
Vertraute.

»Ich bin von der Veranda gefallen«, antwortete Lilah
unwillig, um bei der Lüge zu bleiben, die sie auch schon

Beulah gegenüber ausgesprochen hatte. Die Geschichte war zu lang und zu umständlich, um darauf einzugehen. »Ich gehe wieder nach unten, und ich brauche ein anderes Kleid. Aber hilf mir erst aus diesem Ding hier.«

»Ja, Miß Lilah.«

Betsy schloß die Tür hinter sich und ging dann durch den hohen Raum, um Lilahs Kleid aufzuknöpfen. Die Schärpe hatte Lilah bereits gelöst, und im nächsten Moment zog Betsy ihr das Kleid über den Kopf.

»Ich glaube nicht, daß es sich noch flicken läßt«, sagte Betsy zweifelnd und sah sich die zerrissene Seide genauer an.

»Ach, das macht nichts weiter. Hilf mir lieber, ein anderes Kleid auszusuchen.« Lilah trat vor den Mahagonischrank zwischen den hohen Fenstern und riß die Türen auf. »Ich brauche etwas absolut Verführerisches!«

Betsy sah ihre Herrin rätselnd an. »Sie haben etwas vor? Verführerisch wollten Sie doch noch nie sein.«

Lilah lächelte strahlend, sagte aber kein Wort.

»Es ist ein Mann, nicht wahr? *Der* Mann? Oh, Gott sei Dank, endlich ist er gekommen! Mir können Sie es sagen, Miß Lilah, und ich werde keiner Menschenseele gegenüber auch nur ein Wort über die Lippen kommen lassen! Schließlich erzähle ich Ihnen auch von all meinen Männern. Und Sie haben mir noch nie ein Wort über Ihre Männer erzählt!«

»Weil es nichts zu erzählen gibt, deshalb, und das weißt du selbst ganz genau. Was ist mit diesem blauen Dimity?« Sie zog das Kleid aus dem Schrank und musterte es kritisch. »Nein, Blau macht sich in der Nacht nicht gut.« Sie ließ es auf den Boden fallen, ohne sich etwas dabei zu denken, ehe sie sich ihrem Kleiderschrank wieder zuwandte.

»Was ist mit der silbernen Ripsseide?« schlug Betsy vor. Sie streckte den Arm aus und zog das Kleid aus dem Schrank. Beide Mädchen sahen es mit Kennerblicken an.

»Das muß genügen«, entschied Lilah mit einem Nikken und wandte sich von ihrem Kleiderschrank ab, um sich vor die Frisierkommode zu setzen. Dort beugte sie sich vor und sah sich ihr Gesicht näher an. »Ich brauche auch frische Unterwäsche. Meine Güte, ich sehe furchtbar aus.«

Wie sie befürchtet hatte, hing ihr eleganter Knoten gerade noch über einem Ohr, und die reizenden kleinen Löckchen hatten sich in silbrige Fäden aufgelöst. Auf der Stirn hatte sie Schmutz und auf der seidigen Haut einer Wange einen langen Kratzer.

»Ich sehe ja gräßlich aus!« sagte sie erschrocken.

»Nein, überhaupt nicht. Selbst wenn Sie sich noch so sehr anstrengen, können Sie gar nicht gräßlich aussehen«, erwiderte Betsy sanft und legte die frische Unterwäsche zusammen mit dem Kleid auf das Bett. »Waschen Sie sich nur schnell das Gesicht, und dann sehen Sie in einer halben Stunde wieder so gut wie neu aus.«

»In einer halben Stunde!« jammerte Lilah und beugte sich über den Waschtisch, um sich Wasser ins Gesicht zu spritzen. Das kalte Wasser ließ den Kratzer schmerzen, aber das machte ihr nichts aus. Sie wollte nur so schnell wie möglich wieder nach unten kommen.

»Er muß es sein«, schloß Betsy kichernd. »Ich wußte doch, daß Amor Sie eines Tages noch mit seinem Pfeil erwischt, Miß Lilah. Und so, wie Sie aussehen, hat er Sie wirklich übel erwischt.«

»Sei nicht albern, Betsy. Ich habe dir doch schon gesagt, daß ich von der Veranda gefallen bin, und das ist wahr. Im übrigen ist mir der Herr, von dem du sprichst, über den Weg gelaufen. Ich – kann ihn gut leiden, das ist alles.«

»Du kannst es gut leiden, wenn du dick Butter auf deinem Toast hast, Schätzchen. Aber wenn ein Mädchen etwas für einen gewissen, ganz bestimmten Mann empfindet, dann ist nicht die Rede davon, daß man etwas mag oder gut leiden kann. Das nennt sich Liebe.«

Betsy schnürte Lilahs Korsett bei diesen Worten auf. Als die Bänder gelöst waren, holte Lilah tief Atem. Sie tat es so selbstverständlich, wie sie sich das Gesicht wusch. Seit Jahren trug sie jetzt Korsetts und hatte sich daran gewöhnt, von ihnen eingeengt zu werden. Trotzdem war es ein angenehmes Gefühl, frei durchatmen zu können. Wenige Minuten später war Lilah splitternackt, und Betsy kleidete sie an. Das Kleid kam erst als Letztes, nachdem Betsy sie frisiert hatte, damit die Seide keine Falten bekam.

»Ich wette, daß er gut aussieht«, sagte Betsy, als sie die Nadeln aus Lilahs Haar zog. Lilah, die vor ihrer Frisierkommode saß, beugte sich zum Spiegel vor, um sich den Kratzer auf ihrer Wange genauer anzusehen, als die silberblonden Haarsträhnen ihr als eine schimmernde Masse um das Gesicht fielen. Ihr Haar reichte ihr bis über die Hüften, und wenn es sich auch ohne Lockenwickler nicht wellen wollte, war es doch prachtvoll dicht und glänzte.

»Ich will nicht über ihn reden, Betsy! Glaubst du, daß das eine Narbe gibt?«

Betsy schüttelte den Kopf, als sie die schimmernden Strähnen ausbürstete. »Von dem kleinen Kratzer? Das kann ich sofort mit etwas Reispuder überdecken. Niemand wird den Kratzer dann noch sehen.«

Lilah sah im Spiegel zu, wie Betsy ihr Haar zu einem

eleganten Knoten zusammenschlang. Die kleinen Löck-chen, die ihr Gesicht am früheren Abend so bezaubernd eingerahmt hatten, waren für heute unwiderruflich da-hin. Ihr Haar war von Natur aus vollkommen glatt, aber diese strengere Frisur gefiel ihr ebenso gut, entschied sie, als sie ihr Spiegelbild von allen Seiten betrachtete. Sie betonte die hohen Wangenknochen ihres schönen Gesichtes und zeigte ihre muschelförmigen Ohren und ihre zartgeschnittenen Züge. Bis auf ihre spitzen Wan-genknochen und ihr spitzes Kinn war ihr Gesicht ein perfektes Oval. Ihre Augen waren groß und an den Au-genwinkeln minimal nach oben zulaufend, und das zarte Graublau wurde durch ihre geschwungenen, dichten schwarzen Wimpern noch betont (die, um die Wahrheit zu sagen, regelmäßig von Betsy mit einem angebrannten Stöckchen gefärbt wurden). Ihre Nase war gerade und wohlgeformt, und ihre Lippen waren voll und schön und doch zart geschnitten. Alles in allem war sie recht zufrie-den mit dem Gesicht, das sie aus dem Spiegel ansah – bis auf den Kratzer. Sie hoffte, daß Betsy recht mit dem Reispuder hatte.

Das silberne Kleid aus Ripsseide war ähnlich ge-schnitten wie das Kleid, das sie gerade ausgezogen hatte. Lilah stand vor dem Spiegel, als Betsy ihr das Kleid über den Kopf zog und es dann am Rücken zuknöpfte, ein Empirekleid mit kurzen Puffärmeln, hoher Taille und tiefem Ausschnitt, was in Frankreich jetzt so beliebt war. Der Rock war schlicht, und das Kleid betonte Lilahs schmale Taille, ihre schlanken Hüften und ihre hochan-gesetzten, vollen Brüste. Die Wirkung war atemberau-bend. Betsy lächelte, als sie sah, wie ihre Herrin sich im Spiegel betrachtete.

»Er wird glauben, er ist gestorben und in den Himmel

gekommen«, sagte sie zufrieden und griff nach dem Schächtelchen mit dem Reispuder.

»Ich habe dir doch gesagt . . .«, setzte Lilah an.

»Ich weiß, was Sie mir gesagt haben, aber ich weiß auch, was ich weiß.«

Es war zwecklos, mit Betsy zu streiten, und das wußte Lilah. Das Mädchen war in genau dem Maß unterwürfig, in dem sie es sein wollte, und kein bißchen mehr. Lilah warf einen letzten Blick auf ihr Spiegelbild, als Betsy ihr eine schlichte Perlenkette umhing und sie in ihrem Nakken schloß. Dann war sie fertig.

»O Betsy«, sagte sie, als ihr plötzlich ganz flau in der Magengrube wurde. »Ich glaube – ich glaube, ich bin nervös.«

»Das erwischt uns alle von Zeit zu Zeit, Miß Lilah. Ihnen stößt es nur später zu als den meisten anderen.«

»Wirklich? Ist das wahr? Na ja, jedenfalls muß ich jetzt gehen.« Sie holte tief Atem und staunte über die prikkelnde Vorfreude, die ihr das Gefühl gab, wirklich nach etwas zu lechzen – normalerweise war sie der gelassenste Mensch auf Erden. Dann machte sie sich auf den Weg nach unten.

4

Lilah spürte immer noch diese absurde Nervosität, als sie durch den schmalen Korridor zu dem abseits gelegenen Zimmer lief, das Onkel George als sein Büro benutzte. Die Tür war geschlossen. Sie zögerte einen Moment lang, ehe sie leise anklopfte und auf eine Reaktion wartete. Als sie nichts hörte, machte sie die Tür auf und trat ein. Einen Moment lang fürchtete sie, er sei nicht mehr dort. Die Enttäuschung traf sie wie ein Schlag. Ihre Blicke glitten über den Raum, der im Kerzenschein dalag, über die vollen Bücherregale und den Schreibtisch mit der Tischplatte aus Leder. Die Reste einer Mahlzeit standen auf der Tischplatte, aber Jocelyn San Pietro war nirgends zu sehen. Dann entdeckte sie ihn, als er aus einem tiefen Lehnstuhl aufstand, und sie spürte, wie eine Woge der Erleichterung sie durchflutete.

»Ich hätte nicht für möglich gehalten, daß eine Frau bezaubernder aussehen kann, als Sie vorhin ausgesehen haben. Ich stelle fest, daß ich mich getäuscht habe.« Er lächelte sie an. Lilah erwiderte sein Lächeln und spürte, daß der Zauber nicht nachgelassen hatte und die Luft zwischen ihnen wieder Funken sprühte. Damit hatte sie nicht gerechnet. Es war zu schön, um wahr zu sein. Zwischen ihnen herrschte eine so starke Anziehungskraft, daß er geradezu eine magnetische Wirkung auf sie hatte.

»Komplimente gehen Ihnen sehr leicht über die Lippen, Mr. San Pietro. Ich glaube fast, Sie haben eine Menge Übung darin, sie auszuteilen.« Sie hielt sich an dem Türgriff fest, um dem Drang zu widerstehen, auf ihn zuzugehen. Sein Lächeln wurde breiter. Er hatte seinen Reisemantel abgelegt. Der schwarze Frack, den er trug, schmiegte sich eng an seine breiten Schultern und zeigte die Umrisse seines Körpers bis hin zu seiner schmalen Taille. Darunter waren schmale Hüften, ein flacher Bauch und lange, muskulöse Schenkel zu erkennen. Lilah ertappte sich dabei, daß sie ihn auf eine Art und Weise ansah, die ihr nicht zustand. Eine leichte Röte stieg in ihre Wangen, und sie riß ihre Augen von ihm los und sah ihm wieder ins Gesicht. Dabei hoffte sie, daß ihr Ausdruck nicht so befangen war, wie sie sich fühlte.

»Könnte es sein, daß Sie mir vorwerfen, ich sei ein Mann, der gern schäkert, Miß Remy?« Das leichtfertige Geplänkel blieb an der Oberfläche. Das eigentliche Gespräch wurde stumm geführt, und sie redeten mit ihren Augen.

»Ich fürchte, das könnte sein.« Ihre Stimme war entgegen ihren Absichten fast gehaucht.

Er schüttelte den Kopf und kam auf sie zu. Sein Gang war so geschmeidig wie der eines Indianers. »Ich flirte nie. Dazu bin ich viel zu direkt. Wenn ich etwas sehe, was ich haben will, tue ich mein Bestes, um es zu bekommen.«

Er blieb stehen, als er ganz dicht vor ihr stand, und sah in ihr Gesicht hinunter. Lilah spürte, daß ihr Puls bei dieser deutlichen Anspielung schneller schlug: Er hatte sie gesehen, wollte sie haben und würde sein Bestes tun, um sie zu bekommen. Sie blickte zu ihm auf, sah in dieses schöne, dunkle Gesicht, das sich über sie beugte, und mußte gegen den Drang ankämpfen, ihm entgegenzukommen. Er war groß und stark und sah gut aus, und sie war schockiert über das plötzliche Verlangen, das sie empfand, sich von ihm in seine Arme ziehen zu lassen.

»Wir – wir sollten uns jetzt den anderen Gästen an- schließen. Meine Großtante wird sich ohnehin schon fragen, wo ich bin.« Der Drang, sich in seine Arme zu werfen, machte sie nervös. Sie hatte nie damit gerechnet, einem Mann gegenüber so etwas zu empfinden. Fest stand, daß sie dieses Gefühl noch nie gehabt hatte. Von Damen erwartete man, daß sie immun gegen solche Dinge waren. Es war berauschend, mit ihm allein zu sein, und von ihm berauscht zu sein, konnte gefährlich werden.

»Vielleicht sollten wir lieber darauf verzichten, uns den anderen anzuschließen.«

»O nein, das kann ich nicht tun.«

»Und warum nicht?«

»Es – es würde sich einfach nicht gehören. Und außer- dem . . .«

»Ich muß mich auf einem Schiff einfinden, das den Hafen von Washington übermorgen bei Tagesanbruch verläßt. Ich würde Sie gern näher kennenlernen, und wenn wir von Dutzenden von Menschen umgeben sind, ist mir das nicht möglich. Ich weiß, daß Ihren Verwand- ten die Vorstellung nicht behagen wird, Sie mit einem Mann allein zu lassen, den Sie kaum kennen, aber ich kann Ihnen versichern, daß Sie keinerlei Grund haben, sich vor mir zu fürchten. Was ich ansonsten auch sein mag – ich bin ein Gentleman, oder zumindest verspreche ich, es Ihnen gegenüber zu sein.«

»Das weiß ich«, antwortete sie und war selbst über ihre Reaktion überrascht. Sie war gar nicht erst auf den Gedanken gekommen, sich vor ihm zu fürchten. Er war mit seinen Raubtieraugen und seinem strahlenden Lä- cheln rasend attraktiv, aber sie hatte vom ersten Augen- blick an gespürt, daß er ihr niemals etwas angetan hätte.

Wie er selbst gesagt hatte: Er war ein Gentleman – zumindest ihr gegenüber.

»Was jetzt?«

Sie zögerte. Die Vorstellung, den Rest des Abends mit ihm allein zu verbringen, war allzu verlockend. Ihre Tante würde sie tagelang ausschelten; die versammelten Gäste würden wochenlang über sie reden und Vermutungen anstellen. Aber plötzlich stellte sie fest, daß ihr das nichts ausmachte. Sie sah ihn mit einem strahlenden Lächeln an.

»Ich denke, ich sollte Ihnen den Rosengarten zeigen.«

»Ich habe mich schon immer brennend für Blumenzucht interessiert.«

»Nun gut.« Sie lächelte ihn wieder an und fühlte sich plötzlich völlig unbeschwert. Sie würde ihm den Rosengarten zeigen, und wenn es ihnen nicht paßte, sollten sie ihr doch alle den Buckel herunterrutschen. Ein einziges Mal in ihrem Leben würde sie genau das tun, was sie tun wollte, ob es sich nun gehörte oder nicht.

»Wie kommt es, daß Sie hier in Boxhill bei Ihrer Tante und Ihrem Onkel leben? Leben Ihre Eltern auch hier?«

»Psst!« Sie lachte fast, als sie ihm behutsam eine Fingerspitze auf die Lippen legte. Sie liefen durch den abgelegenen Korridor, während Lilah vorausging. Die Laute aus den vorderen Räumen waren ein wenig gedämpft, doch man konnte das Lachen und die Gespräche der Gäste beim Tanzen deutlich genug hören, und daher stand fest, daß die Gesellschaft, die Amanda ihr zu Ehren gab, noch im Gange war. Lilah verspürte absurde Schuldgefühle, wie ein Kind, das sich aus einem Schulzimmer schleicht. Dieses Gefühl, sich unerlaubtermaßen eine Freiheit herauszunehmen, war köstlich. Sie fühlte sich lebendiger als je bisher in ihrem ganzen Leben, glücklicher, ja sogar verwegen. Leichtsinnig …

Sie führte ihn durch einen Seiteneingang ins Freie, um Beulah und den Küchenmädchen nicht über den Weg zu laufen. Als sie endlich sicher im Freien angelangt waren und der Schutz der Dunkelheit sie von allen Seiten vor spähenden Blicken verbarg, seufzte sie erleichtert auf. Er grinste sie an, und sie lachte daraufhin. Sie waren Verbündete, die gemeinsam etwas anstellten.

»Und jetzt zeigen Sie mir den Rosengarten«, wies er sie an, nahm sie an der Hand und hing sie bei sich ein. Lilah lüpfte ihren Rock und lief dichter neben ihm her, als es der Anstand erlaubte, aber es machte ihr nichts aus. Jetzt schon fühlte sie sich bei ihm wohler als bei den Herren, die sie sonst in ihrem Leben kennengelernt hatte. Irgendwie erschien es ihr richtig, die Wärme seines Körpers neben sich zu spüren. Sie blickte zu ihm auf, zu seinen breiten Schultern, die etwa auf ihrer Augenhöhe waren, und zur Unterseite des festen Kinns, das nur so schwach dunkel war, als hätte er es erst vor wenigen Stunden rasiert. Gewöhnlich machte sie sich nichts aus Männern mit Schnurrbärten; sie zog glattrasierte Gesichter vor, aber in seinem Fall … Sie ertappte sich dabei, daß sie sich fragte, wie sich dieser Schnurrbart wohl anfühlen mochte, wenn er sie küßte, und daraufhin errötete sie.

»Erzählen Sie mir etwas über sich«, sagte sie eilig, als er sie mit einem Funkeln in den Augen ansah, das ihr das Gefühl gab, es bereite ihm keinerlei Schwierigkeiten zu durchschauen, woran sie dachte.

Er schüttelte den Kopf. »Sie sind zuerst dran. Sie haben meine Frage immer noch nicht beantwortet.«

»Ach so, Sie meinen meine Eltern? Ich lebe nicht hier in Boxhill. Ich besuche lediglich meine Großtante, und in rund zwei Wochen fahre ich wieder nach Hause.«

Die Möglichkeit, daß sie ihn nach der heutigen Nacht vielleicht nie wiedersehen würde, brach mit einer betäubenden Wucht über sie herein. Ihre Kehle schnürte sich zu, und ihre Augen wurden kugelrund. Der Gedanke, ihn nie wiederzusehen, war ihr unerträglich.

»Und wo sind Sie zu Hause?«

»Auf Barbados. Wir haben dort eine Zuckerrohrplantage. Sie heißt Heart's Ease.«

»Heart's Ease«, sagte er, als wolle er sich den Namen einprägen. »Meine Schiffe segeln mehrfach im Jahr nach Barbados. Beim nächsten Mal werde ich mitfahren.«

»Ihre Schiffe?« Fasziniert beobachtete sie die verschiedenen Ausdrücke, die über sein dunkles Gesicht huschten. Er sah genauso aufmerksam zu ihr herunter, und seine freie Hand legte sich jetzt auf die schmalen, kühlen Finger, die in seiner Armbeuge eingehängt waren. Lilahs Herz machte einen Satz, als sie seine bloße Hand auf ihren Fingern spürte. Seine Haut war so warm . . .

»Ich betreibe eine Reederei in England, in Bristol. Manchmal steuere ich als Kapitän eines meiner eigenen Schiffe, wenn ich geschäftlich irgendwo zu tun habe. Das habe ich auch getan, um heute abend herzukommen. Ich muß Sie allerdings warnen: Es ist damit zu rechnen, daß ich als eine Persona non grata angesehen werde, wenn Ihr Onkel von der Natur meiner Geschäfte hier erfährt. Es kann durchaus passieren, daß er mich von seinem Grund und Boden verweist.«

»Das täte Onkel George niemals. Er ist ein sehr netter Mann, wirklich. Ist es etwa Ihre Reederei, die seinen Tabak nach England bringt? Wenn ja . . .«

Er schüttelte den Kopf. »Ich habe etwas Persönliches mit ihm zu regeln.« Sein Tonfall war ein wenig gepreßt. Lilah war das Thema nicht wichtig genug, um weiter in ihn zu dringen. Die Angelegenheiten, die er mit Onkel George zu regeln hatte, hatten mit ihr nichts zu tun. Sie interessierte sich für diesen Mann und nicht dafür, was er tat.

Ein anderes Pärchen schlenderte auf sie zu. Lilah erkannte die rothaarige Sarah Bennet mit einem Herrn, von dem sie glaubte, daß es Thom McQuarter war, und sie zog Mr. San Pietro eilig auf einen Seitenweg. Sie wollte keine höflichen Vorstellungen absolvieren und schon gar nicht auf ihr Tête-à-tête verzichten, um als ein Vierergrüppchen weiterzuziehen. Da sie wußte, wie sehr sich Sarah Bennet in Mr. McQuarter verguckt hatte, nahm sie an, daß Sarah ihr für diesen schnellen Entschluß dankbar war.

»Dieser Garten scheint ein wenig überlaufen zu sein«, bemerkte Mr. San Pietro kläglich und belustigt zugleich, als sie wenige Minuten später ein ähnliches Ausweichmanöver unternahmen, um einem anderen Pärchen aus dem Weg zu gehen.

»Ja. Es ist eine wunderbare Nacht.« Sein Bedauern spiegelte sich in ihrer Stimme wider. Dann schoß ihr ein Gedanke durch den Kopf, der so dreist war, daß sie über sich selbst schockiert war. Keinem anderen Gentleman hätte sie je diesen Vorschlag gemacht. Und wenn der Gentleman so geschmacklos gewesen wäre, ihr diesen Vorschlag zu machen, dann hätte sie sich entschuldigt, sich augenblicklich von ihm zurückgezogen und sich auf den Rückweg zum Haus gemacht. Vielleicht würde Mr. San Pietro sie für allzu kühn halten . . . Aber dann fiel ihr wieder ein, daß sie nur diesen einen Abend hatten.

»Wir könnten am Bach entlang zur Gartenlaube schlendern, wenn Sie Lust haben.«

Er sah mit einem breiten Grinsen auf sie herunter. Der weiße Glanz seiner Zähne in der Dunkelheit benahm ihr den Atem.

»Ja, mit dem größten Vergnügen.«

Der Duft der Rosen blieb hinter ihnen zurück und wurde von den erdverbundeneren Gerüchen von Gras und Holz und Wasser abgelöst. Eine Stechmücke kreiste surrend um ihren Kopf, und Lilah schlug nach ihr. Wahrscheinlich würde sie morgen früh mit gräßlichen Insektenstichen für ihre Dreistigkeit büßen.

Der Put In Creek floß quer durch das Anwesen. Onkel George hatte dort, wo der Bach ein V bildete und wieder zur Chesapeake Bay zurückfloß, eine offene Laube aus weißem Birkenholz errichtet. Dieses Sommerhäuschen, wie alle in Boxhill es nannten, war ein Unterschlupf, in den sich Lilah besonders gern zurückzog, doch sie war noch nie nachts dort gewesen. Jetzt stellte sie fest, daß die Laube wie ein anmutiger Geist einer Frau inmitten der raschelnden Weiden stand, zwischen die sie gebaut worden war. Um die kunstvollen Verzierungen des Geländers rankten sich weitere Geißblattsträucher, deren süßlicher Duft die Nacht verzauberte und einem zu Kopfe stieg. Im Bach schwammen zwei Enten geräuschlos vorbei, und die Kringel, die sich auf der Wasseroberfläche kräuselten, schimmerten im Mondschein.

Lilah zögerte. Ihr war nicht klar gewesen, wie abgeschieden die Laube bei Nacht war.

»Mr. San Pietro . . .« setzte sie an.

»Nennen Sie mich Joss. Wie ich bereits sagte, nennen mich all meine Freunde bei diesem Namen.«

»Das ist ja gerade die Schwierigkeit«, sagte sie mit

einem nervösen Lachen. Sie rückte instinktiv ein wenig weiter von ihm ab. Bis dahin hatte sie sich beim Laufen fast an ihn geschmiegt. Man konnte ihm nichts vorwerfen, wenn sie ihm einen falschen Eindruck vermittelt hatte. Es mochte zwar sein, daß sie sich von dem Mann und dem Mondschein hatte mitreißen lassen, aber an gewisse Anstandsformen mußte sie sich dennoch halten. Ganz gleich, zu welchen Schlüssen er gelangt sein mochte, würde sie doch nicht über einen bestimmten Punkt hinausgehen. »Ich bin nicht ganz sicher, wie eng die Freundschaft ist, die Sie von mir erwarten. Ich gebe zu, daß mir nicht klar war, wie – abgelegen diese Laube ist.«

Er ließ zu, daß sie ihre Hand von seinem Arm nahm und ein paar Schritte zwischen ihn und sich legte, bis sie ihm gegenüberstand.

»Machen Sie sich keine Sorgen, ich weiß, wann ich es mit einer Dame zu tun habe. Sie brauchen nicht zu fürchten, ich könnte Ihnen Veranlassung dazu geben, das Vertrauen zu bereuen, das Sie in mich setzen. Ich werde keinen Nutzen daraus ziehen, das verspreche ich Ihnen. Aber es würde mich freuen, wenn wir Freunde würden.«

Sie sah einen Moment lang zögernd zu ihm auf. Das, was sie in seinem Gesicht las, beruhigte sie sogleich. Er war kein mieser Kerl, der ihren Mangel an Voraussicht, ihn an diesen abgelegenen Ort zu führen, schändlich ausgenutzt hätte. Trotz all seiner Schmeicheleien und seines verschmitzten Lächelns war er, wie er ihr schon früher versichert hatte, ein Gentleman.

»Also gut. Wir wollen Freunde sein.«

»Joss«, spornte er sie an.

»Joss«, wiederholte sie gehorsam und stieg dann vor ihm die Stufen zur Laube hinauf.

»Ich hoffe, du hast nichts dagegen, wenn ich dich Lilah nenne? Der Name gefällt mir – er ist ungewöhnlich, und er paßt zu dir.« Er folgte ihr auf die andere Seite des achteckigen Häuschens, von dem aus man einen Blick auf den Bach hatte. Dort blieb Lilah stehen. Ihre Knie lehnten an der Holzbank, und ihre Hände hielten das polierte Geländer umfaßt, als sie auf den Bach hinausschaute, ohne ihn zu sehen. Sie nahm nichts anderes mehr wahr als den Mann, der neben ihr stand.

»Richtig heiße ich Delilah«, sagte sie, ohne seine Frage damit wirklich zu beantworten.

»Das ist noch ungewöhnlicher, und es paßt noch besser zu dir. Delilah. Wie schön, daß ein so bezaubernder Name nicht an ein kleines Fräulein mit einem teigigen Gesicht vergeudet worden ist. Deine Eltern müssen Menschen mit einem außerordentlichen Wahrnehmungsvermögen sein – oder du warst ein ungewöhnlich hübsches Baby.«

Lilah lächelte ihn an. »Das glaube ich nicht. Meine Mutter ist gestorben, als ich noch ganz klein war, aber Katy, meine frühere Gouvernante, hat gesagt, ich sei das häßlichste Baby gewesen, das sie je gesehen hat. Sie hat gesagt, ich sei so häßlich gewesen, daß mein Vater fast geweint hätte, als er mich zum erstenmal sah.«

Joss grinste. »Dann hat die Zeit allerdings Wunder gewirkt. Du bist nämlich die schönste junge Frau, die ich je gesehen habe.«

»Jetzt schmeichelst du mir schon wieder.«

Er schüttelte den Kopf. »Nicht die Spur. Wenn das gelogen ist, soll mich augenblicklich der Schlag treffen.«

»Habe ich gerade einen Donner gehört?«

Er lachte, nahm ihre Hand vom Geländer und führte sie an seine Lippen. Er küßte ihre Finger nicht wirklich, sondern sah sie über ihre Fingerspitzen provozierend an, während er sie dicht vor seinen Mund hielt. Lilah wandte sich etwas mehr zu ihm um und sah ihm in die Augen. Plötzlich war sie nervös, aber auf äußerst angenehme Art. Er hatte ihr versprochen, ihr Vertrauen nicht auszunutzen, und da sie ihm glaubte, fürchtete sie nicht, er könne über ihre Grenzen hinausgehen. Diese schwindelerregende Vorfreude war ein ganz neues Gefühl, und ihre Haut prickelte.

»Weißt du, du siehst mich schon den ganzen Abend über so an, als versuchtest du, dahinterzukommen, wie es wohl sein mag, wenn ich dich küsse.« In seinen versonnenen Worten schwang ein leises Lachen mit.

Sie riß die Augen weit auf und spürte eine tiefe Röte in ihre Wangen steigen. War sie wirklich so leicht zu durchschauen?

»Ich – ich . . .« stotterte sie zutiefst verwirrt und wollte ihre Hand zurückziehen. Er grinste spöttisch und hob ihre Fingerspitzen an seinen Mund. Seine Lippen streiften ihre Knöchel so zart, daß sie über das Ausmaß ihrer Reaktion, die in keinem Verhältnis dazu stand, schokkiert war. Ihre Lippen teilten sich, und ihre Knie zitterten.

»Kitzelt es?« murmelte er. Er senkte ihre Hand, ließ sie aber nicht los. Da ihre Sinne von diesem flüchtigen Kuß zu verwirrt waren, dauerte es einen Moment lang, bis Lilah verstand, was er gesagt hatte. Als sie es begriff, stieg eine noch tiefere Röte in ihr Gesicht.

»Woher hast du gewußt . . .?« keuchte sie und unterbrach sich, als ihr klar wurde, was sie damit eingestanden hatte.

Er grinste noch breiter. »Du hast immer wieder scheue Seitenblicke auf mein Kinn geworfen. Am Anfang dachte ich, du seist von meinem Mund fasziniert, aber dann bin ich zu dem Schluß gekommen, daß es dir um meinen Schnurrbart gehen muß. Ich habe doch recht gehabt, oder nicht? Und, was ist jetzt? Kitzelt er?«

»Mir ist nichts aufgefallen.« Lilah bemühte sich, ihre gefährdete Fassung zu bewahren, sah zimperlich zu Boden und zog ihre Hand wieder zurück. Statt sie loszulassen, nahm er auch noch ihre andere Hand und ließ dann seine beiden Hände auf ihren Armen bis dicht über die Ellbogen gleiten. Als sie seine warmen, kräftigen Hände auf ihrer Haut spürte, zuckte sie derart zusammen, daß es sie bis in die Zehenspitzen erschütterte. Ihre Lippen teilten sich, und ihre Lider hoben sich flatternd, um ihm ins Gesicht zu sehen.

»Es ist dir also nicht aufgefallen?« Er beugte sich zu ihr vor, und in dem schelmischen kleinen Lächeln, das um seine Mundwinkel spielte, lag ganz entschieden Ausgelassenheit. Ihre Körper waren keine Handbreite voneinander entfernt. Sie war sich seiner Nähe so sehr bewußt, daß sie kaum noch klar denken konnte. Hilflos sah sie ihm in die Augen. Zum ersten Mal in ihrem Leben hatte ein anderer Mensch sie in seiner Gewalt. Sie hätte sich nicht rühren und nichts sagen können, wenn es um ihr Leben gegangen wäre.

»Paß diesmal besser auf«, murmelte er und senkte seinen Kopf zu ihrem herab. Lilah erstarrte, als seine Lippen sich auf ihre legten und ihren bebenden, weichen Mund warm und sachte streiften. Sein Schnurrbart strich über die zarte Haut über ihrer Oberlippe. Dann hob er den Kopf, um sie gebannt mit einem Ausdruck anzustarren, der noch intensiver wurde, als er sah, wie nahe ihr sein Kuß gegangen war. Diese flüchtige Berührung seines Mundes hatte sie in einen Taumel gestürzt.

»Lilah . . .«

Was er auch mit dieser samtigen, dunklen Stimme
hatte sagen wollen – es ging in einem aufgeregten Kläffen unter. Lilah, die aus der Traumwelt aufgerüttelt
wurde, in die sie eingetaucht war, sah Hercules auf sich
zukommen, dem Onkel George dicht auf dem Fuß
folgte. Sein Gesichtsausdruck verriet nichts Gutes.

5

»Was zum Teufel soll das heißen, Mädchen, hier im Dunkeln zu flirten wie eine Hure? Du solltest dich schämen! Deine Tante sucht dich schon ewig.«

Die dröhnende Stimme ihres Großonkels zog Lilah endgültig auf den Boden der Tatsachen zurück. Sie wich eilig einen Schritt zurück, als ihr Onkel zornig die Stufen hinaufkam. Im Gegensatz zu seiner Frau traf auf Onkel George der Satz zu: Hunde, die bellen, beißen nicht. Er war nicht annähernd so grimmig, wie er sich gab. Sie hatte ihn wirklich sehr gern und lächelte ihn beschwichtigend an, als er näherkam. Früher war er groß gewesen, aber jetzt hatte ihn das Alter gebeugt, und er lief am Stock. Trotzdem war er immer noch eine beeindruckende Gestalt.

»Es tut mir leid, wenn ihr euch meinetwegen Sorgen gemacht habt, Onkel. Aber im Rosengarten war es so voll, und . . .«

». . . und du wolltest eine Stelle finden, an der dir dieser junge Mann einen Kuß rauben kann«, beendete Onkel George ihren Satz allzu treffsicher. »Es ist zwecklos, mir Sand in die Augen streuen zu wollen, Mädchen. Ich habe genau gesehen, was sich hier angebahnt hat. Aber sag deiner Tante nichts davon. Sie nimmt es sehr genau mit den Sitten, das kann man wohl sagen. Nun, junger Mann, darf ich morgen früh Ihren Besuch erwarten, damit sie um die Hand meiner Großnichte anhalten? Oder soll ich hier und jetzt meinen Stock über ihrem Haupt zerbrechen?«

»Onkel!« wandte Lilah ein und warf über ihre Schulter einen Blick auf Joss. Er stand stumm hinter ihr und hatte seinen Blick starr auf Onkel Georges Gesicht geheftet. Lilah fiel wieder ein, daß er nach Boxhill gekommen war, weil er etwas mit ihrem Onkel zu besprechen hatte, und sie spürte Mitgefühl in sich aufwallen. Es war nicht gerade ein idealer Einstieg, wenn man dabei ertappt wurde, die Nichte seines Gastgebers zu küssen.

»Sie sind doch nicht der junge Burrel, oder? Nein, das kann nicht sein. Er ist so blond wie unsere Lilah. Wenn mein Gedächtnis nicht so nachgelassen hat wie meine Knie, dann habe ich Sie in meinen ganzen Leben noch nicht gesehen.« Onkel George sah Joss argwöhnisch an.

»Mein Name ist Jocelyn San Pietro.« Joss äußerte diese Worte so abrupt, als erwartete er, daß sie dem alten Mann etwas sagten. Onkel George sah Lilah böse an, ehe er seinen Blick Joss wieder zuwandte. Trotz seines Alters und seiner Gebrechlichkeit ging plötzlich etwas Furchteinflößendes von ihrem Onkel aus.

»Hier in Virginia sind die Sitten streng. Fremde führen nicht einfach eine junge Dame in die Dunkelheit hinaus und küssen sie, ohne dafür zur Rechenschaft gezogen zu werden.«

»Onkel . . .«

»Du bist jetzt still, Kleines! Zum Teufel, die Frauen besitzen eben keinen Verstand. Das wäre hiermit wieder einmal bewiesen. Mit einem Mann, den niemand von uns kennt, allein in die Dunkelheit zu laufen – du kannst froh sein, daß ich rechtzeitig dazugekommen bin! Er . . .«

»Ich bitte um Verzeihung, Sir, aber Sie kennen mich. Oder zumindest sollten Sie mich kennen. Ich glaube, daß ich Ihr Enkel bin.«

Verblüfftes Schweigen folgte auf diese Enthüllung. Lilah starrte Joss mit Kulleraugen und weit aufgerissenem Mund an. Onkel George und Tante Amanda hatten keine Kinder . . .

»Mein Enkel? So ein Blödsinn! Ich habe keinen . . .« Onkel George redete nie, sondern brüllte immer gleich, wie auch jetzt, als er Lilah am Arm packte und sie von dem großen, dunkelhäutigen Mann fortzerrte, der dastand und ihn unergründlich ansah. Der Mondschein fiel in Joss' Augen und ließ sie im Dunkeln smaragdgrün schimmern. Onkel George unterbrach sich mitten im Satz. Seine Hand schloß sich schmerzhaft um Lilahs Arm, als er Joss anstarrte. Lilah sah, wie das Gesicht ihres Großonkels sichtlich bleicher wurde. »Gütiger Himmel! Victoria!«

»Victoria Barton war meine Großmutter.« Joss sagte es mit ausdrucksloser Stimme »Emmelina, ihre Tochter, war meine Mutter. Außerdem war sie, das sagte sie mir zumindest, Ihre Tochter. Es tut mir leid, Ihnen mitteilen zu müssen – obwohl Sie sie meines Wissens nie als Ihre Tochter anerkannt haben –, daß sie vor drei Monaten gestorben ist. Sie hat Ihnen einige Briefe hinterlassen, die, soweit ich weiß, von ihrer Mutter geschrieben worden sind, und sie hat mich auf dem Totenbett gebeten, Ihnen diese Briefe zu überbringen. Sowie ich ihrer Bitte nachgekommen bin, werde ich von hier verschwinden.«

»Gütiger Herr im Himmel.« Onkel Georges Stimme klang erstickt. »Victoria! Nach so vielen Jahren! Das kann nicht sein . . . Sie können nicht . . .«

Lilah war plötzlich verlegen, weil sie erkannte, daß dieses gefühlsbeladene Zusammentreffen sie nichts anging. Ihr Großonkel hatte sich immer danach gesehnt, einen Sohn zu haben, und sie nahm an, daß dieser soeben erst entdeckte Enkel ihm ein guter Ersatz dafür sein würde. Natürlich gab es auch Schwierigkeiten. Offensichtlich hatte Onkel George irgendwann eine Tochter gezeugt, aber nicht zusammen mit seiner Frau, und der Mann, der jetzt vor ihm stand, war das Produkt dieser jugendlichen Unbesonnenheit. Sie sah von Joss' hartem, verschlossenem Gesicht in Onkel Georges, das plötzlich in sich zusammenfiel. Der alte Mann sah aus, als hätte er einen Geist gesehen.

»Vielleicht solltet ihr euer Gespräch im Haus fortsetzen?« schlug sie vor und legte eine Hand auf den Arm ihres Großonkels. Er schüttelte sie ab.

»Wir haben nichts miteinander zu besprechen.« Der alte Mann war aufgebrachter, als Lilah ihn je erlebt hatte. Als sie an ihre Großtante Amanda dachte, verstand Lilah seine Besorgnis. Wenn Onkel Georges Frau etwas von der Existenz dieses Enkels erfuhr, dann war das, was der alte Mann noch vom Leben zu erwarten hatte, zu beklagen. Lilah sah ihn mit einem plötzlich aufwallenden Mitgefühl an und stellte fest, daß sein Blick starr auf seinen Enkel gerichtet war.

»Ich will, daß du sofort von hier verschwindest. Hast du gehört, Junge?«

»Ich habe verstanden, Alter.« Joss griff in seine Jakkentasche, um ein kleines Päckchen herauszuziehen, das er seinem Großvater hinhielt. Onkel George schien außerstande zu sein, das Päckchen entgegenzunehmen. Joss rührte sich nicht und zeigte kein Erbarmen. Im nächsten Moment streckte Lilah die Hand aus, um die Briefe für ihren Onkel entgegenzunehmen. Keiner der beiden Männer hatte auch nur einen Blick für sie übrig. In den Blicken, die sie aufeinander hefteten, lag ein stummer, erbitterter Kampf.

»Komm nie mehr hierher zurück«, krächzte Onkel George. »Niemals. Nicht nach Boxhill, nicht nach Virginia. Ich weiß nicht, was du dir davon versprochen hast, aber für dich gibt es hier nichts zu holen. Geh dahin zurück, wo deine Mama dich aufgezogen hat, und bleib dort. Hast du gehört?«

Joss setzte sich plötzlich in Bewegung, und Lilah schlug das Herz in der Kehle, als sie ihn fortgehen sah. Er blieb an der Treppe noch einmal stehen und wandte sich um, um sie anzusehen.

»Wir sehen uns im Frühjahr. Warte auf mich.«

Sie nickte. Onkel George gab einen erstickten Laut von sich, der tief aus seiner Kehle kam.

»Du wirst dich von ihm fernhalten! Delilah Remy, er ist nichts für dich, er taugt nichts! Verdammt noch mal, Junge, bleib da, wo du hingehörst, und halte dich von mir und den meinen fern!«

»Onkel George . . .«

»Ich gehe, wohin ich will, und ich tue, was mir paßt, Alter. Auf dieser Welt steht es einem frei, zu tun, was man will.«

»Solchen wie dir nicht, eben nicht! Bleib auf deiner Seite des Atlantiks, und komm nicht mehr her! Du . . .«

Plötzlich verstummte Onkel George. Sein Blick drückte Erstaunen aus, und er schlug sich die Hände auf die Brust. Dann fiel er ohne jede Vorwarnung auf den Boden. Lilah schrie auf und versuchte, seinen Sturz aufzuhalten, doch er war zu schwer für sie. Sie ließ sich neben ihm auf die Knie sinken. Joss, dessen Gesicht immer noch starr vor Wut war, kniete im nächsten Moment neben ihr und fühlte den Herzschlag des alten Mannes.

»Hol Hilfe. Er ist übel dran.«

Lilah nickte, sprang auf und vergaß das Bündel Briefe

auf dem Boden. Als sie mit Dr. Patterson, der unter den Gästen war, zurückkam, hatte sich bereits eine Menschenmenge um ihren Onkel geschart. Amanda kniete neben ihm und preßte die Briefe an sich. Ihr Gesicht war schneeweiß, aber ihre Augen waren trocken. Lilahs Großonkel war tot.

6

»Es ist aus, Howard?« Die Stimme ihrer Großtante war auffallend gefaßt. Plötzlich wallte Mitleid für die alte Frau in Lilah auf. Amanda Barton war durch und durch eine Dame, was man auch sonst über sie sagen mochte. Jede andere Frau hätte den Verlust ihres Gatten schreiend beklagt. Amanda hielt sich in dieser Krise so, wie es von ihrer Geburt und ihrer Erziehung her zu erwarten war.

»Es tut mir leid, Amanda. Als ich gekommen bin, war er schon tot. Ich konnte nichts mehr für ihn tun.« Dr. Patterson stand mit diesen Worten auf und tätschelte unbeholfen Amandas Arm. Als sie ebenfalls aufstehen wollte, war er ihr behilflich.

Ihre Bewegungen waren so langsam und gemessen, als hätte der Schock, den sie erlitten hatte, ihren Muskeln Schaden zugefügt. Die Gäste und Sklaven, die sich um sie herum versammelt hatten, schwiegen benommen. Es erschien ihnen unmöglich, daß George tot war. Noch vor zehn Minuten hatte er Joss angeschrien. Lilah sah zu Joss auf. Sein schönes Gesicht war starr und verbittert. Er sah in ihre Richtung, als hätte er ihren Blick auf sich gespürt. Obwohl er Onkel Georges Tod auf gewisse Weise ausgelöst hatte, empfand sie eine Menge Mitleid mit ihm. Onkel George war sein Großvater gewesen, auch wenn sich der alte Mann noch so unfreundlich benommen hatte. Joss mußte einen beträchtlichen Schock erlitten haben, wie alle anderen auch. Vielleicht war er sogar besonders traurig.

Während sie auf ihn zuging, hörte sie die schneidende Stimme ihrer Großtante.

»Sind Sie der Mann, der sich Jocelyn San Pietro nennt?«

Amandas Blick war auf Joss gerichtet und drückte etwas aus, was Lilah nur als absolute Gehässigkeit beschreiben konnte. Sie wandte den Blick von Joss zu ihrer Tante und wieder zu ihm, und ihr Mitgefühl teilte sich zwischen den beiden. Amanda mußte dahintergekommen sein, wer Joss war und welche Rolle er beim Tode von Onkel George gespielt hatte. Sie war eine strenge, erbarmungslose Frau und würde ihr böses Mundwerk nicht zügeln, obwohl Joss in keiner Weise für seine eigene Geburt verantwortlich war.

»Ja, ich bin Jocelyn San Pietro«, erwiderte Joss mit fester Stimme und sah Amanda über die Trauben von Zuschauern hinweg an.

»Der Enkel der Frau, die sich Victoria Barton nennt?«

»Victoria Barton war meine Großmutter.«

»Das geben Sie also zu?«

»Ich glaube, daß diese Briefe, die Sie in der Hand halten, Beweise für meine Identität und meine Herkunft enthalten. Ich sehe keinen Anlaß, meine Herkunft abzustreiten.«

»So, Sie sehen keinen Anlaß, Ihre Herkunft abzustreiten?« Ein gespenstisches Lächeln verzerrte Amandas runzliges Gesicht. Lilah, die sie beobachtete, empfand das Aussehen ihrer Großtante als nahezu diabolisch. Einen Moment lang bangte sie wirklich um den Mann, den Amandas blaßblaue Augen durchbohrten. Wie lachhaft! Was hätte eine verbitterte alte Frau einem so kräftigen, gesunden Mann schon antun können?

»Das macht Sie zum einzigen Enkel meines Mannes –

meines Wissens zumindest. Sie haben doch keine Geschwister, oder?«

»Ich habe einen Stiefbruder. Er ist nicht mit Ihrem Gatten verwandt.« Joss' Gesichtsausdruck veränderte sich und wurde milder, als er erkannte, wie extrem gebrechlich die Frau war, die ihm gegenüberstand. »Nehmen Sie bitte mein Beileid entgegen, Mrs. Barton, und verzeihen Sie mir. Hätte ich nur geahnt, daß der Auftrag, den ich ausgeführt habe, eine solche Tragödie nach sich ziehen könnte, dann hätte ich . . .«

Amanda winkte ab. »Sie wissen es wohl nicht, oder?« sagte sie mit überschnappender Stimme und starrte ihn an. »Sie haben nicht die geringste Ahnung. Was für ein großartiger Witz!« Sie fing an zu kichern und entsetzte damit alle Umstehenden. Dr. Patterson sah sie stirnrunzelnd an. Er wirkte so entgeistert wie alle übrigen, doch er tätschelte mitfühlend ihren Arm.

»Sie müssen jetzt wieder ins Haus gehen, Amanda, und dann gebe ich Ihnen etwas, damit Sie schlafen können. Boot wird sich um die Lei . . . um George kümmern, und wenn Sie es für nötig halten, können Sie ihn morgen früh noch einmal sehen. Boot, gehen Sie ins Haus, und holen Sie eine Decke und Jungen, die Ihnen beim Tragen helfen.«

Boot, dem die Tränen über das Gesicht strömten, sprang auf, um der Anweisung nachzukommen.

Amanda winkte ab, als ihre Zofe auf sie zukam.

»Noch nicht, Jenny, ich habe noch etwas zu erledigen. Nein, Howard, ich habe keineswegs den Verstand verloren, also hören Sie auf, mich so anzusehen. Wo ist Thomas? Er war doch gerade noch hier.«

›Thomas‹ war Richter Thomas Harding. Er war in Mathews County ein politisch einflußreicher Mann, auf den sich seine Anhänger im allgemeinen verlassen konnten, wenn sie Rechtsbeistand auf höchster Ebene brauchten.

»Hier bin ich, Amanda«, sagte er und bahnte sich einen Weg durch die Menge. Er warf im Vorbeigehen einen Blick auf Jocelyn San Pietro, und sein Gesicht drückte unverhohlenen Argwohn aus.

»Ich nehme an, daß du dich in einer gewissermaßen peinlichen Lage befindest, da jetzt zu einem so ungelegenen Zeitpunkt ein weiterer Erbe aufgetaucht ist, aber . . .«

»Du verstehst gar nichts, Thomas«, fiel ihm Amanda barsch ins Wort. »Beantworte mir ohne Umschweife eine einzige Frage. Steht es in deiner Macht, einen Gegenstand aus meinem persönlichen Besitz für mich sicherzustellen, bis Sheriff Nichols eintrifft?«

»Wovon sprichst du?« Richter Harding wirkte bestürzt und auf der Hut. Wie Lilah und viele andere unter den Umstehenden fing auch er eindeutig an, sich zu fragen, ob Amandas Geisteszustand durch den Schock über den Tod ihres Mannes kritisch war.

»Von einem entlaufenen Sklaven«, sagte Amanda klar und deutlich, und Lilah wußte, daß ihre Tante jetzt tatsächlich den Verstand verloren hatte. Was hatte ein entlaufener Sklave mit dem Tod ihres Großonkels oder mit einem der sonstigen Geschehnisse dieses Abends zu tun?

»Kommen Sie jetzt ins Haus, Amanda. Nehmen Sie Ihren anderen Arm. Wo steckt Ihre Nichte?« Dr. Patterson drängte Amanda, die Laube zu verlassen, und sein Blick glitt auf der Suche nach Lilah über die Menge.

»Hier bin ich, Dr. Patterson.« Sie wollte sich einen Weg an die Seite ihrer Großtante bahnen, und die Leute machten ihr Platz. Amanda sah den Arzt ungeduldig an.

»Vergessen Sie es, Howard, ich lasse mich nicht von Ihnen unter Medikamente setzen, solange diese Angelegenheit nicht geregelt ist. Ich will eine Antwort von dir haben, Thomas: Steht es in deiner Macht oder nicht, anzuordnen, daß ein entlaufener Sklave festgehalten wird?« Sie schüttelte Jennys Arm ab und versuchte, auch Dr. Patterson abzuschütteln, doch dieser Versuch blieb erfolglos. Er bedeutete Lilah, Jennys Platz einzunehmen. Lilah bemühte sich, sich unauffällig neben ihre Tante zu stellen.

»Es steht in meiner Macht, Amanda«, sagte Richter Harding mit beschwichtigender Stimme.

»Dann will ich, daß Sie diesen sogenannten Mr. Jocelyn San Pietro dort in Gewahrsam nehmen. Er ist der Nachkomme einer gewissen Victoria, einem hellblonden Mädchen, das vor etwa fünfundvierzig Jahren mit seiner kleinen Tochter von Boxhill entlaufen ist. Sie hat mir gehört, und ihre Tochter hat mir auch gehört, und somit ist dieser Mann mein Eigentum.«

»Was?« brüllte Joss, während Lilah und die Menge sich geschlossen umdrehte und ihn entgeistert angaffte. »Sie sind verrückt, alte Frau! Meine Großmutter war ebensowenig eine Sklavin wie Sie es sind!«

Amanda lächelte boshaft. »In dem Punkt irrst du dich, mein Junge. Mein Mann hat deine Großmutter wenige Jahre nach unserer Heirat in New Orleans gekauft. Er hat gesagt, er hätte sie mir als Kammerzofe kaufen wollen, aber in dem Moment, in dem ich sie das erste Mal gesehen habe, wußte ich bereits, daß es Ärger mit ihr geben wird. Sie war wirklich sehr hübsch, mit ihrer honigfarbenen Haut und ihrem rotblonden Haar, und sie hatte eine überhebliche Art, die ich ihr ausgetrieben hätte, wenn sie nicht rechtzeitig fortgelaufen wäre. Sie wäre als eine Weiße durchgegangen, und ich vermute, genau das hat sie dann später auch versucht, denn das wußtest du nicht, Junge, oder du wärest nicht hergekommen und hättest versucht, meinem dummen Mann soviel wie möglich abzuluchsen. Aber sie war ein Mischling mit einem Achtel Negerblut, und ihre Mutter war die *chère amie* eines Plantagenbesitzers, und als der Plantagenbesitzer gestorben ist, sind Mutter und Tochter verkauft worden. Die Unmoral muß ihr in die Wiege gelegt worden sein, denn dieses Mädchen war noch kein Jahr hier, als sie auch schon schwanger von meinem Mann war. Er hat sie mit ihrem Kind fortgeschickt, aber er hat sie nie freigesetzt. Sie waren Sklaven bis zu ihrem Tod, alle beide, und das heißt, daß auch du ein Sklave bist. Wenn deine Haut auch noch so weiß aussieht, bist du doch so schwarz wie meine Jenny. Du bist ein Sklave, und du gehörst mir. Thomas, ich will, daß er in Gewahrsam genommen wird.«

7

Drei Wochen später hatte sich in Boxhill viel verändert. George Barton war zwei Tage nach seinem Ableben zur letzten Ruhe gebettet worden, und Amanda hatte die Führung der Tabakplantage bereits mit eisernem Griff an sich gerissen. Im Haus herrschte eine angespannte Atmosphäre, da die meisten Sklaven gleichzeitig um ihren Herrn trauerten und unter den unbegrenzten Forderungen ihrer Herrin litten. Lilah tat es nicht leid, daß sie Ende der Woche auf der *Swift Wind* abreisen sollte. Wenn sie an Heart's Ease dachte, floß ihr Herz vor Sehnsucht über, und Tränen traten in ihre Augen. In den Kolonien war ihr soviel zugestoßen, daß es ihr erschien, als sei sie jahrelang fern von ihrer Heimat gewesen.

Ihr Halbcousin Kevin Talbott, der von ihrem Vater geschickt worden war, um sie nach Hause zu holen, fuhr sie jetzt über das Gelände. Er war vor drei Tagen ohne jede Vorwarnung eingetroffen. Eines der Mädchen hatte ihn in den kleinen Salon geführt, in dem Lilah gesessen hatte. Als sie von ihrem Buch aufgeblickt und die vertraute stämmige Gestalt mit dem zerfurchten Gesicht gesehen hatte, hatte sie seinen Namen ausgerufen und sich in seine Arme geworfen. Es war so schön, jemanden aus ihrer Heimat zu sehen! Für ihren Vater stellte es ein gewaltiges Opfer dar, für die Dauer einer Reise in die Kolonien ohne seinen Aufseher auskommen zu müssen, das wußte Lilah, aber für seine einzige Tochter nahm er diese Mühen auf sich. Und diese Geste hatte sich wahrhaft gelohnt, wie es sich Leonard Remy sicherlich erhofft hatte: Weniger als eine Stunde nach Kevins Eintreffen hatte Lilah seinen schon so oft vorgebrachten Heiratsantrag angenommen. Der liebste Traum ihres Vaters war wahr geworden: Seine eigenwillige Tochter hatte sich endlich doch noch mit dem Mann seiner Wahl verlobt, der sich sowohl um Lilah als auch um die Plantage kümmern würde, wenn Leonard Remy nicht mehr da war.

Lilah, die sich mit einer kläglichen Grimasse ausmalte, wie sehr ihr Vater jubilieren würde, hatte ihm bereits geschrieben, um ihn von diesem Ereignis zu unterrichten, obwohl der Brief wohl kaum eine Woche eher als sie selbst eintreffen würde. Dennoch wollte sie ihm die frohe Botschaft so schnell wie möglich mitteilen. Er würde vor Freude außer sich sein, das wußte sie. Und sie wußte auch, daß er das Motiv, das sie bewogen hatte, diese vernünftige Entscheidung zu treffen, nicht hinterfragen würde. Solange Leonard Remy seinen Willen bekam, interessierte er sich nicht für solche Kleinigkeiten. Aber die Wahrheit war, daß Lilah in Herzensangelegenheiten einen schlimmen Schlag eingesteckt hatte.

Zum ersten und einzigen Mal in ihrem Leben war sie drauf und dran gewesen, sich zu verlieben, doch dann war der schöne Traum wie ein Kartenhaus über ihrem Kopf zusammengebrochen. Das Bild von Jocelyn San Pietro stand nachts noch in leuchtenden Farben vor ihr, obwohl sie sich zwang, im Wachen nicht an ihn zu denken. Er war fort und so vollständig aus ihrem Leben verschwunden, als sei er gestorben. Der Mann, der diese heftige Anziehungskraft auf sie ausgeübt hatte, war ein Sklave, ein Mann von einer anderen Rasse. Er war ihr so verboten wie einem Priester die Ehe. Lilah wußte und akzeptierte diese Tatsache und bemühte sich, nicht länger daran zu denken. Offensichtlich konnte sie ihrem eigenen Urteil nicht trauen, wenn es um Männer ging. Kevin war der Mann, den ihr Vater für sie ausgesucht hatte, und er würde einen herzensguten Ehemann abgeben. Sie würde ihn heiraten – ehe ihr unzuverlässiges Herz sie noch einmal verriet. Sie wollte keine katastrophalen Tändeleien bei Mondschein mehr erleben.

Aus dem Gerede der Sklaven in Boxhill hatte sie erfahren, daß es am Tag nach Onkel Georges Tod zu einem überstürzten gerichtlichen Verfahren gekommen war. Dort wurde Joss tatsächlich als ein Abkömmling von Victoria angesehen, dem Mischling, einer Leibeigenen von Boxhill und George Barton, und somit ging Joss in den Besitz von Boxhill über. Er war kein freier Mann mehr; nein, das stimmte so nicht. Er war nie ein freier Mann gewesen, obwohl er nicht die geringste Ahnung gehabt hatte, daß er als Sklave geboren worden war. Er war wie ein Pferd oder ein Kleid oder einer der anderen Sklaven von Boxhill in den Besitz ihrer Großtante übergegangen, und sein Schicksal lag ganz in ihren Händen. Aus der Gehässigkeit, mit der Amanda in jener gräßlichen Nacht gehandelt hatte, konnte Lilah schließen, daß die Existenz dieses unehelichen Enkels ihres Mannes alte Wunden hatte aufreißen lassen. Onkel George hatte die Sklavin Victoria geschwängert, während er mit Amanda verheiratet war, direkt unter den Augen der alten Dame. Amanda besaß großen Stolz, und es war nur zu wahrscheinlich, daß sie in ihren Mann verliebt war. Die Wunde mußte tief gewesen sein, und ihre Rache würde bitter. Lilah war elend zumute, wenn sie daran dachte, welches Schicksal Joss ereilen würde. Ihre Tante würde bestimmt nicht freundlich zu ihm sein, und selbst wenn sie es gewesen wäre, mußte es ein schlimmeres

Los als der Tod sein, innerhalb eines Abends von einem freien Mann zum Sklaven zu werden.

Als sie jetzt im strahlenden Sonnenschein mit Kevin in der Kutsche saß, sah Lilah dieses hagere, schöne Gesicht so lebhaft vor sich, als stünde Joss vor ihren Augen. Sie zuckte zusammen und senkte die Lider, um sich vor dem Antlitz zu verschließen. Es war ihr unerträglich, an ihn zu denken. Sein Los war tragisch – aber sie konnte noch froh sein, daß sich die Tatsachen nicht später herausgestellt hatten. Wenn die Wahrheit erst nach ein paar Tagen ans Licht gekommen wäre, wäre die Tragödie aus ihrer Sicht um ein Hundertfaches größer gewesen. Sie hätte sich in ihn verliebt, ihm gestattet, sich zahllose Freiheiten bei ihr herauszunehmen, und ihn vielleicht sogar geheiratet. Und etwas Derartiges war undenkbar. Wenn andere Leute irgendwie dahinterkamen, daß sie sich von ihm hatte küssen lassen, würde man sie ächten . . .

»Du hast doch nichts dagegen, wenn ich dich nicht auf dem schnellsten Weg wieder nach Boxhill bringe?« sagte Kevin. »Wenn ich rechtzeitig auf den Sklavenmarkt kommen will, um bei der Versteigerung mitzubieten, muß ich über die Stadt fahren. Mir war nicht klar, daß du so lange bei Miß Marsh zu Besuch sein wirst, denn sonst hätte ich Vorkehrungen getroffen, damit jemand anderes dich zurückfährt.«

Eine Sklavenauktion vertrug sich so gut mit ihren Überlegungen, daß Lilah innerlich zusammenzuckte. »Ich möchte lieber nicht mitkommen.«

»Komm schon, Lilah, sei nicht so. Du weißt, daß ich deinem Vater versprochen habe, auf der *Swift Wind* eine Ladung neue Feldarbeiter mitzubringen. Normalerweise würde ich dich vorher nach Hause bringen, aber die Auktion findet um drei Uhr statt, und . . .«

»Ja, ich weiß. Du tust alles für Heart's Ease. Schon gut, meinetwegen. Ich komme mit.« Lilah kapitulierte und lächelte ihren Verlobten gequält an. Er war wirklich ein netter Kerl; sie kannte ihn, seit sie acht Jahre alt war. Er war damals bereits ein zweiundzwanzigjähriger Mann gewesen, und er würde ihr Mann und der Vater ihrer Kinder sein. Sie war entschlossen, um jeden Preis freundlich zu ihm zu sein. Aus einer Ehe wurde das, was man selbst daraus machte, und sie hatte vor, ihre Ehe zu einem vollen Erfolg zu machen. Sklaven und Sklavenmärkte waren etwas, worüber sie derzeit lieber nicht nachdachte, aber wenn Kevin es wollte, würde sie mit ihm kommen. Joss San Pietro war ein unseliges Kapitel in einem ansonsten sorglosen Leben, und sie hatte vor, ihn mit allen Mitteln aus ihren Gedanken zu verbannen. Zweifellos hatte sie sich das Maß seiner Anziehungskraft nur eingebildet, weil sie einfach reif gewesen war, sich zu verlieben. Sie hatte es selbst so gewollt, und das war alles. Die schlichte Wahrheit war, daß sie diesen Mann kaum kannte.

»Wenn du in der Stadt noch irgendwelche Einkäufe zu erledigen hast, kann ich dich gern absetzen, wo du willst, und dich hinterher wieder abholen. Vielleicht könntest du Seide für dein Brautkleid besorgen oder so etwas.«

»Ich werde Mutters Brautkleid tragen«, antwortete Lilah automatisch, denn sie war in Gedanken eigentlich gar nicht bei der Sache. Ihre Mutter war kurz nach Lilahs Geburt gestorben, und Lilah konnte sich überhaupt nicht mehr an sie erinnern. Jane, ihre Stiefmutter, die zugleich Kevins Tante war, war als ihre Gouvernante nach Heart's Ease gekommen, als Lilah fünf Jahre alt war, und hatte ihren Vater zwei Jahre darauf geheiratet. Jane war freundlich und nett und schwach und paßte bestens zu ihrem aufbrausenden Vater. Aber manchmal verspürte Lilah doch eine unterschwellige Sehnsucht nach der Mutter, die sie nie gekannt hatte.

»Und wie wäre es mit einem neuen Hut? Damit will ich natürlich nicht sagen, daß dir der Hut, den du aufhast, nicht steht.«

»Danke.« Sie lächelte ihn wieder an. Er strahlte, und sein breites, zerfurchtes Gesicht unter dem dichten tabakbraunen Haarschopf rötete sich vor Freude. Seit sie seinen Heiratsantrag angenommen hatte, war Kevin der glücklichste Mensch auf Erden. Und warum auch nicht? fragte sich ein ungebärdiger Teil ihres Verstandes immer wieder. Schließlich bekam er eine junge, schöne Braut und noch dazu eine der prächtigsten Zuckerrohrplantagen auf Barbados als Dreingabe. Aber sie – sie mußte ihre Hintergedanken mit aller Macht im Keim ersticken. Diese Heirat war das Vernünftigste, was sie tun konnte. Wenn Kevin nicht gerade der gutaussehende Märchenprinz war, den sie sich erträumt hatte, na und? Im wahren Leben ging es nicht um Träume, und es war an der Zeit, daß sie diesen Umstand akzeptierte. Sie konnte etwas Gutes aus ihrer Ehe machen, wenn sie es nur wollte. Und wie sie es wollte!

Mathews Court House war eine kleine Stadt mit hübschen Fachwerkhäusern an gepflasterten Straßen, in denen ein lebhaftes Treiben herrschte. Ab und zu sah sie auf der Straße oder in vorüberfahrenden Kutschen Bekannte, denen sie lächelnd zuwinkte. Alle erwiderten ihren Gruß, und sie fühlte sich sehr erleichtert.

Lilah war nicht sicher gewesen, wie sie seit jenem Abend in der Gartenlaube gesellschaftlich aufgenommen werden würde. In den letzten drei Wochen war ihr Name in aller Munde gewesen, und sie war nur zu froh, daß Kevin die Gerüchte nicht zu Ohren gekommen waren. Es war nicht genauer bekannt, was sich zwischen Lilah und Jocelyn San Pietro abgespielt hatte, aber den Leuten war klar, daß sie in jener verhängnisvollen Nacht einen Gutteil ihrer Zeit mit ihm allein verbracht hatte. Die Erinnerung an ihr leichtsinniges Benehmen verblaßte jedoch bereits. Sie fing an zu hoffen, daß die Legende von Jocelyn San Pietro in die hiesige Geschichte eingegangen war und weitgehend in Vergessenheit geraten würde. Schließlich hatten in dieser Gegend viele feine Herren mit ihren Sklavinnen, die sie sich als Mätressen hielten, Kinder gezeugt. Das wirklich Skandalöse war doch nur, daß Joss sein Leben als Weißer verbracht hatte – und daß George Barton bei seinem Auftauchen gestorben war. Lilahs Zutun verlieh der ganzen Geschichte nur noch ein wenig zusätzliche Würze.

Es fuhren mehr Kutschen in die Stadt hinein als aus der Stadt hinaus, und Lilah nahm an, daß der Grund dafür in der Sklavenversteigerung lag. Die Sklaverei war der Lebensnerv der großen Plantagen im amerikanischen Süden und auf Barbados. Nur so ließen sich die großen Baumwoll-, Zuckerrohr- und Tabakfelder lohnend bewirtschaften. Die Sklavinnen gebaren in der Regel nicht allzu viele Kinder, und die einzige Möglichkeit, die Feldarbeiter aufzustocken, bestand darin, ständig neue zu kaufen. Das hatte häufig zu geschehen und erforderte beträchtliche Geldmittel. Die Sklaven, die im Haus arbeiteten, waren natürlich etwas ganz anderes als die Feldarbeiter. Und oft gehörten sie geradezu zur Familie wie ihre Zofe Betsy oder Boot, der weit mehr um George Barton trauerte als dessen eigene Frau.

Die Versteigerung der Sklaven sollte auf den Rasenflächen vor und hinter dem Gerichtsgebäude stattfinden, einem imposanten Backsteinbau mitten in der Stadt. Beide Rasenflächen waren erforderlich, da es sich eigentlich um zwei ganz verschiedene Auktionen handelte. Die wertvolleren Sklaven, Hausangestellte, erstklassige Feldarbeiter und dergleichen, wurden vor dem Gebäude zum Kauf angepriesen. Hinter dem Haus konnte man die älteren und weniger tauglichen Sklaven erwerben.

»Soll ich dich irgendwo absetzen?«

Lilah hörte die mangelnde Begeisterung aus Kevins Stimme heraus und merkte, daß er nicht darauf versessen war. Sie nahm an, er fürchtete, die besten Feldarbeiter könnten ihm entgehen, wenn er nicht rechtzeitig kam. Daher schüttelte sie den Kopf und wurde mit einem Lächeln dafür belohnt.

»Du bist einfach prima, Lilah! Was für ein großartiges Gespann wir abgeben werden!«

Lilah lächelte, denn das war alles, was er zu seinem Glück zu brauchen schien, seit sie seinen Antrag angenommen hatte. Als er ihr beim Aussteigen half, war ihr seine Hand auf ihrer Taille nicht unangenehm, und es gelang ihr mühelos, ihn noch einmal anzulächeln, ehe sie sich bei ihm einhing und sich standhaft weigerte, an den letzten Mann zu denken, bei dem sie sich so eingehängt hatte. Sie machten sich auf den Weg.

Eilig bahnten sie sich einen Weg durch die Menge, und Kevin bot bereits für den ersten Sklaven, den er schließlich auch für die stattliche Summe von fünfhundert Dollar bekam. Der Sklave strahlte von einem Ohr zum anderen und war stolz auf den hohen Preis, den er erzielt hatte.

Gegen Ende der Auktion verlor Lilah jedes Interesse und schlenderte ein wenig umher. Kevin hatte zehn erstklassige Feldarbeiter für Heart's Ease erstanden und zudem eine kleine Mulattin von angenehmem Äußeren, von der er sagte, sie könne Maisie, der Köchin, in der Küche zur Hand gehen. Jetzt hatte Kevin nicht mehr vor, noch mitzubieten, es sei denn, etwas ganz Besonderes sollte auftauchen, und er hatte sich in eine Unterhaltung mit dem Herrn vertieft, der neben ihm stand und mit ihm die verschiedenen Bewässerungsmethoden diskutierte. Lilah schlenderte durch die Menge zum Gerichtsgebäude. Niemand konnte Kevin mangelndes Interesse an seiner Arbeit vorwerfen, dachte sie.

Ohne ein bestimmtes Ziel vor Augen zu haben, stand Lilah plötzlich am Rand der Menge, die sich zur Versteigerung der minderwertigen Sklaven drängte. Hier hatten sich die weniger wohlhabenden Farmer versammelt, Kaufleute und sogar arme Weiße aus dem Süden, die genug Geld zusammengekratzt hatten, um sich ein oder zwei minderwertige Sklaven zuzulegen. Hier ging es ganz anders zu als auf der Vorderseite des Gebäudes.

Lilah wollte gleich wieder umkehren, weil sie sich in dieser Umgebung nicht wohl fühlte. Der Geräuschpegel war so hoch, daß sie Kopfschmerzen bekam, und es roch eindeutig nach ungewaschenen Menschen. Außerdem würde Kevin sich ohnehin schon fragen, wo sie wohl stecken mochte.

»Und hier haben wir einen strammen, jungen Nigger. Joss heißt er, und er hat Bärenkräfte, aber er muß noch ein wenig gebändigt werden. Was wird für ihn geboten?«

»He, das ist doch ein Weißer!«

»Nee, der ist dunkelgelb. Erinnert ihr euch denn nicht mehr . . .«

»Seht euch bloß die Ketten an! Der muß gemeingefährlich sein! Den würde ich geschenkt nicht nehmen!«

»Ich lege fünfzig Dollar für ihn hin!«

»Fünfzig Dollar! Also, hören Sie mal, Mr. Collier! Wenn der erst gezähmt ist, ist er mit Sicherheit fünfhundert wert!« Der Auktionator wies das Angebot entrüstet ab.

»Ja, wenn er nicht vorher jemanden umbringt! Oder wenn man ihn nicht vorher töten muß!«

Während dieses Wortwechsels blickte Lilah auf und erstarrte. Er war schmutzig, sein Haar war verfilzt und zerzaust, sein Schnurrbart abrasiert, aber dafür wuchsen die Stoppeln von zwei Wochen auf seinem Kinn. Er war barfuß und in Lumpen gekleidet, die ihm zerfetzt vom Leib hingen. Seine Brust war weitgehend entblößt, und dichte Muskelstränge mit einem breiten Keil von schwarzen Haaren in der Mitte zwischen den Rippen waren zu sehen. Sein Mund war geschwollen, und an den Mundwinkeln hatte sich Schorf aus getrocknetem Blut gebildet. Im Moment war sein Gesicht von einem teuflischen Fauchen verzerrt. Über seinen linken Bakkenknochen zog sich ein leuchtender blauer Fleck, und auf der rechten Schläfe hatte er eine halbverheilte Platzwunde. Lilah spürte, daß ihr das Herz stehenblieb, als sie die Muskeln seiner nackten Arme ansah, denn seine Hände waren so fest hinter seinem Rücken zusammengebunden, daß jeder Muskelstrang angespannt war. Auch seine Füße waren gebunden, und eine Kette hielt ihn an dem Pfahl fest. Trotz seines veränderten Aussehens handelte es sich eindeutig um Joss. Lilah starrte ihn hilflos an und spürte Übelkeit in sich aufsteigen. Sie schluckte schwer. Gott im Himmel, das also war aus ihm geworden . . . Amandas Rache erwies sich in der Realität als noch viel schlimmer als alles, was sie sich ausgemalt hatte.

»Wer geht auf einhundert? Einhundert Dollar für einen strammen, jungen Nigger!« Der Auktionator, der vor der Ware, die er verkaufen wollte, auf der Hut war, warf einen Blick auf die Menge. »Zu dem Preis ist er ein ausgezeichnetes Geschäft!«

»Ich biete sechzig!« rief ein Mann.

»Sechzig Dollar! Das ist ja schon schändlich. Wenn du ihn zu dem Preis mitnimmst, wird man dich verhaften, Sam Johnson! Kommt schon, Leute! Hundert will ich hören!«

»Zeig uns mal seinen Rücken, Neely! Ich wette, der ist schon halb totgepeitscht worden! Wer könnte einen solchen Störenfried gebrauchen?«

»Ja, Neely, laß uns seinen Rücken sehen!«

Widerwillig beugte sich der Auktionator dem Druck der Menge. »Dreh dich um, Junge!« sagte er zu Joss.

»Scher dich zum Teufel!« lautete die bissige Antwort. Selbst Lilah, die ganz hinten stand, konnte sie deutlich hören. Ein paar stämmige Männer drehten Joss um, und sein Rücken war von roten Striemen überzogen. Lilah spürte die Übelkeit erneut in sich aufsteigen. Sie preßte sich eine Hand auf den Mund, weil sie fürchtete, sie könne sich tatsächlich übergeben.

»Ich ziehe mein Gebot zurück!« rief der Mann, der sechzig Dollar geboten hatte.

»Meins bleibt bestehen!« sagte der, der die fünfzig Dollar geboten hatte. Dann fügte er, an die Menge gewandt, hinzu: »Zum Teufel, so billig bekommt man kein Schweinefutter. Und wenn er mir zuviel Ärger macht, dann werde ich genau das aus ihm machen – Schweinefutter!«

Als Joss losgelassen wurde, entstellte die Wut sein Gesicht, und er wies nicht die geringste Ähnlichkeit mit dem umwerfenden, lachenden Fremden auf, der so kühn mit ihr geflirtet und ihr fast das Herz gestohlen hätte. Sie hatten ihn zu einer Bestie gemacht, und ihr Herz blutete für ihn.

Von dem Moment an, in dem sie ihn erkannt hatte, war ihr Blick starr auf ihn gerichtet, während er verächtlich in die Menge gesehen hatte. Als seine Augen über die Versammlung glitten und provozierend weitere Angebote herausforderten, streiften sie auch die Stelle, an der sie stand. Dann kehrte sein Blick wie in Zeitlupe zu ihr zurück. Diese grünen Augen, an deren Farbe sie sich besser als an die ihrer eigenen Augen erinnern konnte, hefteten sich auf ihr Gesicht.

8

Joss fauchte wie eine wilde Bestie, als er sie sah. Sie stand am hinteren Rand der gaffenden Menschenmenge, die ihn anstarrte, und die Krempe ihres hellgelben Hutes warf einen Schatten auf ihr Gesicht. Sie war genauso, wie er sie in Erinnerung hatte, schöner als es irgendeiner jungen Frau von Rechts wegen zustand, und sie wirkte in der sengenden Augusthitze so kühl wie frisches Quellwasser. In ihrem hellgelben Kleid wirkte sie so zart wie ein Sonnenstrahl. Er konnte ihren Gesichtsausdruck nicht erkennen, aber selbst auf diese Entfernung spürte er ihren Abscheu und das Mitleid, das sie mit ihm hatte. Wut durchströmte ihn, und er fühlte sich so sehr gedemütigt wie in seinem ganzen Leben noch nicht.

Als er sie kennengelernt hatte, war er sich seiner Macht über das weibliche Geschlecht allzu sicher gewesen, allzu gewiß, daß er fast jede Frau haben konnte, wenn er sie wollte. Die Frauen hatten ihn immer attraktiv gefunden, und es war ihm öfter, als er sich erinnern konnte, gelungen, diese erfreulichen Umstände ganz und gar für sich zu nutzen. Dann war Delilah Remy in einen Strauch gestürzt, und ein Paar schlanke Beine in weißen Strümpfen, die bis zum Oberschenkel entblößt waren, hatten sein Interesse angestachelt. Als er nichts weiter getan hatte als das, was man von einem Gentleman erwarten konnte, nämlich den Versuch zu unternehmen, ihr den Rock über die Knie zu ziehen, hatte sie ihm eine Ohrfeige geben wollen. Anfangs hatte ihn das

Ganze lediglich sehr amüsiert. Aber dann, als er sie genauer angesehen und festgestellt hatte, daß der kleine Hitzkopf eine umwerfend schöne Frau war, hatte er sich von ihr bezaubern lassen. Und sie hatte ihn hingerissen, bis dieser Alptraum über ihn hereingebrochen war. Sie hatte etwas an sich, was ihn ansprach, etwas, was nichts mit der zarten Vollkommenheit ihrer Züge und ihres Körperbaus zu tun hatte. Er hatte sie auf Anhieb gemocht, sie wirklich gemocht. Und er hatte sie begehrt, wie auch sie ihn begehrt hatte, obwohl sie wahrscheinlich zu unschuldig war, um das, was sie empfunden hatte, als er sie berührt hatte, mit diesen Begriffen zu bezeichnen. Bei diesem Hauch von Kuß, den er ihr gegeben hatte, hatte sie schon Feuer gefangen ...

Aber das gehörte der Vergangenheit an. Die rauhe Wirklichkeit sah so aus, daß er in der siedenden Sonne auf einem Podest stand, seine Zunge vor Durst geschwollen war und seine Arme pochten, weil sie so fest zusammengeschnürt waren. Sein übriger Körper schmerzte an zu vielen Stellen, als daß er sie noch hätte aufzählen können. Er war so oft geschlagen, getreten, ausgepeitscht und windelweich geprügelt worden, daß er den Überblick darüber verloren hatte, wie häufig man ihn mißhandelt hatte. Man hatte ihm seinen Namen, seine Identität und sogar seine Rassenzugehörigkeit genommen und ihm den Status eines Stücks Vieh eingeräumt, das man nach Belieben kaufen oder verkaufen konnte – und all das bloß, weil seine Großmutter die Urenkelin einer afrikanischen Sklavin war.

Es war einfach unfaßbar – er hatte einige Tage gebraucht, um einzusehen, daß die ganze Geschichte nicht ein abscheulicher Irrtum war –, aber es war die schreckliche Wahrheit. Von seinen Vorfahren her kam ein Anteil schwarzes Blut auf zweiunddreißig Teile weißes, nicht mehr als ein Teelöffel, und doch reichte es aus, um ihn in dieser hinterwäldlerischen Kolonie zu einem unmenschlichen Dasein zu verdammen. Seine Bildung, seine bisherigen gesellschaftlichen Beziehungen und sogar die erfolgreiche Reederei, die er sich aufgebaut hatte, zählten hier nichts gegen diese wenigen Blutstropfen. In seinem ganzen Leben hatte er sich nicht vorgestellt, je so tief sinken zu können oder gar so machtlos zu sein. Sogar seine Einwände, er verfüge über die Mittel, sich die Freiheit zu erkaufen, hatten ihm bei dieser Farce von einer Gerichtsverhandlung nichts genutzt. Man hatte ihm noch nicht einmal gestattet, sein Schiff zu benachrichtigen. Sklaven besaßen keine Rechte und konnten keinen eigenen Besitz für sich beanspruchen, hatte man ihm mitgeteilt, als sie ihn in Ketten fortgeschleift hatten.

In dem Stall, der ihm als Gefängnis diente, war er von dieser verrückten Alten aufgesucht worden, Amanda Barton, die ihm mitgeteilt hatte – als redete sie über das Wetter –, daß sie seinen Untergang herbeiführen würde. Er hatte getobt und gewütet und ihr Beschimpfungen ins Gesicht geworfen, die ihn selbst schockierten. Solche Worte benutzte man nicht in Gegenwart einer Frau, noch nicht einmal, wenn es diese Frau war. Sie hatte freudig gelacht und ihn angekettet im Dunkeln liegen lassen. Später war jemand – es war zu dunkel gewesen, um die Identität auszumachen – hineingekommen und hatte ihn, ohne ein Wort zu sagen, bewußtlos geschlagen. Man hatte ihm Nahrung und Wasser versagt, ihn geschlagen und gedemütigt und ihn in seinen eigenen Exkrementen liegen lassen, bis er sich selbst nicht mehr als menschenwürdig angesehen hatte. Seit dieser Alptraum eingesetzt hatte, hatte man ihn wie ein Tier behandelt, nein, schlimmer als jedes Tier, nämlich mit bewußter Grausamkeit und Gehässigkeit. Und mit der Zeit hatte er wie eine wilde Bestie auf diese Behandlung reagiert, was ihm nur noch mehr Schläge eingetragen hatte.

Schließlich hatte er gelernt, Herr über seinen Zorn zu werden, ihn zu horten wie ein Geizhals sein Gold und sich immer wieder zu sagen, daß er eine Gelegenheit finden würde, zu entkommen, wenn er nur lange genug wartete. Er war nicht auf den Gedanken gekommen, daß die alte Hexe vorhaben könnte, ihn zu verkaufen wie einen unerwünschten Gegenstand. Jetzt wurde er öffentlich zur Schau gestellt, und man bot für ihn wie für ein verdammtes Pferd – er hätte nicht geglaubt, noch tiefer sinken zu können. Aber dann ihren Augen preisgegeben zu sein und zu wissen, daß sie ihn schmutzig, stinkend und halbnackt sah und die beschämenden Striemen der Peitschenhiebe auf seinem Rücken nicht übersehen konnte . . . Er spürte Mordlust in sich aufsteigen. In seiner Blutrünstigkeit fand keine weitere Überlegung Raum, noch nicht einmal die, daß es um sein Überleben ging.

Er brüllte vor Wut, entblößte die Zähne und versuchte mit aller Kraft, die Ketten zu sprengen, die ihn an den Pfosten banden. Der Pfosten ächzte und bebte, und einen Moment lang, nur einen kurzen Moment lang, glaubte er, er könne sich losreißen. Aber wenn er es geschafft hätte, hätten sie ihn wahrscheinlich abgeknallt . . .

Die furchtsameren Menschen in der Menge schrien auf, und der Auktionator wirbelte so schnell zu ihm herum, daß er ins Wanken kam und fast vom Podest gestürzt wäre. Augenblicklich fielen zwei stämmige Aufpasser über Joss her und schlugen auf seinen Kopf und seine Schultern ein. Da seine Arme auf dem Rücken gebunden und seine Füße in Ketten gelegt waren, konnte er sich nicht gegen sie schützen, doch er versuchte, den schlimmsten Hieben auszuweichen. Sie schlugen auf ihn ein, bis er in die Knie ging. Dann trat ein schwerer Stiefel seinen Brustkasten ein. Ein stechender Schmerz durchzuckte ihn, er keuchte und kippte nach vorn über, bis seine Stirn auf dem staubigen Holz des Podestes lag. Ein zweiter Stiefel traf ihn auf dem Rücken. Er keuchte ein zweites Mal, und auf seiner Stirn brach kalter Schweiß aus.

»Ich biete hundert Dollar für ihn!«

Joss hatte geglaubt, seine Qualen könnten nicht mehr schlimmer werden, doch er hatte sich getäuscht. Als er diese sanfte, weibliche Stimme hörte, spülte eine Woge von Scham über ihn hinweg, die schmerzhafter war als seine mit Sicherheit gebrochenen Rippen. Er biß die Zähne zusammen, und es gelang ihm mit Mühe, den Kopf zu heben und sie anzusehen. Sie war nähergekommen, so nah, daß er den vollkommenen Schnitt ihres Gesichtes jetzt unter der Hutkrempe sehen konnte. Sie sah ihn nicht an, sondern blickte zu dem Auktionator auf. Ihre großen blauen Augen waren dunkler, und er nahm an, das sei auf eine Mischung aus Mitleid und Furcht vor ihrer eigenen Kühnheit zurückzuführen. Es war unerhört, daß eine junge Frau einen Sklaven kaufte; es war noch nie vorgekommen, daß Frauen, die nicht gerade alte Jungfern oder Witwen waren und keinen männlichen Beschützer hatten, überhaupt bei der Versteigerung von Sklaven boten. In den meisten Fällen war es ihnen untersagt, überhaupt irgendwelche eigenen Besitztümer zu haben; ihre gesamte Habe gehörte ihren

Männern oder Vätern. Und wenn eine junge Dame wie Lilah einen jungen, sehr maskulinen Sklaven kaufte – dazu gehörte Mut. Das erkannte er, und ihm wurde klar, daß sie zum Stadtgespräch werden würde, und doch empfand er keinen Funken von Dankbarkeit für das, was sie für ihn tat. Sein Haß und seine Wut auf die Welt erstreckte sich in diesem Augenblick auch auf sie, weil sie seine größtmögliche Erniedrigung miterlebte und sogar daran teilnahm. Er lag hilflos und blutüberströmt vor ihr auf den Knien, und das empörte ihn in seiner Männlichkeit. Wie hätte er sie nicht dafür hassen können, daß sie ihn bemitleidete?

»Ist das denn die Möglichkeit? Seht sie euch bloß an!«

Ein entrüstetes Murmeln stieg aus der Menge auf, die sich die Hälse verrenkte, um Lilah anzusehen, sowie sich herausgestellt hatte, daß das Angebot von einer modisch gekleideten jungen Dame kam. Der Auktionator starrte Lilah an, als könne er seinen Ohren nicht trauen. Auch die Aufseher wandten sich zu ihr um. Lilah, die sich plötzlich der Aufmerksamkeit bewußt wurde, die sie auf sich gelenkt hatte, errötete, doch sie ließ den Auktionator keinen Moment lang aus den Augen. Joss zuckte zusammen und fürchtete um sie und um sich selbst. Sie hatte die besten Absichten, das wußte er nur zu gut, aber sie machte alles nur noch schlimmer. Tausendfach schlimmer, und das hätte er nicht für möglich gehalten.

»Miß, haben Sie wirklich vor, mitzubieten?« fragte der Auktionator schließlich in gesenktem Tonfall und mit einer Spur von Respekt. Sogar seinesgleichen erkannte Qualität. Joss hielt den Atem an, ohne es selbst zu wissen. Sie konnte immer noch einen Rückzieher machen und sich damit einigen Kummer ersparen. Er hoffte, sie würde es tun. Es würde weniger an ihm nagen, wenn er an den ekelhaftesten, gemeinsten Schurken auf Erden verkauft wurde, als von ihr abhängig zu sein.

»Ja, das habe ich vor. Ich habe gesagt, daß ich hundert Dollar für ihn zahle, und genau das habe ich damit auch gemeint.« Ihre Stimme war jetzt fester, und ihr Tonfall und ihre Worte waren entschieden. Sie hatte das Kinn in die Luft gereckt, und ihre schönen Augen funkelten vor Trotz. Joss verspürte eine immense Scham. Er protestierte mit einem wortlosen Knurren. Der Stiefel des Aufsehers, der ihm am nächsten stand, hob sich bedrohlich, und er hielt den Mund. Sie sah ihn immer noch nicht an, aber er konnte seinen Blick nicht von ihr losreißen.

»Ich kann doch einen Sklaven wie diesen Nigger hier nicht an eine junge Dame verkaufen«, sagte der Auktionator, und aus jedem einzelnen Wort war seine Mißbilligung herauszuhören. »Wozu brauchen Sie ihn denn überhaupt?«

»Wie Sie bereits betont haben, wird er leicht das Fünffache dessen wert sein, was ich für ihn zahle, wenn er erst eingearbeitet ist. Und außerdem kaufe ich ihn nicht für mich selbst; ich handele im Auftrag meines Vaters. Unser Aufseher hat vorhin bei der Auktion vor dem Gebäude fast ein Dutzend Sklaven gekauft. Er wird sich auch um den hier kümmern.«

»Ach so.« Der Auktionator rieb sich das Kinn. »Ich vermute, das ändert einiges. Wenn Sie den Aufseher vielleicht holen könnten . . .«

»Er ist gerade mit den anderen Sklaven beschäftigt, die wir gekauft haben.« Lilah reckte ihr Kinn noch etwas höher, und ihre Stimme wurde noch fester. »Mein Geld ist genauso gut wie das eines jeden anderen, sollte man meinen. Und ich habe niemanden sonst gesehen, der hundert Dollar für ihn geboten hat.«

Der Auktionator sah einen Moment lang finster auf sie herunter und warf dann einen Blick auf die Menge. »Die Dame hat recht«, rief er aus. »Sie sagt, daß niemand außer ihr hundert Dollar geboten hat. Da ist etwas dran. Will einer von euch ihr Gebot überbieten? Höre ich hundertzwanzig? Hundertzehn? Nein? Dann geht er zum ersten, zum zweiten und zum dritten für hundert Dollar an diese junge Dame.«

»Ich werde gleich jemanden mit dem Geld vorbeischicken«, hörte Joss sie sagen, als die Wachen die lange Kette lösten, mit der er an den Pfosten gebunden war, und ihn auf die Füße zogen. Als er vom Podest geführt wurde, war er vor Schmerz betäubt. Neuerworbene Sklaven warteten in einem bestens bewachten Pferch neben dem Rasen auf ihre Eigentümer. Er nahm an, dorthin würden sie ihn führen. Seine Wunden mußten von selbst heilen, es sei denn, sein neuer Herr – seine neue Herrin – zeigte Mitgefühl. Ein bitteres Lachen erschütterte seinen Körper und zog neue Schmerzen nach sich. Allein schon der Umstand, daß sie ihn gekauft hatte – *gekauft!* –, war ein Anzeichen für ihr Mitgefühl. In seinem neuen Leben als ihr Sklave konnte er damit rechnen, gut behandelt zu werden.

Sie wartete hinter dem Podest, als er heruntergezerrt wurde. Die Wachen blieben stehen und starrten sie neugierig und keineswegs respektvoll an, als sie auf sie zukam, auf ihn zukam, ohne sich um das Murmeln der Menge zu scheren. Sie kam nicht allzu nah, aber doch nah genug, um ihm rasend bewußt zu machen, wie sehr er stinken mußte und wie schmutzig und heruntergekommen er war. Er war wacklig auf den Füßen, und seine Schmerzen waren so groß, daß er die Zähne zusammenbeißen mußte, während ihm der Schweiß ausbrach, aber

er versuchte trotzdem, die Arme der Wachen abzuschütteln. Das war ein Fehler. Einer von ihnen versetzte ihm
mit dem Ellbogen einen festen Stoß in seine gebrochenen Rippen, und der Schmerz schnitt wie ein Messer
durch seine Eingeweide. Joss stöhnte und schloß die
Augen, während noch mehr kalter Schweiß auf seiner
Stirn und seiner Oberlippe ausbrach.

»Sie da, tun Sie das nicht noch einmal! Ich will nicht,
daß ihm jetzt noch weh getan wird, haben Sie gehört!«
Sie kam mit raschelnden Röcken zu seiner Verteidigung.
Die Wächter waren derart überrumpelt, daß sie ihn los-
ließen und zurücktraten. Zu seinem Entsetzen stellte er
fest, daß seine Beine ihn nicht mehr trugen. Er sackte in
sich zusammen, fiel auf die Knie und kippte seitlich um,
da er seine gebundenen Hände nicht benutzen konnte,
um seinen Sturz aufzufangen. Dann lag er auf dem weichen Teppich aus staubigem Gras. Die Welt um ihn
herum neigte sich zur Seite und wankte grauenhaft. Zum
ersten Mal in seinem Leben glaubte er, er könne ohnmächtig werden.

»Sie haben ihn verletzt!« rief sie aus, sank neben ihm
auf die Knie und legte ihre kühlen Finger auf seine
schweißtriefenden, schmutzigen Schläfen. Bei dieser
Berührung zog sich sein Magen zusammen. Zumindest
sah sie ihn nicht als ein wildes Tier an, auch nicht als ein
Stück Vieh, aber er konnte nicht zulassen, daß sie einen
solchen Rummel um sich machte, denn er kannte das
Böse, das in den Hintergedanken der Menschen lauerte.
Die obszöne Fantasie der Männer würde sich an diesem
Bild weiden . . . Er biß die Zähne zusammen und zwang
sich, die Augen aufzuschlagen. Die Welt verschwamm
immer noch vor seinem Blick, aber wenn er sie nur fest
genug ansah, mußte es ihm unter Aufbietung seiner ge-

samten Willenskraft gelingen, nicht ohnmächtig zu werden.

»Komm mir nicht zu nah«, murrte er so leise, daß es kein anderer hören konnte, und als sie die Augen weit aufriß und sich auf die Füße zog, war er froh und traurig zugleich. Er funkelte sie wütend an und versuchte vergeblich, sich hinzusetzen, um dann aufzustehen, aber er mußte feststellen, daß er sogar zu geschwächt war, um sich hinzusetzen. Jede Bewegung zog eine Woge von Schmerz nach sich. Er hatte die Wahl, das Bewußtsein zu behalten, indem er so liegenblieb, wie er dalag, oder sich von der Stelle zu rühren und zu riskieren, daß er das Bewußtsein verlor. Er entschied sich für die erste Lösung und schloß die Augen, als der nächste Anfall von Schmerzen ihn übermannte. Als er die Augen endlich wieder aufschlug, kauerte sie immer noch neben ihm. Ihr Rocksaum berührte beinah seinen Arm, und ihr Gesicht war dicht über ihm. Mit gerunzelter Stirn sah sie besorgt auf ihn herunter, und sie war so hübsch und so zauberhaft anzusehen, daß seine Eingeweide schmerzten. Ihre Nähe ließ einen finsteren Ausdruck auf sein Gesicht treten.

»Verdammt noch mal, habe ich dir nicht gesagt, du sollst verschwinden!« Die Wut, die er verspürte, ließ seine gezischten Worte wie einen Peitschenhieb wirken. Statt aufzuspringen und fortzulaufen, und genau das hatte er von ihr erwartet, streckte sie die Hand aus, als wolle sie den Schaden ermessen, den die gebrochenen Rippen angerichtet hatten. Ihre Hand zu spüren, die so ungehemmt über ihn glitt, trieb ihn in die Raserei. Er wandte sich abrupt ab, um ihrer Berührung zu entkommen, und diese Geste trug ihm einen weiteren stechenden Schmerz ein.

»Jetzt wird alles wieder gut werden, du wirst es ja sehen«, sagte sie leise zu ihm und ignorierte all seine Bemühungen, sie zu vertreiben. Dann ragte ein stämmiger Mann mit einem zerfurchten Gesicht hinter ihr auf, packte sie an beiden Ellbogen und zog sie gewaltsam auf die Füße.

»Verdammt noch mal, Lilah, was zum Teufel tust du da?« brüllte er. »Howard LeMasters hat mir gesagt, daß du hier bist und einen unglaublichen Skandal entfachst, aber ich habe ihm nicht geglaubt! Jetzt sehe ich, daß er, wenn überhaupt, sogar noch untertrieben hat! Ich meine, dafür solltest du mir eine Erklärung abgeben!«

Der Mann ließ seine Hände auf ihren Armen liegen und machte den Eindruck, als würde er sie am liebsten schütteln. Da er sie zu sich umgedreht hatte, konnte Joss ihr Gesicht nicht sehen. Dafür wirkte der Mann um so wütender.

Joss zuckte zusammen und versuchte grimmig entschlossen, sich auf die Füße zu ziehen. Es war zwecklos. Es gelang ihm, sich auf die Knie zu heben, aber mehr ließ sich einfach nicht machen, selbst dann nicht, wenn es um sein – oder ihr – Leben gegangen wäre. Wenn dieser Mann in Worten oder Taten ausfallend wurde, war er nicht in der Verfassung, ihre Ehre oder ihre Person zu verteidigen.

»O Kevin, ich wollte mich gerade auf die Suche nach dir machen. Ich will, daß du dem Auktionator in meinem Namen hundert Dollar gibst, sei so nett!« Die heftige Reaktion des Mannes auf ihr ungehöriges Betragen und der feste Griff, mit dem er ihre bloßen Arme umklammert hielt, schienen ihr keinerlei Sorgen zu bereiten. Bei dem Anblick dieser Pranken auf ihrer bleichen Haut entzündete sich eine starke Abneigung gegen diesen Mann in Joss. Dann sah Kevin ihn über die Krempe des gelben Hutes an, und Joss merkte, daß seine Gefühle in ähnlicher Form erwidert wurden.

»Hast du denn jeden Funken Verstand verloren? Ich kann nicht glauben, daß du tatsächlich um einen Sklaven mitgesteigert hast – und schon gar nicht um diesen! Das ist doch der uneheliche Sohn des alten George, oder etwa nicht? Der, von dem der junge Calvert jedem erzählt, du hättest ihm schöne Augen gemacht, ehe du herausfinden mußtest, daß er ein Nigger ist?«

»Kevin! Schrei nicht so! Er ist schließlich nicht taub, und sonst ist auch niemand taub!« Sie zog entrüstet die Schultern hoch, drehte sich bei diesen Worten ein wenig um und sah gehemmt auf Joss herunter. Mit einem Bruchteil seiner Wahrnehmung, der weder durch das Gespräch, noch durch seine Schmerzen in Anspruch genommen war, stellte er fest, daß ihr Rock dort, wo sie neben ihm gekniet hatte, einen Grasfleck aufwies.

»Also, was ist? Er ist es doch, oder nicht? Und jetzt warst du tatsächlich so blöd, ihn auf einer öffentlichen Auktion zu kaufen! Nun wird die ganze Gegend über dich reden! Ich kann einfach nicht glauben, daß du so verflucht blöd bist!«

Die Augen des Mannes hatten ein verwaschenes Braun, stellte Joss fest, als er ihn haßerfüllt ansah. Er musterte Joss mit der gewaltigen Arroganz eines Mannes, dessen höhergestellter Rang auf Erden zweifelsfrei feststeht. Joss war bis zur Taille entblößt, dreckig und mit Striemen, blauen Flecken und Platzwunden übersät. Er war unrasiert und ungepflegt und voller Scham. Aber er weigerte sich, unter Kevins herablassender Einschätzung zusammenzuzucken. Er funkelte ihn trotzig an, als Kevin vor Abscheu die breite Nase rümpfte. Bei dieser abschätzigen Geste spürte Joss ʼMordlust durch seine Adern strömen. Er hatte sich noch nicht daran gewöhnt, verachtet zu werden, aber ehe er dazu kam, etwas Unkluges zu sagen oder zu tun, wandte Kevin seine Aufmerksamkeit wieder dem Mädchen zu.

»O Kevin, sei doch bitte nicht so mürrisch«, sagte sie und sah ihn mit einem einschmeichelnden Lächeln an, bei dem Joss die Zähne fletschte. Er hatte geglaubt, das Lächeln, mit dem sie ihn vor drei Wochen bedacht hatte, sei speziell für ihn da. Jetzt wurde ihm klar, daß sie eine geübte kleine Schmeichlerin war, die ihre Wimpern für alles klimpern ließ, was Hosen anhatte.

»Ich soll nicht so mürrisch sein? Du ziehst deinen guten Namen durch den Schmutz und sagst mir, ich soll nicht so mürrisch sein? Du hättest niemals auch nur auf einer Sklavenversteigerung mitbieten dürfen, und schon gar nicht um ihn, das weißt du nur zu genau. Ich vermute, du glaubst, ich hätte nichts von diesem Gerede gehört? Ha! Aber ich war bereit, die Geschichten, die man sich erzählt, unter den gegebenen Umständen nicht weiter ernst zu nehmen. Du konntest nicht wissen, wer er ist, und ich kenne dich gut genug, um zu wissen, daß er dich nicht angerührt hat. Aber trotzdem ist es ein Unding, daß du . . .«

»Sie haben ihm weh getan«, fiel sie ihm ruhig ins Wort. »Ich konnte es nicht mitansehen.«

Kevin starrte sie kopfschüttelnd an. »Du und dein verfluchtes gutes Herz«, sagte er, nachdem er einen Moment lang geschwiegen hatte, und dann murmelte er noch etwas, was Joss nicht hören konnte, weil sich der Schmerz gerade wieder einmal wie ein Messer durch seinen Leib bohrte. Eine glühende Schamröte stieg in seine Wangen auf. Himmel, seit fünfzehn Jahren war er nicht mehr rot geworden, nicht, seit er als vierzehnjähriger Junge erstmals die nackten Brüste einer Frau gesehen hatte! Aber das Mitleid in ihrer Stimme war mehr, als er wegstecken konnte.

»Willst du uns einander nicht vorstellen, Lilah?« Sein Tonfall war bewußt unverschämt. Sie sah ihn über die Schulter an und riß entgeistert die Augen auf. Kevins Gesichtsmuskulatur erstarrte, und er lief rot an. Er packte Lilahs Taille, um sie gewaltsam aus dem Weg zu schieben. Dann ging er auf Joss zu. Joss sah es kommen. Er sah, daß der Mann die Pistole aus dem Gürtel zog und sie hochhob. Er konnte nichts tun, um den Hieb abzuwehren, nur das Gesicht abwenden, und das verbot ihm der Stolz. Demzufolge bekam er die volle Wucht des Schlages ab, und sein Kopf schwankte von einer Seite auf die andere, als seine linke Backe aufplatzte.

»Nein, Kevin, laß das!«

Joss glaubte, sie wäre an seine Seite gestürzt, wenn Kevin ihren Arm nicht gepackt und sie festgehalten hätte. Aber vielleicht bewirkte auch die Taubheit, die sich in seiner Wange ausbreitete, in Verbindung mit dem gräßlichen Schmerz in seinen Rippen, daß er sich Dinge einbildete.

»Geh zur Kutsche, Lilah, ehe du einen noch größeren Skandal um dich entfachst«, sagte Kevin durch die Zähne. »Die Sklaven sind meine Angelegenheit, nicht deine, und das weißt du selbst. Geh jetzt. Ich komme nach, wenn ich mein Bestes getan habe, um auszubügeln, was du angerichtet hast.«

»Du wirst ihn kein zweites Mal schlagen, Kevin, hast du gehört? Sieh ihn dir an! Er hat schon genügend Verletzungen.« Ihre Stimme und ihre Augen drückten Zorn aus. »Ich will dein Wort darauf haben!« In der Menschenansammlung, die sich allmählich gebildet hatte, weil die Schaulustigen sich dieses Spektakel nicht entgehen lassen wollten, wurde ein Kichern laut. Lilahs Wangen erröteten, und sie wirkte plötzlich gehemmt, als ihr klar wurde, daß ein paar Dutzend Augen auf sie geheftet waren.

Kevin, der ebenfalls errötete, als er einen schnellen Blick hinter sich warf, sah sie erbost an. »Abgemacht, ich werde ihn nicht wieder schlagen«, sagte er mit fester Stimme. »Und jetzt wirst du von hier verschwinden, ja? Ein gutes Herz mag ja schön sein, aber heute bist du zu weit gegangen. Einen Monat lang wird man sich jeden Sonntag über dich und diesen – Jungen lustig machen. Ich weiß nicht, wie du dich dabei fühlst, aber mir gefällt diese Vorstellung kein bißchen.«

»Mir macht das nichts aus, ich habe nichts Böses getan. Ich habe nur . . .«

»Die ist ganz schön scharf auf schwarze Haut, meint ihr nicht auch?« Die scherzhafte Frage des Mannes war deutlich über dem Gemurmel der Menge zu vernehmen. Kevin wirbelte mit finsterer Miene herum. Lilah legte beschwichtigend eine Hand auf seinen Arm. Der Mann fuhr fort, ohne sich seiner Gefahr bewußt zu werden: »Der würde ich gerne mal zeigen, wie es mit Weißen ist.«

»Ach, du bist doch nicht weiß, du alter Flunkerer. Du bist ja noch dunkler als der!« Ein anderer Mann versetzte dem ersten einen Stoß mit dem Ellbogen in die Rippen.

»Das ist doch nur Dreck! Für eine wie die würd ich den runterwaschen – oder vielleicht doch besser nicht. Vielleicht bin ich ihr dunkel lieber.«

»Die würde dich so oder so nicht wollen, du alter Kauz! Du kommst jetzt mit, bevor ich dir das Fell über die Ohren ziehe!« Ehe Kevin explodieren konnte, hatte eine stämmige Frau in den ausgeblichenen Kleidern einer Bäuerin den vorlauten Mann am Ohr gepackt und zerrte ihn fort. Der andere Mann folgte ihnen und hielt sich die Hände wie einen Trichter vor den Mund, um in das Höhnen der Menge einzufallen.

Joss hörte den dreien nicht länger zu, denn die Scham, die auf Lilahs Gesicht stand, war ihm zu bewußt. Kevins Züge drückten Wut aus, und auch Joss war wütend, aber es war ein sinnloser, hilfloser Zorn auf die ganze Welt, und dazu gehörten auch er selbst und diese ungeheuerliche Lage, in der er sich befand. Das Wissen, daß seine Wut ihm absolut nichts brachte, machte ihn nur noch zorniger.

»Verschwinde!« sagte Kevin zu Lilah und preßte die Lippen unheilverkündend aufeinander. Ihre Wangen waren nach wie vor glutrot, aber sie reckte ihr Kinn trotzig in die Luft.

»Wag es nicht, so mit mir zu reden, Kevin Talbott! Von dir habe ich heute nachmittag schon genug eingesteckt, und ich habe nicht vor, mir noch mehr von dir bieten zu lassen! Ich gehe dann zur Kutsche, wenn es mir paßt, und keinen Moment eher. Ich lasse mir von dir keine Vorschriften machen, und ich rate dir, es dir zu merken!«

Kevin funkelte sie wütend an, aber Lilah wich keinen Millimeter. Sie sah prächtig aus, als sie mit gerötetem Gesicht und verschränkten Armen dastand und Kevin mit ihrer Haltung herausforderte, sich auf einen Streit mit ihr einzulassen. Kevin wußte anscheinend, wann er sich geschlagen geben mußte. Er hob zum Zeichen seiner Niederlage beide Hände, und das zog wieder ein hämisches Lachen der Umstehenden nach sich.

»Du bist so störrisch wie ein Maulesel, und das warst du schon immer, Delilah Remy! Tu doch, was du willst!«

Kevin kehrte ihr und der Menge den Rücken zu, um sich Joss anzusehen. Die beiden Wachen, die mit einer Brutalität rechneten, traten einen Schritt näher, und auf ihren Gesichtern drückte sich die Freude über dieses unerwartete Schauspiel aus, das sich ihnen geboten hatte. Auf eine Geste von Kevin hin traten sie wieder zurück.

»Hör zu, Junge«, sagte Kevin mit gesenkter Stimme und großem Nachdruck. »Meine Verlobte, Miß Remy, hat ausgehandelt, daß du gekauft wirst, und wenn ich auch noch soviel gegen dich habe, werde ich mich doch ihren Wünschen beugen. Aber ganz gleich, was du früher warst oder zu sein glaubtest – heute bist du nichts weiter als ein Sklave, der Miß Remys Vater gehört. Ich bin Mr. Remys Vorarbeiter, und in Heart's Ease bin ich der Boß und bestimme über alles, was mit der Plantage zu tun hat. Wenn ich je höre, daß du auch nur ein Wort an Miß Remy richtest, ganz zu schweigen von solchen Vertraulichkeiten wie eben, werde ich dafür sorgen, daß du geschlagen wirst, bis dein armseliges Leben nur noch an einem seidenen Faden hängt. Und du wirst feststellen, daß ich keine hohlen Drohungen ausstoße.«

Joss ballte unwillkürlich die Fäuste hinter dem Rükken. Er hatte Schmerzen in der Brust, und seine aufgeplatzte Backe brannte wie Feuer. Seine Augen glühten, als er den Mann ansah, der über ihm stand. Aber er sagte und tat nichts, um dem Mann weitere Vorwände für Grausamkeiten zu geben. Langsam und qualvoll lernte er, der Klügere zu sein. Er war verletzt und hatte Schmerzen und konnte noch nicht einmal auf den Füßen stehen. Als Sklave war er seinen Besitzern auf Gedeih und Verderb ausgeliefert, die ihn aus einer Laune heraus schlagen oder töten konnten. Im Moment mußte er sich mit den Gegebenheiten abfinden und durfte sich von seinem eigenen verdammungswürdigen Stolz und den großen blauen Augen, die so mitleidsvoll auf ihn gerichtet waren, nicht zu Dummheiten hinreißen lassen. Aber auch nur für den Moment. Jedem schlug einmal die Stunde . . .

»Kevin!« Lilah zerrte von hinten an Kevins Ärmel. Kevin versuchte mit wenig Erfolg, sie abzuschütteln.

»Du wirst dich aus dieser Sache heraushalten, Lilah. Das ist mein Ernst.«

Joss sah Lilahs Augen aufflackern, aber sie sagte nichts mehr. Kevin warf einen Blick auf Joss, der deutlich seine Verachtung und seinen Abscheu ausdrückte.

»Hast du mich verstanden, Junge? Auf Heart's Ease wirst du ein Sklave wie alle anderen Sklaven sein. Du wirst die Arbeiten verrichten, die man dir aufträgt, du wirst tun, was man dir sagt, solange man es dir sagt. Du wirst deinen Besitzern Respekt erweisen und deine aufsässige Zunge im Zaum halten, wenn dir deine Haut lieb ist. Wenn du das tust, wirst du feststellen, daß dein Leben bei uns gar nicht so übel ist. Mach mir irgendwelche Probleme, und du wirst dir wünschen, du wärst nie geboren worden.«

Ohne eine eventuelle Reaktion von Joss abzuwarten, nickte Kevin den Wachen barsch zu. »Steckt ihn zu den anderen Sklaven, die ich nach Heart's Ease mitnehme. Morgen wird jemand vorbeikommen, sie zum Hafen bringen und sie auf die *Swift Wind* verfrachten. Bis dahin soll ihnen Wasser und Nahrung vorgesetzt werden. Es hat zu keinen Pannen zu kommen. Ich will keinen einzigen von ihnen auf der Überfahrt verlieren, weil man sich vorher nicht entsprechend um sie gekümmert hat.«

»Wird gemacht, Sir.«

»Kevin, er ist verletzt. Sie haben ihn getreten . . .«

»Ich werde einen Arzt zu ihm schicken lassen, damit er ihn sich ansieht, einverstanden? Bist du jetzt zufrieden?«

»Es wird mir eine Erleichterung sein.«

Sie bedachte ihn wieder mit einem betörenden Lächeln. Joss sah sie finster an, und seine Erbitterung wuchs in dem Maß, in dem ihr Lächeln entwaffnend war. Kevin wandte seinen verzückten Blick von dem hübschen kleinen Gesicht ab und stellte fest, daß Joss sie beide wütend anfunkelte. Er gab den Wachen ein Zeichen. Daraufhin packten sie Joss an den Armen und zerrten ihn zu dem Pferch. Als sie ihn fortschleiften, sah Joss, daß der arrogante Mistkerl sich an Lilah wandte, die einen protestierenden Laut von sich gegeben hatte, weil sie ihn so roh behandelten. Mit einem einlenkenden Lächeln legte er seinen Arm um ihre Taille. Seine Eingeweide brannten. Er wollte sich einreden, es läge an seinen Verletzungen, aber daran glaubte er selbst nicht so ganz.

9

Eine Woche später stand Lilah auf dem sachte wanken-
den Deck der *Swift Wind*, und die weißen Segel bausch-
ten sich vor einem blauen Himmel. Sie starrte über die
Reling zum fernen Horizont und bemühte sich verzweifelt, die Sklaven nicht wahrzunehmen, die zwanzig
Schritte von ihr entfernt auf und ab sprangen. Kevin lief
zwischen ihnen umher und rief: »Springt, ihr Teufels-
brut, springt!« Die Ketten, die den Sklaven um die Mitte
und um die Handgelenke gebunden waren und sie aneinander fesselten, klapperten lautstark, als sie gehorch-
ten. Nackte Füße klatschten, frei von jedem Rhythmus,
auf die Planken des Decks.

Es war ein traumhafter Sonnenuntergang, doch Lilah
nahm nichts von alledem wahr. Ihre gesamte Aufmerksamkeit war von Joss in Anspruch genommen, der etwa
fünf Meter von ihr entfernt an der Reling lehnte, da er
von den Turnübungen befreit worden war. Sie sah ihn
nicht an und nahm doch jede seiner kleinsten Regungen
zur Kenntnis. Sie haßte sich dafür, daß sie immer noch
an ihn dachte, obwohl sie ihre Christenpflicht erfüllt und
ihn vor dem gräßlichen Los bewahrt hatte, das ihn nach
der Auktion mit Sicherheit ereilt hätte. Schließlich
wußte sie jetzt ganz genau, wer und was er war, und daher hatte sie keine Entschuldigung für ihre Schwäche,
ihn und das, was zwischen ihnen geschehen war, nicht
aus ihrer Erinnerung zu löschen. Aber ganz gleich, wie
sehr sie mit sich rang, reagierte sie mit dieser Überemp-
findsamkeit auf ihn. Wenn er auch nur in ihrer Nähe

war, konnte sie an nichts anderes mehr denken, obwohl sie sich weigerte, ihn auch nur anzusehen. Ihre Instinkte drängten sie, es zu tun – *jetzt*, während Kevin ihr den Rücken zugewandt hatte und vollauf mit den übrigen Sklaven beschäftigt war. Niemand hätte es je erfahren, und nur sie selbst hätte es gewußt. Und möglicherweise Joss. Sie hatte das Gefühl, daß er ihre Anwesenheit ebenso sehr wahrnahm wie sie die seine.

Kevin ließ die Sklaven gewissenhaft Sport an der frischen Luft betreiben, weil sie eine größere Investition darstellten; er wollte sie bei guter Gesundheit und arbeitstauglich nach Heart's Ease bringen. Die meisten Sklavenhalter ließen ihre Leibeigenen während der Reise in den engen Kajüten schmachten, aber Kevin dachte gar nicht daran.

Er hatte recht, und das wußte Lilah, und doch war ihr nicht wohl dabei zumute, Joss unter den übrigen Sklaven zu sehen. Bis auf seine schäbige Kleidung hatte er jetzt wieder viel Ähnlichkeit mit dem Mann, den sie aus jener verzauberten Nacht in Erinnerung hatte. Wäre die Kette nicht gewesen, hätte sie sich nur mit Mühe vorstellen können, daß er ein Sklave war.

Aber sie mußte daran denken. Es wäre gefährlich für ihren heiklen Seelenfrieden gewesen, wenn sie es auch nur einen Moment lang vergessen hätte. Falls Kevin den Verdacht schöpfte, daß sie auch nur das leiseste Interesse an Joss hatte, das über die reine christliche Barmherzigkeit hinausging, war das auch für Joss gefährlich. Wenn es darum ging, seinen Besitz zu verteidigen, konnte Kevin erbarmungslos sein, und seit sie mit ihm verlobt war, sah er sie als sein eigen an. Ganz zu schweigen von der Tatsache, daß Kevin, ihr Vater und ihre übrigen Bekannten entsetzt, empört und entrüstet gewesen wären, wenn sie geahnt hätten, daß sie die leuchtend grünen Augen eines Sklaven nicht aus ihrem Gedächtnis verbannen konnte.

Gewöhnlich sorgte sie dafür, daß sie nicht auf Deck war, wenn die Sklaven ins Freie gebracht wurden, aber heute hatte sie jedes Zeitgefühl verloren und sich versehentlich noch dort aufgehalten, und sie hatte nicht eilig davonlaufen und ihr Unbehagen zeigen wollen. Sie war ihr Leben lang mit Sklaverei konfrontiert gewesen und nahm es als alltäglich hin, ständig von Sklaven umgeben zu sein, so selbstverständlich wie die Luft, die sie atmete. Nie hatten sie auch nur das geringste Unbehagen bei ihr ausgelöst, doch Joss konnte sie beim besten Willen nicht als einen gewöhnlichen Sklaven ansehen.

Wie sehr sie sich danach sehnte, endlich wieder zu Hause zu sein! Es schien ihr eine Ewigkeit her zu sein, seit sie die sonnige Insel verlassen hatte. Seltsamerweise hatte sie jetzt, da sie ihrer Heimat näher war als in den vergangenen fünf Monaten, Heimweh. Wenn das Wetter beständig blieb, würde die *Swift Wind* in etwa drei Wochen in der Bridgetown Bay vor Anker gehen. Und sie konnte diese letzten gräßlichen Wochen endgültig vergessen ...

Betsy stellte sich neben sie und brachte ihr einen edlen Seidenschal, den ihre Großtante ihr zum Abschied geschenkt hatte. Lilah war dankbar für die Ablenkung, doch als sie den Schal sah, schüttelte sie angewidert den Kopf.

»Danke, Betsy, aber ich brauche ihn nicht. Du kannst ihn haben, wenn du magst.«

Betsy hing sich das Tuch strahlend um die Schultern.

»Du siehst hübsch darin aus«, sagte Lilah. »Ben sollte sich hüten, wenn du zurückkommst. Diesmal kriegst du ihn ganz bestimmt rum.« Lilah begleitete ihre Worte mit einem schelmischen Lächeln.

»Wie kommen Sie darauf, daß ich ihn will?« gab Betsy zurück. Sie warf den Kopf in den Nacken und grinste. Lilah lächelte ebenfalls.

»Du bist schon scharf auf Ben, seit du fünfzehn geworden bist. Du kannst mir nichts vormachen.«

Betsy sah sie plötzlich ernst an. »Ja, aber Sie sind ganz bestimmt nicht scharf auf Mr. Kevin, Miß Lilah. Sie können mir auch nichts vormachen.«

Lilah wandte sich wieder versonnen dem Meer zu.

»Ich will nichts dergleichen mehr hören«, sagte sie streng.

»Pah!« Betsy verzog ihren hübschen Mund zu einem Hohnlächeln. »Sie wollen die Wahrheit nicht hören, das ist alles. So waren Sie schon immer, schon als kleines Mädchen, aber wir, die Sie lieben, werden Ihnen doch die Wahrheit sagen: Mr. Kevin ist nichts für Sie.«

»Ich werde ihn heiraten«, sagte Lilah entschlossen, und ihr Kinn, das sich hoch in die Luft reckte, drückte deutlich aus, daß sie das Gespräch für beendet erklärte. Betsy mißachtete diesen Wink mit dem Zaunpfahl, und Lilah hätte wissen können, daß sie bei Betsy damit nicht durchkam. Nachdem sie ihr ganzes Leben gemeinsam verbracht hatten, waren Herrin und Zofe lediglich Titel, sonst gar nichts. Betsy gehörte zur Familie, und Familienangehörige konnten lästig sein.

»Sie werden ja doch tun, was Sie wollen, wie immer, aber wenn ich an Ihrer Stelle wäre, würde ich noch warten. Eines Tages wird der richtige Mann kommen. So ist es immer.«

»Kevin ist der richtige Mann für mich.«

»Mr. Kevin ist der richtige Mann für Ihren Papa und

für Heart's Ease. Für Sie ist er nicht der Richtige. Und das wissen Sie selbst, Miß Lilah, tief in Ihrem Innern. Sie sind nur zu stur, um es zuzugeben.«

»Jetzt reicht es aber, Betsy. Ich will nicht mehr darüber reden!« Lilah sah ihre Zofe wütend an. Betsy fuhr unbeirrt fort.

»Sie mögen es noch nicht einmal, wenn er Sie küßt! Was wollen Sie tun, wenn er sich zu Ihnen ins Bett legt, wenn Sie erst mit ihm verheiratet sind?«

Lilahs Wangen röteten sich. »Du hast mir nachspioniert!« warf sie Betsy hitzig vor, denn sie wußte, daß Betsy von dem Vorfall sprach, zu dem es gestern abend zwischen ihr und Kevin gekommen war.

Er hatte sie bis an die Tür ihrer Kabine begleitet und war dann zu ihrem Erstaunen hinter ihr eingetreten. Er hatte sie wortlos an sich gezogen und sie geküßt. Die gierige Nässe seiner Zunge, die über ihre zusammengepreßten Lippen fuhr, hatte bewirkt, daß ihr hundeelend wurde. Wütend hatte sie Kevin von sich gestoßen. Er hatte sich auf der Stelle entschuldigt und reuig ihre Hand geküßt, ehe er ging, aber der Vorfall hatte ein bleibendes Unbehagen bei ihr ausgelöst. War es das, was sie von ihm zu erwarten hatte, wenn sie erst miteinander verheiratet waren? Und dann würde es nicht mehr so leicht sein, ihn von sich zu stoßen ...

»Ich war wach«, verbesserte Betsy sich würdig. »Ich habe gesehen, wie er versucht hat, Sie zu küssen, und daß sie sich benommen haben, als würden Sie sich jeden Moment übergeben. So fühlt man nicht für den Mann, den man heiratet, Miß Lilah.«

»Was weißt du denn schon?« gab Lilah hitzig zurück. Sie war wütend, weil Betsys Worte ihre eigenen Bedenken zu deutlich ausdrückten.

Betsy sah sie selbstgefällig an. »Ich weiß viel. Ich war ein Jahr lang mit John Henry zusammen, und dann war da Norman und – na ja, das ist ja auch egal. Was ich Ihnen sage, ist, daß ich mich nie so gefühlt habe, wenn einer von ihnen mich geküßt hat. Und wenn Ben mich je küssen würde – Miß Lilah, er müßte mich mit einem Enterhaken von sich pressen, damit er mich wieder los wird! So sollte man für den Mann empfinden, den man heiratet.«

»Damen empfinden in diesen Dingen nicht so«, sagte Lilah mit einem Anflug von Unbehagen, als sie wieder einmal an die Erregung dachte, die andere Lippen in ihr wachgerufen hatten. Sie stieß die verbotene Erinnerung resolut von sich. Sie konnte nicht zulassen, daß der Wahnsinn dieser einen Nacht ihr ganzes Leben überschattete. Diese Nacht war aus der Wirklichkeit ausgeklammert und so wenig greifbar wie ein Traum. Das sollte sie sich endlich merken!

Betsy lachte. »Wenn Sie das sagen, Miß Lilah. Aber wir wissen beide, daß Sie sich nur etwas vormachen. Damen oder Zofen, unter der Haut sind wir alle gleich – wir sind Frauen.«

Die Sklaven wurden abgeführt, und Lilah wandte den Blick ab, um Joss nicht anzusehen.

»Und Sie wollen mir erzählen, daß Sie für ihn nichts empfinden?« fragte Betsy mit sanfter Stimme. »Miß Lilah, Sie vergessen, daß ich Sie schon als kleines Mädchen gekannt habe. Und ich habe gesehen, wie freudig und aufgeregt Sie waren, als Sie sich für ihn etwas ›Verführerisches‹ angezogen haben. So waren Sie nie vorher und auch hinterher nie. Schon gut, er war nicht der Richtige, aber wenn er diese Gefühle bei Ihnen ausgelöst hat, dann wird sie eines Tages ein anderer Mann bei Ihnen auslösen. Begnügen Sie sich nicht mit Mr. Kevin, weil Sie sich bei ihm sicher fühlen. Genügsamkeit ist etwas für alte Frauen und alte Hennen und nichts für eine hübsche junge Dame wie Sie.«

»Ich bin nicht genügsam. Und ich will nicht mehr darüber reden!«

»Schon gut, stecken Sie meinetwegen den Kopf in den Sand, wenn Sie meinen! Ich habe jedenfalls etwas Besseres zu tun!«

Betsy ließ Lilah stehen, die insgeheim fürchtete, daß an dem, was das Mädchen gesagt hatte, mehr als nur ein Körnchen Wahrheit war. Kevins sanftester Kuß konnte in ihr höchstens den Wunsch wachrufen, sich den Mund abzuwischen. Der Kuß gestern abend hatte eine so starke Woge von Ekel in ihr ausgelöst, daß ihr regelrecht schlecht geworden war. Sie war kein Kind mehr. Sie hatte eine recht klare Vorstellung davon, wie die körperliche Seite einer Ehe auszusehen hatte. Sie hatte sich nur bisher nie die Zeit gelassen, dieses Wissen auf sich und Kevin anzuwenden. Konnte sie sich für den Rest ihres Lebens so von ihm küssen lassen oder ihm die Form von Intimitäten gestatten, die Eheleute miteinander teilten? Von den Einzelheiten machte sie sich keine allzu genaue Vorstellung, aber sie wußte, daß dazu gehörte, ein Bett miteinander zu teilen und Kinder zu bekommen. Konnte sie seine Hände auf ihrer bloßen Haut ertragen, nicht nur ein- oder zweimal, sondern Nacht für Nacht, über weiß Gott wie viele Jahre? Bei diesem Gedanken lief Lilah ein Schauer über den Rücken. Aber dann ließ sie alle anderen Männer vor ihrem geistigen Auge vorüberziehen, die im Lauf der Jahre um ihre Hand angehalten hatten, und ihr wurde klar, daß sie sich von keinem von ihnen hätte anfassen lassen. Der einzige Mann, der ihr je eine Reaktion entlockt hatte . . .

Sie verschloß die Augen vor diesem beschämenden Bild. Der einzige Mann, dessen Berührungen ihr erträglich erschienen waren, war in diesem Augenblick mit den restlichen Sklaven, die Kevin für Heart's Ease gekauft hatte, unten im Laderaum angekettet.

Das Herz wurde ihr etwas leichter, als ihr ein Gedanke durch den Kopf ging. Wenn sie erst wieder zu Hause war, konnte sie ihren Vater vielleicht dazu überreden, Joss freizulassen. Wenn Kevin recht hatte, würde er ihnen wahrscheinlich ohnehin nur Ärger machen, schlimmer als die Afrikaner, die direkt aus ihrem Vaterland gebracht wurden, um auf den Feldern zu arbeiten. Leonard Remy wollte sie nicht auf seiner Plantage haben. Wenn sie nicht seit Generationen versklavt waren und im Lauf der Zeit gefügig gemacht worden waren, waren die afrikanischen Neger zu unberechenbar, sagte er. Häufig versuchten sie, zu entkommen, und sie waren in der Lage, mit ihrem Keifen um die Freiheit Unruhe unter den anderen Sklaven zu stiften.

Sie glaubte, daß es nicht schwer sein würde, ihren Vater zu überzeugen, solange er nicht auf den Gedanken kam, sie wolle den Mann in Freiheit wissen, weil sie sich zu ihm hingezogen fühlte. Das war natürlich eine absolut lachhafte Vorstellung. Sie wollte ihn frei sehen, weil er ein Mensch wie sie selbst war. Sie weigerte sich, in ihre Erwägungen einzubeziehen, daß das auch auf Betsy und zwanzig weitere Sklaven in Heart's Ease zutreffen könnte. Dieser Mann hatte in der Versklavung nichts zu suchen und hätte freigelassen werden sollen. Sowie er seine Freiheit wiedergefunden hatte, würde er bestimmt von Heart's Ease und Barbados verschwinden, und sie brauchte ihn nie wiederzusehen.

Die Sonne war am Horizont fast verschwunden, und

es wurde immer kälter. Vielleicht hätte sie Amandas Schultertuch doch nicht so voreilig verschenken sollen – aber sie konnte es einfach nicht tragen. Nicht nach allem, was ihre Großtante Joss angetan hatte . . . Schon wieder ging er ihr durch den Kopf. Mußte sie sich denn durch alles an ihn erinnert fühlen?

10

»Da bist du ja. Ich habe schon angefangen, mir Sorgen um dich zu machen. Ich dachte, du seist inzwischen in deiner Kabine, aber Betsy hat mir gesagt, sie hätte dich nicht gesehen, seit sie dich oben an Deck hat stehen lassen. Ich habe wirklich nicht damit gerechnet, dich noch hier oben, im Dunkeln, vorzufinden.«

Kevin trat in dem Moment auf das Deck, als Lilah gerade nach unten gehen wollte. Der Wind zerzauste sofort sein Haar, wehte es um sein Gesicht und ließ ihn mit seinen breiten, zerfurchten Zügen wie ein derber Seemann wirken. Trotz seines stämmigen Körperbaus und seiner mangelnden modischen Ausstattung war er ein attraktiver Mann. Sie lächelte ihn im warmen Schein des Laternenlichtes, das aus dem Gang hinter ihr kam, freundlich an. Sie mochte Kevin, und sie sah absolut keinen Grund, warum sie es nicht lernen sollte, ihn nach der Heirat allmählich doch noch zu lieben. Sie kannte ihn gut; er hielt keine Überraschungen für sie bereit, und das war gut so. Verträumte Romanzen würden sich dem nicht in den Weg stellen, was die richtige Entscheidung war. Wenn sie sich von Kevins Küssen nicht angesprochen fühlte – nun gut, dann war es nur allzu wahrscheinlich, daß sie sich daran gewöhnen würde. Schließlich war ihr eine körperliche Intimität mit einem Mann ganz neu. Sie konnte die Male, die sie von einem Mann geküßt worden war, an den Fingern einer Hand abzählen, und niemand hatte sie bisher leidenschaftlicher als Kevin auf den Mund geküßt.

»Ich habe mir den Sonnenuntergang angesehen«, sagte sie und hing sich bei ihm ein. Die Passagierkabinen befanden sich direkt unter dem Deck. Ein gutes Dutzend gab etwa sieben- oder achtundzwanzig Passagieren, die nach Barbados reisten, Unterkunft. Manche von ihnen kannte Lilah. Irene Guiltinan führte in Bridgetown ein Modegeschäft, und John Haverly besaß ein kleines Stück Land bei Ragged Point, recht nah von Heart's Ease. Auch sie kehrten von einem Besuch in den Kolonien zurück. Andere, die sie nicht kannte, wollten aus den verschiedensten Gründen, für die sie sich nicht näher interessierte, nach Barbados. Nach Ende der Schiffsreise würde sie vermutlich keinen von ihnen je wiedersehen. Die Besitzer der großen Plantagen blieben ganz unter sich.

»Ich bin froh darüber, daß du nicht mehr böse auf mich bist.« Sie standen fast vor der Kabinentür. Lilah blieb stehen und wandte sich nach Kevin um, als er das sagte.

»Ich möchte mich noch einmal für mein gestriges Benehmen entschuldigen. Ich fürchte, deine Schönheit ist mir zu sehr zu Kopf gestiegen. Ich weiß, daß ich dich erschreckt habe, und ich verspreche dir, daß es nicht wieder vorkommen wird. Jedenfalls nicht, solange du nicht soweit bist.« Den letzten Satz fügte er mit einem nahezu entwaffnenden Lächeln hinzu.

»Du brauchst dich nicht bei mir zu entschuldigen, Kevin.« Lilah trat einen Schritt näher und legte eine Hand auf seinen Arm, der kräftig und muskulös war. Sie kämpfte gegen den Drang an, einen Vergleich anzustellen. Das hier war der Mann, den sie heiraten würde, und um ihn mußten sich ihre Gedanken drehen. Sie war entschlossen, alles dafür zu tun. »Es war ebenso sehr meine

Schuld wie deine. Ich hätte nicht so reagieren dürfen, wie ich es getan habe. Aber verstehst du, für mich ist es noch etwas ganz Neues, geküßt zu werden.«

Er grinste sie mit strahlenden Augen an. »Das möchte ich doch hoffen«, sagte er und hob ihre Hand an seine Lippen. »Wir werden ganz sachte vorgehen«, versprach er ihr und küßte ihre Finger mit einem Charme, der sich nicht mit seinem derben Aussehen vereinbaren ließ. Lilah empfand nicht das geringste, obwohl sie sich sehr bemühte. Natürlich war die Berührung angenehmer als Mr. Calverts Sabbern über ihrer Hand, aber andererseits war es gar nichts im Vergleich zu ...

»Darf ich dich küssen, Lilah? Richtig? Ich tue es nicht, wenn du es lieber nicht möchtest.«

Es klang so ernstgemeint, und sie spürte so sehr, wie bemüht er war, ihre Gunst wieder für sich zu gewinnen, daß sie es nicht über das Herz brachte, ihm den Wunsch abzuschlagen.

»In Ordnung. Tu es«, sagte sie; sie schloß die Augen und hob ihm das Gesicht entgegen. Ihre Lippen blieben prüde geschlossen und sagten ihm wortlos, daß er dieses Privileg nicht ausnutzen und zu weit gehen durfte. Sie wartete.

Kevin senkte den Kopf und preßte seinen Mund auf ihre Lippen. Es war ein sachter Kuß, der ihr nicht unangenehm war. Lilah wich nicht zurück und entzog sich ihm nicht. Mit geschlossenen Augen konzentrierte sie sich ganz darauf, etwas zu empfinden – aber es kam nichts. Sein Kuß bedeutete ihr nichts anderes als der eines beliebigen Verwandten, den sie recht gern hatte. Es war genauso, wie sie zu Betsy gesagt hatte – Damen hatten keine solchen Regungen. Und wenn sie ein einziges Mal etwas anderes empfunden hatte, dann durfte sie nicht mehr daran denken.

»Das war doch gar nicht so schlimm, oder?« fragte Kevin, als er den Kopf hob. Ein schwaches Lächeln spielte um seine Lippen. Lilah sah ihm an, daß er äußerst zufrieden mit sich war. Der Kuß hatte ihm gefallen, und dieses Wissen heiterte sie ein wenig auf. Zumindest schien er an ihrer Reaktion nichts zu vermissen. Wenn er sich mit so wenig zufriedengab, dann stand es gut um die Erfolgschancen ihrer Ehe.

»Es war sehr schön«, sagte sie und tätschelte seinen Arm, wie man es tat, um ein Kind aufzumuntern. Er sah auf sie herunter, lächelte breiter und zog sie in seine Arme. Zu Lilahs Verdruß senkte er den Kopf, um das Ganze noch einmal zu wiederholen, diesmal auch noch ausgiebiger. Sie schloß die Augen, biß die Zähne zusammen und ließ es über sich ergehen. Zumindest verschlang er sie nicht mit seinem Mund, wie er es am Vorabend versucht hatte.

»Gütiger Gott im Himmel, jemand muß mir beistehen! Millard hat es übel erwischt!« Eine Frau stürzte aus einer der Kabinen. Ihr bleiches Gesicht drückte große Angst aus, und ihr graues Haar war übel zerzaust. Lilah erinnerte sich wieder, daß sie Mrs. Gorman hieß und mit ihrem Mann und ihrer erwachsenen Tochter unterwegs war. Die Unterbrechung bewirkte, daß Kevin den Kopf hob, seine Arme sinken ließ und einen Schritt zurücktrat. Lilah, die insgeheim erleichtert über diese willkommene Erlösung war, wandte sich der Frau zu, die eilig auf sie zukam.

»Was ist passiert, Mrs. Gorman? Ist Ihr Mann krank?« Lilah hielt die Frau am Arm fest, als sie an ihr vorbeilaufen wollte. Erst jetzt schien Mrs. Gorman ihre

Anwesenheit wahrzunehmen. Sie starrte mit einem wilden Blick um sich, ehe ihre Augen sich auf Lilah richteten.

»Ja, das kann man wohl sagen, und ich brauche Dr. Freeman! Lassen Sie mich bitte los, ich muß ihn schnellstens holen.«

»Kevin – Mr. Talbott – wird ihn suchen, wenn Sie wollen. Dann können Sie gleich wieder zu Ihrem Mann zurückgehen, und ich begleite Sie gern.«

»Sie sind ein liebes Mädchen. Das habe ich auf der Überfahrt schon mehr als einmal zu Millard gesagt.«

Lilah faßte dieses wirre Kompliment als eine Zustimmung auf. Kevin nickte und ging. Mrs. Gorman kehrte so aufgeregt um, daß sie kaum zu wissen schien, was sie tat. Lilah folgte ihr, obwohl sie nicht sicher war, ob Mrs. Gorman sie überhaupt noch wahrnahm.

Aus der Panik der Frau schoß Lilah, daß es ihrem Mann extrem schlecht gehen mußte, aber sie war weder auf den gräßlichen Gestank des hemmungslosen Durchfalls, noch auf die Pfützen von Erbrochenem gefaßt, das längst aus allen verfügbaren Behältern überlief. Dazwischen lag Mr. Gorman, zum Skelett abgemagert. Seine Tochter saß hilflos auf der Bettkante und wischte ihm den Mund ab. Lilahs Magen drehte sich um, aber beide Frauen sahen sie derart erwartungsvoll an, daß sie unmöglich ihrem ersten Instinkt nachgeben und fliehen konnte. Sie bemühte sich, ihren Ekel nicht zu zeigen, und trat behutsam näher an das Bett heran.

»O Mutter, hast du den Arzt gefunden? Papa braucht ihn ganz dringend.«

Der Mann auf der Pritsche ächzte. Als seine Tochter sich über ihn beugte und Mrs. Gorman an seine Seite eilte, setzte sich Mr. Gorman kerzengerade im Bett auf und schnappte mühsam nach Luft. Dann fiel er wieder auf das Kissen zurück.

»Ist er tot?«

»Nein, Mama, sieh doch, er atmet. Oh, wir brauchen dringend einen Arzt!«

»Er wird gleich kommen«, murmelte Lilah und sah Mr. Gorman entsetzt an. Wenn er noch nicht tot war, dann würde er mit Sicherheit jeden Moment sterben. Er lag regungslos da, hatte keinerlei Farbe im Gesicht, und sein Körper war in Schweiß gebadet.

»Was ist denn hier los?« fragte Dr. Freeman, als er mit seiner großen schwarzen Tasche die Kabine betrat und abrupt stehenblieb. Lilah trat zurück und war froh, daß sie diese ganze gräßliche Situation Dr. Freemans Können überlassen durfte. Sie fürchtete allerdings sehr, Mr. Gorman würde sterben.

Dr. Freeman schickte sie und Kevin aus dem Zimmer. Kevin begleitete Lilah mit finsterer Miene zu ihrer Tür.

»Was meinst du, was ihm fehlt?« fragte sie, da sie selbst keine Ahnung hatte. Sie war im Umgang mit Kranken unerfahren und hatte eigentlich nicht gern mit ihnen zu tun. In Heart's Ease pflegte Jane die Kranken, und Lilah war froh darüber.

»Ich weiß es nicht«, antwortete Kevin mit besorgter Stimme. Lilah sah ihn scharf an. Ehe sie ihm weitere Fragen stellen konnte, hörte sie, daß die Tür hinter ihnen aufging. Als sie sich umdrehte, sah sie Dr. Freeman kopfschüttelnd in den Korridor treten. Hinter ihm stand Mrs. Gorman bleich und zitternd im Türrahmen. Er sagte etwas zu ihr, schüttelte auf ihre Frage hin den Kopf, wandte sich ab und kam auf Lilah und Kevin zu. Ein Blick in sein Gesicht reichte aus, und Lilah wußte, daß einiges nicht in Ordnung war.

»Was ist es, Doktor?« fragte Kevin mit gepreßter Stimme. Er schien sich vor der Antwort zu fürchten.

Dr. Freeman musterte Kevin über den Rand seiner Brille hinweg. Er machte einen sehr müden Eindruck, weit matter, als es nach zehn Minuten in einem Krankenzimmer zu erwarten war.

»Cholera«, antwortete der Arzt barsch und ging weiter. Lilah fiel es nicht schwer, die Gefühlsregung zu identifizieren, die aus seiner Stimme herauszuhören war. Es war die blanke Angst.

11

Drei Tage später war das Schiff eine schwimmende To-
desfalle. Die Cholera hatte wahllos unter den Passagieren und der Mannschaft um sich gegriffen. Fast ein Drittel der rund siebzig Seelen an Bord war erkrankt. Vier,
darunter Mr. Gorman, waren schon gestorben. Die Gesunden teilten sich in zwei Lager: auf der einen Seite diejenigen, die die Krankheit fürchteten, sich aber von
ihrem Gewissen oder ihren Gefühlen dazu getrieben
fühlten, die Kranken dennoch zu pflegen, und auf der
anderen Seite diejenigen, die eine Quarantäne für die
Kranken erzwungen hatten und sich weigerten, auch
nur in die Nähe der Schiffshälfte zu kommen, die man
ihnen eingeräumt hatte. Als die Krankheit täglich weiter
um sich griff und sich ihre Opfer anscheinend rein zufällig aussuchte, ganz gleich, was sie taten, um eine Anstek-
kung zu vermeiden, erschien die Quarantäne als reine
Zeitvergeudung. Dennoch wurde sie so lange wie möglich strikt aufrechterhalten.

Obwohl sie gleich zu Beginn mit Mr. Gorman in Berührung gekommen war, hatte sich Lilah bisher nicht angesteckt. Mit Betsy an ihrer Seite arbeitete sie unermüdlich und war schnell immun gegen die gräßlichen
Anblicke und Gerüche und gegen das gequälte Wimmern der Kranken, der Sterbenden und derer, die am Leben blieben.

Als die Krankheit immer weiter um sich griff, sah man
ein, daß man die Sklaven nicht länger im Laderaum unter
Deck einsperren konnte, aber sie waren den Matrosen

keine große Hilfe, da die meisten von ihnen noch nie auf einem Schiff gewesen waren. Man mußte sie bei jeder Arbeit beaufsichtigen, aber da die Hälfte der Mannschaft erkrankt war und die übrigen Besatzungsmitglieder vom Grauen gepackt waren, war eine fachkundige Überwachung nicht durchführbar.

Joss bildete die Ausnahme, da er als Ersatz für die erkrankten Matrosen keineswegs so unbrauchbar war wie die anderen Sklaven. Da er sein Leben lang Seemann und später Kapitän seiner eigenen Schiffe gewesen war, konnte er mindestens drei der Besatzungsmitglieder ersetzen. Lilah sah ihn überall, in der Takelage, im Ausguck, auf dem Achterdeck beim Ablesen des Sextanten, denn er war Kapitän Boone zugeteilt worden, damit sie gemeinsam ihre Route planten, um möglichst schnell an Land zu kommen, denn das war ihre einzige Hoffnung auf eine Rettung. Kapitän Boone hatte Kevin persönlich darum gebeten, Joss die Ketten abzunehmen, und er wirkte unermüdlich. Er sprach nie auch nur ein Wort mit Lilah, obwohl sie einander bei ihrer Pflichterfüllung häufig über den Weg liefen. Er schien sie überhaupt nicht zur Kenntnis zu nehmen, und Lilah war es recht so. Der Funke, der einst zwischen ihnen aufgelodert war, war durch die Umstände erloschen, und in Wahrheit war sie so müde und derart von Angst gepackt, daß es ihr nicht so schwerfiel, nicht an ihn zu denken, wie unter günstigeren Bedingungen. Sie waren zwar keine drei Wochen mehr von Barbados entfernt, doch Dr. Freeman hatte Kapitän Boone gedrängt, den Kurs zum nächsten Hafen einzuschlagen. Die *Swift Wind* peilte Haiti an, doch dann legte sich der Wind, und das Schiff kam kaum noch auf zwei Knoten. Es sah allmählich ganz danach aus, als würden nur die wenigsten von ihnen in einem

Hafen einlaufen. Männer, Frauen und Kinder wurden wie die Fliegen dahingerafft und starben innerhalb von wenigen Tagen.

Kevin erwischte die Krankheit am neunten Tag. Lilah pflegte ihn mit einer Hingabe, die weit mehr auf ihre lange Bekanntschaft als auf die Liebe zurückging, die sie für ihren Verlobten hätte hegen sollen. Am zwölften Tag war sie nur noch ein Schatten ihrer selbst, abgemagert und so erschöpft, daß sie im Stehen hätte schlafen können. Mehr als zwei Drittel der Erkrankten starben innerhalb der ersten drei Tage. Kevin war über diesen kritischen Punkt hinweggekommen, und das Erbrechen und der Durchfall ließen nach. Als der vierzehnte Tag anbrach und Kevin immer noch unter den Lebenden weilte, zwar matt und geschwächt, aber auf dem Weg der Besserung, sahen Lilah und Betsy einander triumphierend über seine schlafende Gestalt hinweg an. Sie waren zu müde, um auch nur zu lächeln. Dann wandten sie sich ihrem nächsten Patienten zu.

Die Leichen wurden im Meer beigesetzt. Allabendlich versammelten sich die Passagiere zum Gebet, während die Toten über Bord geworfen wurden. Die Lebenden waren zu sehr geschwächt, um mehr für ihre Toten zu tun.

Bis zum Abend des fünfzehnten Tages hielt das gute Wetter an. Dann zogen gegen Sonnenuntergang unheilverkündende dunkle Wolken auf und verfinsterten den Horizont. Lilah war so müde, daß sie es nicht bemerkte, aber Betsy machte sie darauf aufmerksam.

»Es scheint ein Unwetter zu geben«, murrte sie mit einem Blick auf die bedrohlichen Wolken.

»Ich hoffe, du irrst dich«, seufzte Lilah, ohne auch nur aufzublicken. Sie trug zwei schwere Eimer mit Erbrochenem, das über Bord gekippt werden mußte. Sie, die sich noch nie auch nur selbst die Strümpfe angezogen hatte, tat schlicht und einfach das, was getan werden mußte.

»Nein, bestimmt nicht, und es wird ein schweres Unwetter. Ich spüre es kommen.«

Lilah war zu müde, um sich deshalb Sorgen zu machen. Nach dem Grauen der letzten Wochen konnte ihr ein bißchen Regen nichts mehr anhaben.

Kurz darauf stand Lilah neben Betsy auf dem Deck und senkte den Kopf, während der Kapitän hastig seinen Sermon über die vier Leichen sprach, die diesmal auf den Meeresgrund versenkt wurden. Außer Betsy, Lilah und dem Kapitän waren noch ein paar Passagiere versammelt: Mrs. Gorman, die der Seuche mysteriöserweise gemeinsam mit ihrer Tochter entkommen war; Mrs. Holloway, eine Witwe, die ihre beiden Söhne an die Cholera verloren hatte; Mrs. Freeman, die Frau des Arztes, und Mrs. Sinletary, eine ältere Dame, die aussah, als könne ein Windhauch sie umpusten, die aber doch einer Ansteckung entgangen war. Dr. Freeman war unten bei Joanna Patterson, die ihren Mann an die Krankheit verloren hatte und jetzt mit aller Macht um ihren kleinen Sohn kämpfte. Irene Guiltinan und John Haverly waren beide bereits dahingerafft. Zwei Sklaven, deren Aufgabe es war, die Toten ins Meer zu werfen, standen abseits hinter den Leichen, die in Tücher eingenäht worden waren und aufgereiht auf den Planken lagen. Joss war ebenfalls anwesend und stand mit gefalteten Händen und gesenktem Kopf da, als er den Gebeten lauschte. Lilah nahm ihn nur flüchtig zur Kenntnis.

»Asche zu Asche, Staub zu Staub«, stimmte der Kapitän matt an und beendete damit das Gebet. Die beiden Sklaven, die das Ritual inzwischen auswendig kannten, bückten sich. Als die Leichen dem Meer übergeben worden waren, machten sich die Anwesenden wieder an die Arbeit. Lilah, die Mrs. Patterson am Bett ihres Sohnes ablösen wollte, kam an Joss vorbei, der an der Reling stand und zu warten schien. Zu ihrem Erstaunen hielt er sie mit einer Hand auf ihrem Arm auf.

Sie sah fragend zu ihm auf und war so matt, daß es ihr schwerfiel, ihm ins Gesicht zu sehen.

»Bleib heute nacht unten. Wir werden Sturm haben.«

»Sturm?« Sie war kaum zu einem Gespräch in der Lage, aber irgendwo tief in ihrem Innern setzte ein fast hysterisches Kichern ein. »Was kann mir nach alledem ein Sturm noch anhaben?«

Er sah sie genau an. »Du bist erschöpft, oder nicht? Aber wenigstens lebst du noch. Und dabei könnte es auch bleiben, wenn du auf das hörst, was ich dir sage, und unter Deck bleibst, bis der Sturm vorbei ist, selbst wenn es zwei oder drei Tage dauert. Bei einem Sturm wie dem, der auf uns zukommt, bist du auf Deck nicht sicher.«

Ihr fiel auf, daß er von seinen Gewohnheiten abgegangen war, um sie zu warnen, aber sie brachte nicht die Energie auf, sich zu fragen, welche Gründe er dafür haben mochte. Sie sah, daß auch er abgemagert war und Müdigkeit sein Gesicht zeichnete. Die Platzwunde auf seiner Backe, die Kevin ihm beigebracht hatte, war verheilt, und nur eine leicht gerötete Narbe war zurückgeblieben. Er hielt sich steif, und ihr ging auf, daß ihm die Rippen immer noch weh tun mußten. Sie machte sich klar, daß er in all der Zeit, in der er die Arbeit von drei Männern verrichtet hatte, von Schmerzen gepeinigt gewesen war. Was man auch sonst über ihn sagen konnte – er war ein tapferer Mann, dem die Dankbarkeit aller zustand, die an Bord waren. Sie lächelte ihn matt an.

»Vielen Dank für die Warnung«, sagte sie. Er nickte und machte auf dem Absatz kehrt. Lilah sah lange hinter ihm her, bis Dr. Freeman auf sie zukam und sie wachrüttelte.

»Mrs. Patterson braucht dringend Hilfe«, sagte er zu ihr.

12

Trotz allem, was Joss und Betsy gesagt hatten, brach der Sturm in jener Nacht nicht los. Die *Swift Wind* blieb auf ihrem Kurs nach Süden. Gegen Mitternacht weckte Dr. Freeman Lilah, die sich ein paar Stunden Schlaf gegönnt hatte.

Er hatte schon wieder schlechte Nachrichten. Drei weitere Personen waren erkrankt, darunter auch seine Frau. Er brauchte Lilahs Hilfe. Sie brauchte sich nicht erst anzuziehen, denn seit ein paar Tagen war sie schon in ihren Kleidern eingeschlafen.

Mrs. Freeman hatte es schlimm erwischt. Nachdem sie mehr als zwei Wochen damit zugebracht hatte, Cholerapatienten zu pflegen, hatte Lilah einen sechsten Sinn dafür entwickelt, wer es überleben würde und wer nicht. Sie fürchtete sehr, daß Mrs. Freeman es nicht schaffen würde. Auch der Arzt wußte es. Sie konnte es in seinem Gesicht lesen, als er sich vom Bett seiner Frau aufrichtete. Er war ausgezehrt, aber er verbrachte nicht mehr Zeit bei seiner Frau als bei allen übrigen Patienten.

»Versuchen Sie, ihr Erleichterung zu verschaffen und ihr soviel Flüssigkeit wie möglich einzuflößen«, sagte er zu Lilah. Als er sich abwandte, sah sie den feuchten Schleier in seinen Augen. Zum ersten Mal seit vielen Tagen rührte sich eine Empfindung in ihrer Brust. Sie hatte schon geglaubt, sie sei zu abgestumpft, um noch etwas zu empfinden.

»Ich werde mein Bestes für sie tun, Doktor. Und

wenn eine Veränderung in ihrem Zustand eintritt, werde ich sie rufen.«

Er sah auf sie herunter und tätschelte ihre Hand, die auf seinem Ärmel lag. »Ich danke Ihnen, Miß Remy. Ich weiß, daß Sie Ihr Bestes tun werden. Deshalb wollte ich ja auch, daß Sie bei ihr bleiben und nicht eine der anderen Damen. Sie hat mir heute morgen noch gesagt, wie gern sie Sie hat und was für ein gutherziges Mädchen Sie sind.« Wieder wurden seine Augen feucht. »Wir sind seit siebenunddreißig Jahren miteinander verheiratet«, fügte er untröstlich hinzu. Ehe Lilah ihn mitfühlend ansehen konnte, hatte er auch schon den Kopf geschüttelt, sich geräuspert und war gegangen.

Lilah hielt ihr Wort und blieb die ganze Nacht bei Mrs. Freeman sitzen. Die Frau wußte nicht, daß sie da war. Sie hatte sehr hohes Fieber und übergab sich fast ununterbrochen, obwohl bis auf gelbe Galle nichts mehr zu erbrechen war. Der Durchfall wütete gleichzeitig in ihrem Körper, bis von der rundlichen, mütterlichen Frau des Arztes nur noch eine wächserne Hülle übrig war, die kaum atmete.

Gegen Morgen war Lilah klar, daß der Frau nicht mehr viel Zeit blieb. Sie steckte den Kopf durch die Tür und rief Hilfe herbei. Mrs. Holloway kam, und Lilah bat sie, Dr. Freeman zu holen.

Als der Arzt kam, sah er auf den ersten Blick, daß das Ende nah war. Er kniete sich neben das Bett, nahm die Hand seiner Frau und preßte sie an seine Lippen. Tränen liefen über seine zerfurchten Wangen. Lilah unterdrückte mühsam ein Schluchzen und ließ die beiden miteinander allein, ohne ein Wort zu sagen. Ihre Füße trugen sie von allein die Stufen hinauf, die an Deck führten. Ein heftiger warmer Windstoß schlug ihr voll ins

Gesicht, und sie taumelte rückwärts. Eine Hand griff nach ihrem Arm, um ihr Halt zu geben.

Selbst durch die Tränen wußte sie, wer es war. Plötzlich erschien er ihr wie ein teurer Freund, und in ihrem Kummer war sie froh, ihn zu sehen. Als er die Hand von ihrem Arm nahm, fehlten ihr die Wärme und die Kraft. Aber sie konnte sich der Panik, der Schwäche und dem Kummer nicht anheimfallen lassen, die sie zu überwältigen drohten. Sie wurde gebraucht. Sie mußte noch eine Zeitlang stark bleiben.

»Du weinst ja«, sagte er.

»Mrs. Freeman liegt im Sterben. Sie sind siebenunddreißig Jahre lang miteinander verheiratet gewesen«, sagte sie und hob beide Hände, um sich die Tränen aus den Augen zu wischen. Sie blickte zu ihm auf und stellte fest, daß er sie mit einem unergründlichen Blick ansah. Die smaragdgrünen Augen leuchteten, als finge sich der Schein der blutroten Sonne in ihnen, die gerade über den Horizont lugte.

Das Deck war menschenleer, und die wenigen Seeleute, die nicht unten in den Kojen lagen und schliefen, machten sich oben in der Takelage zu schaffen. Sie hatte plötzlich das Gefühl, mit ihm, dem Himmel und dem Meer allein zu sein.

»Sie können sich glücklich schätzen, diese siebenunddreißig Jahre miteinander gehabt zu haben. Die meisten Menschen bekommen weniger auf dieser Welt.«

Es war genau das, was sie jetzt brauchte, eine einfühlsame, vernünftige, ruhige und tröstliche Bemerkung. Lilah nickte, trat einen Schritt weiter auf das Deck hinaus und sog die stürmische Luft tief ein. Der Wind trocknete die Tränen auf ihren Wangen, und sie hatte allmählich wieder das Gefühl, weitermachen zu können. Seine

Hand packte wieder ihren Arm, als das Deck so sehr wankte, daß ihr Gleichgewicht gestört war.

»Du solltest dich nicht auf dem Deck aufhalten. Die See wird rauh.«

Erst jetzt bemerkte sie, daß das Schlingern des Schiffes heftiger geworden war und daß die *Swift Wind* die Wasseroberfläche kaum noch zu berühren schien, während sie über die immer höheren Wogen glitt.

»Ich mußte unbedingt Luft schnappen. Dort unten ist man ständig mit dem Tod in Berührung. Ich habe es einfach nicht mehr ausgehalten.«

Er sagte nichts, sondern blieb nur stehen, hielt sie am Arm fest und sah auf sie herunter. In der Dämmerung wirkte er so unbeschreiblich ermattet, wie sie sich fühlte. Lilah spürte den starken Drang, sich an ihn zu lehnen, ihren müden Körper an seine Kraft zu schmiegen. Der Drang war so immens, daß es sie schockierte und sie sich wieder klarmachte, wer und was er war und was sie war. Sie wich einen Schritt zurück. Sein Gesicht spannte sich an.

»Ich bitte um Verzeihung. Ich hätte dich nicht anfassen dürfen, oder? Sklaven berühren ihre Herrinnen nicht. Sie lassen sie flach aufs Gesicht fallen.« Die Bitterkeit in seiner Stimme war nicht zu überhören.

»Das ist es nicht . . .« wollte sie einwenden, aber er hatte Besseres verdient, als belogen zu werden. »Ja, genau das ist es. Du hast vollkommen recht – du hättest mich nicht anfassen dürfen. Tu es bitte nicht wieder.«

»Und wenn ich es doch tue, kann ich damit rechnen, daß der Boß mich auspeitschen läßt?«

»Kevin ist sehr krank.«

»Ach, wirklich? Du mußt verzeihen, wenn ich jetzt nicht sage, daß es mir leid tut. Sag mir nur eins: War er schon dein Verlobter, als du dich in jener Nacht in der Laube von mir hast küssen lassen?«

Lilah wußte plötzlich, wie sich ein Reh vorkam, das auf einer friedlichen Wiese weidete, wenn es feststellen mußte, daß ein Jäger aus einem Hinterhalt die Waffe auf es anlegt. Sie hatte sich so sehr bemüht, diese Nacht aus ihrem Gedächtnis zu streichen, und sie hatte gehofft, daß auch er die Erinnerung daran abgetan hatte. Jetzt erinnerte er sie mit voller Absicht wieder daran. Sie sah in seine Augen, sah zu dem Mund auf, der sie geküßt hatte und sich jetzt zu einem erbitterten Hohnlächeln verzog, und sie zuckte zusammen. Obwohl sie genug über ihn wußte, mußte sie zu ihrem Entsetzen feststellen, daß sie nicht immun gegen die betörende Anziehungskraft war, die er von Anfang an auf sie gehabt hatte.

»Nein«, ächzte sie mühsam.

»Ach, dann muß ich dich um Verzeihung für das bitten, was ich mir gedacht habe, seit ich von dieser Verlobung erfahren habe. Anscheinend bist du doch kein so leichtes Mädchen, wie ich es angenommen habe.«

»So darfst du nicht mit mir reden.« Lilahs Kehle hatte sich so zusammengeschnürt, daß sie die Worte kaum herausbrachte. Sie trat noch einen Schritt zurück und rang um ihre Selbstbeherrschung, während sich ihr Blick auf das schöne Gesicht richtete, das vor Wut über ihre Worte rot anlief. »Um deiner selbst willen darfst du das nicht tun, aber auch um meinetwillen.«

»Hast du Angst, ich könnte deine Vorliebe für dunkle Haut ausplaudern?« Der kaum verhohlene Zorn in seiner Stimme traf sie wie ein Peitschenhieb. Sie mußte sich zusammenreißen, um nicht in die Knie zu gehen.

»Sag so etwas nicht.«

»Warum nicht? Es ist doch wahr, oder? Sogar jetzt

kann ich es in deinen Augen sehen. Nichts wäre dir lieber, als noch einmal von mir geküßt zu werden – oder gar mehr. Aber deiner spießigen kleinen Seele graust schon allein bei der Vorstellung. Und warum? An dem Abend, an dem wir einander kennengelernt haben, hat dir nicht vor mir gegraut. Also spricht alles dafür, daß dir nicht etwa vor meinen Küssen graut – wir wissen beide, daß du sie genossen hast –, sondern vor meinem Blut.«

»Du gehst zu weit!« Entrüstet und verlegen hob sie ihre Röcke, um sich abzuwenden und zu fliehen, doch er hielt sie mit einer Hand, die sich auf ihren Arm legte, zurück.

»Ganz im Gegenteil. Ich glaube, ich bin noch nicht weit genug gegangen«, sagte er durch zusammengebissene Zähne. Ehe sie seine Absicht durchschaute, riß er sie an sich und senkte seinen Kopf über ihr Gesicht. Sie keuchte und stieß mit beiden Händen gegen seine Brust, als sein Mund ihre Lippen fand, doch die Berührung dieser weichen, warmen Lippen ließ sie regungslos erstarren. Gleichzeitig mit ihrer Abwehr gab sie ihren Verstand auf. Trotzdem focht sie noch eine letzte Schlacht gegen die Demütigung, sich ihm hinzugeben, indem sie ihren Kopf von seinen suchenden Lippen abwandte, doch als er ihr Kinn in seine Hand nahm und ihren Mund wieder zu sich zog, konnte sie sich nicht mehr wehren. Flatternd schlossen sich ihre Lider, und ihr Körper schmiegte sich entspannt an ihn; genau danach hatte sie sich gesehnt. Er zog sie noch dichter an sich, bog sie in seinen Armen nach hinten und küßte ihre Lippen brutal und lechzend. Das löste seltsame Dinge in ihrem Herzen aus.

Dann ließ er sie abrupt los. Sie wankte zurück und war von der Heftigkeit dessen, was so kurz zwischen ihnen aufgeflackert war, benommen und wie von Sinnen. Ohne die Stütze seiner Arme konnte sie kaum das Gleichgewicht halten. Ihre Augen waren weit aufgerissen, als sie ihm ins Gesicht sah. Sie schlug sich eine schmale, bleiche Hand vor den Mund.

Er starrte sie einen Moment lang an, und seine Brust hob und senkte sich, als hätte er sich vollkommen verausgabt. Dann verzog sich sein Mund, als er das Entsetzen sah, das sich langsam auf ihrem Gesicht ausbreitete.

»Ich glaube, ich habe klargestellt, was ich dir zu sagen hatte«, sagte er. Die bitteren Worte brannten fast so sehr wie der sengende Kuß. Ohne zu überlegen, aus reinem Instinkt heraus, hob sie die Hand und schlug ihm fest ins Gesicht.

»Ach«, sagte er. Er legte die Hand auf seine Wange und heftete seine Augen auf ihr blasses Gesicht. Lange starrten sie einander wortlos an. Dann klatschten die ersten dicken Regentropfen auf das Deck zwischen ihnen. Lilah sah sie an, ohne sie zur Kenntnis zu nehmen, denn ihr Herz schlug heftig, während sie seine Rechte erwartete. Joss dagegen sah und erkannte, was diese Regentropfen ankündigten. Der Zorn wich aus seinem Gesicht.

»Boone hat zuviel Wind in den Segeln.« Er sagte es, als hätten sie nicht miteinander gestritten. Seine Finger glitten geistesabwesend über die Wange, auf die sie ihn geschlagen hatte.

»Was?« Sie wußte, daß sie davonlaufen sollte, solange sie die Gelegenheit hatte, aber er stand zwischen ihr und der offenen Tür, und bei diesem Regen wollte sie nicht über das Deck laufen.

Er sah sie ungeduldig an. »Er hat es eilig, Haiti zu erreichen, und er hat zu viele Segel aufgezogen. Wenn der Sturm schlimm wird, und ich glaube, daß es ein heftiges

Unwetter wird, dann werden wir abgetrieben und könnten sinken.«

Lilah biß sich auf die Lippen. Der Ernst, mit dem er ihre Lage einzuschätzen schien, machte sie plötzlich nervös. »Warum sagst du es ihm nicht?«

Er wirkte wieder wütend, aber diesmal nicht auf sie. »Boone wird mir nicht genug Glauben schenken. Wenn ich auch ein noch so erfahrener Seemann sein mag, bin ich doch nichts weiter als ein Sklave, oder hast du das vergessen? Er ist entschlossen, die *Swift Wind* nach seinen Vorstellungen zu befehligen – und das kann ich ihm nicht vorwerfen. Ich täte dasselbe – aber er macht einen Fehler.«

Lilah stieß ein fast hysterisches Lachen aus. »Willst du damit sagen, das Schiff könnte sinken?«

Er sah sie an, ohne ihr eine Antwort zu geben. Das war auch nicht nötig. Sein Gesicht sprach für ihn. Lilah stand regungslos da, als der Regen ihr zerzaustes, wirres silberblondes Haar dunkler färbte, ihr Gesicht überströmte und ihr schmutziges Kleid durchnäßte. Konnte Gott in seiner Gnade ihnen nach allem, was bisher schon geschehen war, auch noch ein lebensbedrohendes Unwetter schicken? Gewiß nicht. Die *Swift Wind* hatte doch wahrhaft schon genug durchgemacht.

»Verschwinde um Gottes willen aus diesem Regen«, sagte Joss ungeduldig. Als sie sich immer noch nicht vom Fleck rührte, sondern ihn anstarrte, packte er ihren Arm und zog sie in den Schutz des Schiffsrumpfs. Die Berührung seiner warmen, schmalen Hände glühte durch den dünnen Ärmel wie ein Brandeisen auf ihrer Haut. Das erinnerte sie wieder lebhaft an die sengende Hitze seines Mundes. Ihre Augen, die weit aufgerissen und hilflos waren, sahen in seine smaragdgrünen Augen auf. Sie waren so stürmisch, so lebhaft und so bewegt wie derzeit so einiges auf der *Swift Wind*. Er starrte sie einen Moment lang an und umklammerte ihren Arm fester. Dann preßte er die Lippen zusammen und ließ sie los. Der Regen prasselte auf das Deck.

»Bleib unten«, ordnete er grimmig an. Dann machte er auf dem Absatz kehrt und verschwand in dem Regenguß.

13

Der Sturm brach mit der Macht eines Seeungeheuers über sie herein. Lilah konnte sich kaum auf den Füßen halten, ganz zu schweigen davon, daß sie die Kranken hätte pflegen können, als die *Swift Wind*, die von dem heftigen Sturm geschüttelt wurde, sich von einer Seite auf die andere legte. Als die Nacht anbrach, heulten böige Winde, und der Regen peitschte erbarmungslos von einem Himmel herunter, der so schwarz wie das Meer war. Das Holz knirschte unheilverkündend, während das Schiff sich durch die turbulenten Wasser vorankämpfte. Ohrenbetäubende Donnerschläge folgten auf Blitze, die sich über den Himmel schlängelten. Lilah graute so sehr, daß sie nichts anderes mehr tun wollte, als sich auf ihrem Bett zusammenzurollen, sich eine Decke über den Kopf zu ziehen und zu beten. Doch die Kranken brauchten weiterhin Pflege, und die, um die es noch schlimmer stand, starben weiterhin. Sie durfte sich der Angst, die wie ein Lebewesen in ihr wütete, nicht überlassen. Sie mußte auf den Füßen bleiben und tun, was sie konnte, um das entsetzliche Leiden zu lindern, das ungeachtet des Sturms weiter um sich griff.

Betsy, die von Dr. Freeman dazu abkommandiert worden war, die kranken Sklaven im Lagerraum zu pflegen, teilte mit, daß Wasser in den Lagerraum sickerte. Sie fürchtete sich genauso sehr wie Lilah, aber es gab nichts, was sie tun konnten. Wie alle anderen an Bord waren sie Gottes Gnade ausgeliefert.

Lilah zitterte vor Angst und vor Kälte – wegen der

Feuergefahr waren sämtliche Lampen und Öfen aus –, als sie sich einen Weg durch den dunklen, heftig schaukelnden Korridor bahnte.

Mrs. Mingers und zwei der Sklaven starben in jener Nacht. Es war so stürmisch, daß zwei Seeleute, die mit Tauen auf dem Deck angebunden wurden, die Leichen am nächsten Morgen hastig über Bord werfen mußten. Man hörte nicht einmal ihren Aufprall auf dem Wasser.

Da die Öfen nicht brennen durften, gab es kein heißes Wasser für die Kranken und kein warmes Essen für die Gesunden. Die Kranken mußten auf ihren Betten festgebunden werden, damit sie nicht auf den Boden geworfen wurden. Die wenigen, die am Genesen waren – darunter Kevin –, bekamen kalten Haferschleim zu essen. Diese kärgliche Diät konnte den Heißhunger derer, die die Cholera gehabt und sie überlebt hatten, nicht stillen, und die rekonvaleszenten Patienten verlangten ständig nach mehr Nahrung. Lilah konnte ihnen nicht mehr vorsetzen. Sie war selbst hungrig, aber im Vergleich zu ihrer Mattigkeit und ihrer Angst war das ein geringes Übel.

Als die nächste Nacht mit einem Donnerschlag anbrach, nahm der Wind an Stärke zu, bis er wie tausend Todesfeen klang, die aus den tiefsten Kammern der Hölle heraufheulten. Wiederholt brachen Wogen, die höher als Hügel waren, über sie herein.

Am Tag lichtete sich die Schwärze zu einem dunklen Grau. Endlos schlugen Wogen über die geschlossene Luke, die zum Deck führte. Wasser lief die Stufen hinunter und durch den Korridor und sickerte unter den Kabinentüren durch. Alle Kranken wurden in den Gemeinschaftsraum gebracht, und häufig wurde dort ein tröstliches Vaterunser angestimmt.

Am dritten Tag, an dem der Sturm tobte, war ein heftiger Lärm auf dem Deck zu hören, und die Decke wakkelte über ihren Köpfen, als etwas gewaltig Schweres auf das Deck stürzte. Das Schiff schüttelte sich wie ein nasser Hund. Lilah erstarrte vor Entsetzen und war sicher, daß das Ende gekommen war. Schreie durchbohrten das Dunkel, als andere dieselbe Angst verspürten. Mit einem Aufschrei kauerte sich Lilah auf den Fußboden und schlug die Arme über den Kopf, um ihn gegen den Kronleuchter zu schützen, der von der Decke zu fallen schien. Kevin, dem sie gerade dünnen Haferschleim eingeflößt hatte, schlang seine Arme um sie, zog sie unter sich und legte sich schützend auf sie, als sie alle mit angehaltenem Atem das Ende erwarteten. Doch die *Swift Wind* hielt sie zum Narren und segelte weiter.

»Der Mast muß gebrochen sein«, erklärte Dr. Freeman mit zitternder Stimme, als schließlich alle es wagten, wieder Luft zu holen. Lilah setzte sich auf, strich ihren Rock glatt und wischte sich die Tränen aus dem Gesicht. Das Schiff hatte es noch einmal geschafft, aber sie wußte nicht, ob sie froh darüber sein sollte oder ob sie es bedauerlich fand. Wenn es ihnen bestimmt war, zu sterben, dann war es sicher das Beste, es hinter sich zu bringen und diesem qualvollen Grauen ein Ende zu setzen.

»Lilah . . .« setzte Kevin an, als sie versuchte, den Haferschleim, den sie in ihrem Schrecken verschüttet hatte, von seiner Decke zu wischen. Im ganzen Raum machten sich Frauen wieder matt an die Arbeit, die sie liegengelassen hatten. Solange sie nicht wieder mit dieser Todesnähe konfrontiert waren, sahen sie keine andere Möglichkeit als die, weiterzuleben und den Lebenden beizustehen. »Meine Liebe, ich will, daß du weißt . . .«

Weiter kam er nicht. In dem Moment stürzte ein vollkommen durchnäßter Seemann mit wildem Blick durch die Tür.

»Der Ballast hat sich gelöst, als der Mast umgefallen ist, und hat ein verdammt großes Loch in den Schiffsbug geschlagen!« rief er. »Der Kapitän hat alle an Deck befohlen! Wir verlassen das Schiff! Macht schnell, es geht um Leben und Tod! Eilt euch! Das Schiff wird im Handumdrehen sinken!«

»Sie müssen uns helfen, Mann!« rief Dr. Freeman, als der Matrose wieder gehen wollte. »Wir haben Kranke, die wir tragen müssen, oder haben Sie das ganz vergessen? Wir brauchen jeden einzelnen Mann, den Kapitän Boone für uns erübrigen kann!«

»Der Kapitän braucht jeden Mann an Deck, damit das Schiff nicht untergeht, ehe wir die Rettungsboote ins Wasser gelassen haben! Ja, schon gut, ich hole Ihnen Hilfe, soweit ich sie kriegen kann!«

Er verschwand und kam wenige Momente später mit drei anderen Männern zurück. »Kommt schon, schnell, setzt euch in Bewegung. Das Schiff kann jede Minute Schlagseite kriegen!«

Jetzt, da es zum Schlimmsten gekommen war, waren alle seltsam ruhig. Eine Schiffslaterne durfte angezündet werden, um die Bergung zu beschleunigen. Die, die nicht laufen konnten, wurden von den Seeleuten getragen, und die Kranken, die notfalls auf den Füßen stehen konnten, stützten sich aufeinander. Die Gesunden stützten andere Patienten. Lilah wollte Kevin helfen.

»Kannst du stehen?«

»Ja, mach dir keine Sorgen.« Aber er war so schwach, daß er sich nur mühsam auf die Füße ziehen konnte und sich dabei an der Wand festhalten mußte. Lilah half ihm, so gut es ging, aber selbst nach dem Gewichtsverlust durch die Krankheit war Kevin ein schwerer Mann. Sie betete, daß sie es schaffen würden. Der Aufenthaltsraum wurde immer leerer, und Lilah stellte zu ihrem Entsetzen fest, daß der Fußboden sich schräg geneigt hatte. Das Schiff war am Untergehen.

»Eil dich, Kevin!« hauchte sie.

»Ich bin soweit«, sagte er und stieß sich von der Wand ab. Er wankte, seine Muskeln waren schwach, und seine Beine konnten ihn nach der schlimmen Krankheit kaum tragen. Er hatte nur ein Nachthemd an, aber sie hatten keine Zeit, sich jetzt darüber Gedanken zu machen, sondern mußten sehen, daß sie entkamen, ehe das Schiff in die Tiefe gezogen wurde.

Lilah legte den Arm um seine Taille, und er stützte sich schwer auf sie. Lilah und Kevin waren mitten auf der Treppe zum Deck, als das Schiff sich noch ein paar Grad weiter nach links legte. Jemand schrie. Die meisten Frauen weinten, und die wenigen Männer, die noch unten waren, schauten grimmig.

Als das Schiff sich weiter neigte, verlor Kevin das Gleichgewicht und sank auf die Knie. Die Leute hinter ihnen drängten sich vorbei, während Lilah sich abmühte, Kevin wieder auf die Füße zu helfen.

»Helft ihm doch!« schrie sie, aber ihre Stimme ging im Schluchzen der Frauen und im Ächzen des Sturmes unter. Diejenigen, die sich an ihr vorbeidrängten, hätten ohnehin keine Hand frei gehabt, um ihr zu helfen. Sie hatten selbst mit anderen Kranken alle Hände voll zu tun. Endlich gelang es Kevin, wieder aufzustehen, und sie legte wieder den Arm um ihn und zog ihn die restlichen Stufen hinauf. Sie waren die letzten, die aus dem Korridor kamen.

Was sich auf dem Deck abspielte, war schlimmer als

jeder Alptraum. Der Wind hatte die Segel in Fetzen gerissen, und der Himmel brodelte über ihnen wie ein Kochtopf; unter ihnen wogte das Meer und spülte Salzwasser auf das Deck, das sich nur durch seinen Geschmack von dem Regen unterschied, der in Strömen herunterkam. Auf dem Deck waren Taue gespannt, an die sich die Passagiere klammerten, um zur Reling zu gelangen.

Acht Mann auf ein Rettungsboot, und es gab vier Rettungsboote. Nur zweiunddreißig Seelen hatten die Cholera überlebt. Etwa die Hälfte von ihnen war erkrankt. Die meisten würden es wahrscheinlich nicht überleben – keiner von ihnen würde es vermutlich überleben. Die Rettungsboote waren winzig, sie waren weit vom Land entfernt, und das Meer war ein gefräßiges Monster. Welche Chance hatten die leicht gebauten Boote gegen dieses Toben?

Kevin ließ Lilah auf dem Deck vor sich hergehen. Sie mußte sich mit aller Kraft festhalten, um nicht über Bord geweht zu werden. Das Haar peitschte ihr Gesicht, und sie sah nichts mehr. Woge nach Woge schlug über dem Deck zusammen und versprach, den Unachtsamen in die Tiefe des Meeres mitzureißen. Der Donner grollte, und Blitze zerschnitten die brodelnde Schwärze des Himmels. Lilah, die vor Furcht betäubt war, glitt mehr als einmal aus. Sie war von Entsetzen überwältigt, und in ihr brodelte die Todesangst. Außerdem fürchtete sie um Kevin, der sich hinter ihr verbissen an dem Tau festklammerte. Wie brachte er die Kraft auf, es zu den Rettungsbooten zu schaffen, wenn er derart geschwächt war?

Während sie sich mühsam auf dem Deck vorantasteten, wurde das erste Rettungsboot ins Wasser gelassen.

Die Wellen hoben es augenblicklich hoch in die Luft. Lilah erhaschte einen flüchtigen Blick auf entsetzte Gesichter und Hände, die sich an den Bootsrand klammerten, ehe das Boot in ein Wellental eintauchte und nicht mehr zu sehen war.

Das Deck wies jetzt eine starke Neigung auf, und es wurde immer schwieriger, die Rettungsboote noch zu erreichen. Lilah sah, daß Betsy in dem zweiten Rettungsboot saß, ehe es davongewirbelt wurde.

Noch zwei Boote mußten zu Wasser gelassen werden. Dr. Freeman stieg mit Mrs. Patterson und Billy, den Damen Gorman und zwei weiteren Personen in das nächste Boot; dazu kamen die Männer, die die Ruder übernahmen. Lilah hatte wie durch ein Wunder mit Kevin direkt hinter sich die Reling erreicht, als dieses Boot gerade gefüllt war. Als sich das Deck gebärdete wie ein ungezähmtes Pferd, klammerte sich Lilah mit aller Kraft fest und wurde sich darüber klar, daß sie Joss keinen Moment lang gesehen hatte. Er saß nicht in dem Rettungsboot und war auch nicht in dem kleinen Grüppchen, das auf das nächste Boot wartete, und er war auch nicht nach unten gekommen, um bei der Evakuierung zu helfen. Sie sah sich rasch nach ihm um, ohne sich auch nur einen Moment lang einzugestehen, warum sie es tat. Es war immer noch möglich, daß er mit dem ersten Boot aufgebrochen war oder daß sie ihn im zweiten Boot übersehen hatte.

Aber nein, dort war er, und sie nahm eine spürbare Erleichterung wahr, als sie ihn an der Reling entdeckte. Sein schwarzes Haar war klatschnaß und klebte an seinem Kopf, und auch seine Kleider hingen naß an ihm herunter, als er eine der Winden betätigte, die die Rettungsboote ins Wasser herabließen. Er sah sie etwa im selben Moment, in dem sie ihn sah. Sie hatte den Eindruck, daß seine Schultern ein wenig heruntersackten, als sei er erleichtert, sie zu entdecken, wie auch sie es bei seinem Anblick gewesen war. Dann wandte er seine volle Aufmerksamkeit wieder seiner Aufgabe zu. Das andere Boot wurde ins Wasser herabgesenkt.

Sechs Leute waren für das letzte Boot übrig. Sie war die einzige Frau, die noch an Bord war. Kapitän Boone tat alles, um das Schiff vor dem Sinken zu bewahren, solange nicht alle von Bord gegangen waren. Lange konnte es nicht mehr gutgehen.

Lilah kletterte, mit Kevin dicht hinter sich, in das Rettungsboot und setzte sich. Der Wind und der Regen peitschten ihr so sehr ins Gesicht, daß sie kaum etwas sehen konnte. Sie stopfte sich das lange Haar hinten in ihr Kleid, und die kalte Nässe auf ihrem Rücken ließ sie zusammenzucken. Sie spürte die Angst stärker als das Salzwasser auf ihren Lippen und umklammerte die Sitzbank, als eine Welle nach der anderen das Boot über das Wasser schlingern ließ.

Kapitän Boone ging an Bord, und ihm folgte ein stämmiger, kleiner Mann, von dem Lilah glaubte, daß er Mr. Downey hieß. Kapitän Boone bedeutete dem Mann, sich zu ihm in den Bug zu setzen, wahrscheinlich, um die Gewichtsverteilung innerhalb des Rettungsbootes auszugleichen. Die *Swift Wind* hatte sich jetzt bis auf Joss und den anderen Sklaven, der zusammen mit ihm die Winden bediente, geleert. Da beide Sklaven waren, hatte ihr Leben offensichtlich nur geringen Wert, denn es wurde deutlich, daß man sie zurücklassen würde.

»Was ist mit den beiden?« schrie Lilah, als das Rettungsboot mit einer Geschwindigkeit, von der einem übel werden konnte, den Wogen näherkam. Falls ihre

Frage überhaupt zu hören war, antwortete niemand. Das Heulen des Windes und das Tosen der Wellen ließen alle anderen Laute untergehen.

Das Rettungsboot prallte auf dem Wasser auf, und Lilah flog bei diesem Ruck fast über den Bootsrand. Die Seile waren noch nicht durchschnitten, und Lilahs Herz schlug höher, als sie Joss mit der Geschicklichkeit eines Akrobaten an dem Seil herunterrutschen sah. Der andere Mann glitt an dem zweiten Tau herunter. Lilah glaubte nicht, daß sie es schaffen würden – aber sie schafften es! Die Taue wurden durchschnitten, sowie die Männer angelangt waren, und jetzt war das Rettungsboot auf diesem dunklen, grausamen Meer auf sich selbst gestellt.

14

Es konnten Stunden oder Tage sein, seit sie in diesem Rettungsboot kauerten. Lilah wußte es nicht. Sie wußte nur, daß die Wucht des Sturmes mit jeder Minute, die vorüberging, zuzunehmen schien, und sie war nie in ihrem Leben einer Sache sicherer gewesen als der, daß der Tod sie bald ereilen würde. Bis auf Kevin, der von der Cholera immer noch zu sehr geschwächt war, wechselten sich die Männer an den Rudern ab, wenn es gegen die wogende See auch wenig nutzte. Das Boot wurde dorthin getrieben, wo Wind und Wellen es hinspülten, und es erklomm Wogen, die berghoch waren, ehe es in tiefe Täler eintauchte. Lilahs Zähne klapperten vor Kälte. Ihre Kleider hingen an ihr wie ein eisiges Leichentuch. Ihre Knie schlotterten vor Angst. Sie murmelte Gebete, die sie als Kind gelernt hatte, immer wieder vor sich hin. Um sich herum sah sie, daß die anderen ihre Lippen bewegten, und sie vermutete, daß sie dasselbe taten.

Die Zeit ließ sich an nichts messen. Das winzige Rettungsboot war jeder Laune des Meeres ausgeliefert. Lilah fand sich damit ab, zu ertrinken. Die Frage war nicht ob, sondern wann. Sie waren in der gräßlichen schwarzen Endlosigkeit des Sturms ganz allein. Seit die Rettungsboote losgeschnitten worden waren, hatte sie keines der drei anderen gesehen, und sie bezweifelte, daß auch nur eines von ihnen je Land sehen würde.

Endlich mußte der Morgen gekommen sein, denn die Schwärze, von der sie umgeben waren, hellte sich zum Grau von Holzkohle auf. Lilah hob den Kopf, den sie auf den Schoß gelegt hatte, hob ihn, als sie einen Laut hörte, der nicht von Wind und Wellen zu stammen schien. Er klang etwas rhythmischer.

»Jesus Maria!« Der Ausruf kam von Joss, und Lilah setzte sich vor Schrecken kerzengerade hin. »Wellenbrecher! Vor uns sind Wellenbrecher!«

Sie verstand die genaue Bedeutung dieser Warnung nicht, bis sie den weißen Schaum auf den Wogen sah. Anfangs war sie froh, so nah am Land zu sein – aber dann sah sie die Felsen. Riesige graue Klippen, die wie Zähne aus dem Meer herausragten.

Es war zu spät, um umzukehren. Die verräterischen Schaumkronen lagen direkt vor ihnen; sie waren fast auf die Klippen aufgelaufen, als Joss sie gesehen hatte. Da der Wind sie vor sich hertrieb wie ein Kind ein Schiffchen aus gefaltetem Papier, hätte nur noch der Himmel sie davor bewahren können, auf diesen Felsen aufzulaufen.

»Legt euch ins Zeug!« schrie Joss.

Die Männer an den Rudern strengten sich an wie Besessene, aber das Meer trieb sie mit der tödlichen Genauigkeit eines Speerwerfers auf die Klippen zu. Lilah sah voller Entsetzen zu, wie sie direkt auf einen riesigen, dunklen Umriß zugeschleudert wurden, der aus dem Meer aufragte.

»Festhalten!« schrie Joss.

Lilah zog den Kopf ein und hielt sich so fest, daß ihr die Hände weh taten. Sie schloß die Augen, und in dem Moment prallten sie auf.

Das Rettungsboot gab ein Geräusch wie das Wiehern eines sterbenden Pferdes von sich, als es gegen die Felsen prallte. Das Meer packte das Boot wieder und schleuderte es noch einmal gegen die Klippe. Eine riesige Schaumwoge brandete über sie.

Lilah sah die gewaltige Woge über ihnen aufragen und warf die Arme über das Gesicht. Die Woge brach über dem Boot zusammen und riß sie mit sich weg, über den Bootsrand. Sie hatte weder genug Zeit noch genug Luft, um zu schreien.

Sie wurde in die eisigen schwarzen Tiefen des Meeres hinuntergezogen und wehrte sich und trat um sich, als sie durch die brodelnde Kälte gezogen wurde. Sie war nie eine ausdauernde Schwimmerin gewesen, und ihr nasser Rock war hinderlich, aber sie trat um sich und kraulte, um an die Oberfläche zu kommen, weil sie Luft brauchte, um leben zu können. Wenn es ihr gelang, dann war das nicht ihr Verdienst. Das Meer, das sie nach unten gezogen hatte, spuckte sie ganz einfach wieder aus. Sie hüpfte wie eine Flasche über die Wasseroberfläche.

Die Wellen brachen sich über ihr und ließen sie fast sinken. Sie würgte, als ihr Kopf unter die Wasseroberfläche getaucht wurde. Schließlich gelang es ihr, Luft zu schnappen, und dann schrie sie auf. Die anderen mußten in der Nähe sein und im Meer treiben wie sie selbst. Sie glaubte, eine schwache Stimme antworten zu hören, aber sie konnte nicht sicher sein. Dann wurde sie von der nächsten Welle mitgerissen, untergetaucht und fortgetrieben.

Als sie wieder an die Oberfläche kam, keuchte sie. Sie hatte ihre Schuhe verloren, und das war gut so. Eine Strömung zog an ihr und zerrte sie aufs Meer hinaus. Sie kämpfte mit aller Kraft dagegen an, denn das Land konnte nicht allzu fern sein.

Sie mußte noch einmal aufgeschrien haben, denn eine Stimme antwortete ihr. Diesmal war sie sicher, obwohl das Meer in ihren Ohren toste.

»Lilah!«

Keuchend drehte sie sich im Wasser um und sah einen Kopf, so schwarz wie ein Seehundskopf, auf sich zukommen, der mit kräftigen Zügen durch die Wogen schwamm – und direkt hinter dem Schwimmer ragte eine berghohe dunkle Woge auf. Sie riß die Augen auf und wollte ihm eine Warnung zurufen. Die Welle brach sich, ehe sie auch nur einen Laut von sich geben konnte. Die Wassermassen klatschten mit der Wucht eines einstürzenden Backsteinbaus auf sie herab. Sie wurde wieder in die Tiefe gewirbelt.

Sie trat um sich, wedelte mit den Armen und kämpfte um ihr Leben, aber diesmal schien das Meer geneigt zu sein, sie zu behalten. Als sie gerade glaubte, ihre Lunge würde platzen, weil sie nicht atmen konnte, spuckte das Meer sie ein zweites Mal aus. Sie japste nach Luft, als sie die Oberfläche erreicht hatte, und sie wußte, daß sie nicht mehr lange durchhalten würde. Sie war am Ende ihrer Kräfte. Es war einfacher, nicht dagegen anzukämpfen, sich einfach unter die Meeresoberfläche sinken zu lassen ...

Dann schlang sich aus dem Nichts ein starker Arm um ihren Hals und zog sie aus dem Todesgriff der Strömung.

15

»Es ist alles in Ordnung. Du bist jetzt in Sicherheit«, schrie ihr Joss ins Ohr. Lilah hätte am liebsten gelacht, geweint, geschrien und gegen das Schicksal gewütet, das sie dahin geführt hatte, aber sie konnte nichts von alledem tun, da genau in dem Moment eine weitere Woge über ihnen zusammenbrach und sie beide unter Wasser tauchte. Einen Moment lang fürchtete sie, sie könnte von Joss losgerissen werden, aber er dachte nicht daran, sie loszulassen, und schwamm mit kräftigen Stößen mit ihr an die Oberfläche, wobei ihm ihr schwaches Paddeln keine große Hilfe war.

Gemeinsam kämpften sie gegen das Meer, ob es nun für Stunden oder Tage war. Lilah war mehr als einmal so weit, aufgeben zu wollen, aber Joss zauderte keinen Moment lang. Wenn seine Kraft nicht unerschöpflich gewesen wäre, wäre sie zahllose Male ertrunken. Einmal hätte die schwarze Tiefe des Meeres sie beinah geholt, als sie von ihm abgetrieben worden war, aber er hatte sie tief unten wiedergefunden und sie mit der Hand in ihrem Haar wieder in die gräßliche Wirklichkeit des Sturms hinaufgezogen. Danach hatte er sich das Hemd vom Leib gezogen und sie mit einem Ärmel an sich gebunden.

Irgendwann im Lauf dieser Stunden hatte er eine Planke gefunden und sie darauf gehievt, bis sie sich mit beiden Armen daran festklammern konnte. Mit einer Hand hielt er sich an der Planke fest, und mit der anderen Hand stützte er sie. Sie wurden von den Wellen weit hinausgetrieben und so oft herumgewirbelt, daß Lilah nicht nur jedes Gefühl für Zeit und Raum verlor, sondern auch für die Umstände. Die einzige Realität war die brutale Gewalt des Sturms.

Dann hörte sie wieder das Tosen der Brandung.

»Du mußt strampeln! Verdammte Scheiße, jetzt beweg endlich deine Beine!«

Sie hatte keine Vorstellung davon, wie lange er ihr diese Aufforderung schon ins Ohr schrie, aber endlich drangen die Worte zu ihr durch. Sie trat um sich, und er trat neben ihr auf das Wasser ein, bis sie endlich die schäumenden weißen Wellenkämme sahen, die sich über Land brachen. Diesmal mußte es etwas anderes als die Klippen sein, die jedem Ankömmling den Zugang zum Land verwehrten. Lilah konnte bis auf eine dunkle Masse hinter den Wellen, die sich brachen, nichts erkennen, aber sie wußte, daß dort Land war. Land! Das Wissen ließ sie ihre allerletzten Kräfte aktivieren, und sie trat so kräftig um sich wie Joss, aber schließlich waren es nicht ihre eigenen Bemühungen, die sie retteten. Eine gewaltige Welle trug ihre Planke mit sich und spülte sie an Land. Lilah ließ die Planke los. Weitere Wellen brachen sich über ihr und versuchten, sie wieder in den Mahlstrom zu ziehen, aber hier war das Wasser seicht, und es gelang ihr, sich auf dem Bauch auf dem sandigen Untergrund voranzuziehen, bis sie endlich ganz aus dem Wasser herausgekommen war, aus dem tödlichen Sog der Wogen befreit, die sich über ihr gebrochen hatten. Dann brach sie zusammen und blieb regungslos liegen. Wieder strömte Wasser über sie, aber diesmal war es Regen. Sie fand kaum die Zeit, die Tatsache zu bemerken, daß sie doch nicht ertrunken war, ehe eine grenzenlose Erschöpfung über sie hereinbrach.

16

Sie wurde von der warmen Sonne auf ihrem Gesicht geweckt. Lilah blieb lange still liegen und kostete die Wärme aus. Sie wußte nicht, wo sie war und genoß nur die wohltuenden Strahlen. Dann merkte sie, daß sie trotz der Wärme, die von oben und von unten kam, naß war. Stirnrunzelnd schlug sie die Augen auf.

Ihr Blick fiel auf einen langen weißen Sandstrand. Lilah blinzelte und hob den Kopf, um sich umzusehen. Der Strand zog sich meilenweit, ehe er eine Biegung machte. Die sachten blauen Wasser einer stillen Bucht plätscherten dicht an ihren Füßen. Dahinter erstreckte sich das Meer, das so ruhig war, als hätte es diesen Alptraum, den sie durchgemacht hatte, nie gegeben.

Joss! Was war aus ihm geworden?

Lilah setzte sich auf, und ihr Körper protestierte heftig gegen jede Bewegung. Von Joss war nichts zu sehen. Ihr Herz zog sich zusammen. Hatte er sie etwa gerettet und war selbst ertrunken?

Bei dieser Vorstellung sprang sie auf die Füße und mußte feststellen, daß ihre Beine sie kaum tragen wollten. Sie wußte, daß sie zumindest ihre feuchten Unterkleider ausziehen mußte, damit sie trocknen konnten, aber selbst wenn keine Menschenseele in Sicht war, konnte sie unmöglich an einem öffentlichen Strand unzureichend bekleidet herumlaufen. Also würden die Kleider auf ihrem Leib trocknen müssen.

Sie konnte nicht die einzige Überlebende sein. Bei dieser Vorstellung graute ihr. Sie mußte Joss finden. Sie konnte sich einfach nicht ausmalen, daß er tot sein könnte. Und was war aus den anderen geworden, die mit ihnen im Rettungsboot gesessen hatten? Was war mit Kevin? Wenn sie überlebt hatte, hatte vielleicht auch er überlebt. Oder Kapitän Boone oder Mr. Downey oder ... Aber sie hatte das Gefühl, daß die Klippen, an denen das Rettungsboot zerschellt war, weit von dem Ort entfernt waren, an dem sie an Land gespült worden waren. Es bestand wenig Aussicht, daß die anderen diesen menschenleeren Strand erreicht hatten. Joss und sie waren am Schluß die einzigen gewesen. Joss hatte ihr das Leben gerettet.

Lilah kletterte auf eine Sanddüne, von der aus sie einen guten Ausblick hatte. Das Meer war so still, als sei es aus azurfarbenem Glas. Als sie auf die tückische Weite hinausschaute, packte sie die Wut. Wie viele Leben hatte diese Tiefe in der vergangenen Nacht gefordert? Lilah ballte entrüstet die Fäuste.

Diese Geste erschreckte sie selbst. Sie war von Natur aus ruhig und gelassen. Sie hätte dankbar sein sollen, weil sie überlebt hatte, statt das Schicksal zu verfluchen, das ihnen die *Swift Wind* genommen hatte. Aber Dankbarkeit war an diesem täuschend strahlenden Morgen zuviel von ihr verlangt, nachdem ihr gerade erst soviel genommen worden war.

Ihr Blick fiel auf einen dunklen Umriß auf dem weißen Sand. Auf diese Entfernung konnte sie nicht sicher sein, was es war. Jedenfalls lag es regungslos da. Es konnte Treibgut sein, das das Meer an Land gespült hatte, aber es konnte auch ein Mensch sein.

Lilah schürzte ihre Röcke und lief im Dauerlauf auf das undefinierbare Etwas zu. Muscheln ritzten ihre Fußsohlen auf, aber sie schenkte dem Schmerz keine Beachtung. Einmal fiel sie hin und zerkratzte sich die Handflächen, mit denen sie den Sturz auffing, doch sie sprang sofort wieder auf und liefer weiter. Sie mußte sich Gewißheit verschaffen.

Auf eine Entfernung von einigen Metern wußte sie mit Sicherheit, daß es sich um eine männliche Gestalt handelte, die regungslos dalag, barfuß und ohne Hemd, und sich einen Arm über den Kopf geworfen hatte. Dieses pechschwarze Haar und diese breiten Schultern hätte sie überall wiedererkannt.

Joss.

»Joss!« Lilah hauchte tonlos ein Dankgebet, als sie neben ihm auf die Knie sank. Er lebte noch! Aber sein Rükken war ihr zugewandt, und sie fand kein Anzeichen dafür, daß er atmete.

»Joss!« Sie legte ihre Hand auf die seidige Haut seiner Schulter, die sich warm anfühlte. Erleichterung durchflutete sie, bis sie begriff, daß die Wärme seiner Haut auf die erbarmungslose Wärme der Sonne zurückgehen konnte.

Sie packte seine andere Schulter mit beiden Händen und mühte sich ab, um ihn auf den Rücken zu drehen. Er war schwer, und es war keine einfache Aufgabe, aber schließlich schaffte sie es. Als sie sein Gesicht und seine Brust zu sehen bekam, keuchte sie. Eine Platzwunde, die sehr böse aussah, hatte die Haut auf seiner Stirn gespalten. In der offenen Wunde war jetzt Sand, und das Blut mußte vom Meer fortgespült worden sein, doch Lilah nahm an, daß er viel Blut verloren haben mußte. War es jetzt ein gutes oder ein schlechtes Zeichen, wenn kein Blut mehr floß? Hieß es, daß er – sie weigerte sich, auch nur daran zu denken.

»Joss!«

In ihrer Angst schüttelte sie ihn. Ihre Hand glitt an seiner Schulter herunter und legte sich zögernd auf das Haar auf seiner Brust, um seinen Herzschlag zu fühlen. Sie spürte sein Herz, wenn auch nur schwach, unter ihren Fingern schlagen.

»Gott sei Dank!«

Er war also am Leben, aber wie schwer war er verletzt? Er schlief nicht nur, er war bewußtlos. Die klaffende Wunde konnte auf einen Schädelbruch hinweisen. Die Vorstellung, er könne die Grauen der Nacht und des Meeres überlebt haben, um jetzt an dieser sonnigen Küste an einer Verletzung zu sterben, machte sie rasend. Lilah biß sich auf die Lippen, ließ ihre Finger sachte um die Wunde gleiten und tastete dann seinen Hals ab. Preßte die Finger auf seinen Nacken und hinter seine Ohren, und seine trocknenden Locken klammerten sich wie flehende Hände an ihre Finger.

Sein Schädel schien noch in einem Stück zu sein. Sie war kein Arzt, aber sie hatte bei der Krankenpflege auf der *Swift Wind* ein wenig über die menschliche Anatomie gelernt. Es war möglich, daß er Verletzungen hatte, die äußerlich nicht zu sehen waren. Sie ließ ihre Hände über seinen Körper gleiten. Die Rippen schienen geheilt zu sein, und sein Rückgrat und seine Schultern wirkten unverletzt. Zumindest an den Knochen ließ sich nichts ertasten.

Nachdem sie auch noch seine Arme abgetastet hatte, entschloß sich Lilah errötend, seine Hüften und seine Beine nicht näher zu erkunden. Sollte er sich ein Bein gebrochen haben, konnte sie im Moment ohnehin nichts für ihn tun, und innere Verletzungen schied sie vorsichtshalber aus, denn der Gedanke war ihr unerträglich.

»Joss!« Als sie ihre Inspektion abgeschlossen hatte,

versuchte sie noch einmal, ihn zu sich zu bringen. Sie rief seinen Namen und rüttelte ihn sachte an den Schultern. Er rührte sich nicht, und seine Lider blieben geschlossen. Was sollte sie jetzt bloß tun?

Sie konnte doch nicht einfach neben ihm im Sand sitzen bleiben und hoffen und beten, daß er von allein zu sich kommen würde. Aber was war, wenn er nicht zu sich kam oder wenn es Tage dauerte? Sie brauchten beide Wasser, und sie brauchten möglichst bald etwas Eßbares. Und sie mußten sich gegen die glühende Sonne schützen. Sie spürte jetzt schon, wie die Strahlen ihre zarte Haut verbrannten. Sie konnte ihn nicht im Sand liegen lassen, denn sie wußte aus Erfahrung mit der sengenden Sonne von Barbados, daß ihre Haut sich innerhalb von Stunden schmerzhaft rötete, wenn sie sich nicht gegen die Sonne schützte. Es war niemand da, der ihr hätte helfen können. Was getan werden mußte, mußte sie selbst in Angriff nehmen.

Innerhalb von einer Stunde gelang es Lilah, Joss in den Schatten der Palmen zu ziehen und Treibholz zu sammeln, mit dem sie ihn notdürftig zudeckte. In einem Felsspalt fand sie frisches Wasser, das vom Sturm zurückgeblieben war. Bis morgen würde es verdunstet sein. Lilahs Überlebensmaßnahmen waren entschieden unzureichend und halfen nur für den Moment, aber zumindest würden sie beide am Leben bleiben, bis Joss zu sich kam oder bis sie gerettet wurden. Sie würde sich Gedanken darüber machen, was sie als nächstes tun konnte.

Joss rührte sich und ächzte, als sie versuchte, den verkrusteten Sand aus seiner Wunde zu waschen. Dieses Lebenszeichen machte Lilah Mut. Dennoch schlug er auch weiterhin die Augen nicht auf und reagierte auch nicht, wenn sie ihn bei seinem Namen rief. Enttäuscht ließ sie sich wieder auf die Fersen sinken und setzte ihr Werk fort.

Die Wunde war nicht besonders tief, aber sehr lang, ein Riß, der sich von seiner rechten Schläfe über die Stirn bis hin zum linken Auge zog. Die Ränder waren ausgezackt, und der Sand klebte heimtückisch an dem Schorf, der sich schon gebildet hatte. Als Lilah mit einem angefeuchteten Zipfel ihres Unterrocks behutsam soviel Sand wie möglich aus der Wunde wusch, kam sie auf den Gedanken, daß die eigentliche Gefahr darin liegen könnte, daß sich die Wunde entzündet hatte. Betsys Vater glaubte an die Heilkräfte von Salzwasser, das er häufig einsetzte, wenn er seine Heilkünste an den anderen Sklaven anwandte, und Lilah hatte mit eigenen Augen gesehen, wie dieses simple Hilfsmittel Wunder gewirkt hatte. Sie benutzte eine große Muschelschale als Gefäß und füllte sie mit Meerwasser, das sie behutsam in die Wunde schüttete.

Joss stöhnte, schlug die Augen auf und sah ihr mitten ins Gesicht.

»Du bist wach!« Lilah lächelte ihn strahlend an und hörte auf, Wasser in die Wunde zu tröpfeln.

»Wasser!« ächzte er und schloß die Augen wieder. Seine Zunge fuhr über seine ausgedörrten Lippen.

»Ja, gleich.« Sie hatte noch etwas frisches Süßwasser in einer anderen Muschelschale, die sie ihm brachte. Als sie sich neben ihn hinkniete und seinen Kopf mit einer Hand stützte, damit er trinken konnte, schlug er die Augen wieder auf. Mit zwei großen Zügen leerte er das kleine Gefäß und schloß die Augen sofort wieder. Lilah ließ seinen Kopf behutsam wieder auf den Sand sinken. Sie biß sich auf die Unterlippe und sah besorgt auf ihn herunter. Er hielt so lange still, daß sie schon anfing zu fürchten, er könne das Bewußtsein wieder verloren haben, doch dann sprach er, ohne die Augen zu öffnen.

»Himmel, mein Kopf!« brummte er und legte eine Hand auf die Wunde. »Er tut weh wie der schlimmste Zahn und brennt wie Höllenfeuer!«

»Du hast eine schlimme Verletzung«, sagte sie.

»Die verdammte Planke ist gegen meinen Kopf gespült worden . . .« Er schien sich allmählich wieder an die letzte Nacht zu erinnern. »Wo sind wir?«

»Halt still!« sagte sie und preßte ihre Hand auf seine Brust, als er sich aufsetzen wollte. Das war überflüssig. Er ließ sich bereits stöhnend in den Sand sinken.

»Ich weiß nicht, wo wir sind«, gestand sie ein.

»Ich habe verdammt üble Kopfschmerzen. Aber was ich nicht verstehe, ist, warum diese verfluchte Wunde derart brennt.«

»Ich habe Meerwasser hineingeschüttet, um die Wunde zu säubern. Wahrscheinlich brennt sie deshalb.«

»Meerwasser!«

»Betsys Vater schwört darauf, weil es entzündungshemmend wirkt.«

»Himmel! Kein Wunder, daß es so sehr brennt!« Er sah sie finster an. »Was ist mit dir? Bist du in Ordnung?«

»Ja. Mir geht es wesentlich besser als dir, glaub mir. Tut dir außer dem Kopf noch etwas weh? Ich habe dich auf Knochenbrüche abgetastet . . .«

»So, das hast du also getan?« Er lächelte matt. »Nein, mir tut sonst nichts weh. Nur der Kopf. Aber der tut wirklich weh genug.«

»Das tut mir leid.«

»Ich vermute, ich werde es überleben.« Er sah das Treibholz an, das sie über ihm als einen notdürftigen Schutz gegen die Sonne errichtet hatte. »Was ist das?«

Sie folgte seinem Blick. »Treibholz. Du warst bewußtlos, und ich wollte dich nicht in der Sonne liegen lassen. Daher habe ich Treibholz gesammelt, und frisches Wasser habe ich auch gefunden.«

»Du hast dieses Holz über mir aufgeschichtet?« Sein Gesicht drückte eine Mischung aus Schmerz und größtem Erstaunen aus. Sie sah lächelnd auf ihn herunter.

»Wenn du es genau wissen willst – ich mußte dich vorher quer über den Strand zerren, damit ich dich an einen Baumstamm lehnen kann.«

Er sah sie lange an, und sein Gesicht nahm einen undefinierbaren Ausdruck an. »Du hast mich über einen Strand gezogen, mich mit Planken gegen die Sonne geschützt, meine Wunde ausgewaschen und frisches Wasser gefunden. Ich würde sagen, somit bist du eine recht beachtliche Frau, Delilah Remy. Ebenso findig und geschickt wie schön.«

Der bewundernde Blick, der in seinen grünen Augen stand, brachte sie zum Lachen. »Und du bist ein unverbesserlicher Schmeichler«, antwortete sie, ohne sich vorher etwas dabei zu denken. Dann riß sie entgeistert die Augen auf. Das war genau die Form von Bemerkung, die sie gemacht hätte, wenn er noch der Jocelyn San Pietro gewesen wäre, für den sie ihn gehalten hatte, als sie sich in dieser unvergeßlichen Nacht in Boxhill kennengelernt hatten. Aber von da an war alles anders geworden. Er durfte nicht mehr mit ihr flirten, und sie durfte nicht mehr darauf eingehen. Er war ein Sklave, ihr Sklave, und eine andere Beziehung als die zwischen der Herrin und ihrem Diener zuzulassen, war nicht nur undenkbar, sondern auch gefährlich. Als ihr wieder einfiel, wie er sie auf der *Swift Wind* geküßt hatte, als sie an seine Leidenschaft und ihre glühende Reaktion dachte, errötete sie. Auch wenn sie Schiffbrüchige waren, durfte sie keinen Moment lang vergessen, wer und was sie waren. Die Folgen wären andernfalls für beide verhängnisvoll gewesen.

»Ich gehe frisches Wasser holen«, sagte sie mit gepreßter Stimme. Er sah sie mit zusammengekniffenen Augen an. Wenn er ihre Gedanken lesen konnte, dann machte ihr das nicht das geringste aus. Er mußte sich darüber klar werden, wie auch sie sich darüber im klaren war, daß die Anziehungskraft, die zwischen ihnen nie erloschen war, ein Ding der Unmöglichkeit war. Ein Unding. Solche Gefühle waren ihnen verboten.

17

Als Lilah mit zwei Muschelschalen zurückkam, die mit Wasser gefüllt waren, stand Joss da und sah auf das Meer hinaus. Er sah einfach prächtig aus, und sie betrachtete voller Bewunderung seinen Körper.

Als sie ihn anstarrte, zauderte Lilah. Sie lief langsam weiter. Seit sie die Kranken gepflegt hatte, wußte sie weit mehr über die Anatomie des männlichen Körpers als bei ihrer Abreise aus Virginia. Nackte Brustkörbe, Arme und sogar Beine und andere Körperteile, die man nicht so gut bei ihrem Namen nennen konnte, waren ihr nicht mehr fremd, aber auf dem Schiff waren die Blicke auf Männerkörper, die notwendig waren, immer unpersönlich gewesen. Jetzt sah sie Joss dort stehen, und sein Anblick ging sie etwas an. Er war prachtvoll gebaut, herrlich männlich, und bei seinem bloßen Anblick trocknete ihr Mund aus. Es war beschämend, daß seine nackte Brust all das bei ihr auslöste. Sie brauchte ihn nur anzusehen, und schon regten sich in ihr die wollüstigsten Gefühle, und sie war weiß Gott keine wollüstige Frau. Ihn strikt als ihren Diener zu behandeln, würde schwerer als alles sein, was sie je in ihrem Leben getan hatte.

Joss hörte sie näherkommen und drehte sich zu ihr um. Er sah ihr mit einem Blick in die Augen, der Lilah fürchten ließ, er könne bis auf den Grund ihres Herzens sehen. Sie wich seinem Blick nicht aus, da sie entschlossen war, ihm nicht zu zeigen, wie verletzbar sie sich ihm gegenüber fühlte. Lilah nahm ihren gesamten Mut zusammen, ging auf ihn zu und hielt ihm eine der Muschelschalen hin.

»Wasser?«

Joss nahm die Muschel wortlos entgegen und hob sie an seine Lippen. Es brachte sie aus der Fassung, zu beobachten, wie er das Kinn zurückbog und seine Kehle sich bewegte, als er trank. Er sah viel zu gut aus, als daß sie ihren Seelenfrieden hätte finden können. Als er das Wasser ausgetrunken hatte, ließ er die Muschel in den Sand fallen und wischte sich mit dem Handrücken den Mund ab. Lilah spürte diese kleine Geste bis in die Zehenspitzen.

Sie durfte nicht in seiner Nähe bleiben, oder das, was zwischen ihnen war, würde explodieren. Sie wünschte sich sehnlicher, seinen Mund wieder auf ihren Lippen zu spüren, als sie sich je irgend etwas in ihrem Leben gewünscht hatte.

»Danke.« Er sah sie wieder an, so gebannt, wie eine Katze den Blick auf ein Mauseloch richtet. Lilah trank das Wasser, um ihn nicht länger ansehen zu müssen, und als sie die Schale absetzte, stellte sie fest, daß sein Blick von ihren Augen zu ihrem Mund gewandert war. Instinktiv preßte sie die Lippen zusammen und sah ihm in die Augen. Als die Blicke aus hellblauen und strahlend grünen Augen sich trafen, loderte eine unsägliche Spannung in der Luft zwischen ihnen auf. Dann ließ Lilah den Blickkontakt absichtlich abreißen und sah die leere Muschelschale in ihrer Hand an. Um überhaupt etwas zu tun, bückte sie sich und legte die Muschel so sorgsam wie einen Gegenstand von unschätzbarem Wert auf den Sand. Als sie sich wieder aufrichtete, hatte er sich auf den Weg zur Küste gemacht. Einen Moment lang starrte sie verblüfft seinen Rücken an, und dann hob sie ihre Röcke und rannte los, um ihn einzuholen.

»Wohin gehst du?« keuchte sie, als sie an seiner Seite

angelangt war. Er würdigte sie kaum eines Blickes. Er blieb auch nicht stehen oder lief langsamer.

»Wahrscheinlich gibt es hier irgendwo in der Nähe eine Ortschaft. Ich mache mich auf die Suche. Es liegt mir fern, die gnädige Frau nicht so schnell wie möglich wieder in die Zivilisation zurückzubringen.«

Seine Stimme verriet seinen Zorn. Er mußte zwangsläufig wütend sein, denn er hatte sich immer noch nicht damit abgefunden, welchen Status er hatte. Mit der Zeit würde er sich daran gewöhnen, und auch sie würde es mit der Zeit leichter haben. Sie mußte jetzt stark bleiben, bis sie wieder in einem normalen Gesellschaftsgefüge angelangt waren; dann war sie dieser entsetzlichen Versuchung nicht mehr ausgesetzt. Es war gefährlich für sie, außerhalb der Grenzen ihrer Welt mit ihm allein zu sein.

»Du solltest mit einer Kopfverletzung wirklich nicht in dieser Hitze herumlaufen.« Sie konnte nur mühsam mit ihm Schritt halten.

»Was?« Er sah sie mit gespieltem Erstaunen an. »Soll das heißen, daß sich die Herrin tatsächlich um ihren Sklaven sorgt? Miß Lilah, Sie setzen mich in Erstaunen!«

Sie blieb stehen, um ihn wütend anzufunkeln. Seine Fistelstimme ließ sie in Wut geraten. Er lief weiter. Sie holte ihn ein und war entschlossen, kein Wort zu sagen, solange er nichts sagte. Fest stand, daß sie ihrer Sorge um sein Wohlergehen mit keiner einzigen Silbe mehr Ausdruck verleihen würde! Wenn er sich unbedingt umbringen wollte, dann war das seine Sache.

Als die Sonne fast direkt über ihren Köpfen stand und die Hitze immer größer wurde, lief er etwas langsamer. Heißer Dunst stieg aus dem Sand auf und flimmerte vor ihnen in der Luft. Selbst die Brise, die vom Meer kam, ließ die Luft nicht abkühlen. Lilah, die spürte, daß ihre Nase brannte, blieb wieder stehen. Sie vergewisserte sich, daß er sich nicht umsah, ehe sie ihren Unterrock aufschnürte und ihn auszog. Dann wickelte sie sich das weiße Leinen um den Kopf. Ihr wurde gleich wesentlich kühler, als sie den Unterrock nicht mehr an den Beinen, sondern auf dem Haar hatte, und wenn sich das nicht schickte, dann schickte es sich eben nicht. Sie war nicht so dumm wie er, selbst zu einem Hitzschlag beizutragen.

Als Lilah ihn eingeholt hatte, warf Joss einen Blick auf sie und lachte derb.

»Wie ungehörig, Ihre Unterwäsche derart in der Öffentlichkeit zu zeigen, Miß Lilah! So etwas Ungezogenes!«

Sie blieb wütend stehen und funkelte ihn böse an, doch er lief weiter. »Ach, halt doch den Mund!« rief sie ihm nach. Falls er ihre Worte gehört hatte, reagierte er nicht darauf. Er lief einfach weiter.

Das erboste sie noch mehr als alles andere, was er hätte sagen oder tun können. Wenn er wild entschlossen war, ihr das Leben schwer zu machen, dann würde sie bereitwillig mitspielen, gelobte sie sich. Als sie ihn wieder eingeholt hatte, reckte sie das Kinn in die Luft, trabte neben ihm her und wartete auf die nächste Breitseite, die er bringen würde. Sie freute sich fast schon darauf. Als er sie überhaupt nicht beachtete, wurde sie immer mürrischer. Sie hatte noch nie in ihrem Leben so dicht davor gestanden, körperlich handgreiflich zu werden und jemandem etwas anzutun.

Sie liefen fast eine Dreiviertelstunde wortlos weiter. Bisher waren sie auf kein Lebenszeichen gestoßen, abgesehen von Vögeln, Krebsen und Eidechsen. Wenn Joss nicht gewesen wäre, hätte Lilah sich mit Sicherheit gefürchtet. Aber im Moment war sie so wütend, daß in ihren Gedanken kein Raum für eine objektive Einschätzung ihrer Lage blieb.

Als sie über eine der kleinen, grasbewachsenen Sanddünen kletterten, die den Strand unterteilten, stieß Lilah mit dem Zeh gegen einen spitzen Stein. Sie schrie auf und hopste auf einem Fuß herum. Joss warf einen einzigen Blick auf sie, schätzte das Ausmaß ihrer Verletzung richtig ein und lief weiter. Lilah war außer sich vor Wut. Sie hätte sich augenblicklich in den Sand plumpsen lassen und sich geweigert, auch nur noch einen Schritt weiter zu laufen, wenn sie nicht sicher gewesen wäre, daß er einfach ohne sie weitergelaufen wäre.

Humpelnd folgte sie ihm und bedachte den breiten Rücken mit einem mordlustigen Blick. Schließlich mußte sie in langen Sätzen laufen, um ihn einzuholen. Als sie es geschafft hatte, sah sie ihn wirklich erbost an.

»Du könntest wenigstens etwas höflicher sein!« fauchte sie.

Er sah sie mit einem unangenehmen Gesichtsausdruck an. »Mir ist nicht nach Höflichkeit zumute.«

»Das sehe ich selbst!«

»Einem Sklaven ist das Reden nicht gestattet, oder? Ich muß dich doch nicht etwa unterhalten, während ich dich zu deinem Verlobten zurückbringe, oder? Muß das sein? Gib mir bitte genaue Anweisungen. Ich bin noch nicht allzu lange Sklave, verstehst du, und die Etikette für das Verhalten ist mir noch nicht genauer erklärt worden.«

Sein Sarkasmus brannte mehr als die Sonne, die sengend auf ihren Kopf herunterstach.

»Du bist der empörendste, arroganteste, widerwärtigste, überheblichste . . .«

»Komisch, genau das sind die Worte, die ich für dich gebraucht hätte«, sagte er und blieb endlich stehen. »Das heißt natürlich, wenn ich kein Sklave wäre.«

In den Smaragdaugen stand glühende Wut. Lilah stotterte, weil es ihr an einer Antwort fehlte, die schneidend genug war.

Joss war nicht in der Stimmung, zu warten. Er drehte sich um und setzte sich wieder in Bewegung. Lilah blieb nichts anderes übrig, als ihm finster nachzublicken, bis der Strand die nächste Biegung machte und Joss aus ihrer Sicht verschwand. Dann hob sie ihre Röcke und trottete hinter ihm her. Der Gedanke, der den meisten Raum in ihrem Kopf einnahm, war der, wie sehr sie sich freuen würde, wenn sie einen Stein fand, mit dem sie ihm den Schädel mit dem seidigen schwarzen Haar einschlagen konnte.

18

Als sie um die Biegung kam, lag er mit dem Gesicht nach unten im Sand.

»Joss!«

Entsetzt rannte sie zu ihm und fiel neben ihm auf die Knie. Als sie die Hand auf seinen Rücken legte, wußte sie zumindest, daß er nicht tot war. Seine seidige Haut war schweißgebadet. Er war ohnmächtig geworden, und das geschah ihm nur recht! Jeder, der auch nur einen Funken Verstand besaß, hätte sich selbst gesagt, daß es Blödsinn war, bei dieser Hitze einen solchen Marsch zu unternehmen, und das auch noch mit einer Kopfverletzung.

Sie sah ihn finster an, als er die Augen aufschlug.

»Was für ein bezaubernder Anblick«, murmelte er hämisch und schloß die Augen wieder. Lilah mußte die Zähne zusammenbeißen, um seinen Verletzungen nicht auch noch eine kräftige Ohrfeige hinzuzufügen.

»Ich habe dir doch gleich gesagt, daß es keine gute Idee ist, in dieser Hitze rumzulaufen«, stieß sie hervor und hoffte, daß diese Bemerkung ihn ärgern würde. Seine Lider flatterten, und einen Moment lang sahen zwei grüne Schlitze sie böswillig an.

»Nächstes Mal lasse ich dich ertrinken«, sagte Joss tonlos. Ehe Lilah etwas darauf antworten konnte, wälzte er sich auf den Rücken und hielt sich die Hand vor die Augen.

»Himmel, tut mein Kopf weh!«

»Das wundert mich gar nicht. Ich habe dir doch gesagt . . .«

»Wenn du das noch einmal sagst, bin ich nicht mehr verantwortlich für das, was ich tue.«

Lilah verstummte daraufhin und wippte auf ihren Hacken. Joss blieb regungslos liegen. Ihr Blick glitt über diesen Mann mit seinen Bartstoppeln und der nackten Brust, auf der dichte Haare wuchsen – und plötzlich runzelte sie die Stirn. Auf seinen Schultern, seinen Oberarmen und seiner Brust war seine Haut leuchtend rot. Ihre eigene Haut prickelte zwar ein wenig, aber es konnte sie mit dem langärmeligen, hochgeschlossenen Kleid nicht schlimm erwischt haben.

»Joss!«

Die ausbleibende Feindseligkeit in ihrer Stimme mußte zu ihm vorgedrungen sein, denn er hob die Hand ein wenig, um sie anzusehen. »Was ist?«

»Da hinten unter den Palmen ist Schatten. Glaubst du, du schaffst es so weit? Es sind nur ein paar Meter. Du kannst dich auf mich stützen, wenn du magst. Aber du darfst wirklich nicht in der Sonne liegen bleiben.«

»Was? Soll das heißen, daß die Gnädigste wirklich bereit wäre, die Berührung mit dem Körper eines niederen Sklaven über sich ergehen zu lassen? Also, ich bin wirklich erschüttert.«

Ihre Freundlichkeit war anscheinend keine Spur von ansteckend. »Du bist der ekel . . . schon gut! Ich habe mich entschlossen, mich nicht mehr mit dir zu streiten. Sei doch so widerwärtig, wie du willst! Mir ist das egal. Aber du kannst nicht in der Sonne liegen bleiben. Deine Schultern und Arme sind so rot wie ein Hummer!«

»Dann müssen sie in etwa die Farbe deiner Nase haben«, gab er zurück, aber sein Tonfall war sanfter als vorher. »Du siehst entzückend aus mit dieser kirschroten Nase und dem Unterrock, den du dir um den Kopf gewickelt hast. Man muß jedem verzeihen, der dich für allzu menschlich hält.«

Lilah riß die Geduld. Sie stand auf und hätte vor Ärger fast mit dem Fuß aufgestampft. »Du bist wirklich der gräßlichste . . .!« Ihre Stimme verhallte, als ihr Blick auf eine Düne fiel, die erstaunliche Ähnlichkeit mit dem Hügel hatte, auf den sie direkt nach dem Erwachen gestiegen war, als sie noch dachte, sie sei allein am Strand.

»Was ist?« Joss folgte ihrem Blick, aber ihm konnte der Hügel nichts sagen.

»Ich glaube, wir sind wieder genau da, wo wir losgelaufen sind.« Sie hatte ein komisches Gefühl in der Magengrube.

»Das ist ausgeschlossen! Wir können nicht so schnell – es sei denn . . .« Er legte die Stirn in Falten. »Wie kommst du auf den Gedanken, wir könnten wieder an unserem Ausgangspunkt angekommen sein?«

»Dieser kleine Hügel da drüben – ich bin fast sicher, daß ich dort das Wasser gefunden habe.«

»Das kann nicht sein.«

»Bringen wir dich in den Schatten, und dann gehe ich nachsehen.«

Anfangs murrte er und wollte unbedingt mit ihr gehen, doch schließlich gelang es Lilah, ihn davon zu überzeugen, was für ein Wahnsinn es war, zu riskieren, daß er sich zu seiner Verletzung auch noch einen Sonnenstich holte. Sobald er aufrecht stand, drehte sich ihm wieder alles vor Augen. Lilah ließ schnell ihren Arm um seine Mitte gleiten, als er wankte und einen Schritt nach vorn taumelte. Joss stützte sich einen Moment lang schwer auf sie, weil ihm so schwindlig war, daß er sich nicht auf den Füßen halten konnte. Lilah war allzu bewußt, wie intim diese Geste, mit der sie ihn festhielt, war

– den Arm um seine nackte Taille geschlungen, und ihre Hand preßte sich auf die festen Muskeln seines flachen Bauches. Wenn jemand sie gesehen hätte – aber es gab niemanden, der sie sehen konnte, niemanden, der etwas davon erfahren konnte, und wenn Joss etwas zustieß, war sie vollkommen allein. Gewiß war es nichts, was über die reine Christenpflicht hinausging, wenn sie tat, was sie konnte, um ihm zu helfen.

Joss versuchte, ohne ihre Stütze stehenzubleiben, doch wieder wurde ihm schwindlig. Offensichtlich blieb ihm keine andere Wahl, als ihre Hilfe anzunehmen, wenn er nicht flach, mit dem Gesicht nach unten, in den Sand fallen wollte. Er war schwer, und seine Haut war feucht und warm und sandig. Als sie seinen leichten beißenden Körpergeruch einatmete, rümpfte sie die Nase.

»Ich rieche also, ja?« erkundigte er sich, als er ihren Gesichtsausdruck sah.

»Nur ein bißchen. Ich kann mir vorstellen, daß ich auch nicht gerade frisch rieche.«

Er schüttelte den Kopf. »Nein, keine Sorge«, sagte er. »Falls es wirklich der Hügel sein sollte, dann bring mir ein bißchen Wasser mit. Ja?«

Seine Stimme klang wie ein mattes Krächzen und sagte ihr weit besser als seine Worte, wie erschöpft er war.

Es war der Hügel, und sie kehrte mit frischem Wasser zu Joss zurück. Als sie ankam, lag er auf dem Rücken. Der Schatten war gewandert, und zu ihrem Erstaunen stellte Lilah fest, daß es schon spät am Nachmittag sein mußte.

»Ich habe dir Wasser gebracht.«

Mit ihrer Hilfe gelang es ihm, sich auf einen Ellbogen zu stützen und das Wasser gierig zu trinken. Dann ließ er sich wieder in den Sand sinken, und seine Haltung wirkte unbeschreiblich matt.

»War es derselbe Hügel?«

»Ja.« Lilah zog sich den Unterrock vom Kopf, faltete ihn zusammen und schob ihn als Kissen unter seinen Kopf.

»Hmm.«

Sie faßte es als Dank auf. Anschließend schwieg er einen Moment lang und blieb mit geschlossenen Augen liegen. Schließlich öffnete er sie einen Spalt weit.

»Dir ist doch klar, was das heißt, oder nicht?«

»Was?« Lilah sah ihn stirnrunzelnd an. Sie hatte sich wirklich nicht viele Gedanken darüber gemacht, abgesehen von ihrer Freude, wie leicht es gewesen war, wieder Wasser zu finden.

»Wir sind auf einer Insel – nein, es ist noch nicht einmal eine Insel, dazu ist sie nicht groß genug. Es ist ein Atoll mitten im Atlantischen Ozean. Wir sind einmal am Rand herumgelaufen und haben kein einziges Anzeichen für menschliches Leben entdeckt. Wenn nicht jemand mitten auf der Insel wohnt – und das glaube ich nicht, denn darauf hätte es Hinweise gegeben –, sind wir hier vollkommen allein.«

Lilah riß die Augen weit auf. »Ganz allein?« Sie schluckte, als die verschiedensten Folgen, die das nach sich zog, durch ihren Kopf schossen. »Soll das heißen, daß wir – von der Außenwelt abgeschnitten sind?« Ihre Stimme war bei jedem Wort schriller geworden.

»Genau«, sagte er und schloß die Augen wieder.

19

Es war schon fast dunkel. Joss wurde es immer noch jedesmal, wenn er aufzustehen versuchte, schwindlig. Sie
waren näher an die Wasservorräte gerückt, doch Lilah
brachte es nicht über das Herz, ihm zu sagen, daß sie ra-
pide dahinschwanden. Für ein oder zwei Tage konnte
das Wasser in dem Felsspalt vielleicht noch reichen,
wenn sie gut aufpaßten. Und dann –?

Sie hatte Hunger, und sie wußte, daß er auch hungrig
sein mußte, aber wie hätte sie Krebse, Eidechsen oder
Vögel zubereiten können? Erst mußte sie sie fangen,
dann sie töten und dann eine Möglichkeit finden, sie zu
kochen – oder sie hätten sie roh essen müssen. Allein
schon bei dem Gedanken lief ihr ein Schauer über den
Rücken, obwohl sie ausgehungert war. Und Joss war
nicht in der Verfassung, diese Aufgabe zu übernehmen.
Sicher würden sie die Nacht durchstehen, ohne etwas zu
essen. Ihr ging auf, daß sie beide schon viel länger nichts
mehr zu essen bekommen hatten.

Sie zog sich auf die andere Seite des Hügels zurück,
um ein weiteres körperliches Bedürfnis zu befriedigen,
und auf dem Rückweg stolperte sie über eine Kokosnuß.
Eine zweite Nuß lag in der Nähe, und sie hob sie triumphierend wie ein erfolgreicher Jäger auf. Als sie aufblickte, sah sie, daß sie unter Kokospalmen stand. Es war
ein so herrlicher Anblick, daß sie vor Freude am liebsten
einen Luftsprung gemacht hätte. Jetzt brauchten sie sich
zumindest keine Sorgen mehr zu machen, sie könnten
verhungern.

Sie blieb stehen, um eine der Nüsse auf einem großen Stein aufzuschlagen – schließlich war sie nicht umsonst auf Barbados aufgewachsen – und kehrte eilig zu Joss zurück. Er saß da, als sie zurückkam, und lehnte mit dem Rücken an der grasbewachsenen Düne. Es war erstaunlich, wie geborgen sie sich fühlte, wenn sie ihn nur sah.

»Wo warst du?« fragte er mürrisch, aber sie freute sich zu sehr über ihren Fund, um ihm eine barsche Antwort zu geben.

»Sieh mal«, sagte sie und hüpfte fast, als sie näherkam. Sie hielt in jeder Hand eine halbe Kokosnuß. Die andere Nuß hatte sie neben dem Stein liegen lassen, um sie später zu holen.

»Was ist das?« Joss beäugte die behaarten braunen Halbmonde mit weit weniger Begeisterung, als ihnen zugestanden hätte.

»Das ist eine Kokosnuß.« Lilah kniete sich neben ihn und hielt ihm die eine Hälfte hin. »Hier, nimm sie. Die Milch kann man trinken, und das Fleisch kann man essen, und hinterher kann man die Schale als Gefäß benutzen.«

Joss nahm ihr die Nußschale ab und starrte die milchige Flüssigkeit an, die in dem weißen Fleisch schwamm. Mit demselben Gesichtsausdruck hätte er auf den Vorschlag reagiert, er solle Würmer essen.

»Es schmeckt köstlich!« sagte sie ungeduldig und führte es ihm vor, indem sie einen Schluck trank. Er beobachtete sie und roch argwöhnisch an seiner Hälfte. Dann trank er einen kleinen Schluck und schnitt eine Grimasse.

»Schmeckt es dir nicht?« Lilah war erstaunt. Auf Barbados waren Kokosnüsse allgemein sehr beliebt. Alle aßen sie so wie jedes andere Obst.

»Nicht besonders.«

»Trink die Milch trotzdem.«

Er tat es, und dann zeigte sie ihm, wie man das Fleisch in kleine Stücke brach, um es leichter essen zu können. Mit dem letzten Bissen rieb sie sich die brennende Nase ab.

»Was tust du da?« Er sah sie an, als hätte sie plötzlich den Verstand verloren. Sie mußte lachen.

»Das Nußfleisch enthält ein Öl, das gut für die Haut ist, wenn man zuviel Sonne abgekriegt hat. Du solltest dir die Schultern und Arme damit abreiben. Dann läßt das Brennen nach.«

Er knurrte, wirkte keineswegs überzeugt und kaute lustlos auf einem Stück Kokosnuß herum. Lilah sah ihn kopfschüttelnd an und rückte näher. Er ließ zu, daß sie den Sand von seiner Haut klopfte und dann seine Schultern, seinen Rücken und seine Arme mit dem öligen Fleisch der Nuß abrieb, aber sein Ausdruck blieb skeptisch. Lilah versuchte, das Vergnügen zu ignorieren, das es ihr bereitete, ihn anfassen zu können. Trotz der glühenden Hitze war seine Haut so glatt wie zartes Leder. Schließlich tupfte sie seine Nasenspitze ab. Er zuckte zusammen und wollte ihr einen Klaps geben. Sie lachte ihn aus und rückte zur Seite.

»Hast du noch nie eine Kokosnuß gesehen?«

Er schüttelte den Kopf. »Ich bin in England aufgewachsen, und dort geht es im Gegensatz zu den Orten, an denen du dein Leben anscheinend verbracht hast, recht zivilisiert zu. An unseren Bäumen wachsen keine riesigen behaarten Nüsse – und Sklaven gibt es bei uns auch nicht.«

Lilah sah seinen flammenden Blick, und um ihre gute Laune war es geschehen. Abneigung wallte in ihr auf.

»Paß auf: Ich habe es satt, mir dein ewiges Jammern anzuhören, weil du ein Sklave bist! Dagegen, was du bist, bin ich genauso machtlos wie du. Es ist dein Schicksal, und für das Schicksal bin ich nicht verantwortlich, und daher kannst du endlich aufhören, dauernd so wütend auf mich zu sein. Du solltest mir dankbar sein! Ich habe dir auf diesem Sklavenmarkt in Virginia das Leben gerettet, Joss San Pietro. Aber wenn ich noch einmal in dieser Lage wäre, würde ich zusehen, wie sie dir das Fell über die Ohren ziehen.«

Er sah sie an, wie sie dastand und ihn entrüstet anschrie. Lilah hatte damit gerechnet, daß er wütend würde, aber statt dessen nahm sein Gesicht einen versonnenen Ausdruck an.

»Weißt du, ich glaube, das war das, was mir als erstes an dir gefallen hat: deine aufbrausende Art. Als ich dich kennengelernt habe, hast du geflucht, und kurz darauf wolltest du mir eine Ohrfeige geben. Das war bezaubernd, insbesondere von einem so hübschen, kleinen Dingelchen. Mir haben schon immer Frauen gefallen, die es gegen den Teufel aufgenommen hätten.«

Er legte die Kokosnuß neben sich und stand langsam auf. Durch diese Bewegung stand er unerwartet dicht vor ihr, und plötzlich mußte sie den Kopf ins Genick legen, um ihm ins Gesicht sehen zu können. Die Abenddämmerung legte sich über die Insel, die Sonne war untergegangen, der Mond stand noch nicht am Himmel, und Licht kam nur aus seinen Augen. Sie funkelten sie durch die dichter werdende Dunkelheit an. Lilah wich erschrocken einen Schritt zurück.

»So, du fürchtest dich also vor mir?« Er lachte krächzend. Schockiert stellte sie fest, daß er wutentbrannt war. Seine Hand packte ihren Arm und zog sie näher. Als sie diese stählerne Umklammerung spürte und sich nicht losreißen konnte, während er sie so dicht an sich zog, daß sie kaum eine Handbreit von ihm entfernt war, nahm Lilah plötzlich allzu deutlich wahr, wie stark er war und wie hilflos sie angesichts dieser Stärke war. Er konnte sie mühelos überwältigen . . .

»Du kannst dich glücklich schätzen, daß meine Mutter mich zum Gentleman erzogen hat, ist dir das klar? Wir sind hier nämlich ganz allein, es gibt keinen anderen Menschen auf dieser ganzen verfluchten Insel, und ich habe es satt, für dich den Sklaven zu spielen. Es hängt mir zum Hals raus, daß du mich ansiehst, als fändest du mich zum Anbeißen. Und es hängt mir zum Hals raus, daß du unter dem einen oder anderen Vorwand mit deinen zarten, kleinen Händen immer wieder meinen ganzen Körper anfaßt und dann wegläufst, als hätte ich Lepra, sowie ich dich auch ansehe oder es wage, dich auch nur zu berühren. Du spielst ein gefährliches Spiel. Lilah, meine Liebe, und wenn ich kein Gentleman wäre, würde ich dich verdammt noch mal dafür büßen lassen. Wenn du weiterhin diese Spielchen mit mir treibst, wirst du sie mir so oder so büßen, und daher schlage ich dir vor, deine gehässige Zunge im Zaum zu halten und dein hochmütiges kleines Kinn nicht ganz so hoch in die Luft zu recken, und deine Augen und Hände sollten da bleiben, wo sie hingehören. Wenn du mich noch einmal anfaßt oder mich so ansiehst wie bisher, dann geb ich dir genau das, wozu du mich aufforderst.«

Er sprach mit einer bedrohlich leisen Stimme, die glatt wie Seide war. Lilah hatte ihn nie in diesem Tonfall reden hören, und anfangs stand sie erstarrt da, als er ihr diese Worte an den Kopf warf. Aber als er seine

Ansprache beendet hatte, wurde ihre anfängliche Nervosität von einer Woge von Demütigung und reinster Wut überrollt.

»Du eingebildeter Affe!« keuchte sie. »Wie kannst du es wagen, anzudeuten, ich würde – ich würde – wenn wir erst in Heart's Ease sind, werde ich dich dafür auspeitschen lassen, daß du solche Dinge zu mir gesagt hast!«

»Ach, wirklich, ja?« knurrte er, und dann riß er sie an sich, und seine Lippen preßten sich auf ihre. Er küßte sie so zügellos, daß ihr Kopf an seine Schulter gepreßt wurde. Kraftvoll drang er durch ihre Lippen und machte mit rauhen Mitteln seine Ansprüche auf ihren Mund geltend. Sie war schockiert und außer sich und wand sich heftig in seiner Umklammerung, aber er war zu stark für sie und brauchte sich nicht anzustrengen, um sie zu bändigen. Sie keuchte, und ihr Atem füllte seinen Mund, doch er ließ sich von ihren Fäusten und Füßen, die wild auf ihn einschlugen und nach ihm traten, so wenig beirren, als sei sie ein kleines Kind, das einen Koller hat. Er schlang seine Arme um sie, preßte sein behaartes, schweißnasses Fleisch an sie und hüllte sie in den Geruch eines Mannes. Eine der langgliedrigen Hände grub sich in ihr wirres Haar und zog ihren Kopf zurück, damit er leichter Zugang zu ihrem Mund fand. Dann bahnte sich schockierenderweise seine Zunge einen Weg zwischen ihre Zähne und füllte ihren Mund aus . . .

In ihrem ganzen Leben war sie nie so geküßt worden. Das konnte nicht richtig sein, es konnte sich nicht gehören, es konnte nicht die Art sein, auf die anständige Männer Damen küßten, aus denen sie sich etwas machten oder die sie gar respektierten. Ein lustvolles Prickeln schoß durch ihre Lenden, als seine Zunge ihre berührte, und dann geriet Lilah in helle Panik.

Sie biß ihn. Mitten in seine unverschämte Zunge. Sie biß so fest zu, daß er einen Schrei ausstieß und zurückwich, ehe er sich die Hand vor den Mund schlug.

»Du – kleine – Hexe!« stieß er aus. Er zog seine Hand mit den blutigen Fingern zurück. Lilah war zu wütend, um sich vor ihm zu fürchten.

»Wage es nicht, mich noch einmal so zu berühren!« fauchte sie und verschwand in der Dunkelheit.

20

Lilah verbrachte diese und die folgende Nacht zusammengekauert unter einer Palme. Wie Joss seine Nächte verbrachte, wußte sie nicht, und es interessierte sie auch nicht. Sie hoffte inbrünstig, daß ein großer Krebs zu ihm kriechen würde, während er schlief, und ihn fortziehen würde. Sie wußte selbst, daß es unrealistisch war, darauf zu hoffen. Sie konnte ihre Errettung einfach nicht erwarten. Wenn er wieder ihr Sklave war, würde alles ganz anders sein. Sie hätte ihn zwar nicht auspeitschen lassen – in Heart's Ease war, soweit sie zurückdenken konnte, nie ein Sklave ausgepeitscht worden. Aber sie würde ihre Macht über ihn mit Sicherheit voll ausspielen. Er würde ihr zu Füßen kriechen, wenn sie erst wieder den Platz einnahm, der ihr zustand.

Am dritten Morgen brach strahlend die Dämmerung an. Lilah aß wieder eine Kokosnuß und wusch sich das Gesicht. Sie sah Joss nirgends am Strand und fragte sich schon, ob ihr Wunsch vielleicht doch erhört worden war, als sie ihn bis zu den Oberschenkeln in der Bucht stehen sah. Er hielt einen spitzen Stock in der Hand, und während sie ihn noch verwundert beobachtete, stieß er den Stock mit einer blitzschnellen Bewegung in das Wasser. Als er ihn herauszog, sah sie, daß er einen zappelnden Fisch aufgespießt hatte. Joss grinste triumphierend und kam mit seiner Beute an Land.

Lilah verschwand eilig, denn sie wollte sich nicht noch einmal vorwerfen lassen, ihn mit ihren Blicken zu verschlingen. Sie brauchte nur an seine groben Beleidigungen und an die ekelhafte Art, auf die er sie geküßt hatte, zu denken, damit ihr Zorn wieder aufflammte, und ihr Zorn war groß genug, um sie gegen den köstlichen Geruch nach gebratenem Fisch immun zu machen, der ihr in die Nase drang. Neugier, redete sie sich ein, nicht etwa Hunger war es, was sie dazu brachte, sich auf dem Hügel auf den Bauch zu legen und ihn so klammheimlich zu beobachten, als sei sie ein feindlicher Kundschafter. Irgendwie war es ihm gelungen, ein kleines Feuer zu entfachen, in dem er den Fisch briet. Das Wasser lief ihr im Mund zusammen, aber sie gelobte sich, eher zu verhungern, als ihn auch nur um einen Bissen Fisch zu bitten. Es gab jede Menge Kokosnüsse auf der Insel. Sie kam allein zurecht.

Am späten Nachmittag waren die Wasservorräte erschöpft, und Lilah wußte, daß sie es nicht länger vor sich herschieben konnte, sich ins Innere der Insel zu begeben, um mehr Wasser zu suchen. Die Vorstellung behagte ihr nicht allzu sehr – aber ihr blieb nichts anderes übrig, obwohl es keine verlockende Idee war, barfuß durch das dichte Unterholz zu steigen. Ihr einziger Trost war, daß Joss auch so gut wie kein Wasser mehr hatte. Vielleicht war er derjenige, der auf die Giftschlange trat, und nicht sie.

Joss hatte sich aus Palmwedeln und Ranken eine Hütte gebaut, die recht brauchbar wirkte. Auch das ärgerte Lilah. Sie hatte in den beiden letzten Nächten vor Kälte gezittert, obwohl sie sich den Unterrock um die Schultern gewickelt und die Knie bis an die Brust gezogen hatte. Er mußte es wesentlich gemütlicher haben als sie.

Sie wollte sich von solchen Gedanken nicht martern lassen. Statt dessen würde sie sich ihren einzigen Luxus gönnen: ein Bad. Sie machte sich auf den Weg zur Bucht.

»Lilah!«

Joss' Stimme, die ihren Namen rief, nachdem sie zwei Tage lang nicht miteinander geredet hatten, ließ sie ungläubig aufhorchen. Sein Ruf klang dringend. Sie kam aus dem Wasser, konnte ihn aber nicht sehen, da sie natürlich an einer Stelle badete, an der er sie nicht beobachten konnte.

»Lilah! Verdammt noch mal, wo steckst du, Mädchen?«

Diesmal war nicht zu überhören, daß er dringend etwas von ihr wollte. Er tauchte auf dem Hügel auf und sah sich hektisch nach ihr um. Anscheinend war er heil und ganz, und daher wandte sie ihm den Rücken zu und spülte die Kokosschalen, die sie als Geschirr benutzte, in der Brandung.

Im nächsten Moment hörte sie ihn von hinten auf sich zukommen. Ehe sie sich auch nur umdrehen konnte, zog er ihr den Unterrock vom Kopf.

»Gib mir das Ding sofort zurück!« wütete Lilah, doch Joss war bereits auf dem Rückweg durch die Brandung und hielt ihren Unterrock in der Hand. »Du wirst augenblicklich zurückkommen, du Schuft!«

Sie stampfte mit dem Fuß auf, lief hinter ihm her und war außer sich. Ihren Unterrock zu stehlen – jetzt reichte es aber wirklich! Sie würde um ihren Unterrock kämpfen, koste es, was es wolle. Mit ihrem blonden Haar und ihrer hellen Haut mußte sie sich mehr als er gegen die Sonne schützen. Was dachte er sich bloß dabei . . .

Er stand längst auf dem höchsten Punkt des Hügels und schwenkte den Unterrock über seinem Kopf. Einen Moment lang starrte Lilah ihn an und fragte sich, ob die Sonne ihn um den Verstand gebracht hatte, aber dann verstand sie endlich, was los war.

»Ein Schiff!« quietschte sie und rannte zu ihm.

»Hier sind wir, hier sind wir!«

Sie hüpfte neben ihm auf und ab, wedelte mit den Armen und schrie genauso irrsinnig wie er, obwohl feststand, daß das Schiff, dessen Segel am Horizont entlangglitten, zu weit entfernt war, als daß jemand auch nur eine Silbe hätte hören können.

»Hier sind wir!«

Joss schwenkte ihren Unterrock wie eine Fahne. Das Schiff glitt majestätisch am Horizont entlang und zeichnete sich als Silhouette gegen die Rottöne der untergehenden Sonne ab. Man konnte unmöglich sagen, ob sie sie gesehen hatten, aber das Schiff schien nicht auf sie zuzukommen.

»Wenn es doch nur einen höheren Punkt gäbe!« Joss sah sich um, aber er stand auf dem höchsten Punkt an der Küste. Lilah zerrte an seinem Arm. Die Aussicht auf Rettung hatte zumindest für den Moment jede Feindseligkeit ihm gegenüber in ihr ausgewischt.

»Heb mich auf deine Schultern!«

Er blinzelte und nickte dann. Lilah hatte erwartet, daß er sich hinknien und sie aufsteigen lassen würde. Statt dessen packte er ihre Taille und hob sie hoch. Ihr Rock war hinderlich, und sie zog ihn auf ihre Oberschenkel, damit er sie über seinen Kopf heben konnte. Sowie sie auf seinen Schultern saß und ihre nackten Beine vor seiner Brust baumelten, schnappte sie sich den Unterrock und schwenkte ihn rasend. Das Schiff war jetzt noch weiter entfernt, aber es bestand immer noch die Chance, daß jemand zufällig in ihre Richtung sah. Vielleicht der Matrose im Ausguck . . .

»Sie fahren weiter. Sie sehen uns nicht!«

»Nein, halt! Kommt zurück! Hier sind wir!«

Lilah hielt sich an Joss' Kopf fest, um das Gleichgewicht nicht zu verlieren. Sie stellte einen Fuß auf seine Schulter und stand auf. Er umklammerte ihre Knöchel und hielt sie so gut wie möglich fest. Wenn sie ihren Unterrock durch die Luft schwenken wollte, mußte sie gezwungenermaßen ihre Röcke fallen lassen. Das tat sie, und sie fielen ihm über den Kopf, und somit konnte sie ihn nicht mehr sehen, und er sah gar nichts mehr. Lilah zappelte so sehr, daß Joss ihre Bewegungen kaum ausgleichen konnte, und plötzlich schlüpfte er anscheinend wie ein Aal unter ihr heraus.

»Hilfe!«

Lilah kreischte, als sie zu Boden fiel und mit dem Hintern mitten auf seinem Bauch landete.

Es war ein Glück für Lilah, daß Joss vor ihr gestürzt war, doch er stöhnte laut, als sie auf ihn prallte. Lilah war froh, daß ihr eine Verletzung erspart geblieben war, und sie drehte sich um, damit sie ihm ins Gesicht sehen konnte.

»Was ist passiert?«

»Ich bin über einen verdammten Stein gestolpert – was hast du bloß auf meinen Schultern angestellt?«

Er sah sie aus seiner Rückenlage finster an, und sie sah ihn ebenso finster an, während sie auf seinem Bauch saß. Plötzlich verzogen sich seine Lippen zu einem Grinsen. Dann kicherte er. Und schließlich lachte er laut heraus. Lilah, die im ersten Moment beleidigt war, mußte in sein Gelächter einfallen.

»Meine Güte«, sagte sie schließlich und kniete sich neben ihn. »Habe ich dir weh getan?«

Er sah sie spöttisch an. »Ich bezweifle, daß ich je wieder etwas essen kann. Mein Magen hat viel abgekriegt.«

»So viel wiege ich auch nicht!«

»Du wiegst genug, das kannst du mir glauben. Es würde mich wundern, wenn ich aufstehen kann.«

Er grinste sie an, und sie grinste unwillkürlich auch. Dann setzte er sich auf und preßte sich eine Hand auf den Magen.

»Das ist das letzte Mal, daß ich dich Huckepack genommen habe.«

»Das ist das letzte Mal, daß ich mich freiwillig auf deine Schultern gestellt habe. Ich hätte mir weh tun können!«

»Ich habe mir weh getan.«

»Du Säugling!«

Diese Beschimpfung entlockte ihm wieder ein Grinsen. Dann sah er zum Horizont und wurde wieder nüchtern.

»Ich glaube nicht, daß sie uns gesehen haben.«

Lilah richtete den Blick auch auf den Horizont. »Nein.«

»Wenn ein Schiff an dieser Insel vorbeigekommen ist, dann wird auch wieder ein anderes kommen. Es wird nicht lange dauern, bis wir gerettet werden.« Seine Stimme klang eher hoffnungsvoll als überzeugt.

»Ja.«

Sie starrten beide lange den Horizont an, an dem kein Schiff mehr zu sehen war. Dann sah Lilah Joss an. Aus seinem Schnurrbart war inzwischen fast ein Vollbart geworden, und die Wunde in seiner Stirn war nicht mehr offen. Seine Haut war mehr braun als rot. Er war hagerer, fand sie, und wenn möglich waren seine Muskeln noch kräftiger.

Das einzige, was sie auf den ersten Blick wiedererkannt hätte, waren die strahlenden Smaragdaugen.

»Das mit dem Auspeitschen habe ich nicht ernst gemeint«, sagte sie abrupt, mit gesenkter Stimme. »Du brauchst dir keine Sorgen zu machen, was nach unserer Rettung aus dir wird. Auf Heart's Ease hat seit Jahren niemand einen Sklaven ausgepeitscht.«

Er sah sie an. »Ich mache mir keine Sorgen. Weil ich nämlich nicht die geringste Absicht habe, je ein Sklave auf Heart's Ease zu sein. Wenn wir gerettet werden, gehe ich nach England zurück.«

Sie blinzelte ihn einen Moment lang belämmert an. »Aber das kannst du doch nicht tun!«

»Warum denn nicht? Ich kann mir nicht vorstellen, daß wir von jemandem gerettet werden, der uns kennt, oder? Wenn du unseren Rettern nicht sagst, was in Virginia passiert ist, haben sie keinerlei Grund zu der Annahme, ich könnte etwas anderes als ein freier Mann sein. Und genau das zu sein habe ich vor.«

»Aber – aber . . .«

»Es sei denn, du hast vor, mich in dem Moment, in dem uns jemand findet, als dein Eigentum zu beanspruchen«, fügte er mit leiser Stimme hinzu und sah sie nachdenklich an.

Lilah starrte ihn an. Er hatte recht. Wenn sie gerettet wurden, vorausgesetzt, daß niemand, der die Geschichte kannte, zu ihrer Rettung kam, bestand für niemanden Grund zu der Annahme, er könne ein Sklave sein. Wenn er angezogen und rasiert war, sah er von Kopf bis Fuß wie ein englischer Gentleman aus – er war von Kind an zu einem englischen Gentleman erzogen worden. Es stand in ihrer Macht, ihn freizulassen.

»Versteh mich nicht falsch. Ich werde dich erst in sicheren Händen zurücklassen, aber ich werde diese Farce nicht länger mitspielen. Wenn ich wieder zu Hause in England bin, schicke ich dir die hundert Dollar.«

»Das Geld ist mir gleich . . .« setzte sie immer noch hilflos an.

»Mir aber nicht.« Er reckte sein Kinn vor. Als sie ihn ansah, wie er stur und stolz dastand und weniger von einem Sklaven hatte als jeder andere Mensch, der ihr je begegnet war, faßte Lilah ihren Entschluß. Er sollte seine Freiheit haben, wenn sie sie ihm durch ihr Schweigen schenken konnte. Das war nicht mehr als das, was sie später, mit der Zustimmung ihres Vaters, ohnehin vorgehabt hatte.

»Einverstanden. Du kannst mir das Geld schicken, wenn du willst, aber eigentlich hat mein Vater dich gekauft, nicht ich. Ich habe nur – mitgesteigert.«

»Dann schicke ich das Geld eben an deinen Vater. Ist dir das recht?«

Sie sah ihn an und nickte bedächtig. »Es ist mir recht.«

Er lächelte sie an, und sein charmantes Lächeln erinnerte sie so sehr an den Mann, in den sie sich in dieser für sie ersten berauschenden Nacht beinah verliebt hätte, daß ihr das Herz fast stehenblieb.

»Dann entschuldige ich mich für mein Benehmen vorgestern und gebe dir mein Wort darauf, daß es nicht wieder geschehen wird. Bis zu unserer Rettung bist du bei mir so sicher wie bei deinem eigenen Vater.«

Er stand bei diesen Worten auf und hielt ihr die Hand hin. Lilah nahm sie mit gemischten Gefühlen entgegen. Wenn er nach England zurückging, würde sie ihn nie wiedersehen; mit Sicherheit würde er nie von sich aus einen Fuß auf Barbados setzen. Und für den Rest der Zeit, die sie zwangsweise hier verbrachten, sollte sie sicher vor ihm sein.

Sie hätte sich freuen sollen, das wußte sie – aber sie freute sich nicht.

»Wollen wir Freunde sein?«

Lilah nickte. »Freunde«, stimmte sie ihm zu.

Sie lächelte ihn mühsam an, und ihr war schwer ums Herz. Trotz allem tat es ihr weh, ihn nie wiedersehen zu sollen. Lilah spürte eine Leere in sich aufkeimen und fragte sich, ob ihr Herz je wieder sein würde wie früher, wenn er erst fort war.

21

Der Fisch war an den Rändern leicht verkohlt, aber dennoch köstlich. Lilah aß ihn von dem Pisangblatt, in dem Joss ihn zubereitet hatte, leckte sich die Finger ab, rollte dann das Blatt zusammen und aß es auch. Joss, der ihr gegenübersaß, beobachtete sie verblüfft.

»Das Geschirr mitzuessen – ist das auch einer der leicht barbarisch angehauchten Bräuche, mit denen du aufgewachsen bist?«

»Auf Barbados werden gebackene Pisangblätter als eine Delikatesse angesehen«, teilte sie ihm mit erhobenem Kinn mit.

Er rollte sein Blatt zusammen, biß einmal hinein und verzog dann das Gesicht. »Barbados muß ein ziemlich merkwürdiger Ort sein.«

»Es ist sehr schön dort«, sagte sie und fing an, ihm alles über die Insel zu erzählen. Anschließend ging sie nahtlos dazu über, ihm von ihrer Familie zu berichten, vom Tod ihrer Mutter, von Kevins Auftauchen am Ort des Geschehens, kurz nachdem ihr Vater Kevins Tante Jane geheiratet hatte. Als sie von Kevin sprach, mußte ihr Gesicht bedrückt gewirkt haben, denn Joss runzelte die Stirn.

»Du liebst ihn also? Mach dir keine Sorgen, wenn wir überlebt haben, kann er es ohne weiteres auch geschafft haben. Ich bezweifle nicht, daß es zu einem ergreifenden Wiedersehen kommt, wenn du erst wieder zu Hause, auf Heart's Ease, bist.« Ein kleiner Hauch von Sarkasmus haftete seinen Worten an.

Lilah schüttelte den Kopf. »Das hoffe ich. Ich habe Kevin sehr gern. Aber ich glaube nicht, daß ich in ihn verliebt bin. Mein Vater fand, er würde einen guten Ehemann für mich abgeben, und ich bin einundzwanzig, verstehst du. Es ist an der Zeit, daß ich heirate.«

»Du hast ihn gern?« schnaubte Joss. »Der arme Kerl kann mir fast leid tun.«

»Kevin ist wirklich ein sehr netter Kerl. Du hast ihn unter – äh – ungünstigen Umständen kennengelernt. Aber warum könnte er dir leid tun?«

Er sah sie ohne jede Belustigung an. »Ich würde es nicht wollen, daß die Frau, die ich heirate, mich gern hat. Gernhaben ist ein kalter Trost, wenn man dann zu zweit zusammen im Bett liegt.«

»Joss!«

Er lächelte verschmitzt. »Schockiert dich das? Hör mir zu, Mädchen, ich werde dir jetzt einen guten Rat geben. Heirate keinen Mann, den du lediglich gern hast. Das würde dich innerhalb von einem Jahr todunglücklich machen.«

»Woher willst du das wissen?« In dem Moment ging ihr etwas auf, und sie sah ihn mit großen Augen an. »Du bist doch nie verheiratet gewesen, oder? Um Gottes willen, du bist doch nicht etwa derzeit verheiratet?«

»Nein, ich bin nicht verheiratet, und ich war es auch nie. Und ich werde nächsten Monat dreißig, wenn du es genau wissen willst.«

Sie lächelte und sah ihn selbstgefällig an. »Dann weißt du kein bißchen mehr über die Ehe als ich. Du willst mir nur vormachen, du seist klüger, um mich zu beeindrukken.«

Er sah sie kopfschüttelnd an. »In dem Punkt irrst du dich. Über die Form von Ehe, die du mit deinem werten

Kevin führen wirst, weiß ich mehr, als ich je wissen wollte – eine Zweckheirat, in der die Liebe fehlt, ob du es so sehen willst oder nicht. Meine Mutter hatte meinen Stiefvater gern, als sie ihn geheiratet hat. Er war der beste Freund meines richtigen Vaters, und als mein Vater gestorben ist – ich war damals acht Jahre alt –, hat meine Mutter bei ihm Rat und Trost gesucht. Sie war eine sehr weibliche Frau, die glaubte, nicht ohne einen Mann auskommen zu können, und sie hatte meinen Stiefvater gern. Sie haben ein Jahr nach dem Tod meines Vaters geheiratet. Ein Jahr darauf haben sie nur noch miteinander gestritten, und ein weiteres Jahr später war aus ihm ein verbitterter, griesgrämiger Mann geworden, der sein Unglück im Alkohol ertränkt hat. Ihm war der Gedanke unerträglich, daß sie ihn nicht liebte, verstehst du. Fünf Jahre, nachdem sie geheiratet haben, ist er in Bristol von einer Hafenmole gefallen. Er hatte sich wieder einmal betrunken, nachdem er und meine Mutter sich wieder einmal miteinander gestritten hatten. Um die Wahrheit zu sagen, ich glaube, zu der Zeit war sie froh, ihn los zu sein. Ich war mit Sicherheit froh darüber. Er war sehr aggressiv, wenn er getrunken hatte, und ich hatte Angst, eines Tages, wenn ich nicht länger unter demselben Dach lebe und sie beschützen kann, würde er meiner Mutter etwas antun, wenn er einen Koller bekam.«

»Du hast deine Mutter sehr lieb gehabt?« fragte Lilah leise, und ihr fiel wieder ein, daß der Wunsch, den seine Mutter auf dem Sterbebett geäußert hatte, ihn nach Boxhill geführt hatte.

Er nickte. »Sie war eine liebe und sanftmütige und bezaubernde Frau und besaß keinen Funken Verstand. Sie brauchte einen Mann, der für sie sorgt. Mein Stiefvater war einfach nicht der richtige Mann.«

»Du wußtest nicht, daß sie – äh –« Lilah wußte nicht, wie sie die Frage formulieren sollte, ohne ihn zu erbosen.

»Die Tochter einer Sklavin war?« half er ihr weiter und sah sie prüfend an. Dann schüttelte er den Kopf. »Meine Mutter war so hellhäutig wie du. Sie hatte rotes Haar und grüne Augen und war sehr hübsch. Mein schwarzes Haar und die dunkle Haut habe ich von meinem Vater, der, soweit ich weiß, von anständigen britischen Kaufleuten abstammt, die ihre Vorfahren bis in die Zeiten von Wilhelm dem Eroberer zurückverfolgen konnten. Das einzige, was ich von meiner Mutter habe, sind die Augen. Und die hat sie von ihrer Mutter, der berüchtigten Victoria.«

»Onkel George schien dich an deinen Augen erkannt zu haben.«

»Ach ja? Und der Schock, von seinen früheren Sünden eingeholt zu werden, hat ihn umgebracht. Das tut mir leid für dich, falls du ihn geliebt hast, aber der alte Schuft hat es verdient, in der Hölle zu schmoren. Meine Mutter hat nie aufgehört, von ihrem Vater zu reden, und sie hat immer gehofft, sie würde ihn wiedersehen. Sie wußte lediglich, daß er sie und ihre Mutter fortgeschickt hatte, als sie noch ein kleines Mädchen war, und daß sie nie mehr zu ihm zurückkehren oder den Kontakt zu ihm aufnehmen durften. Er hat sie allerdings finanziell unterstützt. Sogar nach meiner Geburt war immer viel Geld da. Aber meine Mutter wollte ihren Vater, und sie konnte nie verstehen, warum er so unerbittlich war und sie nicht sehen wollte. Natürlich muß sie irgendwann von selbst auf den Gedanken gekommen sein, sie könne unehelich geboren sein. Aber ich bin so gut wie sicher, daß sie nicht geahnt hat, daß ihre Mutter ein Achtel Negerblut hatte und eine Sklavin war. Trotz all ihrer Dummheit hätte sie mich nie nach Virginia geschickt, wenn sie das gewußt hätte. Meine Großmutter ist gestorben, als ich noch ganz klein war, aber ich erinnere mich, daß sie meiner Mutter sehr ähnlich gesehen hat. Hellhäutig und hübsch.«

»Ich habe gehört, daß die Achtelnegerinnen von New Orleans sehr hübsch sein sollen.«

Er nickte. »Sie muß hübsch gewesen sein. Schließlich hat der alte George ein Auge auf sie geworfen, oder nicht? Aber andererseits muß im Vergleich zu der Hexe, mit der er verheiratet war, fast alles andere eine Verbesserung gewesen sein.«

»Amanda ist meine Großtante«, sagte Lilah, obwohl sie sie nicht allzu sehr mochte.

»Dann bitte ich um Verzeihung, aber nach allem, was sie mir angetan hat, kannst du nicht von mir erwarten, daß ich sie übermäßig liebe.«

»Nein.« Sie sah ihn an und lächelte. »Ich bin froh, daß du wieder frei sein wirst. Das paßt besser zu dir.«

Er grinste. »Meinst du? Ich schwöre dir, Lilah, meine Liebe, daß ich normalerweise wirklich ein ganz reizender Kerl bin. Du hast mich von meiner schlechtesten Seite erlebt.«

»Du warst reichlich aufbrausend.«

»Ich entschuldige mich dafür.« Er sah sie einen Moment lang an. »Ich verspreche dir, daß meine Laune sich bessern wird, da wir uns darauf geeinigt haben, gleichgestellte Schiffbrüchige zu sein. Und jetzt steh auf, wir haben zu tun.«

»Was denn?« Sie musterte ihn argwöhnisch.

»Wenn wir je gerettet werden wollen, müssen wir ein paar Vorbereitungen treffen. Ich bezweifle, daß allzu viele Schiffe in unserer Bucht vor Anker gehen werden. Aber wie wir festgestellt haben, fahren sie an der Insel vorbei. Daher glaube ich, was wir brauchen, ist ein Leuchtfeuer.«

Er hielt ihr die Hand hin. Als Lilah sie nahm, schlossen sich seine Finger warm und fest um ihre Handfläche, und er zog sie auf die Füße.

22

In der folgenden Nacht verwünschte sich Joss wohl zum hundertsten Mal für seine Voreiligkeit, ihr dieses dämliche Versprechen zu geben.

»Bei mir bist du so sicher wie bei deinem eigenen Vater«, äffte er sich angewidert nach. Sie hatten Treibholz gesammelt und es auf dem Hügel aufgeschichtet. Dann hatte er einen Hummer mit einem Stein erschlagen, und sie hatten gemeinsam ein Festessen veranstaltet. Während alldem hatte sie ihn angelächelt, ihn angefaßt und ihn ermutigt, ohne sich wirklich darüber im klaren zu sein, was sie eigentlich tat. Jetzt stand der Mond hoch am Himmel, und sie gingen zu Bett. In seiner Hütte. Zusammen. Und er hatte ihr versprochen, sie nicht anzurühren!

Als er Lilah beobachtete, die vor ihm in die Hütte kroch, stöhnte Joss in sich hinein. Er hatte ihr sein Wort gegeben. Und wenn sie ihn mit ihrer seidigen hellen Haut und diesem fast durchsichtigen Fetzen von einem Kleid auch noch so sehr in Versuchung führte, würde er sein Wort nicht brechen.

»Verdammt und zum Teufel!«

Er hatte die Worte nicht laut aussprechen wollen. Lilah hörte ihn und sah sich fragend zu ihm um. Sie war noch auf allen vieren, und ihr verlockend runder kleiner Hintern war in dieser Haltung, in der sich das Kleid an ihre Hüften schmiegte, kaum verhüllt. Ihre Augen, die die Farbe der Tauben von Bristol hatten, sahen ihn blinzelnd über ihre Schultern an, als er ihr die Antwort schuldig blieb, und er kam eilig wieder zu sich.

»Ich, äh – es gibt noch etwas, worum ich mich kümmern muß. Es dauert nicht lange, bis ich wieder da bin. Leg dich schon schlafen.«

»Ich komme mit dir.« Sie kroch wieder aus der Hütte heraus. Die dünne blaue Baumwolle spannte sich noch mehr, bis Joss, der sie gebannt anstarrte, gleichzeitig hoffte und fürchtete, sie könne reißen.

»Nein!« Er hatte zu laut protestiert, zu nachdrücklich, aber er konnte es nicht ändern. Er brauchte ein wenig Zeit für sich, um seine niederen Instinkte wieder in den Griff zu kriegen. »Nein, ich komme ja gleich wieder.«

Das war schon besser, ruhiger. Himmel, sie durfte nicht ahnen, wie ihm zumute war! Er lief durch den Mondschein zur Bucht. Schwimmen, das war jetzt genau das richtige. Ein Bad konnte vielleicht dazu dienen, ihn abzukühlen.

Es kam ihm vor, als sei er Stunden geschwommen, als er erschöpft aus dem Wasser kam und sich sicher fühlte. Inzwischen mußte sie eingeschlafen sein. Und er war müde.

Aber sie schlief nicht. Sie saß dort, wo die Flut auf den weißen Sand schwappte, auf einem Felsen. Das Haar hatte sie sich über eine Schulter gezogen, und es fiel auf ihren Schoß, als sie mühsam versuchte, die verworrenen Strähnen zu glätten. Der Mondschein fiel auf die seidigen Strähnen und ließ sie glitzern und funkeln wie geschmolzenes Silber. Sie sah, verdammt noch mal, wie eine Seejungfrau aus. Bei ihrem Anblick stockte ihm der Atem.

»Was, zum Teufel, hast du hier zu suchen?« Seine Stimme klang weniger wütend als frustriert, als er auf sie zuging. Sie lächelte ihn an und legte ihren Kopf auf die Seite, und der Mondschein flutete über ihr zartgeschnittenes Gesicht. Selbst das ausgeblichene Blau ihres Kleides schimmerte in diesem unwirklichen Licht, das über die Bucht fiel, silbern.

»Ich kämme mir das Haar. Schau!« Sie hielt ihm einen roh gezimmerten Kamm zur Begutachtung hin. »Ich habe ihn gebastelt, als ich auf dich gewartet habe. Du warst so lange fort, daß ich schon Angst hatte, dir sei etwas zugestoßen.«

»Ich war schwimmen.«

»Das sehe ich selbst.« Die trockene Belustigung, die er aus ihrer Stimme heraushörte, war ihm eine Warnung. Er sah an sich herunter und lief purpurrot an. Dann bedachte er sie mit einem wütenden Blick, ehe er dorthin lief, wo seine Hose im Sand lag. Obwohl er klatschnaß war, zog er sie an, knöpfte sie zu und wandte sich dann zu ihr um. Dieses unverschämte Mädchen kämmte sich immer noch seelenruhig das Haar und schaute auf das Wasser hinaus, doch dem kleinen Lächeln, das auf ihrem Mund Versteck spielte, konnte er entnehmen, daß sie einiges zu sehen bekommen hatte. Sein Gesicht glühte noch heftiger.

»Verdammt noch mal, ich kann doch nicht mit meiner Hose schwimmen gehen!«

»Das ist mir klar.«

»Ich habe dir doch gesagt, du sollst ins Bett gehen! Woher hätte ich wissen sollen, daß du wie eine verdammte Lorelei auf einem Felsen sitzt, wenn ich aus dem Wasser komme?«

»Niemand hat dir irgend etwas vorgeworfen.« Ihre Stimme war besänftigend, und ihr Blick war immer noch auf die Bucht gerichtet. Er hätte sich zufriedengegeben, wenn dieses verfluchte Lächeln nicht gewesen wäre, das immer noch um ihre Mundwinkel spielte.

»Du hast also einiges zu sehen bekommen!« Seine Stimme klang streitlustig, und das wußte er selbst, aber er kam nicht dagegen an. Die Vorstellung, daß sie ihn unter den gegebenen Umständen nackt gesehen hatte, war ihm seltsam peinlich. Und gerade die Tatsache, daß es ihm peinlich war, ärgerte ihn. Im Lauf seines Lebens hatte er mit Dutzenden von Frauen geschlafen, und sie alle hatten ihn von Kopf bis Fuß gesehen. Es hatte ihm nie etwas ausgemacht, von einer Frau nackt gesehen zu werden.

Vielleicht lag es allein nur daran, daß er diese Göre so schrecklich begehrte und wußte, daß er sie nicht haben konnte. Ihre Wege würden sich nie wieder kreuzen, wenn sie diese verdammte Insel erst hinter sich gelassen hatten. Und er konnte nicht einfach ihren Körper nehmen und sie hinterher eiskalt sitzenlassen. Sie war Jungfrau, darauf hätte er sein Leben gesetzt, und noch dazu eine Dame, und ein Gentleman verführte keine Jungfrauen, die er dann sitzenlassen würde. Und auch keine Damen.

Manchmal war es die Hölle, ein Gentleman zu sein.

»Es ist alles in Ordnung, Joss«, sagte sie sanftmütig und drehte sich auf ihrem Felsen um, um ihn anzusehen. Als sich der Mondschein über sie ergoß und die funkelnden Sterne vor ihrem samtigen mitternachtsschwarzen Hintergrund sie einrahmten, war sie so schön, daß er spürte, wie sein Blut ins Wallen kam. So schön, daß sein Körper unabhängig von seinem Verstand reagierte. »Es war mir nicht peinlich.«

Eine volle Minute lang konnte er sie nur wortlos anstarren und war nicht sicher, ob er seinen Ohren trauen sollte. Es war ihr nicht peinlich? War das die herablassende Dame, die seine Hand kaum auf ihrem Arm geduldet hatte? Die ihm eine Ohrfeige gegeben und ihm auf die Zunge gebissen hatte, als er die beiden letzten Male den Kopf verloren und sie geküßt hatte? Die kein Hehl daraus machte, daß er es nicht würdig war, den Boden zu küssen, über den sie lief? Und sie war nicht verlegen?!

»Mir war es jedenfalls teuflisch peinlich!« knurrte er, ehe er ihr den Rücken zuwandte und zur Hütte stolzierte.

Wenn sie gelacht hätte, hätte er sie umgebracht.

Aber sie tat es nicht, oder wenn sie es tat, hörte er es zumindest nicht. Sie folgte ihm brav zur Hütte und kroch hinter ihm durch die Öffnung. Joss hatte diesen Unterschlupf für eine Person gebaut – für sich. Die Hütte war kaum so hoch, daß man aufrecht sitzen konnte, etwas länger als er, wenn er sich flach ausstreckte, und vielleicht einen knappen Meter breit.

Entschieden nicht breit genug für zwei Leute. Nicht, wenn einer von beiden ein Mann im akuten Zustand der Erregung war und die andere von beiden die Frau, die ihn derart erregt hatte. Nicht, wenn er sein Wort darauf gegeben hatte, sie nicht anzurühren.

Herrgott noch mal!

Er setzte sich mit verschränkten Beinen in die hinterste Ecke und sah sie böse an, als sie hereingekrochen kam. Sie setzte sich, zog die Beine an und lächelte ihn an.

»War es dir wirklich peinlich, Joss?«

»Ich gehe jetzt schlafen«, kündigte er an, und seine Augen verengten sich zu bedrohlichen Schlitzen. Er ließ seinen Worten Taten folgen, streckte sich längelang aus und kehrte ihr den Rücken zu. Die Palmwedel, die er als Unterlage zusammengetragen hatte, pieksten ihn in die Seite, aber er war unter keinen Umständen bereit, sich zu ihr umzudrehen.

Nicht, wenn er seine Hände kaum noch bei sich behalten konnte.

»Gute Nacht.«

Sogar ihre sanfte Stimme erboste ihn. Er stellte sich vor, daß ihre Haut sich so zart anfassen würde, wie ihre Stimme klang.

Als er Geräusche hinter sich hörte, die darauf schließen ließen, daß sie sich gleich hinlegen würde, biß er die Zähne zusammen. Lieber Gott, sorg dafür, daß sie sich nicht auszieht.

Sie tat es nicht. Sie legte sich vollständig angekleidet hin und rollte sich an seinem Rücken zusammen.

Mit jeder Faser seiner Haut spürte er ihre zarte Gestalt, deren Umriß sich in seinen Rücken brannte.

»Das ist viel schöner, als ganz allein zu schlafen. Ich hatte immer Angst, irgend etwas könnte mitten in der Nacht auf mich zukommen.«

Er spürte ihren warmen Atem in seinem Genick. Himmel, wenn sie noch näher kam, lag sie fast auf ihm. Wollte sie das, wozu sie ihn aufforderte? fragte er sich grimmig. Wußte sie überhaupt, wozu sie ihn aufforderte?

»Außerdem war mir allein kalt. Nachts kommt eine ganz schöne Brise von der Bucht.«

Ihre Stimme erinnerte ihn an das schläfrige Schnurren eines Kätzchens. Aber ihr Umriß sagte ihm, daß das, was sich an seinen Rücken schmiegte, kein Kätzchen war.

»Joss?«

»Was ist?« Wenn seine Stimme gereizt klang, dann lag das daran, daß er gereizt war. Sie brachte ihn um den Verstand, entweder absichtlich oder aus einer geradezu kriminellen Unwissenheit heraus. Er hätte fast alles, was er je besessen hatte, dafür gegeben, sich umzudrehen und sie auf die grundlegendste aller Weisen aufzuklären.

»Mir ist immer noch ein wenig kalt.«

Sie schmiegte sich dichter an ihn. Joss lag so steif wie ein Brett da und biß die Zähne zusammen, als er gegen die Impulse ankämpfte, die ihn zu überwältigen drohten. Schließlich verlor er so weit die Kontrolle, daß er heftig zu zittern begann.

»Joss! Was fehlt dir?«

»Nicht das geringste.« Die Worte kamen mühsam zwischen seinen Zähnen heraus.

»Bist du sicher?«

»Ja, ich bin sicher.« Gott sei Dank hatte er das Zittern wieder unter Kontrolle, aber er konnte nicht wissen, für wie lange.

»Dann ist es ja gut.« Ihre Stimme klang zweifelnd, aber zu seiner Erleichterung sagte sie nichts mehr. Unter ihrem sachten Atem stellten sich die Haare in seinem Genick auf, und ihre Brüste brannten Löcher in seinen Rücken, während ihr nackter Arm sich an seine Mitte schmiegte.

Ein Gentleman war er.

Aber er war kein Heiliger.

Bei diesem Gedanken drehte er sich um und wollte sie in seine Arme reißen und ihr die Lektion erteilen, um die sie ihn gebeten hatte. Doch dann mußte er feststellen, daß dieses Weib, das ihn um den Verstand brachte, tief und fest schlief.

»Herr im Himmel!« Einen Moment lang funkelte er sie wütend an und stand kurz davor, sie zu wecken, doch er gab sich geschlagen, als er ihr sanftes, unschuldiges Gesicht sah. Sie sah sehr jung und sehr hilflos aus, als sie so neben ihm lag, und er hob eine Hand, zögerte und zog sie wieder zurück. Plötzlich ging ihm auf, daß sie nur aus einem einzigen Grund so dalag: Sie traute ihm. Joss stellte zähneknirschend fest, daß ihr Vertrauen ihn noch mehr von seinem Vorhaben abhielt als das Versprechen, das er ihr gegeben hatte.

Sie legte ihren Kopf auf seine Schulter und schlang ihren Arm um seine Mitte. Joss lächelte grimmig, biß die Zähne zusammen und schloß die Augen. Ein einziges Mal streichelte er ihr Haar, ehe er einschlief.

23

Als Lilah erwachte, war sie allein. Sie setzte sich auf, rieb sich die Augen und sah sich um. In der vergangenen Nacht hatte sie mit Joss geschlafen.

Joss.

Ein Lächeln trat auf ihre Lippen. Im Lauf des letzten Nachmittags war sie zu einer Erkenntnis gelangt. Sie war so rasend in ihn verliebt, daß schon der Anblick dieser breiten, sonnengebräunten Schultern ausreichte, damit sich ihr Herz überschlug.

Sie konnte ihn nicht heiraten. Das war ausgeschlossen. Sie hatte diese Wahrheit längst akzeptiert. Aber sie konnte ihn lieben. Eine Zeitlang. Solange sie zusammen auf der Insel waren. Eine verzauberte Welt, die ihnen beiden allein gehörte. Etwas, woran sie sich erinnern konnte, wenn sie alt war, wenn sie seit Jahren mit Kevin verheiratet war und ihre Kinder groß geworden waren und wenn Heart's Ease noch weitere fünfzig Jahre Wohlstand erlebt hatte.

Wenn sie gerettet würden, würden sie getrennte Wege gehen. So mußte es sein. Aber für den Moment, nur für den Moment, ein einziges Mal in ihrem Leben, würde sie sich selbst gegenüber nachsichtig sein. Sie würde ihn lieben.

Nur ein kleines Weilchen.

Die einzige Schwierigkeit schien darin zu bestehen, ihm mitzuteilen, was sie empfand.

Sie hatte es in der vergangenen Nacht versucht, als sie sich dicht an ihn geschmiegt hatte, während sie sich

schlafen legten. Er hatte ihre Versuche beharrlich igno-
riert, ihr den Rücken zugekehrt und sich nicht zu ihr umgedreht.

Heroisch hatte er gegen seine eigenen Impulse ange-
kämpft. Aber er hatte gezittert, als hätte er Fieber.

Wieder spielte ein Lächeln um ihren Mund. Was er
auch denken mochte, sie war nicht so unwissend, um
nicht zu erkennen, was das hieß.

Er begehrte sie, doch er war entschlossen, diesem Begehren nicht nachzugeben, wenn sie ihn auch noch so
sehr in Versuchung führte.

Er war ein Gentleman. Aber sie hatte den Kampf gegen die Windmühlenflügel aufgegeben und zu ihrem
freudigen Erstaunen entdeckt, daß sie tief in ihrem Innern keine Dame war. Nicht, wenn es um ihn ging. Das
Wissen, daß sie nur diese kurze Zeit miteinander hatten,
machte sie kühn.

Das, was er über den kalten Trost gesagt hatte, den
zwei Leute einander im Bett geben konnten, wenn sie
sich nur mochten, hatte ihr zu denken gegeben.

Nie in ihrem Leben hatte sie einem Mann gegenüber
so empfunden wie bei Joss. Vom allerersten Moment an
hatte diese Anziehungskraft zwischen ihnen bestanden.
Sogar, als sich die Wahrheit über ihn herausgestellt
hatte, hatte diese Anziehungskraft nicht nachgelassen.
Trotz ihrer Bemühungen hatte sich der Funke immer
wieder entzündet.

Und auch er spürte das Glimmen. Sie hatte es in seinen Augen gesehen.

Als er gestern abend auf sie zugekommen war, hatte
sie zum ersten Mal in ihrem Leben einen nackten Mann
gesehen, und ihr Herz hatte heftig gepocht.

Vielleicht würde sie nie mehr so für einen Mann empfinden und bis ins Grab beklagen, daß sie dieses wunderbare Geschenk, das das Leben ihr bereiten wollte, zurückgewiesen hatte.

Was zwischen ihnen war, konnte keinen Bestand haben. Bestand hatten Heart's Ease und ihr Vater und Kevin.

Aber jetzt wollte sie Joss haben.

24

Lilah kroch aus der Hütte und blinzelte, als die strahlende Sonne in ihre Augen traf. Sie stand auf, sah sich um und strich sich das Haar aus den Augen. Die Sonne hatte es ausgebleicht, und jetzt war es noch heller und fiel als ein dichter, seidiger Vorhang bis auf ihre Hüften. Trotz ihrer Vorsichtsmaßnahmen mußte ihre Haut Sonne abgekriegt haben, aber solange Joss nichts daran zu bemängeln hatte, sollte es ihr recht sein.

Wo steckte er bloß?

»Joss!«

»Hier bin ich!«

Lilah wusch sich das Gesicht, ehe sie zu ihm lief. Es war kaum noch Wasser übrig, und sie wußte, daß der Tag gekommen war, an dem sie das Innere der Insel erkunden mußten.

Joss saß im Schneidersitz auf dem Sand und flocht aus Ranken zwei Paar Sandalen.

»Ich bin voll der Bewunderung«, sagte Lilah, nachdem sie einen Blick auf sein Werk geworfen hatte.

»Komm her. Ich will, daß du sie anprobierst, damit ich weiß, ob du darin laufen kannst.«

Lilah trat folgsam näher, und er nahm ihren Fuß am Knöchel und rückte behutsam die Ranken zurecht. Dann tat er dasselbe mit ihrem anderen Fuß. Seine Hand lag warm auf ihrem Knöchel, und seine Berührung war sanft. Sie hob ihren Rock die wenigen Zentimeter, die notwendig waren, damit er Joss nicht im Weg war, und dann sah sie auf seinen schwarzen Schopf herunter, der über ihren nackten Fuß gebeugt war. Lilah wunderte sich darüber, wie natürlich ihr solche Vertraulichkeiten bei ihm erschienen. Sie kannte ihn kaum zwei Monate und kam sich doch vor, als hätte sie ihn ihr Leben lang gekannt.

»Nun? Was meinst du?«

Er sah zu ihr auf, als er die zweite Sandale zuband, und er war stolz auf sein Werk. Lilah lächelte ihn freundlich und belustigt an. Er kniff die Augen zusammen, ließ abrupt ihren Knöchel los und stand auf.

»Sie sind einfach wunderbar«, sagte Lilah und bewegte versuchshalber ihren Fuß.

»Hmm.« Er zog bereits seine Sandalen an und war von ihr abgewandt. Lilah lächelte vor sich hin. Er war eindeutig immer noch entschlossen, ein Gentleman zu sein, und er glaubte, damit ihren Wünschen zu entsprechen. Dennoch bereitete es ihm schon Unbehagen, auch nur ihren Knöcheln zu berühren.

»Wir werden heute die Insel erkunden. Oder ich zumindest. Du brauchst nicht mitzukommen, wenn du nicht willst.« Seine Worte klangen barsch.

Lilah schnitt ihm eine Grimasse. »So leicht wirst du mich nicht los.«

Er grinste, wurde wieder lockerer und betörte sie mit dem Aufblitzen seiner weißen Zähne. »Damit habe ich auch nicht gerechnet. Dann komm, laß uns gehen.«

Sich einen Weg durch den Wald zu bahnen, erwies sich als schwieriger, als Lilah erwartet hatte. Die Bäume wuchsen so dicht nebeneinander, daß die Äste sich ineinander verschlangen und das Innere der Insel in einen gespenstisch grünen Schimmer tauchten. Unter ihren Füßen lag, was im Lauf von Jahrhunderten von den Bäumen gefallen war und mit der Zeit zu einer schwammigen Masse verwittert war. Überall sprossen kleine, krumme Bäume aus dem Boden, an denen zahllose riesige Blüten prangten, in allen Schattierungen von milchigweiß bis dunkelrot, und ihr würziger Duft hing in der Luft. Ranken wanden sich wie dicke Schlangen durch die Büsche.

Affen, die von ihrem Auftauchen aufgeschreckt worden waren, schnatterten, als sie vor den menschlichen Eindringlingen flohen. Leuchtend bunte Papageien flogen mit lautem Krächzen in die Luft. Eine orangerote Spinne, die die Größe von Joss' Handteller hatte, ignorierte sie, denn sie war damit beschäftigt, zwischen den Ästen von zwei Bäumen ein riesiges, feingliedriges Netz zu weben. Als sie sie sah, zuckte Lilah zusammen und blieb dichter neben Joss. Er nahm sie instinktiv an der Hand, und sie umklammerte dankbar seine warmen Finger und bemühte sich, sich nicht auszumalen, welche anderen Lebewesen außerhalb ihrer Sichtweite hier lauern mochten.

Die größte Angst hatte sie vor Schlangen, aber die einzige, die sie sahen, war klein und grün und glitt eilig fort, als sie näherkamen.

Die Insel war in Wirklichkeit die Spitze eines Berges, der unter Wasser lag. Nur dieser Gipfel ragte aus dem Ozean auf, und aus dem Grund mußten sie ständig bergauf laufen. Je weiter sie kamen, desto dicker und dampfender schien die Luft zu werden. Schließlich standen sie an einem sehr schmalen Bach, der in einem Bett aus schwarzen Steinen rann. Joss sah Lilah an und strahlte triumphierend.

»Aha!« sagte er und ließ ihre Hand los, als er auf den Bach zuging.

Joss bückte sich, um Wasser in die hohle Hand zu

schöpfen und es zu probieren. Sobald er die Hand ins Wasser gesteckt hatte, trat ein merkwürdiger Ausdruck auf sein Gesicht, und er zog die Hand eilig zurück, schnupperte an seinen Fingern und probierte dann vorsichtig die Flüssigkeit.

»Was ist? Stimmt etwas nicht mit dem Wasser?«

Aus seinem Gesichtsausdruck konnte sie schließen, daß er nicht glauben konnte, was seine Sinneswahrnehmungen ihm mitteilten.

»Es ist heiß! Das Wasser ist heiß!«

»Heiß!« Lilah trat näher, stellte sich neben ihn und kniete sich dann an den Bach und hielt einen Finger in das Wasser. Es war tatsächlich heiß. Die Temperatur entsprach etwa der eines Bades, das Betsy ihr zu Hause eingelassen hätte.

Urplötzlich wurde ihr klar, woher das seltsame, blubbernde Geräusch kam, das sie unbewußt schon wahrnahm, seit sie stehengeblieben waren.

»Komm.« Lilah stand auf und nahm ihn an der Hand.

»Aber . . .« Er wollte nicht mitkommen und machte den Eindruck, als wolle er sich auf eine Diskussion einlassen, und daher zog sie beharrlich an ihm. Daraufhin kapitulierte er und ließ sich von ihr an dem Rinnsal entlangführen. Sie stiegen neben dem schwarzen Gestein nach oben.

»Wohin gehen wir?«

»Das wirst du schon sehen.«

Wenige Minuten später hatten sie gefunden, was Lilah gesucht hatte.

Sie sah es vor ihm – den Dampf, der hinter einem Schleier von blühenden Mimosen und zarten violetten Blüten aufstieg. Sie zog die Ranken zur Seite und zeigte es ihm.

In einem Krater, der das schwarze Gestein ausgehöhlt hatte, sprudelte ein kleiner Teich. Das Wasser sprühte und schäumte, und eine mächtige unterirdische Quelle mußte den Teich speisen. Aus dem dampfenden Miasma und der üppigen grünen Flora, von der er umgeben war, ließ sich eindeutig schließen, daß der Teich so heißes Wasser hatte wie der Bach.

»Was, zum Teufel . . .?« fragte Joss entgeistert und blickte in das aufgewühlte Wasser und den aufsteigenden Dampf.

Lilah sah ihn über die Schulter an und lachte über sein Erstaunen, das sich deutlich zeigte. »Auf Barbados nennen wir das einen Feuerwasserteich. Diese Insel muß die Spitze eines Vulkans sein, und das geschmolzene Gestein in der Tiefe erhitzt die Quelle. Ich kann mir vorstellen, daß es auf den meisten dieser Inseln Vulkanseen gibt. Das Wasser ist ausgezeichnet, verstehst du. Wir können es trinken. Es ist einfach nur heiß.«

Sie zog den Vorhang aus Ranken zur Seite und trat auf das moosbewachsene Gestein, von dem der Teich umgeben war. Joss folgte ihr und sah das Wasser mißtrauisch an.

»Wenn du schwimmen willst, ist das der beste Ort«, sagte sie zu ihm. »Ein Vulkansee ist eine Art natürliche Badewanne. Betsy und ich haben als Kinder immer in einem Vulkansee in der Nähe von Heart's Ease herumgeplanscht. Es war uns natürlich strengstens verboten, aber wir haben es trotzdem getan.«

»Wieder einer dieser barbarischen Bräuche?« sagte er mit einem schiefen Grinsen.

Lilah lachte. »Wenn du es unbedingt so nennen mußt, ja. Würdest du mir bitte den Rücken zukehren?«

»Was? Wieso?«

»Weil ich ein Bad nehmen werde, deshalb. Das ist mein erstes heißes Bad seit einem Monat, und ich würde es mir um keinen Preis entgehen lassen.«

»Das ist wohl ein Scherz.« Er sah sie mit zusammengekniffenen Augen an.

»Nein, wieso?«

»Du hast wirklich vor, dir die Kleider auszuziehen, damit du in diesem – Kessel ein Bad nehmen kannst? Auf der Stelle?«

25

»So, jetzt kannst du dich wieder umdrehen.«

Lilah stand mitten im Teich. Er war nicht allzu tief, und an seiner tiefsten Stelle konnte sie fast noch stehen. Im Moment war sie bis über die Schultern bedeckt. Es war unmöglich, durch das schäumende Wasser hindurchzusehen, aber um des Anstands willen hatte sie ihr Unterkleid angelassen. Ihr Haar trieb um ihren Kopf herum auf der Wasseroberfläche, und sie hatte die Arme ausgestreckt, um das Gleichgewicht leichter halten zu können.

»Komm rein«, rief sie Joss zu. »Es tut ja so gut!«

Joss sah sie lange an. Dann verschränkte er die Arme vor der Brust und schüttelte den Kopf.

»Jetzt nicht.«

»Warum nicht?«

»Weil mir nicht nach einem Bad zumute ist«, sagte er mit gereizter Stimme und setzte sich auf einen Felsen neben dem Teich, als wolle er den ganzen Tag dort sitzenbleiben.

»Sei ruhig mürrisch. Du wirst schon sehen, daß mir das nichts ausmacht.« Lilah widmete ihre Aufmerksamkeit der Aufgabe, sich zum ersten Mal seit Wochen wieder gründlich zu reinigen. Sie schrubbte sich das Gesicht und den Körper mit Sand und rieb sich dann Sand ins Haar. Schließlich spülte sie ihr Haar mit dem simplen Hilfsmittel aus, den Atem anzuhalten und unterzutauchen. Dann schwamm sie unter Wasser ans andere Ende des Teiches. Als sie wieder an die Oberfläche kam, war Joss aufgesprungen, stand am Rand des Wassers und ließ seinen Blick besorgt über die Wasseroberfläche gleiten. Sie strich sich das klatschnasse Haar aus dem Gesicht und stellte fest, daß er den Blick mit einem unheilvollen Funkeln auf sie geheftet hatte.

»Du hast mich zu Tode erschreckt!« Nicht nur sein Tonfall war wütend, sondern er hatte gleichzeitig die Hände zu Fäusten geballt.

»Das tut mir leid. Ich habe mir das Haar ausgespült.« Sie lächelte ihn an, und das schien ihn noch wütender zu machen. Er blieb am Wasserrand stehen und sah sie finster an.

»So, du hast dein Bad gehabt. Und jetzt komm raus und laß uns weitergehen.«

»Aber ich bin doch gerade erst ins Wasser gestiegen! Ich will nicht gleich wieder rauskommen.«

»Tu, was dir paßt, aber wenn du hierbleibst, dann bleibst du allein hier. Ich gehe.«

»Joss!«

»Das ist mein Ernst! Kommst du jetzt raus, oder willst du allein hierbleiben?«

»Das ist Erpressung«, sagte sie und zog einen hübschen Schmollmund. Sie ließ ihn nicht aus den Augen, weil sie sehen wollte, wie er darauf reagierte. Er sah sie noch grimmiger als vorher an. Seine Erbitterung stand in so gar keinem Verhältnis zu der Situation, daß sie sie plötzlich amüsant fand und sicher war, zu wissen, was ihn so schrecklich ärgerte.

»Na, meinetwegen.« Als er kein Anzeichen aufwies, sich erweichen zu lassen, kapitulierte sie mit einem bekümmerten Seufzer und lief auf die Stelle zu, an der er stand. Sie war noch keine zwei Schritte nähergekommen, als sie unvermutet ausglitt und wie ein Stein unter die Wasseroberfläche gesogen wurde.

»Lilah!«

Als sie hörte, wie er ihren Namen rief, als ihr Kopf unter Wasser verschwand, kam sie auf einen Gedanken. Lilah kicherte in sich hinein, schwamm auf den Grund des Sees, blieb dort und atmete sachte aus. Die Luftblasen trieben an die Wasseroberfläche. Wie sie vermutet hatte, war weit weniger als eine Minute vergangen, als sie ein gewaltiges Plätschern hörte. Sie kam grinsend an die Wasseroberfläche und sah ihn mit sparsamen, zügigen Bewegungen auf die Stelle zuschwimmen, an der sie verschwunden war.

»Joss!«

Beim Klang ihrer Stimme stellte er seine Schwimmbewegungen ein und drehte sich um. Lilah grinste ihn an, als sein Blick auf sie fiel. Sie konnte es zwar durch das Wasser nicht sehen, aber aus seiner Haltung konnte sie mit Sicherheit schließen, daß er die Hände in die Hüften gestemmt hatte. Den Kopf hatte er zur Seite gelegt, und seine Augen funkelten unheilverkündend, als sich sein Blick auf sie richtete.

»Du hast mich doch nicht zum Narren gehalten, oder?« Die Frage wurde mit ruhiger Stimme gestellt und vertrug sich nicht mit seinem Gesichtsausdruck. Lilah grinste noch breiter, schüttelte aber weise den Kopf.

»Lügnerin!«

Er kam auf sie zu, und sie erwartete ihn. Lilah wartete, bis er sie fast erreicht hatte. Dann tauchte sie unter die Wasseroberfläche, kam auf der anderen Seite wieder heraus und spritzte Joss verspielt an.

»Du hast mich also mit einem Trick in diesen Teich gelockt, und jetzt willst du spielen, was? Einverstanden, das kannst du haben! Ich tue alles, was in meiner Macht steht, um einer Dame zu Gefallen zu sein.«

Er wollte sie packen. Lilah wich ihm lachend aus. Als er sie einholte und sie zu sich herumzog, lachte sie immer noch.

»Du solltest lieber tief Atem holen, Mädchen, denn du wirst unter . . .«, setzte er an, als sie die Hand ausstreckte und seine Rippen kitzelte. Er war so überrascht, daß er sie losließ. Lilah schwamm hinter seinen Rücken und ließ dabei ihre Finger spielerisch über seine Muskeln gleiten.

»Komm sofort her, du!« Joss drehte sich um und wollte sie wieder schnappen. In seinen Mundwinkeln begann ein Lächeln zu spielen, das sein finsteres Gesicht ablöste. Lilah tauchte unter und ließ einen Finger über seinen Arm gleiten. Diesmal erwischte er sie, umklammerte ihre Hand und zog sie an die Oberfläche.

»Jetzt hab' ich dich!« sagte er frohlockend. Als sie versuchte, ihn noch einmal zu kitzeln, zog er ihre beiden Hände auf seine Brust und grinste triumphierend. Lilah war es zufrieden und lachte.

»Freust du dich nicht, daß ich dich dazu gebracht habe, ins Wasser zu kommen?«

»Du hast mich reingelegt!«

Sie nickte strahlend. Das Wasser reichte ihm bis auf die Brust, und seine Schultern und die muskulösen Oberarme ragten über den schäumenden Wasserspiegel. Ihre Hände waren gegen den weichen Pelz auf seiner Brust gepreßt.

»Du spielst mit dem Feuer, Mädchen.« Er hielt ihre Hände immer noch fest, als er sie kopfschüttelnd ansah.

»Ach?« Lilah kam etwas näher und lächelte betörend. Er preßte die Lippen zusammen und ließ ihre Hände los. Ohne ihn aus den Augen zu lassen, strich sie mit ihren Handflächen über seine Brust und ließ ihre Hände auf der warmen nassen Haut seiner Schultern liegen. Es war berauschend, ihn so zu berühren. Sie konnte und wollte es nicht lassen und ließ ihre Fingerspitzen behutsam über seine Schultern gleiten.

Joss hielt ihre Hände wieder fest und zog sie von seinen Schultern. Seine Augen gruben sich in ihre. Sie waren dunkel und unergründlich.

»Machst du dir eigentlich eine Vorstellung davon, wozu du mich aufforderst?« Seine Stimme war heiser.

Lilah sah zu ihm auf, und das Lächeln schwand von ihren Lippen. Wortlos nickte sie.

Seine Augen wurden erst größer, dann kleiner. »Nein, eben nicht. Du weißt ja noch nicht einmal, was ein richtiger Kuß ist. Du hast mich gebissen.«

Darüber mußte sie trotz ihres rasenden Herzklopfens lachen. »Du kannst es mir doch beibringen, oder nicht? Und gebissen habe ich dich, weil – weil du mir Angst gemacht hast, und weil ich dachte, daß – Leute sich doch wirklich meistens nicht so küssen, oder ist das falsch?« Ihr Tonfall war der einer interessierten Frage.

»Ich fürchte, sie tun es doch.« Ihre naive Frage entrang ihm ein schiefes Lächeln. »Liebespaare jedenfalls.«

Sie schlug die Lider nieder und sah dann wieder zu ihm auf. »Liebespaare. Ich bin immer davon ausgegangen, daß ich einmal einen Mann haben werde, aber einen Liebhaber – nein, darauf bin ich nie gekommen.«

»Guterzogene junge Damen denken gewöhnlich nicht in diesen Kategorien.«

»Aber – wenn wir erst von dieser Insel fortkommen, wirst du nach England zurückgehen, und ich werde wieder nach Hause fahren, nach Barbados, und dann sehen wir einander nie wieder.« Ihre Stimme war kaum mehr als ein Flüstern.

»Das ist mir auch schon aufgegangen.«

»Du wirst mir fehlen, Joss.« Sie sah ihn jetzt nicht an, sondern hatte ihren Blick auf seinen Adamsapfel gerichtet.

»Du wirst mir auch fehlen.« Die Worte klangen so, als sei seine Kehle zugeschnürt. Lilah sah ihn jetzt an, und sie wurde von den smaragdgrünen Tiefen seiner Augen gefangengenommen und war hilflos.

»Könnten wir nicht einfach – ein Liebespaar sein – solange wir hier auf der Insel sind? Nur eine kurze Zeitlang?«

Einen Moment lang schien es, als hätte er aufgehört zu atmen. Dann klammerten sich seine Hände um ihre Taille, und er schloß die Augen. Als er sie wieder aufschlug, war sein Gesicht angespannt.

»Dir ist nicht klar, worum du mich bittest«, sagte er schließlich. »Schätzchen, von meinem Standpunkt aus wäre mir nichts lieber, als dein Liebhaber zu sein. Aber was dich angeht – für eine Frau kann das Folgen haben.«

Sie runzelte die Stirn. »Folgen welcher Art?«

»Babys«, sagte er gepreßt und holte tief Atem.

»Oh.« Lilah dachte darüber nach. Sie wußte natürlich, daß Leute Babys bekamen, wenn sie heirateten und zusammen in einem Bett schliefen. Irgendwie hatte sie dieses Wissen nicht auf das übertragen, was sie für Joss empfand.

»Aber es gibt – Sachen, die wir tun können. Sachen, von denen man kein Kind bekommt.« Die Worte klangen so, als seien sie ihm gegen seinen Willen entlockt worden.

»Bekommt man vom Küssen ein Kind? Ich meine, von Küssen wie dem, den du mir damals gegeben hast? Als ich dich gebissen habe?«

Wieder verzogen sich seine Lippen zu einem unwilligen Lächeln. »Nein.«

»Dann kannst du mich so küssen und mir alles andere beibringen, wovon man kein Kind bekommt.«

»Himmel.« Er schloß wieder die Augen, schluckte, öffnete sie dann und sah sie aufmerksam an. »Lilah, bist du sicher, daß das dein Ernst ist?«

Sie nickte. Er fuhr sich mit der Zunge über die Lippen.

»Gut, von mir aus.« Es war kaum mehr als ein heiseres Flüstern. Langsam, als wollte er ihr Zeit lassen, es sich noch einmal anders zu überlegen, senkte er den Kopf, und sein Mund streifte zart ihre Lippen.

»Schling deine Arme um meinen Hals«, murmelte er, und sie tat es. Ihr Herz schlug heftig, und ihre Knie waren weich. Als sie die Arme um seinen Hals legte, trat sie einen Schritt näher zu ihm – und sah schockiert an sich herunter.

Ein großes, vorstehendes Etwas piekste sie in den Bauch. Das trübe Wasser verhinderte, daß sie es sehen konnte, aber sie wußte schon, was es war. Es war dieser geheimnisvolle Körperteil, den sie schon einmal kurz gesehen hatte, als er gestern nacht aus dem Meer gekommen war.

»Ich habe meine Hose am Ufer liegen«, sagte er. Er hatte ihren Blick richtig interpretiert. Das Wissen, daß er nackt war, ließ Lilahs Kehle austrocknen. Sie zog die Hand hinter seinem Hals hervor, ließ sie über seine Brust gleiten, tauchte sie in das Wasser ein und fand diese sonderbare, faszinierende Stelle. Sie berührte sie und stellte fest, daß das Ding heiß und hart und fest war, als sie sanft mit ihren Fingerspitzen darüberstrich.

Er packte ihre Hand, zog sie von sich und hielt sie

fest. Als sie zu ihm aufblickte, sah sie, daß eine heftige Glut in seinen Augen stand. Sie erschrak.

»Hätte ich dich dort – nicht anfassen dürfen?« Ihre Stimme war belegt.

Er nickte abrupt. Dann senkte er den Kopf und küßte sie langsam und sachte, und seine Zunge berührte kaum ihre Lippen. Sie preßte sich bebend an ihn.

Joss hob abrupt den Kopf und holte tief Atem, während sie sich an ihn schmiegte und mit großen, trägen Augen zu ihm aufblickte.

»Ich glaube, du hast dir doch die richtige Vorstellung davon gemacht«, murmelte er und legte ihre Hand wieder dorthin.

26

Er führte ihre Finger, als sie sich um ihn schlossen, und dann zeigte er ihr, wie sie tun konnte, was ihm guttat. Lilah bewegte ihre Hand erst langsam und dann schneller. Er schloß die Augen und biß die Zähne zusammen, fast so, als täte ihm etwas weh. Lilah spürte, daß sich die Stelle, an der ihre Schenkel zusammentrafen, merkwürdig anspannte, und sie fühlte, wie ihre Brüste sich gegen den nassen Stoff preßten, der sie bedeckte. Dann stöhnte er ganz plötzlich und stöhnte noch einmal, und das Ding, das sie in der Hand hielt, bebte und zuckte in ihrer Hand. Sie ließ es entsetzt los, aber ganz gleich, was sie ihm angetan hatte – es war jetzt zu spät, um es noch rückgängig zu machen. Joss zitterte von Kopf bis Fuß. Als er die Augen wieder aufschlug, betrachtete sie ihn erstaunt und aufmerksam.

»O Lilah!« Ein heiseres Lachen entrang sich ihm, als er seine Arme um sie schlang und sie wieder dicht an sich zog. »Du bist derart unschuldig! Wenn ich ein Gentleman wäre, würde ich dieses Spiel auf der Stelle beenden.«

»Mir langt es von dir als Gentleman«, sagte sie mit gedämpfter Stimme, da ihr Mund auf seiner Schulter lag. »Ich habe in meinem ganzen Leben nie für jemanden so etwas wie für dich empfunden, und ich will, daß du etwas tust.«

Er fuhr mit einer Hand durch ihr nasses Haar, legte sie auf ihren Hinterkopf und zog ihr den Kopf sachte ins Genick, um ihr ins Gesicht sehen zu können.

»So, das willst du also?« Ein winziges Lächeln zuckte über seine Lippen und erlosch. Seine Augen waren zärtlich und reumütig zugleich, als er sie ansah. »Wie wäre es damit, daß ich dir das Küssen richtig beibringe?« Lilah nickte, weil sie nicht sicher war, wie ihre Stimme geklungen hätte. Seine linke Hand löste sich von ihrem Hinterkopf und streichelte ihre Wange, und sein Daumen berührte zart ihre Unterlippe.

»Versprichst du mir, mich nicht zu beißen?« Es war ein heiseres Flüstern. Sie nickte wieder, spürte, daß ihr Herz schneller schlug, und sah, wie er den Kopf senkte. Zuerst glitten seine Lippen zart über ihren Mund, so zart, daß sie das Kinn hob, um ihm näherzukommen. Die Bartstoppeln auf seinen Backen und seinem Kinn scheuerten ihre zarte Haut auf, doch sie nahm wenig Notiz davon. Ihre gesamte Konzentration war auf das sanfte Verschmelzen ihrer Münder miteinander gerichtet.

»Mach den Mund auf.« Er flüsterte die Silben gegen ihre Lippen, während seine Zunge leicht gegen ihre geschlossenen Zähne stieß. Lilah zitterte und hob instinktiv die Arme, um sie um seinen Hals zu schlingen. Sie öffnete den Mund. Seine Zunge glitt durch ihre Lippen und berührte ihre Zunge. Sie spürte, wie tief unten in ihrem Bauch etwas zuckte und ihre Knie schwach wurden. Als sie matt in seine Arme sank, schlossen sie sich fester um sie und zogen sie ganz an ihn, bis sie ihn von Kopf bis Fuß spürte. Die Haare auf seinen Beinen rieben sich an ihren zarten Schenkeln; die Haare auf seiner Brust schmiegten sich an ihre Brüste, die ebensogut so nackt wie er hätten sein können, da sie nur von einer dünnen Schicht von nassem Stoff bedeckt waren. Seine geheimnisvolle Stelle war wieder riesig und fest und preßte sich gegen ihren Bauch. Jetzt, da sie wußte, was man damit tat, barg das Ding für sie keine Gefahren mehr.

Um sie herum sprudelte und zischte das Wasser, aber sie nahm nicht einmal wahr, wo sie waren. Sie nahm nur noch ihn wahr, seinen Körper, der sich an sie preßte, seine Lippen und seine Zunge, die sie Dinge lehrten, von denen sie im Traum nichts geahnt hatte.

Seine Zunge war immer noch ein sanfter Eindringling und glitt zärtlich durch ihren Mund. Lilah hätte sich nie ausgemalt, daß ein so abscheuliches Vorgehen ihr Schauer über den Rücken laufen lassen könnte. Ein tiefsitzender Urinstinkt trieb sie an, ihre Zunge ebenfalls zu bewegen und seine Zunge damit zu streicheln.

Er stöhnte in ihren Mund und hob dann den Kopf, obwohl sie ihre Hand in sein Haar gegraben hatte, und zog seine Lippen von ihrem Mund.

»Was ist?« Sie schlug flatternd die Lider auf und starrte ihn benommen an. Seine Augen loderten dunkelgrün und feurig.

»Es ist schwieriger, als ich dachte. Ich begehre dich so sehr, daß es qualvoll ist.«

»Wirklich?« flüsterte sie. Er holte tief Atem und blieb stocksteif stehen, als ihre Lippen sanft über seinen Mund glitten. Als er den Kuß an sich riß, den sie begonnen hatte, änderte er sich gleich beträchtlich. Ohne weiterhin sachte und behutsam vorzugehen, legte sich sein Mund auf ihren, und seine Zuge stieß sich kühn und besitzergreifend durch ihre Zähne. Seine Arme schlossen sich um sie, als wollten sie ihr den letzten Atem rauben, doch Lilah störte sich nicht daran. Neue und aufregende Gefühle rissen sie mit sich, und sie zitterte von Kopf bis Fuß und war von dieser neuentdeckten Welt der Sinne, in die er sie einführte, berauscht.

Er bog sie in seinen Armen zurück, bis ihr Kopf auf seiner Schulter lag, während ihre Arme weiterhin fest seinen Hals umschlangen. Ihre Augen waren geschlossen, und ihr Kopf drehte sich, als sie sich seinem Kuß ganz hingab. Dann spürte sie seine Handflächen über ihren Rücken gleiten, und seine Hände fühlten sich durch das dünne feuchte Leinen ihres Unterkleides warm an. Seine Hände blieben auf ihrer Taille liegen und erkundeten die Rundung, glitten dann über ihr Hinterteil und streichelten die Rückseiten ihrer nackten Schenkel. Dann, ehe sie nach der Vertraulichkeit dieser Geste auch nur dazu gekommen war, wieder Luft zu schöpfen, glitten seine Hände unter den Saum ihres Unterkleides und legten sich auf die weichen, runden Pobacken.

Lilah keuchte, und sein Mund schluckte den Laut. Ihre Augen öffneten sich entsetzt und schlossen sich wieder. Seine Hände auf ihrem Hintern zogen sie dicht an ihn, hoben sie auf die Zehenspitzen und setzten ihre Weiblichkeit auf den steifen Vorsprung seines Körpers.

»Jo-oss.« Es war nicht direkt ein Einwand, aber es war auch nicht direkt ein Ausdruck ihrer Freude. Ihr schwirrte der Kopf, ihr Herz machte Sprünge in ihrer Brust, und sie war von der Art, auf die er sie hielt, gleichzeitig schockiert und begeistert, und sie wußte nicht, was sie von den Dingen halten sollte, die er in ihr auslöste.

»Psst.« Er besänftigte sie mit seinen Küssen, bis sie matt und anschmiegsam und nachgiebig in seinen Armen bebte. Dann wurde sein Mund glühend und unersättlich, als er sie zu wiegen begann. Bei seinen rhythmischen Bewegungen spürte sie, daß ihr Körper sich anspannte, als an dieser zentralen Stelle Flammen des Verlangens aufloderten und sich in ihrem ganzen Körper ausbreiteten.

»O Joss!«

Er hielt sie jetzt nur noch mit einer Hand fest und legte die andere auf ihre Brust und drückte zu.

Lilah schrie auf. Ihre Nägel gruben sich in seinen Nakken, als sie von den köstlichsten Wonnen durchflutet wurde. Sie zitterte und bebte und sackte schließlich matt in seinen Armen zusammen. Es dauerte eine Weile, bis sie überhaupt merkte, daß er sie noch festhielt.

»Ist das – immer so?« Ihr Gesicht war gegen seinen Hals gepreßt, und seine Wange lag auf ihrem Haar. Seine Arme hielten sie umschlungen, und sein Herz schlug kräftig gegen ihre Brüste. Der Teil von ihm, der ihr soviel Wonne bereitet hatte, preßte sich immer noch hart und heiß gegen ihren Bauch.

»Nicht immer. Nicht für Frauen. Du hast Glück. Zum Teufel, ich habe Glück.« Es klang so, als fiele es ihm schwer, die Worte herauszubekommen. Lilah fühlte sich angenehm matt und träge und rekelte sich wohlig in seiner Umarmung, aber sie rang sich dazu durch, ihn anzusehen.

»Du hast Glück?«

»Eine so begabte Schülerin zu haben.«

Er sah mit dem Anflug eines zärtlichen Lächelns auf sie herunter, aber seine Augen drückten Anspannung aus.

»Was ist los? Stimmt etwas nicht?« fragte sie und legte die Stirn in Falten. Sie fühlte sich wunderbar, und es kam ihr seltsam vor, daß er sich nicht genauso fühlen sollte.

»Schon gut, mach dir keine Sorgen.« Sein Griff, mit dem er sie festhielt, löste sich, und er hob die Hand, um ihr das Haar aus dem Gesicht zu streichen. »Du mußt noch viel lernen.«

»Hmm.« Sie trat einen Schritt zurück und war jetzt fast

gehemmt. Er sah ihr gebannt ins Gesicht, und es schien ihn große Mühe zu kosten, sie loszulassen. Als er sie ansah, spielte ein klägliches Lächeln um seine Lippen.

»Du bist klatschnaß, und deine Nase ist rot, und trotzdem bist du immer noch das schönste Mädchen, das ich in meinem ganzen Leben gesehen habe. Ich glaube, du bist mir von einem böswilligen Schicksal gesandt worden, um mir den Tod zu bringen.«

Sie runzelte die Stirn. »Wovon redest du?«

»Nichts weiter. Komm, laß uns aus diesem verdammten Teich steigen. Ich weiß nicht, wie es dir geht, aber ich bin schon ganz aufgeweicht.«

Ihr ging auf, daß sie ihn wieder nackt sehen würde, daß sie sich diesmal genau anschauen konnte, was sie bisher nur flüchtig gesehen und berührt hatte. Ihr ging außerdem auf, daß er sie fast genauso gut sehen konnte, wenn sie in ihrem nassen Unterkleid aus dem Wasser stieg. Das Kleidungsstück fiel bis auf ihre Oberschenkel, aber es diente kaum dazu, ihre Formen zu verbergen. Bei dem Gedanken, daß Joss sie so dürftig bekleidet sehen würde, spürte Lilah eine Mischung aus Faszination und Verlegenheit in sich aufsteigen.

Sie ließ ihre Hand in seine gleiten.

»Mir gefällt es gut, ein Liebespaar zu sein«, sagte sie ernst, und dann sah sie ihn überrascht an, als er erst lachte und dann stöhnte.

27

»Immer feste, Magruder, du läufst zu schnell für meine alten Knochen!«

Der Ruf kam irgendwo aus der Nähe. Lilah und Joss blieben starr im Teich stehen.

»Du mußt nur kräftig ausschreiten, Yates! Wenn mein altes Holzbein so schnell vorankommt, kannst du bei Gott mit deinen beiden gesunden Beinen Schritt halten!«

Joss und Lilah sahen einander erstaunt an. Es waren rauhe Stimmen, die einen derben Dialekt sprachen, aber mit Sicherheit waren es keine Geistererscheinungen. Es gab außer ihnen mindestens zwei Menschen aus Fleisch und Blut auf der Insel. Nachdem sie fast eine Woche allein gewesen waren und immer mehr gefürchtet hatten, es könne wirklich lange dauern, bis sie gerettet wurden, erschienen Lilah die Stimmen wie himmlisches Manna. Sie strahlte Joss begeistert an und machte den Mund auf, um die Fremden zu rufen.

Er brachte sie schnell zum Schweigen, indem er ihr eine Hand vor den Mund hielt. »Tu das nicht. Du bist so gut wie nackt, und es könnten mehr als nur die beiden sein.«

Lilah hatte vergessen, wie dürftig sie bekleidet war. Sie nickte, und Joss zog seine Hand mit einem warnenden Blick fort. Die Stimmen kamen näher und stritten inzwischen lauthals darüber, wer das schwerere Ende der Last trug. Joss und Lilah lauschten stumm, und Lilah erkannte plötzlich, daß ihre Zeit mit Joss vorüber sein konnte, ehe sie wirklich angefangen hatte, wenn jetzt

Hilfe kam. Bei dem Gedanken schnürte sich ihre Kehle zu, und sie umklammerte seine Hand.

Die Stimmen der Eindringlinge verhallten in der Ferne. Joss lauschte gebannt und zog sich aus dem Wasser. Er streckte die Arme aus und zog Lilah aus dem Teich, damit sie sich auf den Felsvorsprung zu seinen Füßen setzen konnte.

»Zieh dich an«, sagte er. Es war ein krächzendes Flüstern. »Ich will ihnen folgen.«

Er zog sich bereits die Hose an. Der unbesonnene Liebhaber aus dem Vulkansee hatte sich von einem Moment zum nächsten in einen Mann mit grimmigem Blick verwandelt, dessen Gedanken sich um Dinge drehten, die wenig mit den Wonnen zu tun hatten, die sie gerade gemeinsam ausgekostet hatten. Er sah sie kaum an, als sie sich das Kleid über das klatschnasse Unterkleid zog. Seine Aufmerksamkeit galt ganz den Eindringlingen, deren verhallende Stimmen noch in der Ferne zu vernehmen waren.

»Joss!« Es war ein Flüstern. Er drehte sich ungeduldig zu ihr um und sah sie an.

»Kannst du mir bitte die Knöpfe zumachen?« Es war ihr zwar gelungen, das Kleid allein auszuziehen, aber es wäre ihr unmöglich gewesen, es selbst wieder zuzuknöpfen. Die Knöpfe waren winzig und glitschig, weil das Unterkleid ihr Kleid bereits durchweicht hatte. Selbst wenn ihre Sachen trocken waren, empfand sie es als einen langwierigen, mühsamen Vorgang, sich ihre Kleider allein zuzuknöpfen. Zu den Dingen, die sie kein bißchen vermissen würde, sobald sie von der Insel errettet wurden, gehörte es, sich selbst anzukleiden.

Im Grunde genommen war das einzige, was ihr fehlen würde, Joss.

Sie kehrte ihm den Rücken zu, und er knöpfte ihr Kleid schnell und geschickt zu. Es war ihm offensichtlich nicht ungewohnt, einer Dame bei der Toilette zu helfen. In Gedanken war er nicht bei der Sache, das merkte sie deutlich, und er dachte auch keinen Moment lang an sie. Als er sich bückte, um ihr mit größter Behutsamkeit die Sandalen zuzuschnüren, merkte sie, welche Mühe er sich mit ihr gab, und sie hatte einen Kloß in der Kehle.

Sie wünschte fast, sie würden nie gerettet werden.

»Komm«, sagte er. Er nahm sie an der Hand und zog sie hinter sich her, als er in die Richtung lief, die die Fremden eingeschlagen hatten.

Sowie sie im Wald waren, liefen sie im Gänsemarsch hintereinander her, Joss voraus. Hier war das Unterholz dichter, weil sie sich nach Süden gewandt hatten, fort von der kleinen Bucht.

Lilah war erstaunt, als Joss sie neben sich zog und sie das Meer sah.

»Wir müssen am anderen Ende der Insel sein«, flüsterte sie. Joss nickte.

Sie kauerten auf dem Rand einer Klippe, von der aus man eine kleine, halbmondförmige Bucht sehen konnte. Joss deutete auf den Strand unter ihnen.

Lilah sah hin und riß die Augen weit auf. Ein unglaubliches Bild bot sich ihr. Im seichten Wasser lag ein Schiff, das nahezu so groß war wie einst die *Swift Wind*. Anfangs glaubte Lilah, sie müsse es mit einem Wrack zu tun haben, obwohl es keine Stürme mehr gegeben hatte, seit sie und Joss an Land gespült worden waren. Außerdem hatten sie die Insel bereits zu Fuß umrundet und festgestellt, daß sie allein waren. Aber dann sah sie, warum das Schiff auf der Seite lag. Es wurde von Felsbrocken und Tauen festgehalten, die an den Bäumen festgebunden waren, und Männer in Ruderbooten waren damit beschäftigt, den Schiffsrumpf auszuweiden. Alles, was auf dem Schiff gewesen war, lag kreuz und quer auf dem Strand, sogar die Masten und die Segel. Ein paar der Haufen waren mit Planen zugedeckt, andere nicht. Nicht weit von dem Schiff kamen Männer, die Baumstämme schleppten, auf ein Feuer zu, das unter einem riesigen Kessel brannte. Sie waren zu weit entfernt, und man konnte den Wortwechsel zwischen den beiden nicht verstehen, aber Lilah vermutete, daß es die Männer waren, die sie gehört hatten, denn einer von ihnen hatte ein Holzbein.

»Was tun die da?« fragte sie.

»Sie sind dabei, das Schiff kielzuholen.«

Als Lilah ihn verständnislos ansah, fügte er geduldig hinzu: »Sie dichten die Ritzen ab und reparieren den Schiffsrumpf. Das Schiff muß im Sturm Schaden erlitten haben. Riechst du das?«

Lilah schnupperte. Dann nickte sie und rümpfte die Nase.

»Heißer Talg. Damit werden sie den Schiffsrumpf überziehen, damit er wieder wasserundurchlässig wird.«

Lilah sah sich das Treiben ein oder zwei Minuten lang an. Dann kehrte sie Joss ihren Blick wieder zu. »Sollten wir nicht hingehen und ihnen sagen, daß wir hier sind?«

Seine Augen glitten über ihr Gesicht, dann über ihren Körper, dessen weibliche Rundungen sich durch das klatschnasse Kleid deutlich abzeichneten. Er schüttelte den Kopf.

»Ich glaube, wir sollten sie lieber erst eine Zeitlang im Auge behalten. Wenn sich die gesamte Mannschaft entschließen sollte, ein Auge auf dich zu werfen, könnte ich nicht viel unternehmen, um sie von Taten abzuhalten.«

Sein Blick glitt noch einmal über sie. Sie sah an sich selbst herunter, auf die vollen, runden Brüste, die sich wollüstig gegen den Stoff preßten, auf die Brustwarzen, die deutlich sichtbar waren, weil die Nässe des Kleides sie hart wie Knöpfe hatte werden lassen, auf ihren durchsichtigen Rock, der nie dazu gedacht gewesen war, ohne einen Unterrock darunter getragen zu werden, und sie errötete. Solange sie mit Joss allein war, machte es ihr keine Sorgen, wie dürftig sie bekleidet war. Aber bei dem Gedanken, so viele Fremde könnten sie so sehen, glühten ihre Wangen vor Scham.

»Mein Kleid wird in etwa einer Stunde trocken sein.«

Er schüttelte den Kopf. »Ob naß oder trocken, du wärest eine zu große Versuchung. Die Männer kommen mir nicht wie eine Besatzung von ehrbaren Matrosen vor.«

Sie legte die Stirn in Falten. »Was könnten sie denn sonst sein?«

»Piraten. Sonst wäre es unwahrscheinlich, daß sie ihr Schiff auf einer einsamen Insel mitten im Nichts überholen. Nicht, wenn es Häfen in der Nähe gibt, in denen mehr los ist.«

»Aber . . .«

In dem Moment schrie eine Frau auf. Es war ein hoher, schriller und gehetzter Laut.

Lilah sah zum Strand hinunter, und ihr Blick fiel auf eine Frau, die davonlief. Ihre schwarzen Röcke und ihr ebenso schwarzes Haar wehten hinter ihr her. Gejagt wurde sie von einem Mann, der sich ein rotes Halstuch um den Kopf gebunden hatte. Seine Brust war entblößt bis auf ein Lederband mit einer Messerscheide. Als Lilah mit aufgerissenen Augen zusah, holte er die Frau ein, hielt sie an ihrem langen Haar fest und zerrte daran, bis sie stolperte und hinfiel. Als sie in den Sand stürzte, wälzte sie sich auf den Rücken und hob die Hände, als wolle sie den Mann abwehren, doch diese Geste war zwecklos. Er ließ sich auf sie fallen, und als sie wieder aufschrie, sah Lilah, daß er ihr den Rock hochzog und an seiner eigenen Hose herumfummelte. Lilah riß die Augen noch weiter auf, als der dürre, weiße Unterleib des Mannes entblößt worden war. Er suchte sich einen Platz zwischen den nackten, strampelnden Beinen der Frau und fing an, sich zu bewegen.

»Das brauchst du dir nicht anzusehen«, sagte Joss barsch. Er packte sie an den Schultern, drehte sie zu sich um und zog sie in seine Arme, um ihr Gesicht an seine Brust zu pressen.

»Aber wir müssen ihr helfen!«

»Was schlägst du vor? Sollen wir an den Strand laufen und ihm eine Ohrfeige verpassen? Wir sind unbewaffnet, weißt du das nicht mehr? Und du bist ein weitaus verlockenderes Gegenüber als diese arme Frau dort unten.«

»O mein Gott!« Der Gedanke, daß sie dieselben Erniedrigungen über sich ergehen lassen müßte, wie sie dieser Frau gerade zugefügt wurden, war ihr noch gar nicht gekommen.

»Komm, wir gehen. Ich habe genug gesehen.«

Joss führte sie mit grimmiger Miene von der Klippe fort. Er hielt sie an der Hand und ließ sie nicht los, und Lilah folgte ihm gefügig. Das, was sie gesehen hatte, hatte sie schockiert. Wenn sie ihrem ursprünglichen Impuls nachgegeben und nach den Männern gerufen hätte, sowie sie vom Teich aus die Stimmen gehört hatte, hätte sie das Los dieser erbarmungswürdigen Frau ohne weiteres teilen können. Sie zweifelte nicht im geringsten daran, daß Joss bis in den Tod hinein darum gekämpft hätte, sie davor zu bewahren, aber er war nur einer, und er war unbewaffnet. Wäre er wenig voraussichtig gewesen, hätte er höchstwahrscheinlich mit seinem Leben dafür bezahlt, und über sie würden in diesem Moment Dinge hereinbrechen, die schlimmer waren als der Tod.

Sie hatten Glück gehabt. Sie hatte Glück gehabt. Zumindest für den Moment.

Doch eine Schlange hatte sich in ihr kleines Paradies eingeschlichen. Die Insel war winzig, und die Gefahr, daß sie von den Eindringlingen gefunden wurden, war groß. Sie würden sich verstecken müssen, bis das Schiff überholt worden war und wieder in See stach.

Sie waren in Gefahr.

28

Bei Anbruch der Nacht hatten sie jede Spur am Strand verwischt. Joss hatte sogar ihre Fußabdrücke verwischt. Wenn jemand kam, um nachzusehen, wies nichts darauf hin, daß sie beide je einen Fuß auf die Insel gesetzt hatten.

Joss hatte eine neue Hütte gebaut, die so gut getarnt war, daß jemand darüber hätte stolpern müssen, um sie zu bemerken. Sie hatten sich einen größeren Vorrat an Kokosnüssen und frischem Wasser in Muschelschalen zugelegt. Für sie bestand kein Anlaß, den Schutz des Regenwaldes zu verlassen, noch nicht einmal der, zu fischen oder Hummer zu fangen. Auf dem weißen Sandstrand waren sie allzu leicht sichtbar, wenn zufällig jemand vorbeikam.

Als die Nacht anbrach, konnte man ein seltsames Rascheln auf dem Waldboden hören. Lilah und Joss sahen einander an. Dann drehten sie sich um und krochen hintereinander ohne jede Absprache in die Hütte.

Sie war nicht bedeutend größer als die erste, die Joss gebaut hatte, aber der Untergrund, den er als Bett für sie aufgeschichtet hatte, war wesentlich dicker und bequemer. Als Lilah ihren Unterrock darüber ausgebreitet hatte, gab es ein sehr brauchbares Bett ab. Sowie sie in der Hütte waren, streckte sich Joss flach auf dem Rücken aus, und Lilah kuschelte sich ganz selbstverständlich an ihn, legte ihren Kopf auf seine Schulter und ihren Arm auf seine Brust. Ihre Finger streichelten das zarte Haar auf seiner Brust, aber sie war geistesabwesend und nahm nicht bewußt wahr, was sie tat.

»Ich muß immer wieder an diese arme Frau denken«, sagte sie in das Dunkel und erschauerte.

»Du solltest versuchen, sie zu vergessen, denn es gibt absolut nichts, was wir für sie tun könnten.« Seine Stimme war leise, aber doch grimmig.

»Wo – was glaubst du, wie sie sie in die Finger bekommen haben?«

»Ich weiß es nicht. Vielleicht war sie auf einem der Schiffe, die sie angegriffen haben, unter den Passagieren.«

Lilah schwieg eine Zeitlang. Von draußen war der Wind zu hören, der im Laub der Bäume wehte, aber auch die Rufe und das Rascheln der nachtaktiven Tiere, die umherliefen. Im Innern der Hütte war es so dunkel, daß sie ihre Hand, die auf Joss' Brust lag, nicht sehen konnte. Selbst seine Augen waren nicht zu erkennen.

»Glaubst du, daß sie uns finden werden?«

»Ich weiß es nicht. Aber ich bezweifle es. Warum sollten sie uns finden? Sie suchen uns nicht; sie wissen noch nicht einmal, daß wir uns auf der Insel aufhalten.«

»Das stimmt.« Diese Vorstellung war tröstlich. »Wie lange dauert es gewöhnlich, ein Schiff wieder seetüchtig zu machen?«

»Das hängt von der Besatzung ab. Nicht mehr als eine Woche. Nach den Fortschritten, die sie schon gemacht haben, würde ich vermuten, daß sie schon seit mindestens zwei oder drei Tagen damit beschäftigt sind.«

»Vielleicht war das das Schiff, das wir gesehen haben!« Bei der Vorstellung, daß es ihnen wirklich hätte gelingen können, die Aufmerksamkeit der Piraten auf sich zu lenken, zuckte Lilah zusammen.

»Vielleicht.«

»Joss?«

»Ja?«

»Vielleicht bleibt uns nicht allzu viel Zeit miteinander.«

»Ja.«

»Die Piraten könnten uns finden. Selbst wenn sie uns nicht finden, könnte auch ein anderes Schiff hier anlegen, wenn sie hier angelegt haben. Jederzeit.«

»Ja.«

»Was auch geschieht, ich möchte, daß du eins weißt. Ich – ich liebe dich.«

Dieses Geschenk, von dem sie geglaubt hatte, er würde es mit der größten Freude erwidern, traf auf ein langes Schweigen. Lilah hob den Kopf und versuchte, seinen Gesichtsausdruck zu erkennen, aber das Dunkel war so undurchdringlich und so allumfassend, daß es hier unmöglich war, auch nur irgend etwas zu sehen.

»Joss?«

»Was ist?«

»Willst du denn nichts darauf sagen?« Die Worte kamen fast wie ein Flüstern aus ihr heraus.

»Was würdest du denn gern von mir hören?«

»Was ich gern von dir hören würde?« Lilah setzte sich auf und war plötzlich wütend. »Was ich gern von dir hören möchte!« wiederholte sie feuersprühend.

»Du willst von mir hören, daß ich dich auch liebe, vermute ich mal. Wenn ich dir das sage, was nutzt es mir? Du hast bereits deutlich klargestellt, daß du es darauf abgesehen hast, einen Liebhaber zu haben, solange wir auf der Insel sind. Sowie wir gerettet werden, bin ich dir nicht mehr gut genug, um deinen Rocksaum zu küssen, von deinem Mund ganz zu schweigen. Du wirst dich mit einem Mann wie deinem hochgeschätzten Kevin verheiraten, und er wird in deinem Bett schlafen und seine

Hände auf deine weiße Haut legen und dir Kinder machen. Aber, weißt du was?«

Sie sagte nichts, denn dieser plötzliche erbitterte Wortschwall hatte sie schockiert.

»Du wirst nie in deinem ganzen Leben mehr für einen Mann empfinden, was du für mich empfindest. Weißt du, wie selten das ist, was wir haben? Nein, zum Teufel, natürlich weißt du es nicht! Du sagst, du liebst mich, Lilah, aber ich glaube nicht, daß du weißt, was das heißt.«

»O doch. Ich liebe dich wirklich. Aber . . .«

»Du weißt einen Dreck! Es gibt kein Aber, wenn man jemanden liebt!«

Mit diesen Worten setzte er sich kerzengerade auf und kroch aus der Hütte.

»Joss!« Lilah kam sofort hinter ihm her. Sie war verletzt und erschrocken über den plötzlichen Wutausbruch. Er sprang draußen auf die Füße, und dort war es endlich so hell, daß sie sein Gesicht sehen konnte. Er stellte sich mit dem Rücken zu ihr, verschränkte die Arme vor der Brust und spreizte seine Beine. Lilah sah auf seinen breiten, muskulösen Rücken und auf die Haltung des schwarzen Schopfes, und ihre Kehle schnürte sich zu.

»Ich liebe dich wirklich, Joss«, sagte sie kläglich. Sie trat von hinten zu ihm und strich mit zarten Fingern über seine Schulter. Er blieb noch einen Moment lang starr stehen, und als sie ihn noch einmal streichelte, drehte er sich mit einer Miene zu ihr um, die so bitter war, daß sie vorübergehend Angst hatte.

»Du liebst mich nicht«, sagte er durch die Zähne, und seine Hände packten sie an den Schultern. »Du glaubst nur, daß du es tust. Du glaubst, du kannst ein Weilchen das Spiel betreiben, mich zu lieben, und dann, wenn wir gerettet sind, kann dein Leben wieder auf dem netten, geebneten Pfad verlaufen, den du dir vorgezeichnet hast. Nun, daraus wird nichts, meine Liebe. Dafür sind wir zu weit gegangen, du und ich.«

Seine Hände legten sich fester um ihre Schultern, und er zog sie an sich und sah mit blinkenden Augen in ihr Gesicht herunter.

»Bei Gott, du wirst mich lieben«, sagte er, und dann senkte er den Kopf auf ihren Mund.

29

Sein Mund neigte sich brutal auf ihre Lippen herab und tat ihr weh. Sie keuchte ihre Proteste gegen seine rohen Lippen. Er schenkte ihrem Aufschrei keine Beachtung und bog sie rückwärts gegen seinen Arm, bis ihr Kopf zwischen seiner Armbeuge und seiner unnachgiebig starken Schulter eingekeilt war. Er umschlang sie wie mit stählernen Klammern und hielt sie so fest, daß sie kaum noch Luft bekam. Sie mußte mit der Hand, die sie bewegen konnte, seine Schulter umklammern, weil sie sonst ganz und gar das Gleichgewicht verloren hätte. Die Glut dieser satinbezogenen Muskeln versengte ihre Handfläche.

Die Wucht seines stürmischen Kusses teilte ihre Lippen gewaltsam. Seine Zunge drang tief in ihren Mund ein, ohne sie, wie beim letzten Mal, sachte zu umwerben. Er nahm ihren Mund, zwang ihm seinen Willen auf und fiel rücksichtslos über ihn her. Seine Zunge siegte mühelos über den schwachen Widerstand, den ihm ihre Zunge entgegensetzte, und er eroberte sie gnadenlos. Dann weitete er seine Besitzansprüche mit einer Brutalität, die sie erschauern ließ, auf ihre ganze warme, weiche Mundhöhle aus. Die Heftigkeit der sexuellen Handlungen, die er so unerwartet an ihr beging, ängstigte Lilah. Sie klammerte sich an ihn, duldete diesen barbarischen Kuß und fürchtete, sie könne ohnmächtig in sich zusammensinken. Dann löste er seine brutale Umklammerung gerade so weit, daß sie wieder Luft holen konnte.

Seine Hand legte sich über ihre linke Brust.

Lilah zuckte keuchend zusammen, als sie spürte, wie sich die Glut und die Kraft dieser Hand durch das dünne Material ihres Kleides und ihres Unterkleides direkt ihrer Haut mitteilte. Ihre Brustwarze stellte sich auf, wurde fest unter seiner Handfläche und ließ das reinste Feuer in ihren Lenden entflammen. Dieses Gefühl ließ sich mit nichts vergleichen, was sie je erlebt hatte. Sie riß die Augen auf. Instinktiv wehrte sie sich und wollte sich befreien.

Sein Kuß wurde immer noch roher, und seine Hand blieb auf ihrer Brust liegen, koste sie und versengte ihre Haut wie ein Brandeisen. Sie schloß die Lider wieder und stöhnte und versuchte nicht länger, sich zu befreien. Ihre Nägel krallten sich in das Fleisch seiner Schulter, aber gewiß nicht, um ihn zu strafen.

Seine Hand glitt zu ihrem seidigen Hals hinauf. Er streichelte ihre nackte Haut und ließ seine Hand dann ohne jede Vorwarnung wieder tiefer gleiten. Seine Finger gruben sich in ihren Ausschnitt, und der Musselin, der stark beansprucht worden war, riß auf. Seine Hand schloß sich um ihre zarte Brust, und Lilah schrie auf, als ihre Knie unter ihr nachgaben.

Er fing sie auf und ließ sie ganz, ganz sachte zu Boden gleiten. Sie lag bebend dort und konnte nichts anderes tun, als ihn durch das Dunkel anzuschauen, als er sich wortlos neben sie kniete und seine Hände hinter ihren Rücken gleiten ließ, um die Knöpfe ihres Kleides zu suchen. Er knöpfte sie auf, erst einen, dann einen zweiten und einen dritten, flink und geschickt und mit einer gezügelten Wildheit, die das Herz in ihrer Brust stocken ließ. Selbst wenn sie gern Einwände erhoben hätte, wäre sie nicht dazu in der Lage gewesen. Es war ihr unmöglich, auch nur einen Laut von sich zu geben, und genauso unmöglich war es ihr, sich zu rühren, um ihm zu helfen oder ihn zu behindern. Ihr Blut siedete, ihre Gliedmaßen zitterten, und in ihr entflammte eine glühende Begierde, die es mit der rohen Gier aufnehmen konnte, die sie in seinem Gesicht las.

Ganz gleich, was er mit ihr tun würde, ganz gleich, wie er es anfangen würde – sie wollte es haben. Sie begehrte ihn. Sie hatte das Gefühl, an ihrem Verlangen sterben zu können.

Er hatte ihr Kleid aufgeknöpft und zog es bis auf ihre Taille herunter, ohne sich die Mühe zu machen, vorher die Ärmel von ihren Armen zu ziehen. Die Puffärmel des Mieders hielten ihre Ellbogen an ihren Seiten fest und verstärkten das Gefühl der Hilflosigkeit, das sie ängstigte und zugleich faszinierte.

Unter dem Kleid trug sie nur ihr Unterkleid, das ihre nackten Brüste kaum verschleiern konnte. Als ihre Brustwarzen sich gegen den weißen Stoff preßten, stöhnte Joss leise. Dann streckte er Hände, die plötzlich alles andere als ruhig waren, aus, um ihr das Unterkleid unter die Brüste zu ziehen und die seidigen weichen Rundungen für seine Blicke und seine Berührungen freizulegen.

Einen langen Moment starrte er sie an, ohne sich von der Stelle zu rühren, und der Mondschein, der von hinten kam, machte seinen Kopf zu einer dunklen Silhouette, und Lilah war es nicht möglich, seinen Gesichtsausdruck zu erkennen. Als er auf sie heruntersah, spürte sie, daß ihre Brüste sich strafften und ihm entgegenstrebten, und dabei spürte sie einen Stich in ihrem Innern, der genüßlich und qualvoll war. Das plötzliche Pochen in ihren Lenden entlockte ihr ein leises, wortloses Murmeln. Mit einer instinktiven Geste, die so alt war wie die Menschheit, bog sich ihr Rücken durch, und sie bot ihm ihre Brüste dar. Er schnappte hörbar nach Luft. Dann lag er so schnell, daß es sie verblüffte, auf ihr, und sein Gewicht preßte sie auf den dichten Teppich aus Ranken und Moder und Blättern. Sie hatte einen Stein unter der Wirbelsäule und hob ihre Hüften, um zur Seite zu rücken.

Diese Bewegung schien ihn zu entflammen. Seine Arme schlangen sich um sie, und er preßte sie an sich. Sein Mund legte sich auf ihren, und er küßte sie mit einer Glut, die ihr einen kleinen, leidenschaftlichen Schrei entlockte. Das Haar auf seiner Brust scheuerte sich an ihren Brüsten. Sie brannten, und Lilah zitterte heftig. Er mußte ihre Reaktion wahrgenommen haben, denn alle seine Muskeln spannten sich an. Einen Moment lang lag er steif da, und dann griff er mit beiden Händen nach ihrem Rock und riß ihn hoch, bis er sich um ihre Taille gewickelt hatte. Jetzt war sie von der Taille abwärts nackt, und er lag bekleidet auf ihr und rieb sich an ihr.

Lilah kam kaum dazu, ihn auf sich zu spüren, als er auch schon einen Schenkel zwischen ihre Beine zwängte und gleichzeitig mit den Knöpfen seiner Hose beschäftigt war. Ehe sie wußte, wie ihr geschah, stieß er sich gegen sie, an sie, in sie. Sie gab einen murrenden Protestlaut von sich, schüttelte ablehnend den Kopf und wand sich unter ihm, als sie versuchte, ihrem plötzlichen, unerwarteten Unbehagen zu entkommen. Da jedoch ihre Arme durch ihr Mieder gefesselt und ihre Beine durch seine Schenkel gespreizt waren, war jedes Ausweichen unmöglich gemacht. Er stieß sich gegen sie und tat ihr weh. Obwohl sie aufschrie, stieß er wieder zu, durchbrach das Hindernis und grub sich tief in sie.

Der Schmerz war scharf wie ein Messer. Lilah stieß einen Schrei aus, doch der Laut wurde von seinem Mund geschluckt. Dann bewegte er sich wieder, konvulsivisch, und er dehnte sie und füllte sie aus. Durch den Schmerz hindurch fühlte sie ihn, wie er sich groß und heiß in ihr bewegte, und urplötzlich war der gesamte Schmerz vergessen.

Sie vergaß alles bis auf die köstlichen Wonnen, die alles andere mit sich davontrugen.

Er stieß wieder zu, diesmal so tief, daß sie fürchtete, er könne sie in zwei Hälften spalten. Sie schnappte nach Luft, und ihre Hüften preßten sich eindringlich und instinktiv dichter an ihn. Die wunderbare Erregung, die sich in ihr aufgebaut hatte, überschlug sich, explodierte und zersplitterte zu einem Wirbelwind an Umrissen, Farben und Wahrnehmungen. Lilah schrie auf und zuckte. Joss schrie auch auf und stieß ein letztes Mal zu, ehe er seine Arme fest um sie schlang und tief in ihr blieb.

Hinterher lagen sie eine Zeitlang regungslos ineinander verschlungen da und ordneten ihre Gedanken, während ihr Atem sich beruhigte. Dann spannten sich Joss' Muskeln ohne jede Vorwarnung an, und er zog sich hoch. Sein Gesicht war tief im Schatten, der Mond ein silbriger Schein hoch oben am Himmel. Lilah konnte seinen Gesichtsausdruck nicht erkennen und versuchte es erst gar nicht. Sie sagte auch nichts, sondern sah mit einer Art von verträumtem Staunen, das sich nicht in Worte fassen ließ, zu ihm auf. Ihre Augen schimmerten matt, als sie über sein Gesicht glitten. Eine schmale Hand hob sich, um ihn zu berühren, über seinen angespannten Unterarm zu gleiten.

Als sie ihn anfaßte, fluchte Joss, und seine Worte waren derb und schockierend gewöhnlich. Er wälzte sich von ihr und sprang auf die Füße. Lilah zog sich mühsam auf die Ellbogen und rief ihm nach, als er in das Dunkel des Waldes hineinlief und sich kaum die Zeit ließ, seine Hose hochzuziehen, während er in der Nacht verschwand.

30

Joss war schwimmen gegangen, wie Lilah schon vermutet hatte. Sie war erleichtert, als sie seine Hose fand, die er am Strand abgelegt hatte, und dann den schwarzen Seehundschopf sah, der durch das schimmernde, phosphoreszierend grüne Wasser schwamm, das im Mondschein funkelte. Er war wütend, das war ihr klar, seit er sie so abrupt verlassen hatte, aber ob auf sie oder auf sich selbst, konnte sie nicht erraten. Was sich zwischen ihnen abgespielt hatte, war brutal und primitiv gewesen, die Folge eines Verlangens, das von einer Raserei entfacht worden war. Wenn er nicht irrsinnig wütend auf sie gewesen wäre, hätte er seine eiserne Kontrolle nicht verloren und sie so genommen, wie er sich geschworen hatte, es nicht zu tun. Wie sehr mußte er sich jetzt dafür verachten! Er konnte beim besten Willen nicht wissen, daß sie sein brutales Besitzergreifen ausgekostet hatte.

Dann würde sie es ihm eben sagen.

Ein schwaches Lächeln spielte um ihre Lippen, als Lilah sich auf denselben Felsen setzte, auf dem sie ihn erwartet hatte, als er das letzte Mal schwimmen gegangen war, und sich dort behaglich niederließ, um wieder einmal auf ihn zu warten.

Die Mondsichel tauchte den Strand und die Bucht in irisierendes Silber und Mitternachtsblau. Eine warme Brise, die schwach nach Salz roch, wehte vom Meer her. Das gedämpfte Rauschen der Wellen und das Rascheln des Windes in den Bäumen hinter ihr waren außer ihrem eigenen Atem die einzigen Laute, die zu vernehmen waren. Nichts rührte sich am Strand. Sogar die Möwen schliefen, und die Hummer und Krebse waren für die Nacht in ihren Löchern verschwunden. Lilah zog die Knie an, legte das Kinn darauf und wartete, während ihr das Haar schimmernd und duftig um das Gesicht geweht wurde.

Als sie endlich sah, daß er aus dem Wasser kam, schlug ihr Herz schneller. Als das dunkle Wasser unter seine Gürtellinie sank, seine Schenkel, seine Waden freilegte, bis er durch knöcheltiefes Wasser watete, starrte sie ihn mit aufgerissenen Augen an. Er war mit seinen breiten Schultern, seinen schmalen Hüften und seinen Muskeln in den Armen und den Oberschenkeln, die sich bei seinen Bewegungen abzeichneten, einfach wunderschön. Sein schwarzes Haar hatte er zurückgestrichen, und es fiel ihm in den Nacken. Seine Haut war im Mondschein bleich, und nur seine schwarze Körperbehaarung ließ seine Brust und das weiche Nest zwischen seinen Schenkeln dunkler wirken. In der Dunkelheit konnte sie das Ding, das in ihren Körper eingedrungen war, ihr erst Schmerzen bereitet und ihr dann solche Lust verschafft hatte, daß allein schon die Erinnerung daran erregend war, kaum erkennen.

Auf diese Entfernung waren seine Züge verschwommen, aber sie konnte nicht übersehen, wie sich sein Körper anspannte, als er sie sah. Er wappnete sich, als erwarte er einen Schlag oder einen Kampf. Steif kam er auf sie zu. Als er etwa zwei Meter vor ihr stand, blieb er schließlich stehen und verschränkte die Arme vor der Brust. Im Gegensatz zu dem ersten Mal, als sie ihn beim Schwimmen überrascht hatte, schien er sich nicht an seiner Nacktheit zu stören. Er stand so dreist wie ein Heide vor ihr und unternahm nicht den geringsten Versuch, den Anstand zu wahren. Unaufgefordert glitten Lilahs Augen noch einmal über den prächtigen Körper. Als sie ihm wieder in die Augen sah, stellte sie fest, daß sie sich zu bedrohlichen smaragdgrünen Schlitzen verengt hatten.

Obgleich sie die Röte in ihre Wangen steigen spürte, gelang es Lilah, ihm unbeirrt in die Augen zu sehen. Bald zog er einen Mundwinkel herunter und ließ sie aus den Augen, um unruhig den Strand abzusuchen.

»Lilah.« Als seine Stimme endlich das Schweigen brach, klang sie mürrisch. Er sah ihr wieder in die Augen, und in seinem Blick sah sie etwas, was ihr Herz schneller schlagen ließ. »Ich habe dir weh getan, und das wollte ich keinen Moment lang. Das, wenn schon nichts anderes, tut mit mehr leid, als ich dir sagen kann.«

Lilah musterte ihn wortlos und wägte die Worte und den Tonfall, in dem er sie geäußert hatte, ab. Die befremdliche förmliche Entschuldigung vertrug sich nicht mit seiner barschen Stimme. Er sprach, als täte ihm das Reden weh.

Nach wie vor wortlos, sprang Lilah auf. Der feine, trockene Sand war warm und wohltuend. Sie grub ihre Zehen hinein. Der Wind fing sich in ihrem Haar und wehte es ihr ins Gesicht. Sie hob eine Hand, um die Strähnen zurückzustreichen, und heftete ihren Blick auf ihn. Er sah wieder fort.

»Du hast mir nicht weh getan. Jedenfalls nicht allzu sehr und nicht allzu lange«, sagte sie schließlich mit sanfter Stimme. Seine zusammengekniffenen Augen kehrten bei diesen Worten auf ihr Gesicht zurück. Lilah sah, daß er entsetzlich verkrampft war. Seine Miene war finster, und seine Lippen waren zusammengepreßt.

»Ich war wütend.« Die Erklärung, falls es eine Erklärung war, kam abrupt aus ihm heraus. Sein Schuldbewußtsein verbarg er gründlich, aber Lilah, die ihn so gut kannte, hörte das, was er mit seinen Worten meinte. Er bedauerte, was er getan hatte, bereute es bitterlich, wogegen sie . . .

Lilah sah ihn nachdenklich an. Er hatte sich ihr gegenüber verschlossen. Worte des Verzeihens oder sogar der Liebe würden nicht zu ihm durchdringen. Nach seinen Vorstellungen hatte er gegen seinen eigenen Ehrenkodex verstoßen und ihr gewaltsam die Unschuld genommen, ganz gleich, wie sehr sie selbst es sich gewünscht haben mochte.

Als sie nach Worten suchte, die sein Schuldbewußtsein lindern und ihm gleichzeitig zu verstehen geben würden, daß sie den Verlust ihrer Unschuld ganz und gar nicht bedauerte, kam sie zu keiner Lösung.

Ihr Instinkt kam ihr zu Hilfe. Plötzlich keimte in ihrem tiefsten Innern das intuitive Wissen um die einzige Antwort auf, die zu ihm durchdringen würde. Statt mit Worten etwas sagen zu wollen, bog Lilah ihre Hände auf den Rücken, um die Knöpfe, die sie nur mit großer Mühe wieder hatte schließen können, erneut zu öffnen.

»Was zum Teufel tust du da?« Seine Stimme war barsch, sein Blick ungläubig. Lilah zog sich das Kleid über die Hüften und stieg aus ihm heraus, ohne Joss aus den Augen zu lassen.

»Was glaubst du wohl?«

Er beobachtete sie mißtrauisch, als sie mit nicht mehr als ihrem Unterkleid auf dem Leib vor ihm stand. Als seine Augen fast gegen seinen Willen über die sachten Rundungen ihres schlanken Körpers glitten und auf ihren langen, nackten Beinen haften blieben, die im

Mondschein silbern schimmerten, sah Lilah ihn ernst an. Als er ihr wieder in die Augen sah, brachte sie ein nervöses Lächeln zustande.

»Lilah . . .« Er verstummte, als sie ihr Unterkleid am Saum nahm und es sich mit einer geschmeidigen Bewegung über den Kopf zog. Einen Moment lang hielt sie das Kleidungsstück schützend vor sich hin, um ihre Nacktheit vor ihm zu verbergen. Dann lösten sich ihre Finger, und es fiel auch in den Sand. Sie war so nackt wie er, und sie war zart gebaut und unglaublich hübsch, und der helle Sand und der dunkle, sternenbesäte Himmel gaben einen vorzüglichen Hintergrund für sie ab. Die schimmernden aschblonden Strähnen ihres Haares reichten ihr bis auf die Schenkel und bildeten einen verlockenden Schleier, der mehr durchscheinen ließ, als er verhüllte. Ihre Brustwarzen lugten dunkel und stolz darunter hervor und setzten sich gegen das Weiß ihrer Brüste ab.

Joss starrte sie wie hypnotisiert an. Seine Augen wurden dunkler und blitzten auf. Sein Mund kniff sich zusammen. Er sagte kein Wort und rührte sich nicht, sondern starrte Lilah nur an, als sie regungslos vor ihm stand und ihr Herz wie eine Kesselpauke dröhnte, während sie wartete.

Als feststand, daß er nichts, aber auch nicht das geringste tun oder sagen würde, um es ihr leichter zu machen, wußte sie, daß an ihr lag, was jetzt geschah.

Sie hob ihr Kinn und kam langsam und mit sicheren Schritten durch den Sand auf ihn zu, der sie voneinander trennte. Sie empfand keine Scham. Ein Instinkt, der mächtiger als ihr Verstand war, flüsterte ihr zu, das, was sie tat, sei richtig. Er hatte sie erst zu einer richtigen Frau gemacht, zu seiner Frau, und ganz gleich, was in Zukunft aus ihnen werden würde, konnte ihr das nie mehr genommen werden. Die Erinnerung an diese monddurchflutete Nacht konnte sie in sich verschließen und sie wieder aufleben lassen und sie noch einmal durchleben, wenn die Wirklichkeit zu grau und zu trostlos war. Wenn sie auch in der Realität auseinandergehen würden, würde sie für alle Zeiten das Brandmal seiner Berührung in ihrem Geist und ihrem Herzen mit sich herumtragen und es auf ihrem Körper spüren. Er hatte ihre Sinne zum Leben erweckt, hatte einen Quell körperlichen Verlangens tief in ihrem Innern hervorsprudeln lassen, von dessen Existenz sie nie auch nur etwas geahnt hatte. Er hatte sie dazu gebracht, ihn zu begehren, ehe sie wirklich wußte, was Begehren hieß. Ihr Körper glühte vor Verlangen.

Als sie auf Armeslänge von ihm entfernt war, blieb sie stehen. Er rührte sich immer noch nicht, um sie anzufassen, und er sagte auch nichts, sprach ihr keinen Mut zu. Sein Gesicht war hart und verkniffen, sein Mund ein unnachgiebiger Strich. Lilah sah in diese grünen Augen und spürte, wie sie in tiefster Seele erschauerte. Sie kam sich vor, als würde sie verhext – von dem Mann und dem Mondschein und ihrem eigenen lüsternen Körper.

»Joss«, sagte sie leise und sprach nicht weiter, als sie feststellte, daß von ihrer Stimme nur noch ein heiseres Krächzen geblieben war. Seine Lider flatterten, und die Muskeln um seinen Mund verkrampften sich. Lilah fuhr sich mit der Zunge über die Lippen, um sie anzufeuchten, und dann versuchte sie es noch einmal.

»Ich will dich als meinen – Liebhaber haben. Bitte.« Ihre Stimme war so leise geworden, als sie beim letzten Wort angelangt war, daß sie über das Rauschen der Brandung kaum noch hörbar war. Er starrte sie noch einen Moment lang an, und in seine Augen trat ein Schimmer der Erbitterung und des Verlangens. Dann griff er nach ihr, und seine Bewegung war brutal. Seine Hände packten sie an den Oberarmen, und er zog sie die wenigen Schritte näher, die sie zu ihm brachten. Noch zog er sie nicht ganz an sich, sondern hielt sie ein wenig von sich, und sie konnte die Glut seines Körpers eher erahnen als spüren. Sie blickte mit weit aufgerissenen, verhangenen Augen zu ihm auf, und ihre Lippen waren weich und sinnlich. Lodernd sah er auf sie herab. Lilah merkte plötzlich, daß sie den Puls der Schlagader durch seine sonnengebräunte Haut auf dem Hals sah.

»Du bist eine Hexe, und ich bin ein verdammter Narr«, murrte er, aber noch während er die Worte aussprach, riß er sie fest an sich, und sein Mund senkte sich auf ihre Lippen, als könne er sich nicht länger zurückhalten.

Sein Mund war hart und heiß und gierig, als sich ihre Lippen mit einem ebenso großen Verlangen teilten. Ihre Hände glitten über die festen Muskeln seiner Arme, streichelten seine Schultern, schlossen sich hinter seinem Hals. Sie küßte ihn, als müsse sie sterben, wenn sie es nicht täte, und sie preßte sich dicht an ihn und kostete es genüßlich aus, seinen festen, männlichen Körper zu spüren.

Als er sie auf die Zehenspitzen zog, schlang sie die Arme fester um seinen Hals, und ihre Finger gruben sich in sein Haar. Seine Hand fand ihre bloßen Brüste, und ihre Knie wurden weich. Diesmal sank er mit ihr zu Boden, folgte ihr in den Sand und deckte ihren Körper mit seinem zu, als sie sanft auf den Rücken glitt. Diesmal war keine Brutalität mit im Spiel, nur beiderseitiges äußerstes Verlangen. Sie spreizte die Beine und bog ihren

Rücken durch, als sie mit bebender Vorfreude die glühende Fackel seines Eindringens erwartete. Doch er hielt sich zurück, verharrte im letzten Moment und hob den Kopf, um auf sie heruntersehen zu können. Diese grünen Augen brannten sich in ihre Seele.

»Und jetzt sag es mir«, murmelte er durch zusammengebissene Zähne.

»Was?«

»Daß du mich liebst.«

Sie lächelte ihn an, ein winziges Lächeln, das vor Leidenschaft bebte. Seine Arme schlangen sich dichter um sie, doch er hielt sich immer noch zurück und wartete auf die Worte, die er hören wollte.

»Ich liebe dich.«

»Joss«, knurrte er.

»Ich liebe dich, Joss«, flüsterte sie gehorsam, und seine Augen funkelten vor Befriedigung. Dann drang er in sie ein, und es war wunderbar, großartig, ein Zusammenfinden, das sie dem Himmel näher als der Erde rückte. Lilah nahm und nahm und gab und gab. Sie keuchte und schnaufte und schluchzte schließlich in ihrer Ekstase, als er ihr zeigte, wie der Liebesakt zwischen einem Mann und einer Frau gedacht war. Als es vorbei war, als er still auf ihr lag, lächelte sie verträumt, während sie das seidige Schwarz auf seinem Kopf streichelte, die schweißnasse Haut seiner Schultern.

Nach einer Weile zog er sich auf die Ellbogen, um sie mit einem nachdenklichen Gesichtsausdruck anzusehen.

»Das läßt sich jetzt nicht mehr rückgängig machen, verstehst du. Ganz gleich, was auch geschieht.«

»Ich will es nicht rückgängig machen.«

»Du hast dich mir hingegeben. Du gehörst jetzt mir,

und dein verdammter Keith kann sich eine andere Verlobte an Land ziehen.« Seine Augen waren in dem unwirklichen Licht strahlend grün, als er sie starr auf ihr Gesicht richtete.

»Hm. Mir gefällt es, dir zu gehören.« Diese sinnliche Reaktion, die sie damit begleitete, seine Schultern zu streicheln, schien ihn zufriedenzustellen. Sie sah keinen Sinn darin, ihn darauf hinzuweisen, daß er Kevin hieß, daß er höchstwahrscheinlich ertrunken war, und daß die Kluft zwischen ihr und Joss, ob Kevin nun ertrunken war oder nicht, immer noch so enorm wie eh und je war. Nicht heute nacht. Heute war eine ganz besondere Nacht, verzauberte Stunden außerhalb der Wirklichkeit. Außerdem war es immer noch möglich, daß sie die Insel nie mehr verlassen konnten, daß sie den Rest ihrer Tage hier verleben würden, zwei Schiffbrüchige. Es war erstaunlich, wie reizvoll ihr diese Vorstellung plötzlich erschien.

Sein Gesicht löste sich, und er wälzte sich von ihr. Sie schmiegte sich behaglich an ihn und legte ihren Kopf auf seine Schulter. Ein Arm lag auf seinem flachen, behaarten Bauch. Ihre Finger waren damit beschäftigt, sich in den zarten Keil von gelockten schwarzen Haaren zu graben, der sich über seine Brust zog. Sie glitten über seine Rippen, über seinen Bauch, fanden den Nabel und tauchten scherzhaft hinein. Als ihm das keine andere Reaktion als ein kurzes Flattern der Lider entlockte, kitzelte sie spielerisch seinen Bauch.

Das drang durch seine geistesabwesende, versonnene Stimmung vor. Er rückte leicht zur Seite, um ihrem schelmischen Tun zu entgehen, und dabei murrte er protestierend. Sie kitzelte seine Rippen, und er hielt ihre Hand fest. Als sich langsam ein Grinsen auf seinem Gesicht breit machte, trug ihm das ein Lächeln und einen zarten Kuß ein, den sie auf die Bartstoppeln seiner Wange preßte.

»Wenn du nicht aufpaßt, werde ich dich wieder lieben, ehe du auch nur dazu kommst, Atem zu holen.« Seine Augen sahen sie mit einem bedrohlichen Funkeln an.

»Das würde mir gut gefallen.« Sie zwinkerte ihn an.

Daraufhin lachte er und drückte sie an sich. Ihre Hand hielt er immer noch fest, um weitere Angriffe auf seine Rippen zu verhindern. »Du schamloses kleines Ding! Wer hätte das je gedacht?«

Lilah sah von der interessierten Inspektion seiner Brust auf und legte die Stirn in Falten. Seine Worte hatten sie überrumpelt, und sie war tief verletzt. Es dauerte einen Moment lang, bis sie etwas sagte, und als sie sprach, war ihre Stimme gesenkt.

»Joss, bin ich wirklich – schamlos? Sind nicht – nun ja, die meisten Damen so wie ich? Wenn es um – um –« Sie ließ ihren Satz mit einem besorgten Blick abreißen.

»Nein, mein Liebling, die meisten Damen sind ganz entschieden nicht so wie du. Meiner Erfahrung nach sind die meisten Frauen nicht wie du. Von den Damen bis hin zu den Huren.«

»Oh.« Ihre Stimme war kleinlaut, und sie spürte eine Woge gräßlichster Demütigung über sich schwappen. Sie war zu dreist gewesen, hatte zu offen gezeigt, wie sehr sie ihn genoß. Er mußte sie für wollüstig halten ...

Joss sah den Blick, der auf ihrem Gesicht stand, und er packte sie eilig und rollte sich mit ihr herum, bis er auf dem Rücken lag und sie auf ihm. Seine Hände legten sich auf ihren Hintern, und seine Finger streichelten zart das stramme, feste Fleisch.

»Nein, die meisten Frauen sind nicht so wie du«, sagte

er wieder und hielt sie fest, als sie sich winden, von ihm abrücken und eine würdigere Stellung einnehmen wollte. »Du besitzt die Gabe der Leidenschaft, und dafür danke ich Gott. Bei Frauen ist das eine seltene Gabe, etwas Kostbares und absolut Unbezahlbares.«

»Im Ernst?« fragte sie und sah ihn immer noch eine Spur besorgt an.

»Im Ernst«, antwortete er und zog ihr Gesicht zu sich.

Sein Mund war warm und sanft und einschmeichelnd. Er hielt seine Leidenschaft in Schach und ließ sie bestimmen, was sie aus dem Kuß machen wollte. Sie wurde mit der Zeit kühner, und ihre Zunge forderte seine zu einem spielerischen Kampf heraus.

Als sie endlich den Kopf hob, stand rasende Leidenschaft in seinen Augen. Lilah lächelte ihn an und spürte eine schwindelerregende Hitze durch ihre Lenden zukken. Aber als sie ihren Kopf senken wollte, um ihn wieder zu küssen, wich er ihr mit einem Kopfschütteln aus, und seine Hände packten ihre Schultern und preßten sie zurück. Als sie sich gehorsam hinsetzte, glitten seine Hände an ihrem Körper herunter, bewegten sich ungehindert und strichen über ihre Brüste, ihren Bauch und die weichen Haarbüschel zwischen ihren Beinen. Dann zeigte er ihr, wie sie auf ihm sitzen konnte.

Sie stützte die Hände auf seine Brust, um das Gleichgewicht nicht zu verlieren, und sah ihn verwirrt und mit gerunzelter Stirn an. Wollte er ihre Leidenschaft damit bremsen? Vielleicht konnten Männer Frauen nur einmal oder zweimal Genuß verschaffen und brauchten dann eine Pause? Ihr wurde erneut klar, wie wenig sie über die Männer wußte.

»Wenn du müde bist . . .«

Ihre Worte kamen zögernd heraus, aber sie wollte ihm

einen Ausweg anbieten, ohne seinen männlichen Stolz zu verletzen, von dem sie vom Hörensagen wußte, wie empfindlich er auf diesem Gebiet war. Er sah zu ihr auf und ließ von seiner interessierten Musterung ihres Körpers ab. Die Glut in seinen Augen wurde durch das Lächeln, das seine Mundwinkel bei ihren Worten verzog, nur noch betont.

»Noch nicht«, sagte er, und die Worte kamen mit belegter Stimme heraus, während er immer breiter grinste. »Wir haben doch gerade erst angefangen. Du hast noch sehr viel zu lernen. Wenn wir ein Liebespaar sein wollen, mußt du wissen, was ich mag.«

»Was du magst?« Es klang, als sei er ein Feinschmekker bei einem Festmahl, der sich wählerisch sein Menü zusammenstellt. Es gab doch gewiß nicht mehr als eine Art, den körperlichen Akt zu vollziehen. Er mußte von etwas anderem sprechen.

»Mhm. Ich möchte dich zum Beispiel manchmal sehen – dich ganz sehen –, wenn wir uns lieben. Also möchte ich ab und zu, daß du oben bist – so wie jetzt. Damit ich deine wunderschönen Brüste sehen kann . . .« Während er das sagte, streckte er die Hände aus und legte sie auf sie. Lilahs Lippen teilten sich, als er sie in seinen Händen zu wiegen schien und dann spielerisch mit seinen Daumen über ihre Brustwarzen fuhr. Speere aus reinem Feuer durchbohrten sie.

»Joss . . .« Sein Name war eine Mischung aus einem Protest und einem freudigen Aufschrei, der stöhnend über ihre Lippen kam.

Er ließ ihre Brüste los und strich mit seinen Händen über ihren Oberkörper, ihre schmale Taille, die sanfte Wölbung ihrer Hüften, die Rundung ihres kleinen Bauches. Jede seiner Berührungen rief Hitze hervor und schmolz ihre Knochen, bis sie nichts anderes mehr wollte, als sich auf ihn fallen zu lassen, damit er die köstlichen Qualen, die er verursacht hatte, wieder vertrieb.

Lilah hatte zwar oft voller Schuldbewußtsein versucht, sich vorzustellen, wie es sein würde, den Paarungsakt mit einem Mann zu vollziehen, aber das hier hätte sie sich in ihren kühnsten Träumen nicht ausgemalt: Sie selbst könne nackt, schlank, bleich und vom Mondlicht umspült, auf der Brust ihres Liebhabers sitzen, während er genauso nackt wie sie der Länge lang im Sand lag und der Wind ihr Haar wie eine silbrige Woge um sie beide wehte, und die Nacht sie in einen mysteriösen Kokon hüllte. Das konnte es nur im Traum geben, obgleich sie sich so etwas nie erträumt hätte. Ihre Träume von der Liebe waren sachte, so unwissend und unschuldig wie sie selbst es gewesen war. Wenn sie tausend Jahre gelebt hätte, wäre in ihren Träumen nie so etwas wie dieser heidnische Liebesakt vorgekommen.

Bis heute nacht nicht.

Sie keuchte, als seine kräftigen, warmen Hände ihre Knie berührten und von dort aus auf der seidigen Innenseite ihrer Oberschenkel hinaufglitten. Sie erstarrte, als erkundende Finger die weichen Haarbüschel fanden, sie sanft streichelten und sich darin vergruben, um verborgene Quellen der Leidenschaft zu entdecken, von denen Lilah nie auch nur geahnt hätte, daß sie sie besaß. Als seine Finger sich an sie preßten, schrie sie auf und zuckte, und ihr Kopf fiel nach vorn, und ihre Augen schlossen sich, weil ihr Verlangen zu gewaltig war. Nur ihre Hände, die sie auf seine Brust gestemmt hatte, bewahrten sie davor, auf ihm zusammenzubrechen.

»Und jetzt möchte ich, daß du mich liebst.«

Sie hörte sein heiseres Flüstern in dem Moment, in

dem sie in den Strudel zu sinken drohte, der sie erwartete. Lilah hob den Kopf und schlug mühsam die Augen auf, als sie versuchte, dahinterzukommen, was er gemeint haben mochte. Er mußte das Unverständnis in ihren Augen gesehen haben, denn seine Finger preßten sich noch einmal gegen sie, ehe seine Hände sich auf ihre Hüften legten, ihren Körper von seiner Brust hoben und sie behutsam auf ihn sinken ließen. Lilah keuchte, als sie die glühende Hitze spürte, die sich an sie preßte. Dann war er ein winziges Stück weit in ihr, und seine Hände auf ihren Hüften zogen sie herunter und immer tiefer herunter, bis er sie ausfüllte und sie sich auf ihm wand.

»Liebe mich«, murmelte er wieder, und seine Stimme war belegt. Seine Augen waren glasig, sein Gesicht vor Leidenschaft gerötet. Die Muskeln seiner Arme und seiner Brust zeichneten sich wie ein Relief gegen seine gebräunte Haut ab, als er darum rang, sich unter Kontrolle zu behalten, damit sie das Tempo bestimmen konnte. Keuchend tat Lilah das, wozu er sie aufgefordert hatte, und sie umklammerte seine Handgelenke, als er ihre Hüften mit seinen Händen führte, damit sie sich so bewegten, wie er es wollte. Als sie die Bewegung zu seiner Zufriedenheit gelernt hatte, ließ er ihre Hüften los und legte seine Hände auf ihre Brüste.

Lilah schrie auf, als seine Hände sich über ihren Brüsten schlossen.

Als hätte dieser kleine Laut etwas in ihm in Aufruhr gebracht, stöhnte er und zog sie zu sich herunter, damit er ihre Brüste in den Mund nehmen konnte. Er sog mit einem gierigen Verlangen daran, und seine Hände lagen fest und heiß auf der seidigen Haut ihres Hinterteils, als er sie über sich festhielt und sich ihr entgegenwölbte, tiefer in sie hinein. Lilah blieb nichts anderes übrig, als sich der Heftigkeit seiner Leidenschaft zu überlassen. Endlich zog er sie mit einem heiseren Schrei an sich und zitterte in ihren Armen. Als er tief in ihr blieb, schrie auch sie auf und wurde von der stürmischen Glut der Leidenschaft davongetragen, die sie überwältigte.

Schließlich lagen sie ruhig in ihrer Umarmung da und bebten vor Erschöpfung und gestillter Leidenschaft. Der warme Hauch des Windes koste sie, die Stille des Strandes, der in den Mondschein getaucht war, umgab sie von allen Seiten, und die Brandung rollte in einem sachten Rhythmus heran, um den Strand zu küssen. Aber die beiden, die eng umschlungen im Sand lagen, nahmen nichts anderes um sich her wahr.

Eingefangen in den entspannenden Nachwehen der Leidenschaft, schliefen sie ein.

31

Derbe Hände, die sie unter den Achseln packten und sie aus dem warmen Kokon zerrten, in dem sie schlief, weckten Lilah. Ihr blieb nur ein Moment Zeit, um schokkiert festzustellen, daß es nicht mehr Nacht war, sondern dämmerte. Von der blaßgelben Sonne, die gerade über dem östlichen Horizont aufging, zogen sich die glühenden Farben der Morgenröte über den Himmel. Die Flut schwappte schon weit auf den Strand, bedrohlich nah an die Stelle, an der sie gelegen hatten, und der Sand war nur noch ein Streifen von weniger als einem Dutzend Meter Breite.

Im selben Augenblick wurde ihr klar, daß sie in Joss' Armen am Strand geschlafen hatte, und jetzt wurde sie von ihm fortgezerrt, und ihre nackten Arme scheuerten sich auf den Sandkörnern auf. Ein Mann mit einem scharlachroten Hemd und einer schwarzen Hose, der grinste und schmutzig aussah und den sie sofort für einen der Piraten hielt, stand mit seinen nackten Füßen auf Joss' Schultern und richtete eine Pistole mitten in sein Gesicht.

Auch Joss schien sich durch das Geschehen verblüffen zu lassen. Als Lilah ihn entsetzt ansah, hob er den Kopf ein paar Zentimeter aus dem Sand und drehte ihn in ihre Richtung. Der Pirat, der die Pistole in der Hand hielt, sagte etwas, spannte den Hahn und brachte Joss dazu, wieder die Pistole und den Mann, der sie auf ihn richtete, anzusehen. Joss erstarrte, und jeder einzelne Muskel in seinem ganzen Körper schien sich zu verkrampfen. Der Pirat grinste noch breiter. Sein Finger schien sich fester gegen den Abzug zu pressen.

Jetzt verstand Lilah erst, daß die Hände, die sie hielten, einem anderen Piraten gehörten, einem mit einem wüsten roten Bart und einem fehlenden Schneidezahn, der ihre nackte Gestalt geifernd ansah, als er sie über den Strand zog. Lilah zweifelte nicht daran, daß es nur noch eine Frage von Sekunden war, bis die Pistole in der Hand des ersten Piraten abgedrückt wurde. Sie würden Joss töten, und sie würde von einem und möglicherweise sogar beiden Männern brutal vergewaltigt.

Endlich erkannte sie, was hier ganz real geschah, und sie schrie laut auf.

Das Geräusch war so laut und schrill wie die Pfeife einer Lokomotive. Der Mann, der sie wegzerrte, zuckte zusammen, fluchte und trat sie mit dem Fuß in den Rücken. Lilah spürte den Tritt kaum, denn sie wand sich, um sich aus seinem Griff loszureißen. Ihr Schrei schien den Piraten, der darauf aus war, Joss zu ermorden, für einen ganz entscheidenden Augenblick abgelenkt zu haben. Noch während sie darum kämpfte, sich von ihrem Entführer zu befreien, sah sie, wie sich Joss' Hand über der Hand schloß, die die Waffe hielt, und wie der Pirat, der ihn bedroht hatte, durch die Luft flog . . . Plötzlich hörte sie einen Knall, und dann war sie frei. Der Mann mit dem roten Bart gab den Kampf auf und nahm die Beine in die Hand, als Joss auf ihn zugerannt kam. Der andere Pirat lag regungslos im Sand. Lilah sank zitternd auf die Knie. Joss warf nur einen einzigen Blick auf sie, der ihm in einem Sekundenbruchteil zu sagen schien, daß ihr nichts passiert war, und dann jagte er den Mann mit dem roten Bart über den Sand und in den Wald. In dem Moment fiel Lilah auf, daß die Piraten, selbst wenn Joss den anderen Mann erwischte und tötete, mit Sicherheit die beiden vermissen würden. Sie würden nach ihren Kameraden Ausschau halten. Sogar jetzt, in diesem Moment, war es möglich, daß weitere Piraten sie beobachteten.

Mit weit aufgerissenen Augen sah sich Lilah um. Sie fürchtete sich entsetzlich.

Bis auf den Toten war niemand am Strand. Sie war allein. Zumindest schien sie allein zu sein.

Ihre Augen suchten den Waldrand ab. Wenn sie sie beobachteten, würden sie aus dem Wald herauskommen. Für sie bestand kein Anlaß, sich vor einer einsamen Frau zu fürchten. Ganz im Gegenteil . . .

Die Erinnerung an das Los, das diese andere Frau getroffen hatte, die von den Piraten gefangengenommen worden war, schoß ihr so lebhaft durch den Kopf, als spiele sich das Ganze in diesem Moment vor ihren Augen ab. Lilah lief ein Schauer über den Rücken.

Sie war nackt. Sie ließ ihre Blicke auf der Suche nach ihren Kleidern über den Strand schweifen.

Seltsam, wie anders alles in der Morgendämmerung aussah. Kurz hinter dem Toten ragte der Felsen auf, von dem aus sie Joss beim Schwimmen zugesehen hatte. Die Flut reichte fast an ihn heran. Dort lag ihr Kleid.

Was auch geschehen würde, sie wollte es vollständig angekleidet auf sich zukommen lassen.

Sie ließ sich kaum die Zeit, den Sand von ihrem Körper zu klopfen, schüttelte die Kleider, zog sie über und schloß die Knöpfe und die Bänder mit einer rasenden Hast, die nur durch ihre zitternden Finger beeinträchtigt wurde.

Gerade erst hatte sie sich das Haar über das Kleid geworfen, als Joss aus dem Wald auftauchte. Mit pochendem Herzen rannte sie ihm entgegen.

»Er ist tot.«

Die Worte bestätigten die unausgesprochene Frage, die in ihren Augen stand. Ohne bei ihr stehen zu bleiben, ging er auf den anderen Mann zu, starrte ihn einen Moment lang an und bückte sich dann, um ihn vorsichtig umzudrehen. Lilah, die ihm gefolgt war, schauderte zusammen und wandte sich bei dem Anblick des Blutes ab, das dort rann, wo einmal die linke Gesichtshälfte des Mannes gewesen war. Joss hatte ihn mitten in den Kopf getroffen. Als sie wieder hinsah, stellte sie fest, daß Joss die Taschen des Piraten ausgeleert hatte und dabei war, ihm die Hose auszuziehen.

»Was tust du da?« fragte sie mit matter Stimme.

»Wir brauchen seine Kleider.«

»Wozu?«

Joss sah nur kurz von seiner Beschäftigung auf, aber sie erkannte, daß seine Augen dunkel und hart waren, seine Miene grimmig.

»Wenn sie uns finden – *falls* sie uns finden – will ich, daß sie glauben, sie hätten zwei Männer gefunden. Du bist bei weitem sicherer, wenn wir verhindern können, daß sie auf den Gedanken kommen, du seist eine Frau.«

32

Joss entfernte die Leiche vom Strand. Mit einem Stein scharrte er im losen Unterholz und der Erde, die unter der wuchernden Vegetation verborgen war, ein nicht allzu tiefes Grab. Er wiederholte dasselbe mit der zweiten Leiche. Dieser Joss war stumm, grimmig und ein vollkommen anderer Mann als der leidenschaftliche Liebhaber der vergangenen Nacht.

Als er den zweiten Mann durch den Wald trug, folgte ihm Lilah schweigend und trug die Kleider und die anderen Besitztümer, die Joss der Leiche abgenommen hatte. Als die beiden nackten Leichen mit einer dünnen Schicht Erde bedeckt waren, half sie Joss, faulendes Laub auf die Gräber zu häufen. Schließlich zerrte er einen großen, entwurzelten Oleander über die Stelle.

Als er fertig war, hätte niemand sehen können, daß sich jemand im Urwald zu schaffen gemacht hatte, und schon gar nicht, daß zwei frische Gräber ausgehoben worden waren. Nicht ganz eine Stunde war vergangen, seit Lilah am Strand so unschön aufgewacht war.

»Komm schon, wir müssen uns eilen«, sagte Joss schließlich. Er hob die Habe der Piraten auf und klemmte sie sich unter den Arm, ehe er wieder an den Strand eilte. Lilah, die immer noch sprachlos vor Entsetzen war, folgte dicht hinter ihm. Joss hatte seine Hose angezogen, ehe er die erste Leiche in den Wald getragen hatte, doch seine Brust und sein Rücken waren noch entblößt und von Erde und Schweiß bedeckt. Der Tag wurde jetzt schon heiß. Die dichte Vegetation auf der Insel ließ ein dampfendes Treibhausklima aufkommen, eine unangenehme Schwüle entstehen. Lilah schluckte Luft, die die Konsistenz von Pudding hatte, und kämpfte tapfer gegen ihre Übelkeit an.

»Glaubst du, daß die übrige Mannschaft kommen wird, um die verschollenen Besatzungsmitglieder zu suchen?«

»Ja.«

»Bald?«

»Wer weiß? Wahrscheinlich vor Anbruch der Nacht. Wie gründlich sie sie suchen werden, hängt davon ab, wer die Männer waren und wie dringend sie gebraucht werden. Wenn sie nichts weiter als zwei Matrosen waren, die niemandem allzu viel genutzt haben, kann es sein, daß die Mannschaft nur ein oder zwei Tage nach ihnen sucht, ihr Verschwinden als eines der Geheimnisse des Schicksals abtut und wieder verschwindet.«

»Das hoffe ich.« Lilahs Worte kamen aus tiefstem Herzen.

Joss und sie hatten den Küstenstreifen jetzt erreicht und blieben stehen. Joss legte das Bündel Kleider hin, richtete sich auf und sah sie stirnrunzelnd an. Um seinetwillen zwang sich Lilah zu einem zittrigen Lächeln. Dafür wurde sie von ihm mit einem Lächeln belohnt, das man wohl am ehesten als einen Glanz beschreiben konnte, der in seinen Augen zum Leben erwachte. Dann streckte er die Hände nach ihr aus. Eine Hand umfing ihre Mitte und zog sie an ihn, und die andere legte sich unter ihr Kinn, damit er ihr ins Gesicht sehen konnte.

»Eine Frau wie dich gibt es nur einmal unter Millionen, Delilah Remy. Die meisten Frauen wären schon längst ohnmächtig geworden oder hätten mir einen Anfall von schreiender Hysterie hingelegt.«

»Ich habe in meinem ganzen Leben noch keinen hysterischen Anfall gehabt.« Allein schon der Gedanke entrüstete Lilah. Joss sah sie jetzt spöttisch an. Ein Teil der Anspannung wich aus seinem Gesicht, und Lilah fühlte sich gleich besser als bisher. Sie hatten gemeinsam dieses Grauen durchgemacht, und es hatte Tote gegeben, aber sie hatten überlebt. Dank Joss. Er hatte für ihre Sicherheit gesorgt. Bis jetzt.

»Du bist einfach wunderbar«, sagte sie. Seine Augen kniffen sich zusammen. Er senkte den Kopf und preßte ihr einen schnellen, festen Kuß auf den Mund. Dann ließ er sie los und wandte sich, mit einem vertraulichen leichten Klaps auf ihr Hinterteil, ab.

»Jetzt reicht es aber. Wir müssen so gut wie möglich alle Spuren am Strand verwischen. Machen wir uns an die Arbeit, Frau.«

Lilah folgte ihm, als er forsch auf den Sand trat. Eine Viertelstunde später waren alle Spuren des tödlichen Kampfes, der auf diesem weißen Streifen stattgefunden hatte, verschwunden. Joss hatte den Sand gut verteilt, in den das Blut gelaufen war, und nichts machte einen ungewöhnlichen Eindruck. Dann hatten er und Lilah alle Spuren menschlichen Daseins vom Strand getilgt, indem sie den Sand mit Palmwedeln säuberlich gekehrt hatten.

»Das sollte genügen«, sagte Joss schließlich. Lilah folgte ihm, als er wieder auf ihre Hütte zuging, und sie bemühte sich, nicht daran zu denken, daß bereits jetzt, in dem Moment, Piraten den Dschungel nach ihren Gefährten durchsuchen könnten.

33

Lilah kam es so vor, als seien Jahrhunderte vergangen und nicht etwa Stunden, seit sie in der vergangenen Nacht die kleine Lichtung verlassen hatte, um sich auf die Suche nach Joss zu machen. Sie wäre direkt an ihrer Hütte vorbeigelaufen, wenn ihr der Baum nicht aufgefallen wäre, unter dem sie ihr Lager aufgeschlagen hatten. Es war ein tröstlicher Gedanke, wie schwierig es für jemanden sein würde, der nichts von der Existenz der Hütte wußte, sie zu finden.

»Und jetzt kommen wir zu dir«, sagte Joss und ließ das Bündel Kleider vor die Hütte fallen, ehe er sich zu ihr umdrehte und sie kritisch musterte.

»Zu m-mir?« Er war plötzlich so grimmig, daß sie sich wieder zu fürchten begann. Das erinnerte sie erneut daran, daß sie in Todesgefahr waren. Sie konnte Joss ansehen, daß er mit Schwierigkeiten rechnete, und zwar schon bald. Lilah schluckte.

»Wir müssen aus der schönen jungen Frau, die du bist, einen schmuddeligen jungen Kerl machen, der es nicht wert ist, zweimal hinzusehen. Schauen wir doch mal, was wir haben.«

Mit diesen Worten wandte sich Joss dem Kleiderberg zu. Zwei Hosen, beide schwarz, das scharlachrote Seidenhemd, das der Pirat angehabt hatte, der versucht hatte, Joss zu töten, und das jetzt Blutflecken hatte, ein einst weißes Hemd und abgetragene Lederstiefel, die dem mit dem roten Bart gehört hatten, ein Lederbeutel, in dem sechs aus Blei gegossene Pistolenkugeln steckten, Feuersteine, Stahl und etwas Kautabak, eine Pistole und ein Messer mit Scheide machten ihre gesamte Beute aus. Joss lud die Pistole, steckte sie sich in das Gurtband seiner Hose, stand auf und hielt die kleinere der beiden Hosen, die sie erbeutet hatten, in der Hand.

»Zieh dich aus«, wies er sie an. »Wir werden versuchen, einen Jungen aus dir zu machen.«

Er sah sie mit finsterer Miene ungeduldig an, als er darauf wartete, daß sie ihm gehorchte. Lilah starrte ihn an und wurde plötzlich von Schüchternheit übermannt. Sich vor seinen Augen am hellichten Tage auszuziehen, war etwas ganz anderes als ihr kühner Versuch bei Mondschein, ihn zu verführen. Sie konnte sich doch nicht einfach – nackt ausziehen, während er zusah.

»Dreh dich um.«

Er sah sie einen Moment lang so an, als traute er seinen Ohren nicht.

»Das soll wohl ein Witz sein.«

»Nein. Dreh dich um.« Sie sah ihn verbissen an.

»Lilah . . .«

Was er auch hatte sagen wollen – er ließ es bleiben und gab auf. Joss warf ihr die Hose zu und wandte ihr dann den Rücken zu.

Sie rümpfte die Nase, als sie die schmutzige Hose anzog. Sie war ihr viel zu groß, und wenn sie den Bund nicht gut festgehalten hätte, wäre ihr die Hose augenblicklich auf die Knöchel gefallen.

»Was ist mit einem Hemd?«

»Nimm das weiße. Das rote ist zu auffallend. Man könnte sich leicht daran erinnern. Wir wollen doch nicht, daß jemand diese Kleidungsstücke mit ihren früheren Besitzern in Verbindung bringt.«

Lilah stimmte ihm stillschweigend zu. Außerdem

hätte es ihr sowieso nicht behagt, ein Kleidungsstück zu tragen, an dem noch das nasse Blut seines vorherigen Besitzers klebte. Sie hob das Hemd auf, das er ihr beschrieben hatte, schloß die Augen, als sie sah, wie schmutzig es war, und versuchte, auch ihre Nase gegen den Geruch zu verschließen, als sie es über ihr Unterkleid zog. Es war eine Mischung aus Fisch und Schweiß und anderen Dingen, die zu gräßlich waren, um sie sich genauer vorzustellen.

»So. Jetzt kannst du dich wieder umdrehen.«

Joss drehte sich um, sah sie einmal an, grinste über den Ausdruck reinsten Widerwillens, der auf ihrem Gesicht stand, und musterte sie dann noch einmal genauer. Er legte die Stirn in Falten.

»Nun, was sagst du?« Sie legte den Kopf auf eine Seite und sah ihn gespannt an. Das lange weißblonde Haar fiel ihr über eine Schulter. In dem zarten Oval ihres Gesichts waren ihre Augen große, graublaue Tümpel. Ihr Teint war weiß und seidenweich und spannte sich über ihren hohen Backenknochen und ihrem zarten Kinn. Durch den offenen Kragen des dreckigen Hemdes war ihr Schlüsselbein zu sehen. Obwohl das Hemd riesig und viel zu groß für sie war, stießen ihre Brüste provokativ gegen das derbe Material. Von ihrer Taille und ihren Hüften war nichts zu sehen. Die Hose war so weit, daß sie gezwungen war, sie mit einer Hand festzuhalten.

Joss stöhnte. »Wenn ich je jemanden gesehen haben sollte, der unmännlicher gewirkt hat, dann kann ich mich nicht daran erinnern.«

»Die Hose ist zu weit, aber wenn ich sie zusammenbinde und mir ein Halstuch über das Haar knote, glaubst du nicht, daß ich dann als Mann durchgehen könnte?«

»Vielleicht um Mitternacht, wenn du auf einen Blinden stößt. Zum Teufel, wir müssen es versuchen. Weiblicher als im Moment könntest du nicht aussehen, es sei denn, du würdest unbekleidet durch die Gegend laufen.«

Er nahm die zweite Hose in die Hand und zerschnitt sie mit dem Messer. Er band drei lange Streifen zu einem zusammen.

»Steck das Hemd in die Hose.«

Sie tat, was er gesagt hatte, und dann schlang er ihr den Streifen Stoff um die Taille und knotete ihn zu. Vorsichtig ließ sie die Hose los; jetzt rutschte sie nicht mehr herunter. Ermutigt sah sie ihn an.

»Ist es jetzt besser?«

Er verdrehte die Augen zum Himmel und gab sich endgültig geschlagen.

»Was stimmt denn jetzt nicht?« Sie hatte die Fäuste in die Hüften gestemmt und starrte ihn aus zusammengekniffenen Augen an. Sein Pessimismus, was ihre Chancen betraf, als Mann durchzugehen, fing an, sie zu ärgern. Er hätte ihr wenigstens Mut machen können. Schließlich tat sie alles, was in ihren Kräften stand, um es ihm recht zu machen.

»Schätzchen, du bist einfach zu – zu . . .« Seine Hände beschrieben eine Geste vor seinem Brustkorb, die ihr sagte, daß sie dort nicht flach genug war. »Was trägst du unter diesem Hemd?«

»Mein Unterkleid.«

»Zieh es aus. Vielleicht hilft das. Irgend etwas muß doch helfen!«

Lilah zögerte einen Moment lang und nickte dann. »Einverstanden. Aber dreh dich bitte wieder um.«

»Um Himmels willen, aber . . .«

Er beendete den Satz nicht und drehte sich barsch um.

Lilah erkannte an der Haltung seiner breiten Schultern, daß ihr Beharren auf einem Mindestmaß an Anstand ihm allmählich auf die Nerven ging.

Sie zog sich das Hemd über den Kopf, dann das Unterkleid und ließ es auf den Boden fallen. Die Vorstellung, das schmutzige Hemd direkt auf ihre bloße Haut zu ziehen, war gar nicht verlockend, aber es ließ sich nichts dagegen machen. Sie knöpfte das Hemd zu und sagte Joss, er könne sich wieder umdrehen.

Er sah sie flüchtig an und schüttelte den Kopf.

»Ist es so nicht besser?«

»Wenn überhaupt, dann ist es noch schlimmer. Du bist ganz einfach zu weiblich.«

»Ich bitte um Verzeihung«, sagte Lilah. Sie war inzwischen ziemlich gereizt. »Ich kann nichts dafür, verstehst du.«

»Schnapp jetzt nicht ein. Gott hat dich mit einer knackigen Figur bedacht, und dafür bin ich ihm dankbar. Aber im Moment stellt diese Figur ein Problem dar. Uns wird schon noch etwas einfallen. Wir brauchen nur – irgendein . . .«

Er beendete auch diesen Satz nicht, sondern ging auf die Hütte zu. Lilah sah ihm argwöhnisch nach, als er in ihrem Innern verschwand. Was er auch vorhatte, sie war ziemlich sicher, daß es ihr nicht passen würde. Diese Vermutung bestätigte sich, als er mit ihrem Unterrock wieder ins Freie kam und ihn wie die Hose in Streifen riß.

»Was tust du da?« Im Lauf ihres Aufenthalts auf der Insel hatte sie dieses Kleidungsstück allzu sehr schätzengelernt. Es erwies sich in vieler Hinsicht als außerordentlich nützlich, und es gehörte ihr. Sie konnte Joss nur raten, gute Gründe für seine zerstörerischen Absichten zu haben.

»Ich glaube, genau das brauchen wir jetzt«, sagte er, ohne sie auch nur anzusehen.

»Was denn?« Lilah ließ die Hände sinken, legte die Stirn in Falten und dachte nach. »Was hast du vor?« Ihre Stimme war schrill, fast ein Quietschen.

»Zieh das Hemd aus. Und komm mir bloß nicht wieder mit dem Quatsch, daß ich mich umdrehen soll. Erstens ist es lächerlich, zweitens täte ich es ohnehin nicht, und drittens hast du im Moment ganz andere Sorgen, als daß du Zeit für diese überflüssigen Versuche hättest, eine damenhafte Prüderie aufrechtzuerhalten.«

»Du . . .«

»Zieh dieses verdammte Hemd aus!« brüllte er.

Lilah zuckte zusammen. Es war derart neu und ungewohnt, Joss schreien zu hören, daß sie vollkommen überrumpelt war. Einen Moment lang gaffte sie ihn an, aber als sie das smaragdgrüne Lodern seiner Augen sah, kehrte sie ihm den Rücken zu und fing gehorsam an, ihr Hemd aufzuknöpfen.

Während sie noch mit dem letzten Knopf beschäftigt war, zog er ihr das Hemd schon ungeduldig von den Schultern. Glühende Röte stieg in ihre Wangen auf, und Lilah bedeckte sich mit den Händen, als sie sich umdrehte. Trotz allem, was zwischen ihnen gewesen war, konnte sie die Röte nicht zurückhalten, die ihre Wangen dunkel färbte, als er auf ihre Brüste heruntersah. Ihre Hände, die sich darüber spreizten, schienen den Anstand nicht ausreichend zu wahren. Wenn überhaupt, dann schienen sie ihre Nacktheit nur noch zu betonen.

»Lilah!« Dieses einzige Wort, das er mit sanfter, eindringlicher Stimme aussprach, ließ sie zu ihm aufblicken. Ihre Wangen röteten sich noch mehr, wurden noch heißer. Sie schlug die Augen in der albernen Hoffnung nieder, wenn sie ihn nicht sehen konnte, könne auch er sie nicht sehen.

»Hör auf, dich derart idiotisch anzustellen, sei so nett.« Bei diesen deutlichen, gar nicht liebenswürdigen Worten zuckte Lilah zusammen und riß die Augen auf. Ihre Wangen glühten immer noch, aber als sie ihn ansah, ließ ihre Verlegenheit ein wenig nach. Als er sie an den Handgelenken packte, ließ sie zu, daß er ihre Hände von ihren Brüsten zog, und als er sie losließ, hob sie sie nicht wieder. Mit hochgerecktem Kinn stand sie vor ihm, ohne zurückzuweichen, von der Taille aufwärts entblößt. Er lächelte matt. Dann sah er ihre Brüste an und legte die Stirn in nachdenkliche Falten. Nur das dunklere Grün seiner Augen sagte ihr, daß ihre Nacktheit ihm nicht gleichgültig war.

»Wenn du die Arme seitlich ausstreckst, können wir sehen, was sich machen läßt.«

Lilah tat, was er gesagt hatte. Joss nahm die Streifen ihres zerrissenen Unterrocks, schlang sie um ihre Brust und wickelte sie ein wie eine Mumie, um ihre üppigen Rundungen abzuflachen.

»Das ist zu eng! Es tut weh!« protestierte sie, als er die beiden Enden fest auf ihrem Rücken zusammenknotete. »Au! Kannst du es nicht etwas weniger fest zuziehen? Bitte?«

»Laß mich erst sehen, wie du aussiehst«, sagte er, ohne auf ihr Flehen einzugehen. Er hob das Hemd vom Boden auf und reichte es ihr.

Lilah zog das Hemd über und knöpfte es unter unfreundlichem Murren zu. Joss trat ein paar Schritte zurück und betrachtete sie kritisch.

»Nun?«

Nach einer Weile nickte er unwillig. »Gut ist es noch

lange nicht, aber – besser. Und jetzt schling dir das Haar auf dem Kopf zusammen.«

Lilah hielt sich das Haar hoch, während er aus dem Hosenboden der zweiten Hose ein dreieckiges Stück herausriß und es ihr wie ein Kopftuch ums Haar band. Er zog das derbe schwarze Material so tief in ihre Stirn, daß es ihre Sicht fast einschränkte, und dann zog er es hinten so fest zusammen, daß ihr Haar vollständig bedeckt war. Als er damit fertig war, trat er zurück und betrachtete sie prüfend. Schließlich schüttelte er erbost den Kopf.

»Vielleicht finden sie uns nicht, und wir brauchen uns keine Sorgen um mein Aussehen zu machen«, sagte Lilah tröstend, denn dieser letzte Beweis dafür, daß ihre Verkleidung mißlungen war, hatte sie entmutigt.

»Das können wir nicht riskieren«, sagte er und seine Blicke glitten mit einer beunruhigenden Bedächtigkeit über sie. Plötzlich fiel ihm etwas ein, und er hielt ihren Arm fest, damit sie stillhielt, solange er sich bückte und eine Handvoll Erde aufhob. Während sie keuchend Einwände erhob und sich wand, rieb er ihr die Erde ins Gesicht und auf den Hals.

»Joss! Hör auf! Was soll das?«

»Eine dicke Schmutzschicht trägt viel dazu bei, über deine zarte weibliche Haut hinwegzutäuschen.«

Als er mit ihr fertig war, war sie so schmutzig, daß sie sich wie ein wandelnder Misthaufen vorkam. Ihre Haut war mit einer Schmutzschicht überzogen, und das Hemd und die Hose waren so dreckig, daß sie von allein stehen geblieben wären, wenn sie sie wieder ausgezogen hätte.

Er trat etwas weiter zurück, als sie die Erde von ihren Fingerspitzen klopfte, und sah sie wieder an. Diesmal schüttelte Joss nicht den Kopf.

»Besser?« fragte Lilah.

»Besser«, bestätigte er. »Lauf um mich herum, ja?«

Mit finsterer Miene setzte sich Lilah in Bewegung. Als sie vor ihm stehenblieb, runzelte er wieder die Stirn.

»Was ist denn jetzt?« fragte sie seufzend.

»Könntest du bitte versuchen, nicht mit dem Hintern zu wackeln? Mit diesem verführerischen Schwenken deiner Hüften verrätst du dich mit den ersten zwei Schritten.«

»Ich wackle nicht mit dem Hintern, und ich schwenke nicht verführerisch die Hüften!« fauchte sie mürrisch.

»Ach, ja? Und jetzt lauf noch einmal auf und ab, ja?«

Lilah ging auf und ab, und Joss beobachtete sie kritisch. Obwohl sie sich darauf konzentrierte, ihren Körper möglichst steif zu bewegen, war er immer noch unzufrieden.

»Hier, zieh die an«, sagte er und hob die Stiefel des Piraten mit dem roten Bart auf. Ehe er sie ihr reichte, ließ er in jeden von ihnen einen mittelgroßen Stein fallen.

Als sie die Stiefel entgegennahm, sah Lilah ihn stirnrunzelnd an und wollte ganz automatisch die Steine herausfischen.

»Laß sie drin«, murrte er barsch. »Damit du humpelst.«

Die Stiefel waren viel zu groß für ihre kleinen Füße, aber die Steine brachten es auf heimtückische Art immer wieder fertig, sich exakt unter die zartesten Stellen ihrer Fußsohlen zu zwängen.

Als sie diesmal für ihn herumlief, erklärte er sich halbwegs zufrieden mit ihr.

»Du siehst zwar immer noch nicht wie ein Mann aus, aber ich nehme an, besser kriegen wir es nicht hin. Du kannst nur beten, daß die Piraten uns nicht finden, damit wir uns um dein Aussehen keine Sorgen machen müssen.«

»Mach dir keine Sorgen, das mache ich schon«, antwortete sie hitzig. Und so war es auch.

34

Lilah und Joss verbrachten die nächsten drei Tage damit, den Suchtrupps zu entgehen, die die Insel nach den vermißten Piraten durchkämmten. Aus der Genauigkeit der Durchsuchung schloß Joss, daß zumindest einer der Männer von größtem Wert für die Besatzung war. Welcher von beiden es war, oder worin sein Wert für die anderen bestand, konnte er nur vermuten.

Lilah war es durchgehend erbärmlich zumute. Der faulig riechende Schlamm, den Joss ihr beharrlich immer wieder ins Gesicht schmierte, ließ ihre Haut jucken und lockte winzige Stechmücken an, deren Stiche noch mehr juckten. Ihre Brüste taten unter den Stoffstreifen, die sie flachpreßten, ständig weh. In der dicken Kleidung, die sie tragen mußte, war ihr außerdem teuflisch heiß – Joss hatte ihr Kleid zerrissen und zu einer Weste umfunktioniert, die ihre Geschlechterzugehörigkeit noch mehr verwischte, wenn sie sie über dem riesigen Hemd trug. Der Umstand, daß sie ständig in Bewegung bleiben mußten, trug nur noch zu ihrem Elend bei.

Erst nach Einbruch der Nacht wagten sie es, sich in die relative Bequemlichkeit der Hütte zurückzuziehen und in ihrer Wachsamkeit nachzulassen. Es hatte sich herausgestellt, daß die Piraten ein vorsichtiges Pack waren, denn das Verschwinden von zweien ihrer Gefährten hatte sie nervös gemacht. Wenn die Nacht näherrückte, machten sich die Suchtrupps auf den Rückweg zu ihrem Schiff und ließen sich erst wieder blicken, wenn die Sonne am nächsten Tag schon hoch am Himmel stand.

Offensichtlich wagten es die Männer nicht, die Gefahren auf sich zu nehmen, die es mit sich brachte, bei Fakkelschein auf einer unbekannten tropischen Insel umherzuirren. Nach allem, was Joss und Lilah sahen und belauschten, waren die meisten der Männer schon nicht allzu scharf darauf, am hellichten Tage über die Insel zu ziehen. Sie suchten nach strikten Anweisungen ihres Kapitäns nach ihren Mannschaftsgenossen, aber ihnen fehlte bei der Suche jede eigene Begeisterung, und daher war es nicht so schwer, ihnen aus dem Weg zu gehen, wie es andernfalls hätte sein können.

Im Lauf des Tages folgte Lilah Joss auf dem Fuß, wenn sie Versteck mit den Piraten spielten. Solange sie auf der Hut waren und die Augen und Ohren offenhielten, glaubte Lilah nicht, daß man sie gefangennehmen würde. Zumindest hoffte sie, es ließe sich vermeiden. Doch die Gefahr, entdeckt zu werden, war allgegenwärtig. Trotz des tapferen Anscheins, den sie sich gab – Joss überhäufte sie mit Bewunderung für ihren Mut –, fürchtete sich Lilah meistens. Sie wußte, daß es um ihre Überlebenschancen nicht gut stand, wenn sie entdeckt wurden. Und selbst das galt nur, wenn die Piraten überzeugt davon waren, daß sie ein Mann war. Wenn sie ihre Verkleidung durchschauten, waren sowohl Joss als auch sie dem Untergang geweiht. Er würde bis in den Tod hinein darum kämpfen, sie zu beschützen, das wußte sie, und sie dagegen würde – nun ja, das Schicksal, das die schwarzhaarige Frau ereilt hatte, war mit Sicherheit schlimmer als der Tod. Die Vorstellung, den Piraten auf Gedeih und Verderb ausgeliefert zu sein, war so gräßlich, daß sie nicht daran denken konnte, ohne den Schauer zu spüren, der ihr über den Rücken lief.

Nur nachts, in der Abgeschiedenheit der Hütte, ließ

Joss zu, daß sie ihre Verkleidung ablegte. In Wahrheit war es ihm selbst dann nicht allzu recht, aber nach mehr als vierzehn Stunden erbarmungslosen physischen Unbehagens wollte Lilah nichts mehr von seinen Einwänden hören. Wenn sie nicht ab und zu etwas gegen das Jucken tun konnte, wurde sie verrückt! Und zu ihrem übrigen Kummer kam noch hinzu, daß das feste Einschnüren auf ihrem Rücken und unter ihren Brüsten Hitzebläschen hatte entstehen lassen. Joss verschaffte ihr Linderung, indem er sie mit dem öligen Saft einer Pflanze einrieb, die Lilah aus Barbados kannte und die auf dieser winzigen Insel wild wuchs. Jede Nacht tat die Creme ihre Wirkung, und der Ausschlag ging zurück, doch am nächsten Tag war er wieder da und brachte sie erneut fast um den Verstand. Während die Sonne erbarmungslos auf ihr tropisches Paradies herunterbrannte, kratzte sich Lilah und verzweifelte.

Es war ihr ein Hochgenuß, die schmutzigen Kleider, die sie tagsüber trug, abzulegen und sich mit dem Wasser zu waschen, das Joss ihr in Kokosnußschalen brachte. Wenn ihre Haut gereinigt war, zog sie sich das Kopftuch vom Haar und wusch die verkrusteten Strähnen so gut wie möglich mit den geringen Wassermengen, die ihr dafür zur Verfügung standen. Dann kämmte sie es trocken. Endlich zog sie ihr eigenes Unterkleid an – das einzige Stück Damenkleidung, das sie noch besaß –, und plötzlich war sie wieder sie selbst. Wenn die Bänder gelöst waren, tat ihr die Brust weh, aber sie war so froh, wieder in ihrer eigenen Haut zu stecken, daß sie diese Unannehmlichkeit kaum wahrnahm.

Joss, der anscheinend nicht ganz nachvollziehen konnte, wie elend sie sich fühlte, wenn sie schmutzig war und gräßlich roch, sah sich diese zeitverschlingenden Waschungen mit Interesse und einem rätselhaften Halblächeln an. Er beobachtete sie mit verschmitzten Blicken und einem Ausdruck, der beifällig hätte sein können. Er grinste, und sie kam in seine Arme, schmiegte sich an ihn und legte ihren Kopf auf seine Schulter und ihre Hand auf seine Brust.

In den verzauberten Stunden zwischen dem Sonnenuntergang und dem Sonnenaufgang lernten sie alles, was es voneinander zu wissen gab. Joss erklärte ihr ihren eigenen und seinen Körper, und sie lernte, wie sie ihm Genuß verschaffen und sich selbst Freude empfinden lassen konnte. Hinterher lag sie in seinen Armen, und sie redeten miteinander. Vorwiegend war es das unsinnige Geplänkel von Liebenden, aber sie sprachen auch über ihre Kindheit und ihre Familien, über ihre größten Geheimnisse und ihre Ängste. Das einzige, worüber sie nicht sprachen, war die Zukunft. Sie war zu ungewiß, und es war zu quälend, sich ihr Leben auszumalen. Die Wahrheit war, daß sie keine Zukunft hatten, falls es ihnen je wieder möglich sein sollte, ihr gewohntes Leben weiterzuführen. Jedenfalls keine gemeinsame Zukunft. Lilah wußte es mit ihrem praktischen Verstand. Aber ihr Herz – ihr Herz ließ sich in seiner Gesellschaft von Stunde zu Stunde, die sie gemeinsam verbrachten, immer mehr verzaubern.

In diesen Nächten in Joss' Armen verliebte sich Lilah nur noch mehr. Er ging zärtlich und sachte mit ihr um, sogar wenn die Leidenschaft ihn derart überwältigte, daß er sie immer wieder weckte, wenn sie in den erschöpften Schlaf gesunken war, der sie fortriß, wenn sie einander geliebt hatten. Er konnte sie selbst dann zum Lachen bringen, wenn sie vor Verlangen bebte, und ein- oder zweimal – nur ein- oder zweimal! – ertappte sie sich dabei, sich auszumalen, wie wunderbar alles wäre, wenn sie nur von dieser Insel fortkämen, wenn sie Joss doch nur an der Hand nehmen und zu ihrem Vater führen und ihm mitteilen könnte, das sei der Mann, mit dem sie ihr weiteres Leben verbringen wollte.

Das war natürlich eine völlig undenkbare Vorstellung, wie man es auch drehte und wendete. Erstens schien es zusehends unwahrscheinlicher zu werden, daß sie die Insel je verlassen würden, ob lebend oder tot. Zweitens würde ihr Vater, falls es ihnen doch gelingen sollte, in einer Million Jahren Joss nicht akzeptieren. Das war durch seine Vorfahren von vornherein ausgeschlossen. Lilah wußte es, und sie bemühte sich, diese Vorstellung aus ihrer Fantasie zu verbannen. Im Vergleich zu der harten, grausamen Realität war dieser Gedanke zu qualvoll.

Aber wenn sie in Joss' Armen lag, ihr Kopf auf seiner Schulter ruhte, seine Finger zart über die nackte Haut ihres Armes strichen und sie über alles und nichts miteinander redeten, existierte keine andere Wirklichkeit als die, in der sie beide allein waren. Sie liebte ihn, und sie glaubte, daß er sie auch liebte, obwohl er die Worte nie ausgesprochen hatte und sie ihn nicht drängte, es ihr zu sagen. Sie fürchtete, wenn sie ihn gedrängt hätte, würden diese Worte die Diskussion über ihre Zukunft, vor der ihr so sehr graute, nach sich ziehen. Sie hatte mit der Zeit entdeckt, daß Joss trotz all seiner Kraft ein hoffnungsloser Schwärmer war. Er schien nicht begreifen zu können, wie unüberwindlich das Hindernis war, das zwischen ihnen stand.

Da es zu keinem glücklichen Ende kommen konnte, entschloß sich Lilah, dieses ganze schreckliche Durcheinander so lange wie möglich aus ihren Gedanken zu vertreiben. Solange nichts geschah, was es ihr unmöglich machte, würde sie Joss von ganzem Herzen lieben.

Lilahs Schamgefühle gegenüber Joss legten sich nur allmählich, aber unwiderruflich. Am Morgen des vierten Tage war sie kaum noch gehemmt, wenn er sie nackt sah. Täglich, vor Anbruch der Dämmerung, mußte sie ihre verhaßte Verkleidung wieder anlegen. Am vierten Morgen sah er ihr zu; er hatte sich auf die Ellbogen gezogen, und ein verräterisches Lächeln umspielte seine Mundwinkel, als Lilah ihr Haar flocht, es hochband und dann das Tuch darüber schnürte. Ein besitzergreifendes Funkeln trat in seine Augen, und er hielt ihre Hand fest, als sie die Stoffstreifen aufhob, um sie sich um die Brust zu schnüren. Er setzte sich auf, legte seine Hand auf ihren Arm und preßte einen zarten Kuß auf jede der beiden Brustwarzen, die gleich verborgen werden sollten.

»Laß mich das machen«, sagte er und nahm ihr die Bänder aus der Hand.

»Sadist!«

Er kicherte und küßte diesmal ihren Mund, ehe er seine Aufmerksamkeit seinem Vorhaben zuwandte. Lilah schnitt eine Grimasse und hob die Arme. Joss schlang die Streifen eng um ihre Brust und verwandelte sie innerhalb von wenigen Momenten von einer verführerisch kurvenreichen Frau in einen flachbrüstigen Jugendlichen. Als sie den Rest ihrer Verkleidung anlegte, zog er seine Hose an und ging ins Freie. Als Lilah aus der Hütte kam, stand er am Rand der Lichtung und sah finster in den Wald.

»Was ist?« fragte sie, als sie sich neben ihn stellte und auf die verschlungenen Äste und Ranken sah, die sich als ein üppig wucherndes Panorama dahinzogen, soweit das Auge sehen konnte. Feine Sonnenstrahlen drangen durch den Baldachin über ihren Köpfen, doch die Welt, die vor ihnen lag, verharrte in ihrem dunkelgrünen Schatten, und vom Waldboden stieg Dampf auf. Außer den kärglichen Sonnenstrahlen zeugten nur die zwitschernden Vögel vom Anbrechen des neuen Tages.

»Hörst du die Vögel? Die Piraten sind heute morgen früh aufgestanden, und es klingt, als seien sie schon auf dem Weg zu uns. Wir müssen uns in Bewegung setzen.«

Die Vögel zwitscherten weit lauter als sonst. Lilah nahm diese Tatsache schockiert zur Kenntnis. Von allein wäre es ihr nie aufgefallen. Sie spürte die gewohnte Angst wieder in sich aufwogen, als Joss sie an der Hand nahm und sie hinter sich her ins Unterholz zog, fort von den warnenden Rufen der Vögel.

Das ermüdende, allzu bekannte Versteckspiel mit den Piraten hatte wieder begonnen.

Im späteren Verlauf des Tages kauerten Lilah und Joss wieder auf derselben Klippe, von der aus sie die Vergewaltigung der schwarzhaarigen Frau mitangesehen hatten. Sie legten sich in dem hohen Gras, mit dem die Klippe bewachsen war, auf den Bauch, und Ranken zwischen den Baumwipfeln webten einen Baldachin, der sie vor der strahlenden Nachmittagssonne schützte, als sie die Aktivitäten am Strand unter sich beobachteten.

Die Piraten hatten das Schiff seetüchtig gemacht; ihre Arbeit war seit zwei Tagen abgeschlossen. Das Schiff, das Joss an seinem Hauptmast als eine Brigg identifizierte, war wieder flottgemacht und lag in den saphirenen Wassern der Bucht vor Anker. Kleine Ruderboote verkehrten gelegentlich zwischen dem Schiff und dem Strand und beförderten Männer und Waren in beide Richtungen. Heute war die arme Frau nirgends zu sehen, aber auch die Mehrheit der Besatzung war nicht auf dem

Küstenstreifen. Die *Magdalene*, deren Name in gekrakelten schwarzen Buchstaben auf ihren Rumpf gemalt war, wirkte weitgehend menschenleer. Ein Großteil der Mannschaft war anscheinend heute am frühen Morgen an Land gerudert, um sich zu einer großangelegten Suchaktion nach den vermißten Mannschaftsmitgliedern zu organisieren. Joss gab widerwillig zu, daß ihm diese Suchaktion Sorgen bereitete. Er sagte Lilah, daß keine Besatzung eines Piratenschiffes gern ihren Aufenthalt in einer so kleinen Bucht länger als nötig hinauszog. Ein Schiff, das an einer solchen Stelle verankert lag, war praktisch sozusagen hilflos. Wäre ein anderes Schiff vom Meer her gekommen, wäre der *Magdalene* jeder Ausweg versperrt gewesen, ehe sie auch nur die Segel losmachen konnten. Das Schiff wäre übernommen worden, ohne daß auch nur ein Schuß fiel.

Wenn der Kapitän sein Schiff in eine solche Situation brachte und es dann auch noch um Tage hinauszog, wieder in See zu stechen, dann hieß das, daß die Vermißten wirklich dringend gebraucht wurden.

An jenem Tag schien sich die Suche auf das andere Ende der Insel zu konzentrieren, auf dem Joss und Lilah ihre Hütte hatten, und daher fühlten sie sich hier oben auf diesem Vorsprung einigermaßen sicher, und Lilah wiegte sich sogar so sehr in Sicherheit, daß sie kurz davorstand, einen Mittagsschlaf zu machen, weil die Hitze sie ermüdet hatte.

»Zum Teufel, der Kapitän hat recht gehabt. Von hier oben aus kann man fast den ganzen Strand sehen!«

Lilah war plötzlich hellwach, und Joss sah auf den unbehauenen Pfad hinter sich, der vom Strand her auf die grasbewachsene Klippe führte.

»Vielleicht sind sie von einer Klippe gefallen und ins

Meer rausgespült worden. Die Leichen könnten jederzeit auftauchen, wenn eine Welle sie mitreißt. Und dann wären wir die, die sie gefunden haben.«

Die Stimmen waren nah, vielleicht sechs bis acht Meter unter ihnen. Lilah konnte nicht glauben, daß die Piraten so dicht an sie herangekommen waren und weder sie noch Joss etwas von ihrer Annäherung gehört hatten. Eine Katastrophe nahm ihren Lauf. Bei der Erkenntnis begann Lilahs Herz so heftig zu schlagen, daß sie die Piraten nicht mehr hören konnte. In ihrer Panik sah sie Joss hilflos an.

Er bedeutete ihr mit einer Geste, den Mund zu halten. Dann drehte er sich um und glitt an die Stelle, an der der flache Felsvorsprung einen Ausblick auf den Pfad freigab. Auf dem Bauch rutschte er bis an den Rand und schaute hinunter. Lilah folgte ihm vorsichtig auf allen vieren. Sie mußten beide fast eingeschlafen sein, wenn die Piraten ihnen so nahe gekommen waren und sie sie nicht gehört hatten. In der vergangenen Nacht hatten sie sich bis kurz vor dem Morgengrauen geliebt. Sie waren beide müde, und die Müdigkeit ließ sie unvorsichtig werden. Und eine Unvorsichtigkeit konnte sie das Leben kosten. Sie hatten Glück, großes Glück, daß die Piraten sich nicht bemühten, leise zu sein. Wenn die Piraten die Klippe erklommen hätten, ohne sich dabei zu unterhalten, wären Joss und Lilah ihnen eine leichte Beute gewesen.

»Capt'n Logan ist wild entschlossen, McAfee zu finden. Sonst wären wir gestern in aller Früh ausgelaufen.«

Der Sprecher war ein kleiner Mann mit angegrautem Haar, der eine leuchtend gelbe Pluderhose und ein orangegestreiftes Hemd trug. Sein Haar war schulterlang und strähnig, und über einem Auge trug er eine Augenklappe. Lilah fand, daß er ebensowenig von einem blut-rünstigen Piraten hatte wie jeder andere Mann, der ihr je begegnet war. Er hatte die Hände auf den Knien liegen, stand vorgebeugt da und versuchte, wieder Luft zu bekommen. Der Aufstieg vom Meer her war steil, und er japste beim Reden und keuchte.

»Das Bordbuch, das wir auf der *Sister Sue* mitgenommen haben, taugt nichts, solange es niemand lesen kann, oder? Und McAfee ist der einzige, der sich darauf versteht.«

Der zweite Pirat war jünger und breiter gebaut, weniger kurzatmig, aber nicht minder zerlumpt. Lilah legte die Stirn in Falten, als sie auf die Männer herunterschaute. Wenn sie an Piraten dachte, dachte sie an reiche Beute und an Truhen voller Gold und Juwelen, die zu gleichen Teilen unter der ganzen Mannschaft aufgeteilt wurden. Aber das Äußere der Männer, die sie bisher gesehen hatte, sagte deutlich, daß sie nichts für Kleidung oder persönliche Habe ausgegeben hatten, falls sie irgendwelche Schatztruhen besaßen. Die Mannschaft der *Magdalene* schien bis auf den letzten Mann alles andere als wohlhabend zu sein. Aber vielleicht hatten sie auch nur eine Abneigung gegen schöne Kleider und keine Lust, sich zu waschen.

»Na und? Weshalb muß sich jemand darauf verstehen? Wir sind doch gut zurechtgekommen, solange wir das Ding nicht hatten. Der Capt'n kann den Kurs nach den Sternen bestimmen. Wozu braucht er ein verdammtes Buch?«

Der Jüngere von beiden wollte etwas sagen, zögerte und sah sich dann vorsichtig um. Als er zu seiner Zufriedenheit festgestellt hatte, daß er mit seinem Gefährten allein auf der Klippe stand, fuhr er mit gesenkter Stimme

fort. »Ich sage dir eins, Silas, aber du mußt mir versprechen, daß du es nicht weitersagst. Der Capt'n würde mir
das Fell über die Ohren ziehen, wenn er wüßte, daß ich
gehört habe, wie er mit McAfee geredet hat.«

»Worüber?«

»Na ja . . .« Der Mann zögerte wieder und war offen-
kundig unentschlossen, ob er sein Geheimnis verraten
sollte oder nicht.

»Komm schon, Speare, du weißt doch, daß du mir vertrauen kannst. Silas Hanks erzählt keine Geschichten
und hat auch noch nie etwas ausgeplaudert.«

»Stimmt. Also, es scheint, der Capt'n hat von einem
Schatz gehört. Er soll in einer Höhle auf einer Insel versteckt sein, die in diesem Bordbuch eingezeichnet ist. Da
wollte er hin, wenn das Schiff wieder seetüchtig ist. Aber
jetzt ist McAfee weg, und niemand sonst kann sich
einen Reim auf dieses hundsgemeine Buch machen.
Deshalb sucht der Capt'n so verbissen nach McAfee.«

»So, ein Schatz? Der Capt'n ist ein mächtig habgieriger
Mann. Ich hätte mir denken können, daß so was dahin-
tersteckt. Ich wußte, daß wir nicht nach Sugarlips suchen. Dieser Mistkerl mit dem roten Bart, dem wird niemand eine Träne nachweinen. Wenn er je in seinem
Leben einen Tag lang ehrlich gearbeitet hat, dann war ich
nicht dabei.«

»Nee. Alles, wozu der getaugt hat, war, es den Frauen
zu machen und hinterher lauthals damit zu prahlen.«

Die beiden Männer sahen einander an und kicherten.
Dann wurde der ältere, Silas, plötzlich wieder nüchtern.

»Was meinst du eigentlich, was den Jungen zugestoßen ist? Wir haben zweimal jeden einzelnen Meter dieser verdammten Insel durchkämmt. Es ist, als wären sie
ohne jede Spur vom Erdboden verschwunden.«

»Ich weiß es nicht. Ich weiß auch nicht, ob ich es überhaupt wissen will.«

»Stimmt.«

Beide Männer sahen sich voller Unbehagen um.

»Du glaubst doch nicht, daß es auf dieser Insel Kopfjäger gibt, oder? Oder gar Kannibalen?«

»Verdammt noch mal, Silas, glaubst du, ich wüßte das? Alles, was ich weiß, ist, daß ich keine zu Gesicht bekommen habe. Noch nicht.«

»Vielleicht verstecken sie sich tagsüber. Vielleicht beobachten sie uns jetzt, in diesem Augenblick. Vielleicht haben sie McAfee und den alten Sugarlips aufgefressen, mit Haut und Knochen, und deshalb haben wir noch nicht einmal ein Haar von ihnen gefunden.«

Beide Männer rückten dichter zusammen. Trotz ihrer gefährlichen Lage konnte Lilah das Lächeln nicht unterdrücken, als sie die Hypothese der Männer vernommen und die Nervosität gesehen hatte, die sie demzufolge ausdrückten. Joss grinste auch und freute sich offensichtlich über die schrulligen Theorien, die er zu hören bekam. Wenn die Lage nicht so todernst gewesen wäre, wäre es komisch gewesen, einen Schrei auszustoßen und zu beobachten, wie schnell diese Piraten mit eingezogenen Schwänzen zu ihrem Schiff flohen. Kannibalen, also wirklich!

»Komm schon, steigen wir rauf, damit wir es hinter uns haben. Der Capt'n hat gesagt, wir sollen noch mal auf dem Vorsprung nachschauen«, sagte Silas.

Joss glitt vom Rand zurück, und Lilah folgte dicht hinter ihm. Oder zumindest versuchte sie es. Als sie sich am Rand der Klippe von einem Grasbüschel abstieß, löste sich ein großer Brocken Erdreich. Sie sah voller Entsetzen, wie er herunterfiel und direkt vor den Füßen der Piraten landete. Einen Moment lang war Lilahs Hand über dem Vorsprung zu sehen, doch dann zog sie sie sofort zurück.

»Was zum Teufel . . .«

»Da oben ist jemand! Und zwar ganz bestimmt nicht McAfee oder Sugarlips.«

Die beiden Piraten eilten den Pfad hinauf und zogen ihre Pistolen. Lilah und Joss blieb nur noch Zeit, um einander entsetzt anzustarren. Sie konnten nicht fortlaufen. Dazu reichte die Zeit nicht, aber sie hätten ohnehin nicht gewußt, wohin. Wenn sie auf dem Pfad flohen, der in den Wald führte, würde man sie hören, sehen und hetzen. Wenn die Piraten erst wußten, daß es noch andere Menschen auf der Insel gab, würden sie sie erbarmungslos jagen, und es war nur eine Frage von Tagen, bis sie sie eingefangen hatten . . .

Joss packte Lilah, wirbelte sie herum, zwang sie in die Knie und preßte sie mit dem Bauch in ein belaubtes Dikkicht hinter ihnen.

»Was zum Teufel du auch sehen oder hören wirst, und ganz gleich, was aus mir wird, du wirst dort liegenbleiben und still sein, hast du mich verstanden?« Es war ein schnelles, eindringliches Flüstern. Dann trat Joss mitten auf die Lichtung und zog die Pistolen der Piraten, die er in seinem Hosenbund stecken hatte. Lilah konnte nicht mehr tun, als ihn entsetzt anzusehen, ehe die Piraten mit gezogenen Pistolen auf die Lichtung stürzten. Als sie Joss sahen, der groß und braun und mit entblößtem Oberkörper vor ihnen stand und schon ohne die Pistolen, die er auf sie richtete, eine prächtige Erscheinung war, wie er mit gespreizten Beinen und herausfordernden Augen dastand, blieben sie abrupt stehen. Silas, der ein wenig hinter dem anderen Piraten zurückgeblieben war, prallte fast mit ihm zusammen. Beide Pistolen zitterten in den Händen der Piraten und wurden bedrohlich wieder auf Joss gerichtet. Er sah fest in die weitaufgerissenen Augen, die ihn anstarrten, und seine Pistole war auf Speares Herz gerichtet.

»Erfreut, Sie kennenzulernen, meine Herren«, sagte er mit ruhiger Stimme. Trotz ihrer Angst spürte Lilah Stolz auf ihn in sich aufkeimen. Seine Stimme klang so ruhig, und er wirkte so gelassen, als sei er auf einem Sonntagsspaziergang einem Nachbarn über den Weg gelaufen. Er mußte sich fürchten, alles andere wäre nicht menschlich gewesen, aber selbst sie, die ihn so gut kannte, konnte nicht das geringste Anzeichen von Furcht an ihm entdekken. Das war ein Mann, mit dem man sein ganzes Leben verbringen konnte . . . Sowie ihr dieser Gedanke durch den Kopf schoß, verbannte sie ihn auch schon wieder aus ihren Überlegungen.

»Wer sind Sie, verdammt, und zum Teufel, und woher, verdammt, und zum Teufel, kommen Sie?« sprudelte Speare heraus. Silas, der hinter ihm stand, trat plötzlich drei Schritte zur Seite. Einen Moment lang kam Lilah nicht dahinter, warum er das tat. Dann ahnte sie es. Wenn der Zwischenraum zwischen den beiden Piraten groß genug war, konnt Joss nicht darauf hoffen, sie beide zu töten. Zumindest nicht, ohne einem von beiden eine ausgezeichnete Chance zu geben, ihn vorher umzulegen.

»Dasselbe könnte ich Sie auch fragen.« Joss' Stimme klang weiterhin unbesorgt, doch sein Tonfall war grimmiger, und das schien den beiden Piraten nicht zu gefallen. Silas wich noch einen Schritt nach links. Lilah, die es beobachtete, war nicht sicher, ob Joss es überhaupt bemerkt hatte. Sie hätte zu gern eine Warnung ausgestoßen – aber er hatte ihr gesagt, sie solle den Mund halten. Wenn sie sich verriet und ihre Verkleidung sich als unzureichend erweisen sollte, hatte sie damit das Todesurteil für beide unterschrieben, für sich und für ihn. Sie biß sich auf die Lippen, blieb stumm und sah mit großen Augen und hilflosem Entsetzen zu, wie sich die Ereignisse entwickelten.

»Verflixt, Silas, hast du das gehört? So ein dreister Kerl!« Speares Pistole hielt jetzt ruhig, und der Lauf war auf Joss' Brust gerichtet. »Ich frage dich noch einmal, Kumpel. Wer bist du wohl?«

Joss schwieg einen Moment lang. Lilah hielt den Atem an. Die Antwort, die er schließlich gab, überraschte sie restlos.

»San Pietro heiße ich, Captain Joss San Pietro, früher auf der *Sea Belle*. Mein Schiff ist vor etwa einer Woche bei einem Sturm vor dieser Küste gesunken. Ich wäre hoch erfreut, wenn Sie mich zu Ihrem Kapitän bringen könnten, damit ich ihn bitten kann, mir die Gastfreundschaft der Meere zu erweisen.«

Die beiden Piraten waren offensichtlich ebenso verblüfft über die unausgesprochene Anmaßung, die in Joss' Worten lag, wie Lilah. Sie warfen einander Blicke aus dem Augenwinkel zu, und dann sahen sie Joss wieder an, und ihre Gesichter drückten deutlich Argwohn aus.

»Was sollen wir tun, Speare?« fragte Silas.

»Verflixt, Silas, woher soll ich das denn wissen?« Er musterte Joss näher. »Wir vermissen zwei Besatzungsmitglieder. Haben Sie sie zu sehen gekriegt?«

»Ich habe in den letzten Tagen viele von Ihrer Mannschaft gesehen. Zum Teufel, sie sind über die ganze Insel verstreut gewesen, und ich habe sie beobachtet. Aber zwei ganz bestimmte, nein, da ist mir nichts aufgefallen. Aber wie ich bereits erwähnt habe, würde ich mich jetzt gern mit Ihrem Kapitän unterhalten.«

Silas und Speare warfen einander wieder einen Blick zu. Dann zuckte Silas die Achseln. »Zum Teufel, soll sich doch Capt'n Logan einen Reim darauf machen.«

Speare nickte. »Kommen Sie schon. Aber ich warne Sie, wenn Sie irgendwelche Sperenzchen machen, sind Sie ein toter Mann!«

»Es besteht kein Grund, mich zu fürchten, Gentlemen«, sagte Joss gelassen. Er senkte seine Pistole und steckte sie dann zu Lilahs Entsetzen und Erstaunen sorglos in seinen Hosenbund. Die beiden Piraten schienen ein wenig ruhiger zu werden, wenn sie Joss auch noch außerordentlich argwöhnisch musterten. Ihre Pistolen waren weiterhin auf ihn gerichtet.

»Sie gehen voraus.« Speare bedeutete Joss, auf dem steilen Pfad vor ihnen herzugehen. Joss fügte sich ihren Wünschen, und Speare blieb dicht hinter ihm. Lilah ging auf, daß es nur noch eine Frage von Sekunden war, bis sie vollkommen allein zurückgelassen wurde! Ehe sie sich entschließen konnte, was sie tun sollte, falls sie überhaupt etwas tun sollte, lief Silas hinter den beiden her. Und sie führten Joss von ihr fort.

35

Als die Männer gegangen waren, blieb Lilah ein paar Minuten lang regungslos liegen und wußte nicht, was sie tun sollte. Was würden sie mit Joss anfangen? Es war ihr unvorstellbar, daß sie ihn früher oder später gehen lassen würden. Vielleicht hatte er vor, Silas und Speare weiter unten auf dem Pfad zu überwältigen, ehe sie in Sichtweite der *Magdalene* waren? Aber er hatte seine Pistole in den Gürtel gesteckt, und die Pistolen beider Piraten waren auf seinen Rücken gerichtet. Es erschien ihr unwahrscheinlich, daß Joss in der kurzen Zeit, die sie brauchten, um an die Küste zu gelangen, zwei bewaffnete Männer überrumpeln konnte. Das schaffte selbst er nicht!

Die Frage war, was sie tun konnte, um ihm beizustehen. Wenn sie sich zeigte, war damit nichts erreicht. Sie konnte nicht das geringste tun, und das war die unerfreuliche und brutale Wahrheit.

Als die Stimmen sich weit genug entfernt hatten, wand sich Lilah aus dem schützenden Unterholz heraus und bahnte sich behutsam einen Weg zum Rand der Klippe. Die Männer waren schon nicht mehr in ihrem Blickfeld. Sie rutschte an die gegenüberliegende Seite des Felsvorsprungs, der über der Küste aufragte. Und dort kauerte sie immer noch, als Joss, gefolgt von den beiden Piraten, die ihre Pistolen immer noch auf ihn gerichtet hatten, das Ende des Felspfades erreichte.

Wenn Joss etwas vorhatte, blieben ihm bestenfalls noch ein paar Minuten für seinen Versuch.

Das Dreiergespann wandte sich der Bucht zu. Die Entfernung war so groß, daß sie nicht hören konnte, was gesprochen wurde, aber die Piraten brachten Joss zu einem anderen Mann, der am Rand der Bucht unter einer Palme saß. Als die drei näher kamen, stand der Mann auf und zog seine Pistole. Als Joss und seine Bewacher vor ihm stehenblieben, schienen die vier Männer nur ein kurzes Gespräch miteinander zu führen. Dann hob der vierte Mann eine leuchtend rote Fahne hoch, die neben ihm im Sand gelegen hatte, und schwenkte sie über seinem Kopf. Damit schien er der Brigg ein Signal zu geben. Kurz darauf kam ein kleiner Stakkahn mit zwei Männern an den Rudern vom Schiff aus auf die Küste zu. Als er näher kam, wurde Joss in die Brandung gescheucht und an Bord gezogen. Silas und Speare folgten ihm. Die Männer an den Rudern kehrten um und fuhren auf die *Magdalene* zu. Joss saß im Bug, als sei er vollkommen unbesorgt, obwohl Speares Pistole weiterhin auf ihn gerichtet war. Joss verriet nicht mit einer kleinsten Geste seine Nervosität, obwohl er um sein Leben fürchten mußte.

Als der Stakkahn das Schiff wieder erreicht hatte, beobachtete Lilah das Geschehen mit pochendem Herzen. Joss, eine winzige Gestalt in der Ferne, die nur an ihrem schwarzen Haar zu erkennen war, stieg eine Strickleiter zum Deck hinauf und wurde dort von zwei Paar Händen gepackt und aus ihrem Blickfeld gezerrt, ehe er mehr als ein Bein über die Reling geschwungen hatte. Als er fort war, starrte sie die anderen Männer an, die die Strickleiter hochkletterten, ohne sie bewußt wahrzunehmen. Ihre Eingeweide zogen sich zusammen. Sie hatte so große Angst um Joss, daß ihr Inneres in Aufruhr war.

Als der Nachmittag voranschritt, tat sich gar nichts. Sie beobachtete das Schiff mit Adleraugen, doch von

Joss war nichts zu sehen. Lilahs Angst um ihn, aber auch um sich selbst, war unerbittlich. Wenn Joss fort war, war sie allein und vollkommen hilflos. Wenn sie ihn umbrachten, oder wenn die *Magdalene* mit ihm an Bord auslief, konnte es sein, daß sie tagelang allein war, wenn nicht gar Wochen – vielleicht sogar für immer! Es war eine entsetzliche Vorstellung. Mit Joss zusammen schiffbrüchig zu sein, machte fast Spaß. Es war ein exotisches und romantisches Abenteuer. Allein auf einer einsamen Insel festzusitzen und nicht zu wissen, welches Los Joss ereilt hatte, würde ein Alptraum von der allerübelsten Sorte sein.

Der Nachmittag wurde zum Abend, und immer noch kauerte Lilah auf dem Felsvorsprung und hielt Ausschau. Sie hatte Hunger und Durst, aber sie wagte nicht, sich von der Stelle zu rühren, denn vielleicht gelang es Joss, ihr irgendwie Bescheid zu geben. Als die Schatten immer länger wurden, kamen die Suchtrupps an den Strand zurückgewankt, und dort signalisierte der Pirat, der sie erwartete, dem Schiff mit seiner roten Flagge, daß ein Stakkahn ausgeschickt werden sollte. Bei Anbruch der Nacht glaubte sie, daß die meisten Männer von der Insel verschwunden waren.

Sie war in der Dunkelheit allein.

Die *Magdalene* wiegte sich anmutig auf dem mitternachtsblauen Wasser der Bucht, und aus ihren Bullaugen schimmerte Licht. Lilah spielte mit dem Gedanken, in der Deckung des Dunkels zum Schiff hinüberzuschwimmen. Sie wußte, daß es albern und extrem gefährlich war, aber sie hatte das Gefühl, verrückt zu werden, wenn sie nicht irgend etwas unternahm. Vielleicht konnte sie sich wenigstens ein Bild davon machen, ob Joss tot oder am Leben war . . .

Dann wurde ein Stakkahn mit zwei Männern im Bug und zwei Männern an den Rudern an Land geschickt. Er kam auf den Strand zu. Als er dicht vor der Küste war, glaubte sie, daß einer der Männer im Bug Joss sein könnte. Ihr Herz blieb stehen und schlug dann um so heftiger. Der Schein einer Fackel fiel auf breite, nackte Schultern und schwarzes Haar, eine sehr muskulöse Brust über einer schmalen Taille und einer abgewetzten schwarzen Hose. Und die Art, auf die er seinen Kopf bewegte . . .

Aber Joss, falls es Joss war, schien nicht unter Druck zu stehen. Soweit Lilah es erkennen konnte, war keine Pistole auf ihn gerichtet, und er unterhielt sich zwanglos mit dem Mann, der direkt hinter ihm saß. Verrückterweise sprudelte Hoffnung in ihr auf.

Als der Kahn die Küste erreicht hatte, sprangen die Männer hinaus und wateten durch die seichte Brandung an Land. Die beiden, die an den Rudern gesessen hatten, zogen den Kahn hinter sich her. Als sie alle auf dem Strand standen, deutete der Mann, der Joss sein konnte, oder auch nicht, auf die Stelle, an der Lilah kauerte, und sagte etwas zu seinen Begleitern. Alle vier Männer sahen in ihre Richtung. Lilah wich entgeistert zurück.

Als sie wieder hinsah, kamen der schwarzhaarige Mann und einer der anderen den Pfad herauf, der vom Strand aus zu ihr führte. Die anderen blieben unten.

Lilah spürte, wie ihre Panik geschürt wurde, und sie konnte nur noch mit Mühe atmen. Was, um Himmels willen, sollte sie tun? Fortlaufen? Sich verstecken? Hatten sie Joss gefoltert, bis er ihnen gesagt hatte, daß sie da war? War dieser Mann überhaupt Joss?

Wenn er es war, mußte er gute Gründe dafür haben, ihnen zu verraten, daß sie da war. Wenn er die Piraten zu ihrem Versteck führte, lag es vielleicht daran, daß sie sich in ihrer Einschätzung der Lage getäuscht hatten. Vielleicht waren die Piraten ganz harmlos. Vielleicht waren sie ehrbare Matrosen und gar keine Piraten.

Und vielleicht konnten Schweine fliegen!

Lilah erinnerte sich wieder an die schwarzhaarige Frau und schauderte bei dem Gedanken.

Sie konnte hören, wie die Männer den Pfad hinaufkamen. Als sie dem leisen Murmeln ihrer Stimmen lauschte, schwand jeder Zweifel: Der größere von beiden war Joss. Diese Stimme hätte sie überall auf Erden wiedererkannt, unter allen denkbaren Bedingungen.

Sie blieben direkt unter ihr, auf dem Pfad, stehen. Lilah kauerte sich hin und schlich sich zu der Stelle, an der sie und Joss Speare und Silas entdeckt hatten – war das wirklich erst ein paar Stunden her? Es schien ihr, als seien Jahrhunderte vergangen.

Nur ein Mann stand dort. Der Mond war hinter einer Wolke verschwunden, und es war zu dunkel, um zu erkennen, welcher von beiden es war. Aber es war nur einer, soviel wußte Lilah mit Sicherheit.

Eilig suchte sie Deckung, als eine große, dunkle Gestalt auf die Lichtung trat.

Einen Moment lang starrte sie sie mit trockenem Mund an, als diese dunkle Gestalt sich umsah. Sie war fast sicher, daß es . . .

»Lilah!« ertönte ein heiseres Flüstern.

»Joss!«

Lilah krabbelte aus ihrem Versteck und rannte auf ihn zu, um sich in ihrer grenzenlosen Erleichterung an seine Brust zu werfen. Er umschlang sie einen Moment lang.

»Der Kapitän – Logan – besteht darauf, daß ich mich der Besatzung anschließe«, erklärte Joss ihr flüsternd.

»Das Einzige, was sie davon abgehalten hat, mich aufzuknüpfen oder mir ein noch scheußlicheres Ende zu bereiten, ist, daß ich mit einem Sextanten umgehen kann.
Damit bin ich kostbar für sie, zumindest, bis sie da sind,
wo sie hin wollen. Ich habe ihnen gesagt, daß ich Kapitän
eines Schiffes war, das in dem Sturm, der unser Schiff
hat sinken lassen, hier vor der Küste untergegangen ist,
und ich habe ihm gesagt, daß ich und ein einziger Matrose die einzigen Überlebenden sind. Du bist das Besatzungsmitglied, der junge Steward Remy. Du bist mein
Neffe, und ich habe deiner Mutter versprochen, gut auf
dich aufzupassen. Du bist von Geburt an geistig zurückgeblieben, und seit das Schiff gesunken ist, bist du völlig
wirr im Kopf. Von da an hast du kein Wort mehr geredet.
Das Schiff hieß *Sea Belle* und kam aus Bristol. Kannst du
dir das alles merken?«

Ehe Lilah etwas darauf erwidern konnte, drang eine
Stimme zu ihnen herauf.

»Sind Sie noch da oben, San Pietro?« Die Frage triefte
vor Argwohn.

»Zum Teufel noch mal, mir sind keine Flügel gewachsen«, gab Joss zurück. »Ich erkläre meinem Neffen die
Lage, damit er sich nicht so fürchtet, daß er den letzten
Rest Verstand, den er noch hat, verliert. Wir kommen
gleich runter.«

»Das will ich auch hoffen! Ich habe nicht vor, die
ganze Nacht hier zu stehen!«

Joss wandte sich wieder an Lilah, und seine Gesten
und seine gesenkte Stimme waren eindringlich.

»Sie trauen mir nicht, aber sie brauchen mich, und uns
bleibt nichts anderes übrig, als mit ihnen zu reisen, oder
sie töten uns. Du mußt auch mitkommen, und du darfst
keine Minute die Rolle vergessen, die du spielst. Nicht

eine einzige Minute, hast du verstanden? Du bist mein Neffe Remy, der nicht ganz richtig im Kopf ist und mir wie ein Schatten folgt. Hast du das verstanden?«

Lilah nickte, und Angst schnürte ihr die Kehle zusammen. Sie sollte sich tatsächlich den Piraten anschließen – als ein Junge, der nicht ganz richtig im Kopf war? Konnte sie diese Rolle Tag für Tag spielen, ohne einen Schnitzer zu machen? Es kam ihr so absurd vor, so ausgeschlossen. Sie hatte nie wirklich geglaubt, daß sich ihre Verkleidung als Junge noch einmal bewähren mußte. Aber wie Joss bereits gesagt hatte – was blieb ihnen anderes übrig? Wenn sie sich verriet, dann hieße das für sie beide einen nahezu sicheren Tod. Lilah dachte einen Augenblick lang darüber nach und reckte dann entschlossen ihr Kinn in die Luft. Sie konnte die Rolle spielen, weil es sein mußte. Sie hatte keine andere Wahl, und er auch nicht.

»Ich werde mir keinen Schnitzer leisten.«

Joss nickte. Er sah sich kurz um und zog ihr mit einer schnellen Bewegung das Kopftuch herunter. Dann nahm er ihren dicken Zopf in die Hand und ließ ihn fallen.

»Was tust du da? flüsterte sie. Sie zuckte zusammen und packte seinen Arm, als er an ihren Haaren riß und ihre zarte Kopfhaut schmerzte.

»Es ist mir teuflisch verhaßt, das tun zu müssen, aber dieses lange Haar ist ein verflucht großes Risiko, ein zu großes. Wenn sie dahinterkommen, daß du eine Frau bist . . .« Seine Stimme verklang. Sie wußte genauso gut wie er, wie groß die Gefahr war. Mit einem verzerrten Gesicht, das mehr als alle Worte sagte, wie weh es ihm selbst tat, zog Joss ein Messer aus seiner Hose und sägte den dicken Zopf ab. Das schmerzhafte Ziepen ließ Tränen in Lilahs Augen steigen, aber sie gab keinen Laut des Protests von sich. Joss war derjenige, der wenige Sekunden

später jämmerlich aussah, als er dastand und das abge-
schnittene silberne Haar ansah, das auf seiner Handfläche lag.

»Das wächst doch nach, du alberner Kerl.« Sie verspürte den lächerlichen Drang, ihn zu trösten, als ihre
Finger entgeistert durch den schiefgeschnittenen Haarschopf glitten, den er ihr gelassen hatte.

»Ich weiß.« Er seufzte und strich mit der Hand über
ihren kurzgeschorenen Kopf.

Er trat vor sie hin und trug den schimmernden Zopf an
den Rand der Klippe, von der aus man auf den Ozean
blicken konnte. Einen Moment lang hielt er den Zopf
fest, als koste er es ein letztes Mal aus, die seidigen
Haare zu berühren. Dann holte er mit dem Arm aus und
warf das geflochtene Haar so weit wie möglich ins Meer.
Als er den Zopf nicht mehr sehen konnte, drehte er sich
wieder zu Lilah um und sah sie an.

»San Pietro? Sind Sie immer noch da oben?«

»Wir kommen gerade.«

Ehe er ausgeredet hatte, bückte er sich und kratzte etwas von dem glitschigen Moos ab, das am Rand der
Klippe unter den Steinen wuchs. Er richtete sich wieder
auf, ging zu Lilah und hielt sie am Kinn fest. Als sie ihm
wortlos ins Gesicht sah, schmierte er ihr das Zeug auf
den Kopf und verteilte es mit seinen Fingern in ihrem
kurzen Haar. Dann nahm er eine Handvoll Erde und rieb
sie ihr ebenfalls ins Haar. Anschließend wischte er mit
seinen schmutzigen Fingern in schnellen, kreisenden
Bewegungen über ihr Gesicht.

»Au!«

»Tut mir leid.« Er band ihr das Kopftuch wieder um
und musterte sie einen Moment lang.

»Möge Gott uns beistehen«, sagte er mit gesenkter

Stimme, »aber besser kriege ich es nicht hin. Denk daran, daß du kein Wort sagen darfst und den Blick ständig senkst. Du bist nicht ganz richtig im Kopf und fürchtest dich. Und zeig um Gottes willen nicht, wenn dich etwas von dem, was du hörst oder siehst, schockiert. Ein Erröten könnte unser Untergang sein. Bleib ständig in meiner Nähe, als würdest du dich vor allen anderen fürchten. Verstanden?«

Lilah nickte. Es würde wenig Schauspielkünste von ihr verlangen, ständig in seiner Nähe zu bleiben und so zu tun, als fürchte sie sich. Sie hatte schreckliche Angst und nicht die geringste Absicht, Joss aus den Augen zu lassen, wenn sie es irgend verhindern konnte. Jetzt brauchte sie ihn, wie sie noch nie in ihrem Leben einen anderen Menschen gebraucht hatte.

Er sah noch einen Moment lang auf sie herunter, und seine Miene wurde grimmig. Dann nahm er sie am Kinn und küßte sie. Ehe sie darauf eingehen konnte, lief er den Pfad hinunter, und sie folgte ihm.

Sie kamen um die Biegung. Der Pirat, der Joss begleitet hatte, stand da und rauchte. Lilah senkte den Kopf und ließ eine Schulter hängen. Sie hoffte, auf die Art mager und flachbrüstig zu wirken. Der Stein in ihrem Stiefel zwängte sich unter ihre Fußsohle und machte ihr Humpeln echt.

Joss gab sich so, als hätte er nicht die geringsten Sorgen, und ihr Herz klopfte so laut, daß sie fürchtete, der Pirat könnte es hören.

»Das hat ja ganz schön lange gedauert«, murrte der Pirat, als Joss auf ihn zukam und Lilah hinter ihm stehenblieb. Trotz ihrer gesenkten Lider spürte sie den unfreundlichen Blick, mit dem sie gemustert wurde, bis ins Mark. Sie hoffte inbrünstig, daß die einengenden Bänder und das weite Hemd und die Weste ausreichten, um ihre Formen zu verbergen. Als die Augen des Mannes über sie glitten, kostete es sie große Mühe, nicht zusammenzuzucken.

»Komm her, Remy, und gib dir Mühe, nicht so ein verdammter kleiner Feigling zu sein«, sagte Joss voller Abscheu und packte sie an den Schultern, um sie an seine Seite zu ziehen. Wankend kam sie näher, und er ließ seine Hand auf ihrer Schulter liegen, während sie den Kopf hängen ließ. Die Dunkelheit umhüllte alle drei und bot ihr einen gewissen Schutz.

Lilah konzentrierte sich so sehr darauf, geistig benebelt zu wirken, daß sie noch nicht einmal zusammenzuckte, als ganz in der Nähe ein Vogel einen schrillen Schrei ausstieß.

»Der Gentleman heißt Burl«, sagte Joss zu Lilah. Er sprach die Worte überdeutlich aus, als sei sie schwerhörig. Lilah starrte den Boden an und sammelte genug Spucke für ein glaubwürdiges Sabbern in ihrem Mund. Als der Speichel aus ihrem Mundwinkel tropfte und auf den Boden fiel, gab Joss einen angewiderten Laut von sich, doch seine Hand auf ihrer Schulter spendete ihr insgeheim Beifall. Der Pirat wandte sich angeekelt ab.

Dann sagte Joss zu Burl: »Das ist mein Neffe Remy. Seine Mutter hat geglaubt, eine Seereise würde einen Mann aus ihm machen, aber Sie sehen ja selbst, was daraus geworden ist. Mir ist gar nicht wohl bei dem Gedanken, ihn wieder bei ihr abzuliefern. Es steht schlimmer um ihn als vor der Abreise, und sie wird bestimmt behaupten, ich sei daran schuld.«

Lilah, die wußte, daß sie nicht ewig auf den Boden schauen konnte, knurrte, verdrehte die Augen und versuchte, Joss' Hand auf ihrer Schulter abzuschütteln. Er ließ sie los und sah sie finster an, als sie sich zu seinen Füßen hinkauerte und mit dem Finger willkürliche Muster auf den Boden malte.

»Ein Schwachsinniger, das kann man wohl sagen«, sagte Burl und schüttelte den Kopf. »Machen wir uns auf den Rückweg. Der Capt'n wird froh sein, wenn er sieht, daß er sich keine Sorgen zu machen braucht, Ihr Neffe könnte Ärger machen.«

»Steh auf, Remy.« Joss brachte den Tonfall gut hin, der ausdrückte, wie sehr sie ihm auf die Nerven ging, fand Lilah. Sie tat so, als hätte sie ihn nicht gehört, und konzentrierte sich ganz darauf, mehr Kreise auf den Boden zu malen. Der Ruck, mit dem Joss sie schließlich auf die Füße zog, war gerade roh genug. Sowie er sie aufgerichtet hatte, kauerte sich Lilah wieder hin und malte weiter. Joss fluchte und zerrte sie ein zweites Mal auf die Füße. Burl brach in schallendes Gelächter aus. Diesmal hielt Joss sie am Kragen fest.

Burl beobachtete grinsend den Kampf, den Joss führte, um seinen schwachsinnigen Neffen auf den Füßen zu halten. Er ging ihnen aus dem Weg und ließ Lilah und Joss vorausgehen. Lilah humpelte und stolperte, sabberte und sackte in sich zusammen. Joss ließ ihren Kragen los und packte sie am Oberarm, damit sie weiterlief.

Burl folgte ihnen und schien sie bedenkenlos als das zu akzeptieren, was sie ihm vorspielte. Als sie sich von Joss weiterzerren ließ, stellte Lilah zu ihrem Erstaunen fest, daß ihre Angst schon ein wenig nachgelassen hatte. Burl schien überzeugt zu sein, daß sie Remy war, ein Junge, der nicht ganz richtig im Kopf war. Die eigentliche Bewährungsprobe kam natürlich erst noch auf sie zu. Noch stand es ihr bevor, jedem der Piraten jederzeit unter die Augen zu kommen und von ihnen bei Tageslicht angesehen zu werden.

Es würde schwierig sein, die gesamte blutrünstige Besatzung der *Magdalene* zum Narren zu halten, aber sie glaubte nicht, daß es unmöglich war.

Nicht mehr.

36

Joss sah mit trockenem Mund zu, als Lilah die Strickleiter zum Schiff der Piraten hochkletterte. Sie tastete sich unbeholfen vor und hielt ihr angeblich kaputtes Bein steif, als sie sich höherzog. Wie die anderen Männer im Boot konnte er sie in dieser Haltung genau von hinten sehen, und er seufzte erleichtert. In der weiten, unförmigen Hose verriet nichts, daß sie eine Frau war. Ihre Taille war schmal, aber das war bei mageren Jünglingen schließlich oft der Fall. Mit dem viel zu weiten Hemd, das über der Hose hing, und der zerfetzten Weste darüber konnte man so gut wie nichts von ihrer Figur erkennen. Er betete zu Gott, daß die Bänder, mit denen ihre Brüste eingeschnürt waren, halten würden. Wenn sie nicht rissen, und wenn sie immer daran dachte, die Augen niederzuschlagen, beim Laufen zu humpeln und nie auch nur ein Wort zu sagen, dann hatten sie eine kleine Chance, damit durchzukommen. Er hoffte es.

»Mach schneller, Remy«, rief er.

Lilah kletterte so langsam weiter, als hätte sie ihn nicht gehört. Joss schüttelte den Kopf.

Als Joss an Deck kam, stand Lilah mitten zwischen der Mannschaft von Piraten und wurde von keinem anderen als Captain Logan persönlich eingehend gemustert. Sie standen auf dem Vorderdeck im Kreis um sie herum, und vier flammende Fackeln warfen einen so hellen Lichtschein, daß es nahezu taghell war.

»Hm – und wie heißt du?«

Joss machte den Mund auf, um zu antworten, als Lilah, die von der Frage keine Notiz zu nehmen schien, aber auch nicht von den Männern, die um sie herumstanden und sie anstarrten, in die Hocke ging und mit dem Finger willkürliche Muster auf dem Deck beschrieb.

»Verflucht, ist der Kerl taub?« Logans Stimme klang eher verwundert als wütend, und er sah mit tiefen Falten in der Stirn auf Lilah herunter.

»Nicht ganz richtig im Kopf, das habe ich Ihnen doch schon gesagt«, sagte Joss und schloß sich der Mannschaft an. »Er war schon immer ein bißchen schwer von Begriff, aber der Schiffbruch hat ihm dann den Rest gegeben. Selbst wenn ich etwas zu ihm sage, scheint er mich kaum noch zu verstehen, und schließlich bin ich, verdammt noch mal, sein Onkel.«

»Ich glaube nicht, daß ich nutzlosen Ballast auf meinem Schiff haben möchte.« Es kam in einem nachdenklichen Tonfall heraus, als machte sich Logan ernstlich Gedanken. »Auf der *Magdalene* packen alle kräftig mit an.«

»Ich kann für uns beide rudern, wenn es nötig wird«, sagte Joss mit scharfer Stimme. »Aber es kommt nicht in Frage, daß ich ihn zurücklasse. Er ist der Sohn meines gestorbenen Bruders, und ich bin für ihn verantwortlich. Wenn Sie wollen, daß ich den Sextanten für Sie lese, dann müssen Sie ihn auch mitnehmen.«

»Hm.« Logan schien sich auch darüber ernstlich Gedanken zu machen. Versonnen musterte er Lilah. Joss spürte, wie ihm das Herz stehenblieb, als dieser Blick unter gesenkten Lidern über die schlanke Gestalt glitt, die zu seinen Füßen kauerte. Er mußte ihr hoch anrechnen, daß Lilah sich den Anschein gab, als sei ihr nicht bewußt, daß ihrer beider Leben an einem seidenen Faden hing, als Logan darüber nachdachte, ob die Belastung, die es darstellte, eine weitere Person durchzufüttern, es aufwog, daß Joss in der Lage war, mit einem Sextanten umzugehen. In Joss' Augen sah sie trotz des schwarzen Kopftuchs, das er ihr tief in die Stirn gezogen hatte, ihres kurzen Haares, ihrer eingeschnürten Brüste, der weiten Männerkleidung, die ihre Gestalt verhüllte, und ihres schmutzigen Gesichtes immer noch unverwechselbar wie eine Frau aus, wie die Frau, die er liebte. Aber sie spielte ihre Rolle gut. Es gelang ihr sogar, ausgerechnet jetzt wieder zu sabbern.

Wenn sie keine Dame gewesen wäre, hätte dieses Mädchen Schauspielerin werden sollen. Joss' Herz schwoll vor Stolz, als Logan sich angewidert von ihr abwandte.

»Kann er schreiben? Wenigstens seinen eigenen Namen? Er muß die Vereinbarungen unterschreiben, wie alle anderen auch.«

»Er kann ein Kreuz darunter machen. Das kannst du doch, Remy, nicht wahr?« Als Joss sich an sie wandte, sabberte Lilah wieder, ließ aber nicht davon ab, Muster auf dem Deck zu beschreiben. Joss hätte ihr am liebsten applaudiert. Er mußte sich zusammenreißen, um nicht breit zu grinsen.

»Jetzt holen Sie schon die Verträge, die wir unterschreiben sollen.«

Joss war erleichtert, als Logan sich von Lilah abwandte, um einem Mann, der zu seiner Linken stand, einen Befehl zu geben. Da er sich jetzt entschlossen hatte, die beiden an Bord zu nehmen, schien er kein weiteres Interesse mehr an diesem neuen Mitglied seiner Besatzung zu haben, das nicht ganz richtig im Kopf war. Die Aufmerksamkeit wandte sich von Lilah ab und dem Piraten zu, an den sich Logan gewandt hatte und der kurz unter Deck verschwand und dann mit einer fleckigen weißen Papierrolle zurückkam. Ein großes Faß wurde herangerollt, und Feder und Tinte wurden gebracht. Joss wurde bedeutet, zu dem Kapitän zu kommen; er strich die Papierrolle glatt und warf einen flüchtigen Blick auf das Geschriebene. Es waren die üblichen Vereinbarungen für das Leben an Bord eines Schiffes, und dazu kam die Formel, nach der die Beute aufgeteilt wurde. Der Kapitän bekam am meisten, die Besatzungsmitglieder Anteile, die ihrer Wichtigkeit entsprachen. Er und Lilah würden ein Fünfundzwanzigstel dessen bekommen, was übrig war, nachdem der Kapitän und die Offiziere sich ihren Anteil genommen hatten. Joss war das recht. Er hatte nicht vor, noch da zu sein, wenn die nächste Beute aufgeteilt wurde. Bei der ersten Gelegenheit, die sich bot, vorzugsweise in einer belebten Hafenstadt, würden sie ausreißen. Ihr Leben hing an einem seidenen Faden, und dieser Faden würde durchgeschnitten, sobald Logan den Ort erreicht hatte, den er erreichen wollte, oder beschloß, Joss und sein unbrauchbarer Neffe belasteten ihn mehr, als sie ihm nutzten. Ehe es dazu kam, mußten sie sich befreien. Bis dahin würden sie äußerst vorsichtig sein müssen, wenn sie die Zeit überleben wollten.

Die Namen der Besatzungsmitglieder waren im Kreis geschrieben, damit man nicht sah, wer zuerst seine Unterschrift gegeben hatte. Joss nahm die Feder in die Hand und unterschrieb schwungvoll am äußersten Rand des Kreises. Dann bückte er sich, packte Lilah am Arm und zog sie auf die Füße.

»Mach dein Kreuz. Hier, auf diesem Blatt«, befahl er ihr und drückte ihr die Feder in die Hand. Sie ließ sie prompt fallen, und Tinte tropfte auf das Faß und auf die

Planken des Decks, als die Feder zur Reling rollte. Mit einem gequälten Blick hob Joss die Feder wieder auf, doch als er zu Lilah zurückkam, kauerte sie schon wieder auf dem Boden. Die Piraten, die sie beobachteten, grölten schadenfroh und klatschten einander erheitert auf den Rücken, als sie dieses Schauspiel mitansahen. Sogar der mißmutige Logan mußte lächeln. Die Piraten waren begierig auf jede Unterhaltung und fanden, das neueste Besatzungsmitglied sei ein unerwarteter Glücksfall.

Joss fluchte lauthals und zog Lilah wieder auf die Füße, drückte ihr die Feder in die Hand, schloß ihre Finger um den Stiel und hielt sie fest, während er versuchte, ihr klarzumachen, was er von ihr wollte. Das Mädchen war fantastisch. Sie legte die Stirn in Falten, sabberte, versuchte, sich wieder hinzuhocken und mußte festgehalten werden, damit sie stehenblieb, doch sie ließ den Kopf mit ausdruckslosem Blick in ihren Nacken fallen. Wenn er es nicht besser gewußt hätte, hätte er geglaubt, sie sei wirklich schwachsinnig. Endlich war er gezwungen, ein krakeliges X für sie zu malen, indem er ihre Hand führte und die Feder dahin hielt, wo er sie haben wollte. Als das getan war und er sie losließ, kauerte sie sich auf der Stelle wieder auf den Boden, und ihm blieb es überlassen, neben das schiefe X zu schreiben: ›Will Remys Kreuz.‹

Als die Vereinbarungen unterschrieben waren und die Rolle wieder unter Deck gebracht worden war, konnte Lilah in Ruhe ihre endlosen Muster auf den Boden malen, während Logan eine Runde Rum für alle bringen ließ. Als Joss seinen Becher leerte, dachte er erleichtert, daß sie die Probe bestanden hatten. Solange nichts passierte, was ihnen das Gegenteil bewies, hatten die Piraten Lilah als einen schwachsinnigen Jungen akzeptiert.

Wenn sie die Rolle beibehalten konnte, waren sie in Sicherheit. Wie er ihr schon einmal gesagt hatte, sie war eine Frau, wie es unter Millionen nur eine gab.

Und aus dem Grunde liebte er sie auch, wenngleich er es ihr nie gesagt hatte. Vielleicht würde er es ihr eines Tages sagen, vielleicht sogar schon bald.

Aber es war auch möglich, daß gerade sie der allerletzte Mensch war, dem er das je sagen würde. Er hatte das vage Gefühl, wenn er Lilah eingestanden hätte, daß er sie liebte, hätte er ihr damit sein Herz in einer Form übereignet, die sich weder durch die Zeit, noch durch die Umstände je wieder rückgängig machen ließ.

Jemand drückte ihm den nächsten Becher Rum in die Hand. Joss stürzte ihn so schnell herunter wie den ersten. Für den Moment waren er und sein schwachsinniger Neffe Mitglieder einer Piratenbande.

37

Eine Woche später war die *Magdalene* auf hoher See. Lilahs Verkleidung hatte sich bewährt. Captain Logan und die anderen nahmen sie zur Kenntnis, wenn sie ihnen im Weg stand. Sie hatte das Gefühl, daß sie sie selbst dann gar nicht wirklich ansahen. Die Rolle des Schwachsinnigen, die sie ihnen vorspielte, ließ sie mit dem Deck verschmelzen und machte sie nahezu unsichtbar.

Bei Tageslicht verbrachte sie ihre Zeit damit, hinter Joss herzulaufen oder auf dem Achterdeck zu kauern, während er und der Kapitän anhand von komplizierten Berechnungen ihren Kurs festlegten. Wie Speare gesagt hatte, hatte Logan, von einem Schiff, das sie überfallen hatten, einen Sextanten mit Vermerken mitgenommen, die angeblich zu einer Insel führten, auf der ein Schatz vergraben war. Joss' Aufgabe bestand darin, die Piraten zu der Insel zu bringen, indem er diese Aufzeichnungen entzifferte. Bis dahin waren sie und Joss relativ sicher. Anschließend, wenn sie nicht mehr gebraucht wurden . . . es war ihr verhaßt, sich auszumalen, wie ihr Los aussehen mochte.

Die *Magdalene* hatte keine Kabinen, und die Mannschaft schlief geschlossen auf Strohsäcken auf dem Deck. Nachts, wenn Lilah zusammengerollt in ihrer Decke neben Joss lag, wurde ein Wachposten nicht allzuweit von der Stelle aufgestellt, an der sie schliefen. Jede Geste, jedes geflüsterte Wort mußten sorgsam erwogen werden, damit niemand sie hören und hinter ihr Geheimnis kommen konnte.

Logan hatte keinen Argwohn geschöpft, daß Lilah eine Frau sein könnte, aber er nahm sich vor Joss in acht und war kein Mann von der Sorte, die etwas riskiert. Lilah hatte allerdings keine Ahnung, was ein einziger Mann und sein dürrer Neffe seiner Meinung nach gegen eine ganze Piratenbande ausrichten konnten.

Es waren dreiundzwanzig Mann, wenn man Lilah und Joss nicht mitzählte. Armand Logan war groß und schlaksig, vielleicht Anfang Vierzig, hatte dunkles Haar und ein pockennarbiges Gesicht, das durch eine leuchtend rote Narbe, die sich von seiner rechten Schläfe bis zu seinem Kinn zog, noch unansehnlicher wurde. Die auffallende Narbe war vermutlich auf einen Säbelhieb zurückzuführen, sagte Joss, als Lilah ihn flüsternd fragte, während sie sich in ihrer ersten Nacht an Bord schlafen legten. Als einziger unter den Piraten kleidete sich Logan gut. Er trug Anzüge aus edlem Material und Hemden mit viel Spitzen. Seine elegante Aufmachung nahm sich zu seinem vernarbten Gesicht seltsam aus, doch bei all seiner Häßlichkeit schien er ein Mensch wie jeder andere zu sein, und Lilah hatte Schwierigkeiten, sich ihn in der Rolle des Kapitäns einer blutrünstigen Piratenbande vorzustellen. Er behandelte Joss so zuvorkommend wie alle anderen und ignorierte sie voll und ganz, aber das war Lilah nur recht so.

Die schwarzhaarige Frau, die Lilah so bemitleidet hatte, war eine von drei Gefangenen von dem Schiff, auf dem sie den Sextanten mitgenommen hatten. Tagsüber waren die Gefangenen unter Deck eingeschlossen, und nach Einbruch der Dunkelheit wurden sie an die Piraten weitergereicht, die gerade Lust hatten, ihr Bett mit ihnen zu teilen. Jede der Frauen wurde pro Nacht vier- oder fünfmal vergewaltigt, und die wiederholten Scheußlichkeiten, die ihnen angetan wurden, hatten ihre Sinne anscheinend schon derart abgestumpft, daß sie inzwischen nicht einmal mehr schrien. Zweifellos hatten sie gelernt, daß sie sich durch ihre Schreie nur noch Schläge oder Tritte einhandelten. Gewiß hätte es sie nicht davor bewahrt, mißhandelt zu werden.

Lilah blieb nichts anderes übrig, als diese Schrecklichkeiten nicht zu beachten, aber Joss warnte sie eindringlich davor, in irgendeiner Form zu versuchen, etwas zu unternehmen, um diesen Frauen das Leben zu erleichtern, denn das hätte mit ziemlicher Sicherheit ihren eigenen Untergang nach sich gezogen. Sie mußte vor dem, was sie sah und hörte, die Augen und Ohren verschließen und sich ganz darauf konzentrieren, die eigene Haut zu retten.

Das gehörte zu den schwierigsten Dingen, die Lilah je getan hatte, doch sie gehorchte. Wenn sie mit der Sonne schlafen ging und sich die Decke über den Kopf zog, konnte sie einen großen Teil der betrunkenen Ausgelassenheit, zu der es nächtens kam, von sich fernhalten. Nur einmal drangen die Laute erzwungener Unzucht bis an ihre Ohren vor.

Die Frau schrie nicht, sie weinte nicht, sie wimmerte nur, das hilflose, gequälte Wehklagen eines Tieres. Das Ächzen des Mannes, der sie mißbrauchte, hätte diese Laute fast übertönt. Aber Lilah hörte sie, und ihr war elend zumute. Als es vorbei war, die Frau fortgegangen war und der Mann die Nachwirkungen des Rums und der befriedigten Lust ausschlief, zitterte Lilah heftig. Stundenlang lag sie wach und war nicht in der Lage, dieses Grauen aus ihren Gedanken zu vertreiben. Als sie dann einschlief, hatte sie einen Alptraum, in dem sie das Opfer war. Es war ein Wunder, daß sie mit ihren

Schreien nicht das ganze Schiff aufweckte. Statt dessen schreckte sie nur Joss aus dem Schlaf auf, der ihr sofort die Hand auf den Mund preßte und sie lauthals dafür verfluchte, daß sie ihn geweckt hatte.

Es gab noch zwei weitere Frauen, die keine Gefangenen waren und aus freien Stücken auf der *Magdalene* mitfuhren. Eine von beiden hatte unglaublich kupferfarbenes Haar und einen Busen, der einen starken Mann hätte blaß werden lassen. Sie hieß Nell, und sie war McAfees Liebchen gewesen. Da McAfee jetzt nicht mehr da war, schien sie sich damit abzufinden, sich einen neuen Beschützer in der verbleibenden Mannschaft zu suchen. Wenn sie je einen Mann nicht wollte, dann entdeckte Lilah keine Anzeichen dafür. Sie schien nur zu versessen darauf zu sein, mit allem ins Bett zu gehen, was Hosen anhatte.

Die andere Frau war Nells Schwester, Nancy. Nancy war Captain Logans Geliebte, und sie schien einen ausgeprägten Hang dazu zu haben, vor ihrer Schwester die große Dame zu spielen. Die beiden Frauen machten den Eindruck, als könnten sie einander absolut nicht leiden.

Am Morgen des achten Tages auf See ließ Lilahs Furcht, als Frau entlarvt zu werden, nach. Neue Sorgen lösten ihren bisherigen Kummer ab: Nell hatte ein Auge auf Joss geworfen und gab sich alle Mühe, ihn mit mehr als nur Blicken zu bedenken. Sie hatte sich, so schien es, einen Ersatz für McAfee gesucht, und das war, ob er es wollte oder nicht, Joss.

Von ihrem Verstand her konnte Lilah ihr nichts vorwerfen. Joss, der bis auf den Schnurrbart, den er hatte stehen lassen, als er sich am ersten Tag auf See rasiert hatte, keine Stoppeln im Gesicht hatte, war eindeutig der Mann an Bord der *Magdalene*, der am besten aussah. Er hatte McAfees Garderobe und dessen Aufgabe, den Sextanten zu lesen, übernommen, und in den prächtigen Seidenhemden, die der Mann vorzugsweise getragen hatte, war er ein atemberaubender Anblick. Lilah siedete vor Wut, wenn das Flittchen überall dort, wo Joss sich gerade zu schaffen machte, vorbeistolzierte (und dazu kam es mindestens zwei Dutzend Mal am Tag!) und ihre Röcke schürzte und mit den Wimpern klapperte. Diese Schlampe war sogar so dreist, ihn anzufassen, und einmal ließ sie ihre Finger durch das V seines offenstehenden Hemdes gleiten; ein anderes Mal packte sie ihn an den Schultern und tat so, als sei sie gestolpert; und einmal ging sie sogar so weit, ihre gewaltigen Brüste an ihn zu pressen, weil sie angeblich etwas im Auge hatte und ihn bat, es herauszuholen.

In ihrer Verkleidung als Joss' Neffe konnte Lilah wenig tun, um die Intrigen der Frau zu vereiteln. Schon ein glühender Blick auf Joss konnte in der Vorstellung derer, die ihn zufällig bemerkten, Fragen aufwerfen. Folglich mußte sie sich taubstumm und blind stellen und ihre Wut für die wenigen Momente aufsparen, in denen sie Joss für sich allein hatte.

»Ich kann nichts dagegen tun!« wandte er ein, als sie ihn spät nachts anfauchte. Lilah glaubte, Belustigung aus seiner Stimme herauszuhören, aber es war zu dunkel, um seinen Gesichtsausdruck zu sehen. Die Vorstellung, daß er diese Situation auch nur im entferntesten zum Lachen fand, machte sie noch wütender.

»Du kannst dir dein verfluchtes Hemd zuknöpfen!« zischte sie, und diesmal war sein Gelächter nicht zu überhören. Lilah zuckte zusammen und warf ihm einen Blick zu, der ihn von Rechts wegen hätte töten sollen.

Lilahs größte Sorge war die, daß Nell eines Nachts zu Joss unter die Decke kriechen würde. Lilah wußte nicht, wie sie darauf reagiert hätte. Selbst wenn Joss die Frau abgewiesen hätte – und sie konnte nicht mit Sicherheit wissen, ob er das tun würde –, wäre sie wütend geworden. Wenn Joss die Frau nicht abwies, würde sie keine Verantwortung für die Folgen übernehmen. Sie versuchte, ihm das klar zu machen, nachdem sie ein paar Tage lang ein zurückhaltendes, aber erbostes Schweigen bewahrt hatte, das ihn mehr zu belustigen als zu entrüsten schien.

»Wie kannst du zulassen, daß sie derart mit dir flirtet? Wobei Flirt eigentlich kein angemessenes Wort mehr für das ist, was sie mit dir tut!« Sie brachte diese Anwürfe bei schwappenden Wogen und Windesrauschen heraus, als Joss sich für den Rest der Nacht auf seinen Schlafsack legte. Er hatte Wache gestanden, und insofern mußte Mitternacht längst vorüber sein. Lilah war als unbrauchbar angesehen worden und brauchte nicht Wache zu schieben, und auch die meisten anderen Pflichten blieben ihr erspart, und daher konnte sie sich nach Belieben zurückziehen. Trotzdem war es ihr nicht gelungen, einzuschlafen, denn sie hatte sich gefragt, was Joss wohl tun mochte, solange sie ihn nicht im Auge hatte. Vor einer Stunde erst hatte sie unter ihrer Decke hervorgelugt und gesehen, daß Nell über das Deck schlenderte und bei ihm stehenblieb. Die dampfende Kaffeetasse, die sie in der Hand hielt, hatte ihr als Vorwand gedient. Sie hatte sich zusammenreißen müssen, um still auf ihrem Strohsack liegenzubleiben. Als Joss sich neben ihr in seiner Decke zusammenrollte, war sie außer sich vor Wut.

»Du hast es also gesehen, stimmt's? Du mußt Adleraugen haben«, erwiderte er mit einem leidenden Seufzen auf ihre Anschuldigungen. Die Vorstellung, daß er sich strapaziert fühlte, brachte sie noch mehr auf.

»Was ich nicht gesehen habe, war, daß du sie fortgeschickt hast!«

»Das kannst du doch nicht von mir erwarten, oder? Nell ist ein ganz schön harter Brocken.«

Er zog sie auf, machte sich über sie lustig. Im ersten Moment war Lilah schockiert, aber dann merkte sie es. Sie kochte nicht mehr, nein, sie siedete! Sollte er es wagen, sie auszulachen!

»Wenn sie dir so gut gefällt, dann kannst du mir gestohlen bleiben.« Lilah drehte sich auf die Seite und kehrte ihm den Rücken zu. »Glaub nur nicht, daß du bei mir noch Chancen hast, du geiler Bock!«

Joss lachte und streckte einen Finger aus, um ihr zartes Genick zu streicheln. Captain Logan hatte anscheinend mehr Zutrauen zu ihm gefaßt, seit sie an Bord gegangen waren, und dort, wo sie schliefen, war kein Wachposten mehr aufgestellt. Dennoch waren sie auf allen Seiten von der Mannschaft umgeben, und das, was Joss tat, war nicht ungefährlich.

Lilah wälzte sich herum und sah ihn böse an. Die Wolken zogen gerade so lange nicht vor den Mond, daß sie sein Gesicht sehen konnte. Er lag keinen halben Meter hinter ihr, und sein Kopf lag auf seinem Arm.

»Du bist ekelhaft.«

»Und du bist einfach wunderbar. Ich ziehe dich mit Nell auf, versteh das doch. Obwohl du nicht von mir erwarten kannst, daß ich sie offen ablehne. Das wäre zu verdächtig. Schließlich würde ich wahrscheinlich gern die Dienste annehmen, die sie mir anbietet, wenn du wirklich mein geistig behinderter Neffe wärst.«

»Wenn du mit ihr ins Bett gehst . . .« Die Drohung wurde durch Schlitzaugen beendet.

Er grinste. Sie konnte seine weißen Zähne in der Dunkelheit sehen.

»Das tue ich nicht. Die einzige Frau, mit der ich gern ins Bett gehen möchte, hat einen Busen, der plattgequetscht ist wie ein Brett, sie ist mit Schmutz verkrustet und liegt in diesem Augenblick neben mir und beschimpft mich für etwas, wofür ich überhaupt nichts kann. Sie ist eine Xanthippe und eine Hexe, und sie hat mir alle anderen Frauen verdorben. Wenn ich Nell überhaupt Beachtung schenke, dann um der Zuschauer willen. Zufrieden?«

»Nein!«

Er lachte leise in sich hinein. »Das dachte ich mir. Und jetzt sei still, du zänkisches Weibstück, und schlaf endlich. Und fang um Gottes willen nicht an, Nell mit Blikken zu erdolchen. Dann hast du uns verraten.«

»Dann wirst du wohl aufpassen müssen, was du tust, oder?«

»Ich werde versuchen, ihr keinen Mut zu machen, einverstanden?« Sein Tonfall sagte ihr, daß er einlenken wollte.

Lilah war nicht dazu aufgelegt, sich beschwichtigen zu lassen. »Das kann ich dir nur raten. Sonst zeige ich dir, was eine echte Xanthippe ist!«

Um ihre Worte abzuschwächen, drehte sie sich um, rutschte etwas dichter zu ihm und streckte unter dem Schutz der Decke die Hand aus. Ihre Finger fanden seine und streichelten sie. Seine Hand schloß sich um ihre, umschlang sie warm und führte sie an seine Lippen. Er küßte ihre Finger, einen nach dem anderen, und ließ sich Zeit dabei, und das auf dem Deck eines Piratenschiffes.

38

Die zweite Woche auf See brach heiß und mit klarem Himmel an. Die *Magdalene* hatte einen südöstlichen Kurs eingeschlagen und kämpfte gegen einen heftigen Gegenwind an. An jenem Morgen, etwa zwölf Tage, nachdem sie sich den Piraten angeschlossen hatten, wachte Lilah auf, als Joss sie grob rüttelte. Sie knurrte, gähnte, setzte sich auf und sah blinzelnd in die strahlende Morgensonne.

»Setz dich endlich in Bewegung, Remy!«

Gehorsam sprang sie auf und rollte ihre Decke zusammen. Dann folgte sie Joss humpelnd und mit ausdruckslosen Augen an einen menschenleeren Teil des Decks, und dort machte er einem menschlichen Bedürfnis Luft, ohne sich um jeglichen Anstand zu scheren; er pißte über die Reling, wie es die anderen Männer auch taten, wenn das Wetter und die Umstände es zuließen. Lilah mußte gezwungenermaßen diskreter sein. Sie zog sich hinter ein Faß zurück und benutzte einen Nachttopf, den Joss am ersten Tag auf See für sie gefunden und dort versteckt hatte. Als sie fertig war, klippte sie den Inhalt eilig über die Reling und stellte den Topf wieder in sein Versteck, das niemand kannte.

Als Lilah hinter dem Faß auftauchte, fand sie Nell vor, die Joss affektiert anlächelte. Der üppige rote Haarschopf der Frau fiel ihr gelockt um das Gesicht und bis auf den Rücken. Ihre Haut war dunkel, und ihr Gesicht war rund und keineswegs zart geschnitten. Trotz der Gewöhnlichkeit, die diese Frau ausstrahlte, nahm Lilah widerwillig an, daß sie auf Männer ausgesprochen anziehend wirken mußte. Ihre Figur reizte sie mit Sicherheit. Ihre Brüste waren so groß wie Melonen, und die Brustwarzen zeichneten sich deutlich gegen das fließende weiße Oberteil ihres Kleides ab. Ihre Taille war im Vergleich zu Lilah dick, aber die gewaltigen Brüste darüber und die ausladenden Hüften darunter ließen sie relativ schmal wirken. Sogar jetzt, als die Frau stillstand und Joss verlegen anlächelte, bewegten sich ihre Hüften und ließen den weiten schwarzen Rock, den sie trug, wogen.

Heute hatte sich Nell offensichtlich für den Männerfang herausgeputzt. Ihre Bluse hatte sie soweit über die Schultern heruntergezogen, daß die obere Hälfte ihrer Brüste entblößt war. Den Rock hielt sie so hoch, daß man mehr als nur ein wenig von ihren nackten braunen Füßen und den nicht allzu schmalen Knöcheln sehen konnte. Ihre Taille hatte sie mit einer Schärpe aus leuchtend roter Seide enger als gewöhnlich eingeschnürt. Ihre Lippen und Wangen hatte sie in einem fast identischen Rotton gefärbt. Ihre Blicke waren mit einer Gier auf das Opfer gerichtet, das sie ins Auge gefaßt hatte, die Lilah erboste. Und dieses Opfer grinste sie mit einem umwerfenden Charme und ohne jede Spur von der Wut an, die Lilah schon beim Zusehen in sich aufsteigen spürte.

Lilah kam näher, humpelnd und aufgebracht, und sah, daß Nell einen reizenden Schmollmund zog. Sie schürzte die roten Lippen, als sie ihren Blick über Joss' große, schlanke Gestalt gleiten ließ und am längsten auf gewissen Stellen hängenblieb, die seine enge schwarze Hose deutlich hervorhob, die man aber nicht näher benennen konnte.

»Du hast ein Auge auf mich geworfen, schöner Mann. Das weiß ich. Einer Dame entgeht so etwas nie. Was also hält uns davon ab, Freunde zu werden? Ein Kerl wie du hat – Bedürfnisse.« Diese provozierende Äußerung, die mit einer triefenden Stimme hervorgebracht und nur durch den leichten Dialekt der Sprecherin beeinträchtigt wurde, ließ Lilah die Zähne zusammenbeißen. Wenn Joss dieses Wesen nicht zurechtweisen würde, würde sie – würde sie . . . Was würde sie denn tun? Wenn sie ihr wahres Geschlecht nicht verraten wollte, was konnte sie dann überhaupt tun? Nichts, gestand sie sich erbittert ein, und die Galle kam ihr hoch.

Ihre hilflose Wut steigerte sich noch mehr, als Joss seine Hand ausstreckte und sie auf Nells allzu rundlichen nackten Oberarme legte und seine Handflächen darübergleiten ließ, während er ihr lächelnd in die Augen sah. Lilah blieb erstarrt stehen und sah zu, und sie spürte einen heftigen, primitiven Zorn in sich sieden. Er hatte nicht das Recht, dieses Wesen anzurühren, nicht das geringste. Er gehörte ihr!

»Du bist eine bezaubernde Frau, Nell, und ich wäre kein Mann, wenn ich kein Auge auf dich geworfen hätte. Aber ich fürchte, wenn ich mit dir täte, was ich nur allzu gern täte, müßte ich mich mit der gesamten Besatzung der *Magdalene* anlegen. Und das ist mir als einem Neuling gar nicht recht. Es ist kein Geheimnis, daß jeder der Männer an Bord danach lechzt, den Platz von McAfee einzunehmen, und wahrscheinlich würde mir jemand die Gurgel durchschneiden, wenn ich ihm diese begehrte Beute vor seiner Nase wegnehme.«

Nell lächelte affektiert und fühlte sich offenbar geschmeichelt. Sie trat näher vor ihr Opfer und fuhr mit den Händen über die saphirfarbene Seide, die Joss' Brust bedeckte, um die Finger hinter seinem Nacken ineinander zu verschränken. Lilah dankte der Vorsehung dafür, daß Joss sich ihre Bitte zu Herzen genommen hatte, sein Hemd bis oben zuzuknöpfen. Wenn sie hätte mitansehen müssen, wie Nell seine bloße Haut berührte, wäre sie mit Sicherheit explodiert.

»Für einen Feigling hätte ich dich nicht gehalten, Schätzchen. Und außerdem will ich dich und keinen anderen.«

Joss sah beifällig auf das kühne Geschöpf herunter und hatte seine Hände behutsam auf ihrer Mitte liegen, während sie seinen Nacken umklammerte und sich dreist an ihm rieb. Lilah sah deutlich, daß er keine Anstalten machte, sich von ihr zu befreien. Jedenfalls nicht, solange er nicht über den Kopf dieser Göre hinweg in ihr finsteres Gesicht gesehen hatte. Ihre Blicke trafen einander, und er verstand, welche Gefahr er lief, wenn er ihre Warnung nicht ernst nahm. Joss riß die Augen einen Moment lang weit auf. Dann sah er wieder die Frau an, die sich an ihn heranmachte. Er schüttelte den Kopf und stieß sie sachte von sich.

»Du bist eine verführerische Frau, aber ich bin ein vorsichtiger Mann. Ich werde eine Zeitlang über dein Angebot nachdenken. Und jetzt lauf weiter, Frau, damit ich meine Arbeit machen kann.«

Nell zog einen Schmollmund, doch er schickte sie mit einem Grinsen fort, von dem Lilah fand, daß es bei weitem zuviel versprach. Außerdem gab er ihr einen Klaps auf das Hinterteil, den sie allzu gut von ihm kannte. Das gefiel dem schamlosen Flittchen so sehr, daß sie kicherte und Joss einen gezierten Blick und eine Kußhand über die Schulter zuwarf, als sie davonstolzierte. Fest stand, daß Nell seine Ablehnung nicht als endgültig ansah.

Lilah ließ Joss in den Genuß eines lodernd blauen Blickes kommen und vergaß in ihrer Wut ganz ihre Rolle als Remy, der nicht ganz richtig im Kopf war. Es nutzte ihm nichts, daß er in der aufgehenden Morgensonne atemberaubend gut aussah. Er war eine Gestalt aus den Träumen der Frauen. Kein Wunder, daß Nell ihn anziehend fand, aber haben konnte sie ihn nicht. Er gehörte ihr! Sie glühte vor Zorn, und sie hatte vor, es dieser doppelzüngigen Kreatur eiligst mitzuteilen!

Joss spürte entschieden, daß es Ärger geben würde, und er grinste sie beschwichtigend an. Als ihm das nichts half, sah er sie finster an und kniff die Augen zusammen, doch Lilah war zu wütend, um die Warnung zu beachten, die in diesem bedeutsamen Blick lag. Sie ging auf ihn zu, ohne zu humpeln, und die Steine in ihren Stiefeln waren chancenlos gegen das Maß ihres Zorns. Ehe er den Schlag kommen sah und ausweichen konnte, hieb sie ihm die Faust mit aller Kraft in die Brust.

»Du . . .!« setzte sie außer sich an, doch sie wurde von seiner Hand, die sich auf ihren Mund legte, gewaltsam zum Schweigen gebracht.

»Psst!« zischte er. Er sah über sie hinweg. Lilah nahm wahr, daß Silas und ein anderer Pirat ein Faß auf das Versteck an der Reling zurollten. Hinter ihnen herrschte reges Treiben an Deck, denn die Besatzung machte sich jetzt an die Arbeit. Niemand schien sich besonders für das Geschehen weiter hinten auf dem Deck zu interessieren, aber jeden Moment hätte jemand von der Arbeit aufblicken und bemerken können, daß sie sich ganz und gar untypisch für Remy verhielt, und dann wäre mit Sicherheit Interesse an ihr wach geworden. Das Wissen, in welche Gefahr sie sich und ihn brachte, wirkte wie eine kalte Dusche. Ihre Wut dampfte noch, aber sie loderte nicht mehr glühend.

»Du hast recht, Remy, es ist für einen Jungen wie dich noch zu früh, um sich aus dem Bett zu erheben. Jedenfalls, wenn du zu Hause bei deiner Mama bist. Aber hier bist du nicht zu Hause bei deiner Mama, und deshalb solltest du versuchen, ein Mann zu sein.« Joss hatte offensichtlich vor, mit diesen Worten jeden Verdacht im Keim zu ersticken, falls jemand die kleine Szene zwischen ihnen bemerkt hatte. Silas und der andere Pirat schienen ihnen so gut wie keine Beachtung zu schenken. Dennoch konnte es gefährlich sein, weiterzureden.

Das frustrierte Lilah, und sie brachte es fertig, Joss noch einmal mit ihren Blicken zu erdolchen, ehe sie die Lider senkte und ihre Rolle wieder annahm. Joss wandte sich ohne ein weiteres Wort von ihr ab und machte sich an seine Arbeit, und sein ›Neffe‹ blieb ihm ängstlich auf den Fersen.

Den größten Teil des Tages verbrachte Lilah so wie jeden anderen Tag an Bord der Brigg sonst auch. Auf dem Achterdeck hatten die Frauen zwar im allgemeinen nichts zu suchen, aber Nell und ihre schwarzhaarige Schwester mit den samtig dunklen Augen ließen sich auffällig oft auf dem Deck darunter blicken. Sie hockten lässig auf Fässern und fächelten sich mit ihren Röcken provokativ eine kühlende Brise zu und zeigten dabei ihre Beine. Lilah, die schwitzend in der teuflischen Hitze kauerte, sah mit einer heftigen Abneigung auf die beiden lachenden Frauen herunter. Ab und zu warf sie Joss verstohlen einen bösen Blick zu. Sie wollte sehen, ob er die Reize der Frauen beäugte, die diese so freizügig zur Schau stellten. Sie mußte ihm lassen, daß sie ihn kein einziges Mal dabei ertappte, die Frauen anzusehen, aber sie wußte, daß das noch lange nichts hieß.

Vielleicht sah er sie nur dann an, wenn sie es nicht sehen konnte.

So absurd es auch war, mußte sie es doch zugeben: Sie, Lilah Remy, eine wohlerzogene junge Dame, die, wohin sie auch kam, von den begehrenswertesten Junggesellen umschwärmt wurde und eine anerkannte Schönheit war, war so eifersüchtig auf eine ungepflegte Piratenbraut, daß es sie ganz krank machte!

Was passieren würde, wenn Nell erkannte, daß sie wirklich und wahrhaftig abgewiesen wurde, konnte man nur erraten, aber was passieren würde, wenn Joss der Verführung erlag, das wußte Lilah ganz genau.

Als sie daran dachte, wie sehr sie sich damals in Boxhill gewünscht hatte, sie könnte sich verlieben, wunderte sich Lilah darüber, wie naiv sie gewesen war. Verliebt zu sein, war überhaupt nicht schön. Verliebt zu sein, war qualvoll und frustrierend und konnte einen um den Verstand bringen.

»Schiff ho!« Der Ruf kam vom Ausguck im Krähennest.

Diese Warnung rüttelte die Besatzung aus der Lethargie der Mittagshitze auf. Jeder einzelne ließ alles stehen und liegen, um auf die blaue Weite des Meeres hinauszuschauen. Eine Woge der Aufregung, die so greifbar war wie eine Flamme, zog über das Deck.

»Wo?« rief Logan zurück.

»Steuerbords!«

Schritte hallten so laut wie kräftige Hiebe auf eine Kesselpauke über das Deck, als die Mannschaft loslief, um es sich selbst anzusehen. Joss hielt sich eine Hand über die Augen und strengte sie an, um das Segel gegen die strahlende Nachmittagssonne zu erkennen. Logan hob ein Fernglas an die Augen. Lilah, deren reges Interesse geweckt war, mußte sich damit zufrieden geben, durch die Reling des Achterdecks zu schauen, ohne aus ihrer Kauerhaltung aufzustehen.

Die Männer und die beiden Schwestern renkten sich aufgeregt die Hälse aus.

»Was ist es?« Logan senkte sein Fernglas und hielt sich die Hände als Trichter vor den Mund.

»Eine Galeone, Sir«, kam die Antwort aus dem Ausguck. »Sieht ganz so aus, als sei sie schwer beladen.«

Logan hob das Fernrohr wieder an seine Augen. »Ja, sie muß schwer beladen sein.« Er ließ das Fernglas wieder sinken, klappte es zusammen und drehte sich um. Dann trat er an die Reling des Achterdecks, sah auf seine Besatzung herunter und hatte das glattpolierte Mahagoni der Reling mit den Händen fest umklammert.

»Habt ihr den Mumm für einen Kampf, Jungen? So, wie es aussieht, könnten wir alle reich werden.«

»Ja!« riefen etliche Stimmen sofort.

»Brave Kerle!« Logan holte tief Atem. Dann befahl er den Männern, ihre Stellungen zu beziehen. Lilah sah fasziniert zu, als die murrenden, brummigen, aber – wie sie geglaubt hatte – im Grunde genommen harmlosen Matrosen sich vor ihren Augen in eine Horde von geübten Mördern verwandelten. Zum ersten Mal, seit sie zu ihnen gestoßen war, entsprachen sie ihrer Vorstellung von blutrünstigen Piraten. Als ihr klar wurde, was das hieß, wurde ihr kalt vor Angst.

Foxy, der Gorilla von einem Quartiermeister, rief die Männer namentlich auf, damit sie hintereinander nach unten gehen und sich Waffen holen konnten. Speare, der Steuermann, hielt Kurs auf ihre Beute. Die Wache kam von ihrem Beobachtungsposten im Krähennest und schloß sich den anderen an, die sich darum drängten,

Waffen zu holen. Plötzlich ertönte Gesang von vielen Lippen, erst leise, dann lauter und selbstsicher, als die *Magdalene* durch die Wellen pflügte.

Lilah brach kalter Schweiß aus. Die Piraten wollten Beute machen, und dafür würden sie töten oder getötet werden. Als Lilah Logan ansah, der auf dem Achterdeck auf und ab lief, konnte sie in ihm mühelos einen gnadenlosen Mörder sehen. Die wilde Jagd auf das andere Schiff hatte den Mann verwandelt, und die Aussicht auf eine Schlacht erregte ihn bis an den Rand des Wahnsinns. Joss, der neben ihm stand und den Sextanten und die Papiere einpackte, die er für seine Berechnungen benutzte, wirkte gefaßt, aber Lilah wußte, daß er genauso beunruhigt sein mußte wie sie. In der Hitze des Gefechts war alles möglich. Wie groß war die Wahrscheinlichkeit, daß sie es unbeschadet und ohne sich zu verraten hinter sich bringen konnten? Selbst, wenn Captain Logans Mannschaft den Sieg davontrug, würden auf beiden Schiffen viele Männer sterben, möglicherweise auch sie oder Joss. Und wenn sie eine Niederlage davontrugen ... Diese Möglichkeit war fast genauso schlimm. Piraten, die man gefangennahm, wurden gewöhnlich an einem Strick aufgeknüpft.

Lilah betete, das andere Schiff möge so schnell sein, daß es ihnen entkam.

»Uns fehlt ein Schütze. Können Sie eine Kanone abfeuern, San Pietro?«

»Früher habe ich es manchmal getan.«

»Sugarlips war ein Kanonier. Sie können seinen Platz einnehmen.« Logans Blick glitt einen Moment lang auf Lilah. »Ihren Neffen stecken Sie am besten runter zu den Frauen. Er lenkt Sie sonst nur ab und ist Ihnen im Weg. Und er ist unten sicherer als hier.«

Joss nickte barsch. Dann packte er Lilah am Arm und bedeutete ihr mit einer unfreundlichen Geste, daß sie mit ihm kommen sollte. Er stieg die Leiter zum Hauptdeck herunter.

Die Piraten liefen überall herum und waren innerhalb von wenigen Minuten jünger, zäher und temperamentvoller geworden. Die Aussicht auf reiche Beute ließ ihre Augen glänzen. Mehr als ein Lippenpaar öffnete sich zu einem Lächeln, das mehr einer Grimasse glich. Die Gesänge waren jetzt leiser geworden, auf ein Summen zurückgegangen, und die Männer waren kampfbereit. Lilah und Joss, die sich gegen den Strom einen Weg bahnten, wurden von niemandem beachtet.

»Wirst du wirklich mit ihnen kämpfen?« flüsterte Lilah, da ihr bewußt war, daß möglicherweise jemand ihre Frage hätte hören können, aber sie war außerstande, die Worte zurückzuhalten, als Joss sie an die Back preßte, um für eine große Kanone Platz zu machen, die an Deck gerollt wurde.

»Es sieht so aus, als bliebe mir wenig anderes übrig. Wenn sie glauben, daß wir uns gegen sie stellen, wird uns dieser Haufen die Gurgeln durchschneiden, ohne mit der Wimper zu zucken. Wenn man mit Piraten zusammen ist, kann man nur kämpfen oder sterben, und ich habe nicht die Absicht, zu sterben, wenn ich etwas dagegen tun kann. Und dich will ich auch nicht sterben lassen, wenn es sich verhindern läßt.«

Die Kanone wurde in Stellung gebracht. Joss zog Lilah zur Einstiegsluke. »Was auch passiert, bleib unter Deck. Ich hole dich, wenn alles vorbei ist.«

»Nein!«

»Was?«

»Du hast mich genau verstanden. Ich habe nein gesagt!«

Wenn diese Unterhaltung flüsternd geführt wurde, konnte das nicht von ihrer Hitzigkeit ablenken. Joss blieb erstarrt stehen, als er sah, wie trotzig Lilah war. Wut funkelte in seinen Augen.

»Ich bleibe bei dir, ob es dir paßt oder nicht. Und wenn du dich mit mir darüber streiten willst, wird jemand dahinterkommen, daß ich absolut nicht dein Neffe bin, der nicht ganz richtig im Kopf ist!«

»Vielleicht bist du nicht mein Neffe, aber ganz richtig im Kopf bist du bestimmt nicht«, fauchte Joss und warf einen Blick um sich. »Meinetwegen, setz doch deinen Kopf durch. Dann kann ich dich wenigstens im Auge behalten. Gott weiß, was für einen Unfug du anstellst, wenn ich dich allein lasse.«

Er zerrte sie hinter sich her über das Deck. Lilah, die den gewünschten Sieg davongetragen hatte, spielte wieder ihre Rolle als Remy. Sie hinkte und sah ins Leere, als Joss sie mit sich zog.

»Warte, Süßer!«

Nell wandte sich an Joss, als sie an der Luke vorbeikamen. Er drehte sich zu ihr um, und Nell schmiß sich an ihn. Joss ließ Lilahs Arm automatisch los, um das Flittchen aufzufangen, und vor Lilahs weitaufgerissenen Augen zog sie Joss' Kopf zu sich herunter und küßte ihn ausgiebig.

»Paß auf dich auf, Schatz«, sagte Nell eindringlich und ließ ihn endlich wieder los. Lilah, die gezwungenermaßen mit gesenktem Blick dastehen mußte, wenn sie mühsam die Rolle des Remy weiterspielen wollte, funkelte wutentbrannt die Planken des Decks an. Als Nell wieder in der Luke verschwunden war, lief Joss weiter, und Lilah humpelte hinter ihm her. Ihr Herz raste vor Wut. Als sie die Kanone auf dem Heck erreichten, stand Silas da, der sie gerade geladen hatte.

»Die gehört ganz dir, Kumpel«, sagte er zwinkernd zu Joss und kroch zur nächsten Kanone, um die Ladung zu überprüfen. Lilah sah, daß jetzt alle auf Deck kauerten und sich hinter erhöhten Schanzkleidern verbargen. Ihr fiel wieder ein, was Joss ihr erklärt hatte, als sie an Bord gekommen waren. Die Schanzkleider waren errichtet worden, damit der Feind nichts von den Aktivitäten auf Deck erkennen konnte, solange die *Magdalene* nicht nah genug an ihn herangekommen war. Die gesamte Besatzung des anderen Schiffes sollte glauben, daß die Mannschaft auf der *Magdalene* so harmlos war wie sie selbst. Die Piraten vereinfachten sich die Aufgabe, indem sie ihr Opfer überrumpelten.

Einen Moment lang hatte die Wut die Angst aus Lilahs Gedanken vertrieben. Das einzige, was sie interessierte, war, was Joss zu Nells Kuß zu sagen hatte. Als er neben der Kanone in die Hocke ging, kauerte sie sich auf die andere Seite des Laufs und warf ihm einen glühenden Blick zu. Er sah ihr finster in die Augen.

»Was hätte ich denn deiner Meinung nach tun sollen, sie von mir stoßen?« fragte er gereizt, als er ihren vorwurfsvollen Blick richtig deutete. Stevens und Burl kamen in dem Moment herangekrochen, um ihre Plätze einzunehmen, und daher mußte Lilah ihre Antwort mühsam herunterschlucken.

Silas brachte Lilah und Joss Entermesser aus dem Lagerraum. Joss hatte die Pistole, die früher einmal McAfee gehört hatte, und er vergewisserte sich, daß das Pulver trocken war. Lilah wurde offensichtlich als so schwachsinnig angesehen, daß man ihr keine Pistole anvertraute, sondern nur ein Entermesser. Der kalte Griff schien sich in ihre Handfläche zu brennen. Der bevorstehende Kampf erschien ihr plötzlich als eine gräßliche Wahrheit.

Die Galeone war schneller als die Brigg, aber sie war schwer beladen, und die Brigg, die frisch kielgeholt worden war, war nahezu leer. Der Wind im Rücken wirkte sich ebenfalls zu ihrem Vorteil aus, und da die Galeone keinen Anlaß hatte, Argwohn zu schöpfen, unternahm sie auch keine Anstalten, ihrem Verfolger zu entkommen. Lilah spürte, daß ihre Nerven sich quälend anspannten, als ihr klar wurde, daß es nur eine Zeitfrage war, bis die *Magdalene* ihr Opfer angriff.

»Die glauben, wir kämen nur, um die neuesten Nachrichten auszutauschen«, sagte Joss. »Von ihrem Achterdeck aus sehen sie wahrscheinlich nur Logan auf unserem Achterdeck, Speare am Steuer und Manuel da drüben auf der Brücke. Offensichtlich ahnen sie nicht im entferntesten, daß wir eine Bedrohung darstellen.«

»Dein Neffe sieht wohl zum ersten Mal Blut, was, San Pietro«, sagte Silas. Ohne eine Antwort abzuwarten, hob er den Kopf und lugte vorsichtig über das Schanzkleid. Bei dem Anblick, der sich ihm bot, bückte er sich sofort wieder.

»Heiliger Strohsack, wir haben sie fast«, gackerte er und strich fast gierig über die Schneide seines Entermessers. »Wenn es hochkommt, noch eine Viertelstunde, darauf würde ich wetten.«

Lilahs Herz hämmerte gewaltig, als sie Joss ansah, aber sie konnten sich in dieser Umgebung unmöglich unterhalten.

»Wir sind die *Beautiful Bettina* aus Kingston, Jamaica. Wer seid ihr?« Der Gruß kam von der Galeone, und der

Klang der Stimme war leise, aber deutlich über das Wasser zu hören.

Die Zeit schien stillzustehen, als die Galeone eine Antwort erwartete. Auf dem Achterdeck zerschnitt Logan mit der Hand die Luft.

»Zieht die Segel ein, oder wir sprengen euch in die Luft!« brüllte er, und eine der Kanonen der *Magdalene* ließ eine weiße Wasserfontäne aufsprühen, als eine Kugel vor dem Bug der *Beautiful Bettina* explodierte.

39

Da keine Notwendigkeit mehr bestand, sich zu verstek-
ken, sprang die gesamte Mannschaft auf, grölte und zog
die Waffen. Jemand hißte die Flagge der *Magdalene*. Als
sie sich aufrollte und heftig im Wind flatterte, stieß die
Besatzung ein Freudengeheul aus, in dem die Gier nach
Blut mitschwang.

Der nächste Knall ertönte, und weißer Schaum stieg
neben der *Bettina* auf.

Lilah war mit den anderen aufgesprungen und sah die
winzigen Gestalten auf dem Deck der Galeone, die
schnell nach ihren Waffen tasteten. Die Strategie der
Magdalene war meisterlich gewesen, der Überraschungs-
effekt war uneingeschränkt.

»Die armen Seelen«, flüsterte sie, und die gräßlichen
Geschehnisse, die ihren Lauf begannen, ließen sie vergessen, daß sie nicht reden durfte. Silas, der hinter ihr
stand, spitzte die Ohren, aber Lilah war zu besorgt, um
es wahrzunehmen.

»Die Heckkanone!«

Auf diesen Befehl hin gab Joss Lilah ein Zeichen, sie
solle die Holzverkleidung entfernen, die die Kanonen-
mündung verbarg, solange die Kanone nicht im Einsatz
war. Lilah tat es mit Fingern, die vor Angst steif waren,
und dann stellte sie sich neben den Sandeimer, als Joss
ein Streichholz anzündete. Er hielt es zwischen beiden
Händen und brachte es dicht an die Lunte. Sie glühte
und brannte herunter. Lilah zuckte zusammen und hielt
sich die Ohren zu.

Ein dröhnender Kanonenschlag ertönte, und die Kugel flog im hohen Bogen durch die Luft. Lilah beobachtete sie fasziniert und voller Entsetzen, als sie auf ihrer Zielbahn flog. Sie seufzte erleichtert auf, als die Kugel ihr Ziel knapp verfehlte und dicht neben der *Bettina* nur wieder eine harmlose Wasserfontäne aufsprühte.

Das Holz der Schiffe schabte sich jetzt kreischend aneinander, und wieder ertönten Jubelschreie, als die Piraten die Enterhaken durch die Luft warfen und sie an der Reling der Galeone hängen blieben. Auf dem Deck der *Magdalene* erklang ein ohrenbetäubender Schrei, und die Piraten bereiteten sich darauf vor, die *Bettina* einzunehmen.

Alle Matrosen befolgten eifrig Logans Befehle. Sie schienen das gegnerische Schiff fast gleichzeitig zu stürmen, und es wurde ihnen wenig Widerstand entgegengesetzt.

Dann ging auf dem Deck der *Bettina* eine Kanone los. Eine Schrapnelladung flog über die Reling, und das Deck der *Magdalene* wurde in schwarzen Rauch und Flammen getaucht. Diesmal wurde das Siegesgeheul im Chor auf dem Deck der *Bettina* angestimmt. Die Leichen von Männern, die gerade über Bord gegangen waren, als die Kanone abgefeuert wurde, fielen auf das Deck des Piratenschiffes und schlugen mit einem dumpfen Geräusch auf. Weitere Leichen gerieten in den Schrapnellhagel und hingen grotesk in der Luft, während das Blut aus ihnen strömte. Diejenigen, die noch nicht über die Reling geklettert waren, fielen zurück, ließen sich zu Boden sinken und krochen in Deckung.

»Runter!« schrie Joss und kam um die Kanone herum, um Lilah gewaltsam auf das Deck zu werfen.

»Was ist los?« keuchte Lilah, als eine zweite Salve über sie hereinbrach.

»Sie waren doch besser auf uns vorbereitet, als man hätte meinen sollen. Diese Kanone war mit Schrapnell geladen. Wahrscheinlich ist die Hälfte unserer Besatzung draufgegangen.«

»Kanone abfeuern!«

Der Befehl kam von der *Bettina*. Eine runde schwarze Kanonenkugel wurde über das Deck der *Magdalene* geschleudert und nahm das Besansegel und den Kreuzmast mit. Schreie ertönten, als der Mast herunterkrachte.

»Hölle und Teufel, den Capt'n hat es voll in die Fresse erwischt. Das hat ihm glatt die obere Kopfhälfte weggepustet, bei Gott! Sie waren wirklich vorbereitet. Sie müssen mit einer Falle gerechnet haben!« Blut lief über Speares Gesicht. Lilah sah zu ihrem Entsetzen, daß sein rechtes Ohr fehlte. »Warum bist du nicht an der Kanone, du verdammter Kerl? Da drüben findet ein verdammtes Gemetzel statt!«

»Es sind zu viele von uns an Bord. Kanonen sind nicht wählerisch, sie treffen jeden«, sagte Joss zu ihm.

Nach der nächsten Kanonenkugel, die wieder viele von ihnen erwischte, reichte es den Piraten von dieser einseitigen Schlacht. Lilah war in ihrem ganzen Leben noch nie so froh gewesen, Worte zu hören, wie in dem Moment, in dem zum Rückzug geblasen wurde. Joss befahl Lilah, auf dem Boden liegen zu bleiben, ehe er die Enterhaken, die die *Magdalene* an der *Bettina* festhielten, zu zerschneiden begann. Auf der *Bettina* wurden Pistolen abgefeuert, als die Unglücklichen, die zurückgelassen wurden, bis in den Tod hinein kämpften. Lilah fiel wieder ein, daß es für Piraten keine freiwillige Kapitulation gab; mit dem Eingestehen einer Niederlage handelten sie sich nur den Tod am Strick anstelle des Todes in der Schlacht ein.

Überall roch man den Schwefel des Kanonenpulvers. Lilah bekam kaum noch Luft und konnte durch den dichten schwarzen Rauch nicht allzuviel sehen. Inzwischen war sie über das größte Entsetzen hinweg. Sie lag zusammengerollt da und hielt sich die Arme schützend über den Kopf. Das gräßliche Geschehen hatte ihre Gefühle abstumpfen lassen, und sie war wie betäubt.

Es dauerte nur wenige Momente, bis sich die *Magdalene* von ihrem ursprünglichen Opfer fluchtartig lösen konnte. Zwei Piraten, die auf der *Bettina* zurückgeblieben und anscheinend nicht allzu schwer verwundet waren, sprangen ins Meer und schwammen wie rasend hinter der Brigg her. Schüsse vom Deck der *Bettina* trafen sie, und sie gingen schreiend unter, und ihr Blut vermengte sich mit den roten Pfützen, die sich bereits auf dem Meer gebildet hatten.

Eine Rauchfahne stieg auf, weil sich eine Kanonenkugel in das Deck der *Magdalene* gebohrt hatte. Die Männer löschten sie schnell, und andere hißten die Segel. Joss arbeitete mit ihnen zusammen, und Lilah fühlte sich neuerlich von Grauen gepackt, als sie sah, wie er in der Takelage mithalf.

Die Verwundeten lagen massenweise auf dem Deck. Ihre Schreie und ihr Ächzen waren gräßlich anzuhören, aber niemand beachtete sie, weil die Überlebenden um ihr Fortkommen bemüht waren. Lilah sagte sich gerade, daß sie den Männern helfen mußte, seien sie nun Piraten oder nicht, doch in dem Moment flog eine Kanonenkugel über sie hinweg und prallte herunter wie ein Donnerschlag vom Himmel, und als die Kugel aufprallte, riß sie die *Magdalene* mit sich.

Sie hatte die Pulverfässer erwischt.

Das Schiff explodierte mit einer Wucht, die es aus dem Wasser hob. Der Rumpf sank, und eine Flammenwand kam mit der Geschwindigkeit von durchgehenden Pferden auf Lilah zu. Sie hatte kaum noch Zeit für mehr als einen entsetzten Blick, ehe ihr Instinkt sie veranlaßte, über die Reling zu springen und sich tief, tief hinunter in das blutige Meer fallen zu lassen.

40

Lilah umklammerte den Deckel eines Fasses, als die *Magdalene* unterging. Sie war weit genug von dem Schiff entfernt, um zwar die Wellen zu spüren, aber nicht in den Sog hineingerissen zu werden. Andere, die weniger glücklich dran waren, schrien, als sie in die Tiefe gezogen wurden, um nie mehr aufzutauchen.

Um sie herum trieben Leichen und Trümmer. Ein Mann klammerte sich dicht neben ihr an ein Stück Treibgut. Er war am Leben, aber Lilah würdigte ihn keines zweiten Blickes. Sie sah sich nach allen Richtungen um, und ihre Kehle war trocken.

Ein Gedanke beschäftigte sie so sehr, daß kein zweiter in ihrer Vorstellung Raum fand: Was war aus Joss geworden?

Er war auf dem Klüver gewesen, als das Pulver explodiert war. Seither hatte sie ihn nicht mehr gesehen. War er heruntergeschleudert worden? Oder war er mit dem Schiff untergegangen? Bei dem Gedanken, er könne tot sein, sie könne ihn vielleicht nie wieder sehen, hätte Lilah am liebsten laut geschrien, geflucht und geweint. Der Gedanke, er könne tot sein, war ihr unerträglich.

Zwei große Beiboote fuhren im Zickzack über die Wasseroberfläche und sammelten die Überlebenden auf. Sie waren von der *Bettina* ausgeschickt worden, deren Befehlshaber eindeutig ein zu gottesfürchtiger Mann war, um Piraten ertrinken zu lassen.

Statt dessen würde er sie hängen sehen.

Joss konnte nicht tot sein. Wenn er tot gewesen wäre,

hätte sie es gewußt, es tief in ihrem Innern gefühlt. Er war am Leben, irgendwo zwischen diesen Trümmern, die alles waren, was noch von der einst so stolzen Brigg übriggeblieben war. Sie mußte ihn finden, jetzt gleich, noch ehe die Besatzung der *Bettina* ihn fand. Sie würden glauben, er sei ein Pirat wie alle anderen. Der Kapitän konnte sie ohne eine vorherige Untersuchung hängen lassen, so war es in den Gesetzen des Meeres festgelegt. Die erschütternde Wahrheit war die, daß die Überlebenden so oder so wohl nie wieder Land sehen würden. Naheliegender war es, daß sie noch auf hoher See an einem Strick erhängt wurden.

Lilah ging auf, daß auch sie selbst irrtümlich für einen Piraten gehalten werden könnte, aber diese Möglichkeit bereitete ihr keine ernstlichen Sorgen. Sie würde die Lage erklären, und man würde ihr Glauben schenken und sie wieder zu ihrem Vater bringen. Joss war das Problem. Den Kapitän dazu zu bringen, daß er sie verschonte, würde leicht sein; ganz etwas anderes war es, das Leben eines Mannes zu verlangen, der allem Anschein nach genauso wie jeder andere der Piratenbande angehört und zu allem Überfluß auch noch auf die *Bettina* geschossen hatte.

Aber nichts von alledem zählte im Moment. Das einzige, was zählte, war, Joss zu finden. Lebendig.

Wo war er bloß?

Aus Angst, die Aufmerksamkeit der Beiboote auf sich zu lenken und von ihnen geborgen zu werden, ehe sie es wollte, wagte Lilah nicht, seinen Namen zu rufen. Sie sah sich sorgsam nach allen Seiten um. Dann schwamm sie, ohne den Faßdeckel loszulassen, zu einem umgekippten Rettungsboot, an das sich drei Männer klammerten.

Einer davon war Yates, der zweite Silas. Den dritten kannte Lilah nicht. Silas' Gesicht war rußgeschwärzt und wies stellenweise Verbrennungen auf. Sein Haar war versengt. Er sah gräßlich aus, eine Gestalt aus einem Alptraum. Aber es schien ihm wenig zu fehlen, wenn er sie auch einen Moment lang ohne ein Anzeichen des Erkennens anstarrte. Vielleicht stand er unter Schock.

»Remy? Bist du das?«

»Ja, ich bin es, Silas.«

Ihre Stimme war heiser von dem Rauch, den sie inhaliert hatte, doch sie war bei weitem nicht mit Remys unartikulierten Knurrlauten zu vergleichen. Da die *Magdalene* jetzt untergegangen war, schien es keinen Sinn mehr zu haben, ihre Rolle beizubehalten. Außerdem machte sie sich so große Sorgen um Joss, daß sie an nichts anderes mehr denken konnte.

»Ich will verflucht sein«, murrte Silas. »Du bist ja ein verdammtes Mädchen. Ich will verflucht sein!«

Lilah merkte, daß nicht nur ihre Stimme verändert war, sondern daß sie zudem ihr Kopftuch verloren hatte. Vermutlich hatte ihr das Meer auch den Schmutz aus dem Gesicht gewaschen. Es war fast unvermeidlich, daß Silas ihr wahres Geschlecht erkannte, aber das machte ihr jetzt nichts mehr aus.

»Hast du Joss gesehen? San Pietro?« fragte sie eindringlich, aber Silas starrte sie nur aus seinem versengten Gesicht an.

Ein Beiboot kam auf sie zu. Lilah sah, daß sich dort zwei weitere Überlebende in dem Heck kauerten und von einem Mann mit einer Muskete bewacht wurden. Ein dritter Überlebender lag auf dem Boden des Bootes und war offensichtlich bewußtlos. Ein Besatzungsmitglied der *Bettina* hatte sich hingekauert und beugte sich über den Rand des Bootes, um mit einem Bootshaken einen treibenden Körper näher zu untersuchen. Zwei weitere Besatzungsmitglieder bedienten die Ruder, doch Lilah hatte nur Augen für den Mann, der auf dem Boden lag.

Er hatte schwarzes Haar und breite Schultern, war groß und muskulös und trug ein saphirblaues Seidenhemd. Es war Joss. Sie war ganz sicher.

Sie gab ihre Deckung hinter dem Holz auf, schwamm auf das Beiboot zu und umklammerte den Bootsrand.

»Weg da!« Der Mann mit der Muskete richtete seine Waffe auf sie.

»Ich bin kein Pirat«, sagte Lilah ungeduldig und würdigte ihn kaum eines Blickes. »Helfen Sie mir beim Einsteigen.«

Beim Klang ihrer eindeutigen Frauenstimme drehten sich alle Männer im Boot, die dazu in der Lage waren, zu ihr um.

»Ob Kerl oder Weib, das ändert gar nichts. Alles Piraten«, sagte einer von ihnen.

»Ich sage Ihnen doch, daß ich kein . . .«

»Zieh sie ins Boot, Hank«, sagte der mit der Muskete, der den Befehl zu haben schien, zu dem mit dem Bootshaken. Dann wandte er sich an Lilah: »Wenn Sie irgendwelche Tricks versuchen, schicken wir Sie in den Hades. Ob Weib oder nicht.«

Hände streckten sich aus und zogen sie über den Bootsrand. Ihre Aufmerksamkeit galt nur noch Joss. Auf seinem Hemdrücken war Blut.

»Was fehlt ihm?« fragte sie und sprang auf, um sich neben ihn zu knien.

Der Mann, der ihr ins Boot geholfen hatte, zuckte die Achseln.

»Meine Fresse, das ist der Idiot, Remy! Sie ist seine Geliebte!« Einer der Piraten riß sich gerade so weit aus seiner Lethargie heraus, um Lilah mit einer Mischung aus Erstaunen und Gehässigkeit anzustarren.

»Du da, paß auf, was du sagst!« Der Mann mit der Muskete schwang seine Waffe herum und richtete sie auf den Sprecher, der sofort den Mund hielt.

Lilah schenkte diesem Wortwechsel keine nähere Beachtung, sondern versuchte statt dessen, sich eine Vorstellung davon zu machen, wie schwer Joss verletzt war. Er war bewußtlos, klatschnaß, und leuchtend rote Blutflecken breiteten sich wie rote Tinte auf der nassen Seide aus, die seinen Rücken bedeckte. Sie verfolgte die Blutspuren bis an die Stelle, von der sie kamen, eine klaffende Wunde in seinem Hinterkopf, direkt über dem Nacken. Dort war das Haar blutverklebt und verkrustet. Sie streckte eine zitternde Hand nach ihm aus, um die Schwere der Verletzung zu bestimmen. Sowie sie sich bewegte, grub sich der Lauf der Muskete in ihre Schulter und stieß sie zurück.

»Du da, bleib bei den anderen sitzen.«

»Aber . . .«

»Du hast gehört, was ich gesagt habe! Bleib still sitzen! Oder ich puste dich geradewegs in die Hölle, ob Weib oder nicht. Und zwar auf der Stelle!«

Lilah blickte in das harte, erbarmungslose Gesicht auf und wußte, daß er seine Drohung wahrmachen würde. Der Mann war jung, wahrscheinlich nur wenige Jahre älter als sie, sommersprossig und schlaksig. Aber sein Ausdruck war grimmig, und er hielt die Muskete mit unerbittlichem Griff. Lilah wurde klar, daß er in ihr ein Mitglied der Piratenbande sah, das nicht besser als die Männer war, die sie gefangengenommen hatten. Ihr wurde noch etwas anderes klar: Auch er hatte einen entsetzlichen Kampf auf Leben und Tod durchgemacht, und in seinen Augen war sie der Feind, den er nur mit knapper Not geschlagen hatte.

Das Beiboot griff Yates und Silas und den dritten Mann auf, der sich an dem Rettungsboot festgeklammert hatte. Dann kehrte es um und fuhr zur *Bettina* zurück. Lilah ließ Joss keinen Moment lang aus den Augen. Einmal bewegte er sich und streckte den Rücken, als hätte er Schmerzen, und mehr Blut spritzte aus der Wunde und rann an seinem Hals herunter und befleckte sein Hemd. Er hob den Kopf und legte ihn auf die andere Seite. Endlich konnte sie sein Gesicht sehen. Jeder einzelne Muskel in ihrem Körper verzehrte sich danach, zu ihm zu kriechen, aber sie hatte Angst, erschossen zu werden, wenn sie den Versuch unternahm. Folglich blieb sie, wo sie war, sah ihn an und verzehrte sich danach, ihm helfen zu können.

Joss schnitt eine Grimasse, schlug die Lider auf und schloß sie wieder. Lilah hielt den Atem an und bewegte sich unwillkürlich in seine Richtung. Die Mündung der Muskete grub sich wieder in ihre Schulter und stieß sie schmerzhaft auf den Sitz zurück.

»Wenn du das noch einmal tust, ist es aus mit dir!«

»Er ist verletzt! Er blutet! Er braucht Hilfe!«

»Bleib, wo du bist! Hier werden keine verdammten Piraten verhätschelt! Was ist er denn, dein Geliebter? Wirklich ein Jammer!«

»Er ist kein Pirat – ich bin kein Pirat! Man hat uns gezwungen . . .«

»Ja, klar.«

Lilah funkelte den Mann, der sie mit einer Mischung aus Haß und Verachtung ansah, wütend an. Keinen Moment lang ließ er das kleine schwarze Loch am Ende der Muskete, das auf ihr Herz gerichtet war, sinken. Joss stöhnte, und sie wurde von ihrer Wut übermannt.

»Hören Sie, Sie widerlicher Kerl, mein Name ist Delilah Remy. Meinem Vater gehört Heart's Ease, eine der größten Zuckerrohrplantagen auf Barbados. Wir haben Schiffbruch erlitten und sind . . .«

»Spar es dir«, fiel ihr der Mann barsch ins Wort. »Ich habe keine Zeit, mir Märchen anzuhören.«

»Also, Sie . . .!« Lilah vergaß, wo sie war, und sprang auf. Das Boot schwankte gefährlich. Der Mann stieß sie grob wieder auf ihren Sitz zurück.

»Beweg dich noch einmal, und ich werfe dich über Bord und lasse dich ertrinken!«

Sie sah sich seinen verbissenen Mund an und glaubte es ihm aufs Wort. Mürrisch verschränkte Lilah die Arme vor der Brust und blieb sitzen. Abwechselnd warf sie wütende Blicke auf den Idioten mit der Muskete und besorgte Blicke auf Joss, als das Beiboot zur *Bettina* zurückgerudert wurde.

41

Auf dem Deck der *Bettina* wurden die Piraten unter dem Hauptmast zusammengetrieben und sorgsam bewacht. Lilah war empört darüber, daß man sie gemeinsam mit den Piraten festhielt. Joss, der das Bewußtsein noch nicht wiedererlangt hatte, wurde aus dem Beiboot an Deck gehievt, indem man ihm ein Seil unter die Arme band. Er wurde so achtlos wie ein Sack Mehl neben den anderen fallen gelassen. Lilah, die nur wartete, bis der Wächter nicht in ihre Richtung sah, kroch unauffällig und verstohlen zu ihm. Sie zog ihre klatschnasse Weste aus und preßte sie auf seinen Hinterkopf, um das Blut zu stillen, das immer noch aus seiner Wunde floß. Es war keine große Verletzung, aber sie war tief, und das Blut floß immer noch ungehindert. Er mußte einen schweren Hieb abgekriegt haben. Anders war seine Wunde nicht zu erklären. Es war ein Wunder, daß er nicht ertrunken war.

Die meisten anderen hatten schlimmere Verletzungen davongetragen. Wie Silas, hatten sich die meisten der Überlebenden schlimme Verbrennungen zugezogen. Yates hatte einen Fuß verloren. Lilah und einer der Piraten waren die einzigen, die unverletzt davongekommen waren.

Alles in allem waren neun Piraten an Bord der *Bettina* gebracht worden, wenn man sie und Joss dazuzählte. Die übrigen galten als tot. Ihre Leichen waren entweder mit dem Schiff gesunken oder dienten den Haien als Fraß. Ein anständiges Begräbnis wurde für Piraten, den Abschaum der Meere, als überflüssig empfunden.

Außer Lilah hatte keine der Frauen überlebt. Da sie unter Deck festgesessen hatten, als das Schiff in die Luft gegangen war, hatte es sie wahrscheinlich als erste erwischt. Lilah hoffte, daß die Explosion des Pulvers ihnen einen schnellen Tod beschert hatte. Sie wollte sich nicht vorstellen, die Frauen seien langsam verbrannt oder ertrunken.

Das wünschte sie noch nicht einmal Nell. Selbst für die Dreistigkeit, mit der sie sich um Joss bemüht hatte, hatte sie kein so entsetzliches Ende verdient.

Das Deck war ein Schlachtfeld, das von Eisenschrot übersät und mit Blut verschmiert war. Der Klüver war im Gefecht zerstört worden und lag zersplittert auf dem Deck, eine unselige Erinnerung daran, wieviel die Galeone in dem Kampf eingebüßt hatte. Die Toten der *Bettina* lagen säuberlich aufgereiht da, und es schienen mehr als ein Dutzend zu sein.

Der Kapitän war leicht ausfindig zu machen, ein kleiner, stämmiger Mann mit einem grimmig zusammengekniffenen Mund, der energisch umherlief. Im Moment hielt er in der einen Hand eine Bibel, in der anderen eine Pistole. Ein Schuß ertönte. Lilah zuckte zusammen und erkannte dann, daß der Schuß ein Signal für die Mannschaft war, sich, bis auf die Wachen, zur Totenmesse für ihre gefallenen Kameraden zu versammeln.

Als die Gebete für die Toten gesprochen worden waren und die Leichen eine nach der anderen ins Meer geworfen wurden, zitterte Lilah vor Angst. Es bestand kein Grund, Gnade von denen zu erwarten, die so erbarmungslos überfallen worden waren.

Der Kapitän kam zu ihnen herüber und stellte sich vor seine Gefangenen. Er musterte verächtlich den zerlumpten Haufen.

»Piraten«, sagte er. »Pfui!«

Er spuckte auf das Deck, um deutlich auszudrücken, was er von seinen Gefangenen hielt. Dann wandte er sich an einen schlaksigen Mann, der direkt hinter ihm stand.

»Wozu sollten wir diesen Abschaum an Land bringen? Sie werden gehängt.«

»Wird gemacht, Captain!«

Aus der Bereitwilligkeit des Mannes konnte man schließen, daß er, genauso wie der Kapitän, auf Vergeltung aus war. Der Rest der Mannschaft drückte, soweit Lilah die Männer sehen konnte, ein grimmiges Einverständnis aus. Die Piraten, die die Urteilsverkündung vernommen hatten und sich über ihr Los im klaren waren, schrien, stöhnten, schluchzten und flehten um Gnade. Silas rutschte auf den Knien vor und umklammerte das Bein des Kapitäns, als er fortgehen wollte.

»Haben Sie Erbarmen, Sir, haben Sie Erbarmen . . .«

Der Kapitän gab ihm mit seinem Stiefel einen kräftigen Tritt ins Gesicht. Silas schrie auf, schlug die Hände vor sein verbranntes Gesicht und brach dann schluchzend auf dem Deck zusammen. Lilah fühlte sich elend vor Angst, und sie wußte, daß sie jetzt handeln mußte.

Der Kapitän entfernte sich bereits. Ungeachtet des Wachpostens legte Lilah Joss' Kopf, der auf ihrem Schoß lag, behutsam auf den Boden und sprang auf.

»Captain! Warten Sie!« Sie wäre ihm nachgelaufen, aber die Muskete, die auf sie gerichtet war, ließ sie verharren. »Captain! Ich muß mit Ihnen reden.«

Zu ihrer Erleichterung drehte sich der Kapitän beim Klang ihrer Stimme abrupt um, und Lilah vermutete, es lag daran, daß er nicht mit einer Frauenstimme gerechnet hatte.

»Ein Mädchen.« Sein Blick glitt über sie und kam zu dieser Feststellung. Dann zuckte er die Achseln. »Das macht keinen Unterschied.«

»Aber ich bin kein Pirat!« rief Lilah verzweifelt und schenkte den mordlustigen Blicken keine Beachtung, die ihr von ihren Leidensgenossen zugeworfen wurden. »Ich bin Delilah Remy, und ich habe Schiffbruch erlitten . . .«

»Halt den Mund, du kleines Flittchen!« Einer der Wächter kam auf sie zu und stellte sich zwischen sie und den Kapitän. Er drohte ihr damit, ihr das Gesicht mit dem Kolben seiner Muskete einzudrücken. Lilah sah an ihm vorbei, denn sie wußte, daß das ihre letzte Chance war, und ihre Augen und ihre Stimme flehten den Kapitän an, sie anzuhören.

»Bitte, hören Sie mir zu. Man hat uns gezwungen, auf der *Magdalene* mitzufahren, wir haben nie zu ihrer Besatzung gehört. Wir sind genauso sehr Opfer der Piraten geworden wie Sie . . .«

Der Kolben hob sich, holte aus und setzte zu einem Hieb an. Lilah krümmte sich und hob den Arm, um den Schlag abzuwehren.

»Als wir sie rausgefischt haben, hat sie schon versucht, uns eine ähnliche Geschichte zu erzählen, Pa. Ich hatte keine Lust, ihr zuzuhören.«

Jetzt wurde Lilah klar, daß der junge Matrose mit dem sommersprossigen Gesicht, der in dem Beiboot gesessen hatte, der Sohn des Kapitäns war.

Aus dem Augenwinkel sah sie, wie ein Strick über eine Rahnock geworfen wurde. Er schlängelte sich zum Himmel, verfehlte sein Ziel und fiel wieder herunter. Als ihr klar wurde, was sich hier ankündigte, zitterte Lilah und verdoppelte ihre Bemühungen.

»Sie müssen mich anhören. Bitte, ich flehe Sie an . . .«

Der Kapitän drehte sich wieder zu ihr um und verschränkte die Arme vor der Brust. Er und sein Sohn, der in derselben Haltung neben ihm stand, musterten sie nachdenklich. Lilah wußte, daß sie selbst bei Aufbietung aller Fantasie nicht die geringste Ähnlichkeit mit der jungen Dame aufwies, die sie einst gewesen war, aber sie hoffte, die Männer würden etwas in ihr sehen, das sie innehalten ließ. Sie versuchte es mit einem zögernden Lächeln auf zitternden Lippen. Als das nichts half, blieb sie stumm stehen, starrte die beiden an und biß sich unterbewußt nervös auf die Unterlippe und rang die Hände.

»Laß sie herkommen!« befahl der Kapitän schließlich. Der Wachposten trat zurück. Lilah ging erleichtert auf den Kapitän zu.

»Und jetzt erzählen Sie Ihre Geschichte, und zwar schnell. Und ich warne Sie, ich habe etwas gegen Lügner.«

Der Strick wurde wieder nach der Rahnock geworfen. Diesmal legte er sich geschmeidig um die Spiere und wurde zurechtgerückt.

»Ich heiße Delilah Remy . . .« begann Lilah, doch sie wurde von einem Matrosen unterbrochen, der ankam, um dem Kapitän mitzuteilen, daß der Strick befestigt worden war und sie mit dem Hängen beginnen konnten.

»Lies ein Gebet über sie, und bring es hinter dich.«

Der Matrose wurde mit einer Handbewegung fortgeschickt. Lilah bemühte sich, die verzweifelten Schreie ihrer zeitweiligen Mannschaftskameraden nicht zu sich durchdringen zu lassen, als einer der Matrosen zu einem hastigen Vaterunser ansetzte.

Sie durfte jetzt nur noch an sich selbst denken – und an Joss.

Sie sprach, so schnell sie konnte, und erzählte dem Kapitän, wie sie und Joss an Bord der *Magdalene* gekommen waren. Ihre Geschichte erfuhr durch den Sohn des Kapitäns eine Bestätigung, der sagte: »Die Männer, die ich aus dem Wasser gefischt habe, schienen überrascht zu sein, als sie gesehen haben, daß sie eine Frau ist, Pa.«

»Hm.« Der Kapitän starrte sie einen Moment lang an und nickte dann. »Von mir aus. Barbados liegt nicht allzu weit von unserer Route ab. Wir müssen ohnehin ein paar Reparaturen vornehmen, und ich denke, wir können genausogut dort den Hafen anlaufen wie sonstwo. Wenn Sie die Wahrheit sagen, werden Sie froh sein, wieder zu Hause zu sein. Wenn nicht, dann denke ich, ich kann Sie ebensogut in Bridgetown hängen wie hier.«

Er wandte sich selbstzufrieden ab und warf seinem Sohn einen Blick zu. »Gib ihr eine Kabine und trockene Kleider, aber sorg' dafür, daß sie eingeschlossen wird.«

»Wird gemacht, Pa.«

»Captain!«

Er drehte sich um und sah sie an, und sein Gesicht drückte Erstaunen darüber aus, daß man ihn in einer Angelegenheit, die er bereits zu seiner Zufriedenheit geregelt hatte, noch einmal belästigte.

»Mein Begleiter – er ist genausowenig ein Pirat wie ich.«

»Welcher ist es?«

»Der, der mittschiffs liegt. Der Große mit dem schwarzen Haar. Er ist verletzt und bewußtlos.«

»Der hat an der Heckkanone gestanden! Ich habe selbst gesehen, wie er auf uns geschossen hat!«

Einer der Matrosen, die sich um sie scharten und Lilahs Geschichte mit Argwohn und Mißtrauen anhörten, mischte sich ein.

»Ach, ja?« Der Kapitän sah Lilah mit Augen an, die plötzlich zehn Grad kälter waren.

»Er – er stand unter Zwang. Sie hätten uns getötet, wenn er nicht . . .«

»Er war einer der Schützen! Ich habe ihn auch gesehen, Sir. So leicht übersieht man ihn ja nicht, einen so großen Kerl.«

Der Kapitän sah Lilah wieder an. Sie verzweifelte fast, als sie seinen Blick sah.

»Sie können ihn nicht erhängen! Ich sage Ihnen doch, daß er dazu gezwungen worden ist . . .«

»Was auch an Ihrer Geschichte dran sein mag, aber wenn er eine Kanone auf uns abgefeuert hat, ist er ein verdammter Pirat. Er wird mit dem Rest zusammen aufgehängt.«

Mit dieser Äußerung wandte sich der Kapitän wieder ab.

»Nein! Das können Sie nicht tun!«

Lilah lief hinter ihm her und hielt ihn am Ärmel fest. Er sah ungeduldig auf sie herunter.

»Ich warne Sie, Kleines, ich bin nicht dazu aufgelegt, mir das Herzeleid eines jungen Mädchens anzuhören. Ich habe nahezu ein Drittel meiner Besatzung verloren, darunter den Sohn meiner eigenen Schwester. Außerdem hat mein Schiff weiß Gott wie großen Schaden erlitten. Wissen Sie, was es mich kosten wird, das Schiff wieder herzurichten? Sie verschone ich, aber nicht einen Mann, der eine Kanone auf mein Schiff abgefeuert hat. Wenn Sie ein Auge auf ihn geworfen haben, dann tut es mir leid für Sie.«

»Nein, das habe ich nicht!« Die Worte kamen überstürzt aus ihr heraus, als sie rasend nach anderen Worten suchte, die Joss noch retten konnten. Der Kapitän hatte von seinen Geldsorgen gesprochen ... »Er ist nicht mein – gar nichts ist er. Er – er ist ein Sklave, ein besonders tüchtiger Mann und sehr teuer! Er – er gehört meinem Vater, und – er ist mehr als fünfhundert amerikanische Dollar wert! Mein – mein Vater wird eine Entschädigung verlangen, wenn er sein wertvolles Eigentum verliert! Wenn Sie ihn hängen, sind Sie meinem Vater dieses Geld schuldig. Aber wenn Sie ihn meinem Vater überbringen und mich auch, dann – dann werde ich dafür sorgen, daß Sie für Ihre Mühen reichlich belohnt werden.«

Der Kapitän starrte erst sie an, dann Joss. »Hör mal, Mädchen, verschone mich mit deinen Geschichten. Der Mann ist ein Weißer, und ...«

»Er ist ein Sklave, das versichere ich Ihnen, und Sie haben nicht das Recht, ihn zu hängen! Er hat nur wenig Negerblut, aber er gehört meinem Vater, und wenn Sie ihn töten, wird er Sie dafür bezahlen lassen! Fünfhundert Dollar ...«

»Sehen wir uns diesen Sklaven doch einmal an.«

Die Matrosen, die sich um den Kapitän geschart hatten, liefen bis auf den letzten Mann hinüber, um sich Joss anzusehen. Lilah ging mit ihnen, und das Herz schlug in ihrer Kehle. Die Piraten wurden schreiend und kreischend fortgezerrt, um gehängt zu werden.

Joss hatte das Bewußtsein gerade wiedererlangt, war aber noch nicht ganz bei sich. Er blinzelte und hob den Kopf, den er jedoch sofort stöhnend wieder auf die blutigen Deckplanken sinken ließ.

»Holt einen Eimer Wasser!«

Jemand tat es, und der Eimer wurde über Joss ausgeschüttet. Er hob wieder den Kopf und blinzelte benommen. Dann zog er einen Arm als Kissen unter seinen

Kopf. Seine Augen blieben jetzt offen, und Lilah glaubte, daß er unglaublich matt, aber bei Sinnen war. Endlich richtete sich sein Blick auf sie.

»Kannst du mich hören, Junge?« fragte der Kapitän und beugte sich vor, um diese Frage zu knurren, bis sein Gesicht dicht über Joss war.

Joss nickte, eine kaum wahrnehmbare Kopfbewegung.

»Du hast eine Kanone auf mein Schiff abgefeuert?«

Lilah hielt den Atem an.

»Keine andere Wahl. Sonst getötet worden – beide. Hoffe, Sie – nehmen meine Entschuldigung an.« Es klang, als müsse er mühsam um Atem ringen.

Der Kapitän schürzte die Lippen und kauerte sich neben Joss. »Kennst du diese – Person?« Er deutete auf Lilah. Joss sah ihr ins Gesicht und machte eine beipflichtende Kopfbewegung.

»Ja.«

»Wie heißt diese Person, und in welcher Beziehung steht sie zu dir?«

Er wollte also auch ihre Identität überprüfen und ihre Geschichte gegen die abwägen, die Joss ihm erzählen würde. Lilah fiel auf, daß der Kapitän sorgsam jedes Personalpronomen mied, das auf ihre Geschlechterzugehörigkeit hingewiesen hätte. Ihr wurde klar, daß Joss nicht wissen konnte, ob sie hinter die Wahrheit gekommen waren, die hinter ihrer Verkleidung steckte. Er würde versuchen, sie zu beschützen . . .

»Remy.« Joss' Stimme war heiser, aber er bewegte sich und versuchte, sich hinzusetzen. Mit einem gequälten Blick ließ er sich wieder auf den Boden sinken, und Lilah mußte sich zusammenreißen, um nicht an seine Seite zu stürzen. »Er ist mein . . .«

»Sie wissen, daß ich eine Dame bin, Joss«, warf Lilah ein. »Du brauchst mich nicht mehr zu beschützen.«

Joss sah sie an. Der Kapitän sah sie ebenfalls an. In seinem Blick stand eine deutliche Warnung, sie solle schweigen.

»Miß Remy behauptet, daß du ein Neger bist. Sie sagt, du bist mehr als fünfhundert Dollar wert, und sie sagt, daß du ihr Sklave bist. Was hast du dazu zu sagen?«

Joss sah Lilah wieder an, und plötzlich wurden seine Augen grimmig.

»Ich ziehe das Wort einer Dame nie in Zweifel«, sagte er schließlich, und sein Mund verzog sich hämisch.

»Dann bist du also ein Sklave und gehörst Miß Remy? Oder ihrem Vater? Ich will eine klare Antwort hören, ja oder nein.«

»Joss . . .« Der Ausdruck, der plötzlich auf sein Gesicht trat, entlockte ihr unfreiwillig dieses Flüstern.

»Sie halten den Mund, Kleine.«

Lilah verstummte. Sie konnte Joss nur kläglich ansehen. Sie wußte, was er jetzt glauben mußte. Aber was hätte sie denn sonst tun können?

»Ja oder nein? Ich habe schließlich nicht den ganzen Tag Zeit!«

Joss starrte sie anscheinend endlos an, und seine grünen Augen waren eiskalt. Dann sagte er: »Was sie auch sonst sein mag, die Dame ist keine Lügnerin. Wenn sie sagt, daß es so ist, dann ist es so.«

Das genügte dem Kapitän.

»Zum Teufel, werft ihn ins Schiffsgefängnis, schließt sie in einer Kabine ein, und laßt uns wieder an die Arbeit gehen. Die Waren, die wir geladen haben, halten nicht ewig, und ich denke gar nicht daran, jemandem fünfhundert Dollar zu schulden und mir gleichzeitig auch noch einzubrocken, daß die Fracht verdirbt. Wir setzen uns mit den beiden auseinander, wenn wir auf Barbados sind. Und die Belohnung, die Sie mir versprochen haben, vergesse ich ganz bestimmt nicht, junge Frau.«

Minuten später wurde Lilah von einer Wache abgeführt, und Joss wurde von zwei Matrosen hinter ihr hergetragen. Als sie auf die Luke zukam, hörte sie einen heiseren Schrei vom vorderen Teil des Schiffs. Das Hängen hatte begonnen.

Ihr Begleiter nahm ihren Arm mit überraschender Höflichkeit und bog mit ihr in einen Korridor, während Joss von seinen Wachen noch tiefer in den Rumpf des Schiffs hineingetragen wurde. Lilah blieb stehen.

»Ich will sehen, wo er in Gewahrsam genommen wird, bitte.«

Die drei Matrosen sahen einander an, zuckten die Achseln und gestatteten ihr, mitzukommen, als sie Joss die schmalen Stufen herunterschleppten.

Es gab auf der *Bettina* nur eine Gefängniszelle, einen dunklen, feuchten und unbehaglichen Raum. Lilah sank das Herz, als sie sah, wie sie Joss unterbringen wollten. Aber mit etwas Glück würde es nur für ein paar Tage sein, und auf alle Fälle war es besser, als erhängt zu werden. Sie hoffte nur, daß Joss es auch so sehen würde.

Lilah blieb vor der Tür stehen, als Joss in die Zelle gebracht und auf die untere der Pritschen gelegt wurde. Der junge Matrose, der sie begleitete, hielt ihren Arm nicht mehr, denn anscheinend behandelte er sie jetzt wie eine junge Dame und nicht mehr wie eine Piratenbraut. Da niemand sie davon abhielt, trat Lilah in die Zelle. Die beiden Wachen hatten Joss wegen seiner Wunde am Hinterkopf auf den Bauch gelegt. Die Verletzung blutete nicht mehr, soweit Lilah das im schwachen Schein der einzigen Laterne erkennen konnte, die draußen im Gang vor der Tür hing. Aber sein Haar war blutverkrustet, und er wirkte immer noch schwach und erschöpft.

»Joss . . .« setzte sie an und beugte sich über ihn. Sie sprach mit gesenkter Stimme, und die Männer erwarteten sie an der Zellentür.

Er hatte einen Arm unter den Kopf geschoben. In der Dunkelheit glitzerten seine grünen Augen hart.

»Du heimtückisches kleines Miststück«, sagte er. Lilah hielt den Atem an.

»Joss . . .«

»Miß, Sie müssen jetzt mit uns kommen. Der Capt'n hat gesagt, ich soll Sie in einer Kabine einschließen, und ich muß wieder an Deck gehen.«

Lilah nickte zustimmend und wandte sich ab, um der Aufforderung des Matrosen nachzukommen. Ihre Gelegenheit, Joss eine Erklärung abzugeben, war vorbei.

Als die Tür hinter ihr ins Schloß schnappte und von einem der Männer, die Joss heruntergetragen hatten, von außen abgeschlossen wurde, wandte sie sich an ihren Begleiter.

»Könnten Sie dafür sorgen, daß er ärztlich versorgt wird? Er – wie ich bereits sagte, er ist sehr wertvoll.«

Der Matrose schürzte die Lippen. »Ich werde Capt'n Rutledge fragen. Die Entscheidung liegt bei ihm.«

Damit mußte sich Lilah zufriedengeben.

42

Drei Tage lang blieb Joss in der düsteren, klammen Zelle der *Bettina* allein, wenn man von einem einzigen Besuch des Schiffsarztes absah, der sich seinen Hinterkopf ansah, einen übelriechenden Puder auf die Wunde streute, fortging und sich nie mehr blicken ließ. Die entschieden spartanische Unterkunft störte Joss nicht weiter, aber die Einsamkeit setzte ihm zu. Nicht etwa, daß er gern mit der Mannschaft einen drauf gemacht hätte. Er freute sich, wenn sie dreimal am Tag für ein paar Minuten zu ihm kamen und ihm durch die Türöffnung ein Tablett mit Essen reichten.

Der Mensch, den er dringend sehen wollte, war Lilah. Es gab vieles, was er ihr unbedingt sagen wollte.

Je länger er an ihrem Verhalten herumgrübelte – und da er nichts anderes zu tun hatte, als sich Gedanken zu machen, grübelte er ausgiebig daran herum –, desto mehr erboste ihn ihr Verrat. Wenn sie, nach allem, was sie miteinander erlebt hatten, dem ersten Menschen mit einem warmen Körper, der ein gewisses Mitgefühl aufbrachte, sofort erzählen mußte, er sei ihr Sklave, dann sehnte er sich danach, ihr den langen, schlanken Hals umzudrehen. Er wollte sie schütteln, bis ihr Kopf sich von den Schultern zu lösen drohte. Er wollte sie übers Knie legen und ihr den Hintern versohlen, bis ihm die Hand weh tat.

Dieses treulose kleine Miststück hatte behauptet, ihn zu lieben, und er hatte ihr geglaubt. Doch sobald sie wieder in Reichweite der Zivilisation war, hatte sie zugelas-

sen, daß die dämlichen Vorurteile, mit denen sie aufgewachsen war, ihm den Status eines Untermenschen verliehen, eines kaum noch menschlichen Wesens, das nicht
gut genug war, um ihr den Rocksaum zu küssen, von
ihrem Mund ganz zu schweigen. Und erst recht zu schweigen davon, mit ihr sein Leben zu verbringen, sie zu lieben,
sie zu heiraten und der Vater ihrer Kinder zu werden.

Dieses Miststück.

Er hatte es gewußt, irgendwo in seinem Hinterkopf,
obwohl er gehofft und gebetet hatte, er möge sich irren,
hatte er gewußt, daß sich diese wenigen Tropfen Blut
letztendlich doch noch zwischen sie stellen würden. Er
hatte gewußt, daß sie im kalten, harten Licht des Tages
und in einem gesellschaftlichen Zusammenhang niemals eingestehen würde, einen Sklaven zu lieben. Einen
Negersklaven. Denn genau das war er, wenn es ihm auch
noch so schwerfiel, es sich selbst einzugestehen. Diese
minimalen Spuren Blut, die von einem fernen, fernen
Vorfahren stammten, zählten mehr als seine Bildung,
seine Erziehung, sein Charakter.

Diese minimalen Blutstropfen machten ihn zu einem
Schwarzen, rechtlich und gesellschaftlich.

Die blütenweiße Lilah hatte mit einem Mann geschlafen, der einer anderen Rasse angehörte. Was machte das
aus ihr? Oder, besser gesagt, wie würde dieser Umstand
sie dastehen lassen, wenn ihre gute Familie und ihre fei-
nen Freunde dahinterkämen? Im allerbesten Falle würde
sie lediglich gesellschaftlich geächtet. Im schlimmsten
Falle würde sie als eine gefallene Frau angesehen, eine
Schlampe, eine Hure.

In seinem Zorn und seiner Erbitterung spielte Joss mit
dem Gedanken, ihre Beziehung lauthals vor allen Betei-
ligten herauszuschreien, sowie irgendwelche Beteilig-

ten auftauchten, denen er es erzählen konnte. Wie sich das hochnäsige kleine Miststück drehen und winden würde, wenn die Welt erst erfuhr, was für eine miese Heuchlerin sie war!

Aber er war ein Gentleman, verdammt noch mal, und ein Gentleman brüstete sich nicht mit seinen Eroberungen, ganz gleich, wie übel ihn die Dame auch behandelt haben mochte.

Das kleine Miststück war höllisch scharf auf ihn gewesen. Sie hatte ihn fürs Bett gewollt, verdammt noch mal; das und nichts anderes war die simple Wahrheit. Und jetzt stand sie kurz davor, in den Schoß ihrer Familie zurückzukehren, und sie würde diesen grobschlächtigen Bauern heiraten, Keith oder Karl oder wie er auch heißen mochte – wenn ihm nicht recht geschehen und er ertrunken war. Selbst wenn er ertrunken war, würde sie jemanden heiraten, der genauso war.

Und sie würde ihre Nächte in seinen Armen verbringen und seine Berührungen erdulden, während sie sich die heißen Nächte vorstellte, die sie mit ihm gemeinsam verbracht hatte. Er würde der Mann ihrer Träume sein, und dieser Gedanke machte ihn rasender denn je.

Sie würde den Ring eines anderen Mannes an ihrem Finger stecken haben, seinen Namen tragen und ihm Kinder gebären, und bei alledem würde sie unablässig nach ihm lechzen. Aber die scheinheilige kleine Heuchlerin würde es niemals zugeben, außer vielleicht sich selbst gegenüber, in ihren schwächsten Momenten, in ihrem tiefsten Innern. Aber sie würde niemals zu ihm kommen. Nie!

Er war ein Negersklave. Sie war eine weiße Dame.

Das waren die Fakten, wie sie und die Welt es sahen, und das sollte er sich besser in seinen hartnäckigen

Schädel eintrichtern, ehe er das kleine Miststück wieder-
sah. Wenn er sie erwürgte, dann brachte ihm das nichts
anderes als einen kurzen Tanz am Ende eines langen
Stricks ein.

Außerdem wollte er sie gar nicht umbringen. Er wollte
ihr den Hintern versohlen, bis sie nicht mehr sitzen
konnte, er wollte sie lieben, bis sie nicht mehr laufen
konnte, und er wollte sie für den Rest seines Lebens an
der Kandare haben.

Er liebte sie, verdammt und zum Teufel. Er liebte sie
so sehr, daß ihn bei dem Gedanken, sie könne einem anderen Mann gehören, die Mordlust befiel. Er liebte sie
so sehr, daß ihr Verrat ihn einfach krank machte.

Aber erst mußten die vorrangigen Dinge geklärt werden. Er hatte dieses ganze Sklavengetue eindeutig satt,
und es hing ihm zum Hals heraus. Ganz gleich, wer seine
Vorfahren gewesen oder auch nicht gewesen sein mochten – er würde so schnell wie möglich nach England zurückkehren. Und das kleine Miststück konnte seine
Pläne für ein feines, ordentliches, langweiliges Leben in
die Tat umsetzen. Er wünschte ihr viel Spaß dabei!

Als derselbe verhutzelte Matrose, der ihm schon seit
drei Tagen das Essen brachte, an jenem Abend wieder-
kam, war Joss auf den Füßen und wartete neben der Tür.
In seinem unterwürfigsten Tonfall bat Joss um eine Feder, Tinte und Papier. Zu seinem Erstaunen wurden ihm
die gewünschten Gegenstände gebracht.

Mit einem grimmigen Lächeln setzte er sich hin, um
einen längst überfälligen Brief an seinen Stellvertreter in
seiner Reederei in England zu schreiben.

43

Am nächsten Morgen lief die *Bettina* in Bridgetown ein. Joss wußte nur, daß das Schiff in einem ruhigen Hafen vor Anker gegangen war. Der genaue Aufenthaltsort wurde ihm erst zwei Tage später bekanntgegeben, als drei Matrosen kamen, um ihn aus der Zelle zu befreien, in der er fast sechs Tage vollkommen isoliert verbracht hatte. Zu seiner stummen Entrüstung legten sie ihm Handschellen an, ehe sie ihn an Deck führten. Er hatte seinen Kopf jetzt klar beieinander und konnte ohne fremde Hilfe laufen, aber er war ein wenig matt, weil er ohne frische Luft und ohne Bewegung eingesperrt gewesen war.

Als er erstmals nach fast einer Woche wieder in die Sonne trat, blieb Joss in der Luke stehen und blinzelte heftig gegen den blendenden Glanz an. Sein Begleiter preßte ihm die Muskete in den Rücken und drängte ihn ungeduldig, weiterzulaufen.

Als sich seine Augen allmählich an die strahlende Helligkeit eines tropischen Nachmittags gewöhnten, nahm er vier Gestalten wahr, die an einem Fallreep standen und ihm entgegensahen, als er näherkam. Drei waren Männer, einer von ihnen vermutlich der Kapitän der *Bettina*.

Als sein Begleiter ihn kurz vor dem kleinen Grüppchen zum Stehen brachte, erkannte er, daß die vierte Person Lilah war. Sie trug ein modisches, tiefausgeschnittenes Kleid aus blaßrosafarbenem Musselin, das ihre weißen Schultern und ihre schlanken Arme unter winzigen Ärmeln freiließ. Eine breite Schärpe, die einen Ton rötlicher war, war unter ihren Brüsten um sie geschlungen. Ein Band in derselben Farbe war durch die zartgoldenen Locken gewunden, die ihr schmales Gesicht einrahmten. Zu seinem großen Verdruß stand ihr das knabenhaft kurze Haar, denn es betonte die zarte Vollkommenheit ihrer Gesichtszüge, ihre seidige helle Haut und das zarte Blaugrau ihrer riesigen Augen. Sie war bezaubernd anzusehen, und das erboste ihn so sehr, daß er sie kaum anschauen konnte, ohne die Zähne zu fletschen.

Er beschränkte sich auf einen einzigen eisigen Blick.

Sie sah ihn an, ohne mit einer Wimper zu zucken. Das zarte Lächeln, das um ihre Mundwinkel spielte, versiegte nicht, als sie etwas zu dem kleingewachsenen, stämmigen Mann sagte, der rechts neben ihr stand. Joss kannte ihn nicht, aber es erforderte keinen großen Geistesblitz, zu folgern, er müsse Lilahs Vater sein. Er war vielleicht sechzig, von der Sonne dauerhaft gerötet, hatte helles Haar, nur etwas bräunlicher als das von Lilah, und seine Figur war kräftig, aber noch nicht wirklich fett.

Den Mann, der auf Lilahs anderer Seite stand, kannte er dagegen. Joss verfluchte Gott, den Teufel oder wer auch immer dafür verantwortlich sein mochte, daß Lilahs früherer Verlobter doch nicht ertrunken war.

44

»Joss . . .« Sein Name verklang, von niemandem gehört, als ein bloßer Hauch in Lilahs Kehle. Sie konnte nicht auf ihn zugehen, konnte nicht eingestehen, daß er für sie mehr als ein Sklave war, dem gegenüber sie Dankbarkeit empfand. Ihr Vater und vor allem Kevin waren ohnehin schon wütend und argwöhnisch und bereit, das Schlimmste anzunehmen – von Joss, aber auch von ihr.

Denn schließlich hatte sie fast zwei Monate mit ihm allein verbracht.

Wenn sich das auf Barbados herumgesprochen hätte, wäre ein tosender Skandal um sie entflammt. Wenn sie mit einem kräftigen weißen jungen Mann, der so aussah wie Joss, nach dem Schiffbruch auf einer einsamen Insel gelandet wäre, hätte ihr Vater bereits eine Mußheirat geplant. Aber da Joss nicht rein weiß war, war er in den Augen der Gesellschaft als Mensch kaum existent, ein Untermensch. Das Tabu, mit dem es belegt war, eine anständige weiße Dame könne sich einen Mann wie Joss als Liebhaber nehmen, war so unverbrüchlich, daß die Möglichkeit, so etwas könne geschehen sein, so gut wie ausgeschlossen war. Zumindest in der Vorstellung ihres Vaters. Andere in ihren gesellschaftlichen Kreisen, von denen manche schon lange auf Lilah Remys Schönheit und Reichtum neidisch waren, würden es sicher willkommen heißen, wenn solche Gerüchte in Umlauf gesetzt wurden. Lilah konnte sich nur zu deutlich ausmalen, wie sie hinter vorgehaltenen Händen ihren Untergang auskosteten . . . Die Vorstellung jagte ihr einen fast genauso großen Schrecken ein wie die Aussicht auf den Zorn ihres Vaters, falls er je dahinterkommen sollte, was sie getan hatte.

Sie konnte nicht öffentlich eingestehen, daß sie einen Farbigen liebte, daß sie sich ihm wieder und wieder hingegeben hatte. Sie wußte, daß es feige von ihr war, aber sie brachte es einfach nicht über sich. Niemandem gegenüber, weder heute, noch jemals später. Ihr guter Ruf bedeutete ihr zuviel. Ihre Familie bedeutete ihr zuviel. Und Joss bedeutete ihr zuviel.

Wenn sie es je gestand, unterzeichnete sie damit ein Todesurteil für Joss. Lilah wußte nur zu genau, daß ihr Vater Joss getötet hätte, ehe die Sonne wieder aufging, wenn er die Wahrheit darüber erfahren hätte, was sich auf der Insel abgespielt hatte.

Durch ihren Vater war ihr nur allzu klar geworden, in welche Situation sie sich bringen konnte, wenn sie oder Joss etwas durchsickern ließen. Captain Rutledge hatte eine Nachricht nach Heart's Ease geschickt, als sie am Vortag in den Hafen eingelaufen waren, und ihr Vater war überglücklich gewesen, sie wiederzusehen. Er hatte Tränen der Rührung vergossen und sie an die Brust gedrückt. Auch Kevin hatte sie geküßt, und sie hatte es zugelassen, weil sie nicht wußte, was sie sonst hätte tun können.

Dann hatten die beiden angefangen, sie über Joss auszufragen. Hatte er sie anstößig behandelt? War er ihr zu nahe getreten? Hatte er es gewagt, sie anzurühren? Wie viele Nächte hatten die beiden allein miteinander verbracht, und unter welchen äußeren Umständen?

Als die erste Salve Fragen auf sie abgefeuert wurde, stand bereits deutlich fest, daß sie Joss nur beschützen konnte, indem sie in jeder Hinsicht log, wenn es darum ging, was zwischen ihnen gewesen war. Sie hatte den Verdacht der beiden Männer schon erregt, weil sie darauf beharrt hatte, daß Joss' Verletzungen schon an Bord behandelt wurden. Das hatte Captain Rutledge ihrem Vater berichtet, um zusätzlich zu der versprochenen Belohnung auch noch Arztkosten herauszuschinden. Außerdem forderte er eine Summe für die Verpflegung der beiden an Bord.

Ihr Vater, dem Kevin von ihrem skandalösen Verhalten in den Kolonien berichtet hatte, war grober denn je mit ihr umgesprungen. Nur der Umstand, daß er seine einzige Tochter schon immer angebetet hatte, half ihr, ihn zu beruhigen.

Aber wenn sie Joss mehr als Dankbarkeit erwies, brachte sie ihn in Lebensgefahr.

Lilah sah ihn an, als er stumm und wütend dastand und in die helle Sonne blinzelte. Sie wollte, daß er sie verstand, aber sie zweifelte daran. Joss war so veranlagt, daß er vor nichts zurückschreckte, wenn er liebte. Sie dagegen, dachte Lilah kläglich, war ein Feigling. Aber die Folgen waren auch allzu kraß.

Es versetzte Lilah einen Stich, als sie sah, daß seine Kleider zerrissen waren, daß die schwarze Hose und das saphirblaue Seidenhemd in Fetzen an ihm herunterhingen. Er stand barfuß auf den gescheuerten Planken des Decks. Sein Haar war gewachsen und hing ihm wellig und blauschwarz bis auf die Schultern. Sein frecher Schnurrbart setzte sich gegen die Bartstoppeln einer Woche weniger deutlich ab, doch selbst die Stoppeln konnten nicht darüber hinwegtäuschen, daß sein Gesicht aristokratisch geschnitten war. Sein Mund war fest und wohlgeformt, seine Nase war gerade, sein Kinn energisch. Auch die geschwungenen schwarzen Augenbrauen waren nicht zu übersehen, unter denen seine Augen so leuchtend grün wie das Gefieder eines exotischen Vogels schimmerten. Er hatte die ungebeugte Haltung und den festen Blick eines stolzen Mannes.

Als sie sein hochmütig in die Luft gerecktes Kinn sah, seine arrogant in die Höhe gezogenen Augenbrauen und den Blick, mit dem er sie ansah, während sie ihn anstarrten, fand Lilah, es könne unmöglich einen Mann auf Erden geben, der weniger wie ein Sklave wirkte.

Seine Handgelenke waren mit Ketten zusammengebunden. Als sie diese bewußt wahrnahm, hielt Lilah den Atem an. Dann gelang es ihr mit Mühe und Not, ihre Gefühle unter Kontrolle zu bekommen und sich nicht zu verraten. Sie warf hastige Seitenblicke auf Kevin und ihren Vater; die beiden sahen Joss unfreundlich an.

Lilah betete, Joss würde nichts sagen, was sie beide verriet.

»Das ist der Sklave?« fragte ihr Vater schließlich. Die Bemerkung war an Kevin gerichtet, und seine Stimme klang ungläubig. Der gute Kevin war in jener Nacht auf eine bevölkerte Insel getrieben worden und war schon so lange auf Barbados, wie sie mit Joss auf der einsamen Insel war. Genau den Zeitraum, den es erfordert hatte, ihre ganze Welt für alle Zeiten zu ändern, hatte er hier, zu Hause, verbracht. In der Zeit hatte sich ihr Herz für alle Ewigkeit gewandelt, aber das wußte Kevin nicht. Und er durfte es auch nie erfahren.

»Er ist farbig. Ich habe Ihnen doch gesagt, daß er als ein Weißer durchgehen könnte.«

»Ich verstehe, was Sie meinen.«

Beide Männer musterten Joss weiterhin, als sei er ein Pferd oder ein anderes Stück Vieh, das sie näher begutachten wollten. Lilah, die diesen erbarmungslosen grünen Blick nicht mehr ertragen konnte, blickte zu ihrem Vater auf.

»Er hat mir das Leben gerettet, Papa.«

»Das sagtest du bereits.« Er starrte Joss noch einen Moment lang stirnrunzelnd an. »Mir gefällt das gar nicht. Wenn sich herumspricht, daß du wochenlang mit ihm allein warst . . .« Er schüttelte den Kopf. »Ich bin ihm zu Dankbarkeit verpflichtet, weil er dich nicht hat ertrinken lassen und weil er dich vor einem Los bewahrt hat, das noch schlimmer hätte sein können, wenn du in die Hände dieser dreimal verfluchten Piraten gefallen wärst, aber die simple Wahrheit ist die, daß es das Beste wäre, ihn zu verkaufen. Wir könnten ihn gleich hierlassen, und Tom Surdock könnte ihn auf dem Sklavenmarkt versteigern . . .«

»Nein!« Lilahs Reaktion war instinktiv. Als sich das Gesicht ihres Vaters anspannte, erklärte sie schleunigst ihren eindringlichen Tonfall. Ihr Vater und Kevin durften nichts ahnen . . . »Wenn – wenn du ihn verkaufst, könnte er – irgendwelche Dinge über mich behaupten. Etwas in der Richtung – daß ich die ganze Zeit mit ihm allein war. Er hat mich nicht angerührt, das ist ja klar, aber wenn die Leute dahinterkämen, daß wir gemeinsam Schiffbruch erlitten haben – du weißt doch selbst, wie gern die Leute Klatsch mögen.«

Sie sah Joss für einen Sekundenbruchteil an und versuchte, seine Reaktion auf ihre Worte abzuschätzen. Sein Ausdruck blieb unbeteiligt, doch seine Augen zogen sich ein wenig zusammen und hefteten sich auf ihr Gesicht. Lilah betete, er möge den Mund halten. Ihr wurde eiskalt, als sie daran dachte, wie plötzlich er aufbrausen und außer sich geraten konnte. Schließlich hatte sie seinen Zorn bei mehr als einer Gelegenheit erlebt.

Wenn er jetzt außer sich geriet und die Wut herausließ, die sich mit Sicherheit in ihm aufgestaut hatte, war für sie beide alles verloren. Aber wenn er wütend war, verbarg er es ausgezeichnet unter diesem Gesicht, das wie in Teakholz gemeißelt war. Sie sah ihm kurz in die Augen, und ihr Blick glitt so zögernd über sein Gesicht wie Schmetterlingsflügel, streifte ihn sachte. Dann riß sie sich von ihm los und sah ihren Vater an, der den Kopf schüttelte, um ihr die Bitte auszuschlagen.

Lilah riß noch einmal das Wort an sich, diesmal noch verzweifelter. »Papa, siehst du denn nicht, daß es besser wäre, ihn auf Heart's Ease zu behalten, bis sich das Gerede gelegt hat? Du weißt doch, daß alle danach lechzen werden, die Geschichte des Schiffbruchs zu hören, sowie ich nach Hause komme. Ich kann behaupten, daß außer dem Sklaven noch eine Frau dabei war. Aber wenn er etwas anderes behauptet. – Wenn die Leute ihn sehen, wenn sie sehen, wie – wie weiß er aussieht, wie – wie ... Jedenfalls halte ich es für das Beste, wenn niemand ihn zu sehen bekommt, meinst du nicht auch? Wenn wir ihn auf Heart's Ease unter Verschluß halten und niemand ihn sieht, werden die Leute bald etwas Neues finden, worüber sie reden können. Dann – dann kannst du ihn verkaufen, wenn du willst.«

Sie warf noch einen blitzschnellen Blick auf Joss, diesmal mit einem Ausdruck tiefen Schuldbewußtseins. Wenn er ihre stumme Entschuldigung auf ihrem Gesicht lesen konnte, sah sie kein Anzeichen dafür.

»Ich vermute, du hast recht«, räumte ihr Vater nach einem Moment mürrisch ein. Kevin sagte nichts, aber er musterte Joss aus zusammengekniffenen Augen und mit einem Ausdruck, der Lilah gar nicht gefiel. Ihm war zuviel Klatsch über ihre frühere Bekanntschaft mit Joss zu Ohren gekommen, und er hatte miterlebt, wie schockierend vertraulich Joss auf dem Sklavenmarkt mit ihr geredet hatte, und er hatte ohnehin besonders gute Gründe, den Umstand zu verabscheuen, daß Joss all diese Wochen mit ihr allein verbracht hatte. Die Abneigung gegen Joss drang so klar aus Kevins Poren wie ein leichter Schweißgeruch. Zwischen den beiden würde es früher oder später Ärger geben, wenn sie nicht eine Möglichkeit fand, diese Schwierigkeiten abzuwenden.

Aber darüber konnte sie sich jetzt keine Sorgen machen. Sie mußte sich ganz darauf konzentrieren, ihren Vater, Kevin und den Rest der Welt davon zu überzeugen, daß Joss ihr absolut nichts bedeutete, abgesehen von dem Umstand, daß er ihr das Leben gerettet hatte. Dankbarkeit war eine akzeptable Haltung für eine Herrin gegenüber ihrem Sklaven und die Außenwelt mußte den Eindruck gewinnen, daß sie das und nichts anderes ihm gegenüber empfand. Es war nicht viel, nicht im Vergleich zu ihren wahren Gefühlen, aber es diente als Erklärung dafür, daß sie sich für ihn einsetzte.

»Du da, mein Junge. Wie heißt er noch mal? Joss, du, Joss. Komm her.«

Ihr Vater sprach barsch mit ihm, und sein Tonfall veränderte sich verblüffend, als er sich an den Mann wandte, in dem er nicht mehr als einen Sklaven sah. Lilah sah, wie die beiden Männer Blicke miteinander wechselten, die sich wie Schwerter kreuzten, und sie hielt den Atem an. Sie richtete ihre gesamte Willenskraft darauf, daß Joss den Mund hielt und tat, was ihm gesagt worden war. Ihr Vater konnte mindestens so sehr in Wut geraten wie Joss. Leonard Remy behandelte seine Sklaven zwar gut, aber er duldete nicht die geringste Aufsässigkeit. Und in seinen Augen war Joss ein Sklave, ein Eigentum von Heart's Ease, und sonst gar nichts. Das Problem bestand nur darin, daß Joss sich weigerte, seinen niederen Status anzuerkennen oder auch nur einzusehen, in welche Gefahr er sich bringen konnte. In seiner Vorstellung war er weiterhin Jocelyn San Pietro, ein englischer Schiffskapitän und Geschäftsmann und ein freier Mensch. Die Vorstellungen, die sich diese beiden Männer von Joss' Rolle machten, gingen derart auseinander, daß eine Katastrophe vorprogrammiert war.

Lilahs einzige Hoffnung bestand darin, Joss ohne vorherige Zwischenfälle nach Heart's Ease zu bringen, denn dort war er vergleichsweise sicher. Nach der natürlichen Ordnung der Dinge würden Joss und ihr Vater einander dort kaum zu sehen bekommen.

Wenn sie ihn erst in die Sicherheit von Heart's Ease gebracht und die Spannung sich ein wenig gelegt hatte, würde sie alles tun, was sie konnte, damit er freigelassen wurde. Hätte Joss ihr doch nur vertraut und geduldig abgewartet! Aber da sie Joss gut genug kannte, glaubte sie nicht, daß seine Geduld lange anhalten würde. Es war schon ein Wunder, daß er bis jetzt den Mund gehalten hatte.

Joss trat langsam vor und blieb in respektvollem Abstand vor ihrem Vater stehen, und Lilah seufzte erleichtert auf. Er war vorsichtig und wartete ab, was geschehen würde, ehe er selbst etwas unternahm. Gott sei Dank!

»Du hast meiner Tochter das Leben gerettet. Mehr als einmal.« Es war eine Aussage, keine Frage. »Warum?« Die Frage wurde mit scharfer Stimme gestellt, Joss wie eine Kugel ins Gesicht geschleudert. Joss zuckte mit keiner Wimper.

»Ich würde nie zulassen, daß einem Unschuldigen etwas zustößt, wenn ich es verhindern kann.«

Seine Antwort war perfekt. Direkt und doch so, daß nichts von ihrem Geheimnis enthüllt wurde. Lilah spürte, wie die körperliche Anspannung ihres Vaters ein wenig nachließ. Kevin blieb so steif wie bisher stehen. In seinen Augen stand Argwohn, und bei Joss' Worten schien er sowohl sie als auch ihn anzusehen.

»Dafür gebührt dir meine Dankbarkeit.«

Joss neigte lediglich den Kopf. Leonard warf einen Blick auf seine Tochter, die stumm und blaß neben ihm stand. Dann sah er Joss wieder an.

»Sie sagt, du hättest nichts getan, was ihre Ehre in Zweifel ziehen könnte.« Es war eine Herausforderung und eine Frage zugleich.

»Papa!« Lilah war außer sich vor Entsetzen. Sie funkelte ihren Vater entrüstet an. Wie konnte er eine solche Frage stellen, wenn sie Zuhörer hatten?

»Sei still, Mädchen! Es ist das Beste, die Sache gleich ans Tageslicht zu bringen!« Er wandte sich wieder an Joss, und seine Augen kniffen sich zusammen und sahen ihn abschätzend an. »Antworte, mein Junge! Hast du etwas mit meinem Mädchen getan, dessen du dich schämen müßtest?«

»Papa, du bringst mich in Verlegenheit!« Lilahs Proteste gingen mindestens so sehr auf ihre Besorgnis wie auf die Peinlichkeit der Lage zurück. Da sie Joss kannte, fürchtete sie, sein Stolz würde es ihm nicht gestatten, zu lügen. Und wenn er etwas, was auch die entfernteste Ähnlichkeit mit der Wahrheit hatte, zugab, war er ein toter Mann, und um sie stand es auch nicht viel besser.

»Ich habe gesagt, du sollst still sein!« Sein Tonfall war barsch, obwohl er mit seinem geliebten einzigen Kind sprach. Lilah verstummte und konnte Joss nur noch flehentlich ansehen. Er würdigte sie keines Blickes. Seine Aufmerksamkeit war ganz auf ihren Vater gerichtet.

»Sie können versichert sein, daß ich nie eine Dame entehrt habe und es auch nie täte, Mr. Remy.«

Lilah nahm den versteckten Stachel, der hinter diesen Worten steckte, durchaus zur Kenntnis, aber sie war über diese diplomatische Antwort derart erleichtert, daß sie sich keine Haarspaltereien leisten konnte. Er teilte ihr also auf ach so subtile Art mit, daß er sie nicht als Dame ansah. Dafür würde er ihr noch büßen – aber erst später, viel später, und sie würde es ihn auf ihre eigene Art fühlen lassen.

»Nun gut.« Ihr Vater sah ihr kurz ins Gesicht, und sie fühlte sich wie ein Däumeling, als sie die Erleichterung in seinen Augen sah. Er glaubte eindeutig, daß sie noch so jungfräulich wie bei ihrer Abreise von Barbados war. Schuldbewußtsein mochte zwar unangenehm sein, aber die Wahrheit wäre weit schlimmer gewesen. Ihr Vater war beschwichtigt; nichts lag ihr ferner, als ihm die Illusion zu nehmen.

Dann wandte sich Leonard an Captain Rutledge, der sich aus dem Gespräch herausgehalten hatte.

»Seien Sie so freundlich, ihn an Bord zu behalten, bis ich die Vorkehrungen treffen kann, ihn auf meine Plantage transportieren zu lassen. Ich werde im Lauf des Tages oder allerspätestens morgen früh Männer vorbeischicken, die ihn abholen. Ich danke Ihnen noch einmal für die Freundlichkeit, die Sie meiner Tochter erwiesen haben, und ich zähle auf Ihr Verständnis, wenn ich Ihnen sage, daß ich es eilig habe, mich auf den Heimweg zu machen. Mein zukünftiger Schwiegersohn . . .« Bei diesen Worten schwoll Leonards Stimme vor Stolz, und mit einem liebevollen Seitenblick auf Kevin wiederholte er genüßlich diese Worte. »Mein zukünftiger Schwiegersohn und ich werden dieses Mädchen nach Hause bringen und dafür sorgen, daß sie dort bleibt. Für sie ist jetzt Schluß damit, durch die Welt zu ziehen! Ich werde sie gut verheiraten, und dann bin ich die Sorge um sie los! Ihre Stiefmutter ist zweifellos schon außer sich, während wir hier stehen und reden, und sie wird sich fragen, warum ich so lange brauche, um das Mädchen nach Hause zu holen.«

Leonard hielt Captain Rutledge die Hand hin. Als er sie schüttelte, sah Lilah den Kapitän zum ersten Mal lächeln.

»Kinder sind einfach etwas Teuflisches, finden Sie nicht auch? Ich habe selbst sechs Jungen, und diese Sorgen sind mir absolut nicht fremd!« Er ließ die Hand los und kniff Lilah wie ein Onkel scherzhaft in die Wange. »Und jetzt ziehen Sie mit Ihrem Vater los, Miß Remy, und viel Glück. Ich bin wirklich froh, daß ich mich nicht von meinem Zorn habe hinreißen lassen, als wir Sie aus dem Meer gezogen haben. Sonst hätte ich Sie und diesen Mann nämlich gemeinsam mit den anderen aufgehängt.«

»Ich – ich bin auch froh darüber, Captain«, sagte Lilah, der keine andere Antwort einfiel. Dann hing ihr Vater sie bei sich ein und führte sie fort. Bei jedem Schritt war sie sich des smaragdgrünen Augenpaares bewußt, das ihr Löcher in den Rücken grub.

45

Endlich zu Hause! Lilah war noch nie in ihrem Leben so froh gewesen, einen Ort wiederzusehen, wie an diesem sonnendurchfluteten Nachmittag, an dem ihr Blick auf Heart's Ease fiel. Als die Kutsche in die lange Einfahrt bog, die zum Haupthaus führte, spürte Lilah den willkommenen Schatten der beiden Reihen von großen Fächerpalmen, die die Einfahrt säumten, und dieser Schatten erschien ihr wie eine Liebkosung. Sie sah die roten Dachziegel des Hauses durch die Bäume. Ihre Aufregung war so groß, daß sie kaum stillsitzen konnte. Beidseits von ihr lächelten Leonard und Kevin nachsichtig und belustigt über ihre Zappeligkeit. Auch wenn die beiden noch so sehr grinsten, beugte sich Lilah vor und verrenkte sich den Hals, um nach fast sechs Monaten den ersten Blick auf das Haus zu werfen, in dem sie geboren war. Sie hoffte, nie mehr länger als über Nacht von hier fortgehen zu müssen.

»Lilah!«

»Miß Lilah!«

Ihre Stiefmutter Jane war sofort auf die Veranda gelaufen, als sie die Kutsche kommen hörte, und sie kam jetzt die Treppe hinunter. Hinter ihr folgte Maisie, deren Haut wie immer wie poliertes Ebenholz in der Hitze schimmerte, und ihr gertenschlanker Körper entsprach nicht ihrem Ruf als beste Plantagenköchin auf ganz Barbados. Der Rest der Sklaven, die im Haus arbeiteten, kam hinter Maisie hergelaufen, und sie eilten die Stufen hinunter, um die geliebte Tochter des Hauses zu begrüßen.

»Lilah, willkommen zu Hause!«

Lilah fiel in die Arme ihrer Stiefmutter und drückte die sanftmütige Frau an sich, die sie im Lauf der Jahre immer mehr ins Herz geschlossen hatte. Maisie streckte die Hand aus, um Lilahs Schulter zu tätscheln, doch dann sah sie, daß ihre Hand mehlbestäubt war, und zog sie kichernd zurück.

»Miß Lilah, wir dachten doch wirklich, Sie wären tot.«

»O Maisie, es ist so schön, dich wiederzusehen! Es ist so schön, euch alle wiederzusehen!«

Sowie Jane sie losgelassen hatte, drückte Lilah Maisie an sich und mißachtete lachend die Einwände der alten Frau, sie habe Mehl an den Händen. Als sie über Maisies Schulter hinweg in die Augen der lächelnden und weinenden Sklaven sah, fiel Lilahs Blick auf ein Augenpaar, von dem sie gefürchtet hatte, sie würde es nie wiedersehen.

»Betsy! O Betsy! Ich hatte Angst, du seist ertrunken!« Lilah fiel Betsy in die Arme, und die beiden Mädchen umarmten sich heftig.

»Sie waren dem Ertrinken viel näher als ich, Miß Lilah! Unser Rettungsboot ist nach weniger als einem Tag von einem anderen Schiff gesichtet worden! Das Rettungsboot, in dem Sie und Mr. Kevin gesessen haben, war das einzige, das zerschellt ist, und als Mr. Kevin nach Hause gekommen ist und berichtet hat, daß das Rettungsboot an den Klippen zerschellt und untergegangen ist und ihr vom Meer mitgerissen worden seid – also, ich kann Ihnen sagen, so was wie die letzte Zeit will ich nie wieder durchmachen! Und wenn man sich vorstellt, welche Abenteuer Sie erlebt haben, während uns die Herzen gebrochen sind, weil wir dachten, Sie seien nicht mehr am Leben!«

»Schreckliche Abenteuer, Betsy«, sagte Lilah und löste sich aus den Armen ihrer Zofe, um die übrigen Sklaven anzulächeln, die praktisch zur Familie gehörten. »Ich sage euch, ich könnte weinen, so froh bin ich, euch alle wiederzusehen! Aber ich tue es nicht – jedenfalls nicht, solange ich Katy nicht gesehen habe. Wo ist sie, Jane?«

»Sie ist vor Kummer um dich zum Skelett abgemagert, das kannst du dir ja denken. Ihre Kleine, im Meer ertrunken! Du solltest am besten gleich zu ihr nach oben gehen.«

»Ja, das tue ich.«

»Ich bringe Ihnen Wasser für ein Bad rauf, Miß Lilah, und ich lege Ihnen saubere Kleider bereit. Ich weiß, daß Sie so schnell wie möglich wieder Ihre eigenen Sachen anziehen wollen.«

Lilah sah auf das billige, aber hübsche Kleid herunter, das ihr Vater bei einer Näherin in Bridgetown gekauft hatte, als er zu seinem Entsetzen feststellen mußte, daß sie nichts anderes als Männerkleidung hatte. Im Vergleich zu allem, was sie getragen hatte, seit die *Swift Wind* untergegangen war, war dieses Gewand einfach prächtig. Aber als Lilah jetzt ihre eigene Garderobe wieder einfiel, von der Unterwäsche über Tageskleider bis hin zu den feinsten Ballkleidern, die von den besten Schneiderinnen aus den edelsten Materialien gefertigt worden waren, war sie plötzlich begierig darauf, sich umzuziehen. Wieder sie selbst zu sein.

»Tu das, Betsy. Und ich danke euch allen für das Willkommen, das ihr mir bereitet habt. Ich habe jeden einzelnen von euch mehr vermißt, als ich euch sagen kann.«

Sie sprang die Stufen hinauf und lief ins Haus, und Jane und die Sklaven folgten ihr. Ihr Vater und Kevin würden sich um das Pferd und den Wagen kümmern und dann wahrscheinlich wieder an die Arbeit gehen. Auf einer Zuckerrohrplantage der Größenordnung von Heart's Ease war ständig etwas zu tun, und beide Männer waren rund um die Uhr beschäftigt.

»Lilah, Schätzchen, bist du das?«

Katy Allen hatte ein kleines Zimmer im obersten Stockwerk des dreistöckigen Hauses zugewiesen bekommen. Sie war blind und bettlägerig und kam fast nie nach unten. Sie war zusammen mit Lilahs Mutter aus England gekommen, als Anstandsdame, obwohl sie wesentlich älter als das Mädchen war. Dann war sie geblieben, bis nach der Heirat. Nach Lilahs Geburt und dem Tod ihrer Mutter hatte Katy die Rolle des Kindermädchens für das Baby angenommen und war später ihre Gouvernante gewesen. Sie nahm viel Platz in Lilahs Herz ein und kam gleich nach ihrem Vater. Als Lilah auf den großen Schaukelstuhl in der Ecke des Zimmers zukam und sie umarmte, weinte sie.

»Ich bin es, Katy.« Lilah spürte, daß sich ihre Kehle zuschnürte, als sie den zerbrechlichen alten Körper in die Arme nahm und den süßlichen Puderduft einatmete, der der Frau anhaftete und sie von ihrer frühesten Kindheit an getröstet hatte.

»Ich wußte, daß du nicht ertrunken bist«, sagte Katy. »Kein Kind, das soviel Unfug angestellt hat wie du und es trotzdem überlebt hat, könnte so umkommen.«

»Du hättest dir keine Sorgen zu machen brauchen.« Lilah ließ sich nicht von Katys tapferen Worten täuschen und umarmte sie wieder. Diesmal rann eine Träne über die runzelige schneeweiße Wange, und darauf folgt ein Lachen, dann ein Schniefen.

»Du wirst mir nicht wieder fortgehen, hast du gehört?«

Die alte Frau zog Lilahs Kopf auf ihren Schoß, auf dem er allzuoft gelegen hatte, wenn kindliche Tränen geflossen waren. Sie streichelte ihr Haar.

»Nein, Katy, ich gehe nie mehr fort«, flüsterte Lilah. Als die geliebte Hand tröstlich über ihre kurzen Locken strich, gelobte sie sich, von jetzt an wirklich zu Hause zu bleiben.

46

Lilah hörte auf Umwegen, daß Joss am nächsten Tag ohne Zwischenfälle eintraf. Sie fieberte zwar ungeduldig darauf, ihn zu sehen, aber es dauerte drei Tage, bis sie sich sicher genug glaubte, um sich nach dem Essen aus dem Haus zu schleichen und ihm einen klammheimlichen Besuch abzustatten.

In den langen, trägen Nachmittagsstunden, die ihr Vater und Kevin auf den Feldern verbrachten und in denen Jane mit den unzähligen Aufgaben beschäftigt war, die die Haushaltsführung mit sich brachte, war die günstigste Zeit, um Joss zu sehen, ohne daß jemand etwas davon erfuhr. Leider war er jedoch dazu abkommandiert worden, mit anderen Feldarbeitern neues Zuckerrohr zu pflanzen. Sein Arbeitstag begann um halb sechs, wenn den Sklaven heißer Ingwertee vorgesetzt wurde, ehe sie dorthin gebracht wurden, wo sie arbeiten sollten, und die übliche Arbeitszeit betrug vierzehn Stunden.

In den Unterkünften der Sklaven war man nicht unter sich, denn wenn die Familien ihr Abendbrot vorbereiteten, herrschte dort reges Leben. Viele waren auch in den kleinen Gärten beschäftigt, die sie hinter ihren Hütten angelegt hatten. Mit Sicherheit würde bemerkt werden, wenn Lilah Joss in seiner Hütte aufsuchte, und man würde darüber reden, es sei denn, sie suchte ihn sehr spät auf, wenn die Sklaven schon zu Bett gegangen waren.

Nach drei Tagen ging Lilah endlich auf, daß sich nie eine perfekte Gelegenheit ergeben würde. Daher ließ sie sich von Betsy für die Nacht zurechtmachen und mühte sich dann damit ab, ihre Kleider selbst wieder anzuziehen, zumindest soviel, wie für den Mindestanstand nötig war. Dann schlich sie sich aus dem Haus.

Es war kurz nach zehn. Ihr Vater und Kevin saßen in der Bibliothek und spielten Schach. Sie gingen davon aus, daß Lilah längst im Bett lag. Jane hatte sich für die Nacht zurückgezogen. Als Lilah mit den Schuhen in der Hand über die Veranda schlich, hörte sie eine Stimme, die Maisie rief, und sie erstarrte. Das Herz schlug ihr in der Kehle, doch die Stimme kam aus der Küche hinter dem Haus, und Maisies Antwort kam auch von dort. Mit klopfendem Herzen lief Lilah weiter.

Als sie auf die strohgedeckten Hütten der Sklaven zulief, nahm Lilah jedes Geräusch wahr: Stimmengemurmel und herzhaftes Gelächter kamen aus der Küche, in der die Sklaven noch das Geschirr vom Abendessen spülten, während Maisie den Brotteig ansetzte, damit er aufgehen konnte; das leise Muhen der Milchkühe, die hinter dem Feld im Stall standen; das gelegentliche Wiehern eines Pferdes. Es war eine warme Nacht, aber ein lauer Wind sorgte dafür, daß die Hitze nicht unangenehm war. In der Luft hing eine vertraute Mischung von Gerüchen – süßes Zuckerrohr und Melasse, Dung, Düfte, die aus den offenen Herdstellen aufstiegen, auf denen die Sklaven ihre Mahlzeiten zubereiteten, moderne Vegetation und der betörende Duft tropischer Blumen. Der Wind flüsterte in den Palmwedeln und fing sich in den flachen Flügeln der Windmühle, in der das Zuckerrohr verarbeitet wurde. Das Geräusch der Windmühlenflügel, die sich drehten, war ihr so vertraut, daß Lilah es sonst nie auch nur hörte. Aber heute nacht waren ihre Sinne geschärft, weil sie fürchtete, entdeckt zu werden, und daher nahm sie selbst dieses Geräusch wahr. Sogar das Zirpen der Grillen erschien ihr besonders laut, und sie zuckte zusammen, wenn eine dicht an ihr vorbeischwirrte.

Die winzigen Hütten waren in ordentlichen Reihen angelegt wie Straßenzüge. Lilah wußte von Betsy, daß Joss die Hütte eines Sklaven zugewiesen worden war, der Nemiah hieß und kürzlich unter tragischen Umständen ums Leben gekommen war. Er war von dem großen Mühlstein zerquetscht worden. Lilah war diese Vorstellung unbehaglich, und ihr paßte nicht, daß Joss in dieser Hütte untergebracht war, aber sie wußte, daß er sich darüber lustig gemacht hätte.

Seine Hütte lag am Ende der letzten Reihe. Das Gelände, auf dem die Sklaven wohnten, war nicht eingezäunt, und es waren auch keine Wachposten aufgestellt. Es wäre ihm ein leichtes gewesen, davonzulaufen – aber wohin hätte er laufen sollen? Barbados war eine kleine Insel von zweiundzwanzig Kilometern Breite und dreiunddreißig Kilometern Länge. Man konnte die Insel nur per Schiff verlassen, und entlaufene Sklaven wurden erbarmungslos gejagt. Wenn er davonlief, würde Joss es nie schaffen, die Insel zu verlassen. Hafenmeister wurden informiert und hielten die Augen offen. Ein Entkommen von Barbados war so gut wie unmöglich. Lilah war sicher, daß einer der Sklavenaufseher Joss über die Aussichtslosigkeit eines solchen Unterfangens informiert hatte. Wenn nicht, dann hätte er es wahrscheinlich längst probiert. Es sei denn, er wartete, weil er vorher noch mit ihr reden wollte.

Die Fensterläden waren geschlossen, aber durch die Ritzen in den Wänden aus Gerten und Lehm drang Licht. Joss schlief noch nicht.

Lilah stieß gegen die Tür. Sie war geschlossen, aber der Riegel war nicht vorgeschoben, und die Tür öffnete sich nach innen. Mit schnellen Bewegungen, um die Gefahr zu verringern, daß jemand sie sah und erkannte, wie sie sich in dem warmen Lichtschein, der aus dem Haus fiel, als Silhouette abzeichnete, trat Lilah ein und schloß die Tür hinter sich. Sogar den Riegel schob sie vor. Dann rollten sich ihre Zehen auf dem kühlen Lehmboden zusammen, und Lilah wandte sich zu Joss um.

Er lag auf einer roh gezimmerten Pritsche auf dem Rücken und trug nur die weite weiße Hose, die an alle Plantagenarbeiter ausgeteilt wurde. Eine Hand lag unter seinem Kopf. Eine Öllampe qualmte hinter ihm auf einem umgedrehten Faß und beleuchtete die Hütte. Die Reste einer Mahlzeit, die verbrannt wirkte, standen noch auf dem wackligen Tisch, der hinter der Tür an der Wand lehnte. Die Pritsche, das Faß und ein einziger harter Stuhl waren bis auf den Tisch und die Lampe die einzigen Einrichtungsgegenstände. Er hatte ein zerfleddertes Buch gelesen, das irgendwo geklaut worden sein mußte. Den Sklaven war es verboten, lesen zu lernen, aber sie nahm an, daß Joss, der bereits lesen konnte, als er in die Sklaverei kam, ein anderer Fall war. Als sie eintrat und die Tür hinter sich schloß, klappte er das Buch zu, und als sie sich zu ihm umdrehte, sah er sie nur an, und seine Augen funkelten in dem flackernden Lichtschein.

Lange starrten sie einander wortlos an. Sie sog sein Bild von Kopf bis Fuß ein, die breiten Schultern und die behaarte Brust und seine schönen Gesichtszüge. Dabei fiel ihr auf, daß sein Schnurrbart abrasiert und sein Haar kurz geschnitten war. Er war frisch und sauber, und das war erstaunlich, wenn man bedachte, daß er den Tag über hart arbeitete. Sein Haar war noch naß, als hätte er erst vor kurzem ein Bad genommen.

»Hallo, Joss.« Lilah lehnte sich an die Tür, preßte ihre Hände daran und lächelte ihn zögernd an. Sie hatte keine Ahnung, wie er auf ihren Besuch reagieren würde.

Zur Antwort zogen sich seine Augen zusammen, und sein Mund wurde schmaler. Mit einer lässigen Bewegung schwang er seine Beine über die Bettkante, und mit präzisen, sorgsamen Bewegungen steckte er eine Feder als Lesezeichen in sein Buch und legte es auf das Faß neben die Lampe. Erst dann blickte er zu ihr auf. Diese harten Augen sagten ihr alles, was sie wissen wollte: Er war wutentbrannt.

»Wenn das nicht die kleine Miß Lilah ist, die Schöne von Barbados«, sagte er schließlich mit dem Grinsen eines Tigers. »Hast du deinen blütenweißen Verlobten so schnell satt? Bist du gekommen, um deine Gelüste nach schwarzer Haut zu stillen?«

Sein Tonfall war grausam, und er stand auf, als er die letzten Worte fauchte. Lilah riß die Augen weit auf, als er auf sie zukam. Sie hob eine Hand, mit der Handfläche zu ihm, um ihn abzuwehren. Ihre Schuhe fielen ihr aus den Fingern, in denen sie kein Gefühl mehr hatte, und landeten neben ihren bloßen Füßen auf dem Lehmboden.

»Joss, warte! Ich kann es dir erklären . . .«

»Du kannst es mir erklären?« Sein Tonfall war knurrend, leise und bedrohlich, als er noch näher kam. »Du sagst mir, daß du mich liebst, du schläfst mit mir, und dann verrätst du mich bei der ersten Gelegenheit, die sich dir bietet, und DAS KANNST DU MIR ERKLÄREN!«

Die letzten Worte waren ein gedämpftes Brüllen, und

dabei streckte er die Arme nach ihr aus, und seine Finger gruben sich schmerzhaft in ihre Oberarme.

»Joss, psst – schrei nicht so – laß das! Was soll das heißen?«

»Ich zahle es dir heim, Miß Lilah!«

Er zerrte sie durch die winzige Hütte, setzte sich auf die Pritsche und riß sie sich mit einer Schnelligkeit und Grobheit auf den Schoß, gegen die sie machtlos war.

»Nein! Joss San Pietro, du wirst mich sofort loslassen! Laß mich auf der Stelle los!«

Als sie sich wand, um sich zu befreien, hielt er sie mit einer Hand auf seinem Schoß fest. Er legte sie sich über die Knie und riß ihr mit der anderen Hand den Rock hoch.

»Hör auf! Hör augenblicklich auf, oder ich . . . – Oh! Au! Hör auf!«

Seine Hand klatschte immer wieder schallend auf ihren Hintern. Lilah schrie auf. Eilig erstickte sie das Geräusch, indem sie sich selbst die Hand vor den Mund hielt, als ihr klar wurde, daß jemand kommen konnte, um nach dem Rechten zu sehen, wenn sie schrie. Sie durfte unter keinen Umständen in Joss' Hütte gefunden werden, und schon gar nicht in einer derart kompromittierenden Lage! Sie trat um sich und wand sich und wehrte sich, aber lautlos und nutzlos. Er schlug ihr immer wieder auf den Hintern, und die Schläge brannten höllisch. Sie tat ihr Bestes, um sich ihm zu entwinden, trat ihn, schlug mit ihren Fäusten auf seine Schenkel ein und biß sich dabei auf die Lippen, um ihren Zorn nicht laut herauszuschreien. Ihr Hintern brannte bei jedem Hieb, aber er hielt sie in einer eisernen Umklammerung fest, aus der sie sich nicht lösen konnte. Als er keine Anzeichen dafür zeigte, sich entweder erweichen zu lassen oder auf ihre keuchenden Bitten einzugehen, er solle sie anhören, ging ihre Wut schließlich mit ihr durch. Als seine Hand mindestens zum dutzendsten Mal ausholte, biß sie ihn durch die Baumwollhose so fest sie konnte in seinen muskulösen Oberschenkel.

»Du teuflisches Luder!« Mit diesem Fluch auf den Lippen stieß er sie von seinem Schoß. Lilah landete auf allen vieren auf dem harten Lehmboden.

»Du mieser, dreckiger, verkommener, stinkender Hundesohn!« fauchte sie und sprang auf die Füße. Lilah war so wütend, daß sie ihm mit Freuden mit einer Axt den Schädel gespalten hätte. Sie holte aus und schlug ihm so fest ins Gesicht, daß ihre Handfläche brannte.

Er hielt sich eine Hand auf die Backe und sprang auf. Lilah mußte rückwärts flüchten, um nicht von ihm umgerissen zu werden. Als er bedrohlich vor ihr aufragte und Zorn ausströmte wie ein Ofen Glut, sah sie ihm wutentbrannt ins Gesicht und wich keinen Zentimeter zurück. Seine Augen funkelten genauso wütend, und sein Mund verzerrte sich vor Zorn. Einen Moment lang starrten sie einander an, und beide hatten nur noch Mord im Sinn. Als er sie dann packte, um sie zweifellos schütteln oder ihrer Person in einer anderen Form etwas antun zu wollen, fiel Lilah plötzlich wieder ein, daß das der Mann war, den sie liebte, der Mann, der glaubte, sie hätte ihn verraten. Mit einem angewiderten Laut kam sie näher, in seine Arme, die ihr wehtun wollten. Sie hob ihre Hände und hielt ihn an beiden Ohren fest.

»Du Esel!« sagte sie, und ihre Stimme war etwas sanfter. Dann streckte sie sich, ohne seine Ohren loszulassen, zog sich auf die Zehenspitzen und preßte ihre Lippen auf seinen Mund.

47

»So, ein Esel bin ich also?« murmelte er mit seinen Lippen auf ihrem Mund, doch seine Hände taten ihr nicht mehr weh. Statt dessen legten sie sich fast widerwillig auf ihre Taille. Er zog sie nicht an sich, stieß sie aber auch nicht fort.

»Ja, ein Esel«, wiederholte sie und hob ihre Lippen Millimeter von seinem Mund, ließ seine Ohren aber nicht los. »Du dummer, blinder Kerl! Wenn ich Captain Rutledge nicht gesagt hätte, daß du mein Sklave bist, hätte er dich zusammen mit den Piraten aufgehängt.«

Sie küßte ihn wieder und setzte die Lektionen, die er ihr im Küssen erteilt hatte, gegen ihn ein. Sein Mund war warm und fest und schmeckte ein wenig nach Ingwer. Er versuchte, sich ihr zu entziehen und seinen Mund von ihren Lippen zu lösen. Lilah zog fest an seinen Ohren. Er murrte und hob die Hände, um sich zu befreien.

»Habe ich nicht dafür gesorgt, daß du heil und ganz bleibst, daß deine Wunden behandelt werden? Wie sonst hätte ich das tun können, wenn ich nicht meine – meine Rechte auf dich geltend gemacht hätte?«

Er hielt jetzt ihre Hände fest, und sie küßte ihn wieder, ließ ihre Zunge über seine geschlossenen Lippen gleiten und nagte mit ihren Zähnen an seiner Unterlippe.

»Ich sollte wütend sein, und nicht du! Ich habe heute nacht praktisch mein Leben aufs Spiel gesetzt, um herzukommen, und wie begrüßt du mich? Was tust du mit mir? Du schlägst mich! Du solltest dich schämen!«

»Ich habe dich nicht geschlagen . . .«

Er ergab sich ihr nicht, aber er ließ sich allmählich erweichen. Lilah preßte ihre Lippen auf die stoppelige Unterseite seines Kinns und befreite ihre Hände, um sie um seine Mitte zu legen, und ihre Handflächen kosteten es aus, seine eisernen Muskeln unter der samtigen Haut zu spüren.

»Wie würdest du es denn nennen?«

»Liebevolle Klapse.«

»Ha! Liebevolle Klapse! Und ich kann eine Woche lang nicht mehr sitzen!«

Sie ließ ihre Hände über die nackte Haut auf seinem Rücken gleiten und streichelte die festen Muskeln neben seiner Wirbelsäule, rieb mit ihren Fingerspitzen über seine Schulterblätter und preßte sich bei alledem an ihn.

»Was es auch war, du hast es verdient, und das weißt du selbst nur zu gut, du Hexe! Du bist noch gut dabei weggekommen, wenn man bedenkt, daß deine Worte mich die Freiheit gekostet haben!«

»Das Leben haben sie dir gerettet!«

»Ich dachte, wir hätten uns darauf geeinigt, daß du nach unserer Rettung niemandem ein Wort erzählst? Ich würde jetzt nicht den ganzen Tag lang Löcher graben, um Zuckerrohr zu pflanzen, wenn du deinen dummen, vorlauten Mund gehalten hättest!«

Trotz seiner scheltenden Worte war ein Großteil des Zornes aus seiner Stimme gewichen. Seine Arme hatten sich um ihre Taille geschlungen, und seine Hände streichelten sachte die Gegend, die sie gerade erst so sehr mißhandelt hatten.

Lilah trat zurück, um ihn ansehen zu können. »Ich hatte wirklich keine andere Wahl. Ich mußte ihnen entweder sagen, wer ich bin und daß du mein Sklave bist, oder ich hätte mitansehen müssen, wie sie dich hängen. Unter weniger gräßlichen Umständen hätte ich nicht gesagt, was ich gesagt habe, wirklich nicht. Ich habe dich nicht verraten, Joss.«

Er sah einen Moment lang auf sie herunter, und seine Augen glitten über ihr Gesicht. Seine Hand hörte auf, ihr Hinterteil sachte zu massieren, und zerzauste statt dessen ihr kurzgeschorenes Haar, das jetzt sauber und gelockt war und Glanz hatte, aber entschieden wenig von der langen, verführerischen Seide hatte, die er an ihr geliebt hatte. Aber wie er schon an Deck der *Bettina* festgestellt hatte, stand es ihr.

»Weißt du, so gefällst du mir. Ein blondgelockter Junge mit einem Engelsgesicht und dem Körper einer Frau. Verführerisch. Ich vermute, Kevin ist auch der Meinung?«

Der Schlag saß. Lilah riß die Augen auf. Kevin war ein Thema, das sie definitiv nicht mit Joss besprechen wollte, jedenfalls nicht im Moment.

»Ich will jetzt nicht mehr mit dir reden. Willst du mich denn gar nicht küssen, Joss?«

Ihre Stimme war kläglich, und als sie ihm in die Augen sah, war ihr Blick sanft. Er sah einen Moment lang auf sie herunter, und seine Augen glühten, als sie ihre Beine an ihn preßte.

»Bitte, Joss?« Es war ein verführerisches Murmeln, und er war ein bereitwilliges Opfer. Seine Hand legte sich auf ihren Hinterkopf und bog ihn zurück, damit ihr Gesicht ihm zugewandt war und er ihren Mund erreichen konnte. Als er den Kopf senkte, murmelte er etwas, aber das Blut pochte so laut in ihren Adern, daß sie die Worte nicht hören konnte.

Sein Mund legte sich auf ihre Lippen, und ihre Lider schlossen sich flatternd. Seine Lippen waren warm und weich, als sie ihre fanden, und sein Kuß war sacht.

»Du hast mir gefehlt«, sagte sie, ohne sich von seinen Lippen zu lösen, und schlug die Augen auf. Als er sie ansah, stand glühende Leidenschaft in seinem Blick.

»Jetzt will ich nicht reden«, murrte er und wandte sich wieder ihrem Mund zu.

Diesmal war es ein tiefer und heftiger Kuß. Als er den Kopf ein zweites Mal hob, führte er sie zu der Pritsche. Sie saß auf seinem Schoß und hatte die Arme um seinen Hals geschlungen, ihren Kopf an seine Schulter gepreßt und nahm die glühenden Küsse entgegen, die er auf die zarte Haut ihrer Kehle drückte.

»Was zum Teufel hast du darunter an? Gar nichts?« Seine Hand bewegte sich über ihre Brust und ließ die Brustwarze unter dem dünnen Musselin auftauchen.

»Nur – einen Unterrock.« Ihre Stimme war unsicher, und sie zitterte unter den Liebkosungen seiner Hand.

»Gehört es auch zu den barbarischen Bräuchen eurer Insel, halbnackt herumzulaufen?«

Damit entlockte er Lilah ein bebendes kleines Lachen. »Wir tragen auf Barbados genauso viele Kleider wie ihr in England. Aber ich mußte mich selbst anziehen. Ich wollte nicht, daß Betsy erfährt . . .« Ihre Stimme verklang schuldbewußt.

»Sie soll nichts von mir erfahren«, schloß Joss mit grimmiger Stimme, und seine Hand hielt in ihrer faszinierenden Reise über ihren Körper inne.

»O Joss . . .« setzte sie kläglich an und richtete sich auf seinem Schoß auf.

»Sei still«, sagte er und zog sie wieder an sich, um sie zu küssen, diesmal heftig, als wolle er seinen Gedanken und ihrer Zunge Einhalt gebieten. Dann stieß er sie auf die Pritsche, streckte sich neben ihr aus und drehte sie zu sich um, um die Knöpfe auf dem Rückteil ihres Kleides öffnen zu können, doch dabei verließ sein Mund keinen Moment lang ihre Lippen. Sie nahm kaum wahr, daß er ihr erst das Kleid und dann den Unterrock auszog. Als sie nackt war, zog er sich die Hose aus und drehte sie auf den Rücken. Sie bog sich ihm entgegen und spreizte instinktiv die Beine, als sie mit bebender Vorfreude sein Eindringen erwartete.

Aber dazu kam es nicht.

Statt dessen zog er ihre Beine noch weiter auseinander und kniete sich dazwischen. Seine Hände glitten warm und fest über ihre schmalen Waden und über ihre zarten, bebenden Schenkel. Er streichelte ihren Bauch, ihre Brüste und kehrte wieder zu ihren Oberschenkeln zurück. Lilah hielt den Atem an, als sich eine köstliche Spannung in ihr aufbaute, genau an dem Ort, den er bei seinen Berührungen aussparte. Als seine Hände wieder über sie glitten und immer noch nicht die Stelle berührten, die es ganz besonders gebraucht hätte, wand sie sich und forderte seine Hand dazu auf, dahin zu kommen, wohin sie nicht kommen wollte. Statt dessen rieb er hingebungsvoll mit seinem Daumen ihre Brustwarzen und knetete ihre Brüste und ihren Bauch, ehe seine Hände sich wieder auf die Innenseiten ihrer Oberschenkel legten und sie fast um den Verstand brachten. Als er zum dritten Mal zu einem so lockenden Ansturm auf ihren ganzen Körper ansetzte, gab sie einen leisen Protestlaut von sich und schlug die Augen auf.

Noch vor sechs Monaten hätte der Anblick, der sich ihr bot, sie bis ins Mark schockiert. Sein Gesicht war grimmig und schön, und seine Augen waren wie Smaragde, als sie über die Beute glitten, die sich ihm so köstlich darbot. Er kniete zwischen ihren wollüstig gespreizten Schenkeln und wirkte von Kopf bis Fuß wie der beutegierige, männliche Eroberer.

Lilah folgte seinem Blick, sah an sich selbst herunter und schien ihre eigene Nacktheit zum ersten Mal selbst wahrzunehmen. Sie bestand nur aus geschmeidiger weißer Haut und war unverwechselbar eine Frau. Er bestand nur aus kräftigen Muskeln und war unverwechselbar ein Mann.

Als sie nackt auf der rauhen grauen Decke lag, war ihr eigener Körper das Schockierendste, was sie in ihrem ganzen Leben gesehen hatte. Und auch er sah ihn, und jede kleinste Einzelheit war erbarmungslos in den Schein der rauchenden Öllampe getaucht.

»Joss.« Es war ein kaum hörbares Murmeln, das sich ihrer Lunge durch Jahre der damenhaften Zurückhaltung entrang, die ihr eingebleut worden war.

»Hm?« Er ließ seine sinnliche Massage ihres Körpers nicht abreißen und sah ihr doch in die Augen. Sie sah in grüne Smaragde, die irrwitzig loderten.

»Das Licht«, brachte sie matt heraus, denn sie konnte kaum noch atmen, als er ihr diese ganz besonderen Foltern antat.

Er schüttelte den Kopf. »Nein, meine Süße – heute nicht. Ich will dich sehen – und ich will, daß du mich siehst. Ich will nicht, daß du auch nur die geringsten Zweifel daran hast, wer dich liebt.«

»Aber . . .«

»Psst.« Er brachte sie mit einem gierigen, rohen Kuß zum Schweigen. Einen Moment lang blieb er auf ihr liegen, und das Herz stand ihr fast still, als sie sein Gewicht auf sich spürte, das sie auf die kratzige Matratze preßte.

Lilah erwiderte seinen Kuß, drückte sich an ihn und spürte köstliche Schauer des Verlangens an allen Stellen, an denen ihre Körper einander berührten.

Sein Mund glitt von ihrem Gesicht, fand ihre Brüste, legte sich auf ihre Brustwarzen, und sie stöhnte und ließ ihre Finger durch sein Haar gleiten.

Als sein Mund noch tiefer herunterglitt und kleine, brennende Küsse auf ihren Bauch drückte, als seine Zunge in ihren Nabel eintauchte, bewegte sie sich auffordernd unter ihm. Ihre Hände glitten auf seine Schultern und schlossen sich dort immer fester.

Dann glitt er noch tiefer und berührte endlich ihre weiblichsten Körperteile mit seinem Mund, nicht mit den Händen, und sie schrie auf, und ihre Hände rissen an seinem Haar, weil sie ihn unbedingt dazu bringen wollte, aufzuhören. Sie riß entgeistert die Augen auf und sah ihn außer sich vor Verlangen an. Ihre eigenen Gelüste, die in sich widersprüchlich waren, brachten sie fast um den Verstand, und sie wollte mit jeder Faser ihres Wesens, daß er weitermachte, was er ohnehin schon tat, doch sie wußte gleichzeitig, daß sein Tun schockierend war, lüstern und schlimm, und daß er aufhören mußte.

»Joss – nein...« keuchte sie und versuchte, ihre Schenkel zu schließen. Aber er kniete dazwischen, hielt sie auf, streichelte sie sachte und gewährte ihr endlich die Form von Berührung, nach der sie verlangte – aber er schien entschlossen, ihr noch mehr zu geben.

»Sei ruhig. Es ist alles in Ordnung.« Er redete so begütigend auf sie ein, wie er mit einer furchtsamen Stute geredet hätte. Seine Stimme war einschmeichelnd, seine Berührung ablenkend. In dem Moment, in dem sie die Kraft aufbrachte, ein letztes Mal zu protestieren, tauchte sein Kopf wieder zwischen ihren Beinen ein, und er küßte sie schändlich und sündhaft, und doch ließen die Glut und der Druck seines Mundes an ihr sie entflammen, und sie hätte ihm nicht mehr sagen können, er solle aufhören. Ebensowenig, wie sie hätte aufstehen und fortgehen können.

Ihre Augen schlossen sich, und er konnte alles mit ihr tun, was er wollte.

Als er sich mit einem festen und pochenden Glied auf sie legte und Einlaß forderte, keuchte sie, ihr Körper wand sich, und sie war von Sinnen.

»Sag es mir.«

Die Worte drangen kaum noch zu ihr durch.

»Sag es mir.«

Er war beharrlich und blieb direkt vor der Pforte, die nach ihm schrie, denn er wollte sie dazu bringen, ihm eine Antwort zu geben, ehe er ihr das gab, wonach sie sich verzehrte.

»Sag es mir.«

Als sie ihm die gewünschte Antwort gab, gab sie diese aus freiem Willen.

»Ich liebe dich, ich liebe dich, ich liebe dich«, stöhnte sie an seinen Lippen.

Dann riß er sie mit sich in den Himmel und wieder auf die Erde zurück.

48

Später, viel später, hob Joss seinen Kopf, der auf Lilahs Brüsten gelegen hatte. Sie rührte sich unter ihm, und ihre Hände streckten sich automatisch nach ihm aus, doch sie wachte nicht auf. Joss wälzte sich von ihr herunter, streckte sich neben ihr aus und preßte sie behaglich an sich. Dann ließ er sie schlafen, solange er es irgend wagte.

Schließlich mußte er sie wecken. Die Dämmerung würde demnächst anbrechen.

»Lilah.« Er strich über ihr Haar. Keine Reaktion.

»Lilah.« Er bog mit einem Finger ihre Wimpern nach oben, zog an einer seidigen Locke. Immer noch keine Reaktion.

»Lilah, mein Liebling, wenn du nicht auf der Stelle aufwachst, werde ich dich von dieser Pritsche schieben und dich auf den Fußboden werfen.«

Diese Drohung, die von einem Finger begleitet wurde, der träge über ihre geöffneten Lippen glitt, dann über ihre Kehle strich und um ihre wunderschönen Brüste kreiste, entlockte ihr endlich eine Reaktion. Sie murmelte etwas und drehte sich um. Nur schnelles Zupakken von seiner Seite bewahrte sie davor, auf dem Lehmboden zu landen.

Er ließ seinen Blick mit dem würdigenden Ausdruck eines Genießers über ihren nackten Rücken gleiten. In all den Jahren, in denen er mit vielen Frauen geschlafen hatte, war ihm keine je so nahe gegangen wie diese. Keine hatte ihn dazu gebracht, sich in sie zu verlieben.

Was hatte sie bloß an sich? Sie war sehr schön, aber das waren die meisten anderen auch. Sie war intelligent, und das waren manche gewesen, aber die meisten nicht. Sie war eine Dame, und damit schränkten sich die Vergleichsmaßstäbe für das Umfeld beträchtlich ein. Vielleicht war es ihre Aura des Besonderen, die ihr anhaftete, ganz gleich, was sie anhatte oder was sie tat. Möglicherweise fühlte er sich davon angezogen, daß sie etwas Besonderes war.

Vielleicht lag es auch an ihrem Mut. Nichts konnte sie lange einschüchtern, kein Geschwätz, keine Cholera, nicht ein bevorstehendes Ertrinken, nicht ein Schiffbruch und eine einsame Insel, nicht die Entdeckung, daß die Insel doch nicht so einsam war, wie sie ursprünglich geglaubt hatten, nicht die Vorstellung, in einer Piratenbande den Jugendlichen zu spielen, der nicht ganz richtig im Kopf war, nicht, in eine Seeschlacht zu geraten. Sie hatte sich jeder Herausforderung, die die letzten Monate brutal an sie gestellt hatten, gewachsen gezeigt, und dafür bewunderte und respektierte er sie.

Im Bett versetzte sie ihn in eine unvergleichliche Glut.

Sie hatte ihm ins Gesicht geschlagen, ihm in die Zunge und in den Oberschenkel gebissen und ihn wegen Dingen angeschrien, auf die er keinen Einfluß hatte. Sie war meistens ein keifendes, zänkisches Weib und eine Hexe, und zwischendurch, ganz selten, ein Engel. Seit er sie zum ersten Mal gesehen hatte, hatte sie ihn umgestülpt und auf den Kopf gestellt, und sie hatte ihn erst glühende Leidenschaft, dann glühenden Zorn und dann wieder glühende Leidenschaft verspüren lassen. Sie hatte ihn sogar dazu gebracht, derart außer sich zu geraten, daß er handgreiflich geworden war und sie brutal behandelt hatte, und das beschämte ihn, wenn er daran dachte. Und das, obwohl er der festen Überzeugung war, daß Miß Delilah Remy schon längst eine Tracht Prügel verdient hatte.

Sie galt allgemein als eine Schönheit, war der verhätschelte Liebling ihrer Familie, und sie war reich und daran gewöhnt, daß man sie von allen Seiten bediente.

Selbst ohne die Katastrophe seiner Abstammung, selbst wenn er noch der Mensch gewesen wäre, für den er sich immer gehalten hatte, ein englischer Reeder und Geschäftsmann, dem der gräßliche Alptraum erspart geblieben wäre, zu erfahren, daß er Negerblut hatte und versklavt werden konnte, wäre er nicht in der Lage gewesen, ihr ein Leben zu bieten, das sich mit dem vergleichen ließ, was sie auf Barbados führte.

Sein Leben in England sah völlig anders aus, weit einfacher. Er verdiente genug an seiner Reederei, um einer Frau einiges bieten zu können, aber nicht den Luxus, den Lilah gewohnt war. Er hatte nur zwei Bedienstete, ein Haus, das groß, aber nicht allzu elegant eingerichtet war, Freunde, die so gestellt waren wie er. Von den oberen Zehntausend trennten ihn Welten. Selbst wenn er sie hätte heiraten können, ehe sich dieser Alptraum zwischen sie gestellt hatte, hätte sie an Reichtum und gesellschaftlichem Status eingebüßt, wenn sie seine Frau geworden wäre.

Das wurde ihm klar, und es gefiel ihm gar nicht.

Wenn jetzt aber noch dieser Alptraum dazukam, waren sie in einer absolut unmöglichen Situation. Wenn sie sich für ihn entschied, mußte sie alles aufgeben, was ihr lieb und teuer war: ihr Zuhause, ihre Familie, ihre Freunde, ihr ganzes bisheriges Leben. Das war ein großer Schritt, und er war nicht sicher, ob sie dazu bereit war.

Er war unsicher, und auch das war etwas, was ihm nicht gefiel. Nie in seinem ganzen Leben hatte er sich vorgestellt, daß er sich in eine Frau verlieben und sich Sorgen darum machen könnte, ob sie ihn wollte oder nicht. Seine Erfolge bei Frauen waren zu groß gewesen, ihm zu leicht in den Schoß gefallen. Aber bei Lilah konnte er nichts als selbstverständlich voraussetzen. Würde sie soviel aufgeben – für ihn?

Sie behauptete, ihn zu lieben. Er glaubte ihr sogar, daß sie es ernst meinte. Aber liebte sie ihn so sehr, daß sie mit ihm nach England zurückgehen würde? Dort war sein Lebensbereich, und niemals konnte er sich hierher verlagern. Er konnte beim besten Willen nicht bei ihr bleiben. Die einzige Lösung bestand darin, daß sie mit ihm kam.

Oder würden ihnen diese wenigen verfluchten Blutstropfen und alles, was sie mit sich brachten, für alle Zeiten im Weg stehen?

Er hatte vor, sie auf die Probe zu stellen. Und zwar gleich, ehe er ganz die Nerven verlor.

»Lilah!« Er rüttelte sie jetzt mit einem grimmigen Gesichtsausdruck an der Schulter.

»Mmmmm?«

»Verdammt noch mal, Lilah, wach auf!«

Davon wurde sie endlich wach. Sie drehte sich nicht um, sondern wandte ihm nur ihren Kopf zu und blinzelte ihn an.

»O Joss«, murmelte sie lächelnd.

Sie sah so hübsch aus, verschlafen und mit schweren Lidern, und ihr Mund war so weich und rosig, daß er sie einfach küssen mußte. Das brachte ihm zum Lohn ein Gähnen ein, dann ein Lächeln und dann ein erneutes Murmeln.

»Ich wünschte, ich könnte hierbleiben. Ich schlafe so schrecklich gern bei dir.«

»Wirklich? Das freut mich, denn ich hoffe, daß du für den Rest deines Lebens bei mir schlafen wirst.«

Es dauerte eine Weile, bis das zu ihr durchgesickert war. Dann riß sie die Augen weit auf, drehte sich um und starrte ihn an. Er konnte sie in ihrer Nacktheit unbehindert von Kopf bis Fuß betrachten, aber im Moment interessierte ihn das nicht.

»Was soll das heißen?« Ihr Blick und ihre Stimme drückten ein solches Unverständnis aus, daß er lächeln mußte, obwohl sich sein Magen zusammenzog. Sein Stolz gestattete ihm nicht, ihr zu zeigen, wie verkrampft er war, und daher löste er seinen Blick von ihren Augen und sah auf ihren Mund, über den er sachte einen Finger gleiten ließ.

»Für eine junge Dame, die es sich zu einer Routineübung gemacht zu haben scheint, Heiratsanträge einzukassieren, bist du nicht allzu schnell von Begriff. Ich bitte dich, mich zu heiraten.«

»Dich zu – heiraten?«

Es entstand ein langes Schweigen, das er nach Lust und Laune als blankes Entsetzen auslegen konnte oder auch nicht. Ihre Augen waren große blaue Tümpel, riesig und matt.

»Mhm. Mich zu heiraten.« Er sagte es mit grimmiger Stimme.

»Mein Gott!«

Er sah sie finster an. »Das ist wohl kaum eine angemessene Reaktion. Ja oder nein?«

Langsam verzog sich ihr Mund zu einem Lächeln. »Hast du viel Übung darin?«

»Worin?«

»Damen Heiratsanträge zu machen?«

Er sah sie noch finsterer an. Wenn sie ihm nicht bald eine Antwort gab, würde er sie erwürgen. Er war so nervös wie in seinem ganzen Leben noch nicht, und sie, zum Teufel mit ihr, lächelte!

»Genaugenommen bist du die erste.«

»Das dachte ich mir.« Sie kicherte unerwartet, und es war ein süßes, kleinmädchenhaftes Zwitschern, ein bezaubernder Laut. »»Ja oder nein?‹ Wie romantisch.«

»Und? Was ist?« Er war nicht dazu aufgelegt, sich von ihr auslachen zu lassen.

Sie seufzte und wurde plötzlich nüchtern. »Joss, so einfach ist das nicht. Das weißt du selbst.«

»Was soll daran nicht einfach sein? Ich gehe weg, ich schüttele den Staub dieser gottverdammten Insel und ihrer gottverdammten barbarischen Bräuche ab. Du kannst mit mir kommen oder hierbleiben. Wenn du mitkommst, nehme ich an, du kämst lieber als meine Ehefrau mit.«

»Joss . . .«

»Ja oder nein?«

»Ich wünschte, du würdest aufhören, dich zu wiederholen! Erstens kannst du nicht einfach von Heart's Ease fortgehen. Es macht mir wirklich keinen Spaß, dich daran zu erinnern, aber du gehörst meinem Vater. Du bist ein Sklave. Du kannst nicht einfach verschwinden. Du brauchst einen Paß, um weiterzukommen. Man wird Jagd auf dich machen, dich zurückbringen, dich bestrafen, dich vielleicht sogar töten.«

»Dazu muß man mich vorher finden.«

»Man wird dich finden. Glaube mir. Barbados ist eine kleine Insel mit einer sehr gut funktionierenden Miliz. Um zu entkommen, mußt du die Insel verlassen, und das bringst du nicht fertig. Innerhalb von einem halben Tag nach deinem Verschwinden wird der Kapitän eines jeden Schiffes in allen Häfen von Barbados von dir wissen. Du wirst geschnappt, früher oder später.«

»Und was schlägst du vor? Daß ich für den Rest meines Lebens hier in diesem verdammten Schweinestall bleibe und Löcher in den Boden grabe? Während du drüben im großen Haus mit dem Boß schläfst und dich ab und an zu mir schleichst, wenn dir nach etwas Spannendem zumute ist?«

»Das habe ich nicht gesagt.«

»Nein? Du hast aber auch nicht gesagt, daß du mich heiratest.«

Lilah seufzte und setzte sich auf. Trotz seiner wachsenden Wut wurden seine Blicke gegen seinen Willen auf ihren geschmeidigen weißhäutigen Körper gelenkt. Nackt war sie das Schönste, was er je in seinem Leben gesehen hatte, und sie brachte ihn um den Verstand.

»Ich weiß nicht, ob ich dich heiraten kann. Ich liebe dich. Ich bin so sehr in dich verliebt, daß es schon lachhaft ist. Aber eine Heirat – Joss, wie kann ich dir versprechen, dich zu heiraten? Du bist ein Sklave auf der Plantage meines Vaters! Was erwartest du von mir, daß ich ganz seelenruhig zu ihm gehe und sage: ›Ach, übrigens, Papa, ich hoffe, du hast nichts dagegen, daß ich Kevin doch nicht heirate, denn ich habe es mir anders überlegt und werde Joss heiraten, unseren Sklaven‹? Er bekäme einen Schlaganfall und würde tot umfallen – und wenn nicht, brächte er dich um. Das täte er wirklich.«

»Ich verschwinde bei der ersten sich bietenden Gelegenheit. Du kannst mitkommen oder hierbleiben. Die Entscheidung liegt bei dir.«

»Joss . . .« Es war fast ein Wehklagen. »Du kannst

nicht einfach verschwinden! Und ich kann jetzt nicht länger mit dir darüber diskutieren. Ich muß gehen. Wie spät ist es?«

»Fast vier.«

»Ach, du meine Güte! Ich muß sofort weggehen. Bald werden alle wach!«

Sie schwang ihre schlanken, bleichen Beine über die Bettkante, stand auf und griff nach ihrem Unterrock. Als sie ihn sich über den Kopf zog, drehte sie sich zu ihm um.

»Ich will, daß du mir versprichst – mir versprichst! – keine Dummheiten anzustellen. Du wirst nicht versuchen, davonzulaufen, ehe ich – ehe ich eine Chance gehabt habe, meinen Vater zu bearbeiten. Ich glaube, ich kann ihn dazu bringen, dich freizulassen, wenn ich ihm gegenüber immer wieder betone, daß du mir das Leben gerettet hast, aber es kann sein, daß es eine Weile dauert. Dann brauchst du nicht fortzulaufen – du kannst einfach gehen.«

Er legte sich auf die Pritsche und verschränkte die Arme hinter dem Kopf. Er war splitternackt und störte sich kein bißchen daran. Sein Blick war kritisch auf ihr Gesicht geheftet.

»Angenommen, ich lasse dir Zeit, damit du deinen Vater bearbeiten kannst – wieviel Zeit brauchst du?«

»Ein paar Monate. Äußerstenfalls ein Jahr.«

Er schüttelte den Kopf. »Tut mir leid, aber so lange warte ich nicht. Ich habe jetzt schon genug von dieser Farce.«

»Joss . . .« Ihre Stimme war gedämpft, denn sie zog sich gerade das Kleid über den Kopf. »Machst du mir bitte die Knöpfe zu, wärst du so nett?«

Sie kehrte ihm den Rücken zu, und er stand auf, um

ihr das Kleid zuzuknöpfen. Er tat es so automatisch, so ganz wie ein Ehemann oder ein Liebhaber, den es schon lange gibt, daß er es tun konnte, obwohl er wütend auf sie war. Als er fertig war, drehte er sie mit den Händen auf ihren Schultern zu sich um.

»Wenn sich mir eine Gelegenheit bietet, verschwinde ich. Soll ich dich dann holen oder nicht?«

Sie starrte ihn mit einem besorgten Blick an. Unbewußt fiel ihm auf, daß das Material ihres Kleides unter seinen Fingern äußerst edel war, ein zarter weißer Musselin mit einem graublauen Muster, das fast genau ihrer Augenfarbe entsprach. Mit ihrem goldenen Lockenkopf und ihrem zarten Gesicht war sie so hübsch, daß sie überall auf Erden den Männern die Köpfe verdreht hätte. Joss ging plötzlich auf, daß es zwar sein erster Heiratsantrag war, aber mit Sicherheit nicht der erste, den sie bekommen hatte. Zum Teufel, die Hälfte der gesamten männlichen Bevölkerung dieser rückständigen Insel wollte sie wahrscheinlich heiraten, ganz zu schweigen von den pickligen reichen Jungen in den Kolonien! Und er hatte geglaubt, sie würde sagen: Ja, gern! Er mußte übergeschnappt sein. Joss sah sie finster an.

»Sei nicht böse. Eine solche Entscheidung kann ich nicht auf der Stelle treffen. Ich muß mir Gedanken darüber machen, das ist doch einzusehen, und du kannst ebensogut diesen Ausdruck eines störrischen Maulesels von deinem Gesicht wischen. Ich liebe dich, das weißt du selbst, darum geht es nicht, aber – aber ich brauche Zeit, um mir Gedanken zu machen.«

»Wie ich dir schon einmal gesagt habe, weißt du gar nicht, was das Wort Liebe bedeutet«, fauchte er. »Wenn ich es zulasse, heiratest du deinen verdammt hochgeschätzten Kevin und hältst dir mich nebenbei. Aber mir paßt eine solche Regelung eben nicht!«

»Das ist nicht wahr!«

»Nein? Geh' schon, verschwinde! Du mußt wieder im Haus sein, ehe jemand dahinterkommt, daß du dich hergeschlichen hast, um es mit einem Sklaven zu treiben.«

»Scher dich zum Teufel!« Lilah fluchte selten, aber sie war auch selten in ihrem Leben derart wütend gewesen. Er war so ungerecht, daß es schon absurd war, dieser blöde Affe, und wenn er sich rationale Gedanken darüber gemacht hätte, hätte er es selbst begriffen. Aber anscheinend war es zuviel verlangt, rationale Überlegungen anzustellen. Er war so stolz und so stur, daß er nicht über die eigene Nasenspitze hinaus sehen konnte!

»Verschwinde! Auf der Stelle!«

Als sie immer noch zögerte, hob er sie hoch, trug sie zur Tür, machte die Tür auf und stellte sie ins Freie. Sie funkelte ihn zornig an und machte den Mund auf, um etwas zu sagen, doch dann machte sie ihn wortlos wieder zu. Sie hob ihre Röcke und rannte los. Sie war so wütend, daß sie so schnell wie möglich von ihm fortkommen wollte. In ihrer Hast vergaß sie ganz, daß sie barfuß war.

Joss verfluchte sich und sie, schnappte sich seine Hose, zog sie an und rannte hinter ihr her. Sie hatte das Feld schon halbwegs durchquert, und ihr weißes Kleid war in der grauen Morgendämmerung mühelos zu sehen. Joss blieb am Rand des Feldes stehen, verschränkte die Arme vor der Brust und fluchte unflätig und ausgiebig, bis sie aus seiner Sicht verschwunden war.

Er liebte dieses kleine Miststück. Und trotz allem, was er gesagt hatte, wußte er, daß er ohne sie nirgendwo hingehen würde.

Er würde verschwinden, allerdings, wenn der rechte Zeitpunkt gekommen war. Durch die Umstände seiner Geburt wurde ein Mensch noch lange nicht zum Sklaven.

Aber wenn er fortging, würde er sie mitnehmen. Und wenn er sie an den Haaren zerren mußte.

Und ob das Miß Delilah Remy paßte oder nicht, war ihm ziemlich egal.

49

Lilah schlich sich die Dienstbotentreppe hinten im dunklen Haus hinauf und tastete sich an der kalten getünchten Wand vorwärts. Geschickt ließ sie eine lockere Treppenstufe aus, von der sie wußte, daß sie immer quietschte. In dieser frühen Morgenstunde, so kurz vor Dämmerung, war alles in tiefes Schweigen gehüllt. Ein Quietschen hätte ungewöhnlich laut geklungen...

Ihr Schlafzimmer lag im zweiten Stock, und vom Fenster aus konnte man auf den gepflegten Rasen vor dem Haus blicken. Ihr Vater und Jane bewohnten gemeinsam eine Suite am anderen Ende des Ganges. Lilah hielt den Atem an, als sie auf Zehenspitzen an der Tür vorbeischlich, aber nichts rührte sich. Als sie ihre Schlafzimmertür öffnete und das Zimmer betrat, stieß sie einen Seufzer der Erleichterung aus.

Sie war in Sicherheit.

»Miß Lilah, sind Sie das?«

Lilah wirbelte herum und schlug sich die Hand vor den Mund, während sie versuchte, Betsy im Dunkeln zu finden. Das Mädchen hatte anscheinend auf einem der beiden Stühle vor den hohen Fenstern geschlafen und auf sie gewartet. Sie stand auf, als Lilahs Blick auf sie fiel, und ihr schlanker Körper setzte sich gegen das Grau, das durch die Scheibe drang, einen Moment lang als Silhouette ab, ehe sie auf ihre Herrin zukam.

»Psst, Betsy!«

»Wo sind Sie gewesen? Ich war außer mir vor Sorge

und habe mich gefragt, ob ich den Herrn oder Mr. Kevin wecken soll . . .«

»Das hast du doch nicht etwa getan, oder?« Lilahs Stimme war schrill vor Angst.

»Nein, eben nicht. Ich dachte mir, Sie wollen vielleicht nicht, daß die beiden erfahren, wo Sie sind. Habe ich es richtig gemacht?«

»Ja, Betsy, genau richtig. Woher – woher wußtest du, daß ich fort bin?«

»Ich bin raufgekommen, um Ihnen eine Tasse Kakao zu bringen. Maisie hat ihn zubereitet, weil sie sagt, Sie seien auf dieser Insel zu dünn geworden. Aber Sie waren nicht da, und ich hatte Angst und wußte nicht, was ich tun soll. Ich dachte, vielleicht seien diese Piraten wiedergekommen und hätten Sie geholt oder . . .«

Betsy stand jetzt vor der Frisierkommode, und ehe Lilah bemerkte, was sie vorhatte, zündete sie eine Lampe an. Dann drehte sie sich um und sah ihre Herrin an. In dem weichen gelben Lichtschein war Lilah plötzlich gehemmt. Sie hob eine Hand und preßte sie auf ihren Busen. Betsy nahm diese Geste wahr, das zerzauste Haar, die aufgequollenen Lippen, die keineswegs vollständige Garderobe, und ihre Augen wurden groß.

»Sie sind bei einem Mann gewesen, das stimmt doch?« Es war eher ein schockiertes Keuchen als eine Frage. Lilah starrte ihre Zofe lange an und schluckte nervös, ohne eine Antwort zu geben. Betsy war ihre liebste Freundin, aber in dieses Geheimnis konnte sie sie nicht einweihen. Das kleinste Gerücht, und um sie und um Joss war es geschehen . . .

»Ich weiß nicht, wovon du sprichst«, sagte Lilah. Sie kehrte Betsy den Rücken zu und spritzte sich Wasser ins Gesicht.

»O doch, Miß Lilah, Sie wissen es!« Betsy schüttelte den Kopf und musterte sie besorgt. »Sie waren mit diesem Mann zusammen, der nur ein paar Tropfen schwarzes Blut hat. Mit diesem – Joss. Ich erinnere mich noch, wie Sie vom ersten Abend an waren, als Sie ihn kennengelernt haben. Wenn Sie dem Herrn und Mr. Kevin erzählt haben, er hätte Sie nicht angerührt, als Sie mit ihm auf der einsamen Insel waren, dann ist das eine Lüge, stimmt's? Es ist mit Ihnen durchgegangen, und Sie haben mit ihm geschlafen. Versuchen Sie nicht, mich zu belügen, Miß Lilah. Ich kenne Sie so gut wie mich selbst.«

»O Betsy, ich weiß, daß es schlimm ist, aber ich kann nichts dagegen tun. Ich bin so sehr in ihn verliebt!« Lilah mußte es ihr gestehen; Betsy kannte sie wirklich allzu gut. Sie hätte es nicht vor ihr geheimhalten können.

Betsy atmete hörbar ein. Sie starrten einander an, die eine mit entsetztem, die andere mit gequältem Blick. Dann streckte Betsy die Hände aus, legte sie auf Lilahs Schultern und schüttelte sie sachte. Sie waren nicht mehr Herrin und Zofe, nur noch zwei alte Freundinnen, die einander sehr gern hatten.

»Miß Lilah, das können Sie nicht tun. Sie wissen es selbst. Sie können sich nicht einfach aus dem Haus schleichen und mit einem Mann schlafen. Sie sind eine Dame! Wenn der Herr dahinterkommt oder Mr. Kevin . . .« Betsy brach den Satz ab und schauderte sichtlich zusammen.

»Ich weiß! Aber ich liebe ihn! Er will, daß ich mit ihm fortlaufe. Und ihn heirate.« Lilahs Stimme brach, und Tränen traten in ihre Augen. Betsy warf einen entsetzten Blick in das weiße Gesicht ihrer Herrin. Dann schlang sie ihre Arme um das Mädchen und wiegte es sachte.

»Du hast eine ganze Menge Sorgen, nicht wahr, Schätzchen? Aber du weißt selbst schon, was du zu tun hast. Du darfst ihn nicht mehr sehen, du darfst es einfach nicht. Und ihn heiraten – was das angeht, Miß Lilah, könnten Sie sich genausogut überlegen, ob Sie nicht meinen Ben heiraten wollen. Es ist genau dasselbe.«

Lilah hob den Kopf und wich einen Schritt von Betsy zurück. Sie sah Ben, den Schuster der Plantage, lebhaft vor sich stehen. Er war freundlich, sah gut aus und machte seine Arbeit gut – und er war so schwarz wie Ebenholz.

Sie schüttelte den Kopf. »Nein, es ist nicht dasselbe.«

»Doch, Miß Lilah, und das ist die Wahrheit. Sie wollen sie sich nur nicht eingestehen. So waren Sie schon als kleines Mädchen. Sie wollten nie etwas einsehen, was Ihnen nicht gepaßt hat.«

Lilah reckte ihr Kinn in die Luft. »Sag mir eins, Betsy – wenn Ben weiß wäre, würdest du ihn dann trotzdem lieben? Würdest du trotzdem seine Frau sein wollen?«

Betsy riß die Augen weit auf, als sie darüber nachdachte. Dann schüttelte sie konsterniert den Kopf. »Ich verstehe, was Sie meinen. Ach, Schätzchen, darauf kann ich auch keine Antwort geben. Ich weiß nur, daß du dich auf einen Haufen Kummer und Herzeleid einläßt, wenn du nicht gleich einen Riegel vorschiebst.«

Als sie Lilahs hartnäckigen Gesichtsausdruck sah, zog sie ihre Herrin wieder an sich und nahm sie in die Arme.

»Zum Teufel mit den Männern«, murmelte sie inbrünstig. Lilah, deren Kopf matt auf Betsys Schulter lag, war geneigt, ihr zuzustimmen.

50

Am späten Nachmittag des folgenden Tages saß Lilah auf den Stufen der Veranda hinter dem Haus und unterhielt sich mit Jane, während ihre Stiefmutter auf einem Schaukelstuhl saß und sich mit den kunstvollen Stickereien beschäftigte, die sämtliche Taschentücher ihres Mannes zierten. Lilah, die nie gut im Sticken gewesen war, hatte ihre Hände um die Knie geschlungen und fühlte sich von der einschläfernden Hitze herrlich träge. Sie wäre vollauf mit der Welt im reinen gewesen, wenn zwei Dinge nicht gewesen wären: ihre Sorge, was sie mit Joss anfangen sollte, und das Thema, das sich Jane als Gesprächsstoff gewählt hatte. Ihre Stiefmutter war darauf versessen, Pläne für Lilahs Heirat zu schmieden.

»Es ist doch zwecklos, es noch länger hinauszuschieben, oder, meine Liebe? Ich meine, jetzt hast du dich doch endlich entschlossen, Kevin zu heiraten.«

Lilah sah auf die Plantage hinaus, und ihr Blick blieb auf dem saftigen grünen Gras und den Sträuchern hängen, die in leuchtenden Farben blühten und gerade noch durch die Palmwedel sichtbar waren, auf den Windmühlenflügeln, die sich in der lauen Brise drehten. Wenn sie auf eine Ablenkung von diesem Thema gehofft hatte, dann hatte sie umsonst gehofft. Heart's Ease war so friedlich wie immer um diese Tageszeit, ehe die Männer und die Sklaven von den Feldern zurückkehrten und die Vorbereitungen für das Abendessen begannen.

»Ich bin gerade erst nach Hause zurückgekommen, Jane. Es ist soviel passiert, daß ich mir wirklich nicht weiter Gedanken darüber gemacht habe, daß ich – daß ich heiraten werde.«

»Dann ist es jetzt aber an der Zeit!« sagte Jane. Sie lachte fröhlich und sah von ihrer Arbeit auf, um ihre Stieftochter zu mustern. »Kevin liebt dich sehr, das weißt du ja. In den Wochen, in denen du verschollen warst, war er außer sich.«

»Ach, ja? Ich habe mir auch Sorgen um ihn gemacht.«

»Ich glaube, sechs Wochen sollten reichen«, entschied Jane.

»Sechs Wochen?« Lilah war entgeistert. Jane sah sie an und runzelte die Stirn.

»Wirst du etwa jetzt schon nervös? Meine Güte, wie wird es dir erst am Abend vorher gehen! Aber mach dir keine Sorgen, meine Liebe, so geht es jeder Frau vor ihrer Hochzeit. Schließlich ist es ein gewaltiger Schritt. Eine Ehe ist für das ganze Leben.«

»O Jane – sechs Wochen«, sagte Lilah matt und hatte das Gefühl, eine Schlinge ziehe sich um sie zu. »Ich – ich weiß nicht, ob ich bis dahin soweit bin . . .«

»Dann eben zwei Monate«, sagte Jane, als sei das Thema damit abgeschlossen. »Das ist ohnehin besser. Dann bleibt uns mehr Zeit, dein Kleid schneidern zu lassen – es wird das schönste Brautkleid, das die Welt gesehen hat, warte es nur ab. Wir werden ein schönes Fest veranstalten und alle einladen, die wir auf der ganzen Insel kennen. Dein Vater hat mir gesagt, ich solle keine Unkosten scheuen, und das werde ich auch nicht tun. Wie oft kommt es schon vor, daß die einzige Tochter heiratet?«

Sie stand mit ihrem Stickereirahmen in der Hand auf. »Ich muß jetzt ins Haus gehen, meine Liebe, ich habe noch einiges zu tun. Warum machst du nicht einen Spaziergang? Mir wäre es lieb, wenn du einen Krug Sirup aus der Mühle mitbringen könntest. Maisie braucht ihn für den Kuchen. Außerdem glaube ich, Kevin könnte dort sein. Ich weiß, daß du nicht viel von ihm zu sehen bekommen hast, seit du wieder da bist, aber glaube bitte nicht, das könnte heißen, daß es von seiner Seite an Begeisterung fehlt. Du weißt selbst, wieviel er und dein Vater um diese Jahreszeit zu tun haben.«

Jane ging, und Lilah blieb noch einen Moment sitzen. Ihr Körper verharrte regungslos, doch ihr Verstand arbeitete aktiv, während sie versuchte, eine Lösung für das schreckliche Dilemma zu finden, vor dem sie stand. Konnte sie Kevin noch heiraten – nach allem, was sich zwischen ihr und Joss getan hatte? Es war das Vernünftigste, was sie tun konnte – aber die Vorstellung, ihm die Vertraulichkeiten zu gestatten, die sich Joss bei ihr herausnahm, ließ sie zurückschrecken.

Lilah sprang auf, schüttelte ihren Rock, strich ihn glatt und machte sich zielstrebig auf den Weg zur Mühle. Wie Jane bereits hervorgehoben hatte, hatte sie in der Woche seit ihrer Heimkehr nicht allzuviel Zeit mit Kevin verbracht. Er steckte bis über beide Ohren in der Arbeit, denn auf der Plantage war nie soviel zu tun wie in der Zeit, in der das Zuckerrohr gemahlen wurde, und sie – um die Wahrheit zu sagen, sie hatte ihn bewußt gemieden.

Es war ebenfalls wahr, daß sie Kevins Küsse kaum ertragen konnte, seit sie sich in Joss verliebt hatte, obwohl sie inzwischen wußte, daß seine Küsse äußerst züchtig und zurückhaltend waren. Und wenn sie miteinander allein waren, schien er sie immer sofort küssen zu wollen.

Wie sollte sie es ertragen, mit ihm verheiratet zu sein?

Das war die Frage, auf die sie eine Antwort finden mußte, und zwar bald. Bald genug, um die gesamten Pläne für die Hochzeit, die Jane so eifrig schmiedete, rechtzeitig zu Fall zu bringen, wenn es sein mußte. Rechtzeitig, um allem einen Riegel vorzuschieben, ehe es zu spät war.

Ihr Leben war plötzlich so kompliziert. Warum hatte sie sich nicht in Kevin verlieben können statt in Joss? Kevin war nett, konnte hart zupacken und verstand sich ausgezeichnet mit ihrem Vater, und er mochte sie. Er war der ideale Ehemann für sie. Was stimmte bloß nicht mit ihr, wenn sie Joss mit all seinen Haken vorzog und nicht Kevin, für den so vieles sprach?

Vielleicht, aber auch nur vielleicht, hatte sie sich nicht genug angestrengt, sich in Kevin zu verlieben. Wenn sie sich die Gelegenheit gab, konnte sie es vielleicht noch schaffen ...

Aus dem Grund lief sie jetzt zur Mühle. Sie hatte vor, sich jede denkbare Chance zu geben.

51

In der Mühle herrschte reges Leben. Lilah war so vertraut mit den Vorgängen, daß sie sich nicht weiter umsah, sondern nur nach Kevin Ausschau hielt.

Er saß mit einem breitkrempigen Hut auf dem Kopf im Sattel, und ein Sklave führte das Maultier im Kreis, da es nicht windig genug war. In dem Moment, in dem sie ihm zuwinkte, erkannte Lilah auch schon, daß sie einen großen Fehler begangen hatte. Der Sklave, der das Maultier führte, war Joss. Er sah ihr in die Augen, als Kevin sie anblickte, lächelte, winkte und mit seinem Maultier auf sie zukam.

Lilah starrte Joss an und fühlte sich absurderweise schuldbewußt. Dann riß sie ihren Blick von ihm los, um Kevin anzulächeln, der sich aus dem Sattel schwang.

»Guten Tag«, sagte er mit einem strahlenden Lächeln und schob sich den Hut auf den Hinterkopf, um ihr einen schmatzenden Kuß auf die Wange zu geben. Lilah, die wußte, daß Joss sie genau sehen konnte, trat nervös einen Schritt zurück. Kevin runzelte die Stirn.

»Stimmt etwas nicht?«

»Ich – ich – Jane hat mich hergeschickt, damit ich einen Krug Sirup hole.«

»Maisie backt Kuchen, was? Ich kann es kaum erwarten. Ihre Kuchen sind einfach zu gut.«

»Ich weiß.« Sie sah lächelnd zu ihm auf und fühlte sich gleich ruhiger, als sie wieder an den pausbäckigen Jungen dachte, der kurz nach seiner Ankunft auf Heart's Ease soviel von Maisies Kuchen gegessen hatte, daß ihm eines Abends nach dem Essen schlecht geworden war und er sich im Obstgarten übergeben hatte. Lilah hatte ihn dabei ertappt.

Kevin nahm ihren Arm und schlenderte mit ihr dicht an Joss vorbei. Lilah warf ihm einen verstohlenen Seitenblick zu. Sie sah, daß sein Gesicht unbeteiligt wirkte, doch jeder einzelne Muskel in seinem ganzen Körper hatte sich angespannt. Er sah die beiden nicht an, die Arm in Arm an ihm vorbeikamen, aber sie wußte, daß er sie mit jeder Faser seines Wesens wahrnahm.

So wie sie Nell und ihn wahrgenommen hatte.

»Jane drängt mich, ein Datum für die Hochzeit festzusetzen«, sagte Lilah unvermittelt. Sie waren neben der Mühle stehen geblieben, und Kevin hatte einen Sklaven fortgeschickt, damit er einen Krug Sirup holte.

»Ach, ja?« Kevin sah sie an und zuckte die Achseln. »Mir ist jeder Zeitpunkt recht, den du bestimmst. Aber je eher, desto lieber, wenn du mich fragst.«

Lilah zögerte. Es war wohl kaum der rechte Ort für ein solches Gespräch, aber sie wollte ganz plötzlich alles geregelt haben. Wenn er ihr die richtige Antwort gab, würde er ihr sehr erleichtern, das zu tun, wovon sie fürchtete, daß sie es tun würde.

»Kevin, warum willst du mich heiraten?« Sie stellte ihm diese Frage ganz ernst und sah ihm dabei ins Gesicht. Ihre eine Hand lag auf seinem Unterarm. Er hatte die Hemdsärmel hochgekrempelt.

»Was glaubst du denn? Weil ich dich liebe, natürlich, du dummes Gänschen. Du weißt doch, daß ich schon seit Jahren in dich verliebt bin.« Es war nicht die Antwort, die sie hören wollte, aber sie hatte ohnehin den Verdacht, daß er ihr nur das sagte, wovon er glaubte, sie wolle es hören. Er sah auf sie herunter, und sein Gesicht wurde immer finsterer.

Lilah sah in die haselnußbraunen Augen und das zerfurchte Gesicht auf, das sie so gut kannte. Über seine breiten Schultern fiel ihr Blick auf Joss, der von der Taille aufwärts entblößt war, schmutzig und verschwitzt in seiner weiten weißen Hose.

Er riß heftig am Geschirr des störrischen Maultieres. Jede Frau, die bei gesundem Verstand war und einen Partner fürs Leben suchte, hätte nicht erst nachzudenken brauchen, wenn sie zwischen dem herrschaftlichen Pflanzer und dem halbnackten Sklaven zu entscheiden hatte.

Hieß das, daß sie verrückt war?

Ob sie es war oder nicht – Lilah wußte plötzlich und ohne den leisesten Zweifel an der Richtigkeit ihrer Entscheidung, daß sie Kevin nicht heiraten konnte. Sie liebte ihn nicht, und sie glaubte auch nicht, daß er sie liebte.

Nicht so, wie ein Mann seine Frau lieben sollte. Nicht so, wie Joss sie liebte.

Sie würde Kevin ihren Entschluß mitteilen müssen, und zwar bald. Aber nicht jetzt. Nicht, wenn Joss Zeuge einer Auseinandersetzung werden konnte, von der sie fürchtete, sie könne äußerst unangenehm werden.

Es war unwahrscheinlich, daß Kevin es auf die leichte Schulter nehmen würde, sich von ihr so einfach abschieben zu lassen, denn mit ihr verlor er gleichzeitig Heart's Ease.

»Du weißt doch, daß ich dich liebe, oder nicht?« murmelte Kevin, und seine Hände strichen über ihre nackten Unterarme und hielten sie dann fest, als er sich über sie beugte. Ehe Lilah etwas sagen konnte, küßte er sie ausgiebig, während alle Sklaven sie sehen konnten – während Joss sie sehen konnte.

Als Lilah sich wieder bei Kevin eingehängt hatte und mit ihm zurückging, pochten ihre Lippen von seinem Kuß, und sie war sich eines Augenpaares allzu deutlich bewußt, das sich lodernd smaragdgrün aus einem plötzlich verzerrten Gesicht in sie bohrte.

52

Als Lilah sich diesmal heimlich aus dem Haus schlich, war es kurz vor Mitternacht. So lange hatte es gedauert, bis sie sicher war, daß alle schliefen. Sie wagte es nicht einmal, Betsy zu sagen, daß sie zu Joss ging. Wenn Betsy von dem Treiben ihrer Herrin wußte und den Mund hielt, würde auch sie Leonard Remys Zorn treffen. Und Leonard Remys Zorn würde schrecklich sein, wenn er hinter die Perfidie seiner Tochter kam. Und Lilah fürchtete, daß es dazu früher oder später kommen würde.

Sie rannte durch die dunkle Nacht und hob ihre Röcke, um sie nicht im taufeuchten Gras schleifen zu lassen. Als sie das Gelände erreicht hatte, auf dem die Sklaven untergebracht waren, lief sie langsamer. Sämtliche Hütten lagen im Dunkeln. Die Sklaven schliefen längst.

Sogar aus Joss' Hütte drang kein Licht.

Wie beim erstenmal war seine Tür unverriegelt. Lilah trat ein, schloß die Tür hinter sich und lehnte sich einen Moment lang daran. Sie hörte keinen Laut, kein Rascheln von Bettzeug, noch nicht einmal einen leisen Atem.

»Joss?« Schon als sie seinen Namen aussprach, wußte sie, daß sie allein war. Er war nicht da. Ihre Augen gewöhnten sich an die Dunkelheit, und sie sah sich um. Wie sie vermutet hatte, war seine Pritsche leer. Die Hütte war leer.

Lilah hatte plötzlich entsetzliche Angst, er könnte getan haben, was er ihr angedroht hatte, und ohne sie fortgegangen sein.

Wo sonst hätte er sein können zu dieser späten Stunde, zu der jeder vernünftige Mensch im Bett lag?

Als sie das letzte Mal zu ihm gekommen war, war er gerade vom Baden zurückgekommen.

Die Wahrscheinlichkeit war gering. Lilah verließ die Hütte, und die Tür schlug in ihren Lederangeln leise hinter ihr zu. Sie trat behutsam auf, um keinen Lärm zu machen, und lief an den Rand der Zuckerrohrfelder. So nah am Haus mußte das Zuckerrohr noch geschnitten werden, und es raschelte ständig in der wohltuenden Brise. Es war Jahre her, seit Lilah zum letzten Mal hier herumgelaufen war, und daher dauerte es einen Moment lang, bis sie fand, was sie gesucht hatte. Dann wurde sie von einer gräßlichen Furcht gepackt, und sie raffte die Röcke und rannte den Pfad zu dem Teich hinunter, in dem die Sklaven badeten. Es war ein schmaler Pfad, und große Stangen Zuckerrohr streiften ihre nackten Arme und ihren Rock und verfingen sich in ihrem Haar. Die Geschöpfe, die nachts unterwegs waren, zischten und glitten ihr aus dem Weg. Sie vergeudete keinen Gedanken an sie. Sie mußte Joss finden, ehe es zu spät war ...

Keuchend erreichte sie die Lichtung und suchte die schwarze Wasseroberfläche der Quelle ab, in der Betsy und sie als junge Mädchen so oft gebadet hatten.

»Joss?« Ihre Stimme war sanft und verzweifelt. »Joss?«

Keine Antwort. Sie trat an den Rand des Teiches und achtete sorgsam darauf, nicht auf den glitschigen Ranken, die dort wuchsen, auszurutschen. Denk nach, zwang sie sich, denk genau nach. Welchen Weg würde er einschlagen? Wenn sie dahinterkam, konnte es sein, daß sie ihn einholte, ehe er zu weit gekommen war.

Er trieb auf dem Rücken im Wasser und beobachtete sie. Lilah sah ihn in dem Moment, in dem sie sich abwenden wollte.

»Jocelyn San Pietro! Warum hast du mir nicht geantwortet?« Eine Woge der Erleichterung spülte über sie hinweg und ließ sie perverserweise aufbrausen. Sie stemmte die Hände in die Hüften, stand da und starrte erbost auf ihn herunter. Er war dicht vor ihren Füßen und ließ sich auf dem seichten Wasser treiben. Nur sein Kopf, an dem die nassen Haare glatt anlagen, schaute aus dem Wasser heraus. Der Rest seines Körpers war nur verschwommen zu sehen.

»Vielleicht wollte ich gar nicht mit dir reden.« Seine Stimme war grimmig und bitter. »Vielleicht habe ich von dir und dieser ganzen verdammten Situation die Nase voll.«

Lilah seufzte. »Du bist wütend, weil Kevin mich geküßt hat. Wenn du rauskommst, kann ich es dir erklären.«

»Ich will deine Erklärungen nicht hören. Die hängen mir auch zum Hals raus.«

»Joss, du bist uneinsichtig.«

»Und ich habe es verdammt satt, mir von dir anzuhören, ich sei uneinsichtig!« Seine Stimme war plötzlich heftig. Seine Augen wirkten in der Dunkelheit wie grüne Glasscherben.

Ihre Stimme wurde leise und einschmeichelnd. »Ich werde Kevin nicht heiraten.«

»Was?«

»Du hast gehört, was ich gesagt habe. Ich werde Kevin nicht heiraten.«

»Ach? Küßt du immer alle Männer, die du nicht heiraten wirst? Wenn ich mir das genauer überlege, glaube ich, genau so ist es.«

»Willst du nicht wissen, wen ich statt dessen heiraten werde?« Sie ging nicht auf seine offenkundigen Versuche ein, Streit mit ihr anzufangen. Was sie ihm zu sagen hatte, war zu wichtig, zu wunderbar, als daß sie sich von seiner schlechten Laune hätte abschrecken lassen.

»Nein, nicht unbedingt.«

Dieser verdammte Kerl! Mußte er denn ausgerechnet zu einem solchen Zeitpunkt derart schwierig sein?

»Ich werde dich heiraten, du übellauniges Biest!« Sie sah ihn finster an. Seine Miene war genauso unfreundlich.

»Erwartest du, daß ich mich jetzt geehrt fühle?« Sein Sarkasmus war so beißend, daß sie die Fäuste ballte. Sie hatte um jeden Preis vor, sich nicht mit diesem Geschöpf anzulegen, das sie fast in die Raserei treiben konnte, jedenfalls nicht jetzt, in dem Moment, in dem sie seinen Heiratsantrag annahm! Sie holte tief Atem und zwang sich, mit ruhiger Stimme weiterzureden.

»Würdest du jetzt bitte aus dem Wasser kommen, damit wir miteinander reden können?«

»Nein, ganz bestimmt nicht.«

»Dann komme ich eben rein.«

»Tu, was du willst.«

Bei dieser gespielten Gleichgültigkeit biß Lilah die Zähne zusammen und zog sich eilig aus. Joss sah ihr schweigend dabei zu. Dann, als sie die Bänder ihres Unterrocks aufschnürte, sprang er auf. Wasser rann an ihm herunter und tropfte in den Teich. Das Wasser reichte ihm jetzt nur noch bis an die Hüften.

»Du bist der aufreizendste, widerlichste, starrköpfigste Mann, der mir je zu meinem Mißvergnügen über den Weg gelaufen ist!« fauchte sie.

»Und trotzdem wirst du mich heiraten?« Er machte sich über sie lustig, aber er war immer noch wütend, und seine Stimme lag nah an einem Knurren, als er nackt aus dem Teich stieg und achtlos an ihr vorbeiging, um seine Hose zu holen.

»Im Moment bin ich mir gar nicht mehr so sicher!« fauchte sie zurück. Dann seufzte sie tief, erbarmte sich und ging auf ihn zu. »Ja, das werde ich tun.«

Er sah sie an und vergaß seine Hose. Etwas in seinem Ausdruck ließ sie erstarren. Lilah blieb abrupt stehen und sah ihn an. In einer Million Jahren hätte sie nicht mit dieser Reaktion von ihm gerechnet. Sie hatte Freudenschreie erwartet, wenn sie ihm sagte, daß sie sich entschlossen hatte, seine Frau zu werden.

»Hast du deinem Liebhaber schon erzählt, daß die Hochzeit abgeblasen ist?«

»Falls du von Kevin sprichst, er ist nicht mein Liebhaber, und das weißt du selbst.«

»Hast du es ihm gesagt?«

Sie sah ihn an und schüttelte den Kopf. »Noch nicht.«

»Das dachte ich mir.« Er hob seine Hose auf, schüttelte sie und zog sie über. Anscheinend merkte er selbst nicht, daß er noch klatschnaß war.

»Was ändert es, wann ich es Kevin sage? Interessiert dich denn überhaupt nicht, daß ich gesagt habe, ich heirate dich?« Die Worte waren fast ein Wimmern.

Sein Gesicht wurde hart, und er zog sich die Hose hoch. »O doch, es interessiert mich schon. Ich glaube es dir nur nicht.«

»Du glaubst es mir nicht?« Sie konnte es einfach nicht fassen. »Du glaubst mir nicht?«

»Genau das habe ich gesagt.«

»Du bist ja wohl der starrköpfigste, blödeste . . .« Sie unterbrach sich und kam mit Mordlust in den Augen auf ihn zu. »Ich liebe dich, du Vollidiot, und ich werde dich heiraten! Hast du mich verstanden?«

Sie trat dicht zu ihm und schlug mit den Fäusten auf ihn ein, um den Worten Nachdruck zu verleihen.

»Au!«

»Und noch etwas, wenn wir schon bei dem Thema sind, wie äußerst unzufrieden ich mit dir bin! Wenn du mich auch noch sooft dazu gebracht hast, dir die Worte zu sagen, hast du mir doch noch nie, noch kein einziges Mal, gesagt, daß du mich liebst!«

»Nie?« Seine Stimme war plötzlich schwach.

»Nie!«

»Kein einziges Mal?«

»Nein!«

»Und du willst es von mir hören?«

»Ja.« Sie brachte es fauchend heraus.

»Es ist so.«

»Was ist wie?«

»Das weißt du doch.«

Sie biß sich buchstäblich die Zähne aus. »Jocelyn San Pietro, wenn du mir nicht sagst, und zwar jetzt, auf der Stelle, daß du mich liebst, und zwar in eben diesen Worten, dann gehe ich geradewegs wieder nach Hause und heirate Kevin! Hast du gehört?«

Jetzt lächelte er, ein Lächeln, das sich ganz langsam auf seinem Gesicht breitmachte und charmanter war als jedes andere Lächeln, das sie je gesehen hatte. Er nahm sie an den Händen und zog sie einen Schritt näher, bis sie direkt voreinander standen und nur noch ihre verschlungenen Hände zwischen ihnen waren.

»Möchtest du wirklich gern diesen Kerl heiraten? Wie heißt er noch mal?« Der Zorn war vollständig aus seiner Stimme gewichen; es klang fast so, als wolle er sie aufziehen.

»Ja!« Und dann im nächsten Moment: »Nein.«

Es entstand eine Pause. Dann sagte sie: »Ich warte.«

Er sah mit einem schiefen Lächeln auf sie herunter. »Es fällt mir schwer, die Worte auszusprechen.«

»Ach?« Diese eine Silbe klang ganz und gar nicht ermutigend.

»Ich habe sie noch nie gesagt.«

»Noch nie?« Das ließ sie aufhorchen und besänftigte sie. Sie sah zu ihm auf, zu dem großen, gutaussehenden Mann, dem sie versprochen hatte, seine Frau zu werden, und sie spürte, wie ihr Herz stockte. »Ist das wahr?«

»Was für ein argwöhnisches kleines Ding du bist.« Das Grinsen lauerte noch in seinen Mundwinkeln, aber seine Stimme wurde ernst. »Ich schwöre dir, daß es die Wahrheit ist.«

Lange sah sie ihn nur an. »Ich warte immer noch«, half sie ihm auf die Sprünge, als es schien, er würde die ganze Nacht stumm stehenbleiben.

Seine Lippen verzogen sich. Er öffnete den Mund und schloß ihn wieder.

»Schon gut«, sagte sie plötzlich geduldig. »Ich helfe dir dabei.«

Sie zog ihre Hände aus seinen, stellte sich auf die Zehenspitzen und schlang die Arme um seinen Hals. Er war noch naß, aber als sie sich an ihn preßte, merkte sie es nicht.

»Ich . . .« sagte sie und zog seinen Kopf zu sich herunter, um seinen Mund mit ihren Lippen streifen zu können.

»Liebe . . .« Mit ihrer Zunge streichelte sie verlockend seine Lippen und drang bis zu seinen festen, glatten Zähnen vor.

»Dich . . .« Sie zog ihre Lippen fort. Als er sie nicht losließ und seine Hände fester auf ihre Taille legte, sah sie ihn kopfschüttelnd an.

»Sag es.«

»Hilf noch ein bißchen nach«, sagte er, und seine Stimme war trotz der Belustigung, die sie heraushören konnte, belegt.

Lilah sah ihn an, das nachtschwarze Haar, das sich unter ihren Fingern feucht anfühlte, den festen, schönen Mund und die grünen Augen, die dunkler wurden und glitzerten, als sie über ihr Gesicht glitten, und sie spürte, daß ihr Atem stockte.

»Einverstanden«, flüsterte sie und hob ihren Mund wieder zu seinen Lippen.

53

Als sie ihn diesmal küßte und all die kleinen Tricks anwandte, die er ihr so wirkungsvoll beigebracht hatte,
glitten seine Hände über die Rückseiten ihrer Oberschenkel, die unter dem Hemdsaum nackt waren. Er
ließ seine Finger höher gleiten, über ihren Hintern,
streichelte die seidige nackte Haut auf ihrem Rücken,
und seine Hand zwängte sich unter das einzige Kleidungsstück, das sie noch anhatte. Aber als sich seine
Hände fester um sie spannten und er sie zurückbiegen
und den Kuß selbst bestimmen wollte, stieß sie ihn an
den Schultern von sich und riß ihren Mund von ihm
los.

»O nein. Nicht, solange ich nicht bekommen habe,
was ich will. Sag es mir, Joss. Ein großer, starker Mann
wie du kann sich doch nicht derart vor drei winzig kleinen Worten fürchten.«

Seine Augen glühten zwar, aber sein Mund verzog
sich zu einem spöttischen Grinsen. »Du willst mich foltern, was? Bitte, mach nur. Ich glaube, die Vorstellung
gefällt dir.«

Sie preßte winzige Küsse auf sein stoppeliges Kinn,
seinen Hals und seine Schultern. Seine Haut war warm
und naß und schmeckte eine Spur salzig, und sie liebte
diesen Geschmack. Ihre Lippen konnten das Blut unter
seiner Haut spüren, wie es pulsierte.

Der Geschmack und die Struktur seiner Haut faszi-
nierten sie plötzlich derart, daß sie ganz vergaß, was sie
eigentlich vorgehabt hatte, nämlich ihm eine Liebes-

erklärung zu entlocken. Sie senkte den Kopf und folgte dem Brustbein; dann streiften ihre Lippen das Haar auf seiner Brust, harte Muskeln und straffe Haut. Bei dieser gründlichen Erkundung seiner Brust stieß sie auf eine männliche Brustwarze, die aus dem schwarzen Haar aufragte. Fasziniert berührte sie diese mit ihrer Zunge, und zu ihrer freudigen Überraschung wurde sie so fest, wie sie es von sich selbst kannte. Er atmete hörbar ein, als sie sie zwischen die Lippen nahm und sanft daran knabberte. Seine Hände hielten ihre Taille noch fester. Ihre Lippen bewegten sich über seine Brust zu seiner anderen Brustwarze und ließen ihr dieselbe Behandlung zukommen.

»Lilah . . .« Ihr Name war eher ein Stöhnen als irgend etwas sonst. Sie blickte zu ihm auf und sah die Flammen, die in seinen grünen Augen loderten. Überrascht stellte sie fest, daß sein ganzer Körper sich angespannt hatte. Die Vorstellung, daß sie das bei ihrem erfahrenen Lehrer auslösen konnte, der sie in die Praktiken der Liebe eingeweiht hatte, ließ sie schmunzeln. Sie fühlte sich wie eine Katze vor einem Näpfchen Rahm.

»Ergibst du dich jetzt schon?« schnurrte sie. Sie richtete sich auf, um an seinem Hals zu knabbern, und währenddessen streichelte sie mit den Fingerspitzen die Brustwarzen, die sie gerade erst so ausgiebig geküßt hatte. Sie preßte ihren Körper an ihn und spürte seine Glut und seine Kraft, und ein Schauer der Erregung durchzuckte sie. Als sie durch ihre dürftige Bekleidung seine harte Brust fühlte, wurden auch ihre Brustwarzen hart. An ihren bloßen Schenkeln rieb sich der rauhe Baumwollstoff seiner Hose. Weiter oben preßte sich die stählerne Kraft seiner bereitwilligen Männlichkeit an ihren Bauch.

Auf ihre scherzhafte Frage hin rang er sich zu einem Lachen durch, das jedoch reichlich zittrig klang.

»Niemals.«

»Ich warne dich, ich nehme keine Gefangenen«, murmelte sie und machte sich sofort wieder daran, ihm zu zeigen, wovon sie sprach.

Ihre Hand glitt auf seiner Brust herunter, strich über sein glühendes Fleisch, und ihre Lippen folgten ihren Händen und preßten eine Reihe von kleinen, heißen Küssen auf seinen Bauch. Als sie ihn direkt über dem tiefsitzenden Hosenbund küßte, atmete er wieder hörbar ein, und seine Hände hoben sich und gruben sich in ihr Haar, um ihr Gesicht noch dichter an ihn zu pressen. Sie fand seinen Nabel und erkundete ihn mit der Zunge. Er zog ihren Kopf zurück, und als sie ihm in die Augen sah, wurde ihr plötzlich bewußt, daß sie ihm auf dieselbe Art Genuß verschaffen konnte, auf die er ihr Verlangen gestillt hatte.

Die Vorstellung war schockierend, erregend, lüstern.

Sie kniete sich hin, nahm kaum wahr, wie feucht der Boden war, und zog an seiner Hose. Sie glitt ihm über die Hüften, von den Schenkeln herunter und fiel um seine Füße.

Er war nackt, äußerst angreifbar – und er gehörte ihr.

Sie folgte ihren Instinkten und legte ihre Hände auf die strammen Rundungen seines Hintern, und ihre Lippen küßten sachte den Teil von ihm, der sie zur Frau gemacht hatte.

»Gütiger Himmel!« Die Worte kamen als ein Keuchen heraus, so matt, als läge er im Sterben. Sie sah fragend zu ihm auf und stellte fest, daß er sie mit Blicken anstarrte, die glühten, loderten und brannten.

Dann stieß er sie auf den weichen Teppich aus Moos,

riß ihr das Hemd hoch, das ihm im Weg war, und spreizte mit einer kräftigen Bewegung ihre Schenkel mit seinem Knie.

Sie schlang ihm die Arme um den Hals und wölbte ihm die Hüften entgegen, als er entflammt in sie drang.

Endlich, als er sie an den Rand des Abgrundes gebracht hatte und sie zitternd in diesen Strudel stürzte, bekam sie, was sie haben wollte. Als sein Körper in ihr zuckte, stöhnte er ihr die Worte ins Ohr, auf die sie gewartet hatte. »Ich liebe dich, ich liebe dich, ich liebe dich.«

Wieder und immer wieder, wie eine Litanei.

54

Später, viel später, half er ihr beim Ankleiden und lächelte matt, als sie ihn mit den Worten aufzog, die sie ihm nach wie vor nur entlocken konnte, wenn er in den Klauen der Leidenschaft gefangen war. Dann zog er sich die Hose an – wieder einmal! – und schlang einen nackten, kräftigen Arm um ihre Mitte, als sie sich auf den Rückweg machten. Sie schmiegte sich auf dem schmalen Pfad an ihn und war in einer Woge reinster Glückseligkeit gefangen, die sich mit nichts vergleichen ließ, was sie je erlebt hatte.

Eins stand für sie jetzt fest: daß sie sich in Joss verliebt hatte, war bei weitem das Wunderbarste, was ihr je zugestoßen war. Ganz gleich, wie groß die Schwierigkeiten waren, und ganz gleich, um welchen Preis, wollte sie ihr Leben mit ihm verbringen und ihn lieben. Als seine Frau und Mutter seiner Kinder. Bei dem Gedanken an Kinder spielte ein verträumtes Lächeln um ihre Lippen. Sie wollte gern einen kleinen Jungen haben, der ganz genauso wie Joss aussah. Oder vielleicht auch ein kleines Mädchen. Oder gleich beides. Eine ganze Schar! Bei dieser albernen Vorstellung kicherte sie.

»Was ist denn jetzt so komisch?«

Sie küßte die nackte Schulter, an der ihr Kopf lehnte. »Ich habe an Kinder gedacht. Eine ganze Schar.«

»Unsere Kinder?«

Sie nickte.

»Ich schließe daraus, daß das vorhin dein Ernst war.«

»Was?«

»Daß du mich heiratest.«

Sie blieb stehen, sah zu ihm auf und war plötzlich ernst. »Ja. Das war mein Ernst.«

Er drehte sich zu ihr um, sah ihr ins Gesicht, und seine Hände legten sich auf ihre Schultern, als er ihr in die Augen schaute. Der große orangefarbene Mondball, der schon verblaßte und tief am Himmel hing, weil der Tag nahte, war direkt über seiner Schulter zu sehen. Um sie herum lag die Welt noch im Schatten der Dunkelheit, und nur die Kleintiere, die sich nachts herumtrieben, und das Rascheln des Zuckerrohrs umgaben sie.

»Wenn du mich heiratest, mußt du all das hier aufgeben: dein Zuhause, deine Familie und sogar einen Teil des Luxus, den du gewohnt bist.«

Die Worte klangen so, als spräche er sie fast wider seinen Willen aus. Lilah sah zu ihm auf in das plötzlich strenge Gesicht, das sie mehr als alles andere auf Erden liebte, und ihr drehte sich das Herz um. Er liebte sie so sehr, daß er sie auf die Nachteile hinwies, die ihre Wahl mit sich brachte . . .

»Versuchst du, mir einzureden, du könntest nicht für eine Frau sorgen?«

»Ich kann für dich sorgen, aber ich fürchte, nicht ganz in dem großen Stil, den du gewohnt bist. Ich verdiene gut, und wir können gut davon leben, aber ich bin wohlhabend, nicht reich.«

»Hm. Und du glaubst, ich wollte mich reich verheiraten. Na ja.« Ihr Versuch, die Stimmung aufzulockern, war rührend, aber an seinen nächsten Worten erkannte sie, wie ernst er jetzt war.

»Aller Wahrscheinlichkeit nach wirst du deine Familie nie wiedersehen. Unter den gegebenen Umständen werde ich nicht auf diese – nicht nach Barbados zurückkommen. Und wenn du mich heiratest, kannst du ziemlich sicher damit rechnen, daß du für deinen Vater gestorben bist.« Er schien wild entschlossen, ihr in aller Deutlichkeit klarzumachen, worauf sie sich einließ, nachdem ihr Entschluß gefaßt war.

»All das weiß ich selbst.« Ihre Stimme war zart. Ein schwacher Schatten trübte ihre Augen. Er sah es, und seine Lippen wurden schmaler.

»Wenn du den Boß heiratest, hast du all das und kannst es für deine Kinder erhalten, denen es später gehören wird. Du wirst das Leben führen, das du immer gekannt hast, das Leben, von dem du immer gesagt hast, du wolltest es.«

»Auch das weiß ich.«

Die Erkenntnis, daß er sie tief genug liebte, um ihre eigenen Wünschen und Bedürfnisse über die seinen zu stellen, nahm ihr jeden Schatten eines Zweifels an der Richtigkeit ihrer Wahl. Eine Plantage, selbst eine, die sie so sehr liebte wie Heart's Ease, war eben nur eine Plantage, und sonst gar nichts. Zu den Dingen, die sie in den allerletzten Monaten gelernt hatte, gehörte, daß das, was wirklich zählte, Menschen waren. Tragisch an ihrer Lage war, daß sie es nicht umgehen konnte, die, die einen großen Platz in ihrem Herzen einnahmen, zu verletzen – ihren Vater, Jane, Katy, Kevin und alle übrigen. Aber für Joss, den sie so übermächtig liebte, daß sie dieses Gefühl nie für möglich gehalten hätte, würde sie es tun.

Sie wußte, daß sie so oder so leiden würde, welche Wahl sie auch traf.

Aber sie konnte ohne ihre Familie und ohne Heart's Ease weiterleben. Ohne Joss konnte sie nicht weiterleben. Jedenfalls wäre sie nie mehr glücklich gewesen.

Sie entschied sich für Joss, jetzt und für alle Zeiten.

Als sie versuchte, ihm das zu übermitteln, hörte er ihr mit größtem Ernst zu und bog dann ihr Kinn hoch, um ihr im sachten Mondschein forschend ins Gesicht sehen zu können.

»Bist du sicher?«

»Ja.«

Daraufhin lächelte er, einer jener raren Gesichtsausdrücke, die alle seine Züge sanfter werden ließen. »Du wirst es nicht bereuen. Ich werde gut für dich sorgen, das schwöre ich dir.«

Sie streckte die Hände nach ihm aus und küßte ihn.

Als sie sich wieder auf den Weg zu seiner Hütte machten, fingen sie an, Pläne zu schmieden.

»Aber es wäre soviel einfacher, wenn du warten könntest, bis ich meinen Vater dazu überredet habe, dich freizugeben«, wandte sie ein, wie schon ein dutzendmal, als sie am Rand des Geländes standen, auf dem die Sklaven untergebracht waren. Joss' Hütte lag am hintersten Ende. Als sie darauf zukamen, verlangsamten sich ihre Schritte. Unbewußt versuchten beide, den Moment der Trennung hinauszuzögern.

»Ich warte nicht länger auf dich, als es irgend sein muß. Was ich von dir will, ist, daß du unter einem anderen Vorwand nach Bridgetown fährst und die Überfahrt nach England für einen Mann und seine Frau buchst – denk dir Namen aus. In der Nacht vor dem Auslaufen des Schiffs nehmen wir Pferde und reiten nach Bridgetown. Wenn wir Glück haben, erwischen wir das Schiff genau dann, wenn es die Segel setzt, um mit der Flut bei Tagesanbruch auszulaufen.«

»Wenn wir erwischt werden . . .«

»Wenn wir warten, bis du deinen Vater überredet hast, mich freizugeben – was ich übrigens für höchst unwahrscheinlich halte – oder bis meine Leute in England mich endlich gefunden haben – und ich kann dir garantieren, daß sie mich suchen, aber wahrscheinlich sind sie nicht auf der richtigen Fährte – kann es sein, daß wir Jahre warten. Ich habe nicht die Absicht, meine Tage mit harter Fronarbeit zu verbringen und meine Nächte damit, auf dich zu warten, wenn du dich heimlich in mein Bett schleichst. Außerdem wird es immer gefährlicher, je länger wir warten. Wenn man uns auf die Schliche kommt, ehe wir von hier verschwinden können, ist der Teufel los.«

Er hatte natürlich recht, aber die Vorstellung, sich wie Diebe bei Nacht und Nebel von Heart's Ease davonzuschleichen und nie mehr zurückkommen zu können, ließ sie vor Nervosität flattern. Aber was blieb ihr denn anderes übrig?

»Ich werde Jane sagen, daß ich mehrere Einkäufe für meine Aussteuer erledigen muß. Wenn ich deshalb nach Bridgetown fahre, wird sie nicht das geringste dagegen einzuwenden haben.«

Joss schnitt eine Grimasse. »Ich schließe daraus, daß du nicht die Absicht hast, dem Chef zu sagen, daß nichts aus der Hochzeit wird.«

»Ich halte es für besser, wenn ich das nicht tue. Sonst könnte er sich nach meinen Gründen fragen, und es würde nicht allzu lange dauern, bis er auf dich kommt.«

»Ich nehme an, er kann es sich ausrechnen, wenn du mit mir ausreißt.« Lilah sah zu Joss auf und stellte erleichtert fest, daß er breit grinste. »Himmel, ich würde zu gern sein Gesicht sehen, wenn er davon erfährt.«

»Kevin ist wirklich sehr nett«, protestierte sie halbherzig, als sie vor Joss' Hütte standen.

»Wir sollten uns darauf einigen, daß wir uns in diesem Punkt nicht einig sind. Komm noch einen Moment lang mit rein. Du hast bei deinem letzten Besuch etwas vergessen, was du wieder mitnehmen solltest.«

»Was denn?«

»Deine Schuhe.«

Bei diesen Worten machte Joss die Tür auf. Er ließ Lilah den Vortritt. Sie machte zwei Schritte und blieb erstarrt stehen. Auf Joss' Pritsche, im Dunkeln kaum zu erkennen, saß Kevin.

Die Schuhe, die sie dort vergessen hatte, baumelten von seiner Hand.

55

Lange starrten Lilah und Kevin einander an und waren beide entgeistert. Joss kam hinter ihr in die Hütte, sagte etwas, sah Kevin und erstarrte. Kevin würdigte ihn keines Blickes. Seine Aufmerksamkeit heftete sich ausschließlich auf Lilah. Langsam stellte er ihre Schuhe neben sich auf die Pritsche, streckte die Hand aus und zündete mit Feuerstein und Stahl die Lampe an. In ihrem gelben Lichtschein sah er Lilah wieder an. Sie war sprachlos vor Entsetzen und hatte sich nicht von der Stelle gerührt. Joss, der hinter ihr stand, hatte die Geistesgegenwart besessen, die Tür zu schließen, damit sie ihre Auseinandersetzung, wie sie auch verlaufen sollte, unter sich abmachen konnten. Er lehnte an der Tür, hatte die Handflächen flach auf das Holz gepreßt, und in seinen Augen stand Wachsamkeit.

»Kevin . . .« sagte Lilah schließlich. Ihre Kehle war so trocken, daß kaum mehr als ein Krächzen von seinem Namen übrigblieb. Der Ausdruck, der auf seinem Gesicht stand, war einfach unbeschreiblich.

»Du – kleine – Schlampe«, sagte er und stand auf. Lilah sah, daß er bis hin zu den Stiefeln vollständig bekleidet war. Das einzige, was fehlte, war seine Krawatte; sein Hemdkragen stand offen. In dem winzigen Raum wirkte er noch stämmiger als sonst; Lilah spürte, wie Joss sich hinter ihr noch gerader hinstellte und wie sich jeder seiner Muskeln anspannte.

»Nein«, sagte sie und deutete Joss, zu bleiben, wo er war. Jeder Beschützertrieb, den sie hatte, sagte ihr warnend, daß Kevin seine Wut in erster Linie an Joss auslassen würde. Joss trat einen Schritt vor und blieb dicht hinter Lilah stehen. Das war ihr zwar überhaupt nicht recht, doch sein kräftiger Körper hinter ihrem Rükken tat ihr gut. Die Katastrophe war eingetroffen, und ihre Gedanken drehten sich im Kreis und überschlugen sich, während sie sich damit abmühte, einen Ausweg zu finden.

Kevin machte sich am Bund seiner tabakbraunen Hose zu schaffen. Als er seine Hand Sekunden später wieder herauszog, stellte Lilah zu ihrem Entsetzen fest, daß er seine Pistole gezogen hatte.

»Nein!« sagte sie noch einmal und hob die Hand, um ihn abzuwehren. »Kevin, bitte! Ich – ich weiß, wie es in deinen Augen aussehen muß, aber . . .«

Joss packte Lilah hastig an den Schultern und versuchte, sie zur Seite zu schieben, damit sie nicht zwischen seinem Körper und der Pistole stand. Mit heftig klopfendem Herzen weigerte sich Lilah, auch nur einen Zentimeter von der Stelle zu weichen.

Kevin lachte, ein roher, bitterer Laut. »Du solltest aus dem Weg gehen, Lilah. Das da ist ihm zugedacht.«

Blanker Haß schwang in seiner Stimme mit.

»Kevin.« Das Blut rauschte in ihren Ohren, als sie nach einem Mittel suchte, um ihn zu beschwichtigen. »Kevin, du – du irrst dich, wenn du so etwas glaubst. Ich – wir . . .«

»Beleidige seine Intelligenz nicht, Schätzchen.« Joss' Stimme war kühl und unverschämt, als er sich anscheinend an sie wandte, Kevin aber dabei ansah. Sie zuckte zusammen, als sie die dreiste Provokation wahrnahm, die in seinen Worten und in seiner Stimme lag. »Wenn er hinter unser Geheimnis gekommen ist, kannst du ebensogut auch gleich zugeben, daß du schon seit Monaten mit mir schläfst.«

Das Geräusch, das Kevin von sich gab, klang etwa so, als brüllte ein wütender Stier. Farbe stieg in sein Gesicht auf, und seine derben Züge nahmen ein unansehnliches Rotbraun an. Sein Mund verzerrte sich zu einem Fauchen. Seine haselnußbraunen Augen richteten sich lodernd auf Lilahs Gesicht.

»Du – du – wie konntest du nur?« stammelte Kevin, und seine Brust hob und senkte sich, als er tief Luft holte. Dann sprach er mit erstickter Stimme weiter: »Wie konntest du dich bloß von ihm anrühren lassen? Bei jedem anderen Mann wäre es schlimm genug, aber bei ihm – um Himmels willen, er ist noch nicht einmal ein Weißer!«

»Man braucht nicht blütenweiß zu sein, um einer Dame im Bett Gutes zu tun, Mr. Boß.«

Der bewußte Spott, von dem Joss' Stimme triefte, versetzte Lilah in Panik. Warum sagte er bloß solche Dinge und brachte Kevin mit seinen Prahlereien derart auf? Sie konnte nicht glauben, daß er zum Spaß leichtsinnig war, und daher vermutete sie, daß er irgendeinen Plan hatte.

»Hast du das gehört, Lilah? Hast du gehört, was er von dir hält? Er brüstet sich vor mir. Er brüstet sich damit, daß du dich von ihm hast anrühren lassen! Wahrscheinlich hat er vor allen anderen Niggern mit dir angegeben – mein Gott, mir wird ganz schlecht bei dem Gedanken! Du wärst besser dran, wenn du tot wärst, als von einem von denen geschändet zu sein!« Kevin sprudelte die Worte heraus, seine Stimme wurde schriller, und sein Blick wich endlich von ihrem Gesicht und richtete sich auf Joss.

»Ich werde dir ein großes, blutiges Loch mitten in dein

hübsches Gesicht blasen, Junge«, sagte Kevin zu Joss, als suhle er sich genüßlich in dieser Vorstellung. Dann richtete sich sein Blick wieder auf Lilah, und er bedeutete ihr mit seiner Pistole, zur Seite zu treten. »Geh aus dem Weg. Es kann immer noch sein, daß ich nicht genau treffe.«

»Geh zur Seite, Lilah«, sagte ihr Joss so leise ins Ohr, daß Kevin es nicht hören konnte.

»Nein!« Lilah war außer sich. Sie kannte Kevin gut genug, um zu wissen, daß er ernsthaft vor hatte, Joss auf der Stelle kaltblütig zu erschießen. Sie preßte sich an Joss und schirmte ihn, soweit es sich machen ließ, mit ihrem Körper ab, und sie klammerte sich mit beiden Händen an dem Stoff seiner Hose fest, damit er sie nicht zur Seite schieben konnte. »Kevin, tu es nicht! Bring ihn nicht um! Bitte, ich . . .«

»Du hast noch etwa eine Sekunde Zeit, aus dem Weg zu gehen.«

Kevin hob die Waffe. Joss' Hände krallten sich so fest in ihre Schultern, daß es fast schmerzhaft war.

Ohne jede Warnung ging der Schuß los. Joss schleuderte Lilah so brutal aus der Schußlinie, daß sie gegen die gegenüberliegende Wand prallte, ehe sie benommen auf den Boden sank. Sie zog sich hastig auf die Knie, und ihr Magen drehte sich vor Entsetzen um, als sie gerade noch rechtzeitig aufblickte, um zu sehen, wie Joss sich mit einem großen Satz auf Kevin stürzte und ihn zu Boden riß. Anscheinend war er, als der Schuß losging und er sie zur Seite geschleudert hatte, ganz schnell unter der Schußlinie hindurchgetaucht. Kevin fiel fluchend und ächzend zu Boden und schlug rasend mit den Fäusten um sich. Joss verpaßte ihm einen Fausthieb in den Bauch und in den Rücken, und die Schläge hallten bedrohlich.

Dann wälzten sich die beiden Männer auf dem Lehmboden herum und kämpften miteinander wie zwei wilde Tiere.

Es schien ein gerechter Kampf zu sein, bei dem beide Seiten viel austeilten und viel einsteckten. Lilah schnappte nach Luft, als Kevin mit seinen Händen Joss' Kehle zudrückte. Sie sah sich nach einer Waffe um, mit der sie Joss zur Hilfe kommen konnte.

Die Pistole war neben die Pritsche gefallen. Da schon ein Schuß abgegeben worden war, nutzte sie ihr nichts mehr.

Sie sah sich eilig nach einer anderen Waffe um – die Lampe! Sie würde sie auspusten und Kevin über den Schädel schlagen.

Als sie sich dicht an der Wand entlang zu der Lampe schlich und soweit wie möglich von den Männern fern blieb, zog Joss die Beine an und versetzte Kevin einen Tritt, der ihn über seinen Kopf fliegen ließ. Kevin landete flach auf dem Rücken, und Joss setzte sich rittlings auf ihn und preßte mit einer Hand seine Kehle zusammen und schlug ihm mit der anderen mit brutaler Gewalt ins Gesicht. Kevin ächzte und zuckte. Seine Hände krallten sich kraftlos in Joss' Schenkel. Joss griff nach der unbrauchbaren Pistole, nahm sie am Lauf und schlug den Perlmuttgriff auf Kevins Schläfe.

Als er den zweiten Hieb landete, wurde die Tür aufgerissen.

56

»Was geht denn hier vor?« Der Mann, der in der Tür stand, war riesengroß, ein Schwarzer, der die gleiche weite weiße Hose wie Joss trug. Lilah erstickte bei seinem plötzlichen Auftauchen einen Schrei und sah zu, als Joss sich dem Eindringling mit finsterer Miene zuwandte. Die nächste Katastrophe! Und dann begann ihr Verstand auf wundersame Weise wieder zu funktionieren.

Die Lage war nicht völlig aussichtslos.

»Henry – Sie heißen doch Henry, nicht wahr? Ich brauche Ihre Hilfe. Mr. Kevin hatte einen – irgendeinen Anfall, und J-Joss mußte ihn niederschlagen. Sie müssen unbedingt Wache bei ihm halten und dürfen ihn nicht aufstehen lassen, solange ich nicht mit Hilfe zurückkomme.«

Henry, an den sie sich erinnerte, weil er der größte unter allen Feldarbeitern war, noch größer und kräftiger als Joss, legte die Stirn in Falten, doch ihm war es zur eingefleischten Gewohnheit geworden, Gehorsam zu leisten, und offensichtlich erkannte er in ihr die Tochter seines Herrn.

»Ja, Miß Lilah«, sagte er. Er trat in die Hütte und sah unsicher auf Kevin herunter, der bewußtlos dalag. Nachdem er einen schnellen, erstaunten Seitenblick auf Lilah geworfen hatte, legte Joss die Pistole hin, stand auf und entfernte sich von der liegenden Gestalt. Joss war barfuß und trug nur die weiße Hose, die jetzt auf einer Seite einen langen Riß hatte. Seine Brust und seine Arme waren von den roten Malen der Hiebe bedeckt. Sein Haar war zerzaust, und aus einem Mundwinkel rann ihm das Blut. Er wischte es mit dem Handrücken ab und sah Lilah wieder an. Trotz allem, was sich abgespielt hatte, strahlten seine grünen Augen. Lilah vermutete, daß er wahrscheinlich wie die meisten Männer nichts lieber mochte als eine richtige Schlägerei. Dieser Gedanke war ihr abscheulich.

»Sie kommen mit mir«, sagte sie mit einem Kopfnikken zu Joss. Sie war von Kopf bis Fuß die Herrin. »Henry, ich verlasse mich fest darauf, daß Sie Mr. Kevin hier behalten, bis ich Hilfe geholt habe und zurückkomme. Haben Sie mich verstanden?«

»Ja, Miß Lilah. Ich habe verstanden.« Der große, kräftige Mann kauerte sich neben Kevins reglosen Körper und zog eine finstere Miene, weil ihm der schreckliche Ernst seiner Aufgabe nicht paßte. Lilah bedeutete Joss, ihr zu folgen, und verließ eilig die Hütte. Ihre Augen wurden kugelrund, als sie die Menge sah, die sich auf dem schmalen Pfad zwischen den Hütten versammelt hatte. Anscheinend war eine beträchtliche Anzahl von Feldarbeitern von dem Schuß erwacht, und sie waren gekommen, um nachzusehen, was passiert war.

Lilah sah in die vielen Gesichter, von denen sie in der grauen Dämmerung einige erkannte, und wählte eines von ihnen aus. »Mose, gehen Sie in die Hütte und helfen Sie Henry. Sie müssen zu zweit dafür sorgen, daß er dort bleibt und sich still hält, bis ich wieder da bin. Haben Sie gehört?«

»Ja, Miß Lilah.« Mose löste sich aus der Menge von vielleicht zwanzig Leuten und ging in die Hütte, als Joss gerade herauskam.

»Ihr anderen geht jetzt wieder in eure Hütten. Ihr habt

hier nichts zu suchen«, sagte sie mit scharfer Stimme zu den übrigen, die herumstanden. Als sie auseinandergingen, gab sie Joss ein Zeichen, ihr zu folgen, und er lief täuschend unterwürfig hinter ihr her. Sowie sie außer Sichtweite waren, warf sie ihm über die Schulter einen panischen Blick zu. Zu ihrem Erstaunen grinste er breit.

»Wie ich, glaube ich, schon einmal sagte, bist du eine Frau, wie man sie unter Millionen nur einmal findet! Das war der reinste Geniestreich.« Bewunderung stand in seinen Augen, als sein Blick über sie glitt. »Was glaubst du, wieviel Zeit uns bleibt, bis der Chef sich von ihnen losgerissen hat?«

»Ich weiß es nicht – Papa wird ihn um halb sechs vermissen, wenn er die Frühstücksglocke nicht läutet.«

»Dann haben wir noch gut eine Stunde. Ich muß von hier verschwinden. Du brauchst nicht mitzukommen. Es wird gefährlich, denn man wird mich jagen. Ich kann dir Bescheid geben, damit du nachkommst, wenn ich sicher in England angelangt bin.«

Lilah blieb abrupt stehen. Auch Joss blieb stehen, und sein Ausdruck war plötzlich ernst. Sie konnte durch die Bäume die weißen Mauern und das rote Dach des Haupthauses sehen, das in der Stunde vor der Morgendämmerung dunkel und still war. Das Haus und alle die, die darin wohnten, waren einst die gewesen, die ihr lieb und teuer waren. Es war der Moment gekommen, in dem sie endgültig und unwiderruflich entscheiden mußte, ob sie ihr Zuhause und ihre Familie und jedes bißchen Sicherheit, das sie je gekannt hatte, für diesen Mann aufzugeben bereit war. Sie hatte die dumpfe Befürchtung, wenn er ohne sie fortging, würde sie ihn nie wiedersehen. Selbst wenn er es schaffen sollte, die Insel zu verlassen und nach England zu kommen, saß sie hier in der Falle. Ihr Vater würde niemals zulassen, daß sie ihm folgte.

Es sprach alles dafür, daß er es ohnehin nicht schaffte, von der Insel fortzukommen. Wie er bereits angedeutet hatte, war mit einer Verfolgung zu rechnen. Wenn sie bei ihm war, konnte sie vielleicht dafür sorgen, daß er bei dieser Hetzjagd nicht getötet wurde.

Wie dem auch sein mochte, sie hatte ihre Wahl längst getroffen. Wie sich die Dinge auch wenden mochten, ob zum Guten oder zum Bösen, sie wollte das Los mit ihm teilen.

»Ich komme mit dir, und wir haben keine Zeit, uns darüber zu streiten«, sagte sie entschieden und nahm ihn an der Hand. »Komm mit, wir müssen fort sein, ehe Kevin Krawall macht. Die Ställe sind dort hinten.«

57

Kurz vor der Mittagszeit konnten sie die roten Dächer und die pastellfarbenen Häuser von Bridgetown sehen, die in strahlenden Sonnenschein getaucht waren. Lilah und Joss hielten ihre Pferde auf einem grasbewachsenen Hügel an, von dem aus sie einen Ausblick auf das Meer im Westen und die geschäftige Stadt hatten, die sich direkt vor ihnen an der saphirblauen Bucht ausdehnte. Von ihrem günstigen Aussichtspunkt aus konnten sie auch ein beträchtliches Stück der Straße überblicken, auf der sie gekommen waren. Es war enorm heiß, und die Sonne schien gnadenlos; die Pferde, ihre Fuchsstute Candida und sein großer Brauner, der Wallach Tuk, waren erschöpft.

Als sie abgestiegen waren, um die Tiere rasten zu lassen, die sie bei ihrer überstürzten Flucht hart rangenommen hatten, legten sich Joss und Lilah ermattet in das hohe Gras, während die Pferde gierig aus dem Bach tranken, der in der Nähe vorbeifloß. Bisher war nichts von einer Verfolgung zu bemerken. Es schien, als sei ihre Entscheidung richtig gewesen, direkt nach Bridgetown zu fliehen, dort die Pferde zu verkaufen und von dem Geld die Überfahrt auf dem erstbesten Schiff zu bezahlen, das mit der nächsten Flut auslief. Lilah hatte betont, daß es ihnen nichts nutzen konnte, sich auf Barbados zu verstecken, bis ihr Vater sie vergessen hatte. Ihre einzige Hoffnung bestand darin, ein Schiff zu finden, das Barbados verließ, ganz gleich, welchen Bestimmungsort es anlief, ehe der Hafenmeister davon informiert sein konnte, daß sie gesucht wurden. Später, wenn sie außer Reichweite ihres Vaters und der Miliz waren, konnten sie sich dann Sorgen machen, wie sie nach England kommen würden.

Lilah lehnte sich mit dem Rücken an den breiten, knorrigen Stamm eines Affenbrotbaumes und streichelte Joss das Haar – er lag ausgestreckt mit dem Kopf auf ihrem Schoß da – und dachte über ihre Lage nach. Sie war erschöpft, schmutzig, ausgehungert und hatte Angst. In der vergangenen Nacht hatte sie überhaupt nicht geschlafen, und ihr zitronenfarbenes Musselinkleid, das nicht für die Strapazen des Reitens geschaffen war, war schrecklich zerknittert und dreckig. Dazu kam, daß sie nur notdürftig bekleidet war, da sie nur das Wenige trug, worin sie sich am Abend auf die Suche nach Joss gemacht hatte. Trotzdem war sie immer noch besser dran als Joss. Er war barfuß, unrasiert, hatte nichts weiter als die zerrissene Hose an, und sein Oberkörper war mit blauen Flecken übersät, die sich schon stark verfärbt hatten. Ihr ging auf, daß sich ihnen ein Problem stellen könnte, dem sie bisher keine Beachtung geschenkt hatte: Welcher Kapitän eines anständigen Schiffs hätte eingewilligt, derart anrüchig aussehende Passagiere mitzunehmen, die außerdem keine Papiere, kein Gepäck und nichts dergleichen bei sich hatten?

Sie sprach mit Joss darüber.

»Wir werden sie so gut bezahlen, daß sie nicht allzu viele Fragen stellen. Für die Pferde sollte sich ein guter Preis erzielen lassen. Jedenfalls mindestens genug für die Überfahrt, und es sollte noch etwas übrigbleiben. Ich hatte ohnehin vor, uns die nötigen Kleider zu kaufen, ehe wir mit einem Kapitän reden. Dann haben wir

Gepäck dabei und sind anständig angezogen. Das sollte die Dinge vereinfachen.«

Er setzte sich auf und lächelte, und kleine Fältchen bildeten sich um seine Augenwinkel. Mit seinem unrasierten Kinn und der nackten Brust war er genau das, was man sich unter einem Straßenräuber vorgestellt hätte. Lilah lächelte ihn trotz ihrer Sorgen an. Koste es, was es wolle, aber sie hatte nach wie vor keine Zweifel, aber auch nicht die geringsten, an der Richtigkeit ihrer Entscheidung. Wenn sie es bloß schafften, sich in Sicherheit zu bringen!

»Komm jetzt, wir haben lange genug Rast gemacht«, sagte Joss, der sich anscheinend ähnliche Gedanken machte. Er stand auf, zuckte zusammen, weil seine Verletzungen ihn schmerzten, und hielt ihr die Hand hin, um ihr beim Aufstehen zu helfen. Lilah ließ sich von ihm auf die Füße ziehen und strich dann prüfend mit einer Hand über seinen Brustkorb.

»Bist du sicher, daß nichts gebrochen ist?« fragte sie ihn besorgt. Er hatte gewaltige Hiebe von Kevin eingesteckt – und er war als Sieger aus der Schlägerei hervorgegangen. Ihr schauderte bei der Vorstellung, wie sich Kevin jetzt fühlen mußte. Oder was er jetzt gerade tat. Was ihr Vater wohl gerade tat.

»Ganz sicher. Mach dir keine Sorgen. Ich habe schon viel Schlimmeres überlebt als ein paar blaue Flecken.«

»Ich weiß.« Wieder lächelte sie ihn an, diesmal strahlend. Er sah sie einen Moment lang an, und dann wurden seine Augen ernst. Er beugte seinen Kopf zu ihr herunter und küßte sie.

Als sie ihre Pferde bestiegen, warf Lilah zufällig noch einen Blick auf die Straße, auf der sie gekommen waren. Angst durchzuckte sie bei dem Anblick, der sich ihr bot:

Etwa ein Dutzend uniformierter Reiter kam schnell auf sie zu. Sie hatten gerade den Kamm des Hügels, der hinter ihnen lag, erreicht.

»Joss . . .« Ihr Mund war so trocken, daß sie nicht mehr herausbrachte, sondern wortlos auf die Straße hinter ihnen deutete.

Er sah es, und sein Gesicht spannte sich.

»Die sind von der Miliz. Glaubst du, sie sind hinter uns her?« Ihre Stimme war schrill vor Angst.

»Wenn ich mir ansehe, wohin sie reiten, halte ich es für nur zu wahrscheinlich. Aber ich bin keineswegs dafür, hierzubleiben, damit wir es mit Sicherheit wissen. Los, komm!«

Sie trieben die Pferde zum Galopp an und ritten auf die Stadt zu. Die ganze Gegend hier war landwirtschaftlich genutzt, und selbst wenn sie es gewollt hätten, hätten sie sich hier nirgends verstecken können.

Im Trommeln der Pferdehufe auf dem festgetretenen Lehmweg hallte das Pochen von Lilahs Herz wider, das vor Furcht schneller schlug. Sie legte sich auf Candidas Hals und trieb sie trotz der großen Strecke, die sie heute schon zurückgelegt hatten, zu noch größerer Geschwindigkeit an. Tief in ihrem Innern wußte Lilah, daß sie es nicht schaffen würden. Joss galoppierte neben ihr her. Sein Gesicht war grimmig, und sein nackter Rücken schimmerte wie Bronze in der strahlenden Sonne. Er ritt das Pferd, als sei er auf seinem Rücken geboren worden.

Hinter ihnen ging eine Muskete los. Die Kugel surrte an ihrem Ohr vorbei. Instinktiv duckte sich Lilah. In ihrem Kopf kreiste nur noch ein einziger Gedanke: Ihr schlimmster Alptraum sollte Wirklichkeit werden. Man würde sie schnappen und sie nach Heart's Ease zurückbringen, und dort kam auf Joss die Rache ihres Vaters zu.

Und Lilah wußte nur allzu gut, daß Leonard Remy nichts auf Erden gräßlicher gefunden hätte als die Tatsache, daß sie und Joss ein Liebespaar gewesen waren. Ihr Vater würde Joss tot sehen wollen.

Die nächste Muskete wurde hinter ihnen abgefeuert. Die Kugel pfiff an ihnen vorbei, diesmal dichter an Joss. Er duckte sich und sah über seine Schulter. Die Miliz holte schnell auf. Sein Kinn spannte sich, und sein Mund wurde zu einem dünnen, harten Strich.

»Halt an!« befahl er ihr mit grimmigem Gesicht.

Lilah drehte den Kopf zu ihm um und sah ihn zutiefst erstaunt an. Sie konnte nicht richtig gehört haben . . .

»Anhalten, habe ich gesagt!« Diesmal brüllte er, und seine Worte waren unmißverständlich.

Die nächste Kugel aus einer Muskete schwirrte durch die Luft und verfehlte Joss um Haaresbreite. Joss beugte sich gefährlich weit aus dem Sattel, um nach Candidas Zügeln zu greifen. Er erwischte sie und brachte sowohl Candida als auch Tuk gegen Lilahs heftiges Protestgeschrei abrupt zu Stehen.

»Nein!« schrie Lilah und versuchte, ihm die Zügel ihres Pferdes wieder zu entreißen.

»Sie schießen auf mich, aber sie legen nicht allzu sorgfältig an. Sie könnten durchaus dich erwischen«, sagte er grimmig und ließ ihre Zügel los. Dann kehrte er Tuk zu den anstürmenden Reitern um. Lilah hätte jetzt weiterreiten können, aber wenn sie ihn nicht an ihrer Seite hatte, war es zwecklos. Außerdem wurde ihr klar, was Joss klar gewesen sein mußte – es war unausweichlich, daß man sie schnappen würde. Ihre matten Pferde konnten den frischeren Pferden, die hinter ihnen waren, nicht davonlaufen.

Auch sie kehrte ihr Pferd um, ihrem Verhängnis entgegen. Mit Joss an ihrer Seite, erwartete sie die Verfolger in stolzer Verzweiflung.

Einen Moment, bevor die Reiter kamen, sah Lilah Joss an.

»Ich liebe dich«, sagte sie, denn sie wußte, daß sie vielleicht nie mehr Gelegenheit dazu haben würde, es ihm zu sagen. Tränen stiegen ihr in die Augen und rannen an ihren Wangen herunter. Er sah die Tränen, und seine Augen wurden dunkler. Er beugte sich in seinem Sattel herüber und küßte sie schnell und fest. Die anstürmende Miliz konnte es deutlich mitansehen.

»Ich liebe dich auch«, sagte er. Er sah ihr in die Augen, und der Ausdruck, den sie in seinen Augen sah, zerriß ihr das Herz.

Dann kam die Miliz donnernd heran und umzingelte sie. Lilah wurden die Zügel aus der Hand gerissen, und Joss wurde vom Pferd gezerrt und auf den Boden geworfen. Sie drehten ihn auf den Bauch und fesselten ihm die Handgelenke und banden ihn mit Ketten.

»Tun Sie ihm nicht weh!« schrie Lilah auf. Sie war außerstande, die Worte zurückzuhalten, obwohl sie wußte, daß jeder Atemzug vergeudet war, mit dem sie sich für ihn einsetzte. »Er hat nichts Böses getan!«

»Fürs allererste ist er ein verfluchter Pferdedieb, und im übrigen hat er meinen Plantagenaufseher fast totgeschlagen! Ich will nicht viel älter werden, bevor ich ihn hängen sehe!« dröhnte eine stählerne Stimme. Als sie sich schockiert umsah, sah Lilah, daß ihr Vater auf sie zugeritten kam. Anscheinend war er bei der Nachhut gewesen, und sie hatte ihn in diesem Meer von Uniformen übersehen. Obwohl er es nicht gewohnt war, einen scharfen Galopp zu reiten, hatte er es doch fertig gebracht, auf der Jagd nach seiner ausgerissenen Tochter mit Männern mitzuhalten, die dreißig Jahre jünger waren als er. Allein das schon sagte Lilah, wie wütend er sein mußte. Als sie spürte, wie die Käfigtür vor ihrer Nase zugeschlagen wurde, sah sie Joss hilflos und verzweifelt an. Er wurde roh auf die Füße gerissen. Ein halbes Dutzend Milizsoldaten standen um ihn herum und hielten ihre Pistolen bereit. Weitere Milizsoldaten, die nicht abgestiegen waren, richteten ihre Musketen auf ihn. Sie saßen wirklich und wahrhaft in der Klemme. Es gab kein Entkommen mehr.

Leonard Remy nahm dem Uniformierten, der Candidas Zügel in der Hand hielt, diese ab und begrüßte seine Tochter mit einem eisigen Blick. Lilah schluckte. Sie hatte ihren Vater in jeder erdenklichen Stimmung erlebt, auch in rasender Wut, aber so hatte sie ihn noch nie gesehen. Er wirkte, als sei sein Gesicht versteinert und sein Herz ebenfalls.

»Ich danke Ihnen für die gute Arbeit, die Sie geleistet haben, Captain Tandy. Ich werde meine Tochter jetzt nach Hause bringen, und ich verlasse mich darauf, daß Sie wissen, was Sie mit diesem niederträchtigen Kerl hier anzufangen haben.«

»Er wird ins St. Anne's Fort gebracht, Sir, und dort eingesperrt bis zur Verhandlung. Falls Sie außer dem Pferdediebstahl noch in anderen Punkten Anklage gegen ihn erheben wollen, können Sie sich an Colonel Harrison wenden, den Garnisonsleiter, oder . . .«

»Ich kenne ihn«, warf Leonard gereizt ein. »Sie werden noch von mir hören, das kann ich Ihnen versichern.«

Ohne weitere Umstände nickte ihr Vater dem Offizier barsch zu. Er hielt Lilahs Zügel so fest in der Hand, daß seine Knöchel weiß waren. Sie war so schockiert über die Geschehnisse, daß ihre Augen trocken wurden. Auf

Barbados wurden Pferdediebe gehängt. Aber so schrecklich dieses Los auch sein mochte, war es immer noch besser, wie als entlaufener Sklave nach Heart's Ease zurückgebracht und dort von ihrem Vater gerichtet zu werden. Lilah verwirrte, daß er anscheinend nicht die Absicht hatte, sich persönlich an Joss zu rächen, aber damit setzte sie sich nicht näher auseinander, nicht im Augenblick. Ihr blieb nur noch sehr wenig Zeit, nur noch die Zeit für ein letztes, verzweifeltes Flehen. In ihrem ganzen Leben hatte ihr Vater ihr noch keinen Wunsch ausgeschlagen.

»Papa, bitte! Kannst du denn nicht versuchen, es zu verstehen? Ich liebe ihn . . .«

Ehe Lilah ahnen konnte, was er vorhatte, hatte sich Leonard Remy auch schon im Sattel umgedreht und mit seiner fleischigen Hand ausgeholt, die klatschend auf ihrer Wange landete. Die Ohrfeige hallte wie ein Schuß und übertönte sogar das Stampfen der Pferde, das Rasseln des Zaumzeugs und die Stimmen der Männer. Lilah japste entgeistert und hob ihre Hand an die schmerzende Wange, doch ihr Herz brannte noch heller als ihr Gesicht. Er hatte sie noch nie geschlagen, nicht ein einziges Mal.

»Halt den Mund, Tochter!«

Lilah starrte ihren Vater schockiert und benommen an. Manche der Milizsoldaten gafften sie an, und andere wandten sich betont ab. Joss' Augen, die auf die beiden gerichtet waren, flammten vor Wut smaragdgrün auf, doch in Ketten war er hilflos und konnte sie nicht verteidigen. Pferde und Männer standen zwischen ihnen, und es waren zu viele Augen auf sie gerichtet, um auch nur noch ein letztes Wort zum Abschied zu sagen.

»Mach dir nicht noch mehr Schande, und mir auch

nicht. Oder ich bringe dich gefesselt und geknebelt nach Hause, das schwöre ich dir.« Leonard Remys Stimme war ein Knurren und fast so kalt wie seine Augen.

»Papa, bitte . . .« Es war ein klägliches Flehen.

»Kein Wort mehr!« brüllte er, und sein Gesicht lief in seinem Jähzorn rot an, und die Augen traten ihm fast aus dem Kopf, als er sie wutentbrannt ansah.

Dann riß er an Candidas Zügeln, und Lilah, die nicht darauf gefaßt war, daß die Stute sich so plötzlich in Bewegung setzen würde, fiel fast herunter. Sie mußte sich am Sattelhorn festhalten, um das Gleichgewicht nicht zu verlieren. Er trieb sein Pferd zu einem leichten Galopp an und machte sich auf den Heimweg. Seine Tochter mit all ihrem Herzeleid zerrte er verdrossen hinter sich her.

58

Lilah konnte es einfach nicht fassen, aber als sie zu Hause ankamen, ordnete ihr Vater an, daß sie in ihrem Zimmer eingeschlossen wurde. Er hatte unterwegs kaum mit ihr geredet, abgesehen davon, daß er ihr in einem absolut unterkühlten Tonfall mitgeteilt hatte, sie hätte ihm und sich selbst durch ihr wollüstiges Benehmen Schande gemacht. Auf ihr tränenreiches Flehen um Joss reagierte er mit Zornesausbrüchen, die beängstigend waren.

Lilah reimte sich zusammen, daß er der Miliz weder gesagt hatte, daß Joss ein Sklave war, noch sonst etwas über seine Vorfahren. Er hatte sie ganz einfach unter dem Vorwand hinzugezogen, seine Tochter sei mit einem Abenteurer ausgerissen, der zudem noch seinen Plantagenaufseher angegriffen und ihm das beste Pferd gestohlen hatte. Allein diese Anklagepunkte reichten schon aus, um Joss zu hängen. Aber nach Ansicht von Leonard, und dieser Auffassung verlieh er lauthals Ausdruck, war das für diesen Schurken, der seine Tochter geschändet hatte, noch viel zu gut. Er hatte getan, was er konnte, um zu retten, was an Lilahs Ruf noch zu retten war, indem er die Tatsache unterschlagen hatte, daß ihr Gefährte in der Schande ein entlaufener Sklave war. Damit hatte er jede Möglichkeit eingebüßt, persönlich an jemandem Rache zu üben, den er für eine Verkörperung des Teufels auf Erden hielt. Ein Skandal war zwar unvermeidlich, wenn die Neuigkeiten von Lilahs gescheitertem Versuch durchsickerten, ausreißen zu wollen, aber es bestand immer noch die Hoffnung, daß das Gerede sich schließlich legen würde. Wenn jemand, der nicht zur engsten Familie gehörte, je dahinterkam, daß der Halunke, mit dem Lilah durchgebrannt war, ein Farbiger und noch dazu ein entlaufener Sklave war, dann würde das Infamien nach sich ziehen, die keiner von ihnen je wieder aus der Welt schaffen konnte, was sie auch tun mochten.

Am Abend nach ihrer Rückkehr wurde Lilah in die Bibliothek bestellt. Sie war bisher noch nie an einen Ort beordert worden, und ihr war klar, daß sie in Ungnade gefallen war. Sie folgte Jane, die geschickt worden war, um ihre Tür aufzuschließen und sie abzuliefern, beklommen in die untere Etage. Dennoch reckte sie ihr Kinn in die Luft und war äußerlich gefaßt, denn sie war nicht bereit, ihre Demütigung oder gar ihre Angst zu zeigen. Sie hatte vor, für sich und für Joss zu kämpfen.

Die Bibliothek war mit Teakholz getäfelt, und in den Regalen, die die Wände säumten, standen Bücher, die in Leder gebunden waren. Obwohl es draußen dunkel war, warfen die Öllampen einen goldenen Schein auf alles. Dieser Raum war Leonards Allerheiligstes, und Lilah hatte hier, als sie jünger war, viele angenehme Abende damit verbracht, mit ihrem Vater Schach zu spielen.

Die hölzernen Läden vor den Fenstern, die die Gardinen ersetzten, waren ausgestellt, und eine sachte Brise ließ den Raum kühler werden. Dennoch war es warm in der Bibliothek, aber Lilah fror, als sie ihren Vater ansah, der hinter seinem Schreibtisch saß. Als er bei ihrem Eintreten aufblickte, drückte sein Gesicht Abscheu aus. Lilah fühlte sich augenblicklich beschmutzt, unrein und geschändet, und sie war wütend auf sich selbst, weil sie so empfand. Sie war nicht bereit, sich ihrer Liebe zu schämen.

Jane folgte Lilah ins Zimmer. Leonard gab Zack, einem der Bediensteten im Haus, der seinen Posten neben der Tür bezogen hatte, ein Zeichen, er könne gehen.

Kevin war ebenfalls da und saß auf einem Stuhl in der Nähe des Schreibtisches. Ein weißer Verband war um seinen Kopf gewickelt, am dicksten an der Stelle, an der Joss mit dem Griff der Pistole zugeschlagen hatte. Eine Seite seines Mundes war geschwollen und verfärbt, und er hatte ein blaues Auge, das gräßlich anzusehen war.

Da man ihn wie den letzten Abschaum behandelt und ins Gefängnis geworfen hatte, konnten Joss' Wunden nicht die Behandlung erfahren haben, die Kevin zuteil geworden war. Lilahs Herz zog sich bei diesem Gedanken schmerzhaft zusammen. Augenblicklich verbannte sie diese Überlegungen aus ihrem Kopf. Wenn auch nur die geringste Hoffnung darauf bestand, ihrem Vater die Vorzüge beizubringen, die ihre Pläne hatten, dann mußte sie einen kühlen Kopf bewahren und durfte sich nicht von ihren Emotionen leiten lassen.

»Guten Abend, Kevin«, sagte sie mit ruhiger Stimme und ging durch den Raum auf ihren Vater zu. Kevin folgte ihren Schritten mit seinen Blicken, aber er erwiderte nichts auf ihre Worte.

Keiner der beiden Männer stand auf, wie es der Anstand von ihnen verlangte, wenn sie eintrat, und sie sagten auch kein Wort zur Begrüßung. Niemand forderte sie auf, sich zu setzen. Sie blieb vor dem Schreibtisch stehen und wartete mit erhobenem Kopf, obwohl ihre Knie angefangen hatten zu zittern, als sie bemerkt hatte, wie eisig das Schweigen war. Beide Männer starrten sie immer noch so an, als hätten sie sie nie zuvor gesehen, als sei ihr plötzlich ein zweiter Kopf gewachsen.

Das Schweigen zog sich in die Länge und wurde spannungsgeladen. Schließlich wurde es von Jane gebrochen, die mit eingeschüchterter Stimme sagte: »Leonard, meinst du nicht, daß Lilah die Erlaubnis bekommen sollte, sich zu setzen?«

Ihr Mann bedachte sie mit einem Blick aus zusammengekniffenen Augen und sah dann sofort wieder seine Tochter an.

»Von mir aus, setz dich«, knurrte er. Lilah sah ihn an und suchte nach einem Hinweis darauf, daß er sich nicht ganz so sehr von ihr abgewandt hatte, wie es schien. Das grimmige Gesicht mit den herben Zügen schien einem Fremden zu gehören und nicht ihrem Vater, der sie immer angebetet hatte. Lilah spürte, wie ein dumpfer Schmerz in der Nähe ihres Herzens aufkeimte, und setzte sich auf einen hochlehnigen Stuhl. Drei Augenpaare waren auf sie geheftet und klagten sie an. Sie kam sich vor wie eine Gefangene vor der Richterbank. Ihr Herz klopfte heftig gegen ihren Brustkorb, als sie von einem vertrauten Gesicht ins andere sah und nur in Janes Zügen feststellte, daß sie sich für sie erweichen ließen. Sie hatte gewußt, wie wütend ihr Vater sein würde, wenn er je hinter ihre Liebe zu Joss kam, aber in ihren kühnsten Träumen hätte sie sich nicht ausgemalt, wie allumfassend seine Wut sein könnte. Es war fast so, als haßte er sie.

Leonard trommelte mit den Fingerspitzen auf die Schreibtischplatte, warf einen Blick auf Kevin und sah dann Lilah wieder an; sein Gesicht wurde immer härter, bis es wie aus Granit gemeißelt sein konnte. Seine Augen waren distanziert und kalt. Lilah mußte sich auf die Lippen beißen, um nicht in Tränen auszubrechen. Sie wußte, daß sie sich der Liebe ihres Vaters für immer beraubte, wenn sie ihre Gefühle für Joss deutlich zeigte.

Endlich sagte Leonard etwas. »Ich brauche nicht noch einmal zu sagen, wie sehr mich die Scheußlichkeiten anwidern, die du begangen hast, oder wie sehr es mich schockiert und bekümmert, daß du, meine Tochter, dich von einem Sklaven verleiten läßt. Worte, die die Tiefe meines Ekels gegenüber dem, was du getan hast, ausdrücken könnten, gibt es nicht. Du bist nicht die Tochter, die ich zu kennen glaubte.«

»Papa . . .« In ihrer Kehle bildete sich ein Kloß, der das Wort zu einem Krächzen werden ließ. Sie sah ihn mit flehentlichen Blicken an. Er brachte sie mit einer Geste zum Schweigen und schien sich von ihren offenkundigen Seelenqualen nicht im geringsten rühren zu lassen.

»Im Moment beschäftigt mich ausschließlich, was wir nach dieser Katastrophe noch retten können. Gerüchte über deine Missetaten breiten sich zweifellos jetzt schon wie ein Lauffeuer über die ganze Insel aus; du kannst sicher sein, daß dich bis auf unsere engsten Freunde niemand mehr empfangen wird. Und die werden dich nur um meinetwillen in ihren Häusern dulden, und auch das nur, weil sie das wahre Ausmaß deiner Schlechtigkeit nicht kennen. Natürlich werden sie glauben, du hättest dich von einem Weißen schänden lassen. Niemand könnte sich je die wahren Tiefen ausmalen, in die du gesunken bist.«

Lilah versuchte diesmal gar nicht erst, ihm ins Wort zu fallen. Sie stand so bedrohlich dicht vor den Tränen, daß sie es sich nicht trauen konnte, etwas zu sagen.

»So sehr ich auch versucht bin, hat mich doch deine

Stiefmutter überredet, dich nicht ganz auszustoßen. Wenn du je auch nur die geringste Chance haben willst, deinen Platz in der Gesellschaft irgendwann wieder einzunehmen, dann mußt du dich augenblicklich verheiraten. Kevin sagt, daß er immer noch bereit ist, dich zu nehmen. Ich weiß die edle Geisteshaltung und die Freundlichkeit mir gegenüber zu schätzen, die ihn dazu veranlassen, ein solches Opfer zu bringen. Wenn es auch jemandem, der ihn liebt wie einen Sohn, schlecht zu Gesicht steht, das zu tun, bin ich doch auf sein Angebot eingegangen, besteht doch für dich, meine Tochter, deren Blutsverwandtschaft ich mich schäme, keine andere Möglichkeit zu verhindern, daß du endgültig ruiniert bist. Du solltest Kevin dafür dankbar sein, daß er sich anerbietet, dich mit seinem Namen zu schützen. Ich wäre an seiner Stelle nicht so großzügig.

Pater Sykes kommt morgen mittag, um das Zeremoniell durchzuführen. Unter den gegebenen Umständen wird es so diskret wie möglich vonstatten gehen, und nur Familienangehörige werden der Eheschließung beiwohnen. Kevin sagt mir, daß er trotz allem, was du getan hast, bereit ist, dich gütig zu behandeln. Ich hoffe, du bist ihm entsprechend dankbar dafür.«

Lilah atmete erst einmal und dann gleich noch einmal tief ein und sah ihrem Vater gequält in die Augen.

»Es tut mir leid, daß ich dir solchen Kummer bereitet habe, Papa«, flüsterte sie. »Glaub mir, bitte, daß ich das nie vorhatte.«

Dann wandte sie ihren Blick Kevin zu. Kevin, den sie seit ihrer Kindheit kannte, den sie gepflegt hatte, als er sich an der Cholera angesteckt hatte, den sie liebte, wenn auch nicht auf die richtige Art. Kevin, der sie nach wie vor heiraten wollte. Warum? Weil er Heart's Ease haben wollte? Sie glaubte, daß das eine Rolle spielte. Aber vielleicht wollte er sie auch heiraten, weil er sie auf seine eigene Art und Weise liebte.

Er sah sie an, und seine haselnußbraunen Augen waren getrübt. Ihr Gewissen quälte sie. Falls er sie wirklich geliebt hatte, mußte er jetzt tief verletzt sein. Es war ihr verhaßt, ihm noch einmal wehzutun, aber heiraten konnte sie ihn nicht.

Sie feuchtete sich die Lippen an und sprach mit gesenkter, fester Stimme. »Es tut mir leid, wenn ich dir wehgetan habe, Kevin. Ich wollte nicht, daß es so kommt. Ich dachte wirklich, ich könnte dich lieben lernen, und wir könnten heiraten und zusammen glücklich werden. Jetzt weiß ich, daß ich mich geirrt habe.«

Ihr Blick wandte sich wieder ihrem Vater zu. »Papa, laß mich bitte ausreden! Ich weiß, daß du schockiert und enttäuscht bist, und daß ich Schande über dich gebracht habe. Das tut mir leid, weil ich dich sehr liebhabe. Aber ich liebe Joss.«

Ihr Vater gab einen Laut der Entrüstung von sich, schlug mit der Faust auf den Tisch und sprang in einem Wutanfall von seinem Stuhl auf. Lilah stand auch auf, stellte sich ihm tapfer gegenüber und versuchte, die Worte herauszubekommen, ehe der Kummer über das, was sie ihrer Familie angetan hatte, ihr die Kehle zuschnürte.

»Ich werde Kevin nicht heiraten, niemals, und ihr könnt mich nicht dazu zwingen. Mir ist klar, daß mein Ruf ruiniert ist, wenn ich auf Heart's Ease bleibe, und daß ihr, ihr alle, euch meiner schämen werdet. Daher bitte ich dich, mich fortgehen zu lassen. Laß mich fortgehen, und laß Joss fortgehen, und wir werden beide nach England gehen und dort ein neues Leben beginnen. Ihr braucht mich nie mehr zu sehen und auch nichts mehr von mir zu hören, wenn das euer Wunsch ist, und ihr könnt Heart's Ease Kevin vermachen, der es sich gewiß verdient hat.«

»Es reicht!« Leonard kam um seinen Schreibtisch herum und blökte wie ein verwundetes Kalb. Lilah wich keinen Schritt zurück, als er auf sie zukam, denn sie wußte, daß sie stark bleiben mußte, wenn sie auch nur die geringste Chance haben wollte, Joss jemals wiederzusehen.

»Du wirst tun, was ich dir sage, und du wirst verflucht dankbar dafür sein! Morgen wirst du Kevin heiraten, und wenn du in meiner Gegenwart je auch nur den Namen dieses Niggers aussprichst, werde ich dich auspeitschen, wie ich es schon hätte tun sollen, als du noch ein kleines Mädchen warst!« brüllte Leonard und ragte bedrohlich dicht über Lilahs Gesicht auf.

»Ich werde Kevin weder morgen noch sonst irgendwann heiraten, Papa. Und du kannst mich mit keinem Mittel dazu bringen.« Ihre Stimme war sehr fest, obwohl ihre Unterlippe leicht bebte.

Vater und Tochter standen dicht voreinander, er wutentbrannt und sie kurz vor den Tränen, aber deshalb nicht weniger glühend. Neben Lilahs schlanker Gestalt war Leonard unglaublich massig, und im Vergleich zu ihren zarten Zügen war sein wettergegerbtes Gesicht derb. Dennoch hatten beide etwas gemeinsam, was auf eine Willenskraft schließen ließ, die unbeugbar war, und offensichtlich war es zu einem Patt gekommen. Er befahl, und sie wollte nicht gehorchen. Schachmatt.

Kevin stand auf und zuckte zusammen, weil jede Bewegung für ihn schmerzhaft war. »Leonard, wenn Sie mir gestatten würden . . .« sagte er und sah den erzürnten älteren Mann an, als er Lilah am Arm packte und sie sachte fortzog.

Lilah war von dieser unerwarteten Schlacht, in der ihr Vater und sie ihre Willenskraft wie nie zuvor aneinander maßen, tief erschüttert, und daher ließ sie sich von Kevin gefügig in eine Ecke des Raumes führen. Dort nahm er ihre beiden Hände und sah auf sie herunter. Es dauerte einen Moment, bis er etwas sagte. »Du solltest mich wirklich lieber heiraten, verstehst du. Wenn du es nicht tust, wirst du ein jämmerliches Leben führen.«

»Du willst mich doch gar nicht heiraten, Kevin«, sagte sie ruhig und sah in das Gesicht auf, das Joss so übel zugerichtet hatte. Nie hatte sie einem dieser Menschen wehtun wollen, und jetzt tat sie ihnen allen weh. Für Joss. Und für sich selbst. Weil sie ohne ihn nie wieder glücklich sein konnte. »Ich liebe dich nicht, verstehst du, nicht so, wie es sein sollte. Nicht so, wie eine Frau ihren Mann lieben sollte. Ich habe dich sehr gern, aber das genügt nicht. Das habe ich gelernt. Ich würde dich nur unglücklich machen, und du hast es nicht verdient, unglücklich zu sein. Du bist etwas ganz Besonderes, und du hast eine Frau verdient, die dich mehr als alles andere auf Erden liebt.«

»Ich nehme an, du glaubst, daß du deinen Nigger liebst?« Sein Mund verzog sich höhnisch, und jede Freundlichkeit verschwand aus seinen Augen. Lilah seufzte.

»Er heißt Joss, und er ist ein Mann wie du. Wer seine Mutter war, ändert nicht das geringste. Ja, ich liebe ihn. Ich liebe ihn mehr, als ich je für möglich gehalten hätte, jemanden zu lieben, und ich schäme mich nicht, es einzugestehen. Willst du mich jetzt, nachdem du das gehört hast, immer noch heiraten? Wirklich?«

Kevin runzelte die Stirn und wägte seine Worte ab. »Wir beide würden zusammen ein gutes Gespann abgeben, Lilah. Wir kennen uns schon seit Jahren, wir lieben beide die Plantage, und wenn du mich heiratest, werden die Leute bald deine Abirrungen vergessen. Dein Vater würde sie auch vergessen. Ich kümmere mich um die Zuckerherstellung, und du führst den Haushalt, und wir werden Kinder haben. In zwanzig Jahren werden wir kaum noch daran denken, was heute vorgefallen ist.«

»Ich werde daran denken«, sagte Lilah mit sanfter Stimme. »Ich werde immer daran denken.«

»Ich helfe dir dabei, es zu vergessen. Bitte, Lilah, heirate mich. Ich liebe dich.« In seinen Augen und in seiner Stimme stand ein Flehen.

Sie sah mit festem Blick zu ihm auf. »Nein, Kevin.«

»Jetzt reicht es aber!« Der Einwurf kam von Leonard, der durch die Bibliothek auf sie zukam, Lilah roh am Arm packte und sie zu sich herumriß. »Du wirst Kevin morgen heiraten, und damit ist Schluß! Wenn du dich weigerst, werde ich deine Zofe, die du so gern hast, Betsy oder wie sie noch mal heißt, verkaufen! Ich bringe sie auf den Sklavenmarkt zur Versteigerung, ehe du auch nur mit einer Wimper zucken kannst.«

Lilah sah ihren Vater mit weitaufgerissenen Augen an. Wenn sie ihm nicht gehorchte, würde er seine Drohung wahrmachen, das wußte sie. Und sie wußte auch, daß es nur eine Möglichkeit gab, seinen Forderungen, sie solle Kevin heiraten, ein für allemal ein Ende zu setzen. Sie würde dazu ein Geheimnis enthüllen müssen, das ihr selbst bis vor ein paar Tagen völlig unbekannt gewesen war.

Sie stellte sich aufrecht hin, und jede Spur von Tränen fiel plötzlich von ihr ab. Sie mußte jetzt stark sein, und sie würde es sein. Wenn sie nachgab, hatte sie zuviel zu verlieren.

»Kevin will mich nicht heiraten, Papa. Oder zumindest wird er es nicht mehr wollen, wenn er die Wahrheit erfährt.« Sie unterbrach sich und holte tief Atem. Da alle Anwesenden die Augen auf sie gerichtet hatten, fiel es ihr schwer, die Worte herauszubringen. Ihre Fäuste ballten sich an ihren Seiten und gruben sich in ihre Oberschenkel, ohne daß sie selbst es merkte, als sie die Worte mühsam ausstieß. »Verstehst du, ich bekomme ein Kind. Ich bekomme ein Kind von Joss.«

59

Am nächsten Morgen wurden zu Lilahs entsetztem Staunen Eisenstäbe vor ihren Schlafzimmerfenstern angebracht, die es ihr unmöglich machten, sie weiter als ein paar Zentimeter zu öffnen. Anscheinend fürchtete Leonard, sie könnte versuchen, noch einmal von Heart's Ease zu fliehen. Sie in ihrem Zimmer einzuschließen, erschien ihm nicht mehr sicher genug. Er wollte sich mit allen Mitteln vergewissern, daß sie hierblieb. Lilah war nämlich durchaus in der Lage, aus ihrem Fenster im ersten Stock auszusteigen.

Tatsächlich hatte Lilah genau auf diesem Weg ihre Flucht geplant. Es war nur allzu deutlich klar geworden, daß sie keine Chancen hatte, ihren Vater dazu zu überreden, die Anklage gegen Joss zurückzuziehen, ihn frei und nach England zurückkehren zu lassen. Noch nicht einmal dann hätte er es getan, wenn sie ihm als Gegenleistung versprach, Kevin zu heiraten. Leonard haßte Joss mit einer Inbrunst, die sich nicht besänftigen ließ, solange Joss nicht für das, was er Leonard Remys einziger Tochter angetan hatte, mit seinem Leben gebüßt hatte.

Einer eingeschüchterten und bedrückten Betsy wurde es gestattet, sich tagsüber um ihre Herrin und deren wichtigste Bedürfnisse zu kümmern, aber es erzürnte und demütigte Lilah, daß Betsy von Jane oder Leonard zu Lilahs Tür begleitet wurde. Sie schlossen ihr die Tür auf, schlossen die beiden Mädchen gemeinsam ein und ließen Betsy wieder heraus, wenn sie ihre Pflichten erfüllt hatte. Nachts wurde Betsy in ihrem eigenen winzigen Zimmer im zweiten Stock eingeschlossen, damit sie sich nicht hinunterschleichen und ihrer Herrin zur Flucht verhelfen konnte. Als ihr endgültig aufging, wie fest die Falle ihres Vaters zugeschnappt war, fühlte sich Lilah so hilflos und verängstigt wie in ihrem ganzen Leben noch nicht.

Sie wurde in ihrem eigenen Geburtshaus als Gefangene gehalten, von allem und jedem abgeschnitten. In Bridgetown saß der Mann, den sie liebte, im Gefängnis und erwartete die Verhandlung, in der er zum Tode verurteilt wurde, weil er das Verbrechen begangen hatte, sie zu lieben. Er wußte nicht einmal, daß sie ein Kind von ihm erwartete . . . Wenn sie daran dachte, er könne erhängt werden, er könne sterben, ohne es zu wissen, fürchtete sie, sie könne den Verstand verlieren. Um des winzigen Keims neuen Lebens willen, den sie in sich trug, zwang sie sich, solche Gedanken aus ihrem Kopf zu verbannen. Sie mußte ganz einfach allen Glauben daransetzen, daß sich die Dinge zum Besseren wenden würden, ganz gleich, wie unmöglich das auch erschien.

Als die Tage vergingen und eine Woche und gar mehr daraus wurde, stand wohl fest, daß ihr Vater sich nicht erweichen lassen würde. Lilah kam allmählich zu der Überzeugung, daß ihr Vater vorhatte, sie hinter Schloß und Riegel zu halten, bis sie ihr Kind geboren hatte, und dann würde er ihr das Kind gewaltsam wegnehmen. Er war entsetzlich wütend darüber gewesen, daß sie in anderen Umständen war. Lilah war zunehmend sicherer, daß er zu einem so gräßlichen Vorgehen in der Lage war. Für ihn war ein Enkel, der nicht rein weiß war, eine widerliche Vorstellung.

So sehr sie sich auch bemühte, ihr fiel nicht ein, wie

sie sich hätte helfen können, wie sie Joss hätte helfen können.

Zehn Tage nach dem Beginn ihrer Gefangenschaft lag sie auf ihrem Bett und fühlte sich elend und entmutigt und versuchte, einen Mittagsschlaf zu halten. Die ersten Schwangerschaftswochen begannen, ihren Tribut zu fordern. Sie fühlte sich ständig matt, und gelegentlich war ihr übel. Sie wußte, daß sie versuchen sollte, sich irgendwelche Fluchtpläne zurechtzulegen, aber selbst zum Denken fehlte ihr die Energie. Die Wahrheit sah so aus, daß eine Flucht ausgeschlossen war, solange es ihr nicht gelang, ihren Vater zu überreden oder Jane dazu zu bringen, daß sie sich ihm widersetzte.

Das Geräusch von Hufen in der Auffahrt, die zum Haus führte, rüttelte sie aus ihrer Lethargie auf. Seit ihrer Rückkehr aus den Kolonien waren nur wenige Besucher gekommen, und es waren noch weniger geworden, seit sie in Ungnade gefallen war. Die Neugier brachte sie dazu, aus dem Bett aufzustehen und an das Fenster zu treten, von dem aus sie die Auffahrt sehen konnte. Sie zog die Gardine zurück, und als sie blinzelnd in die strahlende Mittagssonne sah, stellte Lilah fest, daß der Besucher ein Mann war, ein Fremder. Er war jung, stellte sie ohne allzu großes Interesse fest, als er sich von seinem Pferd schwang, vielleicht Mitte Dreißig, gutgekleidet und von einem schlanken, muskulösen Körperbau. Sein Haar war buttergelb, fast so blond wie ihr eigenes. Ihr Vater hatte gelegentlich Geschäftsbesuche, und da sie den Mann nicht kannte, vermutete Lilah, daß er zu dieser Kategorie zählte. Sie beobachtete ihn, bis er unter dem Dach der Veranda verschwand, und dann ließ sie den Vorhang wieder fallen und warf sich auf ihr Bett.

An jenem Abend kam Betsy wie immer, um ihr beim

Auskleiden zu helfen, und Jane war ihre stumme Begleiterin, die die Lippen zu einem schmalen Strich zusammenkniff. Lilah hatte den Verdacht, ihr Vater habe ihrer Stiefmutter verboten, mit ihr zu reden, und Jane, stets die gehorsame Ehefrau, hätte im Traum nicht daran gedacht, sich ihrem Mann zu widersetzen. Betsy sagte kein Wort, bis Jane die Tür hinter ihr abgeschlossen und die beiden Mädchen allein gelassen hatte. Dann stürzte sie zu Lilah, die auf dem Stuhl am Fenster saß und sich so munter fühlte wie den ganzen Tag über nicht. Betsys Gesellschaft, die ihr ab und zu gewährt wurde, war das Glanzlicht ihrer trostlosen Tage.

»Miß Lilah, ich muß Ihnen was erzählen. Etwas über diesen Joss«, flüsterte Betsy und warf nervöse Blicke um sich, als hätten die Wände Ohren. Betsy durfte nie lange bei Lilah bleiben, und daher hatte sie gelernt, ihre Pflichten zu erfüllen und gleichzeitig mit Lilah zu plaudern, und während sie jetzt sprach, knöpfte sie ihrer Herrin das Kleid auf.

»Was denn?« Betsys Verfolgungswahn war anstekkend, und Lilah ertappte sich dabei, daß auch sie flüsterte. Wenn sie es sich genauer überlegte, war das vielleicht sogar gar nicht so albern, sondern eine Vorsichtsmaßnahme. In ihren kühnsten Träumen hätte sie sich nie ausgemalt, daß ihr eigener Vater sie so unmenschlich behandeln könnte, selbst dann nicht, wenn das, was sie angestellt hatte, noch so gravierend war. Wenn er in der Lage war, sie wochenlang in ihrem Zimmer einzusperren und zuzulassen, daß der Mann, den sie liebte, gehängt wurde, und wenn er ihr möglicherweise sogar ihr Baby wegnehmen würde, dann waren ihm auch gräßlichere Vergeltungsmaßnahmen zuzutrauen, wenn er dahinterkam, daß Betsy ihr Nachrichten über den Mann übermittelte, den er mehr haßte als jeden anderen.

»Der Mann, der heute hier war – er hat ihn gesucht. Oder zumindest einen Captain Jocelyn San Pietro – das ist er doch, oder nicht?«

Lilah nickte.

Betsy sprach weiter. »Dieser Mann arbeitet in England für deinen Joss. Er sagt, daß er einen Brief von ihm bekommen hat, in dem steht, er sei als Sklave an deinen Papa verkauft worden. Dieser Mann – David Scanlon heißt er – er ist gekommen, um Joss freizukaufen!«

»Was hat Papa dazu gesagt?« Es war kaum mehr als ein Hauch, als die Hoffnung in ihr aufstieg. Lilah drehte sich zu Betsy um und sah sie an. Ihr Kleid war zur Hälfte aufgeknöpft, und jeder Gedanke daran, sich für das Bettgehen bereitzumachen, war in Vergessenheit geraten. Sie wußte zwar, wie dumm es war, aber trotzdem machte ihr Herz einen Satz und überschlug sich.

»Er hat gesagt, er hätte noch nie von einem Jocelyn San Pietro gehört, und er hat dem Mann befohlen, Heart's Ease zu verlassen.«

»O nein! Ist der Mann einfach fortgegangen? Hat er nicht . . . hat er nicht versucht, mehr von Papa herauszuholen?«

»Wenn Ihr Papa wütend ist, dann ist es nicht gerade einfach, mit ihm zu reden, und er ist teuflisch wütend über diese ganze Geschichte! So habe ich ihn noch nie erlebt, aber ganz gewiß nicht! Aber der Mann hat ihm gesagt, wenn er etwas von deinem Joss hört, kann er ihn im Hafen von Bridgetown an Bord der *Lady Jasmine* erreichen. Er hat gesagt, daß er dort bleibt, bis er deinen Joss ausfindig gemacht hat.«

Lilah sah stirnrunzelnd ins Leere, und Betsy stellte

sich wieder hinter sie, um ihr die letzten Knöpfe aufzuknöpfen. Ihre Gedanken überschlugen sich. Wie konnte man diesen David Scanlon über Joss' Los in Kenntnis setzen?

Betsy zog Lilah das Kleid über den Kopf und wandte ihre Aufmerksamkeit den Schnüren ihres Korsetts zu. Plötzlich hatte Lilah die Antwort parat.

»Betsy, glaubst du, du könntest einen Brief von mir aus der Plantage herausschmuggeln?«

Betsys Hände hielten in ihrer Tätigkeit inne. »Ich könnte es versuchen, Miß Lilah. Das sollte doch sicher möglich sein.«

»Heute abend bleibt uns keine Zeit mehr. Jane kann jeden Moment zurückkommen, aber morgen werde ich einen Brief an diesen Mr. Scanlon schreiben und ihm mitteilen, wo Joss ist und was passiert ist. Vielleicht kann er etwas zu seiner Rettung unternehmen.«

»Vielleicht.« Betsy wirkte nicht allzu optimistisch, aber Lilah war es. Dieser Freund von Joss konnte wirklich seine letzte Rettung sein. Aber dazu mußte sie diesen Brief schreiben. Zum Glück hatte sie ihr eigenes Schreibzeug in ihrem Schreibtisch, denn sie bezweifelte, daß man ihr Papier und Feder gebracht hätte, wenn sie darum hätte bitten müssen. Betsy mußte ihren Brief aus dem Haus schmuggeln. Das war der schwierigere Teil.

»Wie willst du den Brief aus dem Haus kriegen, Betsy? Ich fände es zu schrecklich, wenn du dabei erwischt würdest.«

»Himmel, das fände ich auch ganz furchtbar.« Betsys Stimme war geradezu andächtig, als sich die beiden Mädchen Leonard Remys Zorn ausmalten. »Ich kann mir den Brief einfach in den Ausschnitt stecken, bis ich meinen Ben sehe – er kommt jetzt manchmal am Nachmittag in die Küche – und dann gebe ich ihm den Brief. Er täte so ziemlich alles für mich.«

»Dem Himmel sei Dank, daß es Ben gibt.«

»Das sage ich mir auch oft.«

Beide Mädchen kicherten. Zum ersten Mal seit ihrer gescheiterten Flucht mit Joss lachte Lilah. Es tat gut, wieder einmal zu lächeln, und als Betsy ihr Korsett löste, die Bänder ihres Unterrocks aufmachte und ihr beim Auskleiden half, war ihr leichter ums Herz als seit Wochen. Als letztes rollte Betsy Lilahs Strümpfe herunter und zog ihr das Unterkleid über den Kopf, das sie eilig gegen ein blütenweißes Nachthemd austauschte.

»Was täte ich bloß ohne dich, Betsy? Du bist die einzige Freundin, die mir noch geblieben ist.« Lilah lächelte ihre Zofe voll echter Zuneigung an, als Betsy ihr das Nachthemd zuknöpfte.

»Ich bin nicht die einzige, die Ihretwegen Kummer hat, Miß Lilah«, sagte Betsy ernst und folgte ihrer Herrin zu dem großen Bett, um die Decke zurückzuschlagen. Lilah stieg auf die hohe Matratze. »Mama und Maisie finden, daß es wirklich eine Schande ist, wie Ihr Papa Sie behandelt. Und Miß Allen ist auch wirklich außer sich. Sie wollte zu Ihnen kommen, um Sie zu trösten, aber der Herr hat nein gesagt. Ich glaube, sie wäre trotzdem gekommen, Sie wissen ja, daß sie noch nie viel auf seine Meinung gegeben hat, aber es gibt niemanden, der es wagt, ihr die Treppe herunterzuhelfen, und allein schafft sie es nicht.«

»Die gute Katy«, sagte Lilah, und ihre Augen wurden feucht. Sie hatte einen Kloß in der Kehle, als sie an alle jene dachte, die sie liebte: Joss, Katy, Jane, sogar ihren Vater, trotz allem, und alle wurden so fern von ihr gehalten, als sei sie gestorben. In was für eine gräßliche Lage sie sich durch ihre Liebe zu Joss gebracht hatte! Und doch hätte sie sich wohl ganz genauso verhalten, wenn sie alles noch einmal hätte tun können.

Sie hörten den Schlüssel im Schloß, der bedeutete, daß ihre Zeit zusammen abgelaufen war. Betsy trat nervös vom Bett zurück. Wie zu erwarten, war es Jane, die gekommen war, um Betsy zu holen und Lilah einzuschließen. Zum ersten Mal, seit Lilah ihre Schwangerschaft bekundet hatte, betrat sie das Zimmer. Sie brachte ein silbernes Tablett mit.

»Betsy, du gehst jetzt in dein Zimmer und erwartest mich dort. Ich komme gleich und schließe deine Tür ab.«

»Ja, Ma'am.« Betsy machte einen kleinen Knicks vor Jane, warf einen unsicheren Blick auf Lilah und ließ die beiden miteinander allein. Jane stellte das Tablett auf dem Nachttisch ab, und als Lilahs Blick sich mit aufkeimender Hoffnung der unverschlossenen Tür zuwandte, drehte Jane den Schlüssel im Schloß um.

»Ich konnte deinen Vater endlich überreden, daß er mich mit dir sprechen läßt«, sagte Jane, als sie den Schlüssel in der Tasche ihres voluminösen Rocks verstaute. »O Lilah, es ist für uns alle so schrecklich gewesen! Wie konntest du bloß – nein, mach dir keine Sorgen, ich bin nicht gekommen, um dich auszuschelten. Ich kann nur einfach nicht verstehen, wie du – wie du dir mit einem solchen Mann Schande machen konntest! Ich habe deinem Vater angedeutet, vielleicht sei deinem Verstand bei dem Schiffbruch etwas zugestoßen. Das ist die einzige Erklärung, die noch irgendwie einleuchtend wäre. Du warst bisher immer eine vollkommene Dame . . .«

Janes Worte kamen so zögernd heraus, daß sie sich selbst entschärften. Als sie an das Bett trat und ihre uneleganten vollen Röcke raschelten, wirkte sie viel eher bekümmert als vorwurfsvoll. Lilah setzte sich auf, klemmte sich ein Kissen hinter den Rücken und lehnte sich an das kunstvoll geschnitzte Kopfteil, während ihre Stiefmutter sich einen Stuhl an das Bett zog und sich setzte.

»Mein Verstand hat keinen Schaden genommen, Jane! Ich liebe ihn, und das ist die schlichte Wahrheit. Ich wünschte, du könntest ihn kennenlernen und dich mit ihm als einem Gleichgestellten unterhalten, nur ein einziges Mal, ihr beide, du und Papa. Er ist – er ist einfach wunderbar. Er ist gebildet, er ist ein Gentleman, er sieht gut aus und ist charmant und . . .«

»Wir wollen nicht über ihn reden«, sagte Jane, und ihr lief sichtlich ein Schauer über den Rücken, als sie nach der Teekanne griff. Als sie den Tee in die Tasse goß, zitterte ihre Hand ein wenig, und Lilah stellte voller Mitgefühl fest, wie sehr die familiären Zerwürfnisse Jane mitgenommen hatten. Ihre Liebe zu Joss zog Folgen nach sich, die sie keinen Moment lang in Betracht gezogen hatte . . .

»Hier, meine Liebe, trink das, und laß uns miteinander reden«, sagte Jane und reichte Lilah die Tasse. Der Tee war stark und sehr bitter. Lilah schnitt eine Grimasse, als sie den ersten Schluck trank. Jane mußte es noch schlechter gehen, als es den Anschein hatte, wenn sie einen derart ungenießbaren Tee aufbrühte. Aber Lilah war so froh über den Besuch ihrer Stiefmutter, daß sie die ekelhaft schmeckende Flüssigkeit klaglos trank. Wenn Jane zu ihr kommen durfte, schien sich ihr Vater allmählich ein wenig erweichen zu lassen.

»Meine Liebe, ich muß dem, was ich dir zu sagen habe, vorausschicken, daß ich dich trotz allem immer noch als meine Tochter ansehe. Ich will das, was das Beste für dich ist, das Beste für uns alle ist, und dasselbe will dein Vater. Er ist nur so wütend, weil er dich so sehr geliebt hat, so stolz auf dich war, und dann tust du ihm – das an. Du weißt selbst, wie stolz er ist! Was du getan hast, bringt ihn fast um!«

»Es tut mir wirklich leid, daß ich euch beiden Kummer bereitet habe«, sagte Lilah und stellte ihre Tasse ab, als sich ein Kloß in ihrer Kehle bildete. »Das war nie meine Absicht! Ich wollte nichts von alldem je geschehen lassen, aber – ich – ich könnte nicht im Ernst behaupten, daß es mir leid tut. Ich liebe Joss . . .«

»Sprich den Namen dieses Mannes bitte nicht mehr aus! Mir wird schlecht, wenn dieser Name über deine Lippen kommt!« sagte Jane und schauderte sichtlich zusammen.

Lilah setzte sich noch etwas aufrechter hin und reckte ihr Kinn in die Luft. »Ihr beide, du und Papa, werdet es einfach akzeptieren müssen: Ich bin schwanger von Joss, einem Sklaven. Außerdem liebe ich ihn. Ich würde ihn heiraten, wenn ich könnte. Bitte, Jane, wenn du mich liebhast, dann hilf mir! Hilf mir dabei, Papa dazu zu überreden, daß er ihn freiläßt, und uns beide von Barbados verschwinden und in ein anderes Land gehen läßt, in dem sein Blut nicht die Rolle spielt, die es hier spielt!«

Jane schluckte, wandte ihren Blick ab und sah Lilah dann wieder an. »Du weißt, daß sich dein Vater niemals damit einverstanden erklären wird. Trink deinen Tee, meine Liebe, laß ihn nicht kalt werden.«

Geistesabwesend trank Lilah noch einen Schluck. »Ich weiß, daß Papa vorhat, mir mein Baby wegzunehmen. Das werde ich nicht zulassen.«

Jane wandte sich wieder ab. »Du hast dir das noch

nicht genau genug überlegt, Lilah. Das – das Kind, das du austrägst, wird ein Mischling sein. Es wird aus der Gesellschaft ausgestoßen. Du wirst aus der Gesellschaft ausgestoßen. Keine liebenden Eltern könnten einer geliebten Tochter ein so gräßliches Los wünschen.«

Lilah trank den letzten Schluck Tee und reichte Jane ihre Tasse. Sie stellte sie neben ihrer unberührten Teetasse auf dem Tablett ab.

»Mein Kind wird nicht aus der Gesellschaft ausgestoßen, wenn es dir gelingt, Papa zu überreden, daß er Joss und mich fortgehen läßt! Wir können zusammen nach England zurückgehen, heiraten . . .«

»Dadurch ändert sich nichts am Blut dieses Mannes, Lilah. Du mußt die Sache von einer realistischen Warte aus bedenken. Wenn du ihn auch noch so attraktiv findest, dann kommt er für dich doch nicht in Frage. Es ist besser, wenn du dich von der Vorstellung freimachst, du könntest mit ihm zusammenleben.«

»Aber, Jane . . .« Lilah wollte Einwände erheben, doch sie unterbrach sich, als sie plötzlich einen entsetzlichen Krampf bekam. Sie riß die Augen weit auf und preßte ihre Hände auf den Bauch. Es war ein stechender Schmerz, ein gräßliches Ziehen! Es ähnelte nichts, was sie je erlebt hatte . . .

Ihr Gesicht mußte ihre Qualen widergespiegelt haben, denn Jane sprang auf und wurde weiß im Gesicht. »Was ist, meine Liebe?«

»Mein Bauch . . .« Lilah konnte nicht weiterreden, denn der nächste Stich durchzuckte sie, und sie wand sich vor Schmerzen.

»O Gott, o Gott, ich wußte nicht, daß es dir so wehtun wird«, murmelte Jane, die jetzt aschfahl war. Als der Schmerz kurz nachließ und bald darauf ein noch heftige-

rer Stich folgte, sickerten diese Worte in Lilahs schmerz-
vernebeltes Bewußtsein vor. Sie riß die Augen weit auf
und starrte voller Entsetzen ihre Stiefmutter an, die besorgt über sie gebeugt war, während sie sich im Bett
wand.

»Jane, Jane – was hast du getan?« Es war ein heiserer
Aufschrei.

»Liebling, wir haben lange geredet – wir hielten es für
das Beste – du kannst dieses Kind nicht bekommen, Lilah! Es wäre ein Bastard, ein – ein Mulatte!« Der nächste
Stich schnitt wie ein Messer durch Lilahs Bauch. Sie lag
keuchend auf der Seite und hatte die Knie angezogen, als
sie ihre Stiefmutter anstarrte.

»Du hast etwas in den Tee geschüttet!« ächzte Lilah,
als sie plötzlich verstand, wie ihr geschah. Jane hatte sich
von einem Medizinmann die Wurzel geben lassen, die
die Eingeborenen einsetzten, um eine Schwangerschaft
abzubrechen. Sie war gemahlen und mit dem Tee über-
gebrüht worden . . .

»Wenn das alles vorbei ist und es dir wieder besser
geht, dann kannst du Kevin heiraten, und wir können
vergessen, daß diese ganze gräßliche Geschichte je passiert ist«, sagte Jane eilig, als der Schweiß auf ihrer Oberlippe ausbrach. Ihre Augen waren groß und dunkel und
spiegelten Lilahs Schmerz wider, während ihre Hände
sachte über die Stirn ihrer Stieftochter strichen.

»Rühr mich nicht an«, sagte Lilah durch zusammengebissene Zähne, obwohl sie vor Schmerzen kaum ein
Wort herausbrachte. Es war ihr absolut widerlich, sich
von Jane anfassen zu lassen. »Du hast mein Baby getötet!«

»Es tut mir leid, mein Liebling, es tut mir ja so leid, daß
es dir derart wehtut, aber so ist es das Beste, und eines

459

Tages wirst du es verstehen und uns dankbar sein . . .«
Jane brachte die Worte mit weißem Gesicht heraus, während sie zusah, wie ihre Stieftochter sich in ihren Qualen wand. Lilah schloß die Augen, um das Gesicht der Stiefmutter nicht mehr sehen zu müssen, und sie richtete ihre gesamte Konzentration darauf aus, sich dieses winzige Leben nicht entgleiten zu lassen.

Als sie in einem Strudel von Qualen versank, wiederholte ihr Geist nur immer wieder dieselben Worte: »Lieber Gott, bitte, bitte, nimm mir mein Baby nicht weg!«

60

Es war kurz vor Mitternacht am darauffolgenden Tage. Lilah lag in ihrem Bett. Sie war matt und schwach und konnte nicht schlafen. Gelegentlich wurde sie noch von Krämpfen geschüttelt, aber mit den schrecklichen Qualen der letzten Nacht ließ sich das nicht mehr vergleichen. Das Schlimmste war vorbei, und sie hatte ihr Baby nicht verloren.

Jane und ihr Vater waren zweifellos bitterlich enttäuscht; Lilah wußte, daß sie ihnen nie verzeihen würde, was sie versucht hatten. Dieses Vorgehen hatte ihre letzte Verbindung zu ihren Eltern und ihrem Zuhause abgeschnitten.

Erst jetzt wurde ihr wirklich klar, wozu ihr Vater, Jane und Kevin in der Lage waren, und sie fürchtete sich. Sie glaubte nicht einen Moment lang, daß sie ihre Versuche einstellen würden. Ihnen war dieses Kind ein Greuel, etwas, was keinesfalls geboren werden durfte. Sie hatten mit allen Mitteln, die ihnen zur Verfügung standen, vor, ihre Schwangerschaft zu beenden. Sie durfte nichts essen oder trinken, was ihr vorgesetzt wurde, ohne befürchten zu müssen, daß sie einen weiteren Anschlag auf das Leben ihres Babys verüben würden, ehe es auch nur das Licht der Welt erblickt hatte.

Das Gräßliche war, daß sie in der Falle saß, wie eine Ratte. Da sie geschwächt und in ihrem Zimmer eingeschlossen war, konnte sie dem Übel nicht entkommen, das ihre Familie im Namen der Liebe für sie vorgesehen hatte. Was konnte sie bloß tun?

Als Lilah dalag und sich intensiv bemühte, Mittel und Wege zu finden, wie sie ihr Kind retten konnte, hörte sie das leise Klappern eines Schlüssels, der in ihr Türschloß gesteckt wurde. Mit weitaufgerissenen Augen setzte sie sich im Bett auf und bemühte sich darum, im Dunkeln etwas zu sehen, als sie hörte, wie der Schlüssel im Schloß umgedreht wurde.

Blankes Entsetzen stieg in ihr auf, schnürte ihr die Kehle zusammen und ließ ihr Herz heftig schlagen. Kam jetzt wieder ein Anschlag auf das Leben ihres Babys? Oder würden sie etwa, nachdem sie daran gescheitert waren, ihre Schwangerschaft abzubrechen, so weit gehen, sie zu töten, um die Schande von sich abzuwenden?

Jemand schlich sich durch die Tür und schloß sie wieder. In der Dunkelheit konnte sie die Person nicht erkennen. Lilah saß angespannt und regungslos da und strengte die Augen an. Sie kam sich vor wie in einem gräßlichen Alptraum und wußte doch nur zu gut, daß sie hellwach war.

»Wer ist da?« Ihre Stimme war schrill vor Angst. Es erforderte ihren gesamten Mut, diese Frage zu stellen. Ihre Hand streckte sich nach dem Kerzenständer auf dem Nachttisch aus. Wenn sie ihr etwas antun wollten, würde sie sich wehren . . .

»Psst, Miß Lilah!«

»Betsy!«

»Psst!« Betsy trat mit flinken, geräuschlosen Schritten an ihr Bett und beugte sich herunter, um ihre Herrin zu umarmen. Lilah klammerte sich heftig an sie.

»Was tust du denn hier? Wie auf Erden ist es dir gelungen, dich aus deinem Zimmer zu schleichen? Hat Jane dich nicht eingeschlossen?«

»Nein. Miß Allen ist gekommen und hat mir die Tür

aufgemacht. Sie hat mich hierhergeschickt, damit ich Ihnen die Tür aufschließe. Sie hat sie in der letzten Nacht immer wieder schreien gehört, und sie hat Miß Jane dazu gebracht, ihr zu sagen, was passiert ist. Sie hat gesagt, was Sie angestellt hätten, sei zwar schlimm, aber das, was sie einem armen, hilflosen, kleinen Baby antun wollten, sei noch schlimmer. Also hat sie sich heute abend Miß Janes Schlüssel besorgt. Sie hat ihn ihr einfach aus der Tasche geholt, als Miß Jane zu ihr gekommen ist, um ihr gute Nacht zu sagen, und als Miß Jane fort war, hat sie sich durch den Flur zu meinem Zimmer vorgetastet und meine Tür aufgeschlossen. Dann hat sie mir gesagt, ich soll runtergehen und Ihnen die Tür aufsperren.«

»Aber Katy – Katy kann doch kaum laufen! Und sie ist blind!«

»Ich weiß, aber sie hat es um ihretwillen geschafft, Schätzchen. Sie liebt Sie. Aber sie wäre beim besten Willen nicht die Treppe runter zu Ihnen gekommen, und deshalb hat sie mich geschickt. Und jetzt stehen sie endlich auf, und dann helfe ich Ihnen beim Anziehen, und Sie verschwinden! Dann schließe ich die Tür wieder zu und schleiche mich wieder in mein eigenes Zimmer. Miß Allen wird mich wieder einschließen und Miß Janes Schlüssel irgendwo fallen lassen, als sei er ihr aus der Tasche gerutscht. Wenn sie dann am Morgen feststellen, daß Sie aus einem verschlossenen Zimmer rausgekommen sind, wird niemand wissen, wie Sie es angestellt haben.«

»O Betsy, ich danke dir!«

Lilah sprang aus dem Bett auf, und in ihrer Aufregung vergaß sie ganz die kleinen Krämpfe, die sie immer noch wie Nadeln stachen und auf die letzten Reste des Tees zurückgingen, den sie ihr verabreicht hatten. Sie war frei! Ihr Verstand vollführte geistige Akrobatik, und sie schmiedete hastig Pläne. Sie würde nach Bridgetown reiten und dort diesen Scanlon aufsuchen, der sich nach Joss erkundigt hatte. Dann würde sie ihm von der Klemme berichten, in der Joss steckte, aber auch von ihrer eigenen Notlage. Er war ihre einzige Hoffnung.

»Hilf mir beim Ankleiden! Ich brauche meine Reitsachen . . .«

Minuten später war Lilah bis auf die Stiefel vollständig angezogen.

»Wohin gehen Sie jetzt, Miß Lilah?« Jetzt, da der Augenblick der Trennung gekommen war, klang Betsys Stimme plötzlich furchtsam. Lilah schüttelte den Kopf.

»Es ist besser, wenn du es nicht weißt. O Betsy, ich werde dich so sehr vermissen!«

Die beiden Mädchen umarmten einander und verabschiedeten sich. Lilah sah ihre Zofe in der Dunkelheit unsicher an.

»Betsy, wenn du mitkommen willst, gebe ich dich – gebe ich dich frei . . .«

Betsy schüttelte den Kopf. »Nein, Miß Lilah, aber ich danke Ihnen. Aber wegen Ben . . .«

Lilah lächelte. »Ich wünsche dir viel Glück, Betsy, für dein ganzes Leben.«

»Ich Ihnen auch, Miß Lilah.«

Lilah spürte die Tränen in ihren Augen aufsteigen. Aber dafür hatte sie jetzt keine Zeit. Wenn sie entkommen wollte, mußte sie so schnell wie möglich fliehen.

»Bedank dich bei Katy von mir. Sag ihr, wie gern ich sie habe«, sagte Lilah, und dann schlich sie durch die Tür, durch den Korridor, die Treppe hinunter und ließ Betsy zurück.

Etwa eine Viertelstunde später hörte eine alte Frau, die im zweiten Stock des Hauses in der Dunkelheit an einem offenen Fenster saß, den fernen Klang von Hufen, und sie spürte, wie ihr die Tränen in die Augen stiegen.

»Gott sei mit dir, meine Liebe«, flüsterte sie in die Nacht.

61

Lilah ritt, wie sie in ihrem ganzen Leben noch nicht geritten war. Sie wußte, daß jetzt alles von ihrer Schnelligkeit abhing, denn man würde ihr Verschwinden bemerken, ehe der Tag allzu weit fortgeschritten war. Gewöhnlich kam Jane gegen neun mit Betsy, wenn sie ihr das Frühstück brachte. Zu der Zeit mußte sie das Schiff gefunden haben – wie hieß es doch gleich? *Lady* irgend etwas, *Jasmine*, ja richtig, das war es – und den Mann, der Scanlon hieß. Sie mußte ihm ihre Geschichte erzählen, ihm sagen, wo er Joss finden würde, und hoffen, daß er ihnen helfen konnte.

Etwa eine Stunde vor Anbruch der Dämmerung hatte sie den Kamm des Hügels erreicht, auf dem sie und Joss vor gut zwei Wochen ihre Pferde hatten rasten lassen. Diesmal hielt sie nicht erst an und würdigte das fantastische Panorama kaum eines Blickes. Die schlafende Stadt und das sachte wogende Meer funkelten unter den Sternen. Sie ritt in einem scharfen Galopp bis an den Stadtrand und verlangsamte dann das Tempo, weil sie fürchtete, andernfalls zuviel Aufmerksamkeit auf sich zu lenken. Selbst um diese Tageszeit herrschte im Hafen Leben. Kleine Fischerboote stachen in See, und Schiffe, die mit der Flut die Segel setzen würden, wurden mit ihrer Fracht beladen. Die abgetretenen hölzernen Docks lagen im Schein von Laternen da, und das Licht fiel auf die Haut von Männern, die sich damit abmühten, Fässer über die Landungsbrücken zu rollen. Der kühle, salzige Wind, der vom Meer hereintrieb, trug Brocken von Seemannsliedern mit sich, die die Männer bei der Arbeit sangen.

Candida trabte am Rand des Kais entlang, während Lilah ihre Augen anstrengte, um die Namen der großen Schiffe zu lesen, die dort vor Anker lagen und sich sachte wiegten. Während ihres wilden Ritts waren die Schmerzen in ihrem Unterleib wieder schlimmer geworden. Sie hatte sie resolut mißachtet.

Die *Lady Jasmine* schien nicht unter den Schiffen zu sein, die hier verankert waren. Ah, doch, dort war sie ja! Es war das vorletzte Schiff, dicht hinter der Stelle, an der zwei Einheimische hitzig über den Preis eines Fasses Rum stritten.

Lilah seufzte erleichtert auf, ließ sich vom Sattel gleiten und band Candida in der Hoffnung, daß sie nicht von einer der finsteren Gestalten gestohlen wurde, die sich die Dunkelheit zunutze machten, um im Hafen herumzustreunen, an einen Pfosten. Dann eilte sie an den streitenden Einheimischen vorbei zum Fallreep der *Lady Jasmine*. Der Weg war ihr durch zwei Fässer versperrt, die zu eben diesem Zweck dort standen. Ein Wachposten war aufgestellt worden, aber er saß auf der Treppe, lehnte an den Fässern und schlief tief und fest.

Sie mißachtete einen starken Krampf in ihrem Bauch, schlich sich behutsam an dem Wachposten und den Fässern vorbei und eilte die Stufen hinauf. Als sie oben ankam, spürte sie den nächsten Stich, der so schlimm war, daß sie die Zähne zusammenbeißen mußte.

»Wer ist da?« Die barsche Frage kam in dem Moment, in dem der Schmerz nachließ. Die *Lady Jasmine* lag im tiefen Schatten, und Lilah hatte Mühe, denjenigen zu entdecken, der sie angesprochen hatte. Sie schluckte ihre Nervosität und trat auf das Deck.

»Ich – ich habe dringende Angelegenheiten mit einem Mr. Scanlon zu besprechen. Es geht um Joss San Pietro.«

»Ach, wirklich?« Ein kratzendes Geräusch war zu hören. Licht flackerte auf, der Docht einer Lampe wurde angezündet, fing Feuer und brannte. Die Lampe wurde hochgehoben, und der Lichtschein fiel in Lilahs Gesicht. Der Mann, der die Lampe hielt, blieb im Dunkeln. »Und wer sind Sie?«

»Spielt das denn eine Rolle?« Lilah war ängstlich und besorgt. »Ich muß Mr. Scanlon sprechen. Es ist sehr eilig, das kann ich Ihnen versichern.«

»Ich bin Scanlon«, sagte die Gestalt, und als sie die Lampe noch höher hob, sah Lilah den Schimmer des blonden Haares. »Womit kann ich Ihnen dienen?«

»Joss – Joss sitzt im Kerker, in St. Anne's Fort. Mein – mein Vater hat ihn wegen Pferdediebstahls verhaften lassen. Er liebt mich, verstehen Sie, und . . . Ah! Oh!«

»Was fehlt Ihnen?« fragte Mr. Scanlon mit scharfer Stimme, als Lilah sich krümmte und den Bauch hielt. »Sind Sie krank?«

»Ich glaube, ich verliere mein Baby«, keuchte Lilah und spürte schon in dem Moment, in dem sie bewußtlos auf dem Deck zusammenbrach, etwas Warmes zwischen ihren Beinen strömen.

62

Joss lag auf dem Rücken auf der dünnen Matratze, die mit Maisschalen gefüllt war und alles war, was ihn von dem Lehmboden trennte. Um ihn herum schnarchten und röchelten Männer jeder Hautfarbe zwischen schwarz und weiß, doch die Geräusche, die sie von sich gaben, waren nicht der Grund für seine Schlaflosigkeit. Sein Verstand war zu angeregt damit beschäftigt, Fluchtpläne zu ersinnen. Undurchführbare Pläne, das wußte er selbst. Er saß in einer Zelle, in einer Festung, deren Mauern sechs Meter dick waren. Seine Hände und Füße waren mit Ketten gebunden. Er hatte keine Waffe. Zwei Wächter spielten vor der verschlossenen Zellentür Karten. Zwei weitere Wachen hatten am anderen Ende des Ganges Dienst. Er hatte kein Geld, um jemanden zu bestechen, und er hatte auf dieser gottverfluchten Insel keine Freunde außer Lilah. Und jetzt überleg dir, wie du aus diesem Loch rauskommst, San Pietro, falls dir dazu noch etwas einfällt, sagte er höhnisch zu sich selbst.

Sämtliche männlichen Gefangenen waren, ungeachtet ihrer Rasse oder ihres Verbrechens, in dieser einen großen Zelle eingesperrt. Dafür gab es einen einfachen Grund: Der Rest des Gefängnisses, der anscheinend vor einigen Jahren von einem schweren Orkan beschädigt worden war, wurde wieder hergerichtet, und die Reparaturen waren noch nicht abgeschlossen. Die meisten Verbrechen auf Barbados schienen sich um Rum zu drehen; von den siebzehn Gefangenen war er der einzige, der eventuell hängen würde, falls es je zu einer Verhandlung kam. Die übrigen waren ein bunter Haufen, der ständig wechselte, abgesehen von ein paar ungeschickten Dieben, die versucht hatten, eine Dame um ihr Handtäschchen zu erleichtern und bei der Gelegenheit mit eben diesem Gegenstand, den sie hatten stehlen wollen, besinnungslos geschlagen worden waren, da sich die Dame als ein kriegerisches Gegenüber erwiesen hatte.

Er mußte entkommen, oder er würde hängen. Er mußte täglich damit rechnen, dahin geschleppt zu werden, was man auf diesem winzigen Stückchen Hölle als Gerichtsbarkeit ansah, und Leonard Remy gegenübergestellt zu werden. Joss hatte nicht den geringsten Zweifel daran, daß Lilahs Vater den Mann, der seine Tochter geschändet hatte, seine Rache deutlich würde spüren lassen. Nichts würde ihm erspart bleiben. Ihn wunderte nur, daß der Mann so lange brauchte, um endlich zur Tat zu schreiten.

Jedesmal, wenn er an Leonard Remy dachte, machte er sich Sorgen. Der Mann hatte seine Tochter ins Gesicht geschlagen, und Joss brach kalter Schweiß aus, wenn er sich überlegte, was er mit ihr anfangen mochte, während er, Joss, hier lag und seine Gerichtsverhandlung erwartete. Würde er ihr etwas antun? Seiner eigenen Tochter? Allein schon bei dem Gedanken stieg Mordlust in Joss auf. Aber er konnte nichts tun, um ihr zu Hilfe zu kommen. Es sei denn, er fand eine Möglichkeit zu entkommen.

Schritte, die sich auf dem festen Lehmboden des Ganges näherten, rissen Joss aus seinen unerfreulichen Wachträumen. Die Wache hatte gerade gewechselt, und für das ekelhafte Gericht aus gehacktem rohem Fisch, das es im allgemeinen zum Frühstück gab, war es noch Stunden zu früh. Vielleicht wieder einmal ein Betrunkener, der eingesperrt wurde?

Die Wachen blickten von ihrem Kartenspiel auf und sahen die Neuankömmlinge blinzelnd an. Die Steinmauern beidseits der vergitterten Tür versperrten Joss den Blick auf die Gestalten, die mit zusammengekniffenen Augen gemustert wurden.

»Ach, Hindlay, du bist's«, murrte einer der Wachposten und lehnte sich entspannt zurück. »Was zum Teufel willst du denn jetzt schon wieder?«

»Ich will, daß ihr diese Zelle verdammt schnell aufsperrt«, knurrte eine unfreundliche Stimme, und vier uniformierte Milizsoldaten wurden herangetrieben. Ein halbes Dutzend Matrosen in derber Kleidung stand mit vorgehaltener Waffe um sie herum.

Joss zwinkerte, grinste plötzlich und sprang auf. Einer seiner Zellengenossen erwachte, sah, was geschah, und stieß ein Freudengeheul aus.

»Verdammt, hier wird doch wirklich zum Ausbruch gepfiffen«, jauchzte er und lief auf die Tür zu, die der finstere Wächter gerade aufgeschlossen hatte. Andere erwachten von seinem Schrei, und diejenigen, die nicht zu betrunken waren, folgten. Joss, der einzige, der aufgrund seines schweren Verbrechens in Ketten war, hatte etwas mehr Mühe, die Tür zu erreichen. Er blieb vor dem aufgebrachten Wächter stehen und hielt ihm wortlos die Handgelenke hin. Der Wächter biß die Zähne zusammen und schloß die Ketten an seinen Handgelenken und an seinen Knöcheln auf.

»Ich danke Ihnen vielmals, Sir«, sagte Joss und lächelte, als die Wächter gefesselt und in die Zelle gestoßen wurden, aus der er gerade entkommen war. Sein blonder Retter drehte den Schlüssel im Schloß um und steckte ihn dann lässig in die Tasche.

»Guten Abend, Jocelyn.« David Scanlon machte eine außerordentlich höfliche Verbeugung. Die Matrosen, die er mitgebracht hatte, grüßten ihn mehr oder weniger förmlich.

»Schön, Sie wiederzusehen, Capt'n.«

»Tach, Capt'n.«

»Freut mich auch, euch zu sehen, Stoddard, Hayes, Greeley, Watson, Teaff. Unser Davey hat euch wie üblich mal wieder zu Unfug angestiftet?«

Die Männer grinsten. »Ja, Sir.«

»Wenn wir hier schon von Unfug reden, mein Freund . . .« Davey scheuchte sie bei diesen Worten alle eilig aus dem nunmehr unbewachten Gefängnis. »Genau das scheinst du getrieben zu haben, seit wir uns das letzte Mal gesehen haben.«

»Sprichst du von meiner jüngsten, beklagenswerten Laufbahn als Pferdedieb? Es ist nicht ganz daraus geworden, was ich mir erträumt habe.« Joss klopfte seinem Freund auf die Schulter. »Ich danke dir, daß du so schnell gekommen bist, Davey.«

»Gern geschehen, das versteht sich doch von selbst.« Davey sah sich mit gewohnter Vorsicht um, ehe er den anderen zunickte. Dann schlenderte er mit Joss an seiner Seite auf die offenen Tore der Festung zu. Die anderen folgten ihnen. »Davon habe ich im Moment gar nicht gesprochen«, sagte er. »Ich meinte eher dein bislang ganz ungewohntes Vorgehen, jemanden zu entehren, der offensichtlich, bis ihr euch kennengelernt habt, eine unschuldige junge Dame war.«

Joss blieb abrupt stehen, starrte seinen Freund an und zuckte zusammen. »Lilah – hast du sie gesehen?«

Davey nickte. »Mehr als nur gesehen, mein Freund. Sie ist vor etwa zwei Stunden auf der *Lady Jasmine* aufgetaucht und hatte offensichtlich Sorgen. Sie hat mir gesagt, wo ich dich finden kann.«

Joss mißachtete alles übrige und kam auf den einzig wichtigen Teil zu sprechen. »Was soll das heißen, sie hatte Sorgen? Was fehlt ihr? Und wo ist sie jetzt?«

»Noch auf der *Lady Jasmine*, in der Kapitänskajüte, um genau zu sein. Es tut mir leid, dir mitteilen zu müssen, daß sie anscheinend gerade dein Kind verliert.«

63

Joss stand mit gespreizten Beinen auf dem Deck der
Lady Jasmine und sah ohne seine gewohnte Begeisterung zu, wie der Wind ihre Segel blähte und sie aus
dem Hafen von Bridgetown auslief. Noch nicht einmal
die Purpurtöne der Morgendämmerung, die gerade am
Himmel verblichen, brachten es fertig, seine Stimmung
zu heben. Er spürte eine Leere in seinem tiefsten Innern, von der er fürchtete, sie würde nie wieder vergehen.

In diesem Moment war Lilah in seiner Kabine, Macy,
der Schiffsarzt, war bei ihr. Als er einen flüchtigen
Blick auf sie geworfen hatte, ehe Macy ihn aus der Kabine ausgesperrt hatte, hatte sie sich vor Schmerzen
stöhnend gewunden. Er war schneeweiß im Gesicht gewesen, als Davey ihn fortgezerrt hatte.

Jetzt rang er mit einer scheußlichen Angst. Würde sie
sterben? Wenn ja, würde auch er sterben wollen.

»Sie können jetzt zu ihr gehen, Captain.«

Macy war endlich aus der Kabine gekommen. Joss
warf nur einen Blick auf das Blut auf den Hemdsärmeln
des Arztes, und er spürte, wie sich sein Magen gleichzeitig mit seinem Herzen verkrampfte.

»Ist sie – ist sie . . .«

Aber er konnte die Antwort nicht abwarten. Noch
während Macy versuchte, es ihm zu sagen, wandte sich
Joss ab und lief mit zielstrebigen Schritten auf die Kapi-
tänskabine zu.

Der Raum lag im Dunkeln. Die strahlende Helligkeit,

die der Dämmerung gefolgt war, drang bislang kaum in die Kabine vor.

Lilah lag auf seiner Pritsche und wirkte unter den vielen Decken, die auf ihr lagen, winzig. Er glaubte, daß sie schlief. Sie hatte die Augen geschlossen, und ihre Wimpern waren schwarz auf ihren Wangen ausgefächert, die totenbleich waren.

Er spürte, wie es ihm das Herz zerriß. Sie sah so jung aus, so winzig klein, so hilflos, wie sie dalag. Nur die kurzen goldenen Locken schienen noch dem unerschrockenen Mädchen zu gehören, das er liebte.

»Lilah?« Es war ein heiseres Flüstern, als er auf die Pritsche zuging. Langsam schlug sie die Augen auf. Einen Moment lang schien sie Schwierigkeiten zu haben, klare Umrisse wahrzunehmen. Dann sah sie ihn.

»Joss«, hauchte sie und lächelte matt. Dann bebten ihre Lippen, und ihr Gesicht verzog sich. »O Joss, ich habe unser Baby verloren!«

Tränen strömten aus ihren Augen und rollten wie Regen über ihre Wangen. Joss war bis ins Mark erschüttert. Er ließ sich neben dem Bett auf die Knie sinken und zog sie sachte in seine Arme.

»Weine nicht, Liebling«, flüsterte er zärtlich und strich ihr über das Haar, während ihre Tränen strömten. »Es reißt mir das Herz aus dem Leib, wenn du das tust. Bitte, Lilah, weine nicht mehr.«

»Ich hatte solche Angst«, murmelte sie. »Du hast mir so gefehlt. Halt mich fest, Joss.«

Joss ließ sich behutsam neben ihr auf das Bett gleiten und achtete sorgsam darauf, sie nirgends zu streifen. Sie klammerte sich an ihn, ohne auch nur zu merken, daß er schmutzig und halbnackt war und wahrscheinlich nicht gut roch. Sie grub ihr Gesicht zwischen seiner Schulter und seinen Hals und erzählte ihm alles, und dabei weinte sie, bis sie keine Tränen mehr zu vergießen hatte. Dann schlief sie ein.

Joss blieb dort liegen, drückte ihre zierliche Gestalt an sich und war von einer Zärtlichkeit erfüllt, wie er sie nie zuvor empfunden hatte.

Er streichelte ihre Wange, ihr Haar und küßte ihre seidigen Locken.

»Jetzt bist du bei mir in Sicherheit, Liebling«, flüsterte er. »Jetzt bist du bei mir in Sicherheit, Lilah, meine Lilah.«

EPILOG

Fast auf den Tag ein Jahr später lag Katherine Alexandra San Pietro in den Armen ihrer Mutter und trank zufrieden, während sie sachte gewiegt wurde. Katy, so wurde sie genannt, war noch keine sechs Wochen alt und hatte noch keine Vorstellungen von Tag und Nacht entwickelt. Daher war ihr nicht bewußt, daß es drei Uhr morgens war und daß sie in der Gefahr schwebte, von ihrer Mutter fallengelassen zu werden, die so schläfrig war, daß ihr der Kopf heruntersackte und sie beinahe auf dem Schaukelstuhl eingeschlafen wäre.

»Komm, Liebling, laß mich sie nehmen. Geh du wieder ins Bett.«

Joss' Stimme brachte Lilah soweit zu sich, daß Katy ein Sturz erspart blieb. Sie blinzelte, lächelte ihren Mann schläfrig an und ließ sich das Baby von ihm abnehmen. Dann wankte sie wieder ins Bett.

Es war heller Tag, als Lilah wieder erwachte. Sie schlug die Augen auf, und die Sonne strömte durch das Schlafzimmerfenster des großen, gemütlichen Hauses in Bristol, und dann ging ihr zu ihrem Entsetzen auf, daß Katy sie nicht mit den Hühnern geweckt hatte, wie es sonst ihre Art war.

War dem Baby etwas zugestoßen?

Bei diesem gräßlichen Gedanken wollte Lilah sofort aufspringen. Dann hörte sie ein zufriedenes Krähen und drehte sich um.

Joss lag flach auf dem Rücken neben ihr, und das war erstaunlich. Ihr Mann schlief im allgemeinen auf dem

Bauch und nahm außerdem zwei Drittel des gesamten Bettes ein.

Sie hörte wieder dieses gluckernde Geräusch. Sie fragte sich, ob es sein Magen war, aber das glaubte sie selbst nicht.

Als sie die Decke zur Seite zog, mußte Lilah lächeln. Auf der behaarten, muskulösen Brust ihres Papas lag Katy hellwach und krähte zufrieden und hob ihren Kopf.

»Ach, du, mein unbezahlbarer Schatz.« Lilah lächelte und beugte sich vor, um das Baby in den Arm zu nehmen.

»Ich wage doch zu hoffen, daß du mit mir sprichst?« Joss war also doch wach, stellte Lilah fest, als er die Augen aufschlug und grinste.

»Sicherlich«, sagte Lilah liebevoll und ließ Katy noch einen Moment lang liegen, wo sie lag, um einen Kuß auf seinen Mund unter dem Schnurrbart zu drücken.

Seine Hand legte sich auf ihren Hinterkopf und zog ihren Mund dichter heran, um ihr eine herzhaftere Kostprobe zu geben. Lilah spürte das vertraute Wallen ihres Blutes, und sie hob die Hand, um sie auf seine Brust zu legen ...

Und prompt plärrte Katy.

Joss ließ sie los, Lilah setzte sich auf, und diesmal gelang es ihr, das Baby auf den Arm zu nehmen.

»Spielverderber«, sagte Joss murrend zu seiner Tochter und stützte sich auf die Kissen.

»Aber wir haben dich lieb«, sagte Lilah und lächelte ihn an.

»Und ich«, sagte Joss und musterte seine beiden goldblonden blauäugigen Damen, die sich in seinem Bett zusammenkuschelten und aneinanderschmiegten, »liebe euch alle beide.«

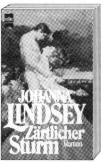

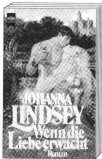

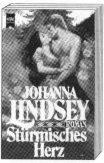

BARBARA CARTLAND

*Die unbestrittene
Königin
des historischen
Liebesromans*

**Im Sog der
Leidenschaft**
Roman

01/6604

**Anschlag
auf die Liebe**
Roman

01/6714

**Der
böse Marquis**
Roman

01/6770

**Prinzessin zwischen
Thron und Liebe**
Roman

01/6869

**Wende
des Schicksals**
Roman

01/6961

**Mit den Waffen
der Liebe**
Roman

01/7657

**Rache
des Herzens**
Roman

01/7759

**Die
Liebe siegt**
Roman

01/7901